Pechos y huevos

Novela

Mieko Kawakami

Pechos y huevos

Traducción de Lourdes Porta

Seix Barral

PEFC Certificado

Este libro procede de
bosques gestionados
de forma sostenible

PEFC

PEFC/14-38-00305 www.pefc.es

Título original: *Natsumonogatari*

Seix Barral, un sello editorial de Editorial Planeta, S. A.
Avda. Diagonal, 662-664, 08034 Barcelona (España)
www.seix-barral.es
www.planetadelibros.com

Adaptación de la cubierta: Booket / Área Editorial Grupo Planeta
Ilustración de la cubierta: © Elvina Gafarova
Primera edición en Colección Booket: marzo de 2025
Segunda impresión: septiembre de 2025
Tercera impresión: diciembre de 2025

Depósito legal: B. 3.646-2025
ISBN: 978-84-322-4443-8
Impreso en España

Biografía

Mieko Kawakami es la aclamada autora de la novela *Pechos y huevos* (Seix Barral, 2021), un éxito de ventas internacional, libro destacado del año según *The New York Times* y uno de los diez mejores libros de 2020 según *TIME*. Entre sus novelas se incluyen *Heaven* (Seix Barral, 2023), finalista del International Booker Prize en 2022, y *Los amantes de la noche* (Seix Barral, 2025), finalista del National Book Critics Circle Award en 2023. En 2024, *Sisters in Yellow* ganó el Premio Yomiuri de Literatura. Sus libros, traducidos a cuarenta idiomas, son conocidos por sus agudas reflexiones sobre el cuerpo femenino y cuestiones filosóficas en torno al género, la clase social y la ética en la sociedad moderna. Nacida en Osaka, Kawakami vive en Tokio, Japón.

Primera parte

VERANO DE 2008

¿ERES POBRE?

Cuando quieras saber lo pobre que era alguien, lo más rápido es preguntarle cuántas ventanas tenía la casa donde creció. De lo que comía o de cómo vestía, de eso no puedes fiarte. Cuando quieras averiguar el grado de pobreza, solo puedes confiar en las ventanas. Sí, pobreza equivale a número de ventanas. Que no haya ventanas o cuantas menos haya: esto te dirá hasta qué punto esa persona era pobre.

Una vez le dije esto a alguien y me objetó que no era así. Su punto de vista era el siguiente: «Pero es que aunque solo haya una ventana, suponte que es una de esas superenormes que dan al jardín, ¿vale?, y una casa con una sola ventana enorme, fabulosa, no se puede decir que sea pobre, ¿no?».

Bajo mi punto de vista, esa es la idea de alguien que nunca ha tenido nada que ver con la pobreza. Una ventana que da al jardín. Una ventana grande. ¿Una qué, que da al jardín? ¿Y qué significa eso de ventana fabulosa?

Para los habitantes del mundo de la pobreza la concepción de ventana grande o de ventana fabulosa, en sí misma, no existe. Para ellos, una ventana es lo que hay detrás de cómodas o estanterías modulares apretujadas las unas contra las otras: aquella lámina de vidrio ennegrecida que jamás han visto abrir. Aquel sucio marco cuadrado, al lado del extractor de la cocina, atrancado y pegajoso por la grasa, que nunca han visto girar.

De modo que, si quieres hablar de pobreza, los únicos que pueden hacerlo de veras son, como es de suponer, los pobres. Los pobres en tiempo presente o aquellos que lo han sido en el pasado. Y yo soy ambas cosas. Nací pobre, sigo siendo pobre.

Que recordara o estuviese pensando vagamente en todo eso quizá se debiera a la niña que estaba sentada frente a mí. La línea Yamanote, en plenas vacaciones de verano, no estaba tan llena como era de esperar y todo el mundo ocupaba tranquilamente su asiento, manoseando el móvil o leyendo un libro.

A ambos lados de la niña, que tanto podría tener ocho años como diez, había sentados un hombre joven con una bolsa de deporte a los pies y un par de chicas con una diadema en la cabeza adornada con un gran lazo negro: ella, al parecer, iba sola.

De piel oscura, flaca. Las manchas redondas y descoloridas de la pitiriasis eran más visibles aún en la piel tostada por el sol. Las dos piernecillas que emergían de los pantaloncitos cortos de color gris eran casi tan delgadas como los bracitos que salían disparados de la camiseta de tirantes azul celeste. Las comisuras de los labios apretados, los hombros encogidos: al mirar su expresión, que dejaba traslucir un no sé qué de tirantez, me acordé de mí misma cuando era niña y me vino a la cabeza la palabra *pobre*.

Clavé la mirada en la camiseta de tirantes azul celeste con el cuello desbocado, en las zapatillas deportivas que, en origen, debían de haber sido blancas, aunque ahora estaban tan llenas de manchas que era imposible distinguir su color. Sentí una cierta ansiedad pensando que, si de repente abriera la boca y mostrase los dientes, todos estarían llenos de caries. Por cierto, no llevaba nada consigo. Ni mochila, ni bolsa, ni bolsito. ¿Llevaría el billete y el dinero en el bolsillo? No sé cómo salen a la calle las chicas de su edad cuando van a algún sitio en tren, pero a mí me inquietaba un poco que no llevara nada.

Mientras la estaba mirando, me dio la sensación de que debía levantarme, plantarme ante su asiento y decirle algo, no importaba qué. Me dio la sensación de que debía intercambiar con ella algunas palabras, como cuando dejas una pequeña señal en una esquina de la agenda que nadie más que tú puede entender. ¿De qué podría hablarle? Sobre su cabello hirsuto, a todas luces duro, de eso sí tendría algo que decirle. Aunque sople el viento, tú no te despeinas, ¿verdad? Ah, y por esas manchas de la cara no te preocupes: se te irán cuando te hagas mayor. O, si no, ¿por qué no sacar el tema de las ventanas? En mi casa no había ninguna ventana que diera al exterior, ¿hay alguna en la tuya?

Miré el reloj de pulsera: las doce en punto del mediodía. El tren proseguía su marcha atravesando el pico de calor de un verano inmóvil, la voz sorda del altavoz anunciaba la próxima parada, Kanda. Llegamos a la estación, las puertas se abrieron con un suspiro exangüe y entró un anciano a trompicones, borracho como una cuba a pesar de no ser más que las doce del mediodía. Algunos pasajeros lo esquivaron de un salto y el hombre dejó oír un gruñido sordo. El pelo gris, como un estropajo deshilachado de acero, le colgaba hasta la altura del pecho de su viejo mono. Con una mano estrujaba una bolsa de plástico arrugada del súper, con la otra, se agarraba, tambaleante, al asidor que colgaba del techo. Se cerraron las puertas, el tren se puso en marcha y, cuando yo volví a mirar al frente, la niña de antes había desaparecido.

Ya en la estación de Tokio, al salir por el paso de acceso a los andenes, me detuve de golpe ante una aglomeración increíble de gente que vete a saber de dónde venía y adónde iría después. Más que un gentío normal y corriente parecía un juego extraño. Tuve la impresión de que me decían: «¡Eres la única que no sabe las reglas!», y me sentí desamparada. Estrujé el asa de mi bolso de lona, solté una gran bocanada de aire.

Hace diez años que pisé por primera vez la estación de Tokio. Fue el verano en que acababa de cumplir los veinte años, un día en que, por más que lo enjugaras y enjugaras, el sudor manaba a chorros como hoy. Llegué a Tokio con una mochila absurdamente grande y recia que, en mis años de instituto, había comprado, tras pensarlo mucho, en una tienda de ropa vieja (todavía ahora la uso para todo) llena de una decena de libros de mis escritores más queridos, de los que no me separaba ni un instante, como si fueran amuletos; en situaciones normales, cualquiera la habría enviado junto con los bultos de la mudanza. Hace diez años. Hasta hoy: 2008. Si me preguntaran si yo, ahora, a los treinta años, estoy en el futuro que vagamente imaginaba a los veinte, la respuesta con toda probabilidad sería que no, en absoluto. Todavía nadie lee lo que escribo (tengo, en un rincón perdido de la red, unos textos colgados en un blog y, en un día de suerte, hay algunas entradas), pero nada ha acabado impreso. Amigos, apenas tengo. La inclinación del tejado del apartamento, el desconchado de las paredes, el sol de poniente que da de lleno, el día a día que va encadenando trabajillos eventuales de la mañana a la noche por poco más de cien mil yenes al mes, el hecho de escribir y escribir sin saber adónde diablos me conduce: todo sigue igual. Una vida parecida a los estantes de una vieja librería donde siguen incrustados los libros llegados durante la generación anterior: lo único que ha cambiado es la fatiga acumulada a lo largo de diez años.

Miré el reloj; eran las doce y cuarto. Al final, había llegado a la cita con quince minutos de antelación: me apoyé en una gruesa y fresca columna de piedra, me quedé observando las idas y venidas de la gente. El murmullo sordo de voces diversas y ruidos innumerables; una familia numerosa con un montón de paquetes en los brazos pasó corriendo, de derecha a izquierda, con gran alboroto. Otra familia: la madre sujetaba con fuerza la mano de un niño pequeño con una cantimplora demasiado grande que oscilaba colgando sobre su trasero. Un bebé berreaba en algún sitio, una pareja joven, maquillados ambos, hombre y mujer, pasaron por delante de mí, a paso rápido, con una sonrisa de oreja a oreja.

Saqué el teléfono de la bolsa y comprobé que no hubiera ninguna llamada o mensaje de Makiko. Eso quería decir que habían salido de Osaka sin novedad, que habían cogido el *Shinkansen* a la hora prevista y que llegarían a la estación de Tokio dentro de cinco minutos. Habíamos quedado en la salida norte de la línea Marunouchi. Le había enviado un plano, le había dado instrucciones de antemano, pero me sentí insegura de pronto y comprobé la fecha. Día 20 de agosto. Correcto. La cita era hoy, día 20 de agosto, en la salida norte de la línea Marunouchi, a las doce y media.

Hoy he aprendido algo nuevo y es que las mujeres tenemos huevos. Se llaman *óvulos*. Este ha sido mi principal descubrimiento de hoy. He intentado ir algunas veces a la biblioteca de la escuela, pero los trámites para los préstamos son un lío, además, tiene pocos libros, es pequeña, oscura, a veces miran qué es lo que estoy leyendo y yo voy y lo escondo corriendo. Ahora voy a una biblioteca de verdad. Allí puedo mirar el ordenador y, además, la escuela es un fastidio. Allí todo son tonterías. Solo tonterías. Ya sé que es una tontería estar escribiendo que todo son tonterías. Lo de la escuela, vale: basta con ir dejándolo pasar, pero lo de casa no va pasando, y yo no puedo pensar dos cosas a la vez. Escribir, mientras tenga bolígrafo y papel, puedo hacerlo en cualquier sitio y, además, puedo escribir lo que quiera. Es un buen sistema. Para decir que algo es desagradable, están las palabras *repugnante* y *asqueroso*. A mí me parece que *asqueroso* da una sensación más auténtica, así que voy a practicar esa palabra: *asqueroso, asqueroso.*

Midoriko

Makiko —que es quien viene hoy de Osaka— es mi hermana mayor, tiene treinta y nueve años, nueve más que yo. Tiene una hija llamada Midoriko, a punto de cumplir los doce. Makiko tuvo a Midoriko a los veintisiete años y la está criando sola.

Con Makiko y Midoriko recién nacida, estuve viviendo durante unos años —a partir de los dieciocho— en un apartamento de Osaka. Fue porque Makiko se había separado de su marido antes de nacer Midoriko y, como yo iba a menudo por su casa, en un momento dado nos pareció más práctico vivir las tres juntas, básicamente por razones económicas, y para que yo pudiera echarle una mano. Entonces Midoriko no veía nunca a su padre, tampoco he oído decir que lo haya visto después. Midoriko ha crecido sin saber nada de él.

No sé muy bien por qué se separó Makiko. Recuerdo haber hablado mucho con ella entonces sobre el divorcio y sobre el que había sido su marido, e incluso recuerdo haber pensado: «¡Uf! ¡Eso no puede ser!», pero no logro recordar a qué me refería concretamente con aquel «no puede ser». El exmarido de Makiko había nacido y crecido en Tokio y, cuando se mudó a Osaka por cuestiones de trabajo, conoció a Makiko y casi enseguida ella se quedó embarazada de Midoriko. Creo que fue así, más o menos. Por cierto, recuerdo vagamente que él se dirigía a Makiko con un «tú» en un japonés estándar que yo, en aquella época, no había oído usar nunca en Osaka.

Antes aún, al principio de todo, nosotras dos vivíamos con nuestro padre y nuestra madre en el segundo piso de un pequeño edificio. Un apartamento pequeño compuesto de dos piezas juntas de seis[1] y cuatro-*jô*.[2] En la planta baja había una *izakaya*. Un barrio portuario a pocos minutos a pie del mar. Yo me quedaba horas y horas contemplando cómo una mole de olas negras como el plomo embestía con un rugido salvaje el muelle gris y se deshacía. Un barrio en el que, fueras a donde fueses, la humedad del agua salada y el oleaje impetuoso estaban siempre presentes, en el que al caer la noche

1. 3,64 m × 2,73 m aproximadamente. *(Todas las notas al pie son de la traductora.)*

2. 2,55 m × 2,55 m aproximadamente.

siempre había borrachos armando bulla. A los lados de la calle, o detrás de los edificios, descubría a menudo alguna figura acurrucada. Los gritos de cólera, las peleas a puñetazos, eso era el pan de cada día, y había visto con mis propios ojos cómo alguien arrojaba una bicicleta con violencia. Aquí y allá, perros callejeros parían montones de cachorros y, cuando crecían, esos cachorros parían por todas partes perros callejeros. Pero solo viví allí unos años: en la época de mi ingreso en primaria, mi padre desapareció, nosotras tres nos refugiamos en el bloque de protección oficial donde vivía mi abuela y nos quedamos con ella.

De mi padre, con quien solo viví, como mucho, siete años, recuerdo que, a pesar de ser niña, me parecía bajito. Era un hombre de constitución tan pequeña como un estudiante de primaria.

No trabajaba, se pasaba el día entero acostado, y la abuela Komi —mi abuela materna detestaba a mi padre por las penurias que hacía pasar a su hija— lo llamaba, a sus espaldas, «el topo». Con una camiseta imperio de un blanco amarillento y unos calzoncillos largos, permanecía tumbado en un futón extendido en la pieza del fondo, de la mañana a la noche, viendo la televisión. En la cabecera, tenía una lata vacía que hacía las veces de cenicero junto a un montón de revistas; el cuarto siempre estaba lleno de humo. Le fastidiaba tanto cambiar de posición y era tan perezoso que, para mirar hacia atrás, utilizaba un espejo de mano. Cuando estaba de buen humor, podía llegar a bromear, pero básicamente era un hombre de pocas palabras y no tengo memoria de haber jugado con él o de que me llevara a ninguna parte. Cuando estaba durmiendo o viendo la televisión, por cualquier tontería se ponía de malhumor y empezaba a gritar sin más; a veces, cuando bebía, en un arrebato de cólera pegaba a mi madre. Y, una vez puesto, encontraba pretextos para darnos una paliza también a Makiko y a mí, por lo cual, desde lo más hondo de nuestro corazón, todas temíamos a ese padre pequeño.

Un día, al volver de la escuela, mi padre ya no estaba. Había, apilada en un montón, ropa para lavar, la habitación era tan pequeña y oscura como de costumbre, pero, sin embargo, todo lo que contenía parecía distinto. Por un instante, me quedé sin aliento; luego me planté en el centro de la pieza. Intenté alzar la voz. Al principio, fue un sonido débil, como si probara las condiciones de la garganta; a continuación, solté palabras sin sentido, muy fuerte, desde el fondo de la barriga. No había nadie. Nadie me reñía. Luego empecé a moverme como una loca. Cuanto más movía las piernas y los brazos a mi antojo, sin pensar en nada, más ligero era mi cuerpo y tuve la sensación de que una fuerza brotaba dentro de mí y me llenaba. El polvo acumulado sobre el televisor, las tazas y los platos sucios olvidados dentro del fregadero. La puerta de la alacena con pegatinas enganchadas, las vetas de madera de la columna con marcas de altura. Todas esas cosas que siempre había tenido ante los ojos relucían como si hubieran sido rociadas con polvos mágicos.

Pero acto seguido me entristecí. Porque estaba convencida de que aquello sería fugaz y de que enseguida volvería a empezar el mismo día a día. Contra su costumbre, mi padre habría salido a hacer algo, pero volvería. Dejé la cartera, me senté como siempre en un rincón del cuarto y lancé un suspiro.

Pero mi padre no volvió. Mi padre no volvió ni al día siguiente, ni tampoco al otro. Poco después, empezaron a aparecer hombres por casa y, cada una de las veces, mi madre los echaba. Si fingíamos estar fuera, a la mañana siguiente había un montón de colillas esparcidas delante de la puerta de entrada. Esto se repitió unas cuantas veces hasta que un día, un mes después de que mi padre hubiera salido para no volver, mi madre sacó a rastras el futón entero de mi padre, que aún permanecía extendido en el cuarto, y lo embutió dentro de una bañera que no usábamos desde que se había estropeado el dispositivo del encendido. En aquel espacio reducido y mohoso, el futón de mi padre, impregnado de peste a sudor, grasa y tabaco, tenía un sorprendente color amarillo. Tras clavar una mirada en el futón, mi madre le asestó una increíble patada voladora. Y cuando había transcurrido otro mes, una medianoche, mi madre nos zarandeó a Makiko y a mí, con una expresión de urgencia que se adivinaba a pesar de la oscuridad, para que nos despertáramos: «¡Arriba! ¡Arriba!», nos metió en un taxi y huimos de casa.

¿Por qué teníamos que huir? ¿Adónde diablos nos dirigíamos en mitad de la noche? No entendía ni el sentido ni la razón. Mucho tiempo después, intenté tirar de la lengua a mi madre, pero hablar de mi padre había pasado a ser una especie de tabú y, al final, me quedé sin poder oír una respuesta clara de sus labios. Aquel día, tuve la sensación de pasarme la noche entera corriendo por la oscuridad, sin entender nada, hasta vete a saber dónde, pero el punto de llegada estaba en el otro extremo de la ciudad, a una distancia de algo menos de una hora en tren. Era la casa de mi adorada abuela Komi.

Dentro del taxi, me mareé, me encontré mal y vomité dentro del neceser de maquillaje vacío de mi madre. No me salió gran cosa del estómago, me limpié con la mano la saliva de gusto ácido que me colgaba de la boca y, mientras mamá me pasaba suavemente una mano por la espalda, estuve pensando todo el rato en mi cartera. El libro de texto preparado para las clases de los martes. El cuaderno. Las pegatinas. Entre las páginas de la libreta, metida al fondo de todo, estaba el dibujo del castillo que había acabado finalmente la noche antes, tras haber estado varios días dibujando. La armónica que había puesto al lado. La bolsa para el almuerzo del cole colgada del costado. El plumier todavía nuevo con mis lápices preferidos, mi boli de tinta invisible, mis gominolas, mi goma de borrar. Mi gorra de lamé. A mí me gustaba mi cartera. Cuando dormía por las noches, la tenía junto a la almohada; cuando andaba, asía con fuerza las correas: la cuidaba mucho siempre, en todo momento. A mis ojos, mi cartera era como una habitación para mí sola que podía llevar encima.

Pero la había dejado atrás. Mi preciosa sudadera blanca, mi muñeca, mis libros, mi cuenco: lo había dejado todo en casa y ahora corría a través de la oscuridad. «Quizá ya no vuelva más a aquella casa —pensé—. Ya no volveré a cargarme la cartera a la espalda, ni tampoco dejaré mi plumier en una esquina de la mesa del *kotatsu*, ni abriré la libreta ni escribiré letras, ni sacaré punta al lápiz, ni tampoco volveré a leer recostada en aquellas paredes rugosas nunca nunca más.» Al pensarlo, tuve una sensación extraña. Notaba una parte de la cabeza embotada, como entumecida, las manos y los pies no me respondían bien. Pensé vagamente: «¿Esta yo es la yo de verdad?». Porque la yo de hacía un rato, al llegar la mañana, debería despertarse e ir a la escuela como siempre, y pasar un día como los de siempre. Cuando la yo de hacía un rato había cerrado los ojos para dormir no podía imaginar que, unas horas después, montaría en un taxi con mamá y Makiko y que, dejándolo todo atrás, correría así por la noche y ya no volvería más.

Mientras miraba cómo la oscuridad de la noche iba deslizándose por el otro lado de la ventanilla, tuve la sensación de que la yo que hasta hacía un rato no sabía nada estaba todavía durmiendo en el futón. ¿Qué haría aquella yo cuando, al despertarse por la mañana, se diera cuenta de que yo había desaparecido? Al pensarlo, me sentí desvalida de pronto y apreté mi hombro con fuerza contra el brazo de Makiko. Poco a poco, me entró sueño. A través de las rendijas de los párpados que se me iban cerrando, veía unos números verdes que brillaban. A medida que íbamos alejándonos de casa, aquella cifra iba creciendo en silencio.

Nuestra vida con la abuela Komi, que había empezado refugiándonos en su casa tras aquella especie de fuga nocturna, no duró, sin embargo, mucho tiempo. La abuela Komi murió cuando yo tenía quince años; mi madre había muerto dos años antes, cuando yo había cumplido los trece.

Makiko y yo nos quedamos solas de repente, con el colchón de los ochenta mil yenes de la abuela Komi que encontramos detrás del altar budista, y empezamos una vida de duro trabajo. De la época que va desde principios de secundaria —que fue cuando a mi madre le encontraron un cáncer de mama— hasta los años de instituto —que fue cuando la abuela Komi, como si la siguiera, murió de un cáncer de pulmón—, no tengo muchos recuerdos. Estaba demasiado ocupada trabajando.

Lo que sí recuerdo son las imágenes de la fábrica donde hacía trabajillos, ocultando mi edad, durante las largas vacaciones de primavera, verano e invierno de secundaria. Los cables de los soldadores eléctricos que colgaban del techo, el chisporrotear de las chispas eléctricas, los montones de cajas de cartón apiladas. Y, sobre todo, el *snack*[3] al que acudía con frecuencia desde mis años de primaria. Un pequeño local que llevaba una amiga de mi madre. Mamá, durante el día, hacía varios trabajos a tiempo parcial y, por la noche, trabajaba en aquel *snack*. Makiko, cuando estaba en el instituto, tomó la delantera y se estrenó como lavaplatos y, luego, entré yo en la cocina y empecé a preparar copas y tapas mientras miraba a los clientes borrachos y a mi madre que los atendía. Makiko, en un trabajillo que empezó de forma paralela en una casa de *yakiniku*, se esforzó tanto que logró alcanzar al mes hasta un máximo de ciento veinte mil yenes, a razón de unos seiscientos yenes a la hora (hecho que llegó a convertirse en una especie de leyenda en el establecimiento). Unos años después de acabar el instituto, la ascendieron a empleada fija y, luego, trabajó allí hasta que el restaurante quebró. Después, se quedó embarazada, nació Midoriko, fue rodando de un trabajo a tiempo parcial a otro y, ahora, a los treinta y nueve años, también trabaja en un *snack* cinco días a la semana. En una palabra: Makiko ha acabado llevando casi la mis-

3. En Japón, los *snack* son locales con mujeres en la barra atendiendo a los clientes. La encargada suele ser una mujer, a la que se llama *mama*. Suele estar abierto hasta pasada la medianoche. Los clientes consumen bebidas alcohólicas acompañadas de tapas y se entretienen principalmente charlando con la *mama* y las chicas del local, o con otros clientes, o cantando karaoke.

ma vida que mamá, que era madre soltera, se deslomó trabajando, enfermó y murió.

Pasaban ya casi diez minutos de la hora, pero Makiko y Midoriko seguían sin aparecer en el lugar de la cita. Llamé por teléfono, pero Makiko no contestó y tampoco había ningún mensaje. ¿Se habrían perdido? Esperé cinco minutos más y, cuando me disponía a llamar de nuevo, sonó la señal avisándome de que había llegado un mensaje.

«No sabíamos por dónde salir, así que estamos en el andén donde hemos bajado.»

Comprobé en el panel luminoso el número del *Shinkansen* en el que debían de haber venido, compré un billete de acceso a los andenes en el dispensador automático y entré. Al salir del ascensor, recibí una vaharada de aire caliente de agosto que parecía un baño de vapor y empecé a sudar a mares. Avancé esquivando a las personas que esperaban la llegada del próximo tren y a los pasajeros que compraban algo de pie ante los kioscos y, al fin, las descubrí sentadas en un banco, en la zona de parada del tercer vagón.

—¡Eh! ¡Hola! ¡Cuánto tiempo sin vernos!

Al verme, Makiko rio contenta y yo, contagiada por su risa, también me reí. Midoriko estaba sentada a su lado y, a la primera mirada, vi que había crecido tanto que me dio la impresión de que era dos veces mayor que la Midoriko que yo conocía y, sin pensar, alcé la voz:

—¡Caramba, Midoriko! ¿Qué piernas son esas?

Con el pelo sujeto, muy tirante, en una coleta alta, camiseta lisa de color azul marino y cuello redondo, Midoriko llevaba unos pantalones cortos. Las piernas que emergían, rectas, de los pantalones —aunque también tenía que ver el hecho de que estuviera sentada en la punta del asiento con las piernas extendidas— se veían sorprendentemente largas y yo le di una palmadita en las rodillas. En un acto reflejo, Midoriko me miró con cara de vergüenza y apuro, pero Makiko dijo: «¿Verdad? Increíble, ¿no? Qué sorpresa verla tan mayor, ¿no?». En cuanto Makiko intervino, ella puso cara de malhumor y apartó la vista, se recostó en el asiento para atraer hacia sí la mochila que tenía a un lado y cogerla en brazos. Makiko me lanzó una mirada a la cara, sacudió ligeramente la cabeza poniendo cara de pasmo y se encogió de hombros como diciendo: «¿Ves?».

Hacía medio año que Midoriko había dejado de hablar a Makiko.

Makiko no sabía por qué. Al parecer, un día, al dirigirse a ella, ya no contestó, así, sin más. Al principio, le preocupaba que fuese un trastorno psicológico o algo similar, pero, dejando aparte el hecho de no hablar, Midoriko tenía un apetito y una energía normales, iba a la escuela de primaria sin novedad, hablaba con los amigos y profesores como de costumbre, llevaba la vida de siempre sin ningún problema. En resumen, Midoriko se negaba a hablar solo en casa, y solo con Makiko, y aquello era un acto deliberado. Por más tacto que empleó Makiko para preguntarle de mil maneras distintas la razón, Midoriko siguió obstinándose en no responder.

—Últimamente, yo también hago eso de la conversación escrita, ¿sabes? Vaya, eso de escribir con un boli, sí, escribir con bolígrafo.

En la época en que Midoriko empezó a callar, Makiko, entre suspiros, me lo contó todo por teléfono.

—Y eso del bolígrafo, ¿qué es?

—Pues un bolígrafo es un bolígrafo, ¿no? Conversación escrita. No hablamos. No, yo sí hablo. Yo hablo, pero Midoriko va con el boli. No habla. Nunca. Y así todo el rato. Ya casi llevamos un mes —dijo Makiko.

—¿Un mes? Uf, es mucho tiempo.

—Mucho.

—Al principio, le preguntaba y le preguntaba, pero nada. Siguió con lo mismo. Puede que haya algo, algún motivo, no lo sé. Pero por más que se lo pregunte, ella no contesta. No habla. Ni que me enfade, no sirve de nada. Es un problema, ¿sabes? Y con los demás sí que habla, todo normal... Ya sé que hay una edad en que te molesta eso y lo otro de los padres... Pero es que eso no duraría tanto, ¿no crees? Pero yo puedo con ello, puedo con ello. No pasa nada.

Al otro lado del teléfono, Makiko me dedicó una alegre risa, pero ya había transcurrido medio año. Sin interrupción. La relación había llegado a un punto muerto.

Al parecer, casi todas las de la clase han tenido ya su primera menstruación, pero en la clase de hoy de Higiene y Salud nos han hablado de cómo funciona. Qué pasa dentro de la barriga para que salga sangre, cómo son las compresas, y nos han enseñado un dibujo grande del útero, que dicen que todas tenemos dentro. Últimamente, cuando nos encontramos todas en el lavabo, veo cómo las niñas que ya tienen la regla se juntan y empiezan que si tal y cual, hablan de cosas como si solo ellas lo pudieran entender. En un bolsito pequeño llevan una compresa y, si les preguntas: «¿Y eso qué es?», es como si fuera un secreto, cuchichean en voz baja cosas que solo pueden entender ellas, la pandilla de la regla, pero en plan de que todas podamos oírlo. Todavía hay niñas que no la tienen, claro, pero del grupo de las que somos más amigas, me da la sensación de que yo soy la única que aún no la tiene.

¿Cómo debe de ser eso de que te venga la regla? Dicen que también te duele la barriga y, sobre todo, ¿cómo debe de ser algo que te dura decenas de años? Cuestión de acostumbrarse, supongo. Que a Jun-chan le ha venido la regla lo sé porque ella me lo ha dicho, pero, pensándolo bien, ¿cómo es que la pandilla de la regla sabe que yo todavía no la tengo? Porque, aunque la tengas, no vas diciendo por ahí: «Me ha venido», y no todo el mundo va al lavabo con el bolsito para que los demás se den cuenta. ¿Cómo pueden adivinar una cosa así?

Además, como me chocaba que en japonés la primera regla se llamase la *primera marea*, he buscado la palabra. Eso de *primera*, de *primera marea*, estaba claro porque es la primera vez, pero la *marea* que va detrás no la acababa de entender. La he buscado en el diccionario y tiene varios sentidos. Uno es: «Movimiento de ascenso y descenso del agua del mar debido a la fuerza de atracción de la luna y del sol». Otro pone: «Buena época». Solo hay un sentido que es difícil de entender: «Atractivo». He buscado la palabra *atractivo* y pone que es lo que atrae a los clientes en un negocio o lo que produce una sensación de agrado. La verdad es que no entiendo para nada cómo liga esa «primera marea» con que te salga sangre de entre las piernas por primera vez. ¡Qué asco!

MIDORIKO

Midoriko, que andaba a mi lado, era todavía un poco más baja que yo, pero tenía las piernas mucho más largas que yo, y el tronco, más corto. Le dije: «Esto es la generación Heisei,[4] ¿eh?». Midoriko asintió con cara de fastidio, aminoró el paso y empezó a andar por detrás de Makiko y de mí. La vieja bolsa de viaje de color marrón que llevaba Makiko parecía demasiado pesada para sus brazos, tan delgados, pero a pesar de que alargué varias veces la mano, diciéndole: «Eh, Maki-chan, te la llevo yo», Makiko rehusó educadamente: «No, no», y se negó a pasármela.

Que yo supiera, aquella era la tercera vez que Makiko venía a Tokio. Miraba a su alrededor y no paraba de parlotear con aire excitado: «¡Pues sí, hay mucha gente!» o «¡Qué estación tan grande!» o «Los niños de Tokio tienen todos la cara pequeña» y, cuando estaba a punto de chocar con la gente que venía de frente, se disculpaba en voz alta: «Perdona, ¿eh?». Pendiente todo el rato de que Midoriko nos siguiera sin nove-

4. Nacidos durante la era Heisei (1989-2019). Equivalen a los milenials, generación Y o generación Z.

dad, yo le iba respondiendo con movimientos afirmativos de cabeza..., pero lo que en mi fuero interno me inquietaba, hasta el punto de hacerme palpitar el corazón con violencia, era cuánto había cambiado el aspecto de Makiko.

Makiko había envejecido.

Es natural que las personas envejezcan con el paso del tiempo, claro está. Pero Makiko estaba tan avejentada que si hubiera dicho: «Este año hago cincuenta y tres», en vez de los cuarenta que iba a cumplir, cualquiera habría respondido, completamente convencido: «¿Ah, sí?».

Nunca había sido gorda, pero ahora sus brazos, piernas y caderas eran ostensiblemente más delgados que los de la Makiko que yo conocía. O puede que la ropa ayudara a dar, más aún si cabe, esta impresión. Makiko llevaba una camiseta estampada que podría haberse puesto perfectamente una veinteañera, unos vaqueros ceñidos bajos de cintura de esos que suelen llevar los jóvenes, y calzaba unas sandalias de tiras de color rosa con unos tacones que llegarían a los cinco centímetros. Vista de espaldas, su figura parecía joven, pero, al darse la vuelta, se convertía, hasta el punto de causar escalofríos, en una de esas figuras que tanto se ven hoy en día.

Aun así, dejando aparte lo poco que le cuadraba la ropa, tanto su cuerpo como su cara parecían haber menguado un escalón, y su rostro tenía un matiz opaco. Los dientes implantados habían adquirido un tono amarillento y se veían demasiado grandes y saltones, con las encías ennegrecidas por culpa del metal de la raíz. El pelo, desteñido y con la permanente medio deshecha, era menos abundante que antes y, en la coronilla reluciente de sudor, le clareaba el cuero cabelludo. El color de la base de maquillaje, extendida en una gruesa capa, era demasiado claro y su rostro tenía una tonalidad lechosa que hacía resaltar aún más las arrugas. Cada vez que se reía, los nervios de su cuello sobresalían hasta el punto de que parecía que se pudieran coger y los párpados estaban completamente hundidos.

Pero ¿qué te pasa? Su aspecto me recordó al de mi madre en una cierta época. ¿Era solo que mi hermana, con el paso de los años, había acabado pareciéndose a mi madre? ¿O era que yo notaba que se parecían porque lo que había pasado años atrás en el cuerpo de mi madre estaba ocurriendo ahora en el de Makiko? Estuve muchas veces a punto de preguntarle: «¿No tendrás algún problema de salud? ¿Te estás haciendo reconocimientos médicos?», pero cambié de opinión, diciéndome que quizá la propia Makiko estuviera preocupada por ello y, al final, no toqué el tema. Sin embargo, ajena a mi inquietud, Makiko estaba jovial. Con aire de estar acostumbrada a los silencios de Midoriko, se dirigía a ella alegremente, sin importarle que la ignorase una vez tras otra, y nos iba hablando a ambas sobre cosas intrascendentes, comentando tal y cual cosa con buen humor.

—Maki-chan, ¿hasta cuándo tienes vacaciones?

—Tres días, incluido hoy.

—Poco, ¿no?

—Hoy me quedo en tu casa; mañana, también; pasado mañana vuelvo y, por la noche, trabajo.

—¿Estás muy ocupada últimamente? ¿Cómo va?

—Uf, muy poco trabajo. —Makiko hizo chasquear la lengua y puso cara de querer decir: «¡Va mal la cosa!».

—Por el barrio, muchos han tenido que cerrar.

Makiko trabaja como chica de alterne, pero, aunque a todas se las llame igual, hay muchos tipos distintos de «chicas de alterne». Se la mire por donde se la mire, la palabra tiene mala imagen, pero lo cierto es que en Osaka hay una enorme cantidad de barrios llenos de *snacks*, de bares y de tabernas, y solo con oír la dirección ya sabes, más o menos, cómo serán la clientela, las chicas, el nivel del local y demás.

El *snack* donde trabaja Makiko está en el barrio de Shôbashi, en Osaka. Es el barrio en el que, cuando nos refugiamos en casa de la abuela Komi después de la huida nocturna, estuvimos trabajando nosotras tres. Lejos de ser de primera categoría, es una zona donde un enjambre de *snacks*, tabernas, bares y demás se apiñan, recostados los unos contra los otros, mientras van mudando a color marrón.

Tabernas baratas. Casas para comer de pie *soba*. Casas para comer de pie menús. Cafeterías. Un edificio ruinoso que, más que un hotel para parejas, es una pensión por horas. Una casa de *yakiniku*, larga y estrecha como un tren. Una casa de brochetas de menudillos de pollo envuelta en un humo tan espeso que parece una broma. Una farmacia con un único letrero en letras grandes: HEMORROIDES, MALA CIRCULACIÓN. Ni un resquicio entre uno y otro. Por ejemplo: junto a una casa de comidas con anguila, un club de contactos telefónicos. Junto a una inmobiliaria, un prostíbulo. Un *pachinko* con un anuncio luminoso y unas banderas que flamean. Una tienda de sellos en la que nunca aparece el dueño. Y una sala de juegos oscura a cualquier hora, lóbrega y siniestra, te la mires desde el ángulo en que te la mires. Todos estrechamente apiñados los unos contra los otros.

Y qué decir de las personas que frecuentan los locales. Dejo aparte los que solo pasan por allí. Los hay que permanecen acuclillados, inmóviles, ante una cabina telefónica. Hay mujeres maduras que han dejado hace tiempo los sesenta atrás y que atraen a los clientes diciendo que podrán bailar por dos mil yenes. Y hay vagabundos y borrachos, por supuesto. Muchos tipos distintos de gente. En este barrio que, hablando con condescendencia, es amigable y lleno de vitalidad y, hablando por lo que se ve, de baja estofa, Makiko trabaja, desde las siete de la tarde hasta las doce de la noche, en un *snack* en el segundo piso de un edificio lleno de locales de ocio en el que el eco atronador de los micrófonos retumba sin cesar desde el atardecer hasta la madrugada.

En el *snack* hay una barra con algunos taburetes y varios apartados separados por sofás a los que llaman «reservados». Con quince clientes ya está completo y que alguien haga diez mil yenes de gasto en una noche se considera todo un éxito. Es un acuerdo tácito que, para aumentar las ventas, las chicas también consuman esto y lo otro. Y, como no se trata de tomar juntos alcohol barato, lo que piden es algo de lo que puedan beber tanto como quieran sin emborracharse: té *oolong*. A trescientos yenes la lata pequeña. Por supuesto, se rellenan las latas con té casero puesto a enfriar y se sirven en la mesa con toda frescura poniendo cara de decir: «Acabo de levantar la anilla». A continuación, cuando las chicas tienen la barriga llena de agua y les entra hambre, viene la comida. «¡Oh! Ahora comería algo», dicen a los clientes y piden salchichas fritas, tortilla, sardinas en aceite o piezas de pollo rebozado, más como comida de fiambrera que como tapa para picar. Y, después, el karaoke. A razón de cien yenes la canción, las monedas se acaban convirtiendo en un billete, así que todas, jóvenes o viejas, se desgañitan tanto como pueden, aunque desafinen hasta el punto de que se les caiga la cara de vergüenza. Pero, por más que se esfuercen y acaben con la garganta ronca y la barriga hinchada por la ingesta excesiva de sal y líquidos, los clientes suelen volver a sus casas sin haber llegado a gastar más de cinco mil yenes.

La *mama* del bar de Makiko era una mujer bajita y regordeta, de carácter alegre, que estaría en la mitad de la cincuentena. Yo también la había visto una vez. Llevaba recogido atrás, alto, un pelo que no sé si estaría teñido o decolorado, pero que era más amarillo que rubio, y sostenía un cigarrillo Hope corto entre sus cortos dedos gordezuelos. En la entrevista, cuando acababa de conocer a Makiko, le dijo:

—¿Sabes qué es Chanel?

—Sí. Una marca de ropa, ¿no? —respondió Makiko.

—Pues sí —dijo la *mama* exhalando el humo por la nariz—. Qué guapo, ¿no? Allá.

En la pared que la *mama* le señalaba con la barbilla había dos pañuelos de Chanel, a modo de adorno, como un póster, dentro de una especie de vitrina con un marco de plástico. Estaban iluminados por la luz amarillenta de un foco.

—A mí —dijo la *mama* entornando los ojos al sonreír— me gusta Chanel.

—Ah, ya. Por eso este local se llama Chanel, ¿no? —dijo Makiko contemplando los pañuelos de la pared.

—Pues sí —dijo la *mama*—. Chanel es el sueño de cualquier mujer. Te refresca. Pero es caro. Mira los pendientes.

La *mama* ladeó la redonda mejilla y le mostró la oreja por un instante. En la bola de un opaco color dorado que, incluso bajo la iluminación del *snack*, se apreciaba que estaba muy usada, sobresalía en relieve el logo de Chanel que también Makiko conocía.

Las toallas que colgaban en el lavabo, los posavasos de cartón, los adhesivos pegados en la puerta de cristal de la cabina telefónica instalada dentro del local, las tarjetas, la alfombrilla, los tazones: en el interior del *snack* se veían, aquí y allá, objetos con el logo de Chanel, aunque según la *mama* se trataba de unas falsificaciones llamadas «réplicas» que ella había ido reuniendo con tesón, poco a poco, a lo largo del tiempo, recorriendo los tenderetes de Tsuruhashi y de Minami. Incluso a los ojos de Makiko, que no sabía nada de Chanel, saltaba a la vista que eran baratijas, pero la *mama* les tenía un gran apego y, día tras día, iba aumentando su colección. El pasador del pelo y los pendientes que se ponía sin falta a diario eran los únicos y raros objetos auténticos y, por lo visto, se los había comprado en un impulso, llevada por una especie de superstición, al abrir el local. Al parecer, más que gustarle Chanel, estaba fascinada por la resonancia del nombre y el impacto de la marca, y Makiko había oído cómo las chicas del local le preguntaban: «*Mama*, ¿de dónde es Chanel?», y ella les respondía: «Es de Estados Unidos», como si creyera que todos los blancos son estadounidenses.

—*Mama-san*, ¿cómo está usted?

—Bien, bien. Bueno, el negocio podría ir mejor.

Llegamos a la estación de Minowa, la parada más cercana a mi piso, poco después de las dos de la tarde. A medio camino, habíamos comido unos fideos *soba* a doscientos diez yenes por cabeza y, a partir de la estación, caminamos unos diez minutos mientras las cigarras chirriaban con un ímpetu que parecía ir inundándolo todo.

—¿Has venido de casa?

—No, de otro sitio. Hoy tenía algo que hacer. Pasada la cuesta, todo recto.

—Andar está bien. Es un buen ejercicio.

Al principio, tanto Makiko como yo nos veíamos con ánimos de reír mientras andábamos, pero hacía tanto calor que acabamos enmudeciendo las dos. El chirrido de las cigarras, que no cesaba un instante, penetraba en nuestros oídos y el calor del sol nos abrasaba la piel. Las tejas de los tejados, las hojas de los árboles de la calle, las tapas de las alcantarillas: todo absorbía la luz blanca del verano y daba la sensación de que, cuanto más brillaba, más oscuro parecía en el fondo de los ojos. Con el cuerpo cubierto de aquel sudor que brotaba a mares, al fin logramos llegar al apartamento.

—Ya hemos llegado.

Makiko exhaló una gran bocanada de aire, y Midoriko se agachó junto a las macetas que había al lado del portal y acercó el rostro a las hojas de una planta de la que yo no conocía el nombre. Luego, se sacó una pequeña libreta de la riñonera que llevaba alrededor de la cintura y escribió en el papel: «¿De quién es esto?». La letra de Midoriko era mucho más gruesa y tenía un trazo mucho más firme de lo que esperaba y me dio la impresión de estar contemplando unas grandes letras trazadas en la pared. Y recordé que, cuando Midoriko era todavía un bebé..., yo había pensado que era increíble que un bebé, tan pequeño que incluso parecía mentira que respirara, pudiese llegar algún día a hacer sus necesidades por sí mismo, a comer o a escribir.

—No sé de quién son. De alguien, supongo. Mi piso está en la primera planta. Es aquella ventana. Se sube esta escalera y es la puerta de la izquierda.

Nos pusimos en fila y fuimos subiendo, una tras otra, la escalera metálica con manchas de óxido, aquí y allá.

—Es muy pequeño, ¿eh? Pasad.

—¡Pero si está muy bien! —Tras quitarse las sandalias, Makiko se inclinó para mirar hacia dentro y habló con voz alegre—: El típico pisito para uno. ¡Qué bien está! Con permiso.

Midoriko la siguió en silencio y penetró en la habitación del fondo. El apartamento se componía de dos piezas contiguas: una cocina de cuatro-*jô* y un cuarto de seis; vivía en aquel piso desde que había llegado a la capital, diez años atrás.

—¿Tienes alfombra? ¿Qué hay debajo? No me digas que parquet.

—No, tatami. Pero cuando llegué ya estaba viejo, así que puse una alfombra encima.

Secándome con el dorso de la mano el sudor que brotaba sin cesar, puse el aire acondicionado y fijé la temperatura en veintidós grados. Saqué una mesita plegable que tenía apoyada contra la pared y alineé encima los tres vasos de plástico a juego que había comprado para la ocasión en el bazar del barrio. Estaban decorados con unas pequeñas uvas de un pálido color morado. Traje el *mugicha*[5] que tenía enfriándose en la nevera y, cuando les llené el vaso hasta los bordes, Makiko y Midoriko se lo bebieron de un trago haciendo gorgotear el líquido en la garganta.

«¡Ah! ¡He resucitado!» Makiko se dejó caer hacia atrás y yo le pasé un gran puf redondo que había en un ángulo del cuarto. Midoriko, tras dejar en un rincón la mochila que había cargado a la espalda, se incorporó y miró a su alrededor con curiosidad. Era un piso pequeño, sencillo, con el mínimo de muebles imprescindible, pero Midoriko mostró interés por la estantería.

—Tienes muchos libros —intervino Makiko.

—¿Muchos? Qué va.

—Sí, mira. Casi toda esta pared está llena de libros. ¿Cuántos hay aquí?

5. Té de cebada tostada.

—No los he contado, pero no hay tantos. Lo normal.

Puede que a Makiko, que no tenía, en absoluto, la costumbre de leer, le pareciese una gran cantidad, pero lo cierto era que no había muchos.

—¿Lo normal? Que no.

—Que sí.

—Para ser hermanas, somos bien distintas. A mí no me interesan para nada. Pero a Midoriko sí le gustan los libros. Y también la lengua. ¿Eh, Midoriko?

Sin responderle, Midoriko iba clavando la mirada en los lomos de los libros, uno tras otro, con el rostro pegado a la estantería.

—Oye, me sabe mal, justo después de llegar, pero ¿puedo ducharme? —dijo Makiko, apartándose con la punta de los dedos el pelo que se le pegaba a las mejillas.

—Adelante. Es la puerta de la izquierda. El váter está aparte.

Mientras Makiko se duchaba, Midoriko permaneció todo el rato mirando la estantería. Su espalda estaba tan empapada de sudor que el color azul marino de la camiseta se veía casi negro. Cuando le pregunté si no necesitaba cambiarse, negó con aire de indiferencia indicando que lo haría un rato después.

Mientras contemplaba la figura de espaldas de Midoriko y oía, como quien no oye, el ruido que venía del cuarto de baño, tuve la sensación de que la atmósfera de la habitación, donde no debía de haberse producido ningún cambio, era algo distinta de lo habitual. La sensación de que algo no cuadraba, como si alguien, en un momento dado, hubiese cambiado solo la fotografía que desde tiempo atrás estaba dentro del mismo marco y yo no llegara a ser consciente del todo de lo que había sucedido. Analicé esta sensación de desencuentro unos instantes mientras bebía *mugicha*. Pero no pude averiguar de dónde procedía.

Makiko volvió con una camiseta de cuello amplio y unos pantalones de chándal holgados, diciendo: «Te he cogido una toalla, ¿eh?». Makiko, que iba secándose el pelo a mechones con la toalla mientras decía: «¡Vaya presión, el agua caliente!», ya no tenía ni rastro de maquillaje en la cara y, al mirarla, se me aligeró un poco el corazón. Porque me hizo pensar que la impresión que me había ofrecido su aspecto al verla por primera vez quizá fuera falsa. Un rato antes había pensado que había adelgazado mucho, pero podía ser que no hubiese para tanto. Y en cuanto a la cara, quizá solo me hubiese dado aquella impresión por culpa del maquillaje —porque tanto el color como la cantidad eran un espanto, cierto—, pero era posible que en realidad ella no hubiese cambiado tanto. El hecho de que me hubiera sobresaltado de aquel modo quizá se debiera simplemente a que hacía mucho que no nos veíamos; tal vez mi reacción hubiese sido excesiva. Y tal vez fuese porque ahora mis ojos ya se habían acostumbrado a ella, pero, por lo que respecta a la edad, empezó a darme la impresión de que representaba los años que tenía... y este pensamiento me tranquilizó mucho.

—Voy a ponerla a secar. ¿Y la veranda?

—Este piso no tiene veranda.

—¿No tiene? —repitió Makiko sorprendida. Al oírla, incluso Midoriko se dio la vuelta—. ¿Cómo puede ser un piso sin veranda?

—Como este. —Me reí—. Si abres la ventana, no hay nada. Así que cuidado, no vayas a caerte.

—¿Y cómo secas la ropa?

—Arriba hay una azotea, ahí la pongo a secar. Luego vamos si quieres. Cuando haga un poco más de fresco.

«¡Ah! ¡Vaya!» Mientras asentía con la cabeza, Makiko alargó la mano hacia el mando a distancia, encendió el televisor y fue cambiando de canal a su antojo. Un programa de cocina, otro de ventas por correo y, luego, al pasar a un magacín, toda la pantalla se inundó de la tensión característica que indica que ha ocurrido algún incidente grave y, micrófono en mano, una reportera se dirigía a nosotros con una expresión grave en el rostro y hablando con exaltación. A su espalda, en un barrio residencial, se veían ambulancias, policías y plásticos extendidos.

—¿Ha pasado algo?

—No lo sé.

La reportera decía que aquella mañana una joven universitaria que vivía en el barrio de Suginami había sido atacada por un hombre en las inmediaciones de su casa y había recibido puñaladas en la cara, el cuello, el pecho, el vientre..., o sea, por todo el cuerpo, y que ahora permanecía ingresada en un hospital en estado crítico tras haber sufrido una parada cardiorrespiratoria. Explicó que, alrededor de una hora después del incidente, un hombre, de unos veinte a treinta años, se había entregado en la comisaría más próxima y que ahora le estaban tomando declaración para tratar de esclarecer los hechos. Durante la transmisión, en la parte superior izquierda de la pantalla apareció, en gran tamaño, una fotografía de la joven universitaria apuñalada junto con su nombre. «Allí quedan rastros recientes de sangre», informaba la reportera, volviéndose de vez en cuando con expresión tensa. Se veía una cinta amarilla que prohibía el acceso y, por aquí y por allá, aparecían las figuras de los mirones enfocando la cámara de sus teléfonos móviles. «Vaya. Es una chica muy mona», musitó Makiko.

—Antes, ya había pasado algo, ¿no?

—Sí —dije yo.

Unas dos semanas atrás, en una papelera de Shinjuku-gyoen,[6] habían encontrado parte de un cuerpo, al parecer femenino. Poco después, habían averiguado que se trataba de una mujer de setenta años que había desaparecido meses atrás y, luego, no tardaron en detener a un hombre de diecinueve años, sin empleo, que vivía en el barrio. Ella era una anciana sin familia que había vivido muchos años sola en un viejo

6. Shinjuku-gyoen es un gran parque que se encuentra en los distritos de Shinjuku y Shibuya, en Tokio. La palabra *gyoen* significa: «parque propiedad del Emperador».

bloque de pisos de Tokio y los medios de comunicación habían armado un gran revuelo, aventurando tal y cual hipótesis sobre la conexión entre ambos y el móvil del crimen.

—Aquello, lo de la abuela asesinada. Que fue descuartizada.

—Sí. En la papelera de Gyoen —dije yo.

—¿Y eso de Gyoen qué es?

—Un parque muy grande.

—Entonces el criminal era un hombre joven, ¿no? —Makiko hizo una mueca—. Pero, la mujer asesinada, ¿no tenía setenta años? ¿Me equivoco? ¿O era un poco mayor? —Y luego añadió tras reflexionar unos instantes—: Pero, espera, espera... Setenta años..., ¿no era esa la misma edad de la abuela Komi cuando murió?

Makiko alzó la voz como si se sorprendiera de lo que acababa de decir y abrió mucho los ojos:

—Pero ¿no la violaron? Fue eso, ¿no?

—Sí, eso parece.

—¡Qué horror! No me entra en la cabeza. Y era como la abuela Komi. Más o menos —gimió Makiko.

La misma edad que la abuela Komi... Quizá, en cuanto pasara una hora, olvidaría aquel caso ante otro incidente similar, pero, durante un tiempo, las palabras de Makiko: «La misma edad que la abuela Komi», no se apartaron de mi cabeza. La abuela Komi. Cuando murió, Komi ya era, la miraras como la mirases, una anciana. Después de encontrarle el cáncer e ingresarla en el hospital, era lógico que así fuera, pero incluso antes, cuando todavía estaba bien, era ya una anciana por completo, la miraras como la mirases. Así que la Komi que estaba en mi memoria era, desde el principio hasta el fin, una abuelita. Por supuesto, no poseía ni un ápice de nada que hiciese pensar en la sexualidad, tampoco existía en ella ni un milímetro de margen donde pudiera caber algo de este tipo. Una anciana. Una abuela de los pies a la cabeza. Por supuesto, yo no sabía cómo era la víctima asesinada de setenta años, también es cierto que a veces la edad no tiene relación alguna con las inclinaciones personales. Tenía muy claro que la víctima asesinada no era igual que Komi, pero, en mi interior, el hecho de que la víctima tuviera setenta años la ligaba con la abuela Komi y, en consecuencia, también Komi y la violación acababan unidas de algún modo, lo que me producía sentimientos contradictorios.

Vivir hasta los setenta años y, al final, acabar siendo violada por un hombre de la edad de tu nieto y ser asesinada de aquel modo... Ella, a lo largo de su vida, probablemente ni siquiera lo había imaginado jamás. Incluso en aquel mismo instante, ¿había podido comprender bien lo que le estaba sucediendo? Aún con expresión afligida, el presentador se despidió, el programa terminó y, tras pasar algunos anuncios, empezó la reposición de una serie.

Jun-chan ha venido toda excitada diciendo que se había dado cuenta de que se estaba poniendo todo el rato las compresas al revés. Mentira, no estaba más excitada de lo normal, y quizá es que yo no lo he entendido del todo, pero, al parecer, las compresas tienen una cinta adhesiva y ella se la ponía para arriba. Por lo visto, no lo sabía. Dice que no absorbían nada, que se salía la sangre, que le daba problemas todo el rato. Pues si llevaba la cinta pegada ahí, al despegársela, ¡uf, qué daño! ¿Tan difícil es eso como para equivocarse?

Al decirle que no había visto nunca una compresa, Jun-chan va y me dice: «En casa tengo muchas, te las enseño», así que hoy, a la salida del colegio, he ido de visita a casa de Jun-chan. Los estantes del lavabo estaban todos llenos hasta arriba de paquetes de compresas de tamaño grande, como los de los pañales de los niños. En casa no hay. Yo no tenía ganas, pero, para practicar, me he subido a la taza del váter y he mirado, y allí había un montón de paquetes de varios tipos distintos, todos con etiquetas de OFERTA pegadas por todas partes. La regla viene porque el óvulo no ha sido fecundado y la cosa que parece un cojín que está preparada para acoger y criar el óvulo que debía ser fecundado sale junto con la sangre: eso es de lo que he hablado con Jun-chan. Entonces, mira. Resulta que Jun-chan pensó que a lo mejor el huevo no fecundado estaría dentro de la sangre y, por lo visto, el mes pasado abrió un poco la compresa y miró qué había dentro. Mira. Yo me he quedado de piedra y, muerta de asco, le he preguntado qué había. Jun-chan estaba tan tranquila. Dice que dentro de la compresa había un montón de granos pequeños apretujados y que todos estaban rojos e hinchados de sangre. «¿Como el caviar rojo?», le he preguntado yo, y ella me ha dicho que sí, pero que mucho más pequeño. Y que, por eso, no podía ver si allí dentro estaba el huevo fecundado o no.

MIDORIKO

Fui a la cocina y, cuando estaba calentando agua en una olla para hacer *mugicha*, Midoriko se me acercó y me enseñó la libreta.

«Salgo un rato a explorar.»

—¿Explorar? ¿Y eso qué es?

«Pasear.»

—De acuerdo. Pero tienes que preguntárselo a Maki-chan, ¿no crees?

Midoriko se encogió de hombros y lanzó un pequeño resoplido por la nariz.

—Maki-chan, Midoriko dice que sale un rato a dar un paseo. ¿Te parece bien?

—Vale, pero ¿conocerás la casa? ¿No te perderás? —Makiko respondió desde el interior de la habitación.

«Solo doy una vuelta por aquí cerca.»

—¿Qué vas a hacer andando con ese calor?

«Explorar.»

—Vale. Entonces, por si acaso, llévate mi teléfono. Mira. Al lado del súper por donde hemos pasado hace un rato hay una librería. Y al lado, una tienda de chucherías, bueno, no sé si llamarla tienda de chucherías o bazar, y también hay una papelería... Hay un montón de tiendas, ¿por qué no vas, echas un vistazo a lo que tienen y vuelves? Un día como hoy, si estás fuera demasiado rato, vas a acabar como la carne a la parrilla. Y, mira, para hacer una rellamada es aquí. Pulsas esta tecla y llamarás a Maki-chan, ¿de acuerdo? —Midoriko asintió ante mi explicación.

—Y si algún tipo raro te dice algo, tú echas a correr. Y llamas enseguida. Y vuelve lo antes posible, ¿vale?

Cuando Midoriko salió cerrando la puerta de golpe..., a pesar de que no había pronunciado una sola palabra, la habitación pareció, no sé por qué, más silenciosa que antes. Las pisadas de Midoriko mientras bajaba por la escalera de hierro resonaron con un sonido metálico. El sonido se fue alejando y, cuando se hubo apagado por completo..., Makiko se incorporó de pronto, como si hubiera estado esperando, se sentó y apagó el televisor.

—Ya te lo dije por teléfono, ¿no? Midoriko está siempre así.

—Tiene las cosas muy claras, ¿verdad? —dije yo impresionada—. Medio año. Pero en la escuela se porta normal, ¿no?

—Sí. Antes de las vacaciones de verano, a finales de curso, se lo pregunté a su tutora y me dijo que en el colegio no tiene ningún problema ni con los profesores ni con los amigos. Se ofreció a hablar con ella, pero pensé que esto le sentaría fatal a Midoriko y le respondí que esperaría un poco más, a ver cómo seguía la cosa.

—Sí.

—No sé a quién debe de haber salido, es muy terca.

—Tú no creo que seas tan terca.

—Uf, no sé. Contigo creí que hablaría, pero no. En el papel.

Tras atraer hacia sí la bolsa de viaje, Makiko descorrió la cremallera, metió la mano dentro y extrajo un sobre de tamaño A-4 que había hacia el fondo.

—Dejemos este tema —dijo Makiko con un pequeño carraspeo—. Nat-chan, mira, es esto. De lo que te hablé por teléfono.

Mientras lo decía, Makiko extrajo con cuidado, de aquel sobre recio y bastante grueso, un paquete de folletos y los depositó suavemente encima de la mesa. Me clavó la mirada. En el instante en que nuestros ojos se encontraron, en un acto reflejo pensé: «Era eso», recordando el propósito de su viaje a Tokio. Cuando Makiko se enderezó, apoyando ambas manos sobre los folletos, la mesa dejó oír un crujido.

BUSCANDO UN POCO MÁS DE BELLEZA

—Estoy pensando en hacerme una operación de aumento de pecho, ¿sabes?

Tres meses atrás, había recibido esta llamada de Makiko a modo de titular, como una noticia.

Al principio, la postura básica de Makiko había sido algo como: «¿Qué opinas tú sobre eso?», pero una vez que empezó a llamarme con regularidad tres veces por semana, al salir del trabajo pasada la una de la madrugada, su postura fue cambiando de forma gradual. Adoptó una actitud, una tensión, que venían a decir que ella nunca había pretendido preguntar mi impresión o parecer; fuera como fuese, empezó a hablar de una forma inacabable, sin pausa, unilateral, sobre las operaciones de aumento de pecho.

«Voy a operarme para tener más pecho» y «¿Realmente podré hacerlo yo también?» eran los dos puntos recurrentes de Makiko acerca del tema.

Durante los diez años transcurridos desde que había llegado a Tokio, yo había recibido muy pocas llamadas telefónicas a altas horas de la noche y, mucho menos, llamadas tan largas y periódicas, así que cuando me dijo: «Estoy pensando en hacerme una operación de aumento de pecho, ¿sabes?», desconcertada repuse: «¡Ah, vale!».

Sin embargo, Makiko no prestó gran atención a este «¡Ah, vale!» y, a partir de entonces, empezó con unos largos discursos, donde yo solo podía colar algún monosílabo, sobre métodos actuales de mamoplastias, precios, presencia o ausencia de dolor, tiempo de recuperación tras la intervención quirúrgica y demás. A veces intercalaba frases que mostraban su firme determinación, como: «Creo que podré. Debo poder. Voy a hacerlo», dándose ánimos; en otras se ponía a sí misma al día sobre la información que acababa de conseguir y ordenaba sus ideas; en todo caso, hablaba y hablaba.

Mientras asentía a las palabras de Makiko, que parecían tan alegres, intentaba recordar cómo diablos era su pecho. Pero era inútil. Algo natural si se tiene en cuenta que ni siquiera logro acordarme del mío, aunque lo tengo pegado aquí delante. De modo que, por más pasión que pusiera Makiko en hablarme sobre las operaciones de aumento de pecho y sus intenciones, por más que Makiko se extendiera hasta el infinito con sus temas, las tetas por un lado y las mamoplastias por otro, yo no conseguía asociarlos y, cuánto más la escuchaba, más me dominaba un sentimiento no muy distinto a la ansiedad y al aburrimiento y acababa diciéndome a mí misma: «Y yo, ahora, ¿del pecho de quién diablos estoy hablando? ¿Y con quién? ¿Y para qué?».

Las cosas no iban bien con Midoriko... Lo había oído meses atrás. Por eso, alguna vez, cuando la conversación entraba en el «bucle infinito del aumento de pecho», yo apuntaba: «Por cierto, Midoriko...».

Pero, entonces, Makiko bajaba un poco la voz y se limitaba a decir: «Bueno, sí, no pasa nada», con ganas evidentes de evitar el tema. Bajo mi punto de vista, Makiko, que aquel año iba a cumplir los cuarenta, más que en la operación de aumento de pecho de la que tanto me hablaba por teléfono, debería de pensar muy mucho en su vida futura, en el dinero y, por supuesto, en Midoriko, porque, ni que decir tiene, aquellos eran los temas prioritarios, ¿o no era así?

Sin embargo, también me daba perfecta cuenta de que yo, que vivía en Tokio sola y solo para mí, sin cuidar de nadie en particular, no estaba en situación de hablarle con aires de superioridad, y también de que no era nadie para aleccionarla. Y, por lo que hacía a su vida con Midoriko, seguro que quien más se preocupaba por el asunto era la propia Makiko.

Si tuviera dinero. Si tuviera un empleo fijo durante el día que le ofreciera una mínima seguridad. Porque Makiko no había elegido salir a trabajar de noche a un bar dejando que Midoriko, alumna de primaria, pasara el tiempo sola en su apartamento. No era por gusto por lo que aparecía a veces borracha ante su hija, por más que eso fuera parte del trabajo. Makiko llevaba la vida que llevaba, siempre confiando en tener cerca un amigo a quien acudir si pasaba algo, en caso de emergencia, porque no tenía más remedio.

Sin embargo, por más que no tuviera más remedio, la cuestión de qué harían Makiko y Midoriko a partir de entonces no era algo de lo que uno pudiera dejar de preocuparse. Por ejemplo, las noches. En lo sucesivo, no sería bueno que dejara sola a Midoriko a aquellas horas tal como lo estaba haciendo. Definitivamente, no sería bueno. Bajo cualquier perspectiva, no sería bueno. Aquella situación se tenía que arreglar enseguida. Pero ¿cómo?

Makiko, que no tenía empleo. Yo, su hermana menor, que vivía de trabajillos por horas. Midoriko, todavía una niña, que seguiría costando dinero. Una vida que no tenía seguridad alguna. Parientes que pudieran ayudarla: en conjunto, cero. Posibilidades de un cambio radical de situación gracias a una buena boda: cero. O peor aún: menos que cero. Lotería. Prestación de ayuda social...

Cuando acababa de llegar a Tokio, hablé una vez con Makiko sobre la prestación de ayuda social. Makiko había tenido unos mareos sospechosos y estaba pasando unos días angustiada, pensando que quizá tuviera alguna enfermedad grave. Durante el tiempo en que estuvo yendo al hospital a hacerse pruebas, no mejoró y, como no podía ir a trabajar, se quedó sin ingresos y nosotras tuvimos que hablar de qué hacer con su futuro inmediato.

Entonces se me ocurrió proponerle, como una posibilidad más: «¿Y si miraras lo de la prestación social?», pero Makiko rehusó. No solo eso: me reprochó que le hubiese aconsejado tal cosa y, al final, todo degeneró en una disputa bastante violenta. Al parecer, Makiko tenía la percepción de que «recibir la ayuda social» era lo mismo que vivir en la deshonra, que no podía caer tan bajo, que no podía vivir siendo una carga para el país y para los demás y, por lo visto, consideraba que le haría perder la dignidad como ser humano y también la autoestima.

No es así, lo de la ayuda social solo es dinero, no tiene nada que ver con la vergüenza, la molestia o la autoestima de las que hablas; el país y la sociedad están para proteger la vida de los individuos y, cuando alguien tiene problemas, no tiene más que solicitarlo abiertamente; es un derecho que tenemos todos... Por más que se lo expliqué, Makiko no me escuchó. Me dijo llorando que si hacía algo así, todo lo que se había esforzado hasta entonces no habría servido para nada. «Nosotras no somos una carga para nadie. Hasta ahora he trabajado tanto como he podido, mañana y noche», lloró Makiko. Renuncié a intentar convencerla. Por fortuna, los resultados de los análisis no mostraron nada anormal en su salud y, con el anticipo que pidió en el trabajo, pudo hacer frente a los gastos diarios y volvió, más o menos, a la vida de siempre. Por supuesto, básicamente, no se había solucionado nada de nada.

—El lugar adonde quiero ir es este.

Los folletos que había sacado de la bolsa formaban un grueso paquete y Makiko me hablaba mostrándome el que estaba encima de todo.

—En Osaka he ido a muchos sitios a preguntar, he reunido todo esto, y, al final, este es el que prefiero.

¿Cuántos pliegos de folletos, de diferentes tamaños, habría en total? Miré aquel grueso paquete de veinte o treinta pliegos o más y, al imaginar cómo habría conseguido reunir todo aquello Makiko, que no tenía ordenador, sentí que iba a deprimirme de nuevo, así que renuncié a preguntárselo. Dejé de lado el pliego que me ofrecía y, primero, cogí los otros folletos y les eché un vistazo. Muchas de las mujeres elegidas en aquellos hermosos planos de cuerpos semidesnudos eran modelos occidentales rubias y aparecían envueltas por un diseño de lazos o flores de un dulce color rosa.

—Mañana, ¿sabes?, tengo consulta. Para mí, es el acontecimiento más importante de todo el verano. Por eso los he traído todos, esos papeles. Para que los veas. En casa tengo un montón más, pero he traído los más bonitos, los que tenían mejor pinta.

Clavé los ojos en uno de ellos. Un médico que llevaba una bata blanca miraba de frente con una sonrisa deslumbrante enseñando unos dientes que, aunque pequeños, se apreciaba bien que tenían una blancura sospechosa. Sobre su cabeza, había escrito con enormes caracteres: LA EXPERIENCIA LO ES TODO. Al ver que lo estaba mirando con atención, Makiko, inclinándose hacia delante con otro folleto en la mano, me dijo:

—Ese no. Mira este.

—¿Ese? Ese, no sé, no parece de estética para nada, ¿verdad?

El pliego favorito de Makiko era diferente de los demás. Tenía un acabado en color negro, totalmente satinado, y el papel era grueso, de buena factura. Hablando bien, aspiraba a primera categoría y, hablando con franqueza, era prepotente. Las letras estaban impresas en color dorado y en el folleto brillaban por su ausencia aquellas cuidadas imágenes que expresan dulzura, felicidad o belleza típicas de la cirugía estética dirigida a las mujeres y su hechura hacía pensar en todas las penas y alegrías de quienes trabajan en el mundo de la noche, en una cierta manera de ser que quizá pueda llamarse «profesional, elegante». Una operación de aumento de pecho es para el cuerpo algo muy delicado y de gran trascendencia, posiblemente suponga dolor y muchas preocupaciones: es deseable algo que ofrezca, aunque sea mentira, una impresión vaporosa, dulce, calmante. ¿Por qué razón iba alguien a confiar su cuerpo a una clínica que publicaba unos folletos parecidos a los vestidos negros de un club de copas caro? Mientras yo pensaba eso, Makiko prosiguió, ignorando mi silencio:

—Te he hablado mucho por teléfono de las operaciones de aumento de pecho, ¿verdad? Ya te dije que había de muchas clases, ¿no? Así, por encima, hay tres opciones. ¿Te acuerdas?

Reprimí mi impulso de responderle: «No me acuerdo», y moví la cabeza en un gesto ambiguo. Makiko continuó:

—El primero es la silicona. El segundo, el ácido hialurónico. El tercero, un método en que te sacan tu propia grasa y la usan para hincharte el pecho. Como es lógico, meter silicona es el que tiene más éxito, el que se hace más y el que tiene mejores resultados, pero es el más caro. La silicona, mira, es esto de aquí.

Makiko golpeó con la punta de las uñas unas fotografías de silicona de color carne que estaban alineadas junto a los relucientes folletos negros.

—Esto, ¿ves?, se llaman bolsas y también hay de diferentes tipos. ¿Ves? Hay un montón, en cada hospital dicen cosas algo distintas: a veces cuesta entenderlo. Las mejores son estas. Son de gel de silicona, aquí al lado, ¿ves?, hay bolsas cohesivas. No compresivas, ¿eh? Bolsas cohesivas. Son un poco más densas, para que no se te escape por dentro, pero en caso de que pasara algo, aunque se rompiera la bolsa, sería seguro, aunque, claro, a veces, a la vista, parecen, no sé, algo duras y, por lo visto, hay quien las encuentra poco naturales. Y luego está el agua salada de suero fisiológico. La ventaja de este tipo es que te meten el agua salada y te las hinchan al final, por eso, cuando te meten la bolsa, basta con que te hagan un corte pequeño solamente. La silicona es lo que ahora se lleva más. Desde que ha salido la silicona, ya casi nadie se hace otra cosa. Así que yo, después de pensarlo mucho, voy a hacerlo con silicona... En el hospital donde quiero hacérmelo, vale un millón quinientos mil yenes. Los dos pechos. Y, aparte, está la anestesia, y si te haces anestesia total, son cien mil yenes más.

Al acabar de hablar, Makiko puso cara de decir: «¿Qué te

parece?», y se me quedó mirando fijamente. Al principio, yo también la miré de frente, extrañada de que mirara con tanta fijeza, pero, «¡ah, claro!», me di cuenta de que estaba esperando por mi parte alguna impresión, y le dije sonriendo: «Pero ¡qué barbaridad!». Con todo, seguía clavándome los ojos, de modo que añadí, mostrándome admirada: «Pero es que un millón y medio es muchísimo dinero». Esto, más que una impresión franca, era una realidad, pero solo decirlo, se me pasó por la cabeza que tal vez había hablado más de la cuenta.

Con todo, un millón y medio de yenes era caro. Más que caro, imposible. No era solo un dinero con el que no contábamos Makiko o yo, es que era una cifra totalmente irreal. Un millón y medio de yenes. ¿En qué estaría pensando Makiko para decir como si nada «un millón y medio de yenes»? Con todo, pensé que, por mi manera de hablar, quizá ella había interpretado que un millón quinientos mil yenes era caro para su pecho... Algo como: «¿No te parece que no vale la pena gastar un millón quinientos mil yenes en tu pecho, en ti misma?». Por supuesto, yo no lo había dicho en este sentido, así que intenté seguir hablando en un tono espontáneo, natural:

—Bueno, no..., un millón quinientos mil yenes es una pasada, pero se trata de tu cuerpo, claro. Y como el seguro no te lo cubre... Y como es algo importante... Bueno, quizá no sea caro, a fin de cuentas.

—Veo que lo comprendes —asintió Makiko sonriendo y continuó hablando en tono cariñoso—: Sí..., por ejemplo, mira este, Nat-chan. Aquí, en el folleto, pone que es una promoción y que vale cuatrocientos cincuenta mil yenes. Pero, cuando vas allí y preguntas, no es tan barato. No te lo hacen por ese dinero. Es una estrategia para que vayas allí, ¿sabes? Entonces, te van cargando esto y lo otro y, al final, el precio acaba siendo el mismo. Además, en estas promociones, todo está montado de manera que no puedas escoger el médico y muchas veces te pasan a uno joven y novato, vamos, que si te lo miras en global, es complicado... El camino del aumento de pecho, el camino hacia el éxito, es largo, ¿sabes?

Makiko hablaba con sentimiento. Cerró los ojos un instante y, luego, de repente, los abrió de par en par.

—Total, que, después de investigar mucho, pienso que lo mejor es hacérselo aquí. Porque el aumento de pecho sale mal bastantes veces. En provincias, por ejemplo, hay pocos sitios para elegir y hay mucha gente que se lo hace allí mismo, pero, claro, el número de pacientes no es el mismo. Lo digo pensando en la experiencia. Porque la experiencia lo es todo. Las personas a las que les ha salido mal, luego, tienen que arreglárselo y todo el mundo dice que ojalá lo hubiese sabido desde el principio y hubiese venido aquí, por lo que pueda pasar...

—Ya, claro... Pero escucha, Maki-chan. ¿Qué es esto de ahí? Ese folleto, ácido hiaru..., no, no, hialurónico. Aquí pone que es una inyección. Y dice que es natural para el cuerpo. Si es una inyección, no habrá que cortar y coser, ¿no? ¿Qué tiene ese de malo?

—¡Ah, sí! El ácido hialurónico —dijo Makiko frunciendo los labios en gesto de desaprobación—. Es que eso enseguida se absorbe y, al final, es como si no te hubieras hecho nada. Y, además, son ochocientos mil yenes. Nada, nada. No. Tienes razón en lo que dices, Nat-chan: no queda cicatriz, no duele tanto y, si durara, sería fantástico, lo mejor de lo mejor. Pero eso es para modelos o artistas. Para chicas famosas que salen en las fotos. Para usar en un momento de apuro y vale. El ácido hialurónico es para gente con dinero.

Los folletos que le iba mostrando parecía que se los había leído todos con gran detenimiento y me lo explicaba todo de memoria, sin el menor titubeo.

—Y esto que pone aquí de inyectarte grasa, eso, como es tuya, como la tienes en tu cuerpo, en principio es algo seguro, pero lo malo es que te hacen un montón de agujeros, te meten una aguja, gorda como un tubo, y, además, resulta bastante caro. Tardan tiempo, te tienen que dormir entera, y la operación es muy bestia. ¿Sabes aquellas máquinas que taladran el suelo en la calle? Pues igual: el cuerpo de una persona se convierte en unas obras. Hay muchos accidentes y da miedo: a veces se muere gente. Además... —Makiko forzó una sonrisa mientras ponía una cara algo avergonzada—, yo me he quedado sin grasa sobrante.

Tras aquellos meses de largas llamadas telefónicas, creía haber captado la situación, pero al tener delante a Makiko en carne y hueso hablando sin parar de las operaciones de aumento de pecho, me invadió una sensación de tristeza indescriptible. Era, para expresarlo de algún modo, algo parecido a lo que sientes cuando, en una estación, un hospital o a un lado del camino, contemplas desde un lugar algo alejado a una persona que charla sin parar, tenga o no tenga a quien la escuche. Mirando a Makiko que hablaba y hablaba mientras iba arrojando gotitas de saliva, me invadió este vago sentimiento de soledad y tristeza. Y me sentí culpable. No porque no sintiera interés hacia Makiko o hacia lo que me contaba, no por falta de solicitud o cariño hacia ella, en absoluto. Me sentí culpable porque me había descubierto a mí misma mirando a Makiko con compasión. Sin pensar, me estaba arrancando la piel de los labios con la punta de las uñas y, al pasar la lengua por encima, noté un tenue sabor a sangre.

—¡Ah, sí! Me olvidaba. Luego, lo que es muy importante es el lugar donde te meten la silicona y, para eso, hay dos maneras. Una se pone debajo del músculo, ¿vale?, que está debajo de la grasa del pecho y, en este caso, quedan bien fijas y, como están debajo, levantan el pecho hacia arriba. La otra la meten debajo de la glándula mamaria y esta, comparada con la de debajo del músculo, es menos profunda y, por lo que respecta a la operación, no cuesta tanto de hacer, pero a veces no queda bien a las personas de constitución delgada como yo. Porque ¿verdad que has visto a algunas mujeres que parece que se las hayan sacado con la ventosa desatascadora del váter, tan redondas que dirías que van a salir disparadas? ¿No has visto nunca ninguna? Sí, ¿no? Mujeres que no tienen un gramo de carne encima y, al verlas, da la sensación de que solo les sobresale por ahí. Y eso, a mí, pues la verdad... Tan postizo... Pues nada, que me he mentalizado que tiene que ser debajo del músculo. Al menos, eso es lo que pienso hacer de momento.

Si me viene la regla..., luego, todos los meses me saldrá sangre por entre las piernas y eso durante decenas de años, hasta que desaparezca: es horrible, espantoso. Eso es algo que una no puede parar y, además, en casa no hay compresas. Solo pensarlo, me deprimo.

Aunque me venga la regla, yo no pienso decírselo a mi madre, voy a vivir ocultándolo siempre, segurísimo. Hay un libro en el que la protagonista es una niña que recibe su primera menstruación (¿por qué dirán «recibir», como si fuera algo bueno, cuando viene porque le da la gana?) y tiene escenas así como: «¡Oh! Ahora yo también podré ser madre algún día. ¡Qué emocionada estoy!» o «¡Gracias por haberme dado a luz, mamá!» o «¡Gracias por pasarme el testigo de la vida!»: yo me quedé tan alucinada que lo leí dos veces.

En los libros, todas se ponen muy contentas de tener la regla, les preguntan cosas a sus madres sonriendo y las madres les dicen, sonriendo también: «Tú, ahora, ya eres una mujer adulta. ¡Felicidades!», y cosas por el estilo.

La verdad es que he oído que algunas de la clase lo han anunciado a toda la familia y que les han cocido arroz rojo para comerlo, así, en plan celebración, pero esto ya se pasa de la raya. Me da la impresión de que los libros, en general, se pasan hablando de la regla como si eso fuera algo muy agradable. Me da la impresión de que quieren hacer pensar a las personas que los leen, a las niñas que todavía no la tienen, que la regla es así, tal como ellos la pintan.

El otro día, en la escuela, al cambiar de clase, una niña, no recuerdo quién, va y dice: «Ya que he nacido mujer, quiero tener un hijo algún día». Eso de que eres mujer solo porque te sale sangre por ahí, y que, como eres mujer, debes dar vida, ¿no es ir demasiado lejos? ¿Y cómo se pueden creer, así, tal cual, que eso es algo bueno de verdad? Yo no me lo creo y me da la impresión de que esta es la razón de que todo eso me parezca tan repugnante. ¿No serán esos libros que les hacen leer los que las hacen pensar así?

Yo tengo, no sé por qué, un cuerpo que tiene hambre o que hace bajar la regla a su bola, y me siento encerrada dentro. Eso de que en la vida, desde que naces hasta el final, tengas que ir comiendo y ganando dinero para vivir es algo muy duro. Veo a mi madre que trabaja día tras día, agotada día tras día. ¿Por qué?, pienso yo. Y, como si eso no fuera suficiente, encima tienes que sacarte otra vida de dentro. ¿Por qué? Eso yo no me lo puedo ni imaginar y, además, ¿en serio todos los que van diciendo que eso es maravilloso piensan realmente por sí mismos que eso es así de verdad? Cuando estoy sola y empiezo a pensar en todo eso, me deprimo. Estoy segura de que eso, para mí, no es bueno.

Que te venga la regla quiere decir que puedes ser fecundada y eso es el embarazo. Y el embarazo significa que aumentan los seres humanos que comen y piensan. Eso me parece algo excesivo, desesperanzador. Yo jamás tendré un hijo, esa es mi intención.

MIDORIKO

¿Y LAS TETAS DE QUIÉN SON?

Cuando me di cuenta, ya casi había transcurrido una hora y Makiko, que, por lo visto, ya había acabado de comunicarme su información y su entusiasmo sobre la operación de aumento de pecho, recogió los folletos esparcidos por encima de la mesa, los amontonó en una esquina y, tras guardarlos en la bolsa de viaje, lanzó un hondo suspiro.

El reloj señalaba las cuatro y la potente luz del sol, inamovible, tapizaba toda la superficie del cristal de la ventana.

Fuera, todo despedía una luz blanca. El parabrisas de un coche color rojo sangre que había estacionado en el aparcamiento vecino relucía con un brillo húmedo como si brotara agua del cristal. La luz se desplazaba como si se derramase. Así sucede con la brillante luz del día. Traduje este pensamiento en palabras mientras contemplaba su resplandor. Entonces, vi cómo la pequeña figura de Midoriko se aproximaba, andando cabizbaja, desde el fondo de la calle que se extendía en línea recta ante mis ojos. Cuando estuvo más cerca, me dio la impresión de que tenía el rostro vuelto hacia mí y la saludé con un amplio gesto de la mano. Midoriko se detuvo un instante, levantó un poco la mano en ademán de que me había visto, echó a andar de nuevo cabizbaja y su figura fue aumentando, poco a poco, de tamaño.

El objetivo del viaje de Makiko a Tokio era asistir a la consulta de la clínica y no había planeado nada más. Al día siguiente, Makiko saldría de casa antes de mediodía, lo que significaba que Midoriko y yo pasaríamos la tarde juntas. Hacía ya tiempo que guardaba en un cajón unas invitaciones de acceso ilimitado a un parque de atracciones, regalo de una vendedora que buscaba suscriptores para un periódico, pero ¿querría ir una niña de sexto de primaria a un parque de atracciones con su tía? Sabía, por lo que había dicho Makiko un rato antes, que a Midoriko le gustaba leer, pero no tenía muy claro que Midoriko, quien, para empezar, no hablaba, me contestara siquiera cuando la invitase a ir. Por cierto, aquella señora me había explicado sonriendo que su trabajo no era vender periódicos sino *expandir el periódico*. Recordaba su rostro sonriente cuando me dijo que, como había pocas mujeres haciendo aquel trabajo, ella conseguía muchos más suscriptores que los demás y que, si yo me dedicara a ello, ganaría más dinero que con lo que estaba haciendo.

En fin, aquel era un asunto de mañana, y las cosas de mañana ya las pensaría cuando llegase mañana. El problema, ahora, era el día de hoy, aunque lo cierto era que ya había transcurrido la mitad. Había decidido ir a cenar a un restaurante chino del barrio, pero aún faltaban tres horas. Una cantidad de tiempo considerable. Makiko estaba viendo la televisión usando el puf como almohada y con un pie apoyado sobre la bolsa de viaje, y Midoriko, que ya estaba de vuelta, se había sentado en un rincón y estaba escribiendo algo en una libreta. Según Makiko, desde que había dejado de hablar, Midoriko no se separaba nunca de un par de libretas, la pequeña de antes para la conversación ordinaria y una gruesa donde escribía algo que parecía ser su diario.

No podía decirse que me sintiera incómoda, pero me preocupaba la idea de que el ambiente fuese poco natural y, sin saber qué hacer conmigo misma, pasé un trapo por encima de la mesa, luego, en el congelador, miré la cubitera donde, al servir *mugicha* un rato antes, había añadido un agua que obviamente todavía no se había congelado y, después, saqué algunos hilillos que habían caído sobre la alfombra. Makiko parecía encontrarse tan a sus anchas como en su propia casa y reía mientras miraba tumbada la televisión. Midoriko también estaba concentrada en escribir algo: las dos, a su manera, transmitían una sensación de relax. Quizá, a fin de cuentas, no fuera necesario hacer nada hasta la hora de cenar. Quizá ya estuviera bien así. Pensándolo con parámetros normales, que cada uno pasara el tiempo a su manera, por su cuenta, sin preocuparse de los demás, era algo normal. Más que normal, incluso debía de ser agradable. Entonces me dije que también yo, por mi parte, podía leer una novela que tenía empezada, así que me senté en una silla y abrí el libro, pero, tal vez porque había gente en casa, no logré sosegarme y, aunque iba pasando de una línea a otra y de una página a la siguiente, enseguida me di cuenta de que me limitaba a deslizar los ojos por encima de las letras como si fueran un dibujo y de que no había conexión alguna entre mi cabeza y el relato. Resignada, devolví el libro a la estantería y dije:

—Eh, Maki-chan, ¿te apetece ir a unos baños públicos?

—¿Hay alguno cerca?

—Sí, aquí mismo —dije—. Después de refrescarnos un poco juntas, podemos ir a cenar, ¿vale?

Midoriko, que hasta entonces había estado escribiendo febrilmente, inclinada sobre el papel, alzó la cabeza como un rayo y miró hacia aquí, cambió de libreta rápidamente y escribió, sin dudarlo un instante: «Yo no voy». Makiko, que había estado mirando con el rabillo del ojo los movimientos de Midoriko, no objetó nada y dijo, dirigiéndose a mí: «¡Qué bien! ¡Vamos!».

Metí un juego de artículos de baño dentro de una palangana, puse dos toallas de baño encima y lo embutí todo dentro de un gran bolso de plástico.

—Midoriko, ¿nos esperas aquí? ¿Seguro que no quieres venir?

Tenía muy claro que no iba a hacerlo, pero se lo pregunté

por si acaso. Midoriko apretó los labios e hizo un amplio movimiento negativo de cabeza en ademán de desagrado.

En el atardecer de verano que, junto con los rescoldos del calor, se encamina hacia la noche, hundiéndose en la oscuridad, algunas cosas se ven con tanta nitidez y otras, por el contrario, se desdibujan tanto... Estas horas están llenas de nostalgia y dulzura, de cosas y personas que jamás volverán. Mientras andábamos a través de esa neblina, tuve la sensación de que alguien me preguntaba: «Y tú, tal como vas, ¿avanzas? ¿O retrocedes?». El mundo no sentía el mínimo interés hacia mí. Por supuesto, aquello solo era narcisismo. Yo quería vivir siendo escritora, pero mi manía de querer plasmar todo lo que veía, y también lo que no veía, en un relato sentimental, ¿era un impedimento o una ayuda? No lo sabía aún. Pero ¿hasta cuándo podía estar sin saberlo? Ni eso sabía.

Diez minutos andando hasta los baños públicos. En el pasado, generalmente por las noches y, a veces, algún domingo por la mañana, Makiko y yo íbamos siempre a los baños públicos caminando la una al lado de la otra, igual que ahora. Íbamos más por diversión que por el baño. Cuando nos encontrábamos allí con los niños del barrio, solíamos pasar horas jugando a las mamás y a otros juegos. Y no era solo durante el baño: nosotras dos siempre estábamos juntas. Makiko me subía al portaequipajes de su bici e íbamos de aquí para allá. Como había tanta diferencia de edad entre ambas, habría sido normal que se aburriera conmigo, pero ella jamás me hizo sentir que me cuidaba a la fuerza por ser su hermana pequeña.

Por cierto, algún atardecer había visto a Makiko vistiendo el uniforme escolar sentada sola en un banco del parque. Jamás se lo pregunté, pero puede que se sintiera más cómoda con los niños pequeños que con sus compañeros de clase. Mientras daba vueltas a todo eso, me pregunté por qué, en aquellos momentos, me recreaba tanto en la retrospección, por qué acudían a mí en tropel, uno tras otro, recuerdos inconexos del pasado, pero me dije que era normal, e incluso lógico, que así sucediera. Porque Makiko vivía en tiempo presente y era un ser que tenía una relación personal conmigo en el presente, pero gran parte del vínculo que nos unía a ella y a mí se basaba en el hecho de que compartíamos experiencias y recuerdos del pasado. Y pasar las horas junto a Makiko de aquel modo era casi lo mismo que revivirlo. Nadie me había preguntado nada, pero, mientras daba un paso tras otro, dentro de mi cabeza, iba buscando una justificación.

—Antes no hemos venido por aquí, ¿verdad?

—No. La estación está por el otro lado.

El camino estaba tranquilo: solo vimos a una mujer que llevaba una bolsa de plástico de la compra en la mano y, después, a una pareja de ancianos que andaba a un paso increíblemente lento. Los baños públicos adonde nos dirigíamos estaban en el interior de un bloque de pisos y, como la entrada quedaba algo escondida, hasta tiempo después de llegar al barrio no me había dado cuenta de que existían. Hay una idea preconcebida, que no sé si será verdad o mentira, según la cual los baños públicos son algo propio de la cultura de Kansai.[1] Lo cierto era que los baños de Tokio que yo había pisado hasta entonces no valían mucho la pena, así que había entrado allí sin grandes expectativas y me había quedado muy sorprendida al dar con unos baños auténticos con cuatro grandes bañeras, un baño al aire libre y, además, una buena sauna y un baño de agua fría. Con todo, me había preguntado cómo les debía ir el negocio en un barrio donde solo había viviendas, que cabía esperar que tuvieran bañera, y teniendo en cuenta que si a alguien le apetecía sumergirse en una bañera grande lo más fácil era que fuese a unos baños más lujosos,

1. Región del suroeste de Honshû, la isla más grande del archipiélago japonés. Es donde se encuentran las ciudades de Osaka, Kioto o Kobe. Tiene una gran tradición histórica y unas características culturales muy distintas de la región de Kantô, donde se encuentra Tokio.

pero en todas las ocasiones en las que había ido, los baños estaban tan animados que me había llegado a sorprender que hubiera tanta gente en el barrio. Y desde que, justo un par de años atrás, habían hecho reformas a gran escala, su popularidad había subido como la espuma y habían empezado a frecuentarlo aficionados a los baños de los barrios vecinos, de lugares algo apartados e incluso de zonas lejanas. En la espaciosa sala de espera había expuestas obras de artesanía y peluches, junto a las fotografías de sus creadores que no sé si serían vecinos del barrio o personas famosas, pero lo cierto era que el lugar se había convertido en un pequeño punto de atracción de los alrededores.

Pensaba que un atardecer de verano, antes de la cena, estaría vacío, pero por lo visto aquel lugar se regía por unas leyes completamente distintas a las de las solitarias calles de antes, y estaba lleno a rebosar de gente.

—¡Está hasta los topes!

—Sí. Es muy popular.

—¡Qué nuevo! ¡Y qué bonito!

Un bebé acostado boca abajo en el cambiador berreando mientras lo secaban. Niños pequeños correteando sin cesar. Un programa informativo proyectado en una novísima pantalla de cristal líquido al que se sumaba el ronronear de los secadores. La alegre voz de la señora de recepción dando la bienvenida, las risas de unas ancianas encorvadas, mujeres que charlaban sentadas en sillas de junco, desnudas, con una toalla enrollada alrededor de la cabeza: el vestuario estaba lleno a rebosar de vitalidad femenina. Cogimos dos taquillas contiguas y nos desnudamos.

Yo no sentía el menor interés hacia el cuerpo desnudo de Makiko. Sin embargo, dejando de lado que sintiera o dejara de sentir interés, sí que me vino al pensamiento la idea de que tenía que calibrar la situación. Durante meses, nuestras conversaciones telefónicas habían girado alrededor de la operación, y la operación giraba alrededor del pecho de Makiko. Para decirlo de algún modo, era casi un deber: a duras penas podía llamársele interés. La intervención del aumento de pecho y el pecho de Makiko. Seguía costándome mucho asociar estas dos imágenes: ¿cómo debía ser su pecho en el presente? Porque allí estaba el motivo de que hubiese llegado hasta el punto de querer operárselo. Cuando vivíamos juntas, habíamos ido muchas veces a los baños públicos, pero no guardaba el menor recuerdo de cómo era.

Al lanzar una mirada furtiva a la espalda de Makiko, que se había desnudado algo azorada y estaba metiendo la ropa hecha un ovillo en la taquilla, vi que parecía dos veces más delgada que cuando estaba vestida y, de la conmoción, se me fue de la cabeza todo lo relacionado con su pecho.

Vista de espaldas, los dos muslos estaban claramente separados en la parte donde tendrían que estar unidos; al doblar la espalda, la columna vertebral y las costillas le formaban un todo y sobresalían ligeramente, al igual que la pelvis, sobre las nalgas. Los hombros descarnados, el cuello delgado y la cabeza que se veía grande. Me pasé la lengua por los labios que había entreabierto sin pensar, cerré la boca y desvié la mirada hacia el suelo.

—¡Vamos! —dijo Makiko, tapándose la parte delantera del cuerpo con la toalla, y entramos en la zona de las bañeras.

Una masa de vapor blanco vino hacia nosotras y nos humedeció al instante. La zona de los baños también estaba bastante concurrida y por ella flotaba un olor que solo podía describirse como el olor del agua caliente. El techo era alto y, de vez en cuando, resonaba ese sonido seco característico de los baños públicos. Cada vez que lo oía, se me representaba en la cabeza la imagen de un *shishiodoshi*[2] gigante e imaginaba cómo el extremo afilado del bambú se abatía sobre una

2. Es un mecanismo que en origen servía para ahuyentar las aves que asolaban los campos y que, más adelante, se introdujo en los jardines para disfrutar del sonido. Se conduce un hilo de agua hacia una caña de bambú vacía, basculante, con uno de los extremos afilados que recoge el agua. Cuando la caña está llena, se inclina a causa del peso y se vacía.

cabeza calva. Dándonos la espalda, unas mujeres se lavaban el pelo con la cabeza caída hacia delante, otras charlaban con medio cuerpo sumergido en el agua, había madres llamando a los niños que se escapaban corriendo. Una multitud de cuerpos que iban de aquí para allá, mojándose, los rostros ruborizados por el calor.

Nos acercamos a los espejos con un taburete y una palangana en la mano, cogimos sitio y, tras hacer correr el agua por la entrepierna y las axilas, nos sumergimos en la bañera más grande, donde había un tablero digital con números de color rojo que indicaban: «40°». Norma básica de los baños públicos es no meterse con la toalla en la bañera, pero Makiko la ignoró por completo y siguió ocultándose la parte delantera con la toalla mientras se sumergía en la bañera de golpe salpicando agua.

—No está caliente —dijo Makiko mirándome—. ¡Puaf! ¿En Tokio el agua siempre está así?

—No sé. Puede que solo sea esta bañera.

—Pues no está nada caliente. A esta temperatura, puedes quedarte dentro hasta que te mueras.

Una vez sumergida en el agua, Makiko iba mirando indiscretamente los cuerpos desnudos de las mujeres que iban y venían por los baños o de las que entraban en nuestra bañera y salían de ella, observándolos, como si los lamiera, de arriba abajo. Era una mirada tan fija que me hizo sentir incómoda a mí, que estaba a su lado, y la avisé en voz baja: «Maki-chan, miras demasiado». Sin embargo, por lo visto, a la única a quien le preocupaba que le llamaran la atención era a mí y ella se limitó a responder distraídamente «ah» o «ya», sin que pareciera importarle ni poco ni mucho. Resignada, me callé y me quedé mirando yo también a las mujeres.

—¿Sabes? Los aviones...

Para desviar el interés de Makiko por los cuerpos desnu-

Cuando está vacía, al pesar menos, bascula y el otro extremo da contra una piedra. El sonido al golpear la piedra ahuyenta las aves.

dos de las mujeres, toqué un tema que no tenía nada que ver con los baños. Era sobre el grado de seguridad de los aviones en comparación con otros modos de desplazamiento... Puse un ejemplo. Si una persona naciera en un avión que nunca tocara el suelo, esta persona podría vivir allí dentro durante noventa años y, en todo aquel tiempo, el avión no se caería. Sin embargo, incluso aceptando esta probabilidad, *existían con certeza* aviones que se caían. Intenté hablar con Makiko de cómo nosotros, los humanos, tenemos que afrontar esta realidad, pero Makiko no mostró el menor interés hacia el tema y ahí acabó la conversación. No por ello dejó de pasárseme por la cabeza hablar de Midoriko, pero justo cuando me decía que no era el momento, que era un tema demasiado serio, apareció una anciana por la puerta, aproximándose a un paso tan lento que hacía pensar que estaba sujeta a unas leyes de la gravedad y principios de la física distintos de los nuestros. Muy metida en carnes, con la espalda encorvada, cruzó por delante de nosotras como un rinoceronte viejo y fue desplazando lentamente su cuerpo grande y pesado hacia el fondo de la sala. Por lo visto, se dirigía a los baños al aire libre.

—¿Has visto? Tenía los pezones de color rosa —dijo Makiko, achicando los ojos, mientras contemplaba a la anciana por detrás.

—No me he dado cuenta.

—¡Es increíble! —Makiko suspiró—. Es un milagro que la raza amarilla los tenga de este color por naturaleza.

—Vaya.

—Y también es bonito que no se destaque la aréola.

—Sí, quizá sí —dije, siguiéndole la corriente.

—Últimamente, ¿sabes? —dijo Makiko—, hay unos productos para quitar el pigmento y volverlos de color rosa. Pero no vale la pena hacerlo.

—¿Unos productos?

—Sí, primero se saca la piel con algo que se llama tretinoína y, luego, encima, se pone un blanqueador que se llama hidroquinona.

—¿Un blanqueador? —repetí yo atónita—. ¿Sacar la piel?

—No se arranca a lo bruto. Se hace que se descame, que se vaya pelando. Con tretinoína. Es como un peeling, pero más fuerte.

—Es decir, que después de hacer el peeling, se pone blanqueador en los pezones.

—Sí.

—¿Y entonces se vuelven rosa?

—Bueno, por poco tiempo —dijo Makiko con mirada soñadora—. Eso de que la piel sea oscura es culpa de la melanina. Es algo genético. Por más que machaques la melanina con hidroquinona, las personas tenemos un ciclo de renovación de la piel.

—Las células se van renovando, claro.

—Eso, eso. Mira la que está saliendo ahora, ¿ves? Los tiene marrones, por la melanina. Con el blanqueador puedes aclarar el color, pero vuelve a salir otra vez. De debajo. Porque la melanina está en la base. Tú eso no lo puedes cambiar y, si quieres mantener el color claro, tienes que estar siempre poniéndote tretinoína e hidroquinona. Pero ¿crees que se puede? Yo no.

—¿Tú te lo has hecho, Maki-chan? —le pregunté mirándola de frente.

—Sí, claro —dijo Makiko mientras, dentro de la bañera, se sujetaba con fuerza la toalla delante del pecho—. Hace un daño horroroso.

—¿Daño? ¡Ah!, ¿que duelen los pezones?

—Sí. Un daño horroroso. Dar de mamar también dolía lo suyo, ¿sabes? Te muerde, te chupa, te sale sangre, te sale pus, se te ponen duros, viscosos y, con costras y todo, hala, volver a empezar. Las veinticuatro horas del día. No te cuento lo que me dolió.

—Vaya.

—Y con la tretinoína, los pezones arden.

—¿Arden?

—Sí, al salir del baño, a la que te pones tretinoína. ¡Fuuu! Arden y duelen que te mueres. Dura una hora o así. Y cuando se te calma, entonces le toca a la hidroquinona. Y esta pica tanto que no se aguanta. Y lo mismo una vez tras otra.

—Y con eso, el color...

—Pues sí. A mí se me aclaró —dijo Makiko—. A las tres semanas, más o menos. Y entonces, ostras, es para llorar de contento.

—Menos mal. A cambio del dolor... —dije admirada.

—Sí, estaban mucho más claros. Me miraba los pezones y se me caía la baba, ¿sabes? Aunque no tuviera que comprar nada, iba a las tiendas de ropa, entraba en el probador y me los miraba. ¡Estaba tan contenta! Pero...

—¿Pero?

—Que no dura mucho. —Makiko sacudió la cabeza poniendo cara de estar comiendo algo que supiera mal—. Tanto la tretinoína como la hidroquinona son caras, hacen daño, son una tortura. Además, tienes que ir metiéndolas en la nevera. Dicen que es cuestión de acostumbrarse, pero también dicen que, cuando por fin te acostumbras, dejan de hacerte efecto y, a la que pasa eso, ya no te aclaran nada. En fin, que yo aguanté. Hasta los tres meses. Miraba mis pezones, ya de un color algo más claro, y me hacía ilusiones. Pensaba: «Quizá yo sea una persona especial, la única en el mundo a la que le dure el color claro sin hacer nada», pero no. Enseguida volvieron a estar como al principio.

La búsqueda, o el sufrimiento, o el problema de Makiko sobre sus pechos no solo se referían al tamaño, sino que el color también era un factor importante. Imaginé a Makiko después del baño —que no sé cuándo sería— aplicándose con la punta del dedo en los pezones los dos productos químicos de la nevera, retorciéndose de dolor y picor, aguantándose a duras penas. En nuestra época, incluso las estudiantes de bachillerato se hacen la cirugía estética, así que soy consciente de que hay quien está dispuesto a aguantar que le ardan los pezones, pero era Makiko. ¿Por qué Makiko, a aquellas alturas, tenía que hacer una cosa así?

Por supuesto, no es que yo, por mi parte, no tuviera ningún complejo sobre mis pechos o que jamás me hubieran dado que pensar. Hablando con exactitud, *no es que nunca hubiera pensado en ellos.*

Recuerdo muy bien cuándo empezaron a desarrollarse, recuerdo como si fuera ayer cómo me encontré, de un día para otro, con una especie de bultos delante, y de lo mucho que dolía cuando les daban un golpe.

De niña, cada vez que veía las fotos de mujeres desnudas de las revistas que, con los niños del barrio, hojeaba entre risas o las mujeres desnudas de los programas para adultos de la televisión, pensaba vagamente que, algún día, a mí también me saldrían, por aquí y por allá, protuberancias como aquellas y que yo también tendría una figura parecida a la suya.

Pero no fue así. La única imagen que me había formado de niña de lo que era una mujer adulta desnuda no tenía nada que ver con los cambios que se produjeron en mi cuerpo. Eran algo distinto. Mi cuerpo no se convirtió en el cuerpo que yo había supuesto que tenía que tener una mujer.

¿Qué cuerpo era el que yo imaginaba? Era el cuerpo de las mujeres que salían en aquellas revistas de fotos, lo que se entiende sin más por un cuerpo *provocativo*, un cuerpo que evoca fantasías sexuales. Un cuerpo que despierta el deseo. Quizá también puede decirse que imaginaba un cuerpo que tuviera algún tipo de valor. Creía que todas las mujeres, al hacerse adultas, eran de aquella forma. Pero mi cuerpo no se convirtió en nada de este género.

A la gente le gustan las cosas bonitas. Todo el mundo quiere tocar, quedarse mirando las cosas bonitas, y, si está a su alcance, quiere convertirse en una de ellas. Las cosas bonitas tienen un valor. Sin embargo, hay personas que nada tienen que ver con la belleza.

Yo también he sido joven. Pero nunca he sido bonita. ¿Cómo puedes buscar o descubrir en ti algo que no has tenido desde el principio? Una cara hermosa, una piel bonita. Un pecho bien formado, provocativo, que todas te envidien. Desde el principio, nada tuvieron que ver conmigo. Quizá fuera por eso por lo que yo enseguida dejé de pensar en mi cuerpo.

¿Y Makiko? ¿Por qué quería operarse para tener más pecho? ¿Por qué quería aclararse el color de los pezones? Yo había dado vueltas sobre ello, pero quizá no hubiera ninguna razón. Porque nadie necesita una razón para buscar la belleza.

Belleza es bondad. La bondad está ligada a la felicidad. La felicidad se puede definir de muchas maneras distintas. Pero, sin embargo, todos los seres vivos, de forma consciente o inconsciente, buscan para sí la felicidad, sea esta lo que sea. Incluso las personas desesperadas que quieren morir están buscando la felicidad de la muerte. Están buscando una felicidad que consiste en interrumpir su existencia. La felicidad no se puede analizar por partes, es la más pequeña y la mayor aspiración del ser humano y, por eso, querer ser feliz ya es en sí mismo una razón. Pero no sé. Quizá en el caso de Makiko no se tratara de este abstracto concepto de la felicidad, sino de que hubiese alguna razón más concreta.

Estábamos las dos distraídas dentro del agua caliente cuando, de pronto, alcé la mirada hacia el reloj colgado, alto, en la pared y vi que ya llevábamos quince minutos en la bañera. Tal como había dicho Makiko, la temperatura del agua era agradable, pero el calor no te penetraba hasta los huesos: estaba tan tibia que podías quedarte allí dentro una hora o dos.

Miré de reojo a Makiko para ver si seguía observando los cuerpos de las mujeres y vi que mantenía los ojos clavados en un punto, frunciendo el ceño.

—Pues sí que está tibia. ¿Qué, Maki-chan? ¿Salimos?

—No —susurró Makiko en voz baja y se quedó inmóvil, en silencio.

—¿Maki-chan?

Acto seguido... Makiko se levantó bruscamente entre un mar de salpicaduras. Se arrancó la toalla, encaró su pecho desnudo hacia mí y, con un susurro amenazador que parecía sacado de un club de karate o de kendo, me dijo:

—¿Qué tal? Sí. El color, la forma.

«Pequeños, oscuros, pero grandes.» Estas fueron las palabras que me vinieron de repente a la cabeza, pero me giré. Me giré, preocupada por la impresión que debía de ofrecer a las demás clientas aquel cuadro compuesto por dos mujeres, una de las cuales estaba plantada, en jarras, con la cabeza erguida como un guardián del Templo, mirando hacia la otra, más abajo. Aturdida, solo fui capaz de asentir con rápidos movimientos de cabeza.

—El tamaño déjalo. Ya sé cómo es —dijo Makiko—. Pero ¿y el color? ¿El color? ¿Es oscuro desde tu punto de vista? Y, si es oscuro, ¿muy oscuro? Dime la verdad.

—No, no es oscuro —dije sin pensarlo en absoluto.

Makiko siguió con sus preguntas:

—Entonces, ¿es normal?

—Pero es que... ¿qué es lo normal?

—Lo que a ti te parezca que lo es.

—Pero es que lo que es normal para mí no creo que responda bien a la pregunta que me haces, a lo que tú quieres saber.

—Al grano —añadió Makiko con un tono de voz monótono.

No tuve más remedio que responder.

—Bueno..., rosa... no son.

—Que no son rosa eso ya lo sé.

—¿Ah, sí?

—Sí.

Makiko volvió a sumergirse lentamente en la bañera y las dos nos quedamos con la mirada perdida al frente, como antes. Lo que no se me iba de la cabeza era, por supuesto, el pecho de Makiko. En mi mente se iba reproduciendo, una vez tras otra, a cámara lenta, la misma escena: cómo los pechos de Makiko y sus pezones emergían de súbito, entre salpicaduras, del fondo del agua, gigantescos como Nessie o como una flota naval.

Unos pechos no mayores que la hinchazón de una picadura de mosquito y, pegados encima, unos pezones importantes, tanto en sentido horizontal como vertical, tridimensionales, parecidos a los botones de algún aparato. O quizá como unos neumáticos tumbados. O quizá como círculos de unos tres centímetros de diámetro bien repintados con el lápiz de mina más blanda..., ¿el más blando es el 10B? En todo caso, eran oscuros. Ante aquel color, más intenso de lo que imaginaba..., decidí que, dejando aparte el tema de la hermosura, la belleza o la felicidad, quizá sí podría aclarárselos un poco.

—Son oscuros. Los tengo oscuros y enormes. Lo sé. Sé que no son bonitos.

—Bueno, esto depende de cómo lo veas. Además, tú no eres una mujer blanca. Es normal que tengan color.

Hablé intentando dar la impresión de que, a mí, los pezones y el color me daban igual, que no tenía ningún interés, pero Makiko suspiró, barriendo de un soplo todas mis palabras bienintencionadas.

—Pero antes era diferente. Antes de parir no llegaban hasta este punto... —dijo Makiko—. Antes, no es que fueran bonitos, pero no llegaban a esto, la verdad. Mira. ¿Sabes? ¿Los Oreo? Los dulces. Las galletas. ¿Los conoces? Pues peor aún que los Oreo. Los tengo como aquellas cerezas norteamericanas, las cerezas Bing. ¿Sabes cómo son? Son de un color muy fuerte, no negro del todo, es un color muy fuerte, negro mezclado con rojo. Pues si el color fuera ese, todavía. Son peor. En serio. Sí, el color de las pantallas, ¿sabes? ¿Las pantallas de cristal líquido? Pues el color de esas pantallas cuando se apagan. El otro día lo vi en una tienda de electrodomésticos y pensé: «Yo conozco este color. Lo he visto en alguna parte». Y eso era. El color de mis pezones.

»Y no hablemos del tamaño. Solo el pezón es tan grande como la boca de una botella de plástico. O más. El médico me dijo, y hablaba en serio: "No sé si al bebé le cabrá en la boca". Eso me lo dijo un especialista que había visto hasta entonces decenas de miles. Y los pechos, ¿qué? Chafados. ¿Sabes? ¿Las bolsas de plástico que se llenan a medias de agua para meter los pececitos en los festivales? ¿Sabes? ¿La sensación de cuando tocas algo blando y medio vacío? Pues así los tengo ahora. Hay mujeres a las que, cuando tienen un hijo, no les cambian, otras vuelven luego a estar como estaban, hay de todo. Pero yo he acabado así.

Enmudecimos unos instantes. Mientras daba vueltas a lo que me había dicho Makiko, también pensaba en la baja temperatura del agua. Que no alcanzaba los cuarenta grados. Que a aquel indicador le pasaba algo raro. Acudían a mi pensamiento diversas imágenes de la intensa visión de hacía un rato, pero, si tuviera que definir los pezones de Makiko en una sola palabra, ¿cuál sería? ¿Potentes, tal vez? «Maki-chan, tus pezones son potentes.» ¿Se entendería eso como una alabanza? Quizá no. Pero tampoco podía decirse que estuviera mal que fueran potentes. Ni que fueran oscuros. En realidad, ¿no era algo repugnante que los pezones tuvieran que ser bonitos o monos? Los pezones enormes, potentes y negrísimos ¿no tendrían que ostentar la supremacía en el reino de los pezones? ¿Habría alguna época en que esto fuera así? Tal vez.

Mientras estaba perdida en mis pensamientos, se abrió la puerta, el vapor de agua se disgregó y aparecieron dos mujeres. Bueno, eso es lo que creí al principio, pero mi sexto sentido me avisó enseguida de que allí había algo inusual. Una era una joven veinteañera que tenía lo que se llama *un cuerpo femenino*, pero su acompañante, miraras por donde mirases, parecía un hombre.

Una —rostro sin desmaquillar, cuello fino, curvas en pecho y caderas, pelo rubio colgándole por la espalda—, que se veía a simple vista que era una mujer, entrelazaba el brazo con el de su acompañante —pelo cortado a cepillo, cuello y hombros musculosos, brazos gruesos y pecho lleno pero liso, con una toalla sobre la entrepierna— mientras entraban en el interior de la sala. Yo no sabía si era la primera vez que visitaban los baños o si acudían allí de vez en cuando. Yo, por lo menos, no las había visto nunca. Las clientas que había dentro de la bañera se apiñaron al instante y se extendió un tenso silencio. Sin embargo, eso no parecía importarles a ninguna de las dos y la rubia se arrimaba a la del pelo corto, diciéndole con voz mimosa: «¡Uf! Ojalá me hubiera recogido el pelo», y cosas parecidas, mientras la del pelo cortado a cepillo, sentada pesadamente en el borde de la bañera, con la parte superior del cuerpo algo inclinada hacia delante, iba asintiendo con la cabeza.

Parecía que fueran pareja. Pero yo desconocía los detalles concretos, claro. Con todo, a juzgar por las apariencias, la rubia, la mujer, era la novia y la del pelo cortado a cepillo era el hombre, es decir, el novio.

Como quien no quiere la cosa, fui echando ojeadas a la entrepierna de la chica del pelo corto, pero esta la mantenía oculta bajo la toalla y, además, su mano reposaba sobre ella, así que no pude saber si tenía o no órgano sexual masculino. Ambas estaban sentadas en el borde de la bañera, arrimadas la una a la otra, disfrutando de un baño de pies. Aunque era consciente de mi grosería, me interesaba tanto la del pelo corto que no podía evitar ir lanzando ojeadas de vez en cuando mientras fingía desperezarme o hacer estiramientos de cuello.

La del pelo corto debía de ser una mujer, por supuesto. Porque aquel era un baño exclusivo para mujeres. Pero su apariencia era la de un hombre. Los pezones rosados que contrastaban con las musculosas espaldas, la calidad de la grasa subcutánea: si buscabas trazas de feminidad podías encontrarlas, pero, como mínimo, tenía la apariencia de un hombre tanto en el aspecto físico como en el comportamiento.

En el barrio de Shôbashi, donde había trabajado en el pasado, había muchos tipos de locales nocturnos y, en los llamados *clubs onabe*, alternaban unos chicos a los que se conocía como *onabe*.

Ellos eran biológicamente mujeres, pero se identificaban con el sexo masculino y, en consecuencia, adoptaban una apariencia masculina y alternaban como hombres. Si eran hetero, tenían relaciones amorosas con mujeres como hombres. Por ejemplo, sin salir de Osaka, en Kitashinchi, donde tanto el precio como el nivel de las chicas de alterne de los locales eran mucho más altos, había oído decir que existían auténticos clubs de este tipo donde los había que habían cambiado por completo sus atributos sexuales: se habían operado para quitarse los pechos, tomaban hormonas para que su voz fuera más grave y para espesar la barba e, incluso, habían modificado sus genitales. Sin embargo, en los clubs de Shôbashi, probablemente por razones económicas, no había nadie que hubiera llegado hasta tal punto. Había algunos que decían: «¡Ojalá pueda hacerlo algún día!», pero la mayoría se aplastaban el pecho con una faja elástica, se ponían un traje, se peinaban como un hombre y adoptaban actitudes masculinas, o actuaban a su modo. Alguna vez que otra, venían al *snack* con algún cliente y, al verlos..., yo percibía en ellos un cierto tipo de feminidad que jamás había notado ni en la *mama* ni en las chicas. No sé de dónde procedía, si de la constitución ósea o de la calidad de la carne, pero recuerdo que siempre encontraba en ellos una carga mayor de feminidad —no puede llamarse de otra forma— que en las mujeres corrientes. Ahora, mientras lanzaba miradas furtivas al cuerpo de la chica del pelo corto, justo ante mis ojos, sentí cómo volvía a emerger, poco a poco, algo que en aquella época ya había percibido con claridad, pero que no había sabido traducir en palabras: una «feminidad» que casi nunca había encontrado ni en mi cuerpo, ni en el de Makiko, ni en el de mi madre ni en el de mis amigas.

De modo que no es que no conociera en absoluto a personas como ella, pero era la primera vez que coincidíamos, desnudas ambas, en un baño. Me di cuenta de que la sala, que tan concurrida estaba antes, se había vaciado casi por completo y, dentro de la bañera, solo quedábamos Makiko y yo.

Empecé a impacientarme. Sabía muy bien que la del pelo corto era en realidad una mujer y que tenía derecho a entrar en los baños femeninos. Sin embargo, aquella situación no era natural. Yo misma, para empezar, me encontraba bastante incómoda en aquellos momentos. ¿O era yo la rara por sentirme así? ¿No había problema en que la del pelo corto entrara en el baño de mujeres? Si se sentía un hombre, ¿podía estar, tal como estaba, en unos baños femeninos llenos de mujeres?... No, qué va. No podía. Justamente porque para ella eso no representaba ningún problema, porque ella estaba tan a sus anchas, era yo la que debía preguntarme: «¿Está bien que nosotras tengamos que mostrarnos desnudas ante ella?». Si se sentía un hombre, y era lo que se entiende por hetero, para ella, aunque no le interesaran en absoluto, nuestros cuerpos eran lo que se llama del sexo opuesto. ¿Qué diferencia había entre eso y que un hombre como tal entrara en el baño de mujeres? Me sumergí hasta la barbilla y me quedé mirando a la del pelo corto con los ojos entornados. La impaciencia de antes se había convertido en una irritación manifiesta. ¿No era inapropiado que aquel par, una pareja hetero, entrara tan campante en un baño femenino? Porque aquello no era un baño mixto. ¿Debía decírselo a la del pelo corto, que tenía delante? ¿O no? Estuve calibrando esa posibilidad durante unos instantes. El caso era que se trataba de un asunto delicado y, lo planteara como lo plantease, derivaría sin duda en una situación embarazosa. Abordar un tema semejante por propia iniciativa era, pensando con sentido común, una estupidez. Pero yo, desde pequeña, había tenido esta inclinación... A veces, cuando algo no me convencía, empezaba a darle vueltas y vueltas, diciéndome: «¿Y por qué tiene que ser así?», y no podía permanecer callada. Por supuesto, eso no me ocurría con mucha frecuencia y apenas interfería en mis relaciones personales. Era una especie de propensión. Cuando estaba en primaria, una vez me encontré dentro del tren con un grupo religioso que volvía de algún acto y, cuando me abordaron para hablarme sonrientes de la verdad y la existencia de Dios, acabé teniendo con ellos una violenta discusión (por supuesto, al final, sus sonrisas acabaron siendo de conmiseración) y, en otra ocasión, estando en el instituto, estuve escuchando en una plaza la alocución de un grupo de extrema derecha y, cuando me puse a preguntarles con insistencia sobre puntos contradictorios de su discurso, resulta que intentaron reclutarme. Si ahora hablara con la del pelo corto, ¿qué cariz tomaría el asunto? Sumergiéndome ahora en el agua caliente hasta debajo de la nariz, hice un simulacro en el interior de mi cabeza.

...Perdone que le moleste, pero desde hace rato eso me preocupa mucho: usted es un hombre, ¿verdad?

¡¿Qué?! ¡Yo a ti te mato, idiota!

Que no, que no. No estábamos en Osaka y no todos los hombres robustos con ojos acerados tenían por qué reaccionar de esta manera. Eran prejuicios míos. Me daba la impresión de que aquella forma de abordarlo no era buena. ¿De qué modo podría transmitirle mis dudas sin ser grosera y enterarme, sin violentarla, de lo que quería saber? Como quien enciende una hoguera con ramas de árbol y palos, concentré toda mi consciencia en el lóbulo frontal, froté a toda velocidad mis pensamientos y esperé a que se alzara una columna de humo. Primero trabajé bajo la suposición de que la del pelo corto era una chica más bien simpática y, cuando estaba desarrollando dentro de mi cabeza un diálogo imaginario en el que yo le preguntaba tal y ella me respondía cual, y luego eso y después aquello, me di cuenta de que la del pelo corto iba lanzando miradas furtivas en mi dirección.

Era yo la que debía sentirse molesta, ¿por qué me miraba ella a mí? Mientras pensaba en la posibilidad de que le hubiera ofendido que la espiase y que ahora me pagara con la misma moneda, seguí lanzándole por mi parte miradas furtivas y, entonces, empecé a percibir algo muy extraño, algo distinto de su mirada, algo que estaba sumergido en su interior. Y este algo me estaba clavando los ojos. Era como si algo angustioso e irritante me mirara de frente. La rubia se dirigió a la del pelo corto bromeando y, al mirar su perfil mientras reía..., oí dentro de mi cabeza una voz que decía: «¿No será Yamagu?».

Yamagu. Yamaguchi... Y su nombre de pila era... Sí, Chika. Chika Yamaguchi. Yamagu. Yamagu era una compañera de clase. Fuimos bastante amigas durante una época. Era la típica segundona. Yamagu. Su madre tenía una pequeña pastelería antes de llegar al puente del canal y, cuando íbamos a verla, a veces nos daba de merendar. Al abrir la puerta, se extendía un olor dulzón. En algunas ocasiones, esperábamos a que no hubiera ningún adulto y, entonces, nos metíamos en la cocina a escondidas. Allí se apilaban una batidora plateada, diferentes moldes de pasteles, espátulas y, dentro de unos grandes boles, siempre espumeaban pastas cremosas de color blanco y amarillo pálido. Un día, no recuerdo cuándo, al quedarnos las dos solas, Yamagu, sonriendo como si fuera un secreto, rebañó esta pasta con el dedo índice y yo se lo lamí. Siempre llevaba el pelo corto y, en sexto año de primaria, ganó a todos los alumnos en una competición de echar un pulso y quedó campeona. Yamagu. Tenía las cejas espesas y las facciones pronunciadas, y aún me parece ver cómo, al sonreír, se le reducía de golpe la distancia entre la nariz y el labio superior.

«¿Qué estás haciendo aquí?», sonrío yo, y Yamagu tensa los músculos del hombro en ademán de decir: «¡Cuánto tiempo sin vernos!». En el instante en que miro el color de su piel... se esparce un olor parecido al de la crema y las dos atisbamos juntas dentro de un bol. El dedo de Yamagu se hunde despacio en una pasta que, a simple vista, no se puede apreciar lo suave que será, el tacto que tendrá. Y aparece el sabor que, en el pasado, tantas veces se había extendido por mi lengua y mi paladar. Yamagu me mira en silencio. «Así que ahora eres un hombre. No tenía ni idea», le digo. Pero no me contesta. Se limita a tensar los músculos del brazo, saca bola. Entonces, la bola se desgaja y de su brazo van cayendo unos bultos parecidos a masas de pan redondas que, en un abrir y cerrar de ojos, se convierten en unos hombrecitos que van multiplicándose mientras corren por la superficie del agua, se deslizan por los azulejos, empiezan a divertirse correteando entre los cuerpos desnudos, gritando y armando jolgorio. Mientras, Yamagu, la protagonista, en chándal, da vueltas en la barra fija, una y otra vez, sin parar, eternamente.

Agarro por el cuello a uno de los hombrecitos que están jugando en la bañera y, mientras le hago cosquillas, le llamo la atención. «Este no es vuestro sitio», le digo. Sin embargo, los demás van retorciendo sus cuerpos mientras dicen con voz alegre: «¡No hay mujeres!», y van repitiendo lo mismo, una y otra vez, como si fuera una canción, sin que parezcan importarles mis palabras. En un momento dado, los hombrecitos, dispersos por aquí y por allá, se agrupan a mi alrededor, forman un círculo y uno de ellos señala hacia el techo. Alzamos la vista a la vez. Allá arriba se extiende el cielo nocturno del campamento de la escuela, y nosotros, con la cabeza vuelta hacia el parpadeo de innumerables estrellas que se apiñan en el firmamento, abrimos los ojos y gritamos. Jamás habíamos visto algo así. Uno recoge tierra con la pala que lleva en la mano. Ha muerto nuestro Kuro, el gato que vivía en la escuela. Nuestro Kuro yace en el fondo de una fosa abierta, tiene el pelo y el cuerpo endurecidos y, cada vez que le echan encima una palada de tierra, lo transportan más lejos, a alguna parte. Nosotros no podemos parar de llorar. Hipidos interminables que derivan en lágrimas eternas. Alguien bromea en el rellano donde se refleja el sol de poniente. Imitar, acordarse: nosotros nos retorcemos de la risa. Una placa a punto de despegarse, las letras medio borradas de la pizarra. «Es lo importante —me dice uno de los hombrecitos—. No hay ni hombres, ni mujeres, ni otra cosa.» Sus caras, al mirarlas bien, me parecen familiares, como si las hubiera visto en alguna otra parte, pero, al verlas desde aquí, por culpa de la luz, no se ven con claridad. Cuando agucé los ojos para distinguirlas mejor, de pronto tuve la sensación de que alguien me llamaba y, al alzar los ojos, vi a Makiko que me estaba mirando con expresión de extrañeza. La del pelo corto y la rubia, en algún momento, habían desaparecido. El número de clientas había vuelto a aumentar y, en las bañeras y en la zona de los espejos, se veían innumerables cuerpos desnudos.

Hoy mamá me ha pedido que vaya a Mizunoya. Al acabar, iba a volverme a casa, pero antes he bajado al sótano. Todavía está todo igual que cuando mamá me llevaba allí a jugar y he sentido nostalgia. Robokon. ¡Aún está Robokon! Antes era enorme, un gigante, pero hoy, al verlo después de tanto tiempo, me ha parecido tan pequeño que me he quedado de piedra.

Hace mucho tiempo, yo conducía a Robokon, metida dentro. Al echar dinero, se movía haciendo buuuu y, a la altura de los ojos, había una ventanita y, por ella, yo veía a mamá, pero, desde donde estaba mamá, la parte de los ojos se veía toda negra y, por eso, mamá no podía verme a mí la cara. Me acuerdo de que eso me parecía extrañísimo. Mamá, ahora, solo ve a Robokon. Desde allí, solo está Robokon. Pero, dentro, aunque parezca mentira, lo cierto es que estoy yo. Me acuerdo de que me pasaba el resto del día intrigada con eso.

Mis manos se mueven. Mis pies también se mueven. Aunque yo no sepa cómo moverlas, muchas partes de mi cuerpo pueden moverse y eso me parece muy extraño. Sin que me dé cuenta, este cuerpo que está dentro de mí va cambiando muy deprisa, sin que yo sepa cómo. Quiero pensar que eso me da igual. Cambia muy rápido. Eso es deprimente, oscuro. Esta oscuridad me va llenando los ojos muy deprisa y yo no quiero tener los ojos abiertos. No quiero tenerlos abiertos. Por eso me da miedo no poder volver a abrirlos. Me duelen los ojos.

MIDORIKO

GENTE QUE VA AL RESTAURANTE CHINO

—¡Anda! ¡Cuántos platos tienen en el menú! —Debido a la sorpresa, Makiko abrió mucho los ojos. Luego añadió sonriendo, contenta—: Hay un montón de platos que no he probado nunca. Pero fíjate. Aquel hombre está solo en la cocina, ¿no? ¿Y ella es la única que se encarga de las mesas?

Makiko señaló a una mujer de mediana edad que daba vueltas por el comedor con una ropa blanca que tanto podía ser un uniforme de cocinera como de camarera.

—Sí, pero no creas, son muy rápidos.

—Ya, a veces te encuentras sitios así. Tienen un menú larguísimo, pero te lo preparan todo tan rápido como en una casa de platos combinados —dijo Makiko, admirada—. A veces los veo por la tele. Sitios donde sirven estofado de ternera, *okonomiyaki* y sushi. No sé cómo se las apañan.

Echamos un vistazo a los platos que había pegados en la pared, uno al lado de otro; después, estudiamos con atención la carta que nos habían dejado sobre la mesa: Makiko y yo pedimos dos jarras de cerveza, varios platos de calamar, fideos cocidos con caldo de pollo y *gyôza* a la plancha; Midoriko señaló con el dedo unos raviolis chinos al vapor y unos fideos con tofu, y decidimos compartirlo todo.

Situado a unos diez minutos a pie de mi apartamento, en la planta baja de un edificio construido, como mínimo, treinta años atrás y que no merecía otro adjetivo que el de ruinoso, aquel restaurante era muy popular por servir la comida tirada de precio y, aparte de nosotras, había una familia con un bebé y con un niño de unos cuatro o cinco años que no paraba de alborotar; una pareja de mediana edad de conversación poco fluida, y un grupo de hombres con mono de trabajo que sorbían ruidosamente unos *raamen*. Junto a la entrada, una caja registradora de modelo antiguo y un biombo de vistosos colores rojo y oro y, en la pared, un cuadro de adorno con una pintura en tinta china que, ya a simple vista, se veía que era una copia impresa. Al lado, un póster de cerveza descolorido de uniforme color azul celeste. Una modelo fotográfica peinada a la moda de tiempos pasados, tumbada en bañador sobre la arena blanca, sostenía sonriente una jarra de cerveza. El suelo estaba resbaladizo de grasa.

Cuando llegamos a la mesa precedidas por la camarera, Midoriko sacó la libretita de la riñonera, volvió a guardársela tras dudar unos instantes y tomó un sorbo del agua que le habían servido en un vaso de plástico. Sobre las cabezas de los hombres que sorbían *raamen*, había un estante completamente ennegrecido por los años y la mugre y, encima, un pequeño televisor viejo y negro. En la pantalla, se proyectaba un espectáculo musical de esos que puedes ver a cualquier hora y en cualquier parte. Con los labios apretados y alzando un poco la vista, Midoriko miraba los rostros sonrientes de la pantalla con expresión de aburrimiento. Las jarras de cerveza llegaron a la mesa con un entrechocar de cristal, y Makiko y yo brindamos. Al preguntarle a Midoriko: «¿De verdad no quieres beber nada?», ella se limitó a hacer un pequeño gesto negativo con la cabeza sin despegar los ojos de la pantalla.

Al otro lado del mostrador se veía la cocina. Vestido con un uniforme blanco de cocinero lleno de lamparones, el dueño de siempre se movía por su interior como siempre. Del wok puesto a calentar salía una vaharada blanca y se oía el chasquido de los ingredientes que estallaban cuando el hombre los arrojaba dentro. De la plancha de las *gyôza* se alzaba el estridente crepitar que producía una gran cantidad de agua al evaporarse a la vez. Los enchufes de la pared de la encimera estaban llenos de grasa incrustada, solidificada, y la cestita con la que el hombre recogía las verduras metidas en la bolsa que tenía a sus pies, en un punto no visible desde nuestra mesa, estaba negra de mugre y rasgada; el grifo por el que salía el hilillo de agua que iba llenando una olla grande había cambiado completamente de color. Me acordé de algo que había pasado tiempo atrás. ¿Cuándo había sido? Una vez, había ido allí con un compañero del trabajo, un chico tres años menor que yo. Decidimos sin ninguna razón concreta ir a cenar los dos juntos y, al decirle que iba con frecuencia a un restaurante, me dijo que quería conocerlo. Un rato después de llegar y sentarnos a la mesa, me di cuenta de que tenía una actitud rara. Tampoco tocó apenas la comida que yo había pedido. Después, cuando le pregunté la razón, hizo una mueca diciendo que no había podido comer «por cuestiones higiénicas». Que el cocinero había pasado una bayeta por el wok y que, acto seguido, había salteado en él los fideos. «Vaya», fue lo único que logré decir.

—¡Ah, sí! ¿Sabes que Kyû-chan ha muerto?

—¿Kyû-chan? —dije clavando la mirada en Makiko. En el momento en que volvía la cabeza, se acercó la camarera y depositó con ímpetu el plato de *gyôza* sobre la mesa—. ¿Qué Kyû-chan?

—Sí, mujer, Kyû-chan —dijo Makiko tras beber un trago de cerveza—. El simulador de accidentes, el músico ambulante.

—¡Ah! —Sin darme cuenta, solté un grito que incluso me asustó a mí—. ¿Dices que ha muerto?... ¿Quiere decir eso que aún vivía?

—Sí, sí. Era muy viejo. Al final, le ha llegado su hora al pobre.

El tal Kyû-chan era una especie de institución en el barrio de Shôbashi y lo conocía cualquiera que tuviese algo que ver con bares y restaurantes.

En principio, recorría los *snacks* y los clubs tocando la

guitarra como alternativa al karaoke y vivía de las propinas que le daban los amantes de la *enka* que, gracias a su música, podían cantar baladas en vivo. Pero Kyû-chan tenía otra faceta: la de simulador de accidentes de tráfico.

El área de bares y clubs de Shôbashi estaba dividida en dos por la carretera nacional 4: la zona norte y la zona sur. En la sur, que se extendía alrededor de la estación, era donde habíamos trabajado nosotras en el pasado y donde se encontraba el *snack* en el que estaba empleada ahora Makiko. En la zona norte, probablemente debido a la presencia de un hospital psiquiátrico con rejas en las ventanas, el ambiente de barrio era algo distinto. El caso es que los clientes de los bares de la zona sur frecuentaban siempre los de la zona sur, los de la zona norte iban siempre a los bares de la zona norte y raramente llegaban a mezclarse.

Sin embargo, Kyû-chan, con su guitarra a cuestas, pasaba de una zona a la otra, tocaba tanto para los clientes que conocía de vista como para los que encontraba por primera vez y, aunque nunca tuve la menor idea —y sigo sin tenerla ahora— de si era bueno o malo, se ganaba unas monedas rasgando las cuerdas de la guitarra. Y, de vez en cuando, como empleo suplementario o como paga extra, buscaba la hora en que la carretera nacional —por lo general, muy transitada— estuviese casi desierta, esperaba a que se acercase un coche de fuera de la región, con matrícula de provincias, y se arrojaba contra el automóvil. Cuando atropellan a alguien, las personas palidecen, se trastornan terriblemente y, antes que en la policía o en cualquier otra cosa, piensan en correr lo antes posible al hospital. Hay buenas personas que parece que vayan a postrarse de rodillas, llorando, dispuestas a dedicar el resto de sus días a compensar a la víctima, y Kyû-chan sabía detectarlas muy bien. Jamás oí que hubiese tenido problemas por la intervención de una compañía de seguros o de la policía. Por supuesto, se las ingeniaba para chocar de modo que el impacto fuera leve, que no le ocasionara daños serios y que, a la vez, pudiera rodar aparatosamente y, al final, todo se resolvía allí mismo —una especie de arreglo extrajudicial— recibiendo una pequeña cantidad de dinero como compensación: en fin, que era lo que se puede llamar un simulador de accidentes en toda regla.

Kyû-chan era un hombre pequeño que hacía pensar en la cáscara de un cacahuete, con una cabeza rapada y llena de bultos como una patata, ojos diminutos y dientes muy separados. Creo que procedía de alguna parte de Kyushu y tenía mucho acento, a lo que se sumaba su tartamudez, y quizá fuera por eso, pero daba la impresión de hablar solo con monosílabos. En el trato con los clientes, solo balbuceaba medrosamente algún nombre y adjetivo: nunca oí que formulara una oración completa.

Jamás mantuve con él una conversación digna de este nombre, pero a nosotras, que lavábamos los platos o preparábamos las tapas detrás de la barra, siempre nos sonreía alegremente y a mí, con su aspecto algo apocado, no me parecía en absoluto un adulto, por lo que sentía una cierta familiaridad hacia él.

La aparición de Kyû-chan se producía, como es lógico, sin avisar, alrededor de las diez u once de la noche, y siempre irrumpía en el local por la puerta automática con la guitarra al hombro y aspecto animado. Si el local estaba lleno, se mezclaba con la gente, pedía a los borrachos de buen vino que cantaran una canción y estos le metían dinero en la boca de la guitarra. Si el local estaba vacío y, además, el ambiente era opresivo, ponía mala cara, bajaba la cabeza mascullando algo que quería decir: «Ya volveré más tarde», se daba la vuelta y se iba. Cuando la *mama* estaba de buen humor y le servía un vaso de cerveza, él se la bebía con deleite.

¿Cuándo debió de ocurrir? En aquella ocasión, cuando entró, no había ningún cliente en el local.

Aquella noche, tanto la dueña como mi madre —que quizá habían ido a telefonear a algún *snack* amigo para que enviaran clientes— habían salido, las otras chicas no estaban, y Makiko, que acababa de empezar a trabajar en la casa de *yaki-*

niku, tampoco se encontraba allí, de modo que Kyû-chan y yo nos quedamos solos durante un rato. Era cuando todavía no habían descubierto la enfermedad de mi madre, así que yo debía de estar en sexto de primaria.[1]

—¿No e-e-está la *m-m-mama*? —me preguntó.

Le respondí que creía que volvería enseguida, le abrí una botella de cerveza, se la serví en un vaso y lo deposité sobre la barra.

—Gra-gracias —me dijo Kyû-chan, y se lo bebió de un trago.

Yo volví a servirle otro. Kyû-chan volvió a decirme:

—Gra-gracias.

Tras dudar un poco, se sentó en uno de los taburetes de las chicas y con su expresión de siempre, entre sonriente y apocada, rodeó delicadamente con las dos manos el pequeño vaso de cristal. En el interior desierto del *snack* no había ningún sonido y el silencio que nacía de nuestra falta de palabras era absorbido por paredes, sofás y cojines como si fueran esponjas, daba la sensación de que estos se iban hinchando, más y más, y de que nos acorralaban. Kyû-chan estaba callado, yo estaba callada. El teléfono tampoco sonaba.

Poco después, Kyû-chan repitió: «Gra-gracias», se colgó la guitarra al hombro y se encaminó hacia la salida. Pero, al llegar a la puerta, se detuvo y se giró despacio. Me miró de frente, con cara de haber tenido una gran idea. Y me dijo: «¿Ca-cantas?». Los pequeños ojos negros de Kyû-chan brillaban en el fondo de las pequeñas cuencas y, cuando yo repetí, perpleja: «¿Qué? ¿Cantar? ¿Quién?», Kyû-chan asintió, apuntando hacia mí con la barbilla. Sonrió contento, mostrándome sus dientes separados, y mientras decía: «Ca-canta. Ca-canta», agarró la guitarra por el mástil, la alzó por encima del hombro y empezó a rasgar las cuerdas. En un gesto rápido, sacó un pequeño silbato del bolsillo de su viejo polo arrugado, lo hizo sonar y afinó la guitarra, y diciéndome: «Soemon, pue-do. Pue-do,

1. Doce años.

Soemoncho», cerró los ojos con fuerza y empezó a tocar la introducción aderezada con abundantes *vibrato*.

Kyû-chan me marcaba el tono, asintiendo con la cabeza como si dijese: «Así, así», pero yo, aturdida por la vergüenza y el pasmo, permanecía petrificada detrás de la barra. Mientras tocaba la introducción, Kyû-chan me sonreía, diciendo: «Pue-puedes, pue-puedes». Pero yo no iba a ponerme a cantar así, de buenas a primeras, y encima con una guitarra, y, mentalmente, negaba con tajantes movimientos de cabeza. Sin embargo, todavía no sé cómo, empecé a alzar medrosamente un hilo de voz y los versos de *Sôemonchô-blues*, que había oído mil veces en boca de los clientes, pero que yo no había cantado nunca, empezaron a salir entrecortadamente de mis labios. Kyû-chan iba envolviendo con el rasgueo de la guitarra mi voz que, turbada y vacilante, iba convirtiéndose poco a poco en melodía y, con una amplia sonrisa, me miraba de frente a la cara e iba adecuando su paso al mío como si dijese: «Ese, ese es el acorde». Cuando Kyû-chan veía que iba a detenerme porque no me sabía la tonada o la letra, tocaba la melodía en el acorde correcto y me guiaba mientras asentía una vez tras otra: «Así, así». Aunque me trabara con la letra, él sacudía la cabeza en ademán de que no importaba y yo, sin ver más que a Kyû-chan que tocaba la guitarra con todo su cuerpo, seguía cantando con miedo a perder el ritmo.

Aun sin saber si estaba consiguiendo cantar o no, llegué con Kyû-chan al final de *Sôemonchô-blues*. Al acabar el último verso: «Muéstrame tu alegre sonrisa», Kyû-chan abrió los ojos de par en par, concluyó con un fuerte rasgueo y me sonrió con alegría: «¡Bi-bien! ¡Bi-bien!». Vuelto hacia mí, me aplaudió largo rato. Mi rostro estaba escarlata, tanto que incluso yo me daba cuenta y, avergonzada, me llevé ambas manos a las mejillas y me las cubrí. Kyû-chan seguía aplaudiendo. Yo, que ya no sabía si sentía rubor ante los elogios, bochorno o alegría, intenté disimular mi sonrojo con una sonrisa y volví a llenarle el vaso de cerveza.

—¿Cómo murió? ¿Estaba enfermo? —le pregunté a Makiko.

—No murió por eso. Fue por lo de los accidentes. —Makiko habló con voz nasal—. En los últimos tiempos, todo el mundo sabía que Kyû-chan no estaba bien, ya no hacía la ronda por los locales. La última vez que lo vi... Espera, ¿cómo fue? Sí, fue en Rose. La cafetería junto a la estación, ¿te acuerdas del Rose? Vi que había alguien de pie en la entrada, pero al principio no lo reconocí. Estaba tan empequeñecido que me quedé de piedra. Siempre había sido pequeño, pero entonces estaba encogido. Iba a decirle que hacía tiempo que no se pasaba por el *snack*, que cómo se encontraba, pero cuando me acerqué a saludarlo, ya se había ido, tambaleándose. Parecía que fuera a caerse, el pobre. Y, al final, no pude hablar con él.

—¿Llevaba la guitarra?

—Diría que no —dijo Makiko tomando un sorbo de cerveza—. Y entonces, hace unos meses..., sería a finales de mayo, alrededor de las doce de la noche, hubo un accidente. Delante del Hôryû. El restaurante chino, ¿te acuerdas? Íbamos allí las dos. Pues encontraron a Kyû-chan allí delante, muerto. Tiempo después, hablando de él, un cliente me dijo que justo aquella misma noche, dos horas antes del accidente, lo había visto en el Hôryû, que él también hacía tiempo que no se lo encontraba. Le pregunté cómo lo vio y se ve que igual que siempre, amable, sonriente. Estaba tomando cerveza y comiendo. Se estaba poniendo las botas. Eso dijo el cliente. Y luego, después... Por lo visto, aquella vez no le salió bien.

Llegaron unas carcajadas desde la televisión; yo cogí una *gyôza*, ya algo endurecida, con los palillos y me la llevé a la boca.

—Kyû-chan estaba enfermo, pero, por lo visto, al final hizo una buena comida —dijo Makiko.

Midoriko no parecía sentir interés alguno por nuestra conversación y seguía en la misma postura de hacía un rato, con la barbilla algo levantada, mirando la pantalla. El rostro de Kyû-chan se me apareció de repente y se borró. Luego, volvió a representárseme su cabeza abombada de color carne y, ante mis ojos, se perfiló la imagen de Kyû-chan sentado en un rincón con sus dos pequeñas rodillas juntas, sosteniendo la cerveza con ambas manos. Llegaron a la mesa los raviolis chinos que había pedido Midoriko. Al mirar la blancura algo insulsa de la pasta, su sorda calidez y su impreciso perfil abultado, noté un escozor alrededor de los ojos. Tomé una gran bocanada de aire por la nariz, me enderecé en mi asiento.

—Ya han llegado los raviolis. ¡A comer!

Dejé uno de los raviolis calientes en el plato de Midoriko y la miré a la cara, animándola a probarlo. Tras hacer un pequeño gesto afirmativo, Midoriko tomó un sorbo de agua y miró el ravioli que le había servido en el plato. Makiko, a su vez, alargó la mano hacia la vaporera y tomó uno. Y, como si fuera una señal, cuando Midoriko dio un pequeño mordisco al ravioli blanco, pareció que el ambiente se relajaba de golpe. Como si quisiera probar que aquello no eran imaginaciones mías, me bebí la cerveza de un trago. Y pedí una segunda. La mesa se fue llenando de fideos con tofu, platos de calamar, fideos cocidos con caldo de pollo, y el sonido que producíamos al comer, al beber agua y al entrechocar los platos se fue mezclando con el de rumor difuso de la televisión, ofreciendo una sensación animada y alegre.

Makiko le comentó a la camarera que venían de Osaka y ella repuso que en Osaka conocía tal lugar y tal otro, y entablaron conversación; Midoriko probó las *gyôza* que antes no había tocado y se llenó la boca con una. «¡Qué bueno está esto!», «¡Y eso tampoco está nada mal!», nos íbamos diciendo Makiko y yo, y ella también pidió otra cerveza. Midoriko se rio un poco con una de mis bromas y yo aproveché la ocasión para introducirla en la conversación. «¿Qué haces siempre mientras Maki-chan está trabajando?», le pregunté. Entonces, Midoriko sacó su libretita de la riñonera y escribió: «Los deberes. Miro la tele, me voy a dormir y ya es la mañana». Al decir yo: «Claro. Maki-chan sale de casa pasadas las seis y vuelve a la una. Pasa rápido, claro», Midoriko asintió con la cabeza y se metió en la boca un trocito del ravioli que había partido.

Makiko, tras decirle alegremente a la camarera, con quien había congeniado: «Tienen una comida buenísima. Me gusta mucho», carraspeó con fuerza y nos miró a Midoriko y a mí. Y anunció con orgullo:

—Yo, cuando llego a casa, antes que nada, siempre hago una cosa. Lo primero que hago, ¿qué creéis que es?

—¿Quitarte los zapatos?

—No —dijo Makiko, sacudiendo la cabeza con estupor. Y añadió en un tono algo más alegre—: Es mirar la cara de mi niña mientras duerme.

En un gesto reflejo, Midoriko le dirigió una mirada llena de incredulidad. Luego, cogió otro ravioli, puso los dos pulgares en el centro del bulto blanco, lo abrió y se quedó unos instantes contemplando el relleno. En la parte por donde había salido la carne, puso salsa de soja, volvió a partirlo por la mitad y, tras hacer una pequeña pausa, lo dividió de nuevo y volvió a ponerle salsa de soja. Y se quedó mirando fijamente los trozos ennegrecidos. Tras aquel repetido baño de soja, el ravioli, negrísimo, rezumaba soja por todas partes y yo también clavé la vista en la pasta, preguntándome hasta qué punto podía llegar a absorber soja y ennegrecer un ravioli chino.

«Oye.» Makiko me dirigió la palabra para que apartase los ojos del ravioli. Su rostro, que había quedado completamente limpio con el baño, volvía a brillar por la grasa, y la luz del fluorescente hacía más visibles las imperfecciones de su piel, de textura gruesa y poros dilatados. Makiko, con una sonrisa de oreja a oreja y blandiendo los palillos en el aire, dijo como quien revela un secreto sorprendente que ya no puede mantener oculto por más tiempo: «Y, entonces, entonces, escuchad, yo me digo: "¡Qué mona es!", y, a veces, le doy un besito a Midoriko mientras duerme». ¡No! ¡No! ¡No! Mientras en mi fuero interno negaba las palabras de Makiko, miré a Midoriko. La niña estaba mirando de frente a Makiko con furia.

Makiko soltó una risita insípida y Midoriko siguió sin apartar la mirada del rostro de su madre, que reía de aquella forma. Daba la impresión de que los ojos de Midoriko iban aumentando rápidamente de tamaño en su rostro y cobrando más y más intensidad. Tras extenderse un silencio violento en el que la palabra *incómodo* huiría con incomodidad incapaz de describir la situación, Makiko depositó con brusquedad encima de la mesa la jarra de cerveza que sostenía en la mano y dijo: «¿Qué? ¿Qué son estos ojos?». Makiko habló a Midoriko en tono calmado: «¿Y a ti qué diablos te pasa?». Y, después, se bebió la cerveza a grandes tragos.

Midoriko apartó la mirada de Makiko y se quedó con la vista clavada en el cuadro chino que colgaba de la pared. Luego, abrió la libretita y escribió en trazos límpidos: «Me das asco». Dejó la libreta abierta sobre la mesa de modo que la pudiéramos ver y, con el bolígrafo, subrayó una vez tras otra «me das asco». Presionó con tanta fuerza que, al final, la punta del bolígrafo acabó rasgando el papel. Luego, cogió el ravioli chino que había quedado sumergido en el platito de la soja, lo partió, se lo metió en la boca y, sin importarle que estuviese ennegrecido, rezumando soja, lo fue engullendo. Makiko clavó la mirada en las líneas que la niña había trazado, una y otra vez, y en las letras que había encima y enmudeció.

—¿No te irrita la garganta esa soja? —le pregunté un poco después a Midoriko, pero no me contestó.

De la cocina seguían llegando los estallidos de ingredientes al caer en el wok, se oían los «¡muchas gracias!» y los «¡qué bueno estaba!» que acompañaban la salida de los clientes. Envueltas en la mezcla abigarrada de los coloreados sonidos que procedían sin cesar del televisor, nosotras nos fuimos comiendo toda la comida, sin dejar nada, en completo silencio.

Discutí con mi madre por algo sobre dinero, nos peleamos y yo le solté: «¿Por qué me has traído a este mundo?», y ahora no se me va de la cabeza. Pensé para mí: «Te has pasado», pero con el enfado, se me escapó. Mi madre también estaba enfadada, pero no dijo nada, y eso me dejó mal sabor de boca.

Pienso que lo mejor es que no hable con ella por un tiempo, porque, si hablo, de fijo que nos peleamos y yo acabo diciendo otra vez cosas malas y mamá se pasa el día trabajando y está cansada y, de eso también tengo yo parte de culpa, no, toda la culpa y, cuando lo pienso, me siento fatal. Quiero hacerme mayor enseguida, trabajar mucho y darle el dinero. Como ahora todavía no puedo, al menos querría ser cariñosa con ella. Pero no sé hacerlo. A veces, se me saltan las lágrimas y todo.

Cuando termine primaria, aún me quedan tres años de secundaria. Y, después, quizá podría encontrar trabajo en alguna parte. Claro que, aunque lo encontrase, dudo mucho que pudiera ganarme bien la vida con eso. Necesito tener una profesión. Mamá no tiene. Tener una profesión. En la biblioteca hay un montón de libros para los estudiantes, para que podamos encontrar el trabajo que haremos durante toda la vida, me los miraré bien. Ah, últimamente mi madre me dice mucho que vayamos juntas a los baños, pero yo no quiero. La pelea de antes, la que antes he dicho que había sido por el dinero, pues luego, ¡zas!, me ha venido a la cabeza de repente y la verdad es que fue por culpa del trabajo de mi madre. Todo empezó porque ella iba en bicicleta con la ropa del trabajo y, encima, con ese vestido morado superllamativo con frunces de color dorado, la vio un niño del colegio y se burló de lo chocante que era. Entonces yo tendría que haberme callado o decirle: «¡Cállate, cacho imbécil!», pero me reí delante de todo el mundo, disimulando. Me reí con una risita tonta, de apuro. Luego discutí con mi madre y, al final, ella estaba enfadada y me dijo gritando con cara de ponerse a llorar: «¿Y qué quieres que haga? Tenemos que comer, ¿no?», y fue entonces cuando le dije que yo no tenía ninguna culpa de que me hubiera traído a este mundo.

Pero, luego me di cuenta de una cosa y es que mi madre tampoco tiene la culpa de que la hayan traído a ella a este mundo.

Me he jurado que, cuando sea mayor, jamás jamás tendré hijos. Estuve pensando en pedirle perdón un montón de veces. Pero llegó la hora y mi madre se fue a trabajar.

Midoriko

LA LARGA CHARLA NOCTURNA DE LAS DOS HERMANAS

Ya de vuelta a casa, Makiko estaba tan alegre como si nada hubiera sucedido, así que yo la imité con exageradas risas y sonrisas. Miré con disimulo a Midoriko y vi que estaba sentada en el suelo, junto a su mochila, con las piernas flexionadas hacia el pecho, deslizando con aplicación el bolígrafo sobre las hojas de una libreta de tamaño más grande que la de conversación que mantenía apoyada sobre las rodillas.

—Hacía años que no bebíamos juntas, ¿eh? —dijo Makiko mientras sacaba del frigorífico dos de las cervezas que habíamos comprado a la vuelta en una tienda abierta las veinticuatro horas y las ponía sobre la mesa.

«¡A por la cervecita!», la secundé yo mientras vaciaba de golpe en unos platos el contenido de algunas bolsas de chucherías para picar. Me disponía a verter la cerveza en los vasos de cristal del *mugicha* del mediodía que acababa de enjuagar en la cocina cuando oí un sonido que no me era nada familiar: «¡Ding-dong!».

—¿Es aquí? —Las dos intercambiamos una mirada rápida.

—Pues no sé. Era una campanilla, creo —dije yo.

—Eso parecía.

Entonces volvió a oírse: «¡Ding-dong!». Sí. Lo que acababa de sonar era el timbre de mi casa, seguro. Miré el reloj: eran más de las ocho de la noche. Dejando aparte lo tarde que era, yo apenas recibía visitas. Estaba en mi casa y no tenía nada que ocultar, pero, en un gesto instintivo, intenté sofocar cualquier señal de vida: crucé la cocina despacio para no hacer ruido y atisbé por la mirilla conteniendo el aliento. El ojo de pez estaba cubierto de un moho color verde pálido y no se veía con claridad quién había al otro lado, pero parecía tratarse de una mujer. Por un instante, sentí la tentación de fingir que no estaba en casa, pero me dije que ya debía de haber oído el sonido de la televisión y nuestras voces a través de la delgada hoja de madera de la puerta. Resignada, dije en voz baja:

—¿Sí?

—Disculpe, a estas horas.

Entreabrí la puerta y vi la cara de una mujer. Llevaba el pelo moldeado con una permanente suave y la frente completamente descubierta. Tendría unos cincuenta y tantos años, tal vez sesenta y algo, y la línea de sus cejas, trazada con lápiz marrón, discurría unos centímetros más arriba de la natural. Llevaba unos pantalones de chándal que, incluso a oscuras, se veía que estaban descoloridos y con bolsas en las rodillas, y calzaba chanclas. La camiseta, por el contrario, era de un blanco tan deslumbrante que parecía recién estrenada y tenía estampado un gran dibujo de Snoopy guiñando un ojo y lanzando corazones. En el bocadillo, en inglés, ponía: «Yo no soy perfecto. Pero, junto a ti, sí lo soy». Antes de que pudiera preguntarle qué deseaba, la mujer repitió:

—Disculpe, a estas horas. Vengo por lo del alquiler...

—¡Ah! —lancé una pequeña exclamación.

Dirigí una mirada rápida a mis espaldas, musité: «Un momento, por favor», salí al corredor y cerré la puerta.

—¿Sí? Dígame.

—Ah, vaya. ¿Tiene invitados? —dijo la señora, interesada a todas luces por lo que sucedía en el interior del piso.

—Sí, mi familia.

—Perdone que la moleste, pero es que no contesta al teléfono.

—Sí, lo siento. Hay horas en las que no me puedo poner. —Mientras me disculpaba, recordé que en los últimos días había recibido varias llamadas de un número oculto.

—El hecho es que, con este mes, ya lleva tres retrasos en el alquiler.

—Sí.

—Con que me pagara uno ahora, ayudaría.

—Lo siento de veras, pero ahora no puedo. Pensaba hacer una transferencia a final de mes —dije yo hablando rápido—. Perdone, ¿usted es la esposa del propietario?

—¿Yo? Sí, sí.

La casa del dueño estaba frente a la mía, en la planta baja, al fondo a la derecha. Era un hombre callado, de aspecto apacible. En los diez años que llevaba en el piso, nunca había mantenido con él una conversación propiamente dicha. En el pasado, ya me había retrasado varias veces en el pago del alquiler, pero jamás me había apremiado y, en mi fuero interno, yo siempre rogaba al cielo para que continuara mi buena suerte. Por lo que hacía a su edad, el hombre rondaría los setenta años. Debía de llevar un corrector, o algo similar, y era impresionante verlo montado en la bicicleta con la espalda tiesa como un palo. Aparte de él, no había visto a nadie entrar en su casa o salir de ella, por lo que yo siempre había creído, sin más, que era soltero.

—Hasta ahora hemos sido muy flexibles. Ya lo sabe usted —dijo la mujer tras aclararse la garganta—. Pero, últimamente, las cosas tampoco son fáciles para nosotros, ¿sabe? De modo que le ruego que no se retrase en el pago.

—Sí, lo siento.

—Entonces, quedamos en que pagará a final de mes, ¿verdad?

—Sí, de acuerdo.

—Me lo tomo como una promesa. Se lo ruego.

La mujer bajó la escalera de hierro con la cabeza inclinada en ademán de saludo. Antes de entrar, esperé a que se apagara por completo el sonido de sus pasos.

—¿Pongo ya la cerveza? —dijo Makiko. Me interrogó con la mirada: «¿Quién era?».

—La casera.

—¡Ah! —Makiko sonrió mientras servía la cerveza en los vasos—. ¿El alquiler?

—Sí. —Esbocé una sonrisa forzada y tras decir: «¡Salud!», tomé un trago de cerveza.

—¿Cuántos atrasos llevas?

—Un par de meses.

—¡Vaya! Qué estrictos son, ¿no?, con el pago. —Tras vaciar medio vaso de un trago, Makiko volvió a llenárselo hasta arriba.

—No. Es la primera vez. Ya me había retrasado otras veces, pero nunca habían venido a casa, así, a pedírmelo. Me he quedado de piedra. Antes siempre había tenido tratos con el dueño, un tipo muy tranquilo. A esa mujer no la había visto en mi vida.

—¿La mujer es de su edad?

—Más o menos. Lleva un moldeado de hombre y las cejas pintadas por arriba, imagínate.

—Puede que viviera fuera y que haya vuelto a casa —dijo Makiko—. A uno de mis clientes le pasó esto no hace mucho. Es un tipo de unos sesenta años. Tiene un hijo. Un chico. Bueno, pues cuando el niño acababa de empezar primaria, su madre, la mujer de mi cliente, se largó con otro tío y, desde entonces, vivió por su cuenta. Durante unos veinte años, creo. Por lo visto, nunca perdieron el contacto del todo, pero vivían separados. El niño creció. La madre también se hizo mayor y, no sé si sería por eso, pero se quedó sola. Mientras tanto, el marido vivía con sus padres, pero tanto el padre como la madre eran muy viejos y tenían demencia senil. Y no sé cómo fue la cosa, pero la mujer regresó y ahora vuelven a vivir juntos. Después de estar ella veinte años fuera.

—Vaya.

—Bueno, él tiene una casa, ¿sabes? Así que no tiene que pagar alquiler. Y la pensión de los padres, aunque no sea gran cosa, cae todos los meses y eso también ayuda. Además, él tiene un trabajo fijo en las obras de conducción de agua, ¿sabes? En fin, que, por lo visto, ella no tenía adónde ir y quería volver, así que él le puso una condición: podía volver si quería, pero, aparte de ocuparse de la casa, eso por supuesto, tendría que cuidar a los padres hasta que murieran. Y cuidarlos bien, en todo, hasta cuando no pudieran valerse por sí mismos y se lo hicieran todo encima.

—¡Vaya con el tipo!

—Pues sí, se lo ha montado bien —dijo Makiko haciendo chasquear la lengua—. Es un buen trato para el padre y el hijo, les hace la vida más fácil. Han conseguido una criada interna y una cuidadora gratis.

—Pero ¿cómo se lo ha tomado el chico? Para él debe de ser complicado, ¿no? Lo abandonó cuando era pequeño. No sé si eso será fácil de sobrellevar. Por cierto, ¿ella trabajaba?

—No lo creo. Si hubiera tenido dinero, no habría vuelto.

—Y si se pone enferma y no puede trabajar, ¿qué pasará? Porque eso puede ocurrir, ¿no?

—Sí, claro.

—¿Y qué hará en este caso? Porque no le dirá que se largue, digo yo.

—No habrá pensado tanto. Creerá que una mujer puede trabajar con salud hasta la muerte, cuidando a los demás en todo lo que haga falta —dijo Makiko tomando un trago de cerveza—. ¿Cuánto pagas de alquiler?

—Cuarenta y tres mil yenes. Con el agua y todos los gastos incluidos.

—¡Uf! Es mucho. Además, estás sola. Pero, claro, en Tokio ya se sabe.

—Y está solo a diez minutos de la estación. No está mal. Claro que me iría muy bien que fuese algo más barato.

—Mi piso cuesta cincuenta mil justos —dijo Makiko con expresión de descontento—. Por ahora no me atraso en los pagos, pero las cosas no son fáciles. El año que viene, Midoriko empieza secundaria y habrá gastos.

Miré hacia Midoriko y vi que estaba apoyada en el puf del rincón, con el bolígrafo en la mano y la libreta abierta sobre las rodillas, como antes. Me puse unos cuantos trocitos de salami del plato en la palma de la mano y se los ofrecí: «¿Quieres?», pero, tras dudar unos segundos, ella sacudió la cabeza en ademán negativo. En vez de tener el televisor encendido, cogí el primer CD del montón que había apilados junto a la mesa, lo introduje en el reproductor de CD y apreté el botón de «play». Era la música de *Bagdad café*. Esperé a que, tras el corto preludio, empezara a fluir la voz de Jevetta Steele, gradué el volumen y volví a la mesa.

—Uf, dinero. La época en que peor lo hemos pasado fue cuando empecé a trabajar en la casa de *yakiniku*, ¿no? —dijo Makiko mientras tomaba unas pastitas secas con la punta de los dedos y se las dejaba caer en la boca—. Unos años antes de que muriera mamá.

—Sí. Recuerdo aquellas pegatinas rojas en los muebles.

—¿Qué? ¿Qué cosas rojas?

—Las pegatinas de embargo. Aparecieron unos hombres y fueron pegando una especie de sellos en el aire acondicionado, en la nevera, en todo lo que tenía algún valor. Vinieron una vez.

—¿Eso pasó? No lo sabía —dijo Makiko con expresión sorprendida.

—Es que tú, durante el día, ibas al instituto y, por la noche, al *yakiniku*. Mamá y la abuela Komi tampoco estaban.

—¿Vinieron a mediodía?

—Seguro. Porque estaba yo sola en casa.

—Mamá, siendo una mujer sola y con dos hijas, lo tuvo muy difícil, pero logró salir adelante —dijo Makiko con admiración.

«Sí, por eso murió tan joven», estuve a punto de decir, pero me contuve a tiempo.

A la hora del recreo, todas hemos hablado de lo que haremos de mayores. Por lo visto, ninguna tiene claro lo que quiere ser. Yo tampoco. Todo el mundo le decía a Yuri: «Tú, con lo mona que eres, tienes que ser modelo», y ella decía: «¡¿Quéé?!». Ese tipo de cosas.

A la vuelta, le he preguntado a Jun-chan cómo se ganaría la vida y me ha dicho que ella seguirá con lo del templo. El padre de Jun-chan, y también su abuelo, trabajan en el templo y yo a veces los veo yendo en moto, vestidos al estilo monje, con el manto ondeando al viento. Un día le pregunté a Jun-chan qué hacen los monjes y me dijo que leer *sutras* en los funerales y en las ceremonias para los difuntos. Yo todavía no he ido nunca a ningún funeral ni a ninguna ceremonia de difuntos.

Le he preguntado a Jun-chan qué tiene que hacer para serlo y me ha dicho que, cuando termine el instituto, irá a una especie de campamento, se encerrará allí y hará ejercicios espirituales. Le he preguntado si las mujeres también pueden serlo y me ha dicho que sí.

Según Jun-chan, los templos son budistas y hay muchos tipos distintos de budismo, porque, al principio de todo, cuando Gautama alcanzó el conocimiento de la verdad absoluta, les dijo a sus discípulos que lo siguieran, estos hicieron sus propios ejercicios ascéticos y eso ha ido continuando hasta el presente. Según me ha explicado Jun-chan, y tal como yo lo veo, el conocimiento de la verdad absoluta llega así, de repente, al final de los ejercicios ascéticos y, entonces, incluso la idea de que «todo es uno, uno es todo» desaparece. Llegas a un estado en que «yo soy todo, yo no existo». Por lo visto, uno también puede entrar en el nirvana y convertirse en Buda. No tengo muy claro cuál es la diferencia entre eso y el conocimiento de la verdad absoluta, pero alcanzar el nirvana es la meta del budismo. Por eso, los monjes leen *sutras* en los funerales, para que el difunto alcance el nirvana y se convierta en Buda. Lo que me ha sorprendido es que las mujeres, al morir, no puedan convertirse en Buda. La razón, dicha en una palabra, es porque son impuras. Los hombres sabios del pasado escribieron largo y tendido sobre por qué son impuras las mujeres y por qué eso no puede ser. Y si lo desean con todas sus fuerzas, antes tienen que reencarnarse en un hombre. Pero ¿eso qué es? Me he quedado pasmada y le he preguntado a Jun-chan cómo se supone que te conviertes en hombre. Jun-chan tampoco lo sabía bien. Cuando le he preguntado a Jun-chan si ella se creía todas estas tonterías, y que qué fuerte, las cosas se han puesto tensas entre las dos.

MIDORIKO

Con la espalda hundida en el puf, Midoriko retorcía la parte superior del cuerpo para poder ver los lomos de los libros apretujados en el último estante de la librería.

Allí guardaba yo los viejos libros en edición de bolsillo que no tenía previsto volver a leer. Las letras de los nombres de Hermann Hesse, Raymond Radiguet, Kyûsaku Yumeno habían palidecido, descoloridas por la luz del sol. *El señor de las moscas*, *Orgullo y prejuicio*, Dostoievski. *El jugador*, *Memorias del subsuelo*, *Los hermanos Karamazov*. Chejov, Camus, Steinbeck. La *Odisea*, *El terremoto de Chile*.

Todos aquellos volúmenes eran grandes obras de la literatura, pero, al recorrer con la mirada aquella colección de títulos puestos en fila, me asaltó una sensación difícil de definir, algo que iba más allá de la vergüenza y se acercaba más a la conmiseración, al redescubrir una alineación tan ingenua y propia de una principiante. Con todo, mientras contemplaba las cubiertas y los lomos descoloridos, revivió en mí la sensación de estímulo y desafío que experimenté la primera vez que los leí. Recordé la rigidez de mi trasero, frío por haber estado largo tiempo sentada en la escalera de cemento, el ligero entumecimiento de las piernas. Y me maravilló ver cómo esos recuerdos despertaban en mí las ganas de releer aquellos libros una vez más.

La mayoría de aquellas ediciones de bolsillo las había ido adquiriendo yo, poco a poco, en las librerías de viejo durante mis años en Osaka, pero *Luz de agosto*, de Faulkner, y *La montaña mágica* y *Los Buddenbrook*, de Mann, me los había regalado un chico joven cliente del *snack*. Fue después de que murieran mamá y la abuela Komi, cuando acababa de empezar el instituto. Aquel cliente, de quien no recuerdo ni el rostro —algo natural— ni una sola letra de su nombre, un buen día vio el letrero luminoso del *snack* al pasar y entró solo. No venía ni por el karaoke ni para bromear, nunca se sentaba en los reservados con las chicas, se limitaba a acodarse en la barra y a pedir whisky con agua, White Horse, a tres mil yenes sin límite de consumición. Un día me vio leyendo en un rincón de la cocina y me preguntó en voz baja qué libro era. En aquella época, a mí no me gustaba particularmente leer, pero siempre me llevaba una novela de la biblioteca al trabajo y la leía cuando no había clientes ni cacharros para lavar, a ratos perdidos.

En el *snack*, yo pasaba por tener dieciocho años. La *mama* me había aconsejado que no les contara a los clientes nuevos que vivíamos solas una hermana de veinticinco años y yo. «Hay clientes que no son de fiar», me decía, y nos había recomendado a Makiko, que venía a ayudar de vez en cuando, y a mí que nos pusiéramos de acuerdo en contar la misma historia. Cuando me preguntaban en qué año había nacido, yo respondía de manera automática que en 1976, con lo que me ponía dos años encima. Mentía diciendo que mi padre era taxista y decía (lo que era cierto) que mi madre había muerto de cáncer de mama.

En aquella época, yo sufría de una cistitis de origen desconocido. En el hospital no me encontraban nada anormal, pero aquellos síntomas que empezaron un día, sin más, continuaron manifestándose durante varios años. Por cierto, justo en aquella época Makiko, que había empezado a trabajar fija de la mañana a la noche en la casa de *yakiniku*, había adquirido la costumbre de meterse hielo en la boca y mascarlo. Aseguraba que ni que tuviera frío, o incluso sueño, no podía parar y se pasaba el día royendo hielo.

La cistitis me molestaba mucho y, por más rato que permaneciera sentada en la taza del váter hasta soltar la última gota de orina, en cuanto me subía las bragas y salía del lavabo, enseguida volvía a sentir la necesidad de correr al baño. Era algo parecido a las ganas de orinar, pero distinto. Una sensación terriblemente molesta se extendía por toda la zona de la uretra. No podía estarme quieta. Volvía al lavabo deprimida, me sentaba en la taza del váter, soltaba hasta la última gota de orina y, poco después, vuelta a empezar... Era una sensación tan repugnante y molesta como llevar siempre puesto un pañal empapado del líquido resultante de la cocción a fuego lento de todo el asco, fastidio e impaciencia de toda la ciudad de Osaka. Conforme se repetía eso, una vez tras otra, me fui acostumbrando a llevarme un libro al baño y a abrirlo en cualquier parte. Mientras leía una novela, con un poco de suerte, me olvidaba de aquella horrenda sensación.

Ningún cliente ni ninguna chica de alterne se habían interesado jamás por mis lecturas, de modo que cuando él me preguntó qué estaba leyendo, me quedé tan sorprendida que, en un gesto reflejo, escondí el libro. El cliente era un hombre con mal color, delgado hasta la exageración, y, cuando las chicas le decían en broma que se acercara a ellas, se limitaba a sonreír con timidez. Tampoco hablaba apenas conmigo, que estaba detrás de la barra. Pero, dejando aparte lo que le gustara o dejara de gustar, el hombre aparecía de vez en cuando, se sentaba discretamente en un lugar determinado, siempre el mismo, se bebía en silencio su whisky de precio fijo y se marchaba alrededor de una hora después.

Un día le pregunté de qué trabajaba. En vez de responderme, me dijo, con una voz tan débil que parecía que iba a apagarse al primer soplo de viento, que unos años atrás había sido obrero en Hateruma-jima, una isla al sur de Okinawa. En voz baja y muy despacio, me explicó que en la isla había muy pocas luces eléctricas y que, por la noche, no se veía a nadie ni se oía sonido alguno, ni en el mar, ni en el cielo, ni en la tierra. Me contó que acudían a la isla con periodicidad barcos cargados con diversas mercancías y que, en cuanto veían las luces de algún barco taladrando la negrura del mar, los hombres se arrojaban a las olas gritando con todas sus fuerzas y empezaban a adentrarse en el océano. Cuando le pregunté si él (en aquel momento, lo llamé, seguro, por su nombre) también se arrojaba al mar, me dijo que le daba tanto miedo que no podía moverse. Al parecer, trabajó allí un tiempo, pero tuvo algunas desavenencias con los compañeros, le cogieron ojeriza, lo echaron y dejó la isla.

En la siguiente ocasión, apareció con una bolsa de lona blanquísima, atiborrada de viejos libros de bolsillo que marcaban sus esquinas en la superficie de la tela. La bolsa blanca, novísima, acarreada por aquella figura tan endeble que parecía que fuera a tambalearse por el volumen al que sonaba el karaoke, recordaba una urna de madera en manos de un pariente del difunto a la vuelta del crematorio. Y, con voz débil, apenas audible, me ofreció los libros y se fue. En algunos volúmenes había anotaciones en letra menuda, alguna línea subrayada. Todo ello, con trazos tan tenues que apenas podían distinguirse sin aguzar la vista. Solo se oían las olas. Era una noche negra, casi sin luces. Pude ver cómo el hombre, con el rostro pegado a las páginas del libro, iba subrayando con lápiz las frases que no quería olvidar.

Estuve muy contenta al conseguir de golpe tantos libros. Le compré una gran taza como agradecimiento y tenía la intención de regalársela la próxima vez que viniera al *snack*, pero el hombre no volvió a aparecer. El envoltorio permaneció largo tiempo en un rincón de un armario del *snack* y no sé adónde fue a parar.

—Qué marrones están, ¿verdad? Estos son de hace mucho tiempo. Los nuevos están más arriba. Mira cuánto polvo.

Me acerqué a Midoriko, que tenía la mirada clavada en los libros de bolsillo, tomé *Intimidad*, de Sartre, y volví las páginas. Había olvidado el argumento, pero recordaba una corta historia sobre un fusilamiento y se me representó una escena del libro donde unos hombres, con gesto exangüe, habían sido puestos en fila en medio de un lugar extenso y desierto. Pero luego rectifiqué: no, era solo una imagen que había creado yo a partir de la idea del fusilamiento, probablemente no existiera tal escena. ¿O sí? ¿Cómo iba? No estaba segura. Lo que sí recordaba eran las últimas palabras de uno de los personajes: «Y reí y reí hasta partirme de risa». Cuando volví las hojas para comprobarlo, encontré estas palabras impresas, inalterables, en la esquina de una página que no había abierto desde hacía diez años. Tras contemplarlas unos instantes, devolví el libro a la estantería y, recordando que Makiko había comentado que a Midoriko le gustaban los libros, le dije que si había alguno que le apeteciera leer, que podía llevárselo a casa. Midoriko, que seguía con la espalda y la parte posterior de la cabeza apoyadas en el puf, giró el cuerpo en redondo con un hábil movimiento de cadera y piernas, y se quedó mirando la parte opuesta de la estantería.

—Midoriko, ¿sabes que Natsu está escribiendo una novela? —dijo Makiko aplastando una lata vacía con la mano.

Al oírlo, Midoriko se volvió como un rayo hacia mí y alzó las cejas con un interés manifiesto. «¡No! ¡No! ¡No! —repliqué yo para mis adentros—. ¡Ostras, Makiko! Ya vuelves a hablar más de la cuenta.»

—No escribo ninguna novela.

—¡Qué dices! Pero si estás escribiendo una.

—Bueno, la escribo, pero no la escribo. Mejor dicho, no consigo escribirla.

—¡Qué dices! Pero si estás trabajando mucho. —Makiko adelantó los labios con gesto de orgullo y miró hacia Midoriko—. Natsu es alucinante, ¿sabes, Midoriko?

—¡No! ¡No lo soy! —dije—. Escribir para mí, de momento, es, ¿cómo te diría?, un hobby.

—Si tú lo dices. —Makiko me sonrió ladeando la cabeza.

Pensé que Makiko solo hablaba por hablar y que mi reacción quizá había sido demasiado agresiva. Con todo, la palabra *hobby*, que había pronunciado yo misma, me había dejado un regusto amargo. Tal vez no fuese exagerado decir que me había herido.

Era dudoso que lo que estaba escribiendo pudiera llamarse novela. Eso era cierto. Pero, al mismo tiempo, yo estaba convencida de que estaba escribiendo una novela. Era una convicción profunda. A los ojos de los demás, quizá no tuviera ningún valor. Quizá nunca tuviera ningún valor para nadie. Pero yo, justamente yo, jamás debía haber empleado aquel término para referirme a mi trabajo. Me dio la impresión de que había puesto en mis labios una palabra de consecuencias irreparables.

Escribir una novela es divertido. No, *divertido* no era la palabra. No se trataba de eso. Yo estaba convencida de que era el trabajo de toda mi vida. Tenía la firme convicción de que para mí no existía nada más. Y aun en el caso de que no tuviera talento, aun en el caso de que nadie me pidiera que escribiese, yo jamás podría sentir de una manera distinta.

Suerte, esfuerzo, talento. Era consciente de que a veces es imposible distinguirlos. Y también era consciente de que, en definitiva, yo no era más que un simple accidente, un ser entre tantos, que había nacido para morir, y que el hecho de que quisiera escribir novelas o no, el hecho de que reconocieran mi talento o no, *en el fondo* no tenía trascendencia alguna. Había un número infinito de libros en este mundo y, aunque no consiguiera ofrecer otro firmado por mí, no tendría por qué lamentarme o sentirme mortificada. Todo esto lo tenía muy claro.

Pero, en estos instantes, siempre se me representaban los rostros de Makiko y Midoriko. La habitación donde se apilaba desordenadamente la ropa para lavar. Se me representaban las innumerables arrugas del fuelle de una cartera roja descolorida de imitación de piel que había colgado una vez de las espaldas ¿de Makiko?, ¿de Midoriko?, ¿o tal vez de las mías? Y las zapatillas deportivas viejas, impregnadas de olor a moho, en el oscuro recibidor, y el rostro de la abuela Komi cuando me ayudaba a aprender a multiplicar, y de cómo Komi, Makiko, mamá y yo amasábamos bolas de harina con agua y las cocíamos cuando no teníamos arroz. Veía cómo nos las comíamos entre carcajadas porque algo nos había hecho gracia. La tinta del papel de periódico corriéndose bajo unas pepitas de sandía. Los días de verano en que acompañaba a la abuela Komi a hacer la limpieza a un edificio de oficinas, el olor del champú de muestra que metíamos juntas en bolsitas de plástico como trabajo suplementario y su fresca sombra azulada; mi ansiedad porque mamá tardaba tanto en volver, mi alegría cuando regresaba a casa sonriendo con el uniforme de la fábrica. Veía todo esto.

No sé qué relación tenían todas estas imágenes que acudían en tropel con mis deseos de escribir. Mi novela debería estar lejos de todo este sentimentalismo, pero quizá ya no hubiera nada que hacer. Cada vez que pensaba que no era capaz de escribir unas líneas, se me representaban estas imágenes. Quizá fueran estos recuerdos los que me impedían escribir. No lo sabía. Sin embargo, más que esta incertidumbre, lo que me producía un dolor indescriptible era pensar que ya hacía diez años que había venido hasta Tokio, dejando solas a Makiko y a Midoriko, después de la muerte de la abuela Komi, después de la muerte de mamá, y que, pese a todo ese tiempo transcurrido, todavía no había conseguido ningún fruto. Pensar que no podía hacer nada para hacerles a las dos la vida un poco más fácil. Me avergonzaba de mí misma por ello, me sentía miserable. Y, a decir verdad, tenía miedo y ya no sabía qué tenía que hacer.

Makiko continuó hablando, dirigiéndose a Midoriko, que no había respondido nada:

—Natsu, desde pequeña, leía todo lo que caía en sus manos, conocía un montón de palabras complicadas y era superinteligente. Yo no entiendo nada de novelas, pero ella es tan alucinante que seguro que un día de estos publica su primera novela y se convierte en escritora.

Fingí un enorme bostezo, enjugué con las puntas de los índices las lágrimas que asomaban en el rabillo del ojo y me froté las mejillas. Luego, volví a bostezar exageradamente y dije: «¡Qué sueño me ha entrado, será culpa de la cerveza!», con la intención de cambiar de tema.

—¿En serio? Yo todavía no tengo nada de sueño —dijo Makiko mientras levantaba la anilla de otra lata de cerveza.

—Bueno, va. Yo también tomaré otra.

Y, como si huyera, me dirigí a la cocina repitiendo para mí misma: «Cerveza, cerveza», y abrí la puerta de la nevera.

En aquel frigorífico, que ni siquiera podía asegurar que mantuviera el frío, solo había, como objetos perdidos olvidados por su dueño, un sobre quitaolores, miso y salsa de aderezo para ensalada. Sin embargo, en la parte interior de la puerta se apretujaba una hilera de huevos y, además, en la parte inferior del frigorífico había un cartón de diez huevos por empezar. Eso era porque la semana anterior había vuelto a comprar huevos olvidando que aún tenía en casa. Puede que unos ya estuvieran pasados. Al mirar la etiqueta con la fecha, vi que los del estante de la puerta expiraban al día siguiente y que los del cartón ya lo habían hecho el día anterior. Era imposible consumir tantos huevos en un par de días. Y, ¡qué remedio!, me dispuse a tirarlos como basura orgánica. Pero, cuando busqué una bolsa de plástico entre las que tenía guardadas del súper, no encontré ninguna del tamaño adecuado. Por cierto, cuando tiro huevos a la basura nunca sé cuál es la manera correcta de hacerlo: ¿los casco y tiro primero el contenido?, ¿los arrojo a la basura enteros sin más?, ¿o los meto en la bolsa con cuidado para que no se rompan? El método correcto de tirar huevos. ¿Existirá algo parecido? Justo cuando acababa de dejar el cartón junto al fregadero, oí cómo Makiko me llamaba:

—¡Eh! ¡Eh! Natsuko, estás de suerte. Tengo la maleta llena de galletas de queso.

—¡Bieeen!

—Mira por dónde, ya vuelvo a tener hambre. ¿Pasamos algo por la sartén? ¿Preparamos algo de comer? —Makiko alargó el cuello como si quisiera averiguar qué estaba haciendo en la cocina.

—Lo siento, Maki-chan. Pero no tengo nada en casa —dije—. Solo huevos.

—¿En serio? —Makiko se desperezó y me dijo con voz ahogada por un bostezo—: ¿Y qué haces tú solo con huevos?

Las latas que habíamos vaciado Makiko y yo ocupaban toda la mesa. Formaban una cantidad considerable. Me parecía extraño estar bebiendo en casa de aquella manera. Yo solo iba a tomar algo con mis compañeros de trabajo muy de vez en cuando y, en casa, jamás bebía. No era una buena bebedora. El vino o el sake me daban dolor de cabeza y no me gustaban demasiado. Y, por lo que hacía a la cerveza, con un par de latas de medio litro que tomase, ya notaba las manos y los pies pesados, sin fuerzas. Pero aquella noche, por una razón u otra, a pesar de haber sobrepasado con creces aquella cantidad, no notaba el menor signo de cansancio. Estaba un poco borracha, eso sí. Pero, aunque no podía decirse que me encontrara especialmente bien, lo cierto es que me apetecía seguir bebiendo un poco más. Al preguntarle a Makiko qué opinaba, me dijo que ella también quería continuar, así que fui a la *konbini*[1] y compré siete latas de cerveza de repuesto, patatas fritas con gustos, tiras de calamar seco y, tras pensarlo mucho, decidí hacer un especial y obsequiarnos con un paquete de seis porciones de camembert.

Cuando abrí la puerta del recibidor y me quité los zapatos, Makiko se volvió hacia mí, se puso el dedo índice ante los labios en ademán de silencio y me señaló a Midoriko con la barbilla. Midoriko se había dormido sobre el puf, con el cuerpo hecho un ovillo y asiendo la libreta con una mano. Saqué del armario empotrado el futón que usaba siempre, lo desplegué en un rincón y, al lado, extendí otro que había traído de Osaka.

—A Midoriko la dejaremos en un extremo y yo me pondré en medio, ¿de acuerdo? —dije—. Mejor que tú y Midoriko no estéis juntas. Si al despertarse por la mañana te encuentra pegada a ella, puede que se ponga furiosa.

1. Tienda abierta las veinticuatro horas.

Tomé la libreta de la mano de Midoriko, la guardé en su mochila y le sacudí los hombros con suavidad. Con los ojos cerrados y el entrecejo fruncido, Midoriko se arrastró en silencio hasta el futón y se volvió a quedar dormida al instante.

—¿Cómo puede dormir con tanta luz? —dije admirada.

—Es joven. —sonrió Makiko—. En casa también teníamos siempre las luces encendidas.

—Ahora que lo dices, sí. Es verdad. Siempre estaban encendidas. Hasta que volvía mamá. Y, entonces, comíamos. Encima del futón. A veces me despertaba el olor a salchichas de Frankfurt friéndose.

—Sí, sí. Había días en que mamá estaba borracha, nos despertaba y nos tomábamos unos *raamen* —dijo Makiko riendo.

—Sí, sí. Comíamos salchichas de Frankfurt y *raamen* instantáneos a medianoche. No me extraña que yo estuviera tan gorda.

—Tú, aún. Tú eras una niña. Yo sí que... Yo entonces ya tenía veinte años —dijo Makiko sacudiendo la cabeza—. En aquella época, mamá también estaba gorda.

—Sí, es verdad —dije—. Siempre había sido delgada, pero en aquella época engordó mucho. Parecía que se hubiera puesto encima un abrigo de grasa. «Bájame la cremallera de detrás», decía. Y nos reíamos.

—¿Qué edad debía de tener entonces?

—Poco más de cuarenta, creo.

—Se murió a los cuarenta y seis. Poco después.

—Sí.

—Empezó a perder peso de golpe, ¿recuerdas? Se quedó en los huesos. Costaba creer que una persona pudiera adelgazar tanto...

En aquel punto, la conversación se interrumpió y las dos tomamos un trago de cerveza al mismo tiempo. El líquido gorgoteó al pasar por nuestras gargantas. Luego, durante unos minutos, reinó el silencio.

—Esa música, ¿qué es? —dijo Makiko, alzando la cabeza con la boca entreabierta—. Es muy bonita.

—Bach.

—¿Bach? Ah.

No sé cuántas veces habría sonado el disco, pero ahora estaba en el *Preludio n.º 1 de clave bien temperado*, de la banda sonora de *Bagdad café*. Es la historia de un café, en un desierto del Oeste norteamericano, humeante de calor, donde todo duerme. Un día aparece una mujer blanca muy gorda y todo el mundo empieza a ser algo más feliz. En el final de la película, un niño negro toca esta melodía. Tenía la impresión de que aquel niño callado daba siempre la espalda a la cámara. ¿Era así realmente? Con los ojos cerrados, Makiko balanceaba la cabeza de derecha a izquierda al compás de la música. Bajo los ojos, más que ojeras, tenía concavidades. Le sobresalían los nervios del cuello, unos surcos profundos formaban un triángulo que iba desde las aletas de la nariz hasta las comisuras de los labios, y los pómulos eran más altos y pronunciados de lo que yo recordaba. En un destello, se me representó el rostro de mamá meses antes de morir y recordé cómo iba encogiéndose a ojos vista mientras iba y venía del futón de casa a la cama del hospital. Y en un gesto reflejo, aparté la vista.

No hablo mucho con mi madre. La verdad es que no hablo nada. Jun-chan también está muy fría conmigo. Quizá el otro día pensó que me metía con ella, pero no lo hice, solo le dije que todo aquello era chocante. Pero ahora no tengo ganas de darle explicaciones. Últimamente, mi madre está todo el rato con lo de la operación de aumento de pecho, investiga todos los días sobre eso, y yo hago como que no me entero, pero al parecer quiere meterse algo para hinchar el pecho y tener las tetas más grandes. No me lo puedo creer. ¿Para qué va a hacer eso? No puedo imaginármelo, me da asco, no me lo puedo creer. Me da asco, me da asco, asco, asco, asco, asco. Me da asco. Lo he visto por la tele, he visto fotos y, en la escuela, lo he visto por el ordenador, y es una operación. Te cortan. Te abren. Y te lo meten ahí dentro, por donde te han cortado. Debe de hacer daño. Mi madre no se entera de nada. No se entera. No se entera. Es tan tonta, tan tonta, tan tonta, ¿qué le pasa? El otro día oí cómo hablaba por teléfono sobre monitorizarse y lo de monitorizarse quiere decir que se lo harán gratis a cambio de que pueda verse su cara por las revistas y por el ordenador y eso, la verdad, me parece una gran tontería. La tonta de mi madre, es tonta, tonta, tonta, ¿por qué hará eso? Desde el martes me duele muchísimo el fondo de los ojos. No puedo mantenerlos abiertos.

MIDORIKO

—Vaya, se ha acabado —dijo Makiko mirándome fijamente con los ojos entornados—. Una música tan buena no debería acabarse nunca.

A continuación sonó un instrumental de tempo alegre y Makiko se levantó y se dirigió al lavabo. Desenvolví un camembert e hinqué los dientes en la punta triangular. Aquella melodía, parecida a una pequeña fiesta, acabó en menos de un minuto y empezó a sonar una versión de Bob Telson de *Calling You*.

—En el *snack*, ¿sabes? —dijo Makiko de vuelta del lavabo. Yo asentí con un movimiento de cabeza mientras separaba las dos láminas de una galleta y empezaba a mordisquear la parte sin queso—. En el *snack*, últimamente todo son problemas.

—La *mama* está bien, ¿verdad? La *mama* Chanel.

—Ah, la *mama*, sí —dijo Makiko—. Pero, en el *snack*, tenemos un problema tras otro. Fuera hay colgado un letrero, ¿no? El letrero del *snack*. Abajo, uno grandote.

—¿Uno enorme?

—Sí. Uno enorme. Uno que pone CHANEL. Con un montón de bombillas amarillas en los bordes. Bueno, pues la chica que llega primero a trabajar, justo antes de abrir el *snack*, baja, conecta la corriente y enciende las luces. Hay un enchufe, ¿sabes? Para dar la corriente. Bueno, pues este enchufe está en la pared del edificio, justo al lado. Siempre lo hemos enchufado allí. Pero, ahora, resulta que el del estanco de la planta baja del edificio de al lado dice que la electricidad es suya. Y que le tenemos que pagar toda la corriente que hemos gastado hasta ahora sin su permiso.

—¿Este enchufe está en la pared del edificio de al lado?

—Sí, sí.

—¿Y está al descubierto?

—Sí, sí. Eso. Si hay un enchufe, lo normal es que la gente enchufe algo allí, ¿no? ¿Quién va a pensar de quién es el enchufe o de quién es la corriente? Lo normal es pensar que la electricidad es de todos; ¿no te parece? —dijo Makiko desenvolviendo un trozo de salami—. Bueno, pues la *mama* se puso furiosa. Al principio, la disputa iba de que si tú lo sabías, que si yo no lo sabía. Pero ahora estamos en que si tú me pagas, que si yo no te pago.

—¿Y cuánto pide?

—Pues cuenta. Chanel está abierto allí desde hace unos quince años. Si multiplicas estos quince años por varias horas al día...

—¡Caramba!

—Dice que quiere unos doscientos mil en efectivo.

—Eh, espera un momento. —Me incorporé a medias y, retorciendo el cuerpo, saqué una calculadora de un cajón de la mesa—. Doscientos mil dividido por quince... Al año son poco más de trece mil trescientos yenes. Si lo dividimos por doce, sale a mil cien yenes al mes... Bueno... Pero, claro. Que te pidan de repente doscientos mil yenes es para echarse a llorar.

—Sí, ya. Pero es que es el único enchufe que hay. Si las cosas se ponen feas y no nos deja usarlo tendremos un marrón. Quizá no sea para tanto, pero la *mama* dice que no va a regalarle doscientos mil yenes al tío ese y no se apea del burro. Pero hay más. También ha habido un problema con las chicas. Hace tres meses. Y se ha ido una que trabajaba allí desde hacía años... Oye, ¿vemos un poco la tele? ¿La puedo poner?

Paré el CD y le pasé el mando a distancia. Cuando Makiko pulsó el botón, la pantalla se iluminó con un pequeño zumbido. Era un programa de variedades. Aquel televisor lo había comprado por cuatro mil yenes en una tienda de segunda mano al llegar al piso.

—Hace poco, en una tienda de electrodomésticos, vi un televisor de pantalla líquida. Era la primera vez que veía uno. Era tan delgado que daba susto. ¿Y cuánto crees que costaba? Pues un millón. ¿Quién va a comprar un televisor de un millón? Puede que los ricos, claro. Antes ya te lo he dicho en los baños: la pantalla era supernegra.

Mientras apretaba los botones de los diferentes canales, Makiko me miró como si dijera: «¿De qué te estaba hablando?».

—Me decías que una chica ha dejado el *snack* —dije mordisqueando un trozo de salami—. Una que no sé cómo se llama, una que trabajaba allí desde hacía mucho tiempo. ¿Más que tú?

—Sí, sí. Suzuka. Llevaba allí unos cinco años. Una chica coreana. Conocía superbién el *snack*. Vamos, como que era ella quien llevaba el negocio.

—¿Y por qué lo ha dejado después de tanto tiempo?

—Dos meses antes de que se fuera Suzuka, había entrado una nueva. Una chica china que ha venido a Japón a estudiar. Bueno, no sé dónde estudiará, pero dice que ha venido a Japón a estudiar en la universidad y que viene a hacer unas horas porque necesita dinero. Al parecer, vio nuestro anuncio.

—Ya. En las ofertas de empleo, en ocio nocturno de alguna revista de empleo, supongo. Esas de color oscuro.

—Sí, sí. Bueno, pues esa chica, que se llama Jing-li, es supernatural, ¿sabes? Tiene el pelo negro, la piel muy blanca, no lleva nada de maquillaje: una estudiante universitaria, vamos. A la *mama* le encanta.

—Ya. En Shôbashi se ven pocas así.

—Exacto. Coreanas las hay a montones, pero las chinas son poco vistas. La verdad es que Jing-li no sabe hacer nada, se está ahí sentada y punto. El japonés solo lo chapurrea, pero los clientes la encuentran distinta y se les cae la baba. Bueno, con esto no pasa nada, pero es que, para hacerle cumplidos a Jing-li, algunos empezaron a meterse con Suzuka y a decirle que los dejase en paz y que, bebiendo con ella, la bebida les sabía peor. Suzuka conocía muy bien el negocio y eso lo habría dejado pasar, pero la verdad es que nunca había tragado que Jing-li estuviese allí sentada sin hacer nada. La *mama*, cuando se dio cuenta, le dijo a Suzuka que Jing-li, la pobre, no se enteraba de nada, que venía a ganarse un dinero, y que cuidara de ella. Suzuka le dijo que vale, de acuerdo.

—¿Cuántos años tiene Suzuka? —pregunté.

—¿Algo más de treinta? —dijo Makiko—. Es mucho más joven que yo, pero joven joven no es. Además, lleva mucho tiempo metida en *snacks* y locales de noche, ha tenido que trabajar muy duro, y todo eso envejece mucho. La primera vez que la vi pensé que teníamos la misma edad.

»Bueno, pues resulta que, una noche, una de esas en que no viene nadie, estábamos solo las tres en el *snack*. La *mama* aún no había llegado y, como no había trabajo, charlábamos de eso y de lo de más allá. Y empezamos a preguntarle a Jing-li cosas de China. Que cómo se escribía su nombre. Y ella, que si se escribía con los caracteres de *tranquilo* y de *pueblo*.

Makiko lo dijo imitando la entonación de Jing-li en japonés.

—Le preguntamos que si en China las cosas son tan duras como dicen. Que si en China no hay dinero. Que si es verdad que llevan todos el uniforme Mao y que van a todas partes en bicicleta. Yo le dije que me quedé de piedra hace tiempo al ver por la tele que estaba de moda rellenar botellas de Nescafé instantáneo con té *oolong* y que si todavía lo hacían. Entonces Jing-li dijo que sí, que sí. Que todo lo que se dice ahora de los Juegos Olímpicos de Pekín es mentira, que solo son para unos pocos y que la mayoría de la gente no tiene dinero y lo pasa muy mal, y que, como no tienen dinero, fingen cosas que no son, y que la ingeniería no existe y que, por eso, hace poco, cuando el terremoto de Sichuan, se derrumbó una escuela y murieron muchos niños. Que en los retretes no hay puertas y que, en la aldea donde ella nació, están juntas las calles, las casas, las vacas y las personas. Y que todo el mundo quiere que China se convierta en un país limpio y rico como Japón. Y que admiran Japón. Algo así dijo. Y, luego, habló de política y parece que el que manda ahora, un tal Hu Jintao, no le gusta mucho y nos dijo, poniéndose una mano sobre el pecho: «El que siempre estará en nuestros corazones es el maestro Deng Xiaoping». Nosotras no entendimos gran cosa de todo eso, pero luego habló de su casa y nos contó lo pobre que era su familia.

»Nos dijo que tenía tres hermanos pequeños y que el más pequeño de todos tenía una discapacidad mental, que vivían todos juntos con su abuelo y su abuela y que la única manera de huir de la miseria era estudiar. Utilizar la cabeza. Eso dijo. Pero Jing-li era una niña y su abuelo decía que no hacía falta que las mujeres fueran a la escuela y que, si se tenía que gastar el dinero, que fuera con uno de los chicos. Pero resulta que Jing-li era la única lista y que solo ella podía cambiar la situación de la familia. Y ella pensó que, si aprendía japonés, podría ganarse la vida en Japón, así que empezó a estudiar japonés por su cuenta y fue aprendiendo poco a poco. Había estudiado con libros viejos, así que, cuando en el *snack* habría tenido que decirles a los clientes: "¡Qué pasada!", les decía toda seria: "Es algo digno de admiración", y cosas por el estilo. No pasaba nada con eso, claro. Luego, nos dijo entre lágrimas: "En un pueblo como el mío no estudiaba nadie. Mis padres sufrieron mucho para reunir el dinero, arañándolo de aquí y de allá, mientras la gente los criticaba y se burlaba de ellos". Y dijo que, por eso, ella quería adquirir conocimientos, llegar a ser alguien y poder mostrarles a sus padres su amor filial. Y que los estudios costaban mucho dinero, pero que, gracias al trabajo del *snack*, podría ahorrar algo, y que quería esforzarse tanto como pudiera en Japón, el país que la había acogido.

»Suzuka se emocionó de veras al oírla, así en plan: "Oh, no sabía que tú también lo estabas pasando mal". Y le dijo:

"Vale, Jing-li. Piensa que soy tu hermana mayor de Osaka, cuenta conmigo para lo que sea". Y luego brindamos las tres. Nos pasamos el brazo por los hombros y cantamos juntas *Sueño de una noche de verano*, de Yuming. No era como con los clientes. Jing-li, qué sorpresa, se lo tomó muy en serio y, en vez de tocar la pandereta, empezó a darse palmadas en los muslos con todas sus fuerzas y a agitar los brazos como si fuera una competición o algo. Y no sé por qué, todo el rato me estuvo mirando con una sonrisa muy rara. No apartaba los ojos de mí. Acabé por no saber si ponía cara de risa o de miedo... Y luego, ¿cómo fue? Ah, sí, después de cantar como locas, salió el tema del sueldo. Suzuka le preguntó a Jing-li cuánto cobraba por hora. La verdad es que eso va contra las normas. Está prohibido hablar de eso. Pero Suzuka le dijo a Jing-li que no dejara que se aprovecharan de ella y que, si tenía que negociar sobre la paga, que se lo dijera a ella, porque ella, Suzuka, era la mano derecha de la *mama*, y que no se dejara pisar. Y, entonces, Jing-li dijo: "Yo, dos mil yenes".

—¿Qué?

—Eso —dijo Makiko—. Tendrías que haber oído el gemido de Suzuka cuando oyó lo de los dos mil yenes... Parecía un pollo medio muerto. Pensé que se moría allí mismo. De paso, me enteré de lo que ganaba Suzuka. Mil cuatrocientos yenes.

—Seiscientos yenes menos que Jing-li.

—Sí. Y, encima, después de lo que le costó hace un año que le pagara algo más. Se lo subió de mala gana a mil cuatrocientos yenes.

—¡Qué fuerte!

—Sí, ¿no? ¡Qué fuerte!

Me tragué la pregunta: «Por cierto, ¿y cuánto cobras tú?», y le dije:

—¿Y entonces dejó el trabajo?

—Claro. Al oír lo de los dos mil yenes, Suzuka se puso blanca como el envés de un papel de origami. Y, luego, roja. Pero Jing-li, que no se daba cuenta de nada, le dijo con lágrimas en los ojos: «Hermana, cantemos, cantemos más», puso

Survival Dance, pasó un brazo por los hombros de Suzuka, que estaba allí como ida, sentada en un taburete, y empezó a zarandearla de un lado para otro mientras cantaba en un japonés de espanto *Survival Dance*. Mira que canta fatal. Yo creía que iba a volverme loca. Al día siguiente, Suzuka habló con la *mama*, se pelearon, y Suzuka no volvió.

»La *mama* le dijo a Suzuka: "Esta chica ha venido de China y, a pesar de que no habla la lengua, estudia y hace todo lo que puede por su familia". Y Suzuka le respondió, llorando: "Yo también he venido de Corea y hago todo lo que puedo por mi familia". Y, entonces, la *mama* le dijo: "Pero Jing-li es joven. Y, por mal que te sepa, ella es universitaria. Y eso tiene un valor. Las cosas son así". Y la pobre Suzuka, que se ha matado por el *snack*, bebiendo y haciendo beber, se quedó ahí, llorando. Daba pena.

Intenté imaginarme cómo Suzuka, en estado de shock, era abrazada por Jing-li y zarandeada de un lado para otro mientras sonaba a todo volumen la música de *Survival Dance*. Sin embargo, como no conocía sus caras, no pude juzgar hasta qué punto me lo había representado tal como fue.

—También vino la policía —añadió un poco después Makiko.

—¿Suzuka le pegó fuego al local?

—No, mujer, no —dijo Makiko suspirando—. Después de la disputa, se presentaron dos chicas a la entrevista de trabajo. Suzuka había dejado el *snack*, Jing-li no venía todos los días, total, que las que estábamos siempre allí éramos yo, la *mama* y Tetsuko, que tiene más de cincuenta años. Así que pensamos que se tenía que hacer algo para que el local luciese algo más. En fin, que se presentaron dos chicas diciendo que eran amigas y que estudiaban en la misma escuela profesional. Estaban buscando trabajo y podían venir todos los días. Se llamaban Nozomi y An. Dijeron que no les importaba usar su verdadero nombre con los clientes. Unas chicas majas, alegres, graciosas. Siempre sonriendo.

»Pero había algo raro. No sé, la cabeza, por ejemplo. Llevaban el pelo teñido de rubio con las raíces negras y, lo de la escuela profesional y demás, todo sonaba a falso. No hacía falta más que mirarlas. A An le faltaba un diente a un lado y, cuando reía, se le veían las muelas negras, todas llenas de caries. Y Nozomi siempre llevaba el pelo enmarañado. Algo raro. A veces olían mal y, viendo cómo se sentaban o cómo comían, enseguida te dabas cuenta. De que eran las típicas niñas que han crecido sin que nadie se ocupe de ellas. Decían que tenían padres, pero daba toda la impresión de que vivían tiradas por ahí con amigos, con el novio, o lo que sea. A veces, aparecían con el bolso lleno de ropa sucia. Pero, como nos faltaba personal, hicimos la vista gorda. Total, nos iba bien que vinieran. "¡Haremos subir las consumiciones, *mama*!", dijeron. Se acostumbraron enseguida, eran simpáticas y la *mama* estaba encantada con ellas. La verdad es que eran muy buenas chicas.

»Y, entonces, un día, unos dos meses después, no vinieron a trabajar. Sin avisar. Hasta entonces no lo habían hecho nunca, así que nos pareció muy raro. Al día siguiente tampoco aparecieron, ni tampoco al otro. Sin decir ni una palabra. En el *snack*, el ambiente era bueno, nos llevábamos bien, a veces, al acabar el trabajo, íbamos a comer *yakitori*. Incluso habíamos ido juntas a la bolera. Por entonces, ya todas habíamos adivinado, más o menos, que lo de la escuela profesional y demás era mentira, y ellas mismas, hablando del futuro, a veces decían que querían llevar una cafetería, otras, que les gustaría ser peluqueras, y que, claro, querían casarse, tener hijos y ser felices. Eran buenas chicas, en serio. Y muy trabajadoras. Por eso, si hubiesen querido dejarlo, seguro que nos lo habrían dicho. Estábamos muy preocupadas. Y entonces apareció la policía. Te lo cuento en dos palabras: un hombre las hacía trabajar de putas a las dos. Hacía tiempo que ese hombre les enviaba clientes. Y uno de esos clientes la había emprendido a puñetazos con Nozomi en un sucio hotel de Shôbashi.

Clavé la mirada en Makiko.

—Fue muy bestia. —Makiko se quedó unos instantes contemplando el envoltorio arrugado del camembert y, después, alzó los ojos—. Los empleados del hotel llamaron a una ambulancia y se montó una tremenda. Eso pasó una semana antes de que la policía apareciera por el *snack*. Todo fue en Shôbashi y yo ya sabía que le habían hecho algo a una chica en un hotel, pero ni se me había pasado por la cabeza que fuese Nozomi.

Makiko exhaló una bocanada de aire.

—La golpeó por todo el cuerpo. La cara fue la que se llevó la peor parte. Se la destrozó. Le partió la mandíbula, le machacó toda la cara. La dejó inconsciente. Al tío lo pillaron. Por lo visto, iba drogado. Era uno de esos gamberros que hay por el barrio. Por poco la mata.

Sacudí la cabeza.

—La policía se metió a fondo y, al investigar, descubrió que Nozomi hacía unas horas en el *snack* —dijo Makiko apretando los labios—. Resulta que tenía catorce años.

—¡Catorce! —Miré de frente a Makiko.

—Y An, trece. Eran estudiantes de primero de secundaria. La policía vino diciendo que si las dejábamos trabajar sabiendo la edad que tenían. Peor todavía: que si allí también cogían clientes.

—¡No me digas!

—¡Pues claro que no! Ni se nos había ocurrido que fuesen estudiantes de secundaria —dijo Makiko negando con la cabeza—. Además, eran muy grandes las dos. La verdad es que no teníamos ni idea. An había desaparecido. Nadie sabía dónde estaba.

—¿Y Nozomi?

—Fui a verla sola una vez al hospital. —Makiko tomó una lata de cerveza en la mano, se lo repensó y la dejó sobre la mesa—. Nozomi estaba en una habitación individual, con un vendaje enorme alrededor de la cara y de los hombros, inmovilizada, con una tabla, o algo, metida por la espalda. Los huesos de la mandíbula debía de tenerlos machacados y no podía comer nada y, de la nariz para abajo, llevaba una especie de máscara de hierro y, por una rendija, salía un tubo y se alimentaba por allí.

»Cuando me vio entrar, no pudo moverse, pero vi que me reconocía. Alrededor de los ojos lo tenía todo aún de color negro azulado, superhinchado, y, aunque estaba con la boca cerrada, dijo: "¡Aah!, ¡Aah!", y quiso incorporarse, pero yo le dije que no hiciera nada, que se quedara quieta, tal como estaba. Me senté y le dije: "¡Vaya! Cómo te han puesto, ¿eh?". Pensé que sería mejor hablarle en tono alegre, ¿sabes? Y le dije que era como la chica de la leyenda de la máscara de hierro, que parecía sacada de *Yo-yo Girl Cop*. Quería que me viese reír, ¿sabes? Pero, por lo visto, Nozomi no conocía *Yo-yo Girl Cop*. Así que le conté las últimas meteduras de pata de la *mama*, que un cliente que ella conocía había ganado dinero con la lotería del Rasca y gana. Nozomi no podía hablar, pero me miraba como diciendo que sí, que sí. Estuve algo menos de una hora. Solo le conté tonterías.

»Le dije: "Bueno, me voy. Si necesitas algo, dímelo, ¿eh? La próxima vez, a lo mejor, te traigo un yoyó superpotente", y creo que volvió a sonreír. Cuando le hablé de cuándo iría su madre a verla, miró para otra parte. Según dice la *mama*, su madre vive en Kyushu y tiene unos treinta años. Se ve que tuvo a Nozomi a los dieciséis. Por lo visto, Nozomi tiene un hermanito y una hermanita pequeños, de un padre distinto, y la madre no puede venir ahora enseguida, pero sí piensa venir, claro. Y cuando ya me iba, diciéndole: "Qué bien que tu madre venga a verte, ¿eh? Yo también voy a volver", Nozomi me indicó con el dedo que le pasara un bolígrafo y un bloc que había allí, y eso hice. Y, entonces, ella escribió, muy despacio y con letra temblorosa: "Perdón. Por el trabajo". "Pero ¿qué estás diciendo? —salté yo—. No te disculpes. Te han hecho daño. Te han hecho mucho daño", le dije, frotándole los pies. "No pasa nada. No pasa nada. No pasa nada. No pasa nada. Enseguida volverás. Total, en el *snack* solo perdemos dinero." Yo quería hacerla reír, pero ella empezó a llorar y llorar, sin parar. Las lágrimas iban empapando todo el vendaje, y yo iba frotándole los pies todo el rato.

> Últimamente, cuando estoy mirando algo, me duele la cabeza. Noto pinchazos todo el rato. ¿Será porque me entran muchas cosas a través de los ojos? Todas esas cosas que entran por los ojos, ¿por dónde saldrán? ¿Y cómo? ¿En forma de palabras? ¿Convertidas en lágrimas? Pero si eres una persona que no llora y que no habla, si eres alguien que no puede sacar todo lo que se le va acumulando en los ojos, entonces se te va hinchando toda la parte que está conectada con los ojos, se te va llenando y te cuesta respirar y, luego, se te va hinchando más y más rápido, y seguro que acabas por no poder abrir siquiera los ojos.
>
> MIDORIKO

Dejé caer la mano que me había puesto ante la boca sin darme cuenta y miré a Midoriko, que dormía. Luego, Makiko y yo nos tomamos un trago de cerveza en silencio. Nos habíamos comido todas las galletitas y, en el plato, solo quedaban los cacahuetes. En la pantalla del televisor que llevaba encendido todo el rato se proyectaban imágenes de los Juegos Olímpicos de Pekín. Era justo el instante en que, a la señal de un seco silbido electrónico, todas las nadadoras se zambullían simultáneamente en la piscina. Las anchas espaldas resbaladizas de innumerables nadadoras enfundadas en bañadores de competición emergían y se hundían en la superficie del agua a un ritmo regular, avanzando de izquierda a derecha y, luego, de derecha a izquierda mientras pulverizaban el agua con sus cuerpos.

Makiko cogió el mando a distancia y pulsó un botón. Una banda de música tradicional que nunca había oído nombrar vociferaba: «Tú, mi gran amor, sé feliz en mis brazos», mientras rasgaba las cuerdas de la guitarra. Vimos su actuación sin verla y, al cambiar de canal una vez más, dimos con un programa informativo. Los comentaristas discutían acaloradamente sobre la posible incidencia del aumento de la intención de voto tras las reformas del gabinete ministerial en las elecciones generales de otoño. Luego nos topamos con un especial sobre un iPhone que había salido a la venta el mes anterior. Las dos contemplamos la pantalla en silencio. Makiko volvió a cambiar de canal. Esta vez, era un programa de una televisión local, a todas luces de bajo presupuesto, con unas llamativas letras en el ángulo superior derecho de la pantalla: «Aquellas pruebas de acceso a la universidad, hoy». La cámara se iba acercando a un chico por la espalda y mostraba cómo este descubría su número en la publicación de los resultados de las pruebas de acceso a la universidad de una escuela privada. Luego enfocaba a la madre que lloraba de felicidad. «Nos ha costado tanto esfuerzo a los dos conseguirlo —decía con voz temblorosa por el llanto mientras se apretaba un pañuelo contra la nariz—. Sí. Yo he creído en el talento de mi hijo y he querido que llegara hasta aquí.» Y concluía tajante: «¿Cómo dice? La universidad de Tokio, por supuesto». Por lo visto, aquellas escenas pertenecían al pasado y el programa, ahora, unos años después, volvía a visitar a la madre y al hijo. Las imágenes de la pantalla fueron sustituidas por un anuncio de aguardiente, después, por el de unos *raamen* instantáneos que acababan de salir al mercado, por el de un medicamento para las hemorroides, por el de un tónico reconstituyente, y nosotras fuimos contemplando en silencio toda esta sucesión de imágenes.

—Hemos bebido una barbaridad —dijo Makiko.

Había un montón de latas sobre la mesa, diseminadas por encima de la alfombra y, también, dentro del cubo de basura de la cocina. No tenía ganas de contar cuántas habíamos bebido, pero seguro que la cantidad era muy superior a lo que yo solía considerar normal. Con todo, no me sentía bebida y tampoco tenía sueño. Al mirar el reloj, vi que eran las once.

Makiko dijo que se había levantado temprano y que si

nos íbamos a dormir, sacó de la bolsa de viaje una camiseta y unos pantalones de chándal que usaba como pijama y, mientras se cambiaba, yo me fui a lavar los dientes. Luego llegó su turno del baño, y yo me acosté a la izquierda de Midoriko. Makiko alargó la mano, apagó la luz y se acurrucó a mi izquierda. Su pelo despedía un tenue olor a acondicionador. Acostada en la oscuridad, con los ojos cerrados, inmóvil, sentía cómo mi cerebro se iba desplegando en abanico. Esta sensación no me abandonaba y me impedía dormir. De pronto, noté cómo sucesivas oleadas de calor inundaban mi cuerpo y empecé a dar vueltas y vueltas entre Midoriko y Makiko. Me ardían las plantas de los pies y tenía la sensación de que la piel iba volviéndose más gruesa. «Tengo la cabeza clara, pero estoy muy borracha», pensé mientras me retorcía, incapaz de dormir, e iba expulsando el aire.

En el fondo de mis párpados cerrados emergían colores y dibujos, se confundían y desaparecían. Esto se repetía una y otra vez. Yo avanzaba por un pasillo desierto donde flotaba un uniforme olor a antiséptico. Empujaba con cuidado la puerta de una habitación de hospital y miraba hacia dentro: Nozomi estaba tendida en la cama, boca arriba. El grueso vendaje me impedía ver su rostro. Catorce años. Yo tenía catorce años. A esta edad, yo escribí mi primer currículum. Puse el nombre de un instituto público del barrio, me pinté los labios con un carmín de muestra de la droguería, gastado y con agujeros, fui a la fábrica y pasé los días, de la mañana a la noche, buscando fugas eléctricas en unas baterías pequeñas. El líquido violeta se adhería a las yemas de los dedos, se incrustaba en la piel, siempre de un intenso color azul. Los que nunca perdían el tinte a nicotina por más que los lavaras eran los ceniceros que se apilaban en el fregadero. El humo del tabaco, el eco del micrófono que resonaba eternamente en mi cabeza; cómo sacábamos fuera las cajas de cerveza vacías, mamá alargaba la mano y pasaba el cerrojo de arriba, se agachaba y corría el de abajo. El camino de vuelta a casa, de noche, andando; los hombres ocultos a la sombra de las columnas y detrás de las máquinas expendedoras que soltaban obscenidades y se reían con sorna; las comisuras de los labios ennegrecidas, los bajos de los pantalones sucios, las manos que tendían vacilantes hacia mí. Yo subía corriendo la escalera de casa.

A partir de un cierto momento, fui incapaz de discernir entre las palabras que había oído alguna vez y las que no. Las escenas que había visto en sueños se entremezclaban suavemente con mis recuerdos y dejé de saber *qué era cierto y qué no lo era*. ¿No era real aquel sonido en la niebla ligera que envolvía una infinidad de cuerpos desnudos? Las altas paredes, las altas paredes que separaban los baños masculinos y los femeninos. El sonido del *shishiodoshi* de los baños públicos resonando con fuerza. Me estaban mirando los cuerpos desnudos de muchas mujeres sumergidos en la bañera. Muchos pezones miraban a la vez hacia mí. La atmósfera cargada de vapor de agua me reblandecía las plantas de los pies. Siempre tenía los talones agrietados y por más que los raspara nunca lograba tener la piel lisa. Los pies de mi madre, siempre blancos por las escamas de piel, como si estuviesen empolvados, las uñas habían tomado una tonalidad marrón. La abuela Komi lavándome con las manos jabonosas entre los dedos de los pies. Al calentar el agua, era importante poner la palanca en el ángulo preciso: «Se tiene que conocer el truco, ¿sabes?», decía. ¡Clic!, ¡clic!; y, luego, el ¡bum! del gas al prender; el cuerpo desnudo de Komi: yo contaba las ampollas de sangre que tenía diseminadas por todo el cuerpo. «¿Y eso qué es?» «Ampollas de sangre» «Y si se revientan, ¿qué pasa? ¿Saldrá toda la sangre por ahí y tú, Komi, te quedarás sin sangre y te morirás?» ¿Qué era lo que me respondía Komi entonces? «Oye, Komi. Tienes que tener cuidado con las ampollas, ¿eh? Que no se te revienten, que no salga toda la sangre. Porque oye, Komi: si tú te mueres, ¿qué haré yo? Oye, Komi. No te mueras, no te mueras, Komi. Quédate conmigo, quédate conmigo para siempre» «No digas eso, va. Vamos a comer juntas. Con la barriga vacía no se puede hacer nada. La fiambrera de *yakiniku* que ha traído Makiko es de carne y arroz con salsa marrón» Oye, Maki-chan. Últimamente hay muchos hombres que parecen vagabundos, ¿no? Los hay por todas partes. Personas sin techo. Personas que se han quedado sin una casa adonde volver. Cuando veo a uno, siempre pienso si será papá y me asusto. Oye, Maki-chan. Aquel hombre, aquel hombre vestido con harapos que está acurrucado allí, ¿ves? Si fuera papá, ¿qué harías tú? ¿Lo traerías a casa y lo meterías en la bañera? ¿Lo harías? Lo traerías a casa, le darías de comer y, luego, ¿qué le dirías? Oye, Maki-chan. Cómo lloró Kyû-chan en el funeral de mamá, ¿verdad? Vino llorando y nos dio dos mil yenes. Era un día de verano y hacía mucho calor. Kyû-chan lloraba y lloraba. Y la abuela Komi, ¿te acuerdas de cómo gritaba debajo del paso elevado? Te cogía a ti de una mano, a mí de la otra, y, cuando pasaba el tren y hacía ruido, Komi aprovechaba para gritar con todas sus fuerzas; el tren, mañana; voy a coger el tren con Midoriko, estoy algo nerviosa. ¿Qué? ¿Hacemos algo hasta que vuelva Maki-chan? Es un día especial, le recogeré el pelo a Midoriko, nos sentaremos en el tren, ¡cuánto pelo tienes! Le paso los dedos entre el pelo, espeso como un bosque, como el mío. ¿Y tú por qué no llevas bolso? ¿Esos que estaban sentados contigo hace un rato no eran tu padre y tu madre? Oye, tú eres la niña que vi hace mucho tiempo en el tren, ¿verdad? ¿Por qué te ríes? Que no hace mucho tiempo... Ah, ya. Ha sido esta mañana... Sí, esta mañana... Vaya, parece que haya transcurrido mucho tiempo... Un anuncio en el periódico..., el anuncio de una casa, el plano de una casa: puedes dibujar en él muchas ventanas, cuadrados pequeños, las ventanas que te gusten... La ventana de mamá, la ventana de Maki-chan, la ventana de la abuela Komi, dibujemos una ventana para cada una de ellas, una ventana que puedan abrir cuando quieran. Cuando las dibujemos, entrará la luz, entrará el aire, y así fue como me dormí.

EL LUGAR MÁS SEGURO DEL MUNDO

«Vaya —me dije sintiendo que tenía la cabeza llena de algodón viejo—. ¿A qué día estamos hoy?» Notaba un tacto viscoso en la rabadilla y, aunque me hubiera gustado quedarme durmiendo un rato más, no tuve otro remedio que levantarme e ir al lavabo.

Me representé el calendario en la cabeza e intenté recordar dónde estaba el círculo que señalaba el inicio de mi regla anterior. Sí, estaba allá. ¿No me tocaba, entonces, unos diez días después?

Pensándolo bien, también el mes anterior, y el otro, se me había ido adelantando un poco cada vez. Durante los primeros quince años, el periodo me había venido con una regularidad absoluta cada veintiocho días, ¿habría alguna razón para el desajuste de los dos últimos años?

Dándole vueltas a eso, mientras esperaba a que cesara un chorro de orina infinito, tan largo que me asombró pese a lo atontada que estaba por el sueño —¿es que no se va a acabar nunca o qué?—, me quedé contemplando distraídamente las manchas de sangre de las bragas. Se parecían algo al mapa de Japón. Aquí estaba Osaka, ahí debía de estar Shikoku y, allá, aunque yo no había estado nunca, estaría Aomori. Pensé vagamente que no solo era en Aomori, lo cierto es que yo no había estado casi en ninguna parte. Ni siquiera tenía pasaporte.

A juzgar por la calidad de la luz del exterior, no eran ni

siquiera las siete. El verano aún no se había despertado y el aire era fresco. Al fruncir el entrecejo, noté un ligero dolor de cabeza. Resaca. Pero no me encontraba mal, no parecía ser tan grave. Saqué una compresa de una bolsa de papel, la desenvolví y me la puse en la entrepierna. Me subí las bragas, tiré de la cadena y salí del baño. Pensando que la sensación acolchada de la compresa hacía pensar en un futón de la entrepierna, volví a acurrucarme, toda entera, dentro del futón.

Mientras me preguntaba si volvería a conciliar el sueño, me vino a la cabeza cuántas veces más tendría la regla en toda mi vida. Cuántas veces más experimentaría mi cuerpo el ciclo menstrual. ¿Cuántas veces la había tenido ya hasta entonces? Que me hubiese venido quería decir que tampoco aquel mes el óvulo había sido fecundado. Esta sentencia se dibujó ante mis ojos en un bocadillo como si fuera el diálogo de un manga, así que la pude ver de verdad. El óvulo no ha sido fecundado. Fecundado. No, no lo ha sido. No tengo previsto que sea fecundado ni este mes, ni el próximo, ni el siguiente, ni tampoco el otro, ¿sabes? Lo formulé de forma sencilla dirigiéndome al bocadillo. Aquella voz débil que resonaba en mi interior se fue alejando poco a poco y, antes de darme cuenta, ya estaba dormida de nuevo.

Cuando me desperté del todo, Makiko no estaba. Me quedé perpleja pensando en dónde se habría metido, pero luego recordé lo que me había dicho la noche anterior mientras bebíamos cerveza: «Mañana he quedado con una amiga y, después, iré directamente a Ginza. Tengo consulta en la clínica que te dije. Estaré de vuelta antes de las siete. Ya decidiremos qué hacemos para cenar».

Al mirar el reloj, vi que eran las once y media. Midoriko ya estaba despierta leyendo sobre el futón. Como yo no desayunaba nunca, se me había pasado por alto el tema, pero, de pronto, caí en la cuenta de que una niña como Midoriko necesitaba tomar algo y le dije que me perdonara, pero que tenía un poco de resaca, que se me habían pegado las sábanas, que seguro que debía de tener hambre, que lo sentía, que lo sentía, pero Midoriko me miró, señaló hacia la cocina y me indicó por gestos que había comido pan. «Uf, menos mal. No hay gran cosa, pero come lo que quieras», le dije sonriendo. Midoriko asintió y siguió leyendo.

Una mañana de verano. La ventana resplandecía bajo una luz apacible. Al desperezarme, noté cómo me crujían las articulaciones de todo el cuerpo. Cuando me puse en pie y miré el futón, descubrí una gran mancha de sangre en la sábana. Ostras, ¿cuánto tiempo hacía que no me pasaba eso? Por más irregular que fuera mi periodo durante los últimos años, aquello ya pasaba de castaño oscuro. Suspiré para mis adentros, descorrí la cremallera lateral, saqué el futón, hice una bola con la sábana y me dirigí al baño.

«Si lavas la sangre de la regla con agua caliente, cuaja y no se va. Tienes que lavarla con agua fría.» ¿Quién me había enseñado esto? En la escuela no; tampoco había sido mamá, ni la abuela Komi. Fiel a estas indicaciones, hice un pico con la parte manchada de la gran sábana, llené una palangana de agua fría y jabón, dejé en remojo la parte sucia y, mientras estaba restregando la tela con fuerza para que se borrara la sangre, noté que tenía a alguien detrás. Al darme la vuelta, descubrí a Midoriko, de pie, a mi espalda.

En cuclillas, con la cabeza vuelta hacia atrás, levanté la mirada hacia ella y le dije: «¿Te apetece ir al parque de atracciones?». Le expliqué que había ensuciado las sábanas y que las estaba lavando. Sin responder nada, Midoriko se quedó contemplando en silencio el movimiento de mis manos y de la sábana. En el pequeño cuarto de baño, solo se oía el fuerte restregar de la tela y las pequeñas salpicaduras del agua dentro de la palangana. «La sangre solo se va con agua fría.» Mientras observaba el agua jabonosa para comprobar si se había borrado la mancha, me volví un instante y mis ojos se encontraron con los de Midoriko. Movió la cabeza en ademán afirmativo y regresó a la habitación.

Ahora voy a escribir sobre los óvulos. Sobre algo que he aprendido hoy. Cuando el óvulo se junta con el espermatozoide se convierte en un huevo fecundado y, si no se junta, continúa siendo un huevo vacío. Esto ya lo sabía. Pero, por lo visto, la fecundación no se produce en el útero, sino que los dos se juntan en un lugar parecido a un tubo que se llama las trompas de Falopio y, luego, el óvulo fecundado va al útero y se implanta allí.

Pero hay algo que no comprendo. Lo que no acabo de entender, ni que lea libros o mire dibujos, es cómo los óvulos que vienen de los ovarios entran en esas trompas de Falopio que parecen manos. Cómo logran saltar hasta allí. En los libros pone que los óvulos salen disparados de los ovarios, pero ¿cómo lo hacen? ¿Qué pasa con todo el espacio que hay en medio? ¿Cómo consiguen no salirse fuera? Es un misterio.

Hay otra cosa que me da que pensar. Primero se fecunda el huevo y, si resulta que el huevo fecundado va a ser una niña, dentro de los ovarios de esa niña que aún no ha nacido (da miedo eso de que ya tenga ovarios tan pronto) hay una especie de preóvulos que llegan a los siete millones y este es el momento en que ella tiene más. Luego estos preóvulos van disminuyendo rápidamente y, cuando la niña nace, tiene un millón y ya no puede producir otros nuevos. A partir de entonces, irán disminuyendo todo el tiempo y, al llegar a mi edad y tener la regla por primera vez, ya se habrán convertido en unos trescientos mil y, de esos, solo una pequeña parte se habrán desarrollado bien y solo esos podrán ser fecundados y dar lugar a un embarazo. Pero lo que me da miedo, lo que me parece horroroso, es que desde antes de nacer ya esté preparada para traer un ser humano a este mundo. Y que tienes lo necesario en grandes cantidades. Preparada para hacer nacer desde antes de nacer. Y eso no es algo que sale solo en los libros, es algo real que está ahora en mi barriga. El nacer desde antes de nacer está dentro de mí y me dan ganas de arrancármelo y de hacerlo trizas. ¿Por qué tiene que ser así?

Midoriko

En plenas vacaciones de verano, el parque era un hervidero de gente y animación. Pero no había grandes aglomeraciones como el día anterior en la estación de Tokio. Era posible mantener una distancia confortable entre paseantes y todo el mundo sonreía, contento.

Familias, parejas de estudiantes aún con rostros infantiles, grupos de adultos que soltaban gritos de entusiasmo que apenas se distinguían de las carcajadas. Niñas cogidas de la mano, riendo. Un hombre con una pesada mochila a la espalda que andaba estudiando un mapa con semblante grave como si fuera de excursión a la montaña. Madres jóvenes que empujaban cochecitos de bebé cargados con bártulos y que llamaban a voz en grito a unos niños que, con los ojos relucientes de curiosidad, querían adelantarse, impacientes. También había ancianos sentados en los bancos saboreando helados. En el parque había una multitud de personas moviéndose, comiendo, esperando; todo ello se mezclaba con músicas distintas y gritos de entusiasmo y, de vez en cuando, se oía retumbar el estruendo ensordecedor de las montañas rusas que rodaban por encima de las cabezas.

No tenía la menor idea de cuántas veces querría subir Midoriko a las atracciones del parque, pero yo tenía una invitación de acceso ilimitado. En la entrada me la canjearon por un pase en forma de cinta y, cuando le dije: «Tienes que ponerte esto», Midoriko me alargó en silencio un brazo delgado y muy tostado por el sol. Le enrollé la cinta alrededor de la muñeca, ajusté cuidadosamente el grosor y la fijé. Midoriko movió la muñeca para comprobar la sujeción del brazalete y, luego, con los ojos entornados, lo examinó a la luz del sol.

—¡Cómo pica el sol! Hoy, más que tostarnos, nos vamos a achicharrar —dije—. Por más calor que dé, tendríamos que haber venido con un vestido negro de manga larga.

No había mirado a cuánto ascendería la temperatura máxima, pero hacía tanto calor que probablemente sobrepasábamos ya los treinta y cinco grados. El sol estaba en su cénit y nada interceptaba sus rayos. Su luz blanquísima abrasaba sin piedad los aleros de los tenderetes, el campo de juegos de los niños donde de los surtidores manaban chorritos de agua, los letreros de las taquillas, la piel de las personas, la superficie de hierro de las gigantescas atracciones. En un banco junto a una caseta, dos mujeres con un vestido de estampado psicodélico y cuello halter se untaban la espalda la una a la otra con crema de protección solar, riendo divertidas.

—Yo, a la que me pongo morena, me quedo negra tres años —le dije a Midoriko mirando a las dos mujeres—. Mira aquellos vestidos con el cuello halter. ¡Qué monada!

A Midoriko no parecían interesarle en absoluto ni los cuellos halter, ni la crema de protección solar, ni los vestidos. Mantenía la vista clavada en el mapa, alzaba de vez en cuando la cabeza para comprobar dónde estaban las atracciones, se volvía hacia mí y me indicaba por señas: «Aquí, aquí». La pelusilla de su frente abombada estaba empapada de sudor y tenía las mejillas ligeramente sonrosadas.

—¿Subes ahí?

La primera atracción que eligió se llamaba Viking y tenía la forma de una nave gigantesca; según el cartel informativo, el tiempo de espera era de veinte minutos. Básicamente, consistía en balancearse hacia delante y hacia atrás a una velocidad creciente y, a simple vista, parecía inofensiva, pero eso era un gran error. No recordaba con exactitud cuándo, pero yo ya había montado una vez en el Viking creyendo que solo era una enorme tabla de columpio y que no habría ningún problema, y me había arrepentido de veras. Aquella sensación al bajar de golpe después de subir hasta arriba, como si te golpearan en la boca del estómago... No sé si aquella sensación, que solo puede describirse como la esencia del alarido, tiene algún nombre. ¿En qué parte del cuerpo se debía originar? ¿Qué era aquello? Cada vez que me acordaba de ella, se me representaba alguien que se arrojaba al vacío desde lo alto de un edificio. ¿Sería aquella la última sensación que experimentaba unos segundos antes de chocar contra el suelo? Justo después de los alaridos de la gente, se oía retumbar las montañas rusas con un rugido atronador que hacía temblar la tierra.

Compré agua y zumo de naranja en un tenderete y me dispuse a esperar a la sombra de unos árboles cuyo nombre desconocía. Midoriko volvió poco después. Su apariencia no había cambiado nada de cuando había ido hacia allí. Al decirle: «¿Qué? ¿Lo has dejado correr?», ella negó con un movimiento de cabeza, de modo que le pregunté: «¿Has subido?», y ella asintió con aire aburrido. «¿Ah, sí? ¿No es nada especial?», dije, pero Midoriko, en vez de responder, se puso en marcha indicándome que ahora tocaba ir para allá y yo la seguí precipitadamente.

> Voy a escribir sobre los pechos. Una parte donde no tenía nada ha empezado a crecer, se ha empezado a hinchar, han ido saliendo un par de cosas que nada tienen que ver conmigo. ¿Por qué pasa eso? ¿De dónde vienen? ¿Por qué no puedo quedarme tal como estoy? Entre las niñas de la clase, hay algunas que se las enseñan las unas a las otras, comparan cómo se les mueven al saltar, presumen de lo grandes que se les han puesto y están contentas, y los niños de la clase les toman el pelo y todos parecen muy excitados. ¿Por qué tendría que estar yo contenta con eso? ¿Soy rara? Yo lo odio, odio que me crezca el pecho, lo odio y lo odio, lo odio a muerte, y pensar que mi madre va diciendo por teléfono que quiere que le aumenten el pecho... Quería escuchar todo lo que hablaba con la clínica y me acerqué a escondidas y lo oí: que si después de tener la niña y tal, todo es después..., que si después de darle de mamar y tal. Y cada día lo mismo por teléfono. Estúpida. ¿Querías tener el cuerpo de antes de parir? Pues, entonces, no haberme tenido. Si yo no hubiera nacido, la vida de mi madre habría sido mejor. Si nadie hubiese nacido, no habría problemas. Si nadie hubiera nacido, no habría alegrías, ni tristezas, no podría haber nada. No existiría nada. Que haya óvulos y espermatozoides no es cul-

pa de nadie, pero estaría bien que los seres humanos dejásemos de juntarlos.

MIDORIKO

—¡Va, Midoriko! Vamos a comer algo.

Buscamos en el mapa los puntos para comer, con restaurantes y tenderetes, elegimos el más grande y nos dirigimos hacia allí.

Ya había pasado la hora de mayor afluencia para almorzar y en el local había varios sitios vacíos. La camarera nos condujo hasta una mesa. Midoriko sacó la libreta pequeña de su riñonera, la dejó junto a su mano derecha y se pasó por la cara el *oshibori*[1] que la camarera había traído junto con el vaso de agua. Ambas estudiamos minuciosamente el menú, yo elegí un bol de arroz con tempura, y Midoriko, arroz con curry.

—Vaya, Midoriko, ¡qué fuerte eres!

Durante las dos horas y media que llevábamos en el parque, Midoriko había ido montando en una atracción tras otra sin descansar un instante. Para poder subir al mayor número de atracciones en el menor tiempo posible, había calculado con rapidez los minutos de espera de cada una de ellas y había ido de la una a la otra con gran eficiencia. Sus preferidas eran las más salvajes, esas que levantaban grandes alaridos entre el público. Yo, por el contrario, solo con ver cómo las montañas rusas se elevaban rechinando de modo siniestro, sentía cómo los escalofríos me recorrían la espina dorsal hasta la rabadilla. Saludaba a Midoriko mientras hacía cola, de vez en cuando le sacaba fotografías con el teléfono móvil y, poniéndome la mano sobre los ojos a modo de visera, aguzaba la vista para seguir su silueta, sujeta por el cinturón, que iba empequeñeciéndose, poco a poco, a medida que se alzaba hacia el cielo

1. Toallita humedecida con agua caliente o con agua muy fría para enjugarse la cara y las manos. Los establecimientos la ofrecen a sus clientes antes de servir comida o bebida.

hasta ser imposible de distinguir. Solo con trotar detrás de ella y mirar desde lejos cómo daba vueltas en las alturas o se desplazaba a una velocidad pavorosa por unos raíles gigantes, ya me sentía exhausta.

—Tienes unos buenos conductos semicirculares, ¿eh? Por más que subas a esos artilugios, la cara no te cambia de color —dije tras vaciar un vaso de agua de un trago.

Midoriko me miró ladeando un poco la cabeza.

—Los conductos semicirculares, sí. Hay personas que se marean, ¿no? Cuando van en coche, por ejemplo. Los conductos semicirculares, que están al fondo del oído, son los que mantienen el cuerpo en equilibrio. Y cuando das vueltas demasiado rápido, o vas en coche por una carretera con muchas curvas, es decir, cuando cambias el ritmo establecido, hay un desfase entre la información que llega a través de los ojos o del oído y la que poseen los conductos semicirculares y, entonces, te entran náuseas. Tú, Midoriko, ¿no te mareas? ¿Nunca?

Midoriko tomó un sorbo de agua y negó con un movimiento de cabeza, indicando que no, que ella no se mareaba. Luego, abrió la libreta, buscó un espacio en blanco y escribió despacio:

«¿Por qué beben las personas adultas?».

Encaró la libreta hacia mí y, durante unos instantes, la dejó en la misma posición. ¿Por qué beben los adultos? Reflexioné sobre ello.

¿Por qué bebemos los adultos? Yo, la única bebida alcohólica que tomaba era cerveza y ni siquiera la cerveza me apetecía más que en contadas ocasiones. Enseguida me emborrachaba, además, y me empezaba a doler la cabeza. Pero incluso yo había llegado a beber durante una época. Durante los años que siguieron a mi llegada a Tokio. Hubo un tiempo en que bebí hasta perder la conciencia, hasta vomitar. Un tiempo en que, en la bodega, compraba un alcohol barato de la caja expositora que ni siquiera me gustaba, me lo llevaba a casa y bebía sola. Luego, a veces, durante un par de días no podía ni moverme y, sin comer siquiera, pasaba las horas dentro del futón perdida en pensamientos lúgubres. Una sucesión de días inciertos en los que nada funcionaba, cuadrados en el calendario de idéntica forma y color que iban acumulándose sin propósito. Ahora, no había cambiado nada, pero sí había algo distinto, pensé al recordar aquellos días sin esperanza que no podía negar que hubieran existido. Ahora no podría volver a repetir lo mismo, cierto, pero era innegable que aquella era yo. Como también era innegable que, entonces, sentía que aquella era la única manera de seguir viviendo.

—Quizá sea porque, cuando estás borracho, tienes la impresión de no ser tú —le dije a Midoriko unos instantes después. Me dio la sensación de que aquella voz no me pertenecía y carraspeé varias veces—. Una persona es siempre la misma, ¿no? Siempre, desde que nace. Y quizá la gente se emborrache cuando eso se le hace duro de sobrellevar. —Iba pronunciando una palabra tras otra, conforme se me iban ocurriendo—. Estar vivo implica muchas cosas, es duro, y tienes que vivir hasta la muerte, ¿no? La vida continúa mientras estás vivo y quizá haya momentos en los que necesites una evasión o algo parecido.

Solté un hondo suspiro y miré alrededor.

Los altavoces del establecimiento anunciaban no sé qué número y los camareros se movían con rapidez entre las mesas y los carritos para transportar la comida. En la mesa vecina, una madre reñía a una niña todavía muy pequeña. Pero la niña no parecía estar muy convencida y, frunciendo el entrecejo, mantenía la boca cerrada con obstinación. Las puntas del pelo de las coletas que llevaba sujetas en lo alto de la cabeza rozaban las comisuras de sus pequeños labios.

—Huir de uno mismo —proseguí yo sin que nadie me preguntara—. Tal vez se trate de escapar de lo que hay en tu interior..., del tiempo, de los recuerdos. También hay personas que no tienen suficiente con evadirse, que ya no quieren regresar, personas que se matan a sí mismas.

Midoriko me miraba fijamente, sin una palabra.

—Pero la gran mayoría no pueden morir. Quizá sea por

eso por lo que no tienen más remedio que evadirse bebiendo, una y otra vez. Y no solo bebiendo. Hay otras vías de escape. A veces, incluso pensando por qué lo estás haciendo, incluso pensando que no quieres hacerlo, no puedes parar. Pero es imposible seguir así todo el tiempo. Es malo para la salud. Y la gente que está a tu alrededor se preocupa, se impacienta, te dice que hasta cuándo vas a seguir así, que lo dejes, que basta. Te avisan. Y tienen razón. Pero eso, a ti, aún te hace las cosas más difíciles.

Midoriko me miraba con los ojos entornados, como si estuviera contemplando algo lejano. Yo enmudecí y clavé la vista en el vaso sin agua. Luego me asaltó la impresión creciente de que había dicho cosas que no venían a cuento. Midoriko permanecía inmóvil, aferrando el bolígrafo. En sus pequeñas sienes se esculpían gotas de sudor que, luego, se deslizaban por su piel temblando un poco. Llegó nuestro almuerzo. Sonriente, la camarera dejó la comida frente a nosotras haciendo oscilar los dos grandes aros dorados que llevaba en las orejas. Tras preguntarnos con voz alegre si deseábamos algo más, enrolló la cuenta con la punta de los dedos, la metió en el cilindro transparente de encima de la mesa y regresó a paso rápido a la cocina. Nosotras comimos en silencio cada una lo que habíamos pedido.

Mi madre toma un medicamento antes de dormir y, cuando ella no estaba, miré lo que era y resulta que era un jarabe para la tos. Anoche lo vi por última vez y esta mañana ya había desaparecido más de la mitad. ¿Se lo habrá bebido todo? No tiene tos, pero toma jarabe, ¿para qué? Mi madre últimamente está adelgazando mucho. El otro día, a la vuelta del trabajo, se cayó de la bicicleta, no sé si porque era de noche o qué. Yo quería preguntarle si estaba bien, pero como lo tengo prohibido, no pude y me quedé muy triste. Quiero preguntarle por qué toma el jarabe para la tos, quiero preguntarle cómo tiene la herida, quiero preguntarle si le duele. Además, el otro día, vi por la tele que, en no sé qué parte de América, un hombre le había regalado a su hija, al cumplir los quince años, una operación de aumento de pecho y la verdad es que no lo puedo entender. También dijeron que, en Estados Unidos, las personas que se han hecho una operación de aumento de pecho se suicidan tres veces más que las que no. ¿Sabrá eso mi madre? Es terrible que no lo sepa. Quizá, cuando se entere, cambiará de idea. Tengo que hablar, tengo que encontrar el momento de hablar con ella. Tengo que preguntarle por qué hace eso. ¿Seré capaz? De hablar de veras. ¿Podré? No lo sé. Pero tengo que poder hacerlo todo, todo, bien.

Midoriko

—¿Qué? ¿Nos vamos a casa?

El sol había ido siguiendo su camino y ya empezaba a hundirse por el cielo del oeste: las densas sombras que se habían proyectado en el suelo, a nuestro alrededor, habían ido palideciendo poco a poco hasta difuminarse por completo y un vientecillo tibio nos acariciaba suavemente la piel. La gente se encaminaba sin prisa hacia la salida dándose la mano, llamándose unos a otros, abrazándose y separándose.

—Midoriko, ¿te has quedado con ganas de hacer algo?

Midoriko, que estaba estudiando a qué atracciones había subido en el mapa abierto, asintió varias veces sin mirarme. Íbamos andando despacio, cruzándonos con oleadas, ya poco densas, de personas.

A mano derecha se levantaba la noria. El cielo azul pálido estaba teñido de un tenue color amarillo y yo entorné los ojos. Vista desde mi posición, la enorme rueda parecía inmóvil, pero se estaba moviendo, por supuesto. Al mirar aquel desplazamiento pausado que parecía no querer dejar huella ni en el cielo, ni en el tiempo, ni tampoco en la memoria de quienes la contemplábamos, me dolió un poco el corazón. De pie, a mi lado, Midoriko también estaba mirando la noria. Poco después, me dio unos golpecitos en el brazo para llamar mi atención y, cuando la miré, me señaló la noria. Al preguntarle: «¿Vas a subir?», asintió con un amplio movimiento de cabeza.

En la puerta de acceso este había dos parejas. Uno de los chicos montó primero en la góndola, justo cuando esta pasaba despacio ante sus ojos, y tendió la mano a una de las chicas que subió ágilmente haciendo ondear la falda al viento.

—Va, Midoriko. Sube, que yo te esperaré allí, junto a la verja —dije y, cuando me disponía a alejarme, Midoriko negó varias veces con la cabeza. Al preguntarle: «¿Qué? ¿Qué pasa?», Midoriko señaló la noria, indicándome que quería que subiésemos juntas.

Luego me clavó la mirada.

—¿Cómo? ¿Yo también?

Midoriko asintió con aire resuelto.

—No, por favor. Mira, es que a mí no se me dan muy bien las atracciones. No puedo ni con el columpio. Enseguida me mareo —le expliqué—. Además, de pasada, confieso que me dan miedo las alturas. Ni siquiera he ido nunca en avión. Ni pienso hacerlo. Ya ves.

Por más explicaciones que le di, Midoriko no quiso escucharme. Solté un hondo suspiro y, resignada, compré un billete individual al encargado y crucé la puerta de acceso junto con Midoriko. Ya en la gran plataforma donde solo estaba el encargado de abrir y cerrar las puertas, Midoriko dejó pasar varias góndolas hasta encontrar la adecuada —aunque yo no comprendí con qué criterio— y, cuando lo hizo, abrió la puerta y se deslizó dentro de la cabina. Yo tendí las dos manos hacia delante, me aferré a la barra y, tras soltar en mi fuero interno un pequeño alarido de pánico, empujé mi cuerpo hacia el interior. En este instante, la góndola osciló con fuerza y yo caí de culo en el asiento. El encargado, de uniforme, cerró la puerta de la góndola, corrió el cerrojo y, sonriente, nos agitó la mano en ademán de despedida.

La noria se desplazaba por la ruta establecida, en el tiempo establecido, y la góndola iba ascendiendo despacio. Yo trataba por todos los medios de no mirar hacia abajo y, con la cabeza alta y los ojos clavados en el horizonte, contemplaba un trozo de cielo que se iba ensanchando más y más. Con la frente pegada a la ventana, Midoriko permaneció unos instantes escudriñando el mundo que se extendía a sus pies; luego, deslizó sus asentaderas por encima del banco, pegó la frente a la ventana del lado opuesto y volvió a quedarse mirando hacia fuera. Su pelo, recogido en una coleta alta, se curvaba por el peso, algunos mechones se le erizaban en la nuca y le caían sobre los hombros. Su cuello era delgado y la camiseta, algo grande, acentuaba aún más la estrechez de los hombros. Las piernas que emergían de los pantaloncitos cortos estaban muy tostadas por el sol y sus pequeñas rodillas se veían emblanquecidas por escamas de piel seca. Midoriko contemplaba las calles de Tokio con una mano posada sobre la riñonera y con la otra presionando la ventana.

—Dentro de poco, Maki-chan irá hacia allá —dije.

Con el rostro vuelto hacia la ventana, Midoriko no me contestó.

—Maki-chan decía que hoy iría a Ginza. Y Ginza está... hacia allá. No, hacia aquí, creo.

Yo no tenía el menor interés en saber dónde me encontraba en aquel momento, ni tampoco en la geografía de la ciudad, así que apunté al buen tuntún. Distinguí un punto que parecía tener una densidad mayor de edificios altos y le dije a Midoriko que debía de ser allí.

—Hoy te lo has pasado bien, ¿verdad?

Midoriko miró en mi dirección y asintió con un movimiento de cabeza.

Tenía la punta de la nariz y la parte superior de la frente ligeramente enrojecidas por el sol y la luz del crepúsculo confería a su rostro una tonalidad azulada. Mirándola, tuve la impresión de que mucho tiempo atrás, cuando yo era una niña, había montado una vez en una noria y había contemplado la ciudad, a mis pies, igual que ahora. Me dio la sensación de que ya había ascendido despacio por un cielo teñido por el azul del crepúsculo que se iba ensanchando. ¿Estaba Makiko conmigo? ¿Era mi madre quien nos había llevado? ¿O había sido la abuela Komi? Intenté recordar el rostro de mamá diciéndome adiós con la mano después de que yo subiera a la noria, o la mano arrugada de Komi, pero cuanto más rebuscaba entre mis recuerdos —¿se contaría realmente aquel entre ellos?—, más confuso me parecía todo. Unos pájaros pequeños trazaban semicírculos en el cielo y, luego, desaparecían. Altos edificios se alzaban a lo lejos como blancas columnas de humo. Yo entonces era una niña: ¿con quién contemplaba aquel cielo que se iba volviendo azul y las calles de la ciudad? Mientras me esforzaba en acordarme, empecé a desconfiar de mis recuerdos. Me dije que tal vez aquello no hubiera existido jamás. Que tal vez solo había sido una suma de olores, colores y sensaciones similares que me lo habían sugerido y que, en mi pasado remoto, quizá no hubiera estado nunca mirando junto a alguien cómo el cielo y las calles de la ciudad iban tiñéndose de azul.

—¡Qué bonito! ¿Verdad? —le dije a Midoriko. Luego añadí algo que me había venido a la cabeza de repente—: Además, ¿sabes que las norias son muy seguras?

Midoriko me miró fijamente y, después, negó con un movimiento de cabeza.

—Me lo dijo alguien cuando era pequeña. No recuerdo quién. En fin, que las norias, si las miras de lado, son delgadas, parecen fuegos artificiales explotando en el cielo, son poco compactas, oscilan y dan miedo. Parece que se puedan desplomar en cualquier momento. Pero, por más fuerte que sople el viento, por más fuerza que tenga la lluvia, aunque haya un terremoto grande, las norias aguantan. Las norias están hechas para resistir cualquier fuerza que se dirija hacia ellas, para que no puedan derrumbarse nunca —dije—. Cuando lo oí, yo todavía era una niña y pensé muy en serio que podríamos vivir todos en una noria. Podríamos convertirla en casas, saludarnos todos con la mano por las ventanas. Comunicarnos con la góndola de al lado con teléfonos de vasos, tender cuerdas largas entre las cabinas para tender la ropa. Cosas de niños. Y lo dibujaba, ¿sabes? Norias por todo el mundo. Un mundo lleno de norias. Un mundo seguro. Aunque hubiera terremotos, aunque hubiera tifones. Un mundo donde todos estuviésemos a salvo por igual.

Las dos nos quedamos mirando por la ventana en silencio.

—Y tú, Midoriko, ¿has subido alguna vez a la noria con Maki-chan?

Midoriko hizo un gesto vago con la cabeza.

—Ya. Es que Maki-chan tiene mucho trabajo.

Midoriko me lanzó una mirada rápida y volvió a dirigir los ojos hacia fuera. Al ver su mentón, recordé de pronto el perfil de mi madre. El rostro de formas redondeadas de mamá antes de enfermar, cuando todavía estaba bien. La nariz alta, un poco arqueada, las pestañas muy largas. Recordaba que tenía unas marcas de viruela en las mejillas y que, cuando yo le preguntaba qué eran, me decía sonriendo que eso sucedía cuando te reventabas un grano, que no lo hiciera nunca. Me dije que Midoriko se parecía más a mi madre que a Makiko. Y pensé vagamente en algo obvio, incuestionable: Midoriko no había visto nunca ni a mi madre ni a mi abuela Komi y tampoco Komi ni mamá habían visto nunca a Midoriko.

—Cuando mi madre murió, yo tenía más o menos tu edad.

Empecé a hablar de ello, preguntándome a qué venía hacerlo en aquellos momentos.

—Y quince años cuando murió la abuela Komi. Maki-chan tenía veintidós y, con Komi, veinticuatro. Como no teníamos dinero, a las dos les hicimos el funeral en la sede de la asociación de vecinos. La ceremonia que menos dinero costaba, la más sencilla. Había un monje, un pariente lejano de la abuela Komi, que se encargó de todo, lo que fue una suerte. Pero luego tuvimos que devolver lo que había costado.

Tras lanzarme una mirada rápida, Midoriko volvió a dirigir los ojos hacia fuera.

—Como el piso era de protección oficial, el alquiler solo costaba veinte mil yenes y pudimos seguir viviendo allí. Entonces Maki-chan ya era adulta, es decir, que ya era mayor de edad. Por eso, pudimos seguir juntas las dos. Si nos hubiésemos llevado menos años o hubiésemos sido unas niñas, no lo sé muy bien, pero supongo que nos habrían metido en alguna institución y habríamos acabado cada una por su lado.

Midoriko permanecía inmóvil con el rostro vuelto hacia la ventana. En la punta del pararrayos del edificio más lejano parpadeaba una luz roja. En la distancia, recordaba un ser vivo que estuviera respirando con calma, y yo me quedé contemplándolo unos instantes.

—Le debo mucho a Maki-chan —proseguí—. Cuando nos quedamos solas después de que muriera mamá y, luego, la abuela Komi, Maki-chan se encargó de todo. Hizo muchas cosas. Me llevaba a lavar platos, todos los días comíamos de la fiambrera que ella traía de la casa de *yakiniku*.

La penumbra del atardecer iba extendiéndose por el otro lado de la ventana. Era un crepúsculo que hacía pensar en decenas de miles de encajes sutiles superponiéndose unos sobre otros, y un número incontable de luces parpadeaban, lejos y cerca. Los granos de luz incierta me trajeron a la memoria el pequeño barrio portuario donde había pasado los primeros años de mi vida. En las noches de verano, muchos veleros venían desde el otro lado de un mar de color negro. Todo se llenaba de gente yendo de aquí para allá y los niños correteábamos excitados al ver por primera vez a extranjeros de piel blanca. En los carteles con las letras medio borradas, en sucios postes de la luz, en la entrada de las tiendas, en los bolardos donde se amarraban los barcos... Aquí y allá, se alineaban bombillas eléctricas, arracimándose, y yo me quedaba mirando cómo oscilaban al viento de la noche.

—No sé qué edad tendría entonces. Estaría en el parvulario. Era antes de ir a casa de la abuela Komi. Cuando vivía cerca del mar. En el parvulario iban a hacer una excursión. A coger uvas. ¿Has cogido uvas alguna vez, Midoriko?

Ella sacudió la cabeza.

—Coger uvas. —Sonreí—. Que yo recuerde, en el parvulario no había nada que me hiciera gracia, pero, no sé por qué, coger uvas me hacía una ilusión tremenda. Desde varios días antes, ya estaba esperando, ilusionada, nerviosa. Incluso me hice un mapa por mi cuenta. No sé qué pensaba que debía de ser aquello, pero contaba los días. En serio. De la ilusión que me hacía.

»Pero no pude ir. Se tenía que pagar y nosotros no teníamos dinero. Pensándolo ahora, creo que eran solo unos pocos cientos de yenes. Así que, al levantarme por la mañana, mamá me dijo: "Hoy no hay cole". Yo quería preguntarle por qué, pero no pude. Aunque ya sabía que no teníamos dinero. Además, por la mañana, mi padre siempre dormía, y tanto Maki-chan como yo teníamos que estar calladas. Ni siquiera podíamos hacer ruido al sorber los *raamen*. Al principio debí de pensar: "Vale, me quedo en casa", pero luego empecé a llorar y llorar. Estaba tan triste que hasta a mí me sorprendía. No paraba de llorar. No podía sollozar, ni hacer ruido, así que me quedé llorando en un rincón mordiendo una toalla. Desde pequeña, no había podido hacer un montón de cosas, ¿por qué lloraba tanto aquella vez? ¿Por qué estaba tan triste? Nunca había ido a coger uvas, no tenía la menor idea de cómo era, tampoco es que me apeteciera especialmente comerlas. ¿Por qué lloraba, entonces, de aquella forma? Incluso ahora me lo pregunto a veces. ¿Por qué me importaban tanto las uvas?

»Pero luego caí en la cuenta de algo. Si te ponen un racimo de uvas sobre la palma de la mano, tienes una sensación muy especial, ¿verdad? Los granos están todos apelotonados, también hay granos muy pequeños, todos están pegados, juntos, para no caerse, pero al final van desprendiéndose uno tras otro. No pesan, pero tampoco son ligeros. No sé. Es una sensación especial. ¡Ja! ¡Ja! ¿No es así? Debía de ser eso. Yo, aquel día, ¿sentía algo especial porque lloraba tanto? ¿O lloraba porque sentía algo especial? Sigo sin saberlo ahora.

»Total, que, poco antes del mediodía, mi madre se fue a trabajar, mi padre salió, cosa infrecuente en él, y yo continué en el rincón, llorando con la toalla en la boca. Maki-chan, que no sé qué edad tendría entonces, ya no sabía qué hacer, pobrecilla. Quería consolarme, pero yo no paraba de llorar. Entonces, me dijo: "Natsuko, cierra los ojos. No los abras hasta que yo te diga, ¿vale?". Yo me quedé tal como estaba, sentada en el suelo con las piernas contra el pecho, los ojos cerrados apoyados en las rodillas, llorando. No sé cuántos minutos después, Maki-chan se me acercó y me dijo: "Ahora ven con los ojos cerrados", me tomó de la mano, me hizo levantar y, después de dar tres pasos, me dijo: "Ahora ya puedes abrirlos".

»Cuando los abrí... En los cajones de la cómoda, en los pomos de la alhacena, en la pantalla de la lámpara, en la cuerda para tender la ropa, en todas partes, había prendidos, o colgados, calcetines, toallas, pañuelos de papel, bragas de mi madre, todo lo que Maki-chan había podido encontrar. "Ahora, las dos iremos a coger uvas —me dijo—. Natsuko, todo eso son uvas. Vamos a cogerlas juntas." Me tomó en brazos para que pudiera alcanzarlas y me iba diciendo que cogiera una, que cogiera otra. "Una, dos...", me decía.

»En brazos de Maki-chan, alargaba la mano e iba cogiendo calcetines, cogiendo bragas, iba cogiéndolo todo, y usábamos el colador agujereado que había traído Maki-chan como cesta, y allí lo iba metiendo todo. "Aún quedan", "Mira, aquí", "Y allí", decía Maki-chan, esforzándose tanto como podía en sostenerme en brazos, y me dejó coger todas las uvas. No sé si estaba contenta, o triste, pero las fui cogiendo todas, una tras otra... No se podían comer, ni siquiera tenían granos, pero este es mi recuerdo de haber ido a coger uvas.

Midoriko miraba al otro lado de la ventana, en silencio. Sin que me diera cuenta, nuestra góndola había sobrepasado el punto más alto y miles de luces parpadeaban en los edificios mientras íbamos perdiendo altura poco a poco y el suelo se aproximaba deprisa.

—No sé por qué te he contado esto. —Sacudí la cabeza riendo.

Unos instantes después, Midoriko cogió el bolígrafo.

«Porque tiene el color de las uvas.»

Midoriko me miró a los ojos mientras señalaba la amplia

superficie, al otro lado de la ventana, teñida de color violeta y, luego, dirigió de nuevo los ojos hacia fuera. Aquel cielo que iba extendiéndose hacia la nostalgia, hacia lo que aún no habíamos vivido, estaba moteado de retazos de nubes como huellas de las yemas de los dedos. A través de los resquicios, se vertía una luz tenue que dibujaba suavemente los contornos de las nubes con matices de color violeta, rosado y azul oscuro. Parecía que si aguzabas la vista, podías ver el viento que soplaba en lo alto del cielo y que, si alargabas la mano, podías acariciar la película que envolvía el mundo. El cielo reflejaba los colores como si fuera una melodía que no podrá ser interpretada una segunda vez.

—Es verdad. Parece que estemos en un grano de uva —dije riendo.

El día se acercaba a su fin. La góndola iba descendiendo entre pequeños chirridos. En la plataforma se veía al mismo encargado de antes dándonos la bienvenida con la mano. La góndola tocó el suelo y, al abrirse la puerta, Midoriko descendió ágilmente. El aire caliente del día había desaparecido, el sudor se había ido enfriando en silencio entre mi piel y la camiseta, y el olor de la noche de verano flotaba ya sobre toda la superficie de la tierra.

TODAS LAS COSAS QUE ESTÁS ACOSTUMBRADA A VER

Makiko había ido a la clínica diciendo que estaría de vuelta a las siete, pero dieron las ocho y aún no había regresado, dieron las nueve y seguía sin aparecer. La llamé varias veces al teléfono móvil, pero antes de que sonara la señal de llamada, saltaba el contestador. O se había quedado sin batería o había apagado deliberadamente el teléfono.

—Hola, Maki-chan. ¿Ha ido todo bien? Estoy preocupada. Llama enseguida, por favor. —Grabé el mensaje y corté.

Era nuestra última cena juntas en Tokio —aunque era un poco exagerado hablar de «última» tratándose solo de dos noches— y pensaba discutir con Makiko, a su vuelta, qué cenábamos, si cogíamos el metro para ir a alguna parte o si le apetecía comer algo en particular. Pero el elemento esencial, Makiko, no regresaba. Me pasó por la cabeza llevarme a Midoriko al supermercado a comprar comida, preparar algo sencillo y cenar primero las dos, pero no tenía arroz en casa y, a decir verdad, me daba pereza meterme en la cocina a aquellas horas, eso sin contar lo mal que se me daba cocinar. Además, era posible que Makiko apareciera mientras tanto. Así que, diciéndome: «Cuando vuelva, podemos ir al restaurante chino de anoche, seguro que no tardará», me dispuse a esperar, buscando en la estantería alguna novela que pudiera darle a Midoriko, hojeando una revista. Mientras, Midoriko estuvo escribiendo algo en su cuaderno. Pero transcurrieron diez minutos, transcurrieron veinte, transcurrió una hora y Makiko siguió sin aparecer.

—Midoriko, ¿vamos a comprar algo a la *konbini*?

Esperé hasta las nueve y cuarto, dejé una nota sobre la mesa que decía: «Hemos ido a la *konbini*», y salí con Midoriko. Tras dudar un poco, decidí no echar la llave.

El aire tibio de la noche de verano, algo húmedo, olía ligeramente a lluvia. Yo llevaba unas chanclas que había comprado años atrás en una tienda de todo a cien y la suela estaba tan desgastada que notaba la rugosidad del asfalto en las plantas de los pies. Imaginé cómo pisaba un trozo de cristal, la suela se rajaba, me cortaba la planta del pie y la sangre empezaba a manar dulcemente de la herida. Midoriko andaba un poco por delante de mí. Tenía las piernas delgadas y rectas, y los calcetines blancos que le llegaban hasta debajo de las rodillas parecían huesos. En aquel instante, me acordé de mi novela —la novela que no lograba escribir y en la que llevaba semanas empantanada— y me deprimí.

En la *konbini* el aire acondicionado estaba tan fuerte que me dieron escalofríos; nosotras dimos una vuelta por la tienda mientras estudiábamos, uno a uno, los artículos expuestos en las estanterías. Midoriko me seguía con aspecto apagado sin mostrar interés ni alargar la mano hacia ninguno. «¿Quieres algún dulce? ¿Un helado?» Como respuesta, sacudía lentamente la cabeza en ademán negativo. «Mañana, para desayunar, tomaremos pan, ¿vale? Y, para la cena, esperaremos un poco a Maki-chan», le dije mientras cogía un paquete de seis rebanadas de pan de molde. ¡Ding-dong! Junto con el alegre sonido de la puerta automática, irrumpieron en la tienda unos niños llenos de brío, seguidos por hombres y mujeres —al parecer, los padres— que charlaban. Algunos de ellos tenían las mejillas tan coloradas como si hubieran estado bebiendo y se reían a carcajadas. Por lo visto, iban a lanzar fuegos artificiales y habían venido a comprar lo que les faltaba. Gritando excitados, los niños de piel requemada por el sol se agolparon sobre el cajón expositor contiguo a la caja registradora en el que se amontonaban los fuegos artificiales. Midoriko los observaba desde un punto algo alejado.

—Midoriko, ¿jugamos nosotras también con fuegos artificiales?

Midoriko no mostró reacción alguna. Cuando los niños se fueron, atisbé dentro de la caja en la que se amontonaban petardos por unidades y bolsas con juegos de diferentes tipos. Bengalas, buscapiés, fuegos artificiales de paracaídas, truenos. Recuerdos de los fuegos artificiales de cuando era niña. La llama de la vela vacilando al suave viento de la noche: Makiko y yo la envolvíamos con las palmas de las manos y nos quedábamos mirando cómo el fuego prendía en la mecha. El olor a pólvora, el chisporroteo del pequeño fuego. Los innumerables rostros que brillaban entre la humareda gris que se iba espesando poco a poco. De pronto, vi que Midoriko estaba a mi lado. Al decirle: «Hay muchos tipos distintos, fíjate», lanzó una ojeada al interior del cajón. Tras estudiar su contenido con los labios apretados, cogió un haz de cohetes. «Midoriko, mira estos. Qué peligro, ¿eh?», le dije yo riendo mientras le mostraba los fuegos de la serpiente negra. Midoriko entreabrió los labios y mostró los dientes en una sonrisa. Luego fue cogiendo petardos en la mano y los estudió, uno a uno, con detenimiento; compramos un paquete de quinientos yenes y volvimos a casa.

A las diez, Makiko aún no había vuelto. Por más que estuviera en Tokio, una ciudad que no conocía, era impensable que no se acordara del nombre de la parada y, para llegar a casa desde la estación, no tenía más que seguir recto por la misma calle: no podía haberse extraviado. De haber tenido algún problema, le habría bastado con llamar por teléfono y, en el caso de que se hubiera quedado sin batería, en Tokio podía comprar una en cualquier parte. ¿Habría perdido el teléfono? ¿Habría perdido el monedero? ¿O habría alguna razón por la que no quisiera ponerse en contacto conmigo? ¿Era posible que se hubiera visto involucrada en algún incidente y que hubiese perdido el juicio?

Imaginé varios escenarios posibles, pero me di cuenta de que todos eran inverosímiles. En un lugar tan lleno de gente como Tokio, si le sucedía algo a alguien, te avisaban como fuera y, ante todo, Makiko era una persona adulta de casi cuarenta años. La única explicación de que no hubiera dado señales de vida es que *ella no había querido darlas*. Eso era lo único que tenía sentido. Y eso quería decir que, por más que tardase, no había motivo de alarma. Sin embargo, Midoriko no parecía compartir mi opinión y su angustia iba creciendo a ojos vistas, como un vaso que fuera llenándose del agua de una gotera. Aunque permaneciese en silencio, se notaba que algo iba tensándose, poco a poco, en su interior.

Cada vez que oíamos a alguien subir o bajar la escalera, cuando percibíamos la menor señal de vida al otro lado de la puerta, alzábamos la cabeza de repente y nos poníamos en alerta, pero no era Makiko, los pasos pasaban de largo: eso se repitió muchas veces. Con el volumen del televisor al mínimo y los ojos clavados en la pantalla desplegada del móvil, dejaba pasar los minutos e iba apretando el botón del buzón para ver si había algún mensaje.

—Va, Midoriko. Seguro que tienes hambre. Ya no podemos esperar más. ¿Te apetece un poco de pan? —le propuse, pero Midoriko, con las piernas dobladas contra el pecho y la barbilla apoyada en las rodillas, sacudió la cabeza con un ademán ambiguo.

Y, justo entonces..., Midoriko, de pronto, se incorporó a medias y se me quedó mirando fijamente con una expresión tan seria como si fuera a hacerme una grave confesión. Luego, pareció cambiar de idea, volvió a sentarse y se abrazó las rodillas. Al decirle, sorprendida de veras: «¡Vaya susto me has dado!», Midoriko se mordió un poco el labio inferior y soltó un pequeño resoplido por la nariz.

—Ese lugar al que Maki-chan dijo que iba a ir, ¿cómo se llamaba?... Ginza, seguro. Pero ¿Ginza qué más? —dije como si hablara conmigo misma, pero, por más que intenté reproducir en mi mente la conversación que había mantenido con

Makiko sobre la clínica, el topónimo *Ginza* era lo único que conseguía recordar.

¿Cómo se llamaba? ¿Lo había mencionado Maki-chan? Cerré los ojos y me esforcé en evocar algún detalle, por mínimo que fuera, sobre la clínica, pero lo único que logré recordar era que tenía mucha fama y que el folleto era negro y dorado, muy propio de un club de alterne caro.

—Midoriko, ¿no conocerás por casualidad el nombre del hospital? —le pregunté, pero ella, como era lógico, negó con un movimiento de cabeza— . Claro que no, cómo ibas a saberlo —reí, intentando adoptar un aire desenfadado.

Sí, de acuerdo. Pero ¿dónde se había metido Makiko? ¿Había ido al hospital? ¿O no? ¿Y qué diablos estaba haciendo? ¿Y dónde? Luego, me cruzó una idea descabellada por la cabeza. ¡No, no, no, no! En cuanto se me ocurrió, mi sentido común negó que existiera tal posibilidad, pero... Y si Makiko hubiera querido resolverlo todo en un único viaje a Tokio... ¿No podía ser que se hubiera operado ya? ¡No, no, no, no! Era imposible que hubiera ido a una consulta y hubiese salido operada. No podía ser. No se trataba de empastar una caries. Pese a estar convencida de que era absurdo, inquieta como estaba, no me lo podía quitar de la cabeza. Tratando de que Midoriko no se diera cuenta, me conecté a internet por el móvil y busqué: «Aumento de pecho en un día».

Entonces, unos segundos más tarde, en cabeza, apareció la página: «Mamoplastias *One Day*». La seleccioné y leí: «Para su mayor comodidad, ¡aumento de pecho en un solo día! Consulte nuestro programa». Pasé a una página de uniforme color rosa donde ponía: «Llegada al hospital: 11.00 de la mañana. Consulta: 11.30 de la mañana. Operación: 12.30 del mediodía. Descanso: 13.30 de la tarde. Regreso a casa: 14.00 de la tarde. Ya está usted lista para ir de compras». «Así que lo hacen en un solo día», suspiré para mis adentros, atónita, plegué el teléfono móvil y lo dejé sobre la mesa.

Por la televisión, unos artistas famosos respondían un cuestionario en un estudio decorado en tonos chillones y sus palabras iban apareciendo en gran tamaño en la pantalla. A pesar de que el volumen estaba al mínimo y de que apenas se oían las intervenciones de cada uno, se adivinaba una algarabía increíble. Midoriko permanecía con el ceño fruncido, inmóvil, abrazándose las rodillas.

—Midoriko, seguro que ahora te están dando vueltas por la cabeza montones de cosas —le dije.

Midoriko alzó la cabeza y me miró.

—Pero todas estas preocupaciones no sirven para nada. —Sonreí—. Por lo general, en situaciones como esta, uno se preocupa imaginando esto y lo otro, pero lo que uno supone siempre falla. Es una especie de buen presagio, si lo has previsto no se cumplirá. A mí, en mi vida, hasta ahora, no me ha fallado nunca, jamás. Lo que preveo que va a ocurrir no ocurre nunca. Por ejemplo...

Tras carraspear una vez, proseguí:

—Por ejemplo, los terremotos. Los terremotos son un ejemplo representativo de eso. Es normal que haya terremotos, ¿verdad? Pero un terremoto viene cuando nadie, ni una sola persona en todo el mundo, nadie, piensa en esa posibilidad, parece incluso que el terremoto espere el instante en que nadie prevea su llegada para suceder. Eso es a lo que me refería.

Midoriko me miraba fijamente con expresión severa.

—Ahora, por ejemplo. Ahora no hay ninguno. Y eso es porque ahora hay dos personas como mínimo que están hablando de terremotos —dije—. Por supuesto, cuando ha habido un terremoto no hay manera de demostrar que en aquel momento nadie estaba pensando en los terremotos. Pero, justamente porque no se puede demostrar, todo el mundo puede creer en sus pequeños presagios, ¿no te parece?

Midoriko se quedó reflexionando sobre ello unos instantes. Luego, de pronto, caí en la cuenta de que no conocía el significado exacto de *presagio*. Cuando me iba a levantar, Midoriko volvió a incorporarse a medias, temblando de arriba abajo, y me retuvo tirando de los bajos de la camiseta. «¿Qué te pasa? No voy a ir a ninguna parte. ¡Qué susto me has dado!», dije riendo. Saqué el diccionario electrónico del cajón del escritorio, me senté y lo encendí. Aquel diccionario lo había ganado unos años atrás en el sorteo de una tienda del barrio comercial. Era el tercer premio y, aunque la lucecita de la pantalla no se encendía, era bastante fácil de usar y yo lo consideraba un tesoro.

Al introducir *presagio*, apareció: «Señal que indica, previene y anuncia un suceso. Anuncio que alguien recibe o cree recibir de que va a ocurrir una desgracia o un suceso feliz». A continuación busqué *fatalidad*. Entonces, en la pequeña pantalla fueron deslizándose las letras, apiñándose hasta el punto de ennegrecerla: «Relación de causas internas y externas que originan diversos fenómenos. Conjunto de causas que provocan la aparición y desaparición de cosas y fenómenos. Dícese del hecho por el cual aparecen y desaparecen estas cosas o fenómenos. Presagio».

Se lo leí a Midoriko aguzando la vista. Ella asintió con enérgicos movimientos de cabeza, retrayendo el mentón hacia el pecho. Luego, aún con expresión seria, cogió el diccionario y empezó a pulsar las teclas con rapidez. Contempló la pantalla, repitió la misma operación varias veces... De pronto, levantó la cabeza con los ojos brillantes, como si hubiera hecho un gran descubrimiento. Por lo visto, traducía en palabras dentro de su cabeza lo que se le ocurría y, acto seguido, comprobaba si había cometido o no algún error. Y, asombrada de cómo había ido resiguiendo el curso de sus pensamientos, abría aún más los ojos y volvía a clavar la mirada en el diccionario que tenía en la mano. «¿Qué te pasa?», le pregunté, pero Midoriko se limitó a sacudir la cabeza con expresión excitada, sin responder. Yo también fui buscando en el diccionario las palabras que se me ocurrieron.

—Mira, *midori* y *destino* se parecen,[1] ¿verdad? Los carac-

1. Los caracteres chinos de *midori*, que significa «verde» (緑), y de la palabra *en*, que significa «destino» (縁), son muy similares.

teres chinos quiero decir. Bueno, ahora buscaré *destino*. A ver... Ya, claro. Y, luego, sale *rencor*.[2] Mira, fíjate en la impresión que da el carácter chino. ¡Qué peligro! Da miedo. *Rencor* significa tenerle manía a alguien por lo que ha hecho, ¿sabes? Te leo un ejemplo: «Asesinato por rencor». Pasa, ¿no? Pasa a menudo. Y luego tenemos *asesinato*. Eso también ocurre con frecuencia. Todos los días en un lugar u otro. Porque, ahora mismo, en un lugar u otro, alguien está siendo asesinado... ¿Lo sabías, Midoriko? Cuando una persona mata a otra, si usa un cuchillo, lo que ocurre muchas veces, la inclinación del cuchillo, el hecho de que la hoja esté hacia arriba o hacia abajo, se toma como prueba de si había intención de matar o no, y también del grado de intencionalidad. En las leyes, este es un factor decisivo. En realidad, tengo un conocido que... —Me detuve diciéndome que la conversación se había hecho demasiado complicada, aparte de prolija, y le propuse—: Midoriko, ¿vamos a buscar palabras horribles, espantosas de verdad?

Matanza, arder entre las llamas del infierno, horror, destrucción. Sin darnos cuenta, nuestras cabezas casi se tocaban, inclinadas sobre la pequeña pantalla de cristal líquido del diccionario.

—Y, después... A veces lo pienso, ¿sabes? Que, ahora mismo, alguien lo está pasando realmente mal en algún sitio. No me refiero a que se esté muriendo o que lo estén matando, sino a la tortura, a una persona a la que están descuartizando, o vaciando los globos oculares, algo así. Y eso no es una broma o una fantasía. Ahora, en este preciso instante, en algún lugar de la Tierra, este sufrimiento atroz existe de verdad. ¿Podemos imaginar un sufrimiento que no se haya producido jamás? Por ejemplo, personas que son quemadas vivas sí existen, ¿no? ¿Y personas a las que les arrancan todos los dientes? Probablemente también. ¿Y personas a las que les hacen cosquillas hasta la muerte? ¿Las hay? O, aunque no sea con cosquillas, con

2. En japonés, *enkon* (怨恨).

setas alucinógenas, ¿existen? O con una droga o algo parecido. Morir riendo. Debe de ser lo peor. Una pesadilla. Aparte de eso...

Iba diciendo lo primero que se me ocurría al ver los caracteres del diccionario hasta que Midoriko hizo un pequeño movimiento de cabeza indicando que lo dejara correr. «Vale», le respondí y juntamos de nuevo las cabezas, concentrándonos sobre la pantalla... Entonces oímos un estruendo tan enorme que parecía que nos hubiera caído encima algo del tamaño del apartamento y, del susto —el mayor que habíamos tenido en toda la noche—, pegamos literalmente un salto. En un gesto reflejo, nos agarramos de la mano, nos dimos la vuelta y allí estaba Makiko. Más allá de la oscura cocina con la luz apagada, junto a la puerta del recibidor abierta de par en par, se recortaba la silueta de Makiko aureolada por la luz grisácea del fluorescente del corredor.

A contraluz, no se distinguía su expresión, pero enseguida me di cuenta de que estaba borracha. No había abierto la boca, no se tambaleaba, tampoco olía a alcohol, pero yo noté, aunque no sabría decir cómo, que estaba borracha y que, además, había bebido mucho.

Confirmando mis suposiciones, Makiko dijo con voz balbuceante: «Hola. Ya estoy aquí», e intentó descalzarse sin darse cuenta de que ya estaba descalza. Al intentar sacarse unos zapatos que no llevaba, empezó a restregar un tobillo contra otro y a trastabillar y, cuando le dije: «Maki-chan, ya te has sacado los zapatos», ella salió con el pretexto de que lo hacía porque le picaba el pie y entró tranquilamente en la habitación.

—Estábamos preocupadas. ¿Por qué no has llamado?

Al oír mi reproche, Makiko levantó las cejas y me miró fijamente. Dos profundas arrugas horizontales le cruzaban la frente y tenía los ojos inyectados en sangre.

—Me he quedado sin batería.

—Podías recargarla en cualquier *konbini*.

—Eso es caro. Vaya tontería gastar tanto.

Tras decir estas palabras, dejó caer el bolso sobre la alfombra, se dirigió hacia el puf aplastando con fuerza las plantas de los pies contra el suelo, abrazó el puf con ambas manos, hundió la cabeza en él y se quedó inmóvil. Estuve a un tris de soltarle: «¿Se puede saber dónde estabas?», pero me contuve y carraspeé. Mi carraspeo resonó con una fuerza mayor de lo que esperaba y, temiendo que ella lo malinterpretara y creyese que me disponía a preguntarle algo, volví a carraspear, pero me atraganté y acabé soltando un hipido. Volví a aclararme la garganta para disimular y, entonces, sí me arranqué unas flemas, con lo que me entró un ataque de tos. Cuando dejé de toser, Makiko, que estaba desparramada sobre el puf, se volvió hacia mí y me miró. Se le habían borrado las cejas, el lápiz de ojos se le había corrido y tenía el párpado inferior emborronado de negro. Sus ojeras azuladas se veían más hundidas y oscuras que nunca. Tenía grumos de rímel esparcidos por los pómulos. La mezcla de grasa de la piel y de base de maquillaje se cuarteaba, aquí y allá, formando churretones.

—Va, lávate la cara —se me escapó.

—¿La cara? ¿Y qué más da la cara? —dijo Makiko como respuesta.

Midoriko, con el diccionario electrónico en la mano, nos miraba desde un rincón. Entonces, de súbito, me vino una idea al pensamiento: ¿no habría estado Makiko con el padre de Midoriko, es decir, con su exmarido? Porque, la noche anterior, Makiko me había dicho que había quedado con alguien de Tokio, pero yo nunca le había oído decir que tuviese amigos en la ciudad y, de tratarse de algún conocido, lo normal habría sido que lo hubiese mencionado en alguna ocasión. Pero Makiko jamás me había hablado de la existencia de nadie. Makiko no tenía amigos en Tokio.

¿Con quién había estado bebiendo, entonces, de aquella forma? A juzgar por su carácter, no podía creer que hubiera estado bebiendo sola hasta el punto de emborracharse. Ella, igual que yo, no tomaba más que cerveza y, aunque aguantaba el alcohol algo mejor que yo, no era una gran bebedora. Además, en casa la estaban esperando su hermana pequeña, a la que no veía desde hacía tiempo, y su hija, y, para empezar, ella misma había dicho que estaría de vuelta alrededor de las siete.

Todo apuntaba a que había ocurrido algo imprevisto: Makiko se había encontrado con alguien imprevisto y, llevada por unas circunstancias imprevistas, se había emborrachado, también, de modo imprevisto. Pero ¿quién era entonces ese acompañante imprevisto? En su trabajo, Makiko alternaba a diario con los clientes, pero básicamente era tímida y, por más que pudiese mantener una conversación con alguien que acababa de conocer, era impensable que se fuera de copas con él. En definitiva, pensando de un modo simple y lógico... ¿No era su exmarido la única persona con quien podía haber estado?

«¿Cómo es que has bebido tanto? ¿Y con quién?» Eso era algo que no deseaba preguntar. Ni me apetecía hacerlo a modo de broma, ni tampoco quería tocar el tema de pasada. Con quién y dónde había estado bebiendo era algo que solo incumbía a Makiko, algo que nada tenía que ver conmigo... Cierto. Pero eso no quería decir que no se lo preguntase por respeto a su privacidad. Si hubiera estado con unas viejas amigas, seguro que me habría gustado que me contara de qué habían estado hablando, qué habían comido, qué hacían esas personas. Pero, sobre su exmarido, no había una sola cosa que quisiera saber. No me apetecía en absoluto que me contara cómo había ido su encuentro, qué se habían dicho, cuál había sido su estado de ánimo, qué relación tenían ambos en el presente, qué reflexiones hacían sobre el pasado. No sabía por qué. No abrigaba ningún sentimiento en particular hacia el exmarido de Makiko, tampoco tenía ninguna impresión formada sobre él. Ni siquiera me acordaba de su rostro. Apenas tenía recuerdos. Sin embargo, aun suponiendo que, como hermana, debiera escuchar los sentimientos y dudas de Makiko hacia su exmarido..., yo no quería oír nada, absolutamente nada, que tuviera como causa a un hombre y tampoco quería verme mezclada en ello. Por eso me callé.

—¿Y si te dieras una ducha? —le dije—. ¡Ah, sí! Tenemos

fuegos artificiales. Hemos comprado petardos, ¿sabes? Hace un rato, en la *konbini*. Como mañana las dos volvéis a Osaka, he pensado que esta noche podíamos divertirnos un rato con los fuegos artificiales.

Makiko seguía acostada boca abajo y, al oírme, se limitó a mover el cuello indicando que me estaba escuchando, sin responder nada.

Tenía las dos piernas extendidas como un par de palillos abiertos, enseñaba las plantas de los pies y, en una, la media tenía una carrera que iba desde la punta del dedo gordo hasta el tobillo. La piel de los talones estaba seca y agrietada como una torta de arroz vieja, y las pantorrillas aparecían tan desprovistas de carne que recordaban el vientre rígido de un pescado seco.

Makiko, que nos había estado observando desde un rincón, dejó el diccionario electrónico sobre la mesa y se dirigió a la cocina. No encendió la luz, se quedó a oscuras, de pie junto al fregadero, mirándonos fijamente. Yo también fui a la cocina, me puse a su lado y, desde allí, contemplé la habitación.

En la habitación nada había cambiado. La estantería junto a la pared; el pequeño escritorio en el rincón del fondo a la derecha; la ventana enfrente. Las cortinas de color crema que no había cambiado nunca porque no se veía que estuvieran descoloridas por la luz del sol y, debajo, el puf donde Makiko permanecía hecha un ovillo, inmóvil. En la pantalla de la televisión se movían confusamente un montón de cosas.

Poco después, Makiko presionó las manos sobre la alfombra como si se dispusiera a hacer flexiones, apoyó las rodillas y se puso a cuatro patas. Y, como si hiciera ejercicios de rehabilitación o algo parecido, empezó a mover la cabeza de izquierda a derecha. Luego, lanzando un suspiro que parecía un gemido, fue incorporándose penosamente. Nuestros ojos se encontraron. Su expresión parecía un poco más lúcida que antes: miró hacia mí achicando los ojos y, después, dio unos pasos aplastando pesadamente las plantas de los pies sobre la alfombra hasta llegar a la linde entre la habitación y la cocina. Se apoyó en la columna, se rascó el nacimiento del pelo y, luego, se dirigió a Midoriko.

El tono de voz de Makiko era balbuceante y algo bravucón, típico de una persona ebria. A mí me sorprendió. En la época en que vivíamos juntas, salíamos a beber las dos, por supuesto, pero nunca había visto a Makiko farfullando de aquel modo, tan claramente borracha. De súbito, me asaltó el temor de que tal vez en los últimos tiempos, en Osaka, siempre estuviera así. Me sentí angustiada. ¿Era posible que se encontrase en este estado a menudo en presencia de Midoriko? Se me representó la imagen de Midoriko junto a una Makiko tumbada, refunfuñando borracha.

Sin embargo, en aquellos momentos, Makiko no estaba en situación de resolver ninguna de mis dudas, así que enmudecí.

A mis pies estaba el cubo que había preparado para los fuegos artificiales. Un cubo sin nada especial. Un cubo azul de plástico. Me pregunté de pronto por qué estaba en casa. Lo debía de haber comprado yo, por supuesto, en un todo a cien o en algún lugar similar, pero no lo había usado nunca: estaba por estrenar. Mientras lo miraba..., me dio la sensación de que el cubo que tenía ante los ojos era un objeto extraño dotado de una forma extraña. ¿Qué era aquello? La esencia del cubo fue disociándose de su existencia hasta que acabé por no saber qué era. Con las palabras, me había pasado muchas veces dejar de reconocer un término, pero nunca me había sucedido con un objeto. Al mirar los fuegos artificiales que estaban a un lado, vi que eran fuegos auténticos. Me tranquilicé un poco. Fuegos artificiales. Lo sabía. Aquello eran fuegos artificiales. Mientras reflexionaba sobre aquello, fui identificando, una tras otra, todas las cosas de la cocina que no me resultaban familiares. Y, entonces, sonó la voz de Makiko. Alcé la cabeza y vi que se estaba aproximando a Midoriko y le espetaba en tono agresivo:

—Tú no quieres hablar conmigo, ¿eh? ¡Pues haz lo que te dé la gana! ¡A mí me es igual!

»Has nacido sola, vives como si estuvieras sola, tú vas a tu aire.

Tras soltar unas frases que ni siquiera se oían ya en los culebrones del mediodía, Makiko prosiguió:

—Por mí, bien. Por mí, bien. Por mí, bien. Por mí, bien.

Makiko se limitó a repetir estas palabras sin especificar qué era lo que estaba bien. Midoriko volvió la cara y se quedó mirando el fregadero seco. «¡Qué triste, pobrecilla!», me dije con un suspiro. Makiko se le acercó aún más. Clavó una mirada inquisitiva en el rostro de la niña que hacía todo lo posible por no mirarla, pegó su rostro al de ella y le dijo solo:

—¡Tú!

»Tú siempre pasas de todo lo que digo, tú siempre me tomas el pelo, pero me es igual, ¿sabes? Me es igual, me es igual que te rías de mí.

Midoriko retorció el cuerpo para evitarla. Pero Makiko siguió soltándole un chorro aún mayor de palabras:

—¡Tú! Si no quieres hablarme, si no puedes hablarme, tú sigue con la libretita de siempre o lo que te dé la gana, y si tienes algo que decirme, anda, va y escribe lo que te dé la gana. Me da igual estar así toda la vida. Hasta que yo me muera, hasta que te mueras tú también.

El tono de Makiko se había ido volviendo cada vez más agresivo, Midoriko hundió la cabeza y presionó las mejillas contra los hombros.

—¿Hasta cuándo piensas seguir así, eh? Porque yo...

Mientras pronunciaba estas palabras, Makiko agarró a Midoriko por el codo y ella intentó desasirse violentamente. Con un fuerte chasquido, la palma de la mano de Midoriko se abatió sobre la mejilla de Makiko y le metió un dedo en el ojo sin querer. Makiko soltó un agudo grito de dolor y se cubrió la cara con las manos. Empezó a derramar lágrimas a mares. Al parecer, Makiko no podía abrir el ojo lastimado: empezó a pellizcarse el párpado y a levantarlo con las yemas de los dedos, pestañeando una vez tras otra, sin lograr abrirlo. Grandes lagrimones resbalaban por sus mejillas y relucían con un brillo húmedo en la sombra de la cocina.

Midoriko, cerrando con fuerza las manos que había dejado caer a lo largo del cuerpo y con los labios tan apretados que dolía verla, se quedó mirando cómo Makiko derramaba lágrimas mientras se apretaba el ojo.

En un momento como aquel, ¿qué podían decir Makiko o Midoriko? ¿Y qué podía decir yo, que lo había presenciado todo de tan cerca? «Las palabras no bastan. No bastan. No bastan.» Fui repitiéndolo dentro de mi cabeza. Eso era todo. No había nada que pudiera decirse. No se podía decir nada. La cocina estaba a oscuras. Olía un poco a basura orgánica. Mientras enlazaba estos hechos sin importancia, observaba a Midoriko. Debía de apretar las muelas con fuerza porque la línea de los músculos se le marcaba ligeramente en las mejillas. Su mirada, cargada de tensión, estaba congelada en un punto cualquiera. Makiko continuaba tapándose el ojo lastimado y gemía. Mientras las veía a ambas en aquella situación, no sé qué me pasó por la cabeza, pero me encontré a mí misma alargando la mano hacia el interruptor y encendiendo de manera casi inconsciente la luz de la cocina.

Se oyó un chasquido, el fluorescente parpadeó unas cuantas veces y, al encenderse del todo, aparecieron tres figuras apiñadas de pie en la cocina.

Aquella cocina tan familiar que casi había pasado a ser parte de mi cuerpo me pareció ahora blanquísima, algo envejecida. La luz blanca y monótona del fluorescente hacía resaltar todos los rincones y Makiko achicó su ojo lastimado, rojísimo. Midoriko mantenía los puños apretados con fuerza contra los muslos, los ojos clavados en una zona a la altura del cuello de Makiko. Se oyó cómo tomaba una gran bocanada de aire y, acto seguido, se dirigió a Makiko y dijo:

—Mamá.

Había salido de sus labios la palabra *mamá*, el conjunto de sonido y significado. Me volví hacia ella.

—Mamá —repitió Midoriko, en voz alta y clara, llamando a Makiko, que estaba a su lado.

Makiko la miró asombrada. Los puños cerrados de Midoriko temblaban ligeramente. Estaba tan tensa que parecía que fuera a explotar, a deshacerse en pedazos, ante la mínima fuerza que viniera del exterior.

—Mamá —dijo Midoriko exprimiendo cada sonido—. Dime la verdad.

En cuanto logró pronunciar estas palabras, sus hombros empezaron a subir y bajar ligeramente. Sus labios entreabiertos temblaban un poco. Se oyó cómo tragaba saliva, como si intentara sofocar algo. Era claro que toda la tensión acumulada en su interior estaba buscando una vía de salida. Midoriko repitió de nuevo con voz desfallecida:

—Dime la verdad.

Tan pronto como su voz llegó a Makiko, esta soltó un respingo y, acto seguido, empezó a reírse a carcajadas.

—¿Qué? ¡Ja! ¡Ja! ¡Ja! Pero ¿qué estás diciendo? ¿Qué es eso de que te diga la verdad?

Vuelta hacia Midoriko, Makiko se reía en su cara mientras sacudía la cabeza con gestos teatrales.

—¿La has oído, Natsuko? Yo alucino. ¡La verdad, dice! No entiendo qué quiere decir con eso. ¿Me lo traduces?

Makiko seguía riendo a carcajadas, arrancándose a la fuerza la voz de la garganta. «Makiko —pensé aunque no podía decirlo— se equivoca al tratar de ocultar de este modo su angustia y la súplica de Midoriko. No es el momento de reírse. No es lo acertado.» Ante la risa de Makiko, Midoriko se encogió, muda. La oscilación arriba y abajo de sus hombros aumentó y pensé que iba a echarse a llorar. Sin embargo, de pronto, alzó la cabeza y abrió con dedos veloces, sin dedicarle una mirada siquiera, el cartón de huevos que yo había dejado para tirar encima del fregadero. Cogió un huevo con la mano derecha y lo levantó muy por encima de su cabeza.

«¡Lo va a arrojar!» Justo pensarlo, vi cómo las lágrimas empezaban a brotar de sus ojos... Empezaron a saltar —de verdad— a chorros, como el llanto que se dibuja en las viñetas de los manga. Y se golpeó la cabeza con la mano en la que sostenía el huevo.

¡Crash! Junto con aquel sonido desacostumbrado, la yema empezó a desparramársele por encima. Midoriko se frotó la cabeza con la mano con la que se había aplastado el huevo hasta que empezó a espumear entre su pelo. Tenía fragmentos de cáscara incrustados por todas partes, la yema le caía por los orificios de las orejas: se frotó la palma de la mano por la frente como si quisiera embadurnársela y, derramando grandes lagrimones, cogió otro huevo. «¿Por qué? —le dijo como si escupiera—. ¿Por qué te operas?», prosiguió Midoriko mientras se aplastaba el segundo huevo en la cabeza, igual que el primero: la clara y la yema le resbalaban, mezcladas, por la frente. Sin limpiarse, sin importarle nada, Midoriko cogió otro huevo. «Es porque, al tenerme a mí, el pecho te quedó así, ¿verdad? ¿Y qué? ¿Por qué, mamá? ¿Por qué quieres hacer algo que duele tanto?» Tras decirle eso a Makiko, se estampó otro huevo en la cabeza. «Estoy preocupada por ti, mamá. Pero no te entiendo. Nunca me cuentas nada. Tú eres muy importante para mí, mamá. Pero yo no quiero ser como tú. No, no es eso —dijo Midoriko conteniendo el aliento—. Quiero tener dinero pronto y dártelo. Dártelo a ti, mamá. Pero no sé qué hacer. Tengo miedo, hay muchas cosas que no entiendo. Los ojos me duelen, me hacen daño. ¿Por qué tengo que hacerme mayor? Me hace daño, todo esto me hace daño. Nacer para esto. ¿Por qué he nacido? Ojalá no hubiera nacido. Si nadie hubiera nacido, no pasaría nada, no habría nada.» Sollozando, esta vez cogió un huevo en cada mano y se los aplastó los dos a la vez en la cabeza. Los trozos de cáscara se esparcieron por todas partes, la clara se le quedó prendida en el cuello de la camiseta, una masa de vivo color amarillo se le adhirió a los hombros y al pecho. Midoriko, de pie, sollozaba con una fuerza que yo no había visto jamás.

Y, justo al lado, inmóvil, con la espalda encorvada, Makiko miraba cómo Midoriko sollozaba entre fuertes hipidos.

Entonces Makiko pareció volver en sí de pronto, agarró el hombro de Midoriko impregnado de huevo y dijo: «Midoriko». Como ella apartó violentamente el hombro en señal de rechazo, Makiko retiró la mano y se quedó respirando entrecortadamente con la mano extendida. Sin poder tocarla, sin poder aproximarse a ella, Makiko observaba a Midoriko, que estaba allí de pie, empapada, mientras la yema y la clara se le iban cuajando encima. Makiko cogió un huevo del cartón y se lo intentó aplastar contra la cabeza. Sin embargo, debió de errar el ángulo, porque el huevo no se rompió y rodó por el suelo. Makiko se precipitó tras el huevo. Gateó, se puso de cuclillas, lo cogió, se lo estampó en la frente y se lo esparció con energía. Makiko, con el rostro lleno de yema y de trocitos de cáscara adheridos, se incorporó, se plantó junto a Midoriko, cogió otro huevo y se lo volvió a estampar en la frente. A pesar de estar llorando, Midoriko abrió los ojos de par en par y se la quedó mirando. Midoriko cogió otro huevo y se lo aplastó con fuerza contra la sien. El contenido del huevo cayó pesadamente, la cáscara cayó también, Makiko agarró un huevo en cada mano y a ritmo de «uno, dos» se los aplastó uno a cada lado, se volvió hacia mí, con el rostro impregnado de huevo, y me preguntó: «¿No tienes más huevos?». Al responderle: «Sí, hay más en la nevera, pero...», la abrió, cogió los huevos y las dos se los fueron estampando en la cabeza, ahora tú, ahora yo. Sus cabezas iban emblanqueciendo gradualmente, los fragmentos de cáscara producían un crujido seco bajo las plantas de sus pies. En el suelo se encharcaban la yema y la clara transparente, espumeante.

Cuando hubieron roto todos los huevos, tras un silencio, Makiko preguntó con voz enronquecida:

—Midoriko, ¿qué decías de la verdad?

Makiko le repitió la pregunta en voz baja a Midoriko, que lloraba con el cuerpo encogido:

—Midoriko, ¿qué decías de la verdad? ¿Qué es lo que quieres saber? ¿Qué decías sobre la verdad?

Midoriko se limitó a sacudir la cabeza, sin pronunciar

palabra. El huevo les colgaba pesadamente por todo el cuerpo y empezaba a cuajarse sobre su pelo, sobre su piel, su ropa. Midoriko no podía parar de llorar y seguía diciendo, al límite de sus fuerzas: «La verdad...». Makiko negó con la cabeza y le dijo a Midoriko, que lloraba y lloraba con el cuerpo sacudido por temblores:

—Midoriko, Midoriko, lo que dices de la verdad... Tú crees que la verdad existe, ¿no? Todo el mundo cree que existe. Todo el mundo cree que en los hechos, en las cosas, siempre debe existir alguna verdad. Pero, ¿sabes, Midoriko?, a veces, la verdad no existe. A veces, no hay nada.

Makiko siguió hablando, pero su voz no me llegó. Midoriko alzó la cabeza y la sacudió, diciendo: «No es así, no es así». Luego añadió tres veces: «Hay muchas cosas, hay muchas cosas, hay muchas cosas», y cayó de bruces, desmoronándose, sobre el suelo de la cocina. Sin parar de sollozar. Makiko le fue limpiando el huevo de la cabeza con las manos y con los dedos, le fue arreglando el pelo desgreñado metiéndoselo una vez tras otra detrás de las orejas. Y durante mucho tiempo, sin decir nada, Makiko le estuvo acariciando la espalda.

Mi madre dice que, en agosto, pasadas las fiestas del Bon, se podrá tomar unos días libres e iremos a ver a Nat-chan; yo no he estado nunca en Tokio y me hace un poco de ilusión, mentira, me hace mucha ilusión. Tampoco he ido nunca en *Shinkansen* y hace años que no veo a Nat-chan. Tengo muchas ganas de verla.

MIDORIKO

Anoche mi madre hablaba en sueños, me desperté y me quedé escuchando, pensé que a lo mejor decía algo divertido, pero gritó en voz muy alta: «Una cerveza, por favor», y yo me quedé muy sorprendida, me eché a llorar y llorar, no pude dormir en toda la noche. Es horrible que alguien sufra, sea quien sea. No lo soporto. Ojalá desapareciera el sufrimiento del mundo. ¡Pobre mamá! ¡Pobre! De verdad.

MIDORIKO

Después de que Makiko y Midoriko se durmieran, abrí la mochila de Midoriko y saqué la libreta grande. La leí bajo la luz del fregadero de la cocina. En la libreta se mezclaban abigarradamente textos y una especie de dibujos trazados dentro de innumerables cuadrados de pequeño tamaño. Bajo aquella luz cenicienta y pobre, la letra de Midoriko parecía temblar ligeramente. Sin embargo, cuanto más la contemplaba, menos segura estaba de si era mi vista la que temblaba, o si era la luz, entre mis ojos y el papel, la que estaba temblando. Sin saber qué diablos era lo que temblaba, estuve veinte minutos leyendo despacio lo que ponía; al acabar de leerlo, lo releí desde el principio, regresé a la habitación y guardé la libreta en la mochila.

Al final, no lanzamos los fuegos artificiales. A la mañana siguiente, Makiko y Midoriko regresaron a Osaka.

—¿Por qué no os quedáis un día más?

Sabía que era imposible, pero lo pregunté por si acaso. Tal como suponía, Makiko me respondió que aquella noche trabajaba y, luego, como si se le ocurriera de repente, se volvió hacia Midoriko y le dijo: «¿Y si te quedaras tú sola unos días más? Todavía tienes vacaciones, puedes hacerlo». Pero Midoriko dijo que prefería regresar con ella.

Mirando por la ventana, esperé a que las dos estuvieran preparadas. En el aparcamiento se alineaban los coches que tan familiares me eran, la calle se extendía en línea recta con el mismo color de siempre.

Me acordé de cómo, dos días atrás, Midoriko había vuelto de su paseo andando por aquella calle. Pensé: «Midoriko caminaba con una mano sobre la riñonera. Lo vi desde esta ventana, desde aquí». Caminaba en línea recta, dando un paso tras otro con sus piernas delgadas como dos palos. Y presentí que en el futuro recordaría muchas veces aquella escena que nada tenía de particular. Midoriko, Makiko y yo estábamos allí en aquel instante: aquello era un hecho real. Pero me dio la sensación de que ya había pasado a formar parte de mis recuerdos. Volví la vista hacia el interior del cuarto. A Midoriko le costaba mucho recogerse el pelo y le sugerí que le pidiera ayuda a Makiko, pero ella me respondió, apretando los labios que sujetaban la goma elástica de color negro, que tenía que aprender a hacerlo sola.

Cogí la bolsa de viaje de Makiko, Midoriko se cargó la mochila a la espalda, bajamos la escalera del apartamento. Caminamos entre el mismo calor y el mismo bochorno que cuando habían llegado dos días atrás, nos cruzamos con gente, sudamos mientras atravesábamos diferentes sonidos, nos bamboleamos de un lugar a otro dentro del tren y llegamos a la estación de Tokio.

Makiko llevaba el mismo maquillaje espeso que cuando la había encontrado en el andén. Aún faltaba tiempo para que el *Shinkansen* llegara. Echamos una ojeada a las tiendas de regalos, miramos las revistas que se amontonaban en los kioscos y, luego, nos sentamos en un banco desde el que se podían ver los horarios y la puerta de acceso a los andenes, y nos quedamos contemplando, igual que dos días atrás, las oleadas de gente que irrumpían por todas partes.

—¿Maki-chan, bebes leche de soja? —le pregunté.

—¿Leche de soja?

—Sí. Leche de soja. Dicen que tiene muchas propiedades. Es buena para las mujeres.

—No he bebido nunca —dijo Makiko riendo.

—Yo tampoco. Pero voy a beber a partir de ahora. Pruébala, Midoriko. Y tú también, Makiko.

Pasaron cinco minutos.

—Toma, Midoriko. Cómprate algo —le dije entregándole un billete de cinco mil yenes.

Midoriko abrió mucho los ojos, incrédula. Makiko sacudió la cabeza con aire preocupado diciendo que era demasiado, que no tenía por qué hacerlo.

—No me hacen falta —dije sonriendo—. A partir de ahora, las cosas irán mejor. Ánimo, y seguro que a todas nosotras nos irán mejor las cosas.

Makiko frunció los labios y me miró fijamente. Luego, imitando el gesto de escribir un texto con pluma, dijo: «Sí. Seguro. Seguro que sí», y se rio arrugando toda la cara. En el rostro sonriente de Makiko estaba la abuela Komi, estaba mamá: ambas me estaban dedicando su sonrisa, tan añorada, tan familiar. También estaba Makiko, que, hasta el presente, siempre había reído y llorado conmigo... Que siempre acudía corriendo en cuanto me veía. La Makiko que vestía de uniforme; la Makiko que iba en bicicleta; la Makiko que lloraba toda la noche con los ojos cerrados; la Makiko que sacaba dinero del sobre de la paga y me compraba zapatillas para la escuela; la Makiko que estaba sola sentada en la cama del hospital después de tener a Midoriko; que siempre había estado a mi lado... La Makiko de todos esos momentos ahora me sonreía. Parpadeé varias veces, fingí un bostezo.

—Ya es la hora —dijo Makiko mirando el reloj.

—¡Buen viaje! —dije yo, pasándole a Makiko la bolsa. Midoriko se puso en pie, dio un saltito para ajustarse la mochila a la espalda.

»Bueno, Midoriko. Ayer, al final, no pudimos lanzar los fuegos artificiales. Los guardaré en un lugar seco. Los conservaré bien para que el año que viene podamos lanzarlos sin problemas —dije... Y, acto seguido, moví la cabeza indicando que no, que no—. No hace falta que sea en verano. Puede ser en invierno, en primavera, cuando estemos juntas y nos apetezca. En cualquier momento.

Al pronunciar yo estas palabras sonriendo, Midoriko también sonrió.

—Pues a mí me gustaría en invierno, cuando haga frío.

—Va, que es tarde. Vamos —dijo Makiko mientras cruzaba con Midoriko la puerta de acceso y avanzaba hacia el andén.

Midoriko se volvió y agitó muchas veces la mano en señal de despedida; cuando yo creía que ya no podía verla, ella sacaba de nuevo la cabeza y volvía a agitar, una vez tras otra, la mano con fuerza. Estuve saludando todo el tiempo hasta que sus figuras dejaron de verse de verdad.

Al volver a casa, me entró sueño de repente. Mientras andaba por la calle, solo con respirar, se me habían ido llenando la piel y los pulmones de calor y había estado pensando todo el tiempo en echarme agua fría por encima, pero solo cinco minutos después de poner en marcha el aire acondicionado, el sudor se me había secado y había desaparecido por completo. En el puf permanecía el hueco que había dejado el cuerpo de Makiko. En el rincón donde había estado sentada Midoriko quedaban algunas ediciones de bolsillo. Cogí los libros, los devolví a la estantería y me tendí boca abajo en el puf, abrazándolo tal como había hecho Makiko la noche anterior. Makiko y Midoriko cubiertas de huevo de los pies a la cabeza. Las tres habíamos fregado el suelo una vez tras otra... La montaña de papel de cocina arrugado. Midoriko que me agitaba la mano hasta el infinito. Makiko sonriendo. Las figuras de ambas haciéndose más pequeñas en la distancia. Los párpados pesaban más, segundo a segundo, oleadas de calor me inundaban poco a poco pies y manos. Muy hacia el fondo de mi frente, revoloteaban sin rumbo unas briznas de consciencia y, contemplándolas, me dormí.

En mi sueño, me bamboleaba dentro de un tren.

No sabía por qué lugares pasábamos. No había mucha gente. El tejido rugoso del asiento me producía picor en la parte posterior de los muslos. Llevaba pantalones cortos, no tenía nada en las manos. Me miraba fijamente el brazo tostado por el sol. Al doblarlo, las arrugas que se formaban en la parte interna del codo se veían mucho más oscuras todavía.

La camiseta de tirantes azul celeste me iba algo grande. Me inquietaba que, si me inclinaba hacia delante o levantaba los brazos, se me vieran por los lados los pechos que me habían salido hacía poco, pero, a la vez, pensaba que eso no tenía importancia.

Cada vez que el tren llegaba a una estación, bajaba y subía gente, y el número de pasajeros iba aumentando poco a poco. Frente a mí, había una mujer sentada sola. Tenía bolsas bajo los ojos, tenues sombras en las mejillas. Ya no era muy joven. Llevaba el pelo, negrísimo y duro como el mío, recogido detrás de las orejas; de vez en cuando, doblaba el cuello y miraba el paisaje por la ventana, a su espalda. Era yo yendo al encuentro de Makiko y Midoriko. Tenía treinta años. Permanecía con los hombros encogidos para evitar rozar a las personas de al lado, inmóvil con las manos posadas sobre una bolsa de lona raída. Las rodillas que mantenía apretadas eran grandes, su redondez me resultaba muy familiar. Claro. Me venían de la abuela Komi. Yo, sentada frente a mí, realmente me parecía mucho a la abuela Komi que sonreía en una fotografía de no sabía cuándo.

Las puertas del tren se abrían, entraba mi padre. Mi padre llevaba un mono gris de trabajo, se sentaba a mi lado y me decía en voz baja que llegábamos enseguida. Era el día en que salíamos los dos juntos. Makiko y mamá se habían quedado en casa: era el día de nuestra salida a solas. Iba a preguntarle adónde íbamos, pero no lo hacía y permanecía en silencio, sentada a su lado. Entraba mucha gente. Las piernas de los hombres que estaban de pie se deslizaban entre mis rodillas. El número de personas dentro del vagón iba aumentando deprisa, parecía que los cuerpos de la gente empezaran a hincharse poco a poco. Llegábamos a la estación. Mi padre me cogía en brazos, me subía sobre sus hombros. Mi padre, cuya estatura era pocos centímetros superior a la mía, se levantaba conmigo a cuestas. Era la primera vez que lo tocaba. Mi padre avanzaba poco a poco entre personas grandes que se arremolinaban a su alrededor. Agarraba con fuerza mis muñecas, iba avanzando, paso a paso, llevándome sobre sus pequeños y bajos hombros entre una multitud que ni siquiera advertía nuestra presencia. Lo empujaban, se detenía, lo pisaban, luego seguía hacia delante otra vez. La puerta se cerraba. Alguien agitaba la mano sonriendo. Mi padre, conmigo sobre los hombros, subía de un salto a la góndola que se acercaba. La góndola iba ascendiendo sin un sonido hacia un cielo que iba volviéndose más y más azul. Las personas sobre la superficie de la tierra que se iba alejando, los árboles, las luces que iban encendiéndose por aquí y por allá relucían en el crepúsculo. Montada sobre los hombros de mi padre, contemplaba cada una de esas cosas sin pestañear.

Me despertó el aire frío estancado en la habitación.

Al mirar la temperatura, vi que estábamos a veintiún grados: me incorporé y apagué el aire acondicionado. Tenía la impresión de haber soñado algo, pero, en cuanto parpadeé varias veces, la impresión desapareció sin dejar rastro. Al apagarse el ventilador con un suspiro exangüe, la habitación se llenó enseguida de un aire tibio que no podía adivinar de dónde venía. Los rayos de sol del verano brillaban con luz blanca a través de las cortinas, a lo lejos se oían unas risas infantiles, se oían los coches que pasaban por la calle.

Fui al baño, me desnudé, me quité la compresa, la miré con atención. Apenas estaba manchada de sangre. Tras envolverla en un pañuelo de papel, la tiré a la basura, desenvolví una compresa limpia y la dejé adherida en mis bragas para poder ponérmela enseguida después. Dejé las bragas sobre una toalla de baño, me metí en la ducha e hice correr el agua caliente.

Como si se abriera un paraguas de golpe, el agua caliente salió a chorro por incontables agujeros, clavándose en mis pies helados hasta hacerme daño. Notaba los hombros entumecidos, como si se me hubieran desgarrado por dentro, y, en los muslos y en los brazos, tenía la carne de gallina. El agua caliente me punzaba la piel, me calentaba, iba disolviendo poco a poco la frontera entre aquel reducido espacio y mi cuerpo. Por más que el vapor lo llenara todo hasta verse de color blanco, el espejo de enfrente estaba preparado para no empañarse y yo podía ver reflejado mi cuerpo en él en cualquier momento.

Enderecé la espalda, metí el mentón hacia el pecho, me puse recta. Me moví un poco, intentando que se reflejase todo mi cuerpo, excepto la cara, en el espejo. Me miré fijamente, sin pestañear.

En medio estaba el pecho. Dos pequeños bultos no muy distintos a los de Makiko y, en la punta, dos pezones ásperos de color marrón. La cadera baja, redonda, poco pronunciada; algo de carne sobrante alrededor del ombligo, como si lo cercara, y, a los lados, muchas líneas sueltas, arremolinándose. La luz del atardecer de verano que entraba por la pequeña ventana que jamás había sido abierta se mezclaba con la luz del fluorescente. Bañada por esta vaga luz, la imagen que no sabía de dónde venía ni adónde iba, que era la mía y que yo me había quedado contemplando, parecía que fuera a permanecer reflejada en el espejo para siempre.

SEGUNDA PARTE

VERANO DE 2016 - VERANO DE 2019

A TI TE FALTA AMBICIÓN

—Mira, por ejemplo: un riñón para tu marido. Imagínate que tu marido está enfermo, tiene insuficiencia renal y está muy grave. Necesita un riñón, ¿vale? Y solo puedes dárselo tú. Si no se lo das, morirá. ¿Qué harías? ¿Se lo darías?

Aya lo dijo después del postre, cuando el hielo de los vasos estaba ya completamente derretido y estábamos a punto de levantarnos de la mesa.

Era un almuerzo de antiguas compañeras de un trabajo que había hecho a tiempo parcial. Nunca habíamos sido grandes amigas, pero, a raíz de algo... Sí, exacto. Fue a raíz de la boda de Yûko, unos años atrás. Nos reencontramos en la boda y, a partir de entonces, empezamos a quedar dos o tres veces al año. La idea había sido de Aya y era ella quien organizaba ahora los encuentros. Todas teníamos una edad parecida y, aunque daba la impresión de que habíamos estado trabajando juntas en la librería hasta poco antes, ya casi habían transcurrido diez años. A lo largo de este tiempo, todas habíamos cambiado mucho y, como nos veíamos poco, la atmósfera de la comida era algo heterogénea, algo peculiar: seguro que a una persona ajena le habría costado adivinar de qué tipo de reunión se trataba. Seguro que todas estábamos ocupadas en una cosa u otra, pero, por la razón que fuese, las cinco habíamos asistido en todas las ocasiones, sin faltar a ninguna.

¿Le daríamos un riñón a nuestro marido a punto de morir? ¿O no?

Aparte de mí, todas mis excompañeras de trabajo estaban casadas, tenían *marido* —e incluso hijos—, de modo que la pregunta de Aya les pareció muy pertinente y sirvió para reanimar la conversación.

«Pues, no sé.» «¡Uf! Es que...»

Todas fueron hablando, sorprendiéndose ante las opiniones de la una, mostrándose de acuerdo con las razones de la otra. Yûko se dio cuenta de que los vasos estaban vacíos y se preocupó: «¿Tomamos algo más?». Todas repitieron la misma bebida, pero, cuando Yûko me miró como diciendo: «¿Y tú, Natsuko?», le respondí que me bastaba con un vaso de agua.

Seguía la conversación, pero, a la vez, no podía evitar dar vueltas sobre lo que acabábamos de comer. ¿Quién habría elegido el menú? Porque aquellas *galettes*, que no solo era la primera vez que comía, sino que jamás había oído nombrar, no me parecían en absoluto un plato principal. Aquella torta aplastada era pasable como merienda o como postre, pero no me convencía en absoluto solventar mi preciada visita anual al restaurante con una comida parecida. Aquel establecimiento estaba especializado en *galettes*, no servían nada más. Podías comer tantas tortas como quisieras y seguías con hambre. Además, ¿qué eran exactamente? El simple hecho de que llevaran nata por encima ya indicaba que no eran una comida para el mediodía.

—... Total, que yo se lo daría.

Lo dijo Yoshikawa, que estaba sentada en el extremo de la mesa. Yoshikawa tenía la misma edad que yo: treinta y ocho años; estaba casada con un hombre más joven que trabajaba como quiropráctico. Tenía un niño pequeño. Era una persona muy amante de lo natural: no usaba una gota de maquillaje, llevaba vestidos vaporosos de colores pálidos y, desde que había descubierto la homeopatía, cada vez que nos veíamos me daba unos caramelitos redondos —aunque yo, por más veces que me lo explicaba, no lograba entender su composición— capaces de curar cualquier enfermedad habida y por haber. Unos caramelitos mágicos que, si los tenías, no había necesidad de vacunar a los niños ni de consultar al médico. En fin, que era ella, Yoshikawa, la que estaba diciendo que sí, que le daría un riñón a su marido moribundo, y las demás le dieron la razón diciendo al unísono: «Sí, sí, claro».

—Pero, más que por lo que dice Yûko, eso de dárselo porque es su marido, yo lo digo simplemente porque querría que siguiera trabajando, porque, si se muriera, yo no podría seguir llevando la misma vida que ahora.

Aya se mostró de acuerdo con las palabras de Yoshikawa. «Sí, lo comprendo», dijo.

De todas nosotras, Aya era la que menos tiempo había trabajado en la librería y, si no me equivocaba, habíamos coincidido solo un año. Era una belleza que tiraba de espaldas. Tiempo atrás había tenido una relación con un escritor novel que había venido a la librería a presentar su libro y, luego, Aya había ido diciendo que la protagonista de su siguiente novela era un personaje inspirado en ella. Algo después, se había quedado embarazada de otro novio, se casó y pasó a dedicarse exclusivamente a su hogar. Ahora tenía una hija de dos años. Su marido llevaba el negocio inmobiliario familiar y vivían en un gran edificio con los suegros. Estos dinero debían de dar, pero lo que también daban era la opinión sobre todo lo imaginable y había oído hablar tanto de las batallas de Aya con su parentela que podía imaginármelas con pelos y señales.

—Sí, ya. Es una operación y debe de doler, pero teniendo en cuenta que, si se muere, a partir de entonces tendrías que hacerlo todo tú sola, un riñón no es para tanto, ¿no? Claro que yo, si mi marido muriera, me iría de aquella casa en menos que canta un gallo. Pediría un... ¿Cómo se llama eso? Sí, un divorcio *post mortem*, cogería todo lo que pudiera y rompería con la familia. Para perderlos de vista para siempre.

—Vaya, Aya-chan. ¡Qué enfadada estás! —dijo Yûko riendo a carcajadas—. Pues yo, la verdad es que mi marido me saca de quicio cada dos por tres y que pienso «¡así te murieras!» cien veces al día. Pero es el padre de mi hijo y creo que eso también se ha de tener en cuenta. Yo lo dejaría vivir. En fin, ya sé que hay un montón de cosas, pero estar con un hombre al que no le darías un riñón... No sé, yo, como mujer, me sentiría acabada.

—Sí, tienes razón —dijo Yoshikawa asintiendo con la cabeza—. En definitiva, se trata del padre de tus hijos. Esta vida es muy infeliz. Hay un montón de cosas, pero lo que importa son los hijos. Por ellos se tienen que hacer las cosas bien.

Cuando la conversación languideció, Aya repasó la cuenta, como solía hacer, y calculó con rapidez: ellas —bebida suplementaria incluida—, mil ochocientos yenes por cabeza; yo, mil cuatrocientos. Pagamos y salimos del restaurante.

«Esta zona ha cambiado mucho, ¿verdad?» «Y esta cola, ¿qué es?»

Charlando, nos encaminamos a la estación. Cerca de la gran encrucijada de Shibuya, nos dijimos adiós: «¡Hasta la próxima! Ya quedaremos, ¿eh?», agitamos la mano en señal de despedida y nos separamos. Aya, Yûko y Yoshikawa se dirigieron hacia la línea Inokashira; la otra, que se llamaba Konno —y que siempre (aquel día no había sido una excepción) se sentaba en una esquina y solo asentía con la cabeza, sonriendo todo el rato—, tenía que coger, como yo, la línea Den'en-toshi, así que decidimos ir juntas hasta la estación.

Las dos y media de una tarde de agosto. Todo relucía con un brillo blanco bajo los fuertes rayos del sol; entre los edificios se extendía un cielo tan uniformemente azul como la pantalla de un ordenador coloreada con un solo clic. El aire caliente penetraba por los orificios de la nariz al respirar, aunque también, estando simplemente de pie, a través de la piel, e inundaba todo el cuerpo de un calor abrasador.

Cada vez que el semáforo cambiaba a verde, la multitud avanzaba, se entrecruzaba, se reemplazaba. Las chicas que andaban por la calle tenían la piel blanquísima, y debía de estar de moda porque, junto con unas faldas acampanadas de colores pálidos, llevaban unos zapatos lolita con plataforma que parecían zancos. Muchas iban maquilladas con una sombra de intenso color rojo en el párpado inferior, todas lucían grandes pupilas de color negro.

—Konno-san, tú vivías en... ¿Dónde era?

—En Mizonokuchi —respondió Konno en voz baja.

—Ah, sí. Ya hace tiempo que vives allí, ¿verdad?

—Me mudé hace un par de años. Por cuestiones del trabajo de mi marido.

Creía recordar que también ella tenía una hija pequeña. Desde hacía tres años volvía a trabajar a tiempo parcial en una librería, otra distinta. Ni idea de en qué trabajaba su marido. Konno era muy menuda, tanto que yo le sacaba una cabeza y, debido a que tenía las cejas muy finas y angulosas y unos grandes caninos montados que le alzaban el labio superior, aunque no hablara, siempre daba la impresión de estar sonriendo. Hasta la estación solo había unos minutos, pero apenas habíamos estado nunca a solas antes y, pensándolo bien, por más que nos viéramos en aquellas reuniones, jamás habíamos mantenido una conversación. Para evitar un silencio incómodo, rebusqué en mi mente algo de lo que pudiésemos hablar.

Y decidí tocar el tema del riñón del marido que tanto éxito había tenido un rato antes.

—Tú también decías que le darías un riñón, ¿verdad?

—No —dijo Konno tras lanzarme una breve mirada—. Yo no se lo daría.

—¿Ah, no? —dije mirándola de frente.

—No —dijo Konno.

—¡Ah! —dije—. ¿Aunque se muriera?

—No se lo daría. —La respuesta de Konno fue inmediata—. Antes que dárselo a mi marido, lo tiraría por ahí.

Como no sabía qué responder a eso, asentí con un movimiento de cabeza.

—Ya. En definitiva, no eres tú, es alguien ajeno.

—Bueno, tampoco diría que es ajeno —dijo Konno.

Acabamos de cruzar, descendimos la escalera que conducía al metro y seguimos por el pasillo en dirección a la puerta de acceso a los andenes. Sentía cómo el sudor manaba por todos mis poros y me corría por la espalda y los costados.

—Tú vas a Mizonokuchi y yo a Jinbochô. Dirección opuesta —dije—. Bueno, adiós. Hasta que Aya vuelva a llamarnos. La próxima vez será en invierno.

—Ya. Pero yo no creo que vaya.

—¿Ah, no?

—No —dijo Konno con una sonrisa—. Son un hatajo de imbéciles.

Enmudecí. Y Konno dijo sonriendo:

—Esas chicas son tontas de remate.

Tras pronunciar estas palabras, me saludó con la mano, cruzó la puerta de acceso a los andenes y desapareció en el interior de la estación.

Al abrir la puerta de una cafetería del barrio de Jinbochô, vi a Ryôko Sengawa sentada junto a la ventana, de espaldas. Al darse cuenta de que había llegado, se dio la vuelta y me dirigió un pequeño movimiento con la mano en señal de bienvenida.

—Qué calor hace, ¿verdad? —dijo Sengawa con voz alegre—. ¿Hoy vienes desde tu casa?

—No. Hoy había quedado con unas amigas y hemos almorzado en Shibuya. —Me senté en el asiento del fondo y me presioné una toallita de mano contra las sienes y la nuca.

—¡Vaya! Es raro que hables de amigas, ¿no? —dijo Sengawa con voz burlona mostrando unos dientes grandes al sonreír—. En fin, hace tiempo que no nos veíamos. La última vez, todavía no hacía tanto calor, ¿verdad?

Ryôko Sengawa era editora de una importante editorial y yo la había conocido justo dos años atrás. Quedábamos periódicamente y hablábamos de cómo iba avanzando mi novela larga, de su contenido y demás. Sengawa tenía cuarenta y ocho años, diez más que yo. Al principio había formado parte de la redacción de una revista, luego había pasado a cuentos infantiles y hacía cuatro años que la habían destinado a la sección de publicaciones literarias. Incluso yo, que no conocía mucho la literatura contemporánea, había leído a varios de los escritores que llevaba y, por lo visto, varias de las obras de estos habían obtenido importantes premios literarios. Llevaba el pelo negro tan corto que se le veían las orejas enteras y, al sonreír, se le formaban arrugas por toda la cara: a mí, sin razón particular, me gustaba mucho mirar su rostro sonriente. No estaba casada y vivía sola en un piso de Komazawa.

—No sé, por más que escriba y escriba, no veo el final, ¿sabes?

No sé por qué, saqué el tema antes de que me preguntara nada sobre la novela y vacié de un trago el vaso de agua que estaba en la mesa. Sengawa se rio solo con los ojos y me pasó la carta abierta en señal de decir: «¿Qué vas a tomar?». Yo pedí un té con hielo, y Sengawa, lo mismo.

Tenía veinte años cuando vine a Tokio con el propósito de escribir. Trece años después, a los treinta y tres, es decir, cinco años atrás, gané un pequeño premio literario patrocinado por una pequeña editorial, lo que significó mi debut como escritora. Sin embargo, el premio no comportaba la publicación de la novela y el asunto, como es lógico, pasó sin pena ni gloria, y, durante los dos años siguientes, tuve un editor que me hacía reescribir de arriba abajo, una vez tras otra, todo lo que le dejaba leer: no hace falta decir que pasé un periodo realmente difícil.

Me esforzaba en escribir cualquier cosa que me pidieran: desde una novela, por supuesto, hasta un artículo para una revista local o un pequeño texto, haciendo acopio de toda la confianza en mí misma que podía reunir, pero, según él, a mis escritos siempre les faltaba lo esencial y parecía estar convencido de que no había en ellos una sola línea que valiera la pena.

Solía decir, por ejemplo, que no podía ver las caras de los lectores, que yo no conocía a la gente, que mis escritos todavía no lo habían atrapado nunca de verdad: nuestros encuentros siempre iban de esta guisa. Al principio, creía que lo que decía era cierto, que sus palabras tenían sentido, pero, con el paso del tiempo, mis dudas fueron creciendo y acabé, en particular, harta de que me soltara interminables peroratas sobre cosas que nada tenían que ver con mi obra. Dejé de querer enseñarle mis escritos, dejé de contestar a sus correos y me fui alejando poco a poco de él. Nuestro último contacto fue telefónico. Me llamó de repente a altas horas de la noche, bastante borracho, y, tras haber hablado dilatadamente de lo que opinaba sobre mi novela, me dijo:

—Es hora de que te hable claro. A ti, como escritora, te falta lo más importante, lo esencial. Tú no lo tienes. A ti te falta ambición. Tú nunca podrás escribir una novela auténtica. Vamos, que nunca serás una auténtica escritora. Jamás. Lo he pensado siempre y te lo digo ahora muy claramente. Es inútil. Imposible. ¿Y por qué? Porque ya tienes una edad. Me dirás que en la literatura la edad no cuenta. No. No, pero sí. ¿Qué tienes ahora? ¿Treinta y cinco años? ¿Casi cuarenta? No creo que, a esta edad, nadie pueda venir de buenas a primeras con una novela excepcional. Tú, al menos, no. Y sé de qué estoy hablando. Soy un profesional. Eso es una predicción. Escúchala.

Aquella noche no pude dormir y, durante toda la semana siguiente, las palabras y la voz del escritor fueron resonando, una vez tras otra, dentro de mi cabeza. Después de tantos años, cuando al fin lograba escribir algo, de pronto, todo se acababa para siempre... Este pensamiento me hundía en la depresión más absoluta.

Los meses que vinieron después fueron muy duros. Una sucesión de días deshilvanados y llenos de angustia en los que lo único que hacía era ir a trabajar, sin quedar con nadie, sin salir apenas de casa. Pero, un día... Mientras estaba, como de costumbre, rumiando las palabras del editor, de repente sentí con toda claridad cómo algo parecido a la rabia regurgitaba muy al fondo de mi garganta produciendo —de verdad— un sonido gutural, y pensé: «Pero ¿tú qué te has creído?». Estaba tumbada de bruces sobre el puf, levanté la cabeza, me puse en pie de un salto. Tenía los globos oculares inyectados en sangre, abrí de par en par unos ojos que parecía que fueran a salir disparados e irse rodando a alguna parte y, ahora, en voz alta, repetí: «Pero ¿tú...?». Luego, sepultando la cara en el puf, grité con todas mis fuerzas, arrancándome la voz de la barriga: «Pero ¿tú quién te crees que eres?». La voz vibraba entre mi rostro y el puf antes de ser absorbida en su interior. Lo repetí varias veces hasta que todo mi cuerpo se quedó sin fuerzas y yo me quedé allí de bruces, inmóvil.

Mucho tiempo después, fui a la cocina, me serví un vaso de *mugicha*, me lo bebí de un trago. Volví a la habitación y, mientras contemplaba la librería, el escritorio, los cojines, un objeto tras otro, respiré hondo. Tuve la impresión de que todo lo que veía había ganado en claridad. «Pensándolo bien, a aquel editor le encantaba la palabra *auténtico*. La pronunciaba cada cinco minutos», pensé. ¡Vaya tipo! Si yo le decía: «No lo entiendo», él respondía, sin caber en sí de gozo: «¡Bah! Ya te lo explicaré yo». ¡Qué estupidez! Nuestra relación, aquel tiempo. Todo. ¡Qué estupidez! Deposité con fuerza el vaso sobre la mesa y en el brevísimo instante en que resonó el golpe, comprendí que nada de todo aquello tenía importancia y la angustia desapareció. Y decidí olvidar la existencia del editor.

Transcurrió un año. La suerte dio un vuelco y me favoreció.

El primer libro de relatos que publiqué apareció en un programa informativo de la televisión y varios famosos coincidieron en ponerlo por las nubes, con lo cual se convirtió en una obra de éxito y llegó a vender más de sesenta mil ejemplares.

Un artista, conocido por sus opiniones sobre literatura, comentó: «Su descripción de la realidad después de la muerte va mucho más allá de lo que jamás había imaginado»; una joven modelo, con lágrimas en los ojos, confesó: «Al leerlo, me acordé de los seres queridos que ya no están y no pude dejar de llorar». También hubo quien, con un suspiro, dijo: «Aunque fugaz, es indudable que contiene una pincelada de esperanza».

El libro incluía la obra de mi debut y era un compendio de relatos escritos a lo largo de los años con otros nuevos que versaban sobre la misma temática. Aquella colección de relatos se publicó, aún no sé cómo, sin nadie que la avalara, sin ninguna pretensión. La primera tirada no llegó a los tres mil ejemplares... Lo que quería decir que, en aquella pequeña editorial, nadie tenía la menor expectativa puesta en la obra que, al igual que la espuma, estaba condenada a desvanecerse justo después de salir a la superficie. Apenas tuve tratos con el nuevo editor, ni siquiera hablamos sobre el contenido del libro. Se lo leyó, me dijo que podía publicarlo tal mes, me preguntó qué opinaba. Parecía publicarlo para cubrir algún hueco. Nadie esperaba que lo leyeran decenas de miles de lectores, ni muchísimo menos.

Estuve muy contenta de que se vendiera tanto, pero, al mismo tiempo, me dominó una mezcla de sentimientos complejos. En definitiva, el libro se había vendido porque un grupo de artistas había hablado bien de él en televisión, pero yo quería creer que, si mi obra tenía algún valor intrínseco —aunque lo cierto era que no sabía si lo tenía o no—, al final habría tenido, de todos modos, una acogida similar.

Y, poco después de que se publicara el libro, Ryôko Sengawa se puso en contacto conmigo. Un día de agosto tan caluroso como hoy de dos años atrás, Ryôko Sengawa vino hasta una cafetería del barrio, y tras presentarse, lanzó un suspiro y, con voz baja pero clara y decidida, me dijo:

—Todos los personajes de todos los relatos son muertos y, en otro mundo, estos muertos siguen muriendo. La muerte no se concibe como un final, pero tampoco significa un reencuentro o una resurrección. Creo que esto es una buena idea. Además, después de la destrucción del terremoto, muchos lectores han encontrado en él una especie de consuelo y esto ha despertado su entusiasmo: también este aspecto ha contribuido a su éxito. Pero olvida todo eso.

Sengawa bebió un sorbo de agua. Mirando las puntas de los dedos que sostenían el vaso, esperé a que prosiguiera.

—¿Qué hace que tu novela sea tan buena? ¿Cuál es tu sello personal como autora? No es ni el planteamiento de la obra, ni el tema, ni la idea, ni los muertos, ni antes ni después del terremoto. Es el estilo. La calidad del estilo, el ritmo. Tu estilo tiene una fuerte personalidad y, para seguir escribiendo, es preciso tener mucha fuerza. Y tu estilo posee esta fuerza.

—El estilo —dije.

—Que tu libro haya sido un éxito de ventas es fantástico —prosiguió Sengawa—. Pero no es un buen sistema escribir para lectores que cogen un libro por casualidad gracias a la propaganda de famosos que no leen ni un libro cada cinco años. Vender es importante, por supuesto. Pero los lectores lo son todavía más. Quiero que encuentres lectores más persistentes, más constantes. Lectores que, incluso en estos tiempos, sientan el impulso de leer. Lectores que se entusiasmen ante lo desconocido, ante el misterio.

—Con esto —le dije reflexionando—, ¿te refieres a la auténtica literatura? ¿A lectores auténticos?

La camarera se acercó y volvió a llenarnos el vaso de agua. Tras un breve silencio, prosiguió:

—Por ejemplo, cuando hablamos, se entienden las palabras, ¿verdad? Pero, en realidad, muchas veces no pasa lo mismo con lo que queremos decir. Las palabras se entienden, pero el contenido no. Muchos problemas nacen de ahí. Nosotros vivimos en un mundo en que se entienden las palabras, pero no lo que decimos. Todos nosotros.

»No puedo hacerme amigo de casi nadie en este mundo —sentenció—. No sé quién lo dijo, pero es cierto. Encontrar a personas que te escuchen con atención, que intenten ir más allá de las palabras y que traten de entenderte, encontrar un mundo así es muy difícil, me pregunto si no será una cuestión de suerte. Una suerte tan vital como hallar una fuente de agua en un desierto reseco. Por supuesto, también existe la suerte de vender decenas de miles de ejemplares porque unos artistas han hablado de tu libro por la televisión. Una suerte que es bueno que una persona sin talento tenga, aunque sea una sola vez en la vida. Mejor eso que nada, claro. Pero yo te estoy hablando de una suerte más genuina, más duradera, una suerte en la que puedas confiar plenamente. Una suerte que, pase el tiempo que pase, seguirá apoyando tu creación. Yo te la prepararé para tu obra. Creo que conmigo podrás hacer una obra mejor. Por eso... he venido a verte.

Las dos enmudecimos unos instantes. Dentro del vaso, el hielo se deshacía con pequeños crujidos. En la palma de la mano que Sengawa mantenía suavemente apoyada junto al posavasos, se dibujaban con nitidez unas venas que antes no había visto.

—Perdona por haberte agobiado así desde el principio —se disculpó—. Pero quería decírtelo todo, no quería dejarme algo y reprochármelo después.

—No —dije—. Estoy contenta de que lo hayas hecho.

Al escuchar mis palabras, Sengawa se tranquilizó de modo visible. Miré cómo unía los labios y asentía con pequeños movimientos de cabeza como si hablara consigo misma... Y pensé que una persona como ella, que era capaz de decir lo que pensaba con tanta claridad, quizá había estado tan nerviosa como yo.

—Es la primera vez que alguien me da su opinión sobre mi obra de esta forma.

—Eres de Osaka, ¿verdad? —Sengawa sonrió hablando de repente con el acento de Osaka—. ¡Qué nostalgia!

—¿Tú también eres de Osaka?

—No. Yo he nacido y he crecido en Tokio. Pero mi madre es de Osaka. Es decir, que el dialecto de Osaka es eso que llaman mi lengua materna. En casa siempre se hablaba el dialecto de Osaka, así que yo debo de ser bilingüe, supongo.

—Nunca lo hubiera dicho.

Hablamos sobre palabras o giros que solo se usan en Osaka, hablamos sobre el tema de las células STAP del que, durante aquel último medio año, los medios de comunicación habían hablado sin cesar, hablamos sobre el científico que se había suicidado solo diez días atrás a causa del escándalo y del que se decía que había escrito unos trabajos de investigación realmente valiosos.

—Por cierto —dijo Sengawa—, ¿Natsuko Natsume es un pseudónimo?

—No, es mi nombre auténtico.

—¡Caramba! —dijo Sengawa abriendo mucho los ojos—. ¿Es el apellido de tu marido?

—No estoy casada. Hubo problemas en mi familia y, cuando yo tenía unos diez años, mi madre recuperó su apellido de soltera.

—¡Ah! —asintió Sengawa—. Quizá tu madre quiso incluir en tu nombre parte de su apellido de soltera.

—¿Incluir su apellido? —repetí—. ¿Te refieres al *natsu* de *Natsume*?

—Sí —dijo Sengawa—. Parece lógico, ¿no?

—Pues la verdad es que no lo había pensado nunca —dije mientras el corazón me latía con fuerza.

—Yo no estoy casada, pero imagino que perder el apellido puede ser duro para muchas mujeres. Claro que quizá tu madre no lo hiciera por eso. Puede que sencillamente le gustara el carácter de *natsu*, de *verano*.[1]

Después estuvimos charlando todavía una hora. Hablamos sobre los últimos libros que habíamos leído, nos intercambiamos el número de teléfono. Y, a partir de entonces, empezamos a vernos de vez en cuando y a hablar de mi trabajo y de otras muchas cosas.

—¿Qué pasa? —dijo Sengawa mirándome fijamente.

—Nada. Pensaba que ya hace dos años que nos conocemos.

1. El carácter chino que significa «verano» en japonés se lee «natsu» y forma parte del nombre y apellido de Natsuko Natsume.

—Es verdad. A este paso, no nos daremos cuenta y ya habrá pasado toda una vida. El tiempo vuela. Nos moriremos dentro de nada —dijo Sengawa riendo. Con la risa le entró tos—. Yo últimamente voy bastante al hospital. Dormía y dormía, pero el cansancio no se me iba, así que fui al médico. Resulta que tengo anemia crónica.

—Tienes que tomar hierro.

—Sí, sí. Eso dicen. Pero, en la anemia, más que el hierro, lo que se necesita es la ferritina: yo no tenía ni idea. En fin, que eso ya está controlado, pero, de aquí en adelante, irán saliendo cosas, una tras otra. —Sengawa tomó un sorbo de agua y, tras lanzar un suspiro, dijo—: El tiempo pasa volando.

—Es verdad —dije, sonriendo—. Ya estamos en 2016. Me parece increíble. Ya han pasado dieciocho años desde que vine a Tokio. ¡Qué barbaridad!

—Sí, ¿no? Por cierto, Natsuko-san, ¿cómo va la novela?

Tras el sutil giro que Sengawa dio a la conversación, empezamos a hablar de la novela. Con todo, nunca le consultaba sobre ningún aspecto en particular, tampoco le leía ningún fragmento mientras hablábamos: apenas tratábamos de nada en concreto. No es que no me hubiese preguntado sobre el sentido que podía tener este tipo de encuentros periódicos con mi editora, pero lo cierto era que, mientras le contaba, como si hablase conmigo misma, lo que estaba escribiendo en aquellos momentos, empezaba a ver más claras las partes intrincadas en que me había quedado atascada y, de pronto, me veía capaz de resolverlas; en otras ocasiones, descubría vías de las que yo no tenía plena conciencia: lo cierto era que me ayudaba mucho hablar con ella. Quedábamos siempre sin planes o promesas concretos, pasábamos juntas alrededor de una hora y media, nos decíamos adiós agitando la mano y nos separábamos.

A pesar de acercarnos al atardecer, los rayos del sol seguían teniendo una fuerza asombrosa y el asfalto escupía calor mientras parecía ir deformándose sinuosamente. Al pensar en mi novela, que, a aquel ritmo, no sabía cuándo terminaría, un líquido negro empezó a acumularse en las cuencas de mis ojos y tuve la sensación de que todas las cosas iban hundiéndose en la negrura. Suspirando, me encaminé a casa.

El apartamento de Minowa, en el que había vivido durante quince años después de llegar a Tokio, había sido demolido y, tres años atrás, me había mudado a Sangenjaya.

El antiguo casero había muerto de un ataque al corazón y, debido a problemas con el impuesto de sucesiones, habían decidido demoler el edificio y poner a la venta el solar para la construcción. Sentía un cierto desamparo al dejar aquel barrio y aquella casa que me eran tan familiares, pero, en cuanto me mudé, mi inquietud desapareció. Las cortinas, el puf, la mesa, los cacharros de cocina, la alfombra: todos los objetos que usaba en Minowa me los llevé, tal cual, a mi nuevo hogar y, como también se trataba de un pequeño apartamento del primer piso con una planta muy similar a la anterior —aunque el alquiler era de sesenta y cinco mil yenes, veinte mil más caro—, no noté una gran diferencia.

Al mirar el reloj entornando los ojos por el calor, vi que eran poco más de las cinco. Fui al baño, me metí en la ducha, me eché un chorro de agua casi fría por la cabeza y permanecí allí, inmóvil, durante unos instantes. Enseguida me entró frío y, al envolverme en la toalla de baño, de repente me llegó una vaharada de olor a piscina. ¿Sería el olor a cloro? ¿Una sensación que se había producido al envolverme con la toalla de baño? El rugoso suelo de hormigón mal igualado. Las plantas de los pies ardiendo. Gritos de alegría y salpicaduras de agua. El pitido del silbato. Los pocos minutos libres que nos dejaban después de la piscina. Las tardes con las manos y los pies pesados, los párpados que se cerraban. «¡Qué bien me sentiría si pudiera dormir como entonces!», pensé. Aquellos días de verano eran tan lejanos que parecían recuerdos de una vida anterior: sentía una gran extrañeza al pensar que los había experimentado yo en mi propio cuerpo.

Cliqué el documento de mi novela que no había abierto ni una sola vez durante el último par de días. Últimamente, aunque creía dormir lo suficiente, quizá me faltaban horas de sueño porque, al levantarme, sentía el cuerpo pesado y notaba la cabeza embotada durante el resto del día. Pero todavía era pronto para acostarme. No eran mucho más de las cinco de la tarde. Podría haber matado el tiempo preparándome algo de comer y cenando, pero, con aquel calor, no tenía apetito. Abrí el documento que estaba en el centro de la pantalla y, solo ver la última frase a medio escribir, lo cerré enseguida. Suspiré, abrí una nueva página y decidí escribir primero un artículo que tenía que entregar la semana siguiente.

Tres páginas de papel de borrador para una columna diaria compartida en la edición de la mañana de un periódico local. Cuatro páginas sobre temas de actualidad para una pequeña revista femenina. Mis impresiones sobre libros que me habían gustado especialmente en la página web de una revista digital de propaganda de una pequeña editorial. En todos los casos, estaba fijada la extensión mínima y la tarifa del artículo, pero podía extenderme cuanto quisiera. Contaba con estas tres publicaciones, había empezado una novela larga y, además, aunque me era imposible hacerlo con frecuencia, de vez en cuando, enviaba alguna narración corta a varias revistas literarias. También, de forma esporádica, aceptaba algún artículo suelto.

Básicamente, esta era mi vida. Había permanecido inscrita —de modo que pudiera reincorporarme en cualquier momento— en la agencia de trabajo temporal que me había proporcionado empleo durante años después de dejar la librería, pero, afortunadamente, había llegado al punto en que ya podía vivir solo de mis publicaciones.

A veces, creía estar soñando. Ahora mi trabajo consistía en leer y escribir, no tenía por qué emplear el tiempo en nada más. Solo pensarlo, me sentía feliz. Al acordarme del pasado, me costaba creer que hubiera existido. ¿No era todo estremecedor, en el buen sentido de la palabra? Al pensar en todo ello, mi corazón latía con fuerza. Pero...

Sí. Pero... Desde hacía un año, tal vez algo más. Cuando,

como ahora, estaba sentada frente al ordenador; cuando andaba por la noche hasta la *konbini*; en el futón antes de dormir; cuando miraba distraídamente mi taza, siempre encima de la mesa a no ser que la cambiara de sitio... En definitiva, en el día a día, empezó a aparecer con insistencia este «pero».

Detrás de este «pero» podía enlazar diversas cosas. Y este conjunto de cosas me clavaba la mirada desde un punto algo alejado. Incluso yo tenía muy claro que, debido a esta mirada, desde hacía mucho tiempo me pasaba los días sumida en la impaciencia, la inquietud y la tristeza, pero no era capaz de devolverles la mirada de frente. Porque tenía miedo. Porque intuía que si pensaba en *lo* que me estaba mirando, llegaría a la conclusión de que, en mi vida, no cabía *algo así*. Y cada vez me costó más comprender si, evitándolo, el núcleo de mi ansiedad se alejaba o si, por el contrario, se acercaba todavía más.

Lancé un suspiro, saqué una libreta del cajón y pasé las páginas. Había un apunte que había escrito medio año atrás, un día en que había estado bebiendo cerveza sola hasta emborracharme. Tal vez podía llamarse poema; en todo caso, había un pequeño texto escrito. Al día siguiente, cuando había descubierto aquellas líneas garabateadas en la libreta encima de la mesa, me había sentido abrumada por la vergüenza o, quizá, por conmiseración hacia mí misma, y mi primer impulso había sido tirarlas, pero fui incapaz de hacerlo y —más patético aún— ahora, de vez en cuando, volvía a sacarlas y las miraba.

Mi vida, ¿no está bien así?
En mi vida
Soy feliz por poder escribir
Gracias
Por todas las cosas maravillosas
Que han ocurrido en mi vida
Pero ¿voy a seguir eternamente así?
Estoy sola

Seguir así, siempre, es realmente
¿Triste?
Si lo escribo, mentiré
No
Estoy bien así, sola

Pero ¿podré vivir sin encontrarte?
Yo realmente
No sé
Si podré vivir sin conocerte
O si me arrepentiré
A ti, mi hijo, distinto a cualquier otro ser
¿Podré vivir sin conocerte?
Sin verte jamás.

¡Uf! Se me escapó con voz profunda y, al oír mi tono de voz, más grave y ronco de lo que imaginaba, me deprimí.

Cerré la libreta, la guardé en el cajón y me conecté a internet. Abrí varios blogs sobre tratamientos de infertilidad que tenía en «favoritos» y fui leyéndolos a partir del más reciente. A lo largo de los últimos meses, había adquirido la costumbre de leer artículos sobre estos temas desligados el uno del otro. A veces contenían términos especializados que no me parecían reales, pero, a medida que iba leyendo, aprendí a captar, a grandes trazos, su contenido.

Hablaban de detalles sobre las pruebas, sobre el dolor. Conversaciones con la suegra, la vuelta del hospital, el encuentro con el marido, sobre qué habían comido. ¿Por qué, un día como aquel, tenía que consultarle la cuñada cosas sobre su boda? Blogs con fotografías de un cielo alto y azul pegadas al final del texto. Otros contenían bonitas ilustraciones. Amargura al ver por la calle a una madre con su bebé. El comentario de algún insensible. La recomendación de un restaurante tailandés donde se podía comer tranquilo a mediodía porque apenas había niños. Luego me acordé del Facebook de alguien, un tal Naruse, que llevaba diez días sin mirar. Tras dudar un poco, decidí no visitarlo aquel día.

Al otro lado de la ventana aún había luz; miré el reloj: todavía no eran las siete.

Dejé el ordenador en «suspender», fui a la cocina, preparé arroz con *nattô*[2] y empecé a comérmelo despacio. Como no me apetecía hacer nada antes de acostarme, decidí matar las horas actuando lo más lentamente posible, pero cuanto más tiempo invertía en masticar y más minuciosos eran mis gestos, más iba dilatándose el tiempo y más me daba la impresión de que avanzaba a un ritmo cada vez más lento. Como era natural, el arroz con *nattô*, por más despacio que te lo comieras, se acababa a los pocos minutos, de modo que, tras lavar el cuenco y los palillos, me quedé sin nada que hacer. Y, qué remedio, me tumbé en el puf y me quedé quieta, sin mover un músculo.

Cuando estaba así, inmóvil, a veces me acordaba de cuando era niña. Lo que veía, el lugar y el tiempo eran distintos, pero el hecho de estar mirando de aquella forma era el mismo. Además, últimamente también me acordaba mucho de mi madre y de la abuela Komi. A mi edad, mi madre ya tenía una hija de catorce años y otra de cinco. Yo, que tenía entonces cinco años, jamás había pensado que solo podría estar con mi madre ocho años más; seguro que mi madre tampoco había imaginado nunca que se moriría ocho años después.

«Si mamá me hubiera tenido diez años antes, habría podido estar con ella diez años más —pensé—. Claro que entonces habría tenido que tener a Makiko a los catorce. Y eso es mucho pedir.» Sonreí para mis adentros. Luego traje a la memoria lo que me había sucedido durante el día. *Galettes*. Pues sí, había comido *galettes*. De color marrón, con nata por encima, no recordaba su sabor. Bueno, quizá era porque, ya de origen, no sabían a nada. Oí la voz de Yûko: «¡Uy, qué contenta estoy! Cuando tienes hijos, nunca puedes comer platos así. Con los

2. Soja fermentada.

niños, siempre toca fideos o arroz». «¿Ah, sí? —pensé yo—. Pues yo niños no tengo, pero *no quiero comer eso nunca más.*»

«Esas chicas son tontas de remate.»

Me vinieron a la cabeza las palabras de Konno. Por un instante, sentí la tentación de llamarla por teléfono. Al recordar la silueta de Konno, de espaldas, mientras cruzaba la puerta de acceso a los andenes y se adentraba en la estación, descubrí, a su derecha, a una niña aún pequeña. Sí, exacto... Konno también tenía una hija. Luego, de repente, caí en la cuenta de que yo también tenía riñones. *Riñones*, al menos, también tenía. Aunque mis riñones no valieran para participar en aquella conversación. Lancé un pequeño suspiro y, luego, pensé en Ryôko Sengawa. «¿Cómo va la novela?» ¿Qué habría pasado si le hubiese respondido que estaba atascada, que no sabía si podría escribirla? ¿Por qué no se lo había dicho a las claras? «¿Cómo va la novela?», decía. ¿Qué quería decir exactamente con aquello? Vaya, con lo duros que habían sido aquellos años en que nadie me hacía caso y ahora iba y me comportaba con un egoísmo feroz. ¿No estaba pidiendo demasiado? Me asombré a mí misma. Claro que aquella manera tan peculiar que tenía Sengawa de abordar el tema... Iba diciendo que una obra de creación merecía la mayor comprensión y libertad y, luego, en la práctica, me acorralaba con su actitud. Sus suspiros, sus silencios... Al ir recordándolos, uno a uno, me sentí irritada y fruncí el ceño con fuerza. «Estoy cansada —me dije—. A pesar de que no has hecho nada», apuntó una voz en mi interior. «*A ti te falta ambición.*» Aquel editor. «¿Y qué es la ambición? ¿Qué tiene que ver conmigo esa ambición de la que hablas?» ¿Por qué no le había replicado eso? Palabras y sentimientos fueron dando vueltas en mi cabeza como si compitieran entre sí. «Estoy cansada. Dejadme en paz. Largaos. Ojalá no estuvierais.» «No pasa nada, Natsuko. Nunca han estado ahí. No te preocupes. Estás sola... Estás cansada. Aunque no hayas hecho nada.» Al final, incapaz de dormirme, permanecí en el futón con los ojos abiertos, inmóvil, hasta la madrugada.

MATAS DE PEQUEÑAS FLORES

—Hola, Natsuko, ¿cómo va todo?... Oye, ¡felicidades!

Recibí una llamada telefónica de Makiko mientras, incapaz de escribir una sola línea, me dedicaba a ordenar los libros.

—¿Cómo? ¿Felicidades por qué?

—Por la beca retornable —dijo Makiko con voz alegre—. He recibido la noticia esta mañana, justo al levantarme. Ya has acabado de pagarla.

—¿Ah, sí? ¿Este mes?

—Sí. La otra ya la acabaste hace poco, ¿verdad? La de... ¿cómo se llamaba? Espera, que tengo el papel aquí... ¡Ah, sí! La JASSO. Vale, pues esta mañana me ha llegado la carta de la Asociación de Osaka de Ayuda a los Estudiantes. Ahora ya están los dos préstamos devueltos. ¿Te lo leo?

En el otro extremo de la línea se oyó un ruido de papeles y, tras carraspear una vez, Makiko empezó a leer:

—Ahí va... «Por la presente nos place informarle de que el importe del préstamo para educación concedido al número que figura a principio de página ha sido reintegrado en su totalidad. Le agradecemos que haya cumplimentado su devolución. Tenga la amabilidad de comprobar los datos que figuran al final. Esperamos que en el futuro vuelva a permitirnos ofrecerle nuestro apoyo. Agosto, 2016. Importe del préstamo: seiscientos veinte mil yenes.» ¡Por fin! Se acabó.

—Gracias. —Me levanté, fui a la cocina y me serví un vaso de *mugicha*—. ¿Cuántos años ha costado devolver este? ¿Veinte? Sí, veinte años justos.

—Y el otro era igual, ¿no? La misma cantidad.

—Sí. Tuve que saltarme algún plazo porque no podía pagar. Devolver cinco mil yenes al mes era horroroso, a veces pensaba que me moría, pero ¡se acabó! ¡Uf! ¡Qué bien! ¿Te acuerdas de los avisos de requerimiento por impago? Nunca había imaginado que el Estado tratara a los críos de esta manera. Llegaron a indicar la posibilidad de confiscación, ¿no? Espero no volver a ver un requerimiento en toda mi vida. ¡Vaya trauma!

—Ya, ya. Pero ahora tendrías que ver el certificado de reintegro. Parece un diploma de honor. Brilla y todo. Igual que una postal de cumpleaños, una de las elegantes.

—Vaya. No sé qué celebración será esa, pero bueno.

Solté un resoplido, pero lo cierto era que haber acabado de devolver el préstamo me producía una enorme sensación de alivio.

—En todo caso, es una barbaridad que chicos que quieran estudiar tengan que cargar de buenas a primeras con una deuda así... Por cierto, Midoriko igual, ¿no? Tiene algún tipo de beca, supongo.

—Sí, sí. Claro —dijo Makiko—. Una de esas que se han de devolver y, además, recibe dinero de otra beca. Va trampeando con las dos. Aún le falta mucho para graduarse, después no sé qué hará. Le gusta mucho estudiar.

Midoriko iba a cumplir veinte años, estaba en segundo curso de universidad. Vivía en el apartamento de Osaka con Makiko y se desplazaba desde allí hasta la universidad, en Kioto. Makiko, por su parte, iba a cumplir cuarenta y ocho, y seguía trabajando en el mismo *snack* de Shôbashi que diez años atrás. La *mama* ya pasaba con creces de los sesenta, estaba mal de las rodillas y solo aparecía por el *snack* un par de veces por semana, de modo que el local iba tirando gracias a Makiko. Era ella quien entrevistaba a las chicas nuevas y supervisaba su trabajo, quien se encargaba del suministro de bebidas, quien llevaba las cuentas, etc. Por más que trabajase más que antes, en aquella época de crisis económica, los sueldos apenas habían cambiado en el mundillo de bares y clubs. Aunque de cara a la galería llevara el *snack*, Makiko no era más que una chica de alterne sin futuro; mejor dicho: una chica de alterne de edad madura. ¿Cuántos años más podría seguir haciendo aquel trabajo de noche con hombres borrachos? Un día que había bebido un poco más de la cuenta y se sentía más sensible de lo usual, exteriorizó su inquietud y me habló de ello.

—¿Cómo va el *snack*? ¿Van bien las cosas?

—Bueno, como de costumbre.

Makiko seguía siendo una chica de alterne sin seguridad alguna, pero si buscabas aspectos que invitaran al optimismo, podías encontrarlos: aun cargando con una deuda, Midoriko iba a la universidad; yo también tenía buenas perspectivas de trabajo; y, sobre todo, sobre todo, tanto Makiko como yo, y Midoriko por supuesto, las tres gozábamos de buena salud. Y eso era fundamental. Makiko, que tiempo atrás había adelgazado tanto de repente, con los años había ido aumentando poco a poco de peso y, ahora, su figura era la de una mujer estándar en la cincuentena. Muy distinta de la Makiko del verano de unos años atrás que, igual que los restos de un ala de pollo frita, era solo piel y hueso. «¡Cómo cambiamos físicamente las personas!», pensé con sentimiento. A decir verdad, hubo una época en la que no me hubiera extrañado que Makiko hubiese acabado muriendo al poco tiempo. Al acordarme de aquellos días, sentí de corazón que no podía pedir más.

—... Total, que voy a hacer todo lo que pueda. No quiero ser una carga para Midoriko cuando sea vieja. Eso nunca... Natsuko, ¿me estás escuchando?

—Sí, te escucho.

Makiko tenía la costumbre de ir repitiendo eso, pero no agregó nada más.

—Natsuko, últimamente estás un poco triste, ¿verdad?

—¿Qué? —salté al instante—. No, qué va. ¿Te doy esta impresión?

—Sí. Trabajas mucho. Quizá parezcas apagada porque estás hecha puré.

—¿Hecha puré? Maki-chan, esta expresión está un poco pasada de moda, ¿no? En fin. Estoy bien, estoy bien. No me puedo quejar del trabajo. Para nada. Tengo mucha suerte con la vida que llevo. Y estoy llena de ánimos. Ánimos los tengo a tutiplén.

—*Tutiplén* también es un poco vieja, ¿no?

—¿Qué tal Midoriko? —Me estaba sintiendo incómoda y cambié de conversación—. Ahora está de vacaciones de verano, supongo.

—Está de viaje con Haruyama. No me acuerdo de cómo se llama el sitio, pero han ido a una isla a ver cuadros y esculturas. Con el dinero que han ahorrado del trabajo de media jornada.

—Hace mucho tiempo que están juntos, ¿no?

—Sí, es un buen chico —dijo Makiko con énfasis—. Él también trabaja mucho y se entienden muy bien los dos. Parecen un par de buenos amigos, ¿sabes? Es un poco precipitado, pero están hablando de irse a vivir juntos cuando se gradúen.

—Vaya, veo que van muy en serio. —Me reí—. Ojalá sigan llevándose tan bien de aquí en adelante.

Colgué y volví a la habitación... Todo estaba tal como lo había dejado hacía unos minutos, algo muy natural puesto que no había nadie más. Las pilas de libros, las pequeñas cajas de cartón llenas de papeles, la posición y el hueco del puf, el colirio encima de la mesa, las cortinas que colgaban rectas, los pañuelos de papel asomando por la ranura de la caja: al ver que no se había producido ningún cambio, se me escapó un suspiro.

Finales de agosto. Fuertes rayos de sol que hacían sentir su voluntad de exprimir hasta la última gota del verano. Tuve la ilusión de que me encontraba, desde hacía muchos años, dentro de un verano sin puerta de salida.

Mientras miraba distraídamente, incapaz de concentrarme en la continuación de la novela, cómo la luz blanca del sol brillaba al otro lado de las cortinas, recordé las palabras de Makiko. Por lo visto, Midoriko se había ido de viaje. Habían ido a una isla a ver arte, así que tenía que tratarse de Naoshima. No conocía a Haruyama, el chico con el que salía Midoriko desde hacía dos años, pero me alegré de que Midoriko estuviese con alguien a quien Makiko calificaba de buen chico, alguien con quien Midoriko quisiera irse a vivir después de graduarse. «Ahora los dos constituyen un mundo», pensé expresándolo en pocas palabras. Con aquello no quería decir exactamente que, como eran jóvenes, estuvieran tan centrados en ellos mismos que no veían nada de lo que tenían a su alrededor. ¿Cómo podía expresarlo? Más bien sería como si la fuerza de su amor fortaleciera su fe en el mundo. Un mundo que colmaban con fuertes y dulces promesas solo con mirarse. Un mundo en el que estas promesas existían para ser cumplidas y donde podían creer, sin asomo de duda, que jamás serían rotas.

No había visto a Midoriko desde que estaba con Haruyama, pero me había hablado de él una vez por teléfono. Tal como había dicho Makiko, por su manera de hablar daba la impresión de que era su mejor amigo; su voz era alegre, me había estado contando esto y lo otro de un modo tan lleno de vida que me había dado la impresión de estar viendo su rostro sonriente. Midoriko era muy bonita, pero no parecía sentir interés por el maquillaje o por la moda y, además, tenía un carácter muy fuerte. No era, en absoluto, la típica chica de hoy en día, y el hecho de que su relación con Haruyama se asentase en la libertad y la confianza posiblemente tenía mucho que ver con su carácter.

«No es así, pero tampoco es asá.» Imaginé a Midoriko y a Haruyama andando por un camino cualquiera, en un momento cualquiera, hablando de cosas que solo ellos podían entender. Entonces, a esta imagen se sobrepuso otra, la mía propia, salida de mis propios recuerdos. Naruse estaba andando a mi lado, siempre pendiente de mis labios..., a mis diecinueve, veintiún, veintitrés años. Hubo un tiempo en que estuvimos juntos, convencidos de que la intimidad que sentíamos, desconocida por todos, era la cosa más importante en la faz de la Tierra. Éramos compañeros de clase en el instituto. Fuimos novios durante seis años, desde los diecisiete hasta tres años después de mi llegada a Tokio.

Pensaba que, si alguna vez me casaba, sería con Naruse. Nos casáramos o no, estaba segura de que estaríamos juntos toda la vida. Intercambiábamos un número incontable de cartas, hablábamos de lo que nos gustaba, nos confesábamos nuestros miedos. Después de clase, cuando llegaba la hora de ir a fregar platos y le decía adiós, estaba tan triste que se me escapaban las lágrimas. No sé cuántas veces pensé que, si fuera una chica normal de una familia normal, podría quedarme más tiempo con Naruse. «¡Ojalá fuésemos mayores pronto!», «Yo también trabajaré hasta más no poder. ¡Ánimo! Ya falta poco»: Naruse siempre me alentaba. Fue él quien me transmitió la pasión por la lectura. Naruse quería ser escritor, leía muchas novelas y, cada vez que me leía sus textos, llena de admiración, pensaba que una persona capaz de escribir cosas como aquellas tenía que ser escritor a la fuerza. Nunca se nos agotaban los temas de conversación, si estábamos juntos, no importaba el lugar. Estábamos convencidos de que seguiríamos estando así, unidos, siempre.

Pero el resultado fue otro. Tres años después de mi llegada a Tokio, descubrí que Naruse se había acostado con otra chica. Y no una sola vez, ni mucho menos. Aturdida, me entró pánico, lo insulté con todas las palabras que pude encontrar y, cuando le presioné para que me dijera si quería a la otra, él lo negó. Cabizbajo, me dijo que era algo distinto al amor, que no tenía nada que ver con lo que sentía por mí, que simplemente tenía ganas de acostarse con una chica. Incapaz de responder a eso, enmudecí. En aquella época, ya no había sexo entre nosotros: ya habían transcurrido más de tres años desde la última vez que habíamos tenido relaciones sexuales.

Amaba a Naruse. Quería estar siempre junto a él, deseaba con todas mis fuerzas vivir a su lado durante las próximas décadas, hablando de todo, viéndolo todo. Pero, sin embargo, no me gustaba acostarme con él.

Quería complacerle y, por desconocimiento, creía que también aquello requería algún esfuerzo, de modo que intenté afrontarlo de forma positiva. Pero, por más tiempo que pasaba, no lograba acostumbrarme. No era que me causara dolor físico, lo que me producía era un desasosiego insoportable, aunque no podía explicar por qué. Cuando estaba desnuda, tumbada boca arriba, con los ojos abiertos, veía cómo aparecían, en el techo, en las cuatro esquinas del cuarto, en cualquier punto algo alejado de mí, unos remolinos negros parecidos a garabatos circulares que alguien hubiera trazado con furia. A cada movimiento de Naruse, aquellos remolinos siniestros, cada vez más grandes, iban acercándose y, al final, me engullían como si alguien, por detrás, me hubiera metido la cabeza dentro de una bolsa negra. Por más tiempo que pasaba, no descubría en el sexo ni placer, ni sosiego, ni plenitud, y, cuando Naruse cubría mi cuerpo con el suyo, yo siempre, sin excepción, me sentía sola.

Pero esto no era capaz de explicárselo a Naruse. De ordinario, hablaba de todo con él y, aunque sabía que podía decirle cualquier cosa, que él era mi mejor amigo, cuando se trataba de sexo no podía comunicarle mis sentimientos con sinceridad. No era exactamente que me aguantase porque no quería que me detestara. Más que por eso, era porque estaba convencida de que tenía que responder siempre al deseo sexual de Naruse, que era, en definitiva, un hombre. Nadie me lo había dicho, tampoco tenía plena conciencia de ello. Pero, en algún momento, vete a saber por qué, me había convencido a mí misma de que, si al hombre al que yo amaba le apetecía hacerlo, lo normal era que yo, como mujer, consintiera.

Pero me era imposible. Cada vez que me desnudaba y lo

aceptaba, me sentía tan deprimida que casi se me saltaban las lágrimas de desesperación. A veces deseaba, de todo corazón, morir. Otras me preguntaba si no estaría mal de la cabeza: ¿cómo iba a resultarme tan duro, si no, tener relaciones sexuales con la persona que amaba? También hablé con algunas amigas. Pero las mujeres que conocía tenían relaciones sexuales, incluso varias veces al día, sin ningún problema y, además, sentían placer. Yo no podía comprender bien el deseo sexual que sentían ellas ni el placer que experimentaban. Todas hablaban, como si fuera lo más natural del mundo, de ganas de hacer el amor, de ganas de que las acariciaran, de ganas de tener a alguien en su interior..., en definitiva, del deseo sexual, que era lo que expresaban sus palabras. Escuchándolas, descubrí que yo *no lo tenía en absoluto*.

Que me acariciara la mano, que estuviera a mi lado: ese sentimiento también lo conocía yo. Cuando hablábamos de algo muy importante, cuando estábamos juntos, cuando sentía de corazón que lo quería, notaba cómo mi pecho ardía de pasión y sentía unos intensos deseos de compartir con él este sentimiento. Pero cuando esto derivaba hacia el plano físico, se me agarrotaban los hombros y me quedaba rígida. Pasase el tiempo que pasase, el sentimiento y el sexo eran dos cosas completamente distintas que nunca ligaban en mi interior.

Me conecté a Facebook, abrí la página de Naruse. Ya no lo amaba. No sentía ni un ápice de lo que se llama apego, tampoco sentía amargura alguna ante los recuerdos. Hasta que, cinco años atrás, dos meses después del gran terremoto de Tôhoku, me llamó de repente por teléfono, yo no tenía ni la menor idea de qué había sido de él.

Cuando el teléfono sonó y apareció su nombre, no llegué a entender bien qué sucedía. ¿Naruse? ¿Este Naruse era aquel Naruse? Por un instante me pregunté si habría muerto. Acepté la llamada mientras me latía el corazón con fuerza.

—Hola, soy Naruse —dijo su voz al otro lado de la línea—. Cuánto tiempo, ¿eh? ¿Cómo estás?

—Bien... ¿Eres tú, Naruse?

—Sí. Pensaba que habrías cambiado de número, pero veo que no.

—No —respondí intentando sofocar todavía los latidos del corazón—. Sigo teniendo el mismo.

—Ya veo.

No lo había oído desde que nos habíamos separado a los veintitrés años. La voz que me llegaba por el teléfono móvil era la misma del Naruse que yo tanto conocía. Sonaba muy clara, sin interferencias ni ruido de fondo, como si no existiera aquel intervalo de diez años. La voz de Naruse me pareció tan familiar como si reanudáramos una conversación dejada a medias el día anterior.

—Me he preguntado si te habrías muerto.

—Si me hubiera muerto, no te estaría llamando —dijo Naruse y se rio un poco.

—No, no, claro. Pero podía ser que, después de muerto, alguien que hubiera visto tu móvil me lo notificara.

Intercambiamos las frases de rigor entre personas que no han estado en contacto durante mucho tiempo y nos pusimos al día sobre nuestras vidas. Naruse sabía que yo escribía. «Pero no he leído tu novela. La verdad es que, últimamente, ya no me interesan los libros», dijo él. «¿Ah, no? Vaya», dije yo. Luego, la conversación derivó hacia el terremoto. Naruse dijo que estaba casado y que hacía unos cinco años que vivía en Tokio. Pero que, diez días después del terremoto y de la explosión nuclear de Fukushima, evacuó a su mujer embarazada a Miyazaki.

Naruse habló de la extrema gravedad del accidente nuclear. Del periodo de semidesintegración de los materiales radiactivos, de lo irresponsables que eran las medidas de prevención y las opiniones del gobierno. De lo difícil que era discernir entre un artículo falso y una información correcta. Distinguir cuál de entre los científicos que aparecían en los medios de comunicación estaba al servicio del gobierno y cuál era honesto. Habló de las maniobras de encubrimiento y del cáncer de tiroides, a escala de miles de personas —no, qué va, de decenas de miles—, a los que tendríamos que hacer frente a partir de entonces. De la imposibilidad de la descontaminación de los materiales radiactivos. A medida que iba hablando, Naruse se iba acalorando más y más.

—Oye, ¿me sigues? —dijo Naruse con tono visiblemente irritado—. Desde hace un rato solo vas diciendo «sí» y «vaya».

—¿Yo? No, no. Qué va —dije.

—¿Y el mar? ¿Has pensado en las repercusiones que tendrá todo eso en el mar? Nos quedaremos sin nada para comer. ¿Entiendes lo que significa para Japón perder la riqueza marítima? Y no solo se trata de la comida. También desaparecerá todo lo relativo a su vertiente cultural.

No supe qué decirle. Yo también tenía mis propias opiniones sobre el terremoto y la energía nuclear, comprendía muy bien lo que me estaba diciendo. Pero no podía sacarme de la cabeza la sensación de que allí había algo que no casaba. Había una contradicción entre el Naruse que, con términos agresivos, estaba denunciando la energía nuclear y la incompetencia del gobierno, y la voz familiar de Naruse: me daba la impresión de que se trataba de otra persona.

—En fin —dijo Naruse—. Tú escribes una columna en alguna parte, ¿no? Con tu opinión sobre libros o alguna otra chorrada por el estilo.

Naruse carraspeó sonoramente.

—¿Crees que es el momento de escribir esas tonterías? Ahora eres escritora, ¿no? Y escribes en estas circunstancias, ¿no es así? En un momento como el actual, podrías tocar algo que tuviera más sentido, ¿no te parece? Hay gente que está reclamando información, por las redes o por donde sea. ¿Me sigues?

Naruse se había referido a unos artículos que yo publicaba regularmente en un periódico, y el que Naruse había leído era uno que había escrito después de hablar varias veces del terremoto. Le expliqué que no era que no hubiese escrito nunca sobre el terremoto, que el que él había leído era posterior, que después de haber tratado repetidamente sobre el terremoto había escrito, para variar, sobre temas cotidianos, como una especie de tregua, pensando en los lectores. Pero Naruse no se mostró convencido y me acusó de no hacer lo suficiente. «Yo, por ejemplo, voy subiendo información a Facebook y a un blog. ¿Y tú? ¿Has ido tú a alguna manifestación? ¿Has firmado algo? ¿Qué diablos estás haciendo tú en un momento crítico como este?»

No recuerdo bien cómo logré acabar aquella conversación. Solo que, al final, discutimos y la atmósfera terminó siendo bastante tensa. Naruse, tras un breve silencio, concluyó:

—Siempre lo he pensado: tienes un carácter que, cuando no quieres hacer algo, no lo harás por nada del mundo. Las cosas que no te interesan, pase lo que pase, no te interesan y punto. Por eso ahora sigues estando sola, supongo. Estás hecha para estar sola.

Varios días después, seguía sin poder apartar de mi cabeza las últimas palabras de Naruse. Me acostumbré a visitar su Facebook y su blog. Allí estaban las proclamas telefónicas de Naruse, formando espesas columnas de letras apiñadas y, periódicamente, iban apareciendo artículos de contenido similar. Unos meses más tarde, pude enterarme de que el bebé había nacido sin problemas.

Cuando vi la fotografía del niño, que ya de recién nacido tenía un aire con Naruse, me embargó una sensación extraña. El bebé no tenía nada que ver conmigo, por supuesto, pero el hecho de que la mitad de su existencia dependiera de Naruse me hacía sentir extrañeza. Sobre su esposa, la madre del bebé, no sabía nada en absoluto, pero el niño era fruto del mismo acto que, tiempo atrás, Naruse había realizado conmigo. Al pensarlo, sentía desasosiego.

No era que pensase que aquel bebé hubiera podido ser mío. No se trataba de esto. En absoluto. Durante unos instantes, me sentí perpleja, sin saber qué provocaba aquella turbación. Quizá se tratase de simple asombro ante el hecho de que el mismo acto sexual que había realizado conmigo hubiera conducido a un resultado tan distinto. Y quizá aquel asombro tuviera que ver con el hecho de que yo no había tenido relaciones sexuales con nadie más. Es decir, que, siempre que imaginaba un posible embarazo o un bebé, aparecía Naruse. Él era la única persona con quien había realizado el acto sexual, que era lo que me conducía hacia los hijos.

Entonces, ¿había habido, en el pasado, alguna posibilidad de haber tenido un hijo con él? No. No había habido ninguna. Podía responder de inmediato. Ninguna. En absoluto. Considerando la edad, la situación económica y mis propios sentimientos, no había existido la mínima posibilidad. El sexo me parecía una tortura, lo odiaba hasta el punto de no querer volver a hacerlo jamás; de hecho, fue por culpa del sexo por lo que había acabado separándome de Naruse, al que tanto quería. ¿Y más adelante, entonces? ¿La había habido después? Si tanto lo quería, ¿no habría podido existir la posibilidad de haber vuelto con él y de haber tenido un hijo los dos? La ciencia había descubierto muchos medios para conseguir un embarazo sin tener que mantener relaciones sexuales, ¿habría sido eso posible, en mi caso?

Naruse no volvió a ponerse en contacto conmigo. Cada vez que abría su página, veía cómo el pequeño bebé iba creciendo deprisa, cómo se convertía en un niño, cómo iba a empezar primaria al cabo de un par de años. En la página de Naruse aparecían principalmente temas de la vida cotidiana y fotografías; el blog sobre el terremoto, el accidente nuclear y los materiales radiactivos llevaba ya dos años sin ser actualizado. A pesar de que no sentía absolutamente nada hacia Naruse, cada vez que veía en las fotografías cómo su hijo iba cambiando, haciéndose mayor día a día, notaba en mi interior un desasosiego muy parecido a la angustia.

¿Tendría yo alguna vez un hijo? ¿Sucedería algún día? ¿Podía tener un hijo alguien como yo, que no amaba a ningún hombre, que no pensaba enamorarse de ningún hombre, que no deseaba ni podía tener relaciones con ninguno? Había empezado a pensar en esta posibilidad. ¿Y un banco de semen?

Había mirado en la red, aunque nada de lo que había encontrado resultara realista. Parecía ficción. Los matrimonios que reunían ciertos requisitos podían solicitar una donación de esperma, pero no había nada semejante relativo a mujeres solteras. ¿Y si fuera a hacerlo al extranjero? ¿Yo, que ni siquiera sabía inglés? Dejé la pantalla del ordenador en «suspender», me levanté del escritorio, me abracé al puf y cerré los ojos.

¿Qué desea en realidad una persona cuando quiere tener un hijo? Se suele oír a menudo: «Quiero tener un hijo con la persona que amo», pero ¿qué diferencia hay entre «quiero un hijo con alguien» y «quiero un hijo mío»? Las personas que tienen hijos, todas ellas, ¿poseían previamente algún conocimiento específico, del que yo carezca, sobre lo que significa el hecho de tenerlos? ¿Cumplirán todas ellas unos requisitos que yo no poseo?... Solté un suspiro y hundí, más aún, la cabeza en el puf. A lo lejos, se oía el chirrido de las cigarras. Me dedicaba a contarlas cuando oí el zumbido del teléfono móvil. Alargué la mano y lo cogí: era un mensaje de Midoriko.

«¡Hola, Nat-chan! He ido a ver a Monet. ¡Es precioso! ¡Hay cuadros enormes!»

Me enviaba algunas fotografías. Pensé que quizá Makiko, después de llamarme, le había dicho que me escribiera.

En una de las fotografías aparecía un parterre sembrado de pequeñas flores.

Rodeadas de un reborde de matices oscuros, se diseminaban unas pequeñas flores de colores pálidos.

Así, de pronto, no me acordaba de cómo se llamaban, pero la mayoría eran flores de pétalos simples. Aquellas pequeñas flores me recordaron un vestido que había tenido en el pasado. Un vestido que nos habíamos comprado igual mamá, Makiko, la abuela Komi y yo, a mis diez años. Un vestido delgado de algodón, sin mangas, de cuello y sisa redondos. Habíamos descubierto aquellos vestidos de idéntico dibujo y distintos colores amontonados en la caja expositora del súper un día que habíamos ido a comprar todas juntas. Recordaba muy bien que nos habíamos quedado largo tiempo plantadas ante la caja expositora discutiendo que si patatín que si patatán, hasta que se había acercado la dueña del local y nos había dicho que tres valían tres mil quinientos yenes, pero que si nos quedábamos cuatro, nos los dejaba por tres mil. Y, tras pensarlo mucho, habíamos decidido comprarlos. ¡Qué bien! Habíamos vuelto a casa muy alegres, nos los habíamos probado enseguida y nos habíamos mirado entre nosotras riéndonos a carcajadas. Fuera porque estábamos contentas, porque nos parecía chocante o porque nos daba vergüenza, nos habíamos desternillado de risa. Aquel vestido había acabado siendo uno de mis preferidos, el que más veces me había puesto en toda mi vida.

Cuando mamá y Komi habían muerto, habíamos pensado meter en el ataúd aquellos vestidos, que eran los que ellas se ponían en cuanto llegaba el verano, pero ni Makiko ni yo habíamos sido capaces de hacerlo. Recordé que, un día que había quedado con Naruse, lo llevaba puesto y él me había dicho que me sentaba muy bien. «¡Pero si es una baratija!», le había dicho. Al principio había pensado que me tomaba el pelo, pero luego había estado muy contenta de que le hubiera gustado.

Me dio la impresión de que el estampado de aquel vestido y las flores del parterre que me había enviado Midoriko se parecían muchísimo. En la segunda fotografía aparecía el rostro de Midoriko asomando desde el interior de una calabaza de Yayoi Kusama, de colores rojo y negro. En la tercera fotografía, Midoriko, de espaldas al mar, se sujetaba el pelo que volaba al viento. Bajo un cielo tan uniformemente azul que parecía que fuera a quebrarse, Midoriko, a la que veía por primera vez desde hacía tiempo, mostraba un rostro radiante y feliz.

«¡Qué bien! Ya me lo había contado Makiko. ¿Os divertís? El parterre que me has mandado es de Monet, ¿verdad? Lo parece.»

«Sí, sí. Monet, Monet.»

«Yo no he estado nunca allí. Ya me lo explicarás la próxima vez que hablemos.»

«OK. Hay demasiadas cosas, no creo que podamos verlo todo de una vez. Pasado mañana vuelvo a Osaka. Te llamo, ¿vale?»

En la siguiente fotografía que me envió aparecían juntos Midoriko y Haruyama. De pie ante una escultura grande y blanca, sonreían mirando hacia la cámara. Haruyama llevaba gafas, agarraba con fuerza el extremo inferior de las correas de la mochila y su rostro, de ojos que apuntaban hacia abajo al sonreír, ofrecía una impresión serena y apacible. Midoriko llevaba una camiseta de tirantes y unos pantalones cortos, como si estuviera en la playa o algún sitio similar, y se cubría la cabeza con un sombrero rojo de ala ancha.

Dejé el teléfono, me levanté y miré por la ventana. Anochecía. «¿Ya vuelve a anochecer?», pensé. Fui a la cocina y me preparé unos espaguetis sencillos. Los llevé a la mesa y encendí el televisor. Justo empezaba el boletín informativo de las siete: el locutor fue transmitiendo las diversas noticias de la jornada. Habían identificado el cadáver descubierto días atrás en un camino forestal de la prefectura de Shiga. Debido a una mala maniobra en la conducción, un turismo conducido por un hombre de ochenta y cinco años había irrumpido en un hipermercado. Por fortuna, nadie había resultado herido. Una retrospectiva de los Juegos Olímpicos de Río de Janeiro. Sobre la posibilidad de abdicación en vida del emperador. Aquel día, igual que el anterior, el mundo estaba lleno a rebosar de problemas. Llegó la hora del parte meteorológico. Precaución ante los repentinos chubascos que se producirían el día siguiente. Precaución ante la hipertermia por exposición al calor. Luego pasaron a un especial informativo.

—... Las mujeres solteras de hoy se enfrentan a un problema. ¿Es posible la gestación y el parto para una mujer que no esté casada o que no tenga pareja? Una posible opción se encuentra en la red: sitios web de donación de esperma. ¿Cuál es el propósito de los hombres que donan semen sin ánimo de lucro? ¿Cuáles son las circunstancias de las mujeres que lo solicitan a pesar de los riesgos que entraña? Hoy vamos a aproximarnos a esta realidad.

Después de la serena voz femenina, apareció el titular:

«Investigación exhaustiva sobre la donación de semen.»

Dejé sobre la mesa el tenedor que sostenía en la mano, clavé los ojos en la pantalla.

Permanecí alrededor de una hora en la misma postura, con la mirada fija en la pantalla, sin mover un músculo, y, cuando el programa acabó, corrí al ordenador e investigué sobre la información que habían dado por la televisión. De pronto, me di cuenta de que habían pasado varias horas y de que tenía la boca reseca. También me dolía la cabeza. Tras vaciar muchos vasos de *mugicha* de golpe, volví a ducharme. Extendí el futón y me acosté, pero estaba tan excitada que fui incapaz de conciliar el sueño. Fui una vez tras otra al baño. Los pocos espaguetis que había dejado se habían secado en el plato.

ELIGE LA OPCIÓN CORRECTA ENTRE LAS SIGUIENTES

—Al principio, tenía mucho miedo, como es natural. No sabía adónde me hacían ir, qué podía pasarme.

Una mujer, con el rostro pixelado, respondía a las preguntas de la entrevista. Media melena con reflejos castaños, camisa de cuadros, rebeca de color blanco por encima de los hombros. Encadenaba las palabras con cuidado como si estuviera haciendo un collage.

—Al principio, no me lo había tomado muy en serio. Que pudiera quedarme embarazada de esa manera. Vamos, no me lo podía creer... Y, claro, que un hombre desconocido te done, eso, semen... Sí, semen. Bueno, todo eso me parece increíble incluso a mí. Pero...

Aquí la mujer se interrumpió un instante y asintió con pequeños movimientos de cabeza como si estuviera confirmándose algo a sí misma.

—Pero... es que no había otra opción. Tampoco tenía tiempo. Yo quería tener un hijo mío... Fuera como fuese.

Luego la imagen de la pantalla continuó con una entrevista al donante de semen. También él tenía el rostro pixelado. Llevaba el pelo corto, una camisa de cuadros escoceses, pantalones chinos de color beige y, mientras hablaba, no paró de frotarse las uñas de una mano contra las de la otra. A juzgar por su voz y su complexión física, no era muy mayor. Daba la impresión de estar a finales de la veintena o principios de la treintena.

—Mi motivación fue puramente altruista. Tenía delante a una mujer con un problema. Y me alegré de poder ayudarla. ¿Cómo? ¿Si lo considero hijo mío? Pues a ver... Yo ni siquiera estoy casado, no he visto nunca al niño, tampoco he convivido con él, así que me cuesta hacerme a la idea de tener un hijo, pero es mi semen, claro. Ante todo, lo he hecho como voluntario, lo único que quería es que ella estuviera contenta, que se sintiera feliz. La realidad es esta.

Detuve el vídeo un momento y, sin levantarme siquiera de la silla, me desperecé.

Ya habían transcurrido diez días desde la proyección de aquel programa especial que yo, al día siguiente, había vuelto a mirar, subido a la red, una vez tras otra.

En líneas generales, su contenido era el siguiente:

El tratamiento para la esterilidad basado en el uso del esperma de una tercera persona se efectuó por primera vez en Japón hace más de sesenta años. Desde entonces, han nacido más de diez mil niños por este método. Pero solo las parejas casadas que han seguido previamente tratamientos por infertilidad pueden beneficiarse de la inseminación artificial en un hospital. Por ejemplo, en caso de esterilidad masculina por carencia de espermatozoides en el semen. Pero las mujeres solteras que deseen tener un hijo no pueden recibir inseminación artificial, y las parejas homosexuales, por supuesto, tampoco. Todo esto ya lo sabía.

Sin embargo, a lo largo de los últimos años, en la red habían aparecido sitios web donde había hombres que se ofrecían a donar semen a título privado. Lo hacían de forma voluntaria. Había habido un incremento de solicitudes de información tanto por parte de mujeres solas como de parejas homosexuales. Los donantes permitían que les costearan los gastos del desplazamiento y la consumición en el lugar de la cita, pero no aceptaban pago o gratificación alguna. En lo sucesivo, no asumían ninguna responsabilidad ni ningún vínculo con el hijo. Un día, la solicitante —en el caso del reportaje, se trataba de una mujer en la segunda mitad de la treintena que deseaba gestar y dar a luz a un hijo— había accedido al sitio web. Tras recibir el semen del donante en una cafetería, se lo había inyectado ella misma en el útero con una jeringa sencilla de esas que venden en los grandes almacenes Tokyu Hands. A la segunda inyección, se había quedado embarazada. Y luego había dado a luz sin problemas como madre soltera. Las dos entrevistas constituían la parte principal del programa y, en la segunda parte, salían especialistas que hablaban sobre el riesgo que la autoinseminación conlleva de contraer una enfermedad infecciosa y, además, apuntaban a cuestiones de índole ética.

Yo también busqué sitios web de donación de semen.

Tal como habían dicho en el programa, de los cuarenta sitios web que visité, la mayoría eran tan absurdos que a simple vista se comprendía que eran sitios web falsos o tonterías que se le habían ocurrido a alguien. Decidí probar en Twitter, donde en la época del terremoto había abierto una cuenta que apenas había utilizado. Al teclear «donación de esperma», aparecieron un montón de cuentas, pero todas tenían nombres de guasa como «Semen.com» y «I LOVE Semen Army», y conducían a páginas de contenido para adultos.

Entre todo aquello, descubrí algo inesperado: un banco de semen de un organismo de interés público sin ánimo de lucro. Aquel sitio web estaba muy bien estructurado y era evidente que habían empleado tiempo y dinero en montarlo. Junto con la donación de esperma, ofrecían una serie de certificados tan variados como grupo sanguíneo, resultados de análisis de diferentes enfermedades infecciosas, pruebas de ADN que demostraban que el donante no tenía ninguna anomalía genética que pudiera derivar en cáncer, incluso el diploma universitario y otra documentación complementaria sobre el nivel de formación del donante. Si lo que ponía allí era cierto, aquel organismo ya había demostrado ampliamente su capacidad profesional.

Compré bibliografía sobre el tema. Pero, entre los libros publicados, no había ninguno escrito por una mujer que se hubiera quedado encinta y hubiera dado a luz por medio de la donación del esperma de un voluntario. La mayoría eran entrevistas a personas que habían nacido por una inseminación artificial *convencional* realizada en algún centro médico y, el resto, libros que trataban de la historia de la reproducción asistida y de las últimas teorías e innovaciones tecnológicas.

La experiencia personal que había contado la mujer del programa y las que quedaban recogidas en los libros.

Entre todas ellas, ¿había alguna que tuviera alguna relación conmigo?

¿Alguna que se adecuara a mi realidad?

La noche en que había visto el programa estaba tan sobreexcitada que no había podido conciliar el sueño. Tenía la sensación de haber encontrado algo que, sin llegar a ser una oportunidad o una respuesta a la ansiedad y a los pensamientos que me habían estado dando vueltas por la cabeza durante más de un año, al menos se acercaba de alguna manera a ello. Pero, con el paso del tiempo, al mirarlo más fríamente, sentía cómo esta excitación iba menguando.

Citarme con un desconocido en una cafetería y recibir el semen que había eyaculado en los lavabos o vete a saber dónde. O recibir por correo urgente, en una camioneta refrigerada, el esperma de alguien de quien no tenía más información que su título universitario y unos valores numéricos de análisis médicos, inyectarme yo misma este semen en la vagina con una jeringa de las que venden en Tokyu Hands, quedarme encinta y dar a luz... No me veía capaz, en absoluto, de hacer eso.

¿Sería cierto que la mujer de la televisión lo había realizado con éxito? Si era verdad lo que había dicho, ¿no tenía aquella mujer una fortaleza de carácter anormal? Lo pensaba con toda sinceridad. El hecho en sí de introducir en el interior de mi cuerpo el semen de un desconocido, lo mirara como lo mirase, me parecía algo impensable.

«Sin embargo —me dije—, aunque en mi caso me parezca casi ficción, en Occidente *hay de verdad* mujeres que tienen hijos gracias a los bancos de semen.» Incluso en Japón habían nacido, gracias a esta técnica, un número incontable de niños, y eso quería decir que existía el mismo número de mujeres que lo habían realizado. ¿Pensar que era impensable no era una especie de prejuicio por mi parte?

Pero lo cierto era que me producía un rechazo que no podía dominar. ¿Representaría también un problema, a mis ojos, la procedencia del semen? El esperma recibido en un buen hospital y el esperma de un hombre de un sitio web privado. En ambos casos, el semen procedía de desconocidos y, en este sentido, debía de ser lo mismo. Pero, como era lógico, me daba la sensación de que era muy distinto. ¿Qué diferencia había entonces? La mayoría de los donantes de semen de los hospitales universitarios eran estudiantes de Medicina y, hasta el momento de la inseminación, el esperma estaba sujeto a controles por parte de organismos especializados. Los donantes eran anónimos, pero era preciso que dieran su consentimiento y existía alguien que sabía, de manera indirecta, quién era el donante.

Por otro lado, estaban los donantes voluntarios de los sitios web. Saltaba a la vista que aquello era impensable. El lugar del encuentro: una cafetería. ¿Era eso quizá lo que se me atragantaba? ¿O tal vez que hubiera entrado en escena el nombre propio, demasiado informal, de unos grandes almacenes como Tokyu Hands? ¿O quizá lo que me inquietaba fuera asociar la concepción de una nueva vida a la faceta casera, muy háztelo tú misma, de inocularme yo sola con una jeringa? Por otra parte, ¿tendría algún peso el currículum académico? A pesar de que ese aspecto nunca había formado parte de mi sistema de valores y que jamás lo había tenido en cuenta para juzgar a los demás, puestos a hablar de genética, ¿contaba ese criterio? ¿Como si fuera algo así como una marca de fábrica?

En todo caso, lo que sí representaba un problema era, a mis ojos, no conocer al otro. Pero ¿en qué consistía *conocer de verdad* al otro? ¿Podría decirse que todos los matrimonios que concebían un hijo, que todas las parejas que realizaban un acto sexual susceptible de derivar en embarazo, se conocían de verdad? Eso era un sinsentido... Mientras me decía que no era eso, pero que tampoco era aquello, acabé por no saber qué estaba pensando ni de quién. De pronto, todo me pareció absurdo. Todo era un montón de tonterías. Porque aquello no era realista en absoluto. Era imposible. Imposible. Para empezar, ¿cómo iba a ser madre teniendo yo un futuro tan incierto? No se trataba de dar a luz y ya está. En Osaka tenía una hermana que era chica de alterne, de edad madura, sin jubilación ni seguridad económica alguna, y tenía una sobrina que todavía generaba gastos, y eso sin contar que yo también empezaba a tener una edad: estaba en una situación en la que lo que debía hacer era pensar en mí misma y en los que había a mi alrededor. ¿Tener un hijo yo? ¿En aquellas circunstancias? Imposible. Lo mirara desde el ángulo que lo mirase. Ilusorio desde todos los ángulos... Fui yendo y volviendo, una y otra vez, de la excitación al desánimo.

A pesar de ello, había algo que no podía borrar de mi cabeza y eran las palabras que la mujer había pronunciado al final del programa. Se había estado retorciendo las manos con fuerza en el regazo; después, se las había llevado al pecho y había dicho, articulando cada sílaba:

—Me alegro de haberlo hecho. De verdad. Me siento muy feliz de haber tenido a mi hijo. De haber seguido adelante sin temor. De haber tenido a mi hijo. En mi vida, ahora, ya no existe nada más.

En la voz de aquella mujer que experimentaba la felicidad desde lo más profundo de su ser había... No sabía qué nombre ponerle, pero era algo tan resplandeciente que cerré los ojos sin pensar. Con los ojos cerrados, reflexioné muchas veces sobre sus palabras y sus gestos. Su respiración entrecortada, cómo se le empañó la voz mientras hablaba. No había duda de que, detrás del mosaico del pixelado, aquella mujer estaba llorando. «Me alegro de haberlo hecho. De verdad. Me siento muy feliz de haber tenido a mi hijo...» En aquel instante, al rostro pixelado de la mujer se sobrepuso el de mi propia madre. El rostro sonriente de mi madre cuando todavía era joven, con su mata de pelo ondeando al viento, una mata de pelo tan espesa que podía ocultar un gatito negro. «Me alegro de haberlo hecho. De verdad. De haber seguido adelante sin temor —decía con una sonrisa radiante, dirigiéndose a no sé quién—. En mi vida, ahora, ya no existe nada más...» Y, un instante después, era yo la que hablaba con las manos apoyadas sobre el pecho: «Me alegro de haber encontrado el valor. Me siento feliz de haber tenido a mi hijo». Lo decía abrazando con fuerza un bebé pequeño y suave. Con un rostro tan feliz y satisfecho que ni siquiera podía verme a mí misma imaginándolo todo, sola en mi habitación.

Y, tal como sucedía con todos los veranos, un día te dabas cuenta de que el calor se había ido y de que en el viento se ocultaba ya el olor del otoño. El cielo iba ganando altura, como si se despidiera de la superficie de la Tierra, las nubes se iban ensanchando y perdían grosor hasta esfumarse, como una sombra. Era la estación del año en la que, a veces, sientes escalofríos si vas con una manga larga de tela fina, en la que llevas calcetines incluso dentro de casa.

Día tras día, yo iba escribiendo aquella novela que tanto me costaba sacar adelante.

Como tenía una trama algo intrincada y, además, era larga, cuando me preguntaban de qué tipo de novela se trataba, me costaba responder. Quizá pudiera definirse como una novela sobre un grupo de personas ambientada en un barrio imaginario de Osaka habitado por obreros. Una de las protagonistas era la hija adolescente de un miembro de un clan *yakuza* que, en aquel barrio hundido en la decadencia, estaba formado en su mayor parte por hombres de edad madura. La otra protagonista era una chica de su misma edad crecida en el seno de una nueva institución religiosa dirigida solo por mujeres. A partir de la entrada en vigor de la ley contra el crimen organizado, se había estrechado el cerco en torno a las actividades de los *yakuza*, y la hija del miembro del clan, desde muy pequeña, había crecido sufriendo discriminación en el colegio, sobre todo en el parvulario y en primaria. Por su parte, la chica de la institución religiosa, debido a las creencias de su fe, no había sido inscrita en el registro civil al nacer y no tenía la nacionalidad japonesa. Pronto ambas entrarían en contacto, irían a parar a Tokio huyendo de la decadencia y, allí, se verían involucradas en un suceso. Esta era la historia.

En aquel momento, estaba invirtiendo muchas horas en preparar la parte de la organización *yakuza*. Impuesto de protección, fuentes de financiación, aprovisionamiento de armas, detalles de ajustes de cuentas reales, código de honor, sistema jerárquico y denominaciones de los diferentes estamentos del clan, incluso los ingresos anuales de cada uno de ellos: había muchos aspectos para investigar y me llevaba una gran cantidad de tiempo ver vídeos y leer documentación. Cada vez que tenía que comprobar un detalle, debía detener mi trabajo y eso me impedía seguir el ritmo. Con todo, al ver las imágenes de las entrevistas a los sucesivos jefes *yakuza* y de las guerras entre clanes rivales, a veces perdía la noción del tiempo y me quedaba absorta frente a la pantalla. ¿Conseguiría yo reproducir aquel ambiente? Era una tarea muy difícil.

Ahora estaba describiendo la escena de la amputación del dedo. Era una práctica según la cual un miembro del clan se cercenaba un dedo como señal de reconocimiento de un error, para asumir la responsabilidad de los actos de un subordinado o como signo de reconciliación con un rival poderoso. Hoy en día, esta costumbre ya casi ha desaparecido, pero yo estaba escribiendo sobre una época en la que todavía era bastante común. De ordinario, se enfriaba el dedo meñique con hielo hasta que perdía la sensibilidad, se apoyaba sobre una tabla de madera de picar y se cortaba de un tajo con una espada japonesa. Ahora estaba escribiendo sobre el caso de un miembro del clan que, aterrado ante el posible dolor de la amputación, estaba negociando para que le permitiesen ir a un hospital a que le administrasen anestesia total. Como es lógico, eran muchas las cosas que yo desconocía. Por ejemplo, adónde iba a parar el dedo amputado. O si estaba estipulado en alguna parte cuántos dedos podía llegar a perder una persona. Cuanto más investigaba, detalle tras detalle, más me costaba avanzar. Según mi agenda de trabajo, al día siguiente debía pasar ya a la parte de la institución religiosa y se suponía que empezaba a hablar sobre una droga que la fundadora de la secta había creado tiempo atrás en el laboratorio, pero yo, incapaz de seguir el ritmo, me iba quedando atrás. Con un suspiro, reanudé la lectura de *Los yakuza y la eutanasia*, el nuevo material de investigación que acababa de adquirir y que apenas había tocado.

Reclinada en el puf, me concentré un par de horas en el libro. De pronto, al mirar el teléfono, vi que en la memoria había una llamada de Ryôko Sengawa. Pensándolo bien, a lo largo de los últimos días me había enviado varios mensajes que aún no había contestado. ¿Cuántos días habían transcurrido desde que había llegado el último? ¿Una semana? ¿Algo más? Estuve dudando unos instantes si contestar enseguida a sus mensajes y, al final, desplegué el teléfono móvil.

—Hola, Natsuko-san. —Sengawa se puso al tercer timbrazo. Su voz era alegre y su acento, un poco burlón—. ¡Vaya! ¡Por fin! ¿Qué has estado haciendo últimamente?

—Ah, nada. Escribiendo, ya sabes. A paso de tortuga. Pero voy avanzando.

—Ah, bien.

—Siento haber tardado tanto en contestar. Me había despistado.

—No te preocupes.

Sengawa me había llamado para facilitarme una documentación. Le había preguntado si podía encontrarme algo sobre ciertas personas que había en pueblos y pequeñas ciudades de provincias que se llamaban a sí mismos «creyentes» y que habían cometido cierto delito. Y también sobre el juicio. Por lo visto, Sengawa había conseguido información muy valiosa. «Te la pasaré cuando te vaya bien», me dijo. Luego la conversación derivó hacia el material con el que estaba trabajando.

—Es un libro que ha salido hace poco. ¿Sabes? Por lo visto, para poder seguir en el mundo de los *yakuza* es necesario tener mucho vigor, mucha fuerza física, parece que es una vida muy dura. Así que, al final, no les queda otra que buscarse la vida en el mundo del espectáculo, o en las inversiones...

—Vaya.

—Aunque dejen la organización, ya no consiguen reintegrarse en la sociedad. El cuerpo va perdiendo fuerzas, no saben qué hacer con su vida hasta la muerte... Mientras lo leía, me conmovió. Es dramático.

—¿Ah, sí? Ojalá puedas utilizar todo eso en la novela.

Después la conversación derivó hacia otros temas y, al final, acabamos hablando de la fiesta posterior, o de la fiesta posterior a la posterior que sigue a la ceremonia de un premio literario. Sengawa me contó que había bebido más de la cuenta y que una escritora de más edad le había cruzado la cara.

—¿Cruzarte la cara? ¿Quieres decir que te dio una bofetada? —dije asombrada—. ¿Te pegó? ¿Una escritora a su editora?

—Exacto —dijo Sengawa con voz avergonzada—. Yo también iba bastante borracha. No es que discutiéramos exactamente; al parecer, yo le dije algo inconveniente.

—No, no, no —dije—. Esto es imperdonable. ¿A su edad? ¿Cómo puede un adulto comportarse de esta forma con una persona con la que está trabajando?

—Bueno... —dijo Sengawa como si estuviera hablando de algo que no la afectase directamente—. Hace mucho que nos conocemos. He trabajado con ella desde que entré en la editorial... Y de eso hace más de veinte años. Siempre ha sido muy amable conmigo. Mucho. Nos conocemos muy bien la una a la otra. En fin, que aquella noche habíamos bebido mucho. Estas cosas pasan.

—Y la gente que había alrededor, ¿cómo reaccionó?

—Pues no sé... Alguno iba en plan de «vamos, vamos». Creo.

No había leído ninguna obra de aquella escritora, pero tenía la fama suficiente como para que cualquier lector corriente la conociese. Ni idea de cómo sería su carácter y, por supuesto, nunca habíamos hablado, pero la imagen que me había formado de ella por haberla visto en alguna revista no se correspondía en absoluto con aquel comportamiento, por eso me sorprendí un poco. Era menuda, de apariencia muy femenina, conocida por su estilo, entre el cuento infantil y la fantasía. También era autora de muchos libros ilustrados de éxito.

—Y, en casos así, ¿qué cara pones la próxima vez que te ves?

—Pues la normal —dijo Sengawa con un carraspeo—. Como si no hubiera pasado nada. Igual que siempre. Supongo.

—¿Sin decir «lo siento» ni nada por el estilo?

—Bueno, no hace falta. Ya se sobreentiende. Además, las dos estábamos en la misma situación. Hablamos de su obra... Para una escritora esto es lo más importante.

Intenté seguir preguntando, pero Sengawa se rio un poco y dio el tema por zanjado.

—Va, dejémoslo. ¿Qué has estado haciendo últimamente? —me dijo.

—Yo... —dije y me interrumpí. Porque todos los días había hecho lo mismo: mi único tema de conversación posible era la documentación que estaba leyendo.

Por un instante, pensé en hablarle de lo que había ocupado mi conciencia de manera intermitente durante los últimos meses... Aquello que no se apartaba de mi pensamiento desde hacía tiempo: aquello de quedarme embarazada con el esperma de alguien, aquello que, aunque iba y venía, siempre estaba, de un modo u otro, presente en mi cabeza. Pero desistí. Era demasiado personal, demasiado atrevido y, además, no tenía muy claro qué debía contarle ni a partir de qué momento.

Mientras asentía distraídamente a las palabras de Sengawa, iba recorriendo con la mirada el interior del cuarto. De pronto, mis ojos se posaron en los libros sobre donación de esperma e inseminación artificial que estaban apilados al lado de la documentación sobre los *yakuza* y las instituciones religiosas. El último que acababa de leer contenía principalmente entrevistas a individuos nacidos gracias a la donación de esperma.

El punto que tenían en común todos los que aparecían en el libro era el hecho de no conocer a sus padres biológicos y, también, el de haber llegado a la edad adulta sin que sus padres les hubiesen contado cómo habían sido concebidos. La inseminación artificial, tanto entonces como ahora, suele mantenerse en secreto, no se comunica ni a los parientes ni a las personas cercanas: es muy difícil, por lo tanto, informar después al hijo. Esto significa que hoy en día debe de haber casi diez mil personas nacidas por este método que viven sin conocer las circunstancias de su nacimiento.

Y hay quienes se enteran un día por casualidad. De que no tienen ningún lazo de sangre con aquel a quien ellos consideraban su padre, que les han estado mintiendo siempre. Que desconocen totalmente de dónde procede la mitad de su ser. En las observaciones del autor, que recogían las experiencias personales de cada uno de ellos y los diversos coloquios, se traslucía la brutalidad del impacto emocional, la profundidad del sentimiento de pérdida y del sufrimiento que habían vivido.

Al final de la entrevista, uno de los hombres que aparecía en el libro decía que llevaba mucho tiempo buscando a su padre. El hospital universitario donde se había efectuado el tratamiento no guardaba, al parecer, ningún registro, y además el médico responsable había fallecido. Su única pista era que su padre biológico debía de ser uno de los estudiantes de Medicina de aquella universidad durante los años en que fue concebido. El hombre mencionaba algunos de los rasgos que no tenía en común con su madre, características, en definitiva, que quizá hubiese heredado de su padre biológico. Y hacía un llamamiento:

—Mi madre es de baja estatura y yo, sin embargo, mido un metro ochenta. Y mis ojos son claramente distintos a los de ella, que tiene doble párpado. Yo lo tengo simple. Además, desde pequeño, soy bastante buen corredor de fondo. El hombre que estoy buscando estaba, en aquella época, matriculado en la Facultad de Medicina de la universidad ***, es una persona alta, con párpado simple, buen fondista y, en la actualidad, debe de tener entre cincuenta y siete y sesenta y cinco años. ¿No hay nadie que conozca a alguien con estas características?

Estas palabras me llegaron al corazón.

¿Estar buscando a alguien tan especial, insustituible para ti, solo con esto? ¿Con unos datos vagos que eran casi lo mismo que no decir nada? Al pensarlo, se me encogió el corazón. Alto, párpado simple, buen fondista. ¿No hay nadie que lo conozca? ¿A quién se dirigía? ¿Adónde? No había nada. La figura del hombre, de espaldas, emergió en medio de un erial inmenso de incertidumbre. Por unos instantes, fui incapaz de apartar los ojos de aquellas líneas.

—... Y también existe esta posibilidad. ¿Qué te parece si vamos allí a documentarnos?

De repente, me di cuenta de que no estaba prestando atención a lo que me decía Ryôko Sengawa y cambié el teléfono de mano.

—¿Datos? Sí.

—Puede valer la pena. Aunque solo sea oír lo que nos cuentan. Hasta Sendai se puede ir y volver en un día, pero estaría bien aprovechar el viaje y pasar allí la noche. ¿Qué te parece?

—¿Cómo? ¿Podemos hacer eso?

—Pues claro. Se trata de recoger información para el libro, ¿no? —dijo Sengawa—. Ya me dirás para qué te serviría yo si no pudiera facilitarte documentación. Si me pidieras pasarte un mes encerrada en unos baños termales de lujo, bueno, eso sería más complicado. Pero una noche en Sendai te la puedo conseguir. Por cierto, los de la institución religiosa, en general, van con mucha cautela, aunque parece que los creyentes hablan sin tapujos. Bueno, depende de la persona, claro. Dejando aparte lo de la documentación, estos días de otoño son muy agradables y allí podrás comer bien y podrás descansar. Coger fuerzas para llegar hasta final de año. ¿Qué te parece?

—Pues lo de coger fuerzas suena muy bien. Pero la verdad es que no necesito más documentación. Con los libros ya me apaño —mentí.

—Ya. Es muy propio de ti eso de no querer salir de casa. Pero va bien distraerse un poco de vez en cuando, ¿sabes? —dijo Sengawa aspirando profundamente por la nariz—. Vale. De acuerdo. Y tengo otra cosa que decirte. A principios del mes que viene hay una lectura. ¿Vendrás?

—¿Una lectura?

—Sí, escritores que leen sus textos en voz alta —dijo Sengawa, y tuvo un violento ataque de tos—: Perdona... Pues eso. Que leen poesía o novela. Hará unos diez años que organizamos esas lecturas. Se celebran en varios lugares. Muchas veces se hacen coincidir con la publicación de las obras y los autores leen en voz alta frente al público, firman autógrafos, a veces hay, después, una pequeña tertulia. Se bebe...

—¡Vaya!

—La del mes que viene será bastante grande, está previsto reunir a unas cien personas. Habrá tres escritores. A una de ellos la llevo yo. Va, anímate. Te va a gustar. Además, quiero presentarte a alguien.

—Vale. Pero a mí no me abofetea nadie, ¿eh? —Reí.

—De acuerdo. Ya recibiré yo la bofetada en tu lugar —dijo Sengawa en dialecto de Osaka, riendo.

Después de hablar con Ryôko Sengawa, encendí el ordenador y miré el correo electrónico. Solo propaganda. Ninguna respuesta.

Hacía tres semanas que había enviado un correo a dos de las direcciones. Una era el sitio web que más información ofrecía de entre todos los que había visitado, el que decía que había probado su *capacidad profesional...*, el sitio web que parecía más serio entre todos los de la red.

En una nueva dirección de Gmail que acababa de abrir, había escrito con franqueza sobre mí misma dentro del recuadro blanco enmarcado de consultas al sitio web. Que tenía treinta y ocho años. Que, como estaba soltera y sin pareja, no podía beneficiarme de la donación de esperma de las instituciones médicas. Pero que deseaba tener un hijo. Que esto me había conducido al Banco de Semen de Japón. Que, en aquel momento, me estaba planteando seriamente distintas posibilidades y que me indicaran qué era lo que tenía que hacer si finalmente optaba por recibir sus servicios.

Pero había pasado un mes y aún no había recibido respuesta. Diez días después de enviarlo, había creado una segunda cuenta y había enviado un nuevo correo, pero el resultado había sido el mismo.

También había enviado un mensaje al blog del donante privado. Tampoco de allí había obtenido respuesta, pero, en aquel caso, no me había importado. Porque aunque me hubiera respondido, tampoco habría acudido a la cita. Había escrito llevada por la excitación y la impaciencia del momento, pero era un acto absurdo que no iba acompañado ni de consuelo ni de curiosidad.

Saqué un cuaderno del cajón y taché *Banco de Semen de Japón* y *donante privado*. Solo quedaban dos opciones:

> Velkommen. Banco de semen de Dinamarca
> Vida sin hijos

Clavé la mirada en mi escritura poco firme, suspiré de nuevo.

Velkommen era un banco de semen danés que había encontrado por internet. Era un organismo de gran prestigio, conocido en todo el mundo por su gestión a lo largo de las últimas décadas. Sus logros profesionales eran de dominio público, contaba con tecnología actualizada y realizaba test periódicos de enfermedades infecciosas a los donantes. Además, efectuaba pruebas genéticas para detectar la existencia de enfermedades hereditarias graves y análisis de cromosomas. Hacían todo lo posible, sin pasar por alto ningún detalle, por congelar e incluir en su banco exclusivamente semen sano sin ningún tipo de problema. A consecuencia de ello, la cuota de admisión de donantes era del diez por ciento. Es decir, que de cada diez hombres que se ofrecían como donantes, solo se registraba a uno. Hasta el presente, Velkommen había donado esperma a más de setenta países, y tanto parejas estériles como parejas de lesbianas, así como mujeres solas —mi caso—, podían solicitar una donación de esperma a través de la red.

En el sitio web, había un perfil detallado de cada uno de los donantes y, al seleccionar el grupo sanguíneo, el color de las pupilas, el color del pelo, la altura y demás, aparecían todos los que reunían estos requisitos. A continuación, si te interesaba un donante en especial, podías obtener más información sobre este en particular. El precio de la dosis de esperma era de doscientos mil yenes. Al recibir el semen, te lo inyectabas tú misma. Desde luego, no te garantizaban el embarazo. Además —y eso era algo en lo que Velkommen se diferenciaba de los otros bancos de semen— podías elegir entre el esperma de un donante anónimo o el de uno que no lo fuera. En el segundo caso, si el hijo, al crecer, quería saber quién era su padre biológico, podía tener acceso a él. Por lo visto, muchas parejas lesbianas optaban por la donación no anónima y, por el contrario, las parejas estériles, que ya contaban con un padre en el hogar, solían preferir la anónima.

Cuantos más datos tenía sobre Velkommen, más evidente parecía que aquella era la única opción que me quedaba. ¿Por qué me había puesto en contacto, entonces, con el Banco de Semen de Japón y con donantes privados? ¿Por qué seguía esperando pacientemente la respuesta? La razón era obvia: yo solo hablaba japonés. No sabía una sola palabra de danés y mi nivel de inglés era el de tercer año de secundaria: solo recordaba hasta el pretérito perfecto de los verbos. Siendo incapaz de redactar un texto de forma satisfactoria, ¿cómo iba a poder transmitir detalles concretos cargados de matices? Bueno, quizá no fuera necesario. Y lo único que tuvieras que hacer fuera marcar una casilla concreta y, estuvieras en la parte del mundo donde estuvieses, en un plazo de cuatro días recibías el semen congelado desde Copenhague.

Me aparté del ordenador y me tumbé sobre la alfombra. Sentía un poco de frío: tiré de la manta de algodón que tenía enrollada a los pies, me cubrí el estómago y apoyé las manos encima. Solo había pensado en el semen, pero ¿y mis óvulos? Por lo general, la menstruación me venía con regularidad cada veintiocho días, pero, a mi edad, podrían surgir diversas complicaciones.

Encendí el televisor y miré, sin verlo, el programa. El hombre del tiempo explicaba con énfasis, volviéndose sin parar hacia el gran mapa meteorológico que tenía a su espalda, que al día siguiente se estropearía el tiempo. Las cortinas perfectamente corridas habían empezado a teñirse de color oscuro: pronto caería la noche. ¿Cuántas veces más en el futuro contemplaría así el azul del crepúsculo? Se me ocurrió de repente. ¿Cómo sería vivir, ir yendo hacia la muerte, sola? ¿Consistiría en estar siempre así, en un único lugar, estuviera donde estuviese, mirara lo que mirase?

«¿Tan malo sería eso?» Me lo pregunté en voz baja. Pero, por supuesto, nadie me respondió.

HOY ESTOY MUY CONTENTO PORQUE HE VISTO A MIS AMIGOS

¿Y qué tal la lectura de aquella noche? Era la primera vez que iba a ver cómo unos autores leían su obra y no podía juzgar el nivel, pero lo que no entendía —menos que el nivel o que otra cosa— era qué estaba pasando en el estrado. Veía que estaban leyendo algo. Eso sí, pero... El primer lector, por ejemplo. Un anciano que pasaba de los ochenta; al parecer, un poeta muy famoso. Aparte de que su voz era muy baja y de que apenas vocalizaba, le cogían unos accesos de tos tan terribles que tenía que agarrarse al asiento y detenerse cada dos por tres. Daba grima.

El segundo lector, por lo visto, era novelista. Llevaba un cárdigan de color chocolate echado por encima de los hombros, bigote y el pelo largo recogido en una coleta. Tendría unos cuarenta años. Leía en tono plano, sin modulación alguna, un texto del que solo captaba con suerte alguna palabra complicada, tan largo que me preguntaba con ansiedad cuánto duraría aquello. La lectura era tan monótona y tan falta de inflexión que hacía pensar en un interminable rezo budista oído en bucle por un magnetófono. Me descubrí a mí misma haciendo sonar un *mokugyo*[1] imaginario en

1. Literalmente, «pez de madera». Instrumento de percusión, parecido a un bloque de madera, que se utiliza para marcar el ritmo del reci-

mi cabeza con el fin de encontrar, a la desesperada, algo de ritmo. Por más variaciones de percusión que intenté, aquella larga letanía no se acababa nunca. Además, no sé si sería tímido de carácter o si era una pose, pero permaneció todo el rato con la cabeza baja, por lo cual, el micrófono se le iba apartando poco a poco de la boca. El encargado acudió varias veces a ponérselo en su sitio, pero, al final, por lo visto, desistió.

No era aquella cantilena lo único que me agobiaba. Estábamos ya en noviembre y, como los últimos días habían sido muy fríos, me había puesto un jersey grueso. En la sala hacía un calor tan asfixiante que tenía la cabeza completamente embotada. Mientras proseguían los rezos budistas, sentía, como signo de mal augurio, que el sudor me corría por la espalda. Y justo aquel día no llevaba encima ni un triste pañuelo o toallita de mano. Llena de impaciencia, miré a mi alrededor. Era increíble: todo el mundo estaba inmóvil, concentrado en el estrado. Las dos mujeres que tenía sentadas a derecha e izquierda, por ejemplo, ni siquiera pestañeaban. Tenían los ojos clavados en el escritor de los rezos budistas, devoraban con ansia cada una de sus palabras. Y, más increíble todavía: una de ellas llevaba un tupido gorro de lana calado hasta las cejas, y la otra, una bufanda de mohair enrollada al cuello. Qué calor. Qué agobio. Leyera lo que leyera, todo me parecía igual: absurdo. ¿No habría nadie allí —un roquero punk, por ejemplo— que se levantara de repente y expresara a gritos su malestar? Estuve dando vueltas a lo incoherente que era aquello mientras exhalaba lentamente aire por la boca y me removía en el asiento hasta que, por fin, acabó. Aún quedaba el último escritor, pero aproveché el momento en que finalizaron los rezos budistas y, antes de que encendieran las luces, salté como un rayo del asiento y, agachándome tanto como pude, salí

tado de *sutras* y de otros textos budistas. También tiene el sentido —tal como su nombre indica: los peces siempre mantienen los ojos abiertos— de ahuyentar el sueño.

velozmente de la sala y me senté en la escalera, junto a los lavabos.

—¡Hola!

Al final del acto, Ryôko Sengawa se me acercó corriendo. Yo, en aquel momento, ya estaba de pie junto a la salida.

—¿Qué te ha parecido? Te han dado muy buen asiento. Ni demasiado cerca, ni demasiado lejos.

—Sí, una distancia curiosa —asentí—. Al final, ya no sabía si estaba a un lado o a otro. Parecía que fuésemos todos uno... Por cierto, hacía un calor espantoso, ¿verdad?

—¿Ah, sí?

—Yo he sudado a mares —dije metiéndome un dedo por el cuello del jersey para que pasara el aire—. ¡Uf! Me estaba abrasando. Por cierto, ¿desde dónde lo mirabas?

—Yo soy la encargada, lo miraba entre bastidores.

—Ya, claro —dije, aliviada al ver que no se había dado cuenta de que me había ido a medias—. Es la primera vez que veo una lectura. Según cómo lo mires, es algo muy intenso.

—Sí, ¿verdad? La prosa también ha estado muy bien, pero la poesía... Ya se sabe, la poesía tiene tanta fuerza... —dijo Sengawa con las mejillas coloreadas de satisfacción.

Tenía ganas de volver a casa, pero, ante la insistencia de Sengawa, decidí ir a la celebración. Miré el reloj: eran las ocho y media. El aire de la noche de otoño era transparente; cada vez que respiraba, una bocanada de aire frío y punzante inundaba mis pulmones. La fiesta era en una *izakaya* a unos diez minutos a pie de la librería de Aoyama donde se había celebrado la lectura. Sengawa y yo caminamos echando ojeadas a los escaparates de las tiendas de Omotesandô, la mayor parte de las cuales estaban decoradas con luces centelleantes.

—Ya parece Navidad —dijo Sengawa alzando la cabeza—. Cada año empiezan antes. Bueno, al menos, a mí me da esa impresión.

—Diría que, hasta hace unos años, empezaban a finales de noviembre. Pero, ahora, fíjate. En cuanto pasa Halloween, al día siguiente ya empiezan.

—¡Qué bonito! —dijo Sengawa sonriendo con expresión relajada—. A mí me gustan más esas amarillas que las azules de allá. Las luces, quiero decir. Mira, Natsuko-san. Las de allá. De esas que llaman led, ¿verdad? Las azules y blancas me parecen muy frías. Prefiero las amarillas.

Pasamos por una farmacia a comprar colirio, luego nos perdimos: total, que, cuando llegamos, la fiesta ya había empezado. Había una decena de personas en una mesa larga charlando animadamente. Sengawa y yo saludamos con una inclinación de cabeza, nos sentamos en un extremo y pedimos la bebida.

El poeta que había subido al estrado en primer lugar estaba sentado en el rincón del fondo, apoyado en la pared, y, aunque no hablaba con nadie, lucía una sonrisa de oreja a oreja. Dos personas más allá, hacia el centro de la mesa, estaba el novelista, ya con el rostro carmesí a pesar de que la fiesta acababa de empezar. No podía asegurarlo, pero era probable que todos los que estaban reunidos allí fueran editores o personas relacionadas con la librería organizadora del evento. Todo el mundo parecía divertirse mucho. Como era natural, Sengawa era la única persona a la que yo conocía.

Las dos tomamos cerveza, charlamos mientras comíamos trocitos de *yakitori* sacados de la brocheta. Intercambié saludos con varias personas, me presenté a mí misma, otros se me presentaron. Irrumpió otro grupo en la *izakaya*: el ambiente se fue animando y, a medida que el bullicio del local aumentaba, las voces de nuestra mesa fueron subiendo paulatinamente de volumen.

Dos horas más tarde, posiblemente porque la bebida ya había surtido efecto, las risas eran mucho más estridentes, aunque todavía había algunos que hablaban de temas serios con aire reposado. Una editora cambió de sitio, se sentó a mi lado y empezó a hablarme de un libro para colorear dirigido a adultos que había salido recientemente a la venta. El anciano poeta estaba sentado al fondo, con una mano pegada al vasito de sake, inmóvil, con los ojos cerrados. ¿Estaría durmiendo? ¿O quizá meditaba? ¿No le molestaría aquel alboroto? ¿Se encontraría bien? Al captar mi mirada de preocupación, un hombre calvo, posiblemente su editor, me sonrió y asintió varias veces con la cabeza en ademán de decir: «Tranquila. Todo está bajo control».

Como todo el mundo charlaba de lo que le venía en gana, era difícil saber quién decía qué, pero de pronto llegaron a mis oídos las palabras del novelista, que, desde hacía rato, hablaba con pasión creciente. Con la cara llena de manchas rojas, hablaba y hablaba, con tanta locuacidad que parecía increíble que fuese el mismo hombre de los rezos budistas. A juzgar por algunas palabras que capté, estaba hablando sobre el conflicto de Oriente Medio. Por lo visto, exponía su parecer a una editora de más edad que estaba sentada a su lado.

—... Es un reportaje muy exhaustivo. Ya es hora de que el mundo se dé cuenta de la arrogancia de Estados Unidos. Sí, ya. Aunque esté en decadencia, es Estados Unidos. De acuerdo. Pero hay muchos tipos de decadencia. ¿Y cómo está decayendo Estados Unidos? ¿Y por qué? Sobre esto, justamente, es sobre lo que se tiene que hablar.

Tras sacudir la cabeza con gesto teatral, alzó un poco la copa de vino que tenía en la mano y la apuró de un trago como si fuera un rito. Acto seguido, tomó otro sorbo de la copa que la editora se había apresurado ya a llenarle y, con una mueca de desagrado, continuó hablando: «Esa es mi opinión». Al verse rodeado de personas que lo escuchaban asintiendo con la cabeza, se fue excitando más y más: empezó a divagar y a dar bandazos, yendo de una cosa a otra, hasta plantear qué papel debía desempeñar la literatura frente a la política y al terrorismo. Sengawa y yo continuábamos sentadas en el extremo opuesto de la mesa y lo íbamos escuchando distraídamente. Justo acabábamos de empezar la cuarta cerveza. Entonces, oímos que decía: «Un ejemplo de lo que significa la literatura... Sin ir más lejos, esta situación. Yo ya lo había predicho todo antes, incluso lo había escrito en Twitter».

—Ya sé que mi obra no es fácil de entender. Pero, por

ejemplo... El conflicto de Siria. La situación que describe el reportaje, eso yo, imaginaos, hace más de diez años que ya lo había escrito todo.

Tras la aserción del novelista, todo el mundo enmudeció. Pero la editora saltó enseguida, diciendo con admiración: «Pues sí, es cierto. La literatura, la novela, no sé cómo, ofrece una visión profética de las cosas. Guste o no guste»; alguien admitió: «Sí, es verdad», y el escritor, tras vaciar la copa de vino, se inclinó hacia delante y prosiguió: «Y tengo que añadir que...». Pero, de repente, otra voz lo interrumpió:

—¡Qué chorradas! —se oyó decir con claridad a una voz femenina—. ¿No te da vergüenza estar aquí largando de esta forma cuando en todos estos años no has podido escribir una novela decente?

Estas palabras fueron seguidas de un silencio sepulcral. Dirigí la mirada hacia el punto de donde procedía la voz.

—Y eso de tus predicciones... Mira, no tengo ni idea de qué has escrito o qué has predicho tú, pero la persona que ha escrito este reportaje y lo ha colgado en la red ha estado en Siria, ¿sabes? Ha estado allí de verdad mientras tú estabas repantingado en tu casa, rascándote la barriga. Lo único que has hecho tú es echarle un vistazo, escribir en Twitter e ir diciendo luego que ya lo habías vaticinado hace años. ¡Déjate de tonterías! ¿Vas a acercarte a Siria algún día a comprobar si acertaste con tus profecías? Porque, si no, ¿qué sentido tiene toda esta cháchara? Como nadie te hace ni puto caso, vas y te aprovechas del trabajo de otro, solo para satisfacer tu orgullo barato.

Al oír aquel exabrupto —o parlamento inesperado, o declaración, no sabía cómo llamarlo—, en un primer momento, pensé que debía de haber habido una representación teatral en el estrado después de mi fuga de la sala de lecturas y que aquello era la continuación. También podía ser una broma de mal gusto de un amigo del escritor. Pero me equivocaba. La dueña de la voz era Rika Yusa, una escritora que Sengawa me había presentado un rato antes, y aquello no parecía ser ni el segundo acto de una obra teatral ni la broma afectuosa de un amigo.

Tras unos segundos de silencio, durante los cuales solo se oyeron resonar a lo lejos, como recuerdos del pasado, las voces alegres de los otros clientes, alguien intentó cambiar de tema diciendo: «Por cierto...». «Sí, es verdad», apuntó otro. Luego, algunos más rieron a coro. El escritor continuó trasegando vino en silencio. Como era lógico, la tensión siguió flotando en el aire durante un rato y yo me sentía tan incómoda que tenía ganas de gritar, pero, pensándolo bien, ¿no habían abofeteado a Sengawa una vez en circunstancias similares? Quizá en aquel mundillo aquello fuera el pan de cada día, algo tan habitual como saludar. También pasaban cosas parecidas en los callejones de Shôbashi... Lo cierto era que no sabía qué pensar. Estuve un rato a la expectativa, a ver cómo derivaba el asunto, tomándome mi cerveza, pero, un poco después, el ambiente volvía a ser a tan distendido como antes.

Sengawa pidió otra cerveza y, cuando se la sirvieron, jarra en mano, saludó a la persona que estaba junto a Rika Yusa y le pidió que le cediera el asiento: pronto estallaron las carcajadas de las dos. Yo cogí un bol donde quedaba la mitad de *motsui* y me lo fui comiendo poco a poco, cogiéndolo con la punta de los palillos. De pronto, me acordé del anciano poeta y miré en su dirección: estaba con la boca entreabierta, completamente dormido, igual que una figura de mural egipcio. Mis ojos se encontraron con los del editor de al lado y este volvió a asentir en ademán de decir: «Tranquila. Todo está bajo control»; yo le respondí con un gran movimiento afirmativo de cabeza.

La fiesta fue llegando a su fin: el escritor desapareció con la editora que estaba a su lado, todo el mundo empezó a desfilar. Sengawa me llamó: «Vamos en la misma dirección. ¿Te llevo?». A su lado estaba Rika Yusa. Por lo visto, vivía en Midorigaoka, en el distrito de Meguro. Cogimos un taxi las tres.

Sengawa se sentó delante. Yo detrás, junto a la portezuela de la izquierda porque era la primera que bajaba, en Sangenjaya; y Rika Yusa, al fondo del asiento.

—Oye, Rika-san —dijo Sengawa tras informar al conductor de la ruta y del orden de las paradas—. Te entiendo. Te entiendo, pero...

—Normal, ¿no? —dijo Rika Yusa riendo—. Ese tipo ha estado dando la lata desde el principio. ¡Qué pesado! *Tooodo* el rato con lo mismo. Dicho sea de paso, esos tíos que escriben parecen a veces un disco rayado con sus vaticinios y profecías. Que si «yo lo predije» por aquí; que si «yo ya lo pronostiqué» por allá. ¿Qué sentido tiene? No es que me importe demasiado, pero es que no paro de oír lo mismo durante todo el año. Si te advierte alguien que sabe lo que dice, vale. Pero ¿ese imbécil? Solo habla por el placer de escucharse. ¡Imbécil presuntuoso! Últimamente va diciendo por la tele o por Twitter cosas que parecen sensatas, pero es un mal bicho. Una liendre. Una editora ha dejado el trabajo por su culpa. Una chica. ¿Lo sabíais? ¿Os habíais enterado?

—¡Ah! Aquella chica, ¿verdad? —respondió Sengawa.

—Sí. En cuanto vio que había entrado una chica guapa, hizo que se la asignaran y, luego, la iba llamando con cualquier excusa, la iba llevando de aquí para allá. Incluso la hacía ir a su casa a recoger textos, cuando todo el mundo los envía por e-mail. Acoso sexual, abuso de poder y acoso laboral: tres en uno. Y, a lo mejor, el tío pensaba que estaba enamorado, el muy... Ese tipo está mal de la cabeza. Y los de la editorial, ¿qué? Deberían echarlo, ¿no te parece? Y no lo digo en broma.

—Te entiendo. Pero ¿no has bebido un poco más de la cuenta? —dijo Sengawa suspirando—. Supongo que necesitabas desahogarte.

No había leído ninguna obra de Rika Yusa, pero sabía quién era, por supuesto.

Por lo que hacía a la edad, quizá era un poco mayor que yo. Muchas de sus obras habían sido adaptadas al cine y cuando, alguna que otra vez, iba a las librerías, siempre veía sus nuevas publicaciones apiladas boca arriba en un lugar preferente, lo que quería decir que era una autora de éxito. Recordaba, además, la polémica que había suscitado años atrás, después de obtener el premio Naoki de literatura, cuando había acudido a la rueda de prensa con el pelo rapado y un bebé en brazos. La había visto en las noticias de la televisión. Sus ojos rasgados, de párpado simple y mirada acerada, por sí solos ya impresionaban, pero había subido al estrado con una sudadera gris, vaqueros, zapatillas deportivas y, además, con el pelo casi al cero. Si hubiera sido más joven —una bonita estudiante universitaria o una artista—, no habría sido tan sorprendente, pero aquel no era su caso. Rika Yusa, a la primera ojeada, apenas mostraba elementos que te permitieran clasificarla en una tipología concreta y yo recordaba que su imagen en la pantalla me había provocado una sensación de incomodidad, una cierta inquietud. Al mismo tiempo, había pensado que aquella apariencia, que veía por primera vez en una mujer que salía en las noticias, la favorecía mucho.

¿Por qué le sentaba tan bien?... Lo había pensado entonces mientras estudiaba su rostro en la pantalla y me había dado cuenta de que tenía una cabeza maravillosamente formada. La parte posterior del cráneo sobresalía, tenía profundidad; la cara era estrecha; la frente, grande y redonda. La nariz era recta y denotaba fuerza de carácter. No poseía una belleza convencional, pero todos sus rasgos tenían una gran viveza, su rostro quedaba en la memoria. Me había admirado ver cómo su fisonomía volumétrica, que recordaba un animalito inteligente, confería a su rostro una extraña dignidad. Y, cuando la había oído hablar, había comprendido que su apariencia se correspondía a la perfección con su carácter. A la pregunta de un periodista sobre si el hecho de haber llevado el bebé a la rueda de prensa contenía un mensaje de reivindicación de los derechos femeninos, ella había respondido con una sonrisa: «¿Mensaje? No, no. Nada de eso. Soy madre soltera y solo estábamos los dos en casa. Como no tenía con quien dejarlo, no me ha quedado otra que traerlo». Y a la pregunta de otra periodista: «Ese pelo rapado es muy original, ¿lo lleva usted así por alguna razón especial?», respondió, provocando las risas de toda la sala: «Esas puntas del pelo rizadas son muy monas, ¿las lleva usted así por alguna razón especial?». Y añadió con una alegre sonrisa: «Además, discúlpeme por ser tan quisquillosa, pero esto no es pelo rapado. Se llama *buzz cut*. No es que me importe demasiado, pero los nombres tienen un gran valor».

Estar sentada con esa Rika Yusa en el asiento trasero del mismo taxi me parecía extraño, pero no sentía incomodidad alguna. Ella estaba recostada en un rincón, con el cuerpo ligeramente vuelto hacia mí, y hablaba con Sengawa mientras echaba, de vez en cuando, una mirada rápida hacia fuera. Ahora llevaba el pelo hasta debajo de los hombros y las puntas se le fundían con la blusa negra brillante. Como no sabía si debía hablar o no, opté por quedarme escuchando, sin intervenir en la conversación.

—¿Conoces a Sengawa-san desde hace tiempo?

Rika Yusa se dirigió a mí cuando ya habíamos dejado atrás la estación de Shibuya, corríamos por la carretera nacional 246 y nos estábamos acercando a la intersección de Dôgenzakaue.

—Ah..., no. Hará unos dos años que la conozco.

—¿No crees que le falta algo de tacto? —dijo Rika con aire travieso.

Sengawa, tosiendo, se dio la vuelta desde el asiento de delante y le clavó los ojos en ademán de decir: «¡Oye, que estoy delante!».

—En fin —dijo Rika Yusa riendo—. Por más verdad que sea lo que digo, en eso tiene razón: está delante.

—Es que no es verdad —dijo Sengawa sacudiendo la cabeza con aire exasperado—. Y, además, no creo que ella sea la persona más indicada para hablar de tacto, ¿no te parece, Natsuko-san?

—Oye, lo de antes, ¿se ha acabado así y ya está?

Se lo pregunté a Rika Yusa.

—¿Acabado? ¿Qué quieres decir? —dijo Rika Yusa mirándome por primera vez directamente a los ojos. Las luces de la noche y de la ciudad que penetraban por la ventanilla iban deslizándose en forma de manchas por sus mejillas. Yo notaba una cierta pesadez en los brazos y las piernas: quizá estaba más bebida de lo que suponía.

—Lo del hombre al que le has dicho aquello antes. No ha respondido nada, ¿es normal?

—Quizá —asintió Rika Yusa—. Prácticamente era la primera vez que nos veíamos, se habrá quedado sorprendido de que le soltaran aquello de repente. Pero ese es del tipo que luego, al acordarse, le escocerá. E irá diciendo por ahí que estoy loca y cosas por el estilo, supongo.

—¿Vas a volver a verlo?

—Vete a saber —dijo Rika Yusa con indiferencia—. No creo. Los escritores no coincidimos demasiado. No podemos perder mucho tiempo asistiendo a lecturas, por ejemplo. Por cierto, Natsu... Natsume-san. Te llamas así, ¿verdad? Natsuko Natsume.

—Sí.

—¿Es tu pseudónimo?

—No, me llamo así.

—¡Qué maravilla! —dijo Rika Yusa riendo—. Por cierto, hoy tú también has sido una damnificada del desastre. Me refiero a la lectura, claro. Seguro que Sengawa-san te ha arrastrado hasta allí, ¿me equivoco?

—Bueno, pues sí. Me ha invitado.

—¿Y qué te ha parecido? —dijo Rika Yusa sonriendo maliciosamente.

—Pues la verdad es que no he entendido nada —respondí con franqueza—. Pero la sala estaba llena de gente y todo el mundo estaba extasiado, como pensando: «¡Qué bueno!».

—Sí, es verdad —dijo Rika Yusa riendo alegremente—. Increíble. Está mal que lo diga yo, porque he salido a leer, pero es que lo pienso de veras. Me asombra ver lo que aguantan escuchando a unos aficionados sin ningún talento para la oratoria, como yo. He tomado nota de ello y, pase lo que pase, no volveré a presentarme nunca más.

—¿Estás hablando en broma? —dijo Sengawa riendo sorprendida.

—Yo era la primera vez que asistía —dije riendo también—. Pero, por más que se trate de lectura, quizá no importe tanto que no se entienda bien. Todos estaban inmóviles, sin mover un músculo. Completamente atrapados. Los oyentes deben de ser lectores, ¿verdad? ¿Con qué objetivo deben ir a una lectura en la que cuesta entender las palabras?

—Pues ¿por sentido del deber, quizá? —dijo Rika Yusa enseñando al reír sus dientes bien alineados.

—¿Sentido del deber respecto a qué?

—No sé, quizá como devotos de la literatura.

—¿Y esto da algún derecho, o algo?

—Es posible —dijo Rika Yusa riendo divertida—. Mira. A su alrededor hay personas a las que las cosas les van saliendo más o menos bien, pero ellos piensan que son un hatajo de estúpidos vulgares. Por el contrario, ellos están pasándolo mal, no les reconocen nada, no tienen ninguna recompensa. Pero no es porque les falle la suerte o porque no tengan talento. Claro que no. Todo les va mal porque *ellos son del tipo de personas que entienden las cosas*. Puede que estén en su derecho a tranquilizarse pensando así... Bueno, dejando esto aparte, ¿sabéis cuáles son las palabras que los asistentes a una lectura desean escuchar más que nada?

—No tengo ni idea. Bastante me ha costado quedarme allí sentada.

—Pues son: «Esta es la última lectura de hoy». Seguro.

Rika Yusa y yo reímos; poco después se nos añadió Sengawa con una risa de apuro.

En Sangenjaya, el taxi se detuvo a un lado de la carretera nacional 246. En cuanto les di las gracias y me apeé, la portezuela se cerró de golpe y el coche desapareció. Saqué el teléfono móvil del bolso y lo miré: pasaban unos minutos de las doce.

Al echar un vistazo a la carpeta de «recibidos» del correo electrónico, descubrí un nombre que no me resultaba familiar. Rie Konno. ¿Rie Konno?... Ah, Konno-san. Las antiguas compañeras de la librería no se ponían en contacto conmigo más que para nuestras citas y, pensándolo bien, aquella era la primera vez que Konno me escribía a título personal. El mensaje empezaba diciendo: «Hola. ¿Cómo va todo? La última vez que nos vimos todavía hacía calor. Cómo pasa el tiempo, ¿verdad? Te escribo porque a principios de año nos mudamos». A continuación decía que, por una serie de circunstancias, toda la familia iba a trasladarse a la prefectura de Wakayama, de donde procedía su marido, y que se ponía en contacto conmigo para que comiéramos juntas antes. «Si tienes tiempo, me gustaría verte un día a lo largo de este año. No me importa desplazarme hasta Sangenjaya. Ya me dirás algo. Una cosa más. Te parecerá extraño, pero a las otras no les he dicho que me voy a Wakayama: me harías un favor si lo mantuvieras en secreto.»

¿Por qué me habría escrito a mí sola? ¿Por qué no querría que las demás lo supieran? ¿Y por qué me lo decía a mí entonces? Mientras releía el correo, empezaron a planteárseme dudas, pero me fue dando cada vez más pereza pensar en ello. La última ocasión en que nos habíamos visto todavía era verano: no recordaba de qué habíamos hablado, pero luego yo me había ido a Jinbochô. «Por cierto, comimos *galettes*», recordé de pronto. Ryôko Sengawa aquel día llevaba una amplia blusa de algodón de color crudo y estaba sentada en un viejo sofá de intenso color granate. ¿Y de qué habíamos hablado? Para empezar, ¿habíamos hablado de algo concreto?... Mientras lo estaba pensando, me cruzó el pensamiento la novela que tenía a medio escribir: sentí una opresión en medio del pecho y me deprimí. Dejé caer el teléfono al fondo del bolso y caminé hasta mi apartamento contando el número de pasos.

Al dar la vuelta a la llave y entrar en aquella habitación llena de sombras superpuestas, la sentí fría, con aires de invierno. Bajo las plantas de mis pies, la alfombra parecía húmeda. «El olor del invierno», pensé. Pero, un rato antes, mientras estaba andando por el exterior, no lo había percibido. ¿Sería que el olor del invierno solo estaba presente en mi casa? Porque, cuando se cumplen de repente algunas condiciones, como el cambio paulatino de la temperatura, la intensidad de la luz del sol durante el día, diversos componentes de la noche y demás, ¿no es cierto que el olor del invierno que impregnaba los libros, la ropa, las cortinas, despierta y va extendiéndose, llenándolo todo? Igual que si se acordara de algo.

Pasó el mes de noviembre como si fueran hileras de cajas blancas de la misma forma e idéntico tamaño alineadas la una al lado de la otra. Me levantaba a las ocho y media, comía pan de molde, me dirigía al ordenador; a mediodía me tomaba unos espaguetis con salsa precocinada y volvía al trabajo; por la tarde, hacía unos estiramientos ligeros y, por la noche, cenaba *tsukemono*[2] y arroz con *nattô*. Al salir del baño, echaba una ojeada a los blogs de algunas mujeres que seguían tratamientos contra la infertilidad. Un paso hacia delante y otro hacia atrás: todas tenían altibajos. Cuando algún blog subía en la clasificación, lo miraba. «Quizá ya no haya nada que hacer. Seguiré intentándolo.» Todas luchaban, oscilando entre estos dos sentimientos contrapuestos. Pero yo ni siquiera estaba de pie en la línea de salida. A veces me acordaba, de repente, del Facebook de Naruse y le echaba una ojeada.

Una semana después de la lectura, recibí un correo de Rika Yusa. «Se mire como se mire, hablar por teléfono es más cómodo que ir escribiendo una cosa tras otra. ¿Te importa que te llame?», decía. Y añadía que, si me daba pereza, que no me pusiera. Le envié el número de teléfono y me llamó a los diez minutos.

—Gracias por el número —dijo Rika Yusa—. ¿Sabes? He leído tu novela.

—¿Mi novela? —dije sorprendida.

—Sí, la tuya. Solo tienes una de momento, ¿no? Es muy

2. Encurtido de verduras.

interesante. Se supone que es una recopilación de cuentos, pero en realidad es una novela larga, ¿verdad?

—Te lo agradezco de veras.

—No seas tan formal. Tenemos la misma edad.

—¿En serio? —dije sorprendiéndome otra vez—. Creía que eras un poco mayor.

—En la escuela iba un curso por delante, pero nacimos el mismo año.

—La verdad es que yo he encargado tres novelas tuyas.

—Ah —asintió Rika Yusa como si hablásemos de algo ajeno. Luego añadió—: Oye, ¿por qué no me llamas por el apellido, sin el «san»? A mí me gusta más. ¿Y tú? ¿Cómo prefieres que me dirija a ti?

Cuando le dije que me era igual, lanzó un ligero gruñido.

—Entonces, «Natsume». Eso de llamarnos por el apellido me gusta. Es como si fuéramos compañeras del equipo de voleibol de la escuela.

—Sí, da esta sensación. Aunque no he jugado nunca, la verdad.

—Volviendo a lo que decíamos antes, a tu eso, a tu novela. Ya te lo he dicho antes, me ha parecido muy interesante. Me ha recordado *El río Fuefuki*. A ti debe de gustarte mucho *El río Fuefuki*, supongo.

—No lo he leído.

—¿En serio? Es una historia de unos aldeanos que van muriendo a lo largo de sucesivas generaciones. El relato se extiende a lo largo de un periodo increíblemente largo, pero la novela, en sí misma, no lo es tanto.

Luego pasamos al uso del dialecto. Yusa me preguntó si no pensaba escribir una novela entera en dialecto de Osaka. A mí nunca se me había ocurrido y, al decírselo, me contó sus impresiones sobre el dialecto de Kansai y, en particular, el de Osaka.

—Era increíble, en serio —dijo Yusa—. Cuando fui a Osaka vi a tres mujeres que hablaban sin parar, superrápido, con un brío increíble. Bueno, las vi, las oí, porque iban uniendo diferentes diálogos desde varios puntos de vista, saltando de un tiempo verbal a otro, sin parar, sin parar. La velocidad era increíble, se estaban riendo todo el rato, pero lo alucinante es que se entendían. Nada que ver con lo que sale por la tele. Ya se sabe que en la tele todo acaba siendo una adaptación para la tele. Pero un intercambio verbal auténtico en dialecto de Osaka, eso ya no tiene como objetivo último comunicar, no, qué va. Es competir. Además, uno hace su parte y también el papel del espectador. Es... No sé cómo decirlo. Es narración.

—¿Narración? —repetí...

—Sí, sí. Eso. En el dialecto de Kansai, la lengua en sí ha evolucionado para la narración... No, no es eso. Va más allá de una simple evolución. Al principio está la narración. Como objetivo. Y, con el fin de alcanzar la forma perfecta para reproducir esta narración, la constitución de la lengua en sí, por ejemplo, la entonación, la gramática, la velocidad, todo esto, ha ido mutando y, como resultado, el contenido de lo que se cuenta va desfigurándose aún más...

Hasta entonces, apenas había reflexionado sobre mi propio dialecto, de modo que me quedé escuchando a Yusa con curiosidad.

—Sea como sea, me quedé de piedra. Tengo amigos que hablan otros dialectos y siempre había creído que un dialecto no era como una lengua extranjera. Que un dialecto, a fin de cuentas, no era más que eso. Pero no me enteraba. Es alucinante. ¿Qué ha pasado con el dialecto de Kansai? ¿Vosotros no os dais cuenta?

Le respondí que la verdad era que no.

—Pero lo que yo pienso, ¿sabes?, es: ¿cómo es posible reproducir en una novela, en lengua escrita, un diálogo como el que oí en Osaka y que me pareció tan increíble? —dijo Yusa—. Porque hay personas nacidas en Osaka que escriben en dialecto de Osaka, ¿no es así? He leído a algunas. A ver cómo quedaba convertido en un texto. Pero no funciona. Al leerlos, me he dado cuenta de que no tiene una gran importancia que el escritor sea nativo o que no lo sea. El cuerpo del diálogo real y el cuerpo del texto, es decir, el estilo, son dos cosas aparte. Es algo obvio, ya lo sé. Pero el estilo es algo que se crea. Y lo que importa en el momento de crearlo es tener buen oído.

—¿Tener buen oído?

—Sí, sí. Eso. —Yusa continuó hablando divertida—: Lo que se necesita es poder captar cómo suena la *amalgama* del ritmo que sustenta el diálogo, incluso los biorritmos. Lo importante es el arte de captar esta amalgama y convertirla en algo completamente distinto. En una palabra: Tanizaki.

—¿Tanizaki? —dije.

—Sí. Junichirô Tanizaki —dijo Yusa, articulando como si estuviera leyendo unas letras que tuviera delante—. Es decir: *Shunkin*. No *Las hermanas Makioka* o *Manji*. Ni las de gatos o insectos. Y Tanizaki no era nativo de Kansai.

—Pero el dialecto de Osaka, vamos, el de Kansai, solo está en los diálogos, ¿no?

Había leído *La historia de Shunkin* cuando tenía poco más de veinte años y solo guardaba un recuerdo confuso de la obra. Apenas me acordaba de los detalles, pero, sin embargo..., la escena en la que Shunkin golpeaba a Sasuke con el plectro por su torpeza: recordaba aquello con tanta nitidez como si lo hubiera hecho yo, lo sentía en mis manos, en mis brazos y en mi cabeza, y pensé que quizá aquello tenía relación con la *amalgama* de la que hablaba Yusa.

—Exacto —dijo Yusa riendo—. No tiene que ver con que esté escrito o no en el dialecto de Osaka o en el de Kansai tal como es en realidad. Aunque toda la obra esté escrita en japonés estándar, o en otra lengua, esta maravilla de la que hablo puede quedar reflejada. Quizá se trate de la mutación que decía.

—¿Era eso?

—Sí, era eso —dijo Yusa en mal dialecto de Osaka, riendo.

A partir de entonces, Yusa empezó a telefonearme con frecuencia. Sus llamadas solían coincidir con el momento en que iba a tomarme un descanso, nos acostumbramos a hablar una vez a la semana. En una ocasión en la que era de noche, oí una voz infantil al fondo. Me contó que era su hija Kura, que iba a cumplir cuatro años. Cuando le dije que era un nombre poco común, me explicó que se lo había puesto porque así se llamaba su abuela. Yusa también había crecido en un hogar sin padre; su madre, que era agente de seguros, estaba muy poco en casa, de modo que fue su abuela quien la crio. Cuando Yusa tenía veinte años, su madre se volvió a casar y, a partir de entonces, Yusa vivió solo con su abuela hasta que esta murió, diez años después. Al contarle que yo también había vivido siempre con mi abuela, descubrimos que tanto la una como la otra habían nacido en el mismo año, en 1924. Me preguntó cómo se llamaba y, al decirle que Komi, en katakana,[3] Yusa me dijo admirada: «¡Qué maravilla! Muy en la onda de la época Taishô».[4] Y se rio.

El último domingo de noviembre, Sengawa nos invitó a Yusa y a mí a cenar. Vivía en un bloque de pisos de lujo. Frente a la entrada había un pequeño soportal; el interior de la casa era muy amplio y, en un *living* que tendría unos veinte tatami,[5] había extendida una gran alfombra de apariencia lujosa.

En el dormitorio había un vestidor, y tanto el estilo de los muebles como el olor o la calidad de los materiales eran completamente distintos a los de mi casa. Me vino al pensamiento uno de esos folletos con lenguaje florido de anuncios de blo-

3. En aquella época era corriente escribir en silabario katakana los nombres de pila femeninos por su mayor simplicidad. En muchos casos, tenían dos sílabas.

4. La era Taishô (1912-1926) se caracteriza por ser una época moderna y cosmopolita en la que se produjo un gran desarrollo de las ciudades modernas y una expansión de la cultura de masas.

5. Aunque la medida depende de la zona de Japón, veinte tatami equivalen a unos treinta y tres metros cuadrados.

ques de pisos que a veces caían en mis manos. Sengawa nos sirvió en platos soperos un *borsch* que, según dijo, había aprendido a hacer recientemente, cortó a rebanadas un pan que había comprado en no sé qué famoso establecimiento, cortó una mantequilla de marca extranjera y nos la sirvió en platitos individuales. Un paté que no logré adivinar de qué era, una crema exótica de gusto ligeramente ácido, ensaladas de legumbres de diferentes colores y formas: en la mesa se alineaban platos que no solo no formaban parte de mis menús habituales, sino que jamás había probado, y las tres nos los fuimos comiendo mientras hablábamos de eso y de aquello. Yusa bebió el vino con deleite diciendo que, como su madre pasaba la noche en casa, podía beber tranquila. Yo iba tomando mi cerveza, sorbo a sorbo, mientras, dentro de mi cabeza, iba dando vueltas a varias cosas que me intrigaban.

¿Vivía realmente sola Sengawa en aquel apartamento tan grande y lujoso? ¿Cuánto dinero debía de costar vivir en un piso como aquel? Para empezar, ¿cuánto debía de ganar una empleada de la editorial? Además, algo que no habíamos tocado nunca en nuestras conversaciones: ¿salía Sengawa con alguien? ¿Lo había hecho en el pasado? Y, por lo que hacía a Yusa, ¿por qué estaba criando a su hija sola? ¿Qué tipo de persona era el padre de Kura? ¿Cuáles habían sido las circunstancias de su embarazo y parto? Y Sengawa, que estaba a punto de cumplir cincuenta años, ¿cómo sentía el hecho de no haber tenido hijos? ¿Qué había pensado sobre los hijos hasta entonces? ¿O no había pensado nada? Fui asintiendo con monosílabos a lo que ellas decían esperando que estos temas salieran de forma espontánea. Pero, por más tiempo que pasó, no hablaron de asuntos personales. La conversación solo giró sobre temas de trabajo: la crisis en el mundo editorial, los libros que habían leído últimamente la una y la otra y demás. Mientras hablábamos, Sengawa tosió varias veces y le preguntamos si estaba resfriada: nos dijo que tenía asma, pero que no era nada grave. Cuando era pequeña, nos contó, tenía ataques muy a menudo, pero al crecer, la enfermedad se hizo mucho más llevadera, aunque en épocas de estrés en el trabajo su asma se agravaba mucho. Luego empezamos a hablar de zumos depurativos y de medicina alternativa, Yusa abrió una app que se había descargado sobre «pronóstico de esperanza de vida» y todas hicimos el test. Nos reímos al ver la respuesta: Yusa y yo, noventa y seis años; Sengawa, sesenta. «¿Veis? Vosotras, las novelistas, acortáis la vida de las editoras», dijo sonriendo maliciosamente, y se tomó un sorbo de vino.

También Makiko me telefoneaba de vez en cuando.

En esta ocasión, me llamó poco después del mediodía y, tras decirme con voz aguda: «¿Te va bien ahora?», empezó a hablar de una chica nueva del *snack*, de unas pautas de salud que había visto por la televisión, de una antigua compañera de trabajo que se había encontrado por casualidad en Aeon Mall después de diez años y que ahora iba en silla de ruedas por una complicación de la diabetes, de un tal señor no sé qué del barrio que había descubierto el cadáver de un anciano ahorcado mientras daba su paseo matutino... Me fue contando una cosa tras otra, con tanta pasión como si estuviera ocurriendo ante sus propios ojos. «Ya sé que últimamente solo te hablo de cosas deprimentes, pero ¿sabes de dónde se colgó, Natsuko? No de un árbol, no. ¡De una verja! Una verja no muy alta, con una toalla. Se colgó con una toalla. Una toalla es para secarse la cara, ¿vale?, no para colgarse. No puedo imaginar de dónde sacaría ese pobre hombre la idea. ¿Para qué naceremos? ¿No te parece, Natsuko?», me fue comunicando sus angustias y, luego, antes de cortar, me dijo en tono muy formal: «Ah, Natsuko. Hoy ha llegado la transferencia. Muchísimas gracias». Después de publicar el primer libro y de que, poco a poco, empezaran a encargarme artículos, empecé a enviarle a Makiko diez mil quinientos yenes al mes. Al principio, Makiko había rehusado de forma categórica diciendo que no hacía falta, que no hacía falta, que yo también los necesitaba para vivir. Me costó mucho que aceptara y, cuando lo hizo, dijo que gracias, pero que ella no tocaría un yen, que guardaría todo el dinero para Midoriko. No tenía la menor idea de si Midoriko estaba al corriente o no, pero, sin ninguna razón particular, pensé que era mejor que no lo supiera.

Llegó diciembre; al salir de casa, empecé a ponerme un abrigo sobre el jersey. Los troncos de los ginkgos, plantados a intervalos regulares a los lados de la calle, se tiñeron de un negro intenso, el aire fue siendo cada vez más frío. Al entrar en el súper, te topabas con sopas y *ponzu*[6] puestos en los lugares de honor y, a su lado, las montañas de coles chinas tenían una blancura tan irreal que, mientras las observabas, acababas por no saber qué estabas mirando. Aquella noche, el súper estaba lleno a rebosar de clientes que compraban para la cena. Me crucé con una madre que estaba eligiendo diversos artículos mientras, con una mano, tiraba de un niño que llevaba uniforme del parvulario y, con la otra, empujaba un cochecito de bebé. El niño le explicaba con todas sus fuerzas algo a la madre y esta le respondía sonriente. El bebé debía de estar dormido. Completamente cubierto por la visera blanca del cochecito, solo dejaba asomar, a través de la suave manta de algodón, la punta de un pequeño pie enfundado en un calcetín blanco. Intenté imaginarme a mí misma de compras en el súper empujando el cochecito mientras miraba esto y aquello. Intenté representarme a mí misma dándole la mano al pequeño y explicándole cosas sobre las verduras y la carne. Luego compré *nattô*, cebolletas, ajos y beicon y salí. Como no me apetecía volver directamente a casa, me quedé vagando, con la bolsa de la compra en la mano, por los alrededores de la estación de Sangenjaya. Me metí por un callejón que daba a la calle principal y mis ojos se fueron posando en rótulos de *snacks*, *izakaya*, tiendas de ropa de segunda mano.

6. Salsa que se usa en los *nabemono* (sopas y estofados) que se comen con frecuencia en invierno.

Mientras vagaba sin rumbo, me llegó el olor a aire caliente típico de una secadora grande de lavandería cuando está en marcha. Al levantar la cabeza, descubrí ante mis ojos, un poco más allá de una pequeña lavandería automática, un edificio que parecía ser un baño público. Me acerqué y me quedé ante la entrada. Aunque no estaba muy lejos de mi apartamento, no tenía la menor idea de que existiera. Cuando estaba en Minowa, iba de vez en cuando a los baños públicos, pero, después de la mudanza, ni siquiera se me había ocurrido visitarlos.

En la entrada no se veía a nadie.

El edificio era viejo, con partes claramente deterioradas. Pero en el aire flotaba el inconfundible olor del agua caliente. Pasé por debajo de la cortinilla descolorida y entré. Dos puertas de madera indicaban los baños para hombres y para mujeres; en la columna de la pared de en medio, había colgado un pequeño calendario de taco; el techo era bajo y la pintura estaba desconchada, aquí y allá. Casi todas las taquillas del zapatero tenían aún la tarjeta amarilla puesta, tampoco se veía ningún par de zapatos sobre el piso de hormigón. Me quité las zapatillas deportivas, entré. En la puerta había una anciana terriblemente encorvada que, tras lanzarme una mirada rápida, me susurró en voz baja que eran cuatrocientos sesenta yenes.

En el vestidor no había nadie. Unos ventiladores, que habían sido blancos algún día, ahora mostraban un color crema que amarilleaba; la gran báscula de hierro tenía la plataforma oxidada; el acolchado de la silla de un secador de casco que cubría toda la cabeza estaba rajado; en el suelo había extendida una estera raída. La silla de mimbre que estaba junto al lavabo anunciaba también un largo recorrido y, sobre la mesa contigua, un florero de cristal para una sola flor, empañado, parecía el objeto dejado por algún difunto que nadie se tomara la molestia de recoger. Yo estaba de pie en el vestidor desierto; al otro lado de la puerta de cristal estaban las bañeras. Allí dentro corría el agua caliente y, aunque entonces no hubiera un alma, los clientes irían apareciendo poco a poco. Eso debía de ser, pero, sin embargo..., aquellos baños eran distintos, en todos los aspectos, a los baños que yo había frecuentado antes, a los baños que yo conocía. La diferencia no tenía nada que ver con que hubiera gente o con que no la hubiera, con que fueran viejos o con que no lo fueran. Aún con el abrigo puesto, de pie en medio de aquel vestidor desierto, me sentí olvidada dentro del esqueleto de un animal gigantesco que hubiera ido perdiendo la carne y la piel a trozos. Y tuve la impresión de haberme convertido yo misma en una muda vacía. Era un sentimiento de soledad que nunca había experimentado. Me parecía estar mirando, muda e impotente, cómo iba muriendo por culpa de algún error cometido por alguien.

Hacía tiempo... Hacía en verdad mucho tiempo de todo aquello, de aquellos días en los que íbamos juntas a los baños públicos. Pero ¿habían existido realmente? La abuela Komi y mamá todavía vivían; Makiko y yo éramos pequeñas: metíamos el champú y el jabón en una palangana, la cubríamos con una toalla y andábamos entre risas por el camino de la noche. Mejillas encendidas dentro de un vapor tan espeso que se podía cortar. Días sin dinero, sin nada, pero todas estábamos llenas de vida y de palabras. Y de sentimientos que nunca intentamos traducir en palabras. Al otro lado del olor a agua caliente, estaba siempre lleno a rebosar de mujeres. Bebés, niñas, ancianas: mujeres desnudas enjabonándose el pelo, sumergidas en el agua caliente, caldeando sus cuerpos. Incontables arrugas, espaldas rectas, pechos caídos, pieles relucientes, brazos y piernas recién nacidos, manchas oscuras de la edad, manchas claras, omóplatos redondos y flexibles... Toda aquella multitud de cuerpos distintos iba viviendo, día tras día, riendo y charlando despreocupadamente, enfadándose y sufriendo. Todas aquellas mujeres, ¿adónde habrían ido a parar? ¿Qué habría sido de sus cuerpos? Quizá todas hubieran desaparecido ya. Como la abuela Komi, como mamá.

Me puse los zapatos y salí. La mujer de la puerta se limitó a saludarme con una ligera inclinación de cabeza. Las zapatillas deportivas que llevaba desde hacía años estaban ligeramente sucias, con un tono gris y lúgubre parecido al del cielo nublado. Fui vagando de un lado para otro. Mezclado con la atmósfera fría y silenciosa del invierno, llegaba de alguna parte olor a *yakiniku*; las luces parpadeaban, aquí y allá, excitándome la vista; junto a mí rompieron de pronto las risotadas de unos hombres con los que me acababa de cruzar. Me cerré el cuello del abrigo, enderecé la espalda, me cambié la bolsa de mano. La gente andaba a paso más o menos rápido. Tenían distintas expresiones pintadas en el rostro, vestían ropas distintas, parecía que fueran pensando en cosas distintas, o que no pensaran en nada, mientras hablaban en distintos tonos de voz. Y en las calles había un número incontable de letras. No existía un solo lugar donde no hubiera algo escrito. Postes indicadores, anuncios de negocios, rótulos de tiendas, menús, logos de máquinas expendedoras automáticas, fechas, horarios comerciales, propiedades de los medicamentos. Aunque no quisieras mirarlas, las propias letras te saltaban a los ojos. Noté un ligero dolor en las sienes. Me di cuenta de que estaba helada. A pesar de que, ni al salir de casa ni al salir de los baños públicos, había tenido frío. Me colgué la bolsa de plástico del brazo y me apreté las dos manos: me sorprendió descubrir que tenía las puntas de los dedos heladas. El aire frío se iba filtrando a través de la trama del tejido del abrigo y del jersey que llevaba debajo, erosionaba mi piel, acababa fundiéndose con mi sangre, recorría todo mi cuerpo y me iba enfriando aún más.

De pronto, al levantar la cabeza..., vi una sombra agazapada un poco más allá, junto a una zona para fumadores.

Envueltas en una nube de humo, varias personas fumaban alrededor de un cenicero y, justo al lado, en el espacio oscuro entre dos edificios, a la sombra de unas bicicletas dejadas de cualquier manera, había una persona acurrucada. Los fumadores, sin prestar atención a aquella figura que estaba al alcance de su mano, exhalaban bocanadas de humo mientras charlaban amigablemente o se inclinaban sobre la pantalla del smartphone. ¿Qué estaría haciendo? ¿No sería un niño? Imposible. Me fui acercando a la sombra como atraída por una fuerza magnética.

La figura acuclillada era un hombre. Era tan menudo como un estudiante de primaria, y su pelo canoso, que no debía de haberse lavado en meses, en años, formaba una amalgama de grasa y humo. Junto con un mono de trabajo que no podía estar más roñoso, llevaba unas zapatillas tan sucias como suelen llevarlas los niños en las escuelas. Estaba agachado, con el rostro vuelto hacia el suelo, apretando algo con fuerza. Me acerqué más para ver qué era lo que estaba haciendo. Lo que el hombre estaba estrujando eran colillas. En la zona de fumadores, había instalado un cenicero con agua y el hombre iba recogiendo de allí las colillas, que habían formado una especie de masa, e iba apretándolas contra la rejilla de la boca del alcantarillado para extraer el jugo. Las manos del hombre, sin guantes, estaban teñidas de negro por la nicotina y el alquitrán del agua y relucían en la sombra con un brillo pegajoso. El hombre iba extrayendo el agua despacio, haciendo presión con el peso del cuerpo. Al acabar, iba metiendo con movimientos pausados los restos de las colillas en una bolsa de plástico hasta llenarla; entonces la cerraba y volvía a repetir la operación.

No sé cuánto tiempo permanecí observándolo. Unos dos minutos, quizá. De pronto, el hombre levantó la cabeza, se volvió lentamente hacia mí y me miró. Nuestros ojos se encontraron. Su rostro estaba tan sucio como el pelo, las mejillas flacas formaban sombras, como si estuvieran esculpidas, y tenía los ojos hundidos. Su boca entreabierta dejaba ver unos dientes irregulares. Natsuko. Me dio la sensación de que me había llamado. Creí haber oído: «Natsuko». Mi corazón latió con fuerza. Sentí un dolor sordo en la boca del estómago. Natsuko. Retrocedí sin pensar. El hombre clavaba en mí un par de ojillos negros. No podía apartar la mirada de él. Natsuko. El hombre me llamó por segunda vez. Su voz ronca, que no podía situar en mis recuerdos, me hizo retroceder momentáneamente hacia el pasado. El olor de mar. Las piedras del dique. Las rudas olas que se embravecían con un negro estertor y que iban rompiendo una tras otra. La estrecha escalera del edificio. El buzón oxidado. Las revistas apiladas junto a la almohada, la montaña de ropa sucia. Los gritos de los borrachos. «¿Y tu madre?», me dijo el hombre con voz baja y ronca. Retrocedí otro paso. «¿Y tu madre?», volvió a preguntar en voz baja. «Ha muerto», le respondí articulando las palabras con dificultad. El hombre pareció no comprender bien lo que le estaba diciendo. Tenía vuelto hacia mí su rostro ennegrecido, me miraba vagamente con unos ojillos oscuros que parecían pintados. Era pequeño, flaco, su cuerpo parecía no retener ni un ápice de fuerza. Se veía más débil que un niño del parvulario del barrio. Pero a mí aquel hombre me daba miedo. Mi respiración se agitó, el corazón me latía con fuerza. «¿Tu madre está muerta?», dijo el hombre con ojos vacíos. Habló otra vez: «¿Qué has estado haciendo?»... Me costó entender lo que decía. Parpadeé una y otra vez para sosegarme. «¿Qué has estado haciendo?» Y me lo decía él a mí. Sentí punzadas en la garganta. Las palpitaciones eran tan fuertes que me retumbaban en los oídos. ¿Qué había estado haciendo? Mi corazón latía con tanta violencia que casi me hacía perder el equilibrio, sentía unas oleadas de ira irrefrenable a la altura de la clavícula. Parecía que toda la sangre me hirviera de cólera, fluyera a contracorriente y que aquel reflujo me fuese arrastrando. «¿Y tú?» Hubiese querido gritarle, derribarlo de un empujón. Hubiese querido agarrarlo por los hombros y arrastrarlo por la calle. Pero no pude hacer nada. No pude decir nada. Aquel hombre me daba miedo. Aquel hombre esquelético, sin fuerzas, que parecía incapaz de levantar un brazo, de alzar la voz incluso, me daba miedo. Lo único que podía hacer era mirarlo en silencio. Con todo, por alguna razón, mi mano conservaba vívidamente la memoria de haberlo agarrado por la ropa y de haberlo derribado. Conservaba el tacto de cuando lo había zarandeado por los hombros entre lágrimas y lo había golpeado en el pecho. No podía aflojar la tensión de aquel puño que, en un cierto momento, había cerrado con fuerza. Yo no quería aquello. No. Yo no quería hacerle nada a aquel hombre que tenía delante... Me lo repetí a mí misma, lo negué una y otra vez con la cabeza. Entonces, el hombre volvió a entreabrir la boca. Aguzando la vista, dejó oír su voz: «¿Por qué no la ayudaste?». A pesar de que la voz había sido más débil todavía que antes, tan baja y marchita que parecía imposible que llegase hasta donde yo estaba, resonó en mi cabeza tan viva como si me hubiese susurrado al oído. «Tu madre, ¿por qué no la ayudaste?» Lo repitió otra vez. Sus palabras fueron cambiando de forma, diversificándose: «¿Por qué no la salvaste?», «¿por qué no lo hiciste?», «¿por qué?». Vi cómo el entorno de sus ojos rezumaba algo negro. Regueros de líquido empezaron a deslizarse por sus mejillas y, pronto, le cubrieron todo el rostro en forma de manchas mortíferas. Entonces... Una luz violenta me iluminó de repente por la izquierda y oí un agudo chirrido metálico, como si arañaran algo con fuerza. Asustada, levanté la cabeza: una bicicleta se había detenido justo a tiempo de no atropellarme y la mujer que la conducía ya se alejaba tras gritarme con los ojos abiertos de par en par: «¡Cuidado!». Volví la cabeza: el hombre me daba la espalda y estaba repitiendo la misma operación de antes. Junto a él se alzaban volutas de humo blanco, varias personas fumaban, igual que hacía un rato.

Cerré los ojos, tragué la saliva que se me agolpaba en la boca. Los labios, resecos, me dolían. Al humedecerlos con la punta de la lengua, se intensificó el escozor. Hui de aquel lugar a paso rápido. Avancé esquivando a la gente para no chocar; al llegar a la esquina, giré a la derecha, repetí lo mismo varias veces. Abrí la puerta de la primera cafetería que vi y entré como si me empujaran.

No lograba entrar en calor a pesar de estar sentada, quieta, con el abrigo puesto. Sin embargo, vacié de un trago el vaso de agua con hielo que me sirvieron y pedí otro. El local era largo y estrecho; la parte delantera era cafetería y, en la del fondo, vendían ropa y chucherías. En las paredes había colgadas camisetas negras de diferentes grupos de rock: pensándolo bien, en el interior del local flotaba el olor dulzón del polvo, típico de la ropa de segunda mano. Por unos altavoces que no logré localizar sonaba la música de Nirvana. No recordaba el título de la canción, pero era la tercera melodía de *Nevermind*. Una camarera con una sudadera con capucha y las dos orejas llenas de piercings vino a tomar nota: pedí un café. En los dorsos de ambas manos llevaba tatuadas unas estrellas tan faltas de equilibrio que parecían dibujadas por un niño. Recordé que alguien me había dicho una vez que en los países cálidos las bebidas y comidas calientes contribuían a refrescar el cuerpo. No me apetecía tomar un café caliente. Pero no sabía qué otra cosa tomar.

Desde hacía un rato, los labios me dolían, como si me quemaran. Al palparlos con las yemas de los dedos, me di cuenta de que se me estaban pelando. Necesitaba bálsamo labial. Me dolían tanto que hubiese deseado untarme los labios, la cara entera, con manteca de cacao. Habría querido preguntarle a la camarera de los piercings y las estrellas si tenía bálsamo labial. Pero, por supuesto, no venía a cuento pedírselo. En la tienda de ropa de segunda mano seguro que no vendían y el bálsamo era algo de uso personal. Me dio la sensación de que al escuchar la voz delicada y sensible de Kurt Cobain el escozor aumentaba hasta hacerse insoportable. Pero me dije que no sería tan grave. ¿Por qué diablos me hacían tanto daño? Además, cuando dolían los labios, ¿qué dolía en realidad? Y me acordé de Naruse. A los dieciocho o diecinueve años, aunque no nos gustaba especialmente el punk o el grunge, hubo un tiempo en que no parábamos de escuchar juntos aquel álbum. Sabíamos que Kurt Cobain había muerto poco antes, pero esto a nosotros no nos importaba. Porque la mayoría de los músicos que nos gustaban estaban muertos. Empezó a sonar *Lithium*. «Hoy estoy muy contento porque he visto a mis amigos.» Kurt Cobain cantaba de forma parecida a veinte años atrás. «No —pensé—. No es que cante de forma parecida. *Todo es exactamente igual.*» Los muertos y los mensajes que dejan nunca cambian. Ellos están en el mismo lugar, gritando las mismas cosas, hasta que no queda nadie que escuche sus palabras. Me daba la sensación de haber leído en alguna parte que su hija, que era un bebé cuando él murió, había dicho que había crecido sin que él le hubiese podido enseñar a leer y a escribir. ¿Qué se debe de sentir al tener un padre que se voló la cabeza de un disparo y que será eternamente joven y melancólico?

Por más tiempo que pasaba, el café seguía estando caliente. Me llené la boca de líquido y fui tragándolo poco a poco, pero no parecía que fuera a tranquilizarme. Solo el frío había menguado algo. Me quité el abrigo, lo dejé al lado hecho una bola y expulsé el aire que tenía acumulado en el pecho. El dolor sordo de los labios iba aumentando. Cada vez que revivía la escena de antes en la zona de fumadores, sacudía ligeramente la cabeza y cerraba los ojos. Me representé un paño blanquísimo. Imaginé cómo lo enrollaba con una mano derecha imaginaria y cómo lo iba deslizando por el interior de mi cabeza, hasta el último rincón. Cómo iba frotando con esmero cada escalón, cada hendidura, cada protuberancia. Mientras tragaba saliva, iba moviendo los dedos con diligencia. Pero, por más tiempo que pasaba, en el paño imaginario seguían quedando residuos. Por más tiempo que pasaba, el interior de mi cabeza no quedaba completamente limpio. Cogí un terrón de azúcar del platito y lo mordisqueé. Lo lamiera, o no lo lamiera, el dulzor se extendía igual por la superficie de mi lengua. Estaba por todas partes. Era un dulzor que me recordaba el papel maché.

De pronto, pensé en llamar a Makiko. No tenía nada que decirle; solo me apetecía hablar con ella, de lo que fuera. Pero era un día laborable y, a aquella hora, Makiko ya debía de estar en el *snack*. Y Midoriko, ¿qué estaría haciendo? ¿Cuándo nos habíamos enviado aquellos mensajes de texto? ¿Estaría con Haruyama? ¿Sería su hora de trabajo? Saqué el teléfono con la idea de enviarle un mensaje, pero, tras dudar un poco, desistí.

Miré el correo: vi que había recibido varios boletines informativos de periódicos. Entre ellos, había mezclado un mensaje de Konno. Había respondido a su correo electrónico del mes anterior y habíamos quedado en vernos antes de fin de año, pero aún teníamos que concretar los detalles. Fui deslizando las yemas de los dedos por la pantalla para descartar lo que no me interesaba; abrí los correos de los periódicos, pasé velozmente los ojos por encima de los titulares de los artículos, de la propaganda, de las ofertas. Leía lo que aparecía en la pantalla sin pensar en nada. También aquel día, para no variar, en el mundo sucedían muchas cosas. Un mes después de las elecciones presidenciales norteamericanas, seguía sin disiparse la conmoción que había causado en el mundo el triunfo de Trump y, también en Japón, varios eruditos intentaban analizarlo desde diversos ángulos. Una crónica sobre la ceremonia de entrega de los premios Nobel en Estocolmo. Entre los artículos se insertaban anuncios que invitaban a suscribirte al periódico; después, había columnas y artículos recomendados. Formas de enfadarte sin malgastar tu vida. *Controla tu ira*. Prevención de la infección del norovirus. Medidas que puedes tomar en casa. Luego estaba la agenda: un seminario sobre gestión de patrimonio, un coloquio exclusivo para mujeres que contaba con la presencia de una prestigiosa ensayista, una exposición fotográfica. Mis dedos se detuvieron sobre el siguiente título. Fruncí el entrecejo, abrí los ojos de par en par. «Una nueva maternidad. El futuro de la vida. Reflexión sobre la donación de esperma y la inseminación artificial con donante (IAD).»

Debajo del titular aparecía una descripción del acto:

> La inseminación artificial con donante (IAD) como tratamiento para la esterilidad se practica en Japón desde hace más de sesenta años. Se calcula que han nacido en nuestro país por este método más de diez mil personas, pero siguen sin debatirse suficientemente varios aspectos entre los que se incluye su regulación legal. Hoy nos encontramos con un rápido desarro-

llo de la técnica y una diversificación de los sistemas de valores. ¿A quién beneficia un tratamiento de reproducción que afecta a una tercera persona? ¿Sobre qué debemos reflexionar realmente en el presente? Hoy contamos con la presencia de Jun Aizawa, conocedor del tema como parte interesada, para discutir sobre maternidad y vida.

Jun Aizawa... Tenía la sensación de haber visto aquel nombre en alguna parte. ¿Dónde? ¿Dónde había sido? Estaba segura de haber visto los tres caracteres que componían su nombre en alguna parte. Lo conocía. Conocía aquel nombre. Jun Aizawa. ¿Quién era? Dejé el smartphone boca abajo en la mesa y fijé la vista en el terrón de azúcar a medio mordisquear. Intenté reproducir los caracteres del nombre en mi cabeza una vez tras otra. Donación de esperma, parte interesada, Jun Aizawa... Entonces, emergió ante mis ojos la figura de un hombre, de pie, dándome la espalda.

«Un metro ochenta de altura, párpado simple, claramente distinto a mi madre, que lo tiene doble. Desde pequeño, soy buen corredor de fondo...» Era aquel hombre. «Busco a una persona con párpado simple, buen fondista. En la actualidad, debe de tener entre cincuenta y siete y sesenta y cinco años. ¿No hay nadie que conozca a alguien con estas características?» Era aquel libro. Había visto su nombre en aquel libro, que había leído meses atrás, donde se recogían entrevistas a personas que habían nacido por inseminación artificial. Me acordaba muy bien de él. Del hombre que estaba buscando a su padre con cuatro datos, tan vagos que ni siquiera podían llamarse descripción. Cliqué corriendo el link donde figuraban los detalles, miré el día, la hora y el lugar, e hice una captura de pantalla.

UNAS NAVIDADES DIVERTIDAS

El acto se celebraba en el segundo piso de un pequeño edificio comercial a pocos minutos a pie de la estación de Jiyûgaoka. La sala era grande y estaba decorada con mucha simplicidad: una pizarra blanca en el centro, una silla y una pequeña mesa de madera delante y, encima de esta, un micrófono solitario. Alrededor de la mesa, sillas de tubo desplegadas en forma de abanico. Cuando llegué, unos quince minutos antes de empezar, había ocupados un ochenta por ciento de los asientos. Dejé mi bolsa de lona en un extremo de la última fila y fui al lavabo.

Al volver, había una mujer sentada a mi lado. Cuando nuestros ojos se encontraron, nos saludamos con una ligera inclinación de cabeza. Dirigí una mirada distraída a mi alrededor; luego clavé la vista en el folleto que había cogido en la entrada. A grandes trazos, el acto se compondría de una primera parte en la que hablaría Jun Aizawa, y de una segunda en la que el público podría discutir sobre el tema.

Poco después, entró un hombre en la sala: a la primera ojeada supe que se trataba de Jun Aizawa. Alto, pantalones chinos de color beige, jersey negro de cuello redondo, no llevaba nada en las manos. Se sentó inclinando un poco la cabeza. Se apartó a ambos lados el flequillo que le caía sobre los ojos, se restregó los párpados. Tal como él mismo había dado como característica personal, tenía los ojos muy rasgados, de párpado simple. Apoyó una mano sobre el micrófono y saludó: «Buenas tardes».

«Va peinado como un tenista», pensé de inmediato. ¿Por qué? Raya en medio, pelo cortado a la altura de las orejas: era un peinado muy corriente; no podía explicar qué me había hecho pensar en un tenista, pero sí, me había dado esta impresión. Quizá fuera porque el pelo del flequillo se le levantaba un poco en el nacimiento. Tras regular el volumen del micrófono, agradeció nuestra asistencia. Su voz no era ni grave ni aguda, no tenía nada de especial, pero su manera de hablar no pasaba desapercibida. Articulaba bien, su voz era perfectamente audible. Sin embargo, quizá porque hablaba despacio y hacía pausas muy peculiares, a mí me produjo la impresión de estar escuchando un monólogo. Pensé que parecía que se encontrara coloreando unos dibujos en un rincón de una habitación desierta.

Aizawa empezó hablando de su experiencia personal. Había nacido en 1978, en la prefectura de Tochigi. Cuando él tenía quince años, su padre, de cincuenta y cuatro años de edad, había muerto. Desde aquel momento hasta que había dejado su casa para ir a la universidad, había vivido con su madre y con su abuela paterna, pero, un día, al cumplir los treinta años, su abuela le había dicho: «Tú no eres un nieto de mi sangre». Al preguntárselo a su madre, esta le había confesado que había sido concebido por inseminación artificial en un hospital universitario de Tokio. Desde entonces, él había hecho todo lo posible por encontrar a su verdadero padre, pero sin resultado.

Luego empezó a hablar de la inseminación artificial:

—En Estados Unidos, por ejemplo, están perfeccionando un sistema para que las personas nacidas por inseminación artificial puedan conocer su origen si así lo desean, pero en Japón ni siquiera se conoce apenas la propia inseminación artificial. Se calcula que hasta ahora han nacido por este método unas quince o veinte mil personas, pero estas, en el terreno de los datos oficiales, prácticamente no existen. Hay muy pocos padres que se lo expliquen a sus hijos como es debido, lo habitual es que estos se enteren por casualidad. Lo ideal sería que una información tan importante se diera, o explicara, al hijo delante de toda la familia, en un ambiente relajado. Pero la revelación suele producirse, en realidad, cuando los padres están en peligro de muerte o cuando ya han fallecido, hecho que repercute muy negativamente en el hijo. Después del descubrimiento, la ira y la desconfianza por haber sido engañados no dejan de crecer. Tienen la sensación de haber sido concebidos por una cosa, no por una persona. La mayoría de las personas nacidas por inseminación artificial experimentan este sufrimiento.

Aizawa hizo una breve recapitulación:

—Hasta el momento, ni los padres que han elegido la inseminación artificial ni los que la aplican han considerado qué pensarán en el futuro los nacidos por este método sobre sus orígenes.

Y añadió:

—Por otra parte, tampoco la mayoría de los donantes reflexionan sobre las implicaciones de su acto. En los hospitales universitarios, por ejemplo, los estudiantes de Medicina donan semen como si donaran sangre solo porque se lo indican sus superiores. Por fortuna (aunque la reforma legal todavía está lejos), en los últimos tiempos ha ido visualizándose la realidad de los hijos y el derecho a conocer su origen; también han aumentado los hospitales que han dejado de practicar la inseminación artificial. Por ello, los afectados (yo mismo) hemos recibido presiones para que dejemos de hablar de algunas cuestiones o para que no llevemos a cabo determinados actos con el argumento de que, si desaparecen los hospitales que practican la inseminación artificial, no se podrá tratar la infertilidad y será imposible tener hijos.

»Pero ¿no es en el niño en quien se tendría que pensar primero? Engendrar un hijo y dar a luz no es una meta. La vida de este niño continuará. Y llegará sin falta el día en que querrá saber de dónde procede. Llegará el día en que querrá saber de quién es hijo. Lo único que estoy pidiendo es que, como mínimo, este hijo pueda conocer sus orígenes cuando lo desee.

Cuando Aizawa acabó, hubo un breve descanso y, después, empezó el debate. Al principio se extendió un tenso silencio sin que nadie rompiera el hielo, pero, poco después, una mujer alzó incómoda la mano. Tomó el micrófono de manos de una mujer bajita que estaba sentada cerca de la puerta y, tras saludar con una inclinación de cabeza, empezó a hablar. Más que exponer una opinión para el debate, lo que hizo fue explicar lo mucho que había sufrido durante su largo tratamiento contra la esterilidad, cómo la falta de apoyo de su marido le había impedido saber si este era estéril, habló de su incertidumbre hacia el futuro. Cuando pareció que ya había dicho todo lo que quería decir, el público le dedicó un discreto aplauso.

A continuación, alzó la mano otra mujer. El contenido fue similar: el origen de la infertilidad parecía radicar en su marido y, como ella quería tener un hijo, sentía interés por la inseminación artificial, pero eso no podía decírselo a su marido. Otra mujer levantó la mano. El pelo negro recogido en la nuca, el flequillo sujeto con un gran pasador de madera, llevaba una chaqueta de color gris, arrugada, echada por encima de los hombros. Al coger el micrófono, le dio unos golpecitos para ver si funcionaba bien.

—Ser padres... —dijo y tosió para aclararse la garganta—. Ser padres significa dar prioridad a la felicidad del hijo sin pensar en la propia. Este es el requisito. Pero, tal como acabamos de ver, la técnica de la inseminación artificial responde en un cien por cien al egoísmo de los padres. La concepción de un hijo es un regalo de la naturaleza. También existe egoísmo en los médicos que ponen en segundo plano algo tan importante como la vida y que lo único que hacen, hablando con franqueza, es un experimento. Solo les interesa probar su capacidad, demostrar hasta dónde pueden llegar. Ese es el motivo de que yo esté en contra. En la actualidad, hay lo que se llama vientres de alquiler. Es posible tener un hijo usando el cuerpo de una mujer pobre a cambio de una suma de dinero. ¿No es eso una explotación? Porque no es un tratamiento médico. Es una aberración. Y, eso, alguien tiene que decirlo claramente. Esa es mi opinión.

Algo excitada, la mujer se sentó de golpe. Sonaron algunos aplausos, aunque más dubitativos que antes. Hubiese querido preguntarle si existía un nacimiento donde no hubiera egoísmo por parte de los padres, pero lo dejé correr. Jun Aizawa, con los dedos entrelazados sobre las rodillas, había ido asintiendo a las palabras de la mujer con movimientos de cabeza. Sin embargo, parecía tener la mente muy lejos. Daba la impresión de estar pensando en algo completamente distinto.

Otra mujer alzó la mano. Cara redonda. Vestido azul marino y chaqueta de color amarillo pálido sobre los hombros. Llevaba un bonito moldeado en el pelo. Su edad era difícil de determinar: tanto podía tener la mía como diez años más. Alrededor de las muñecas lucía varias vueltas de brazaletes de piedras curativas.

—Se necesita imaginación: así es como yo lo veo.

La mujer miró con cara radiante a todos los asistentes, uno tras otro, como si se dispusiera a leer una poesía que hubiera compuesto ella misma.

—Contemplar la posibilidad de que el niño nacido por inseminación artificial presente alguna minusvalía. O la de que su relación con la familia, cuando crezca, no sea la esperada.

»Tampoco se sabe si el matrimonio seguirá siempre unido y, en caso de que no sea así, ¿qué sucederá con el hijo engendrado por inseminación artificial?

»¿Hasta qué punto son conscientes los padres de lo que significa la paternidad?

»A las personas que buscan información sobre inseminación artificial les pediría que se detuvieran a reflexionar sobre esto. Al nacer, esta nueva vida establece muchos lazos distintos con el mundo.

»Como se sabe, Dios nos está observando. Desde el primer instante. Y bendice con un hijo a un matrimonio como es debido, consciente de sus actos, a una familia. Porque la familia es lo primero, lo más importante.

»Crecer en una atmósfera de amor y responsabilidad. Aunque haya venido al mundo con una terapia tan anómala como la inseminación artificial, el niño lo es todo... Cualquier tipo de vida es vida. Y yo, la vida, no la niego. Muchas gracias.

Tras pronunciar estas palabras, la mujer unió las manos delante de su cara y, con una radiante sonrisa, se inclinó ante la audiencia. Volvieron a sonar algunos aplausos. Y un instante después... Ya me había arrepentido, pero era demasiado tarde. En un acto reflejo había alzado la mano y la mujer del micrófono estaba avanzando en mi dirección.

—Quiero responder a las palabras que acabamos de oír. En primer lugar, la inseminación artificial no está restringida a un determinado tipo de personas. Usted ha hablado, por ejemplo, de niños con posibles minusvalías o de falta de entendimiento con la familia. También ha mencionado la posibilidad de separación del matrimonio. Pero esto no se limita a los casos de inseminación artificial, ¿no es así? Por otra parte, ¿no cree usted que son aspectos que todos los padres deberían tener en consideración? Luego está lo de Dios. Usted ha hablado de Dios. Ha dicho que Dios bendice con un hijo a familias u hogares como es debido, a matrimonios responsables. ¿No le parece que ese argumento es un poco chapucero? ¿Qué hay que entender por un hogar o una familia como es debido? ¿Y cómo explica usted que en uno de estos hogares como es debido, a los que Dios ha bendecido con un hijo, se produzca maltrato infantil? ¿Cómo explica el hecho de que haya niños asesinados por sus padres?

En aquel punto, me di cuenta de que había alzado la voz.

Todo el mundo me miraba de reojo. No podía creer que estuviera hablando de aquella manera en un lugar como aquel: mi corazón latía con tanta violencia que sentía que toda la sala vibraba. De golpe, me empezó a arder el rostro y clavé la vista en las rodillas para sosegarme. Como se me había acercado la mujer del micrófono, se lo devolví.

Era muy habitual que me enfadara y refunfuñase para mis adentros, pero me costaba creer que hubiese hablado así ante desconocidos. Esta era una tendencia que en origen había en mí, cierto. Pero era algo que formaba parte de mi adolescencia y de mi primera juventud, algo tan antiguo que apenas recordaba. Mi corazón latía con tanta fuerza que casi me dolía el pecho, notaba calor detrás de las orejas. Las puntas de los dedos me temblaban un poco. Entonces, la mujer de antes, sin moverse de su asiento, algo alejado del mío, me miró a la cara y dijo: «Pero el maltrato, para un niño, también es una prueba». Lo dijo en voz muy baja, como si hablara consigo misma. Al oír la palabra *prueba* alcé rápidamente la cabeza en un gesto reflejo, pero no respondí. Aizawa me había escuchado asintiendo con movimientos de cabeza. Luego, sin manifestar nada en particular sobre mi opinión, volvió a coger el micrófono y dijo: «¿Alguien más desea hablar?».

Al acabar aquella exposición de opiniones que llamaban *debate*, se dio por finalizado el acto: la mitad de los asistentes abandonaron la sala y el resto empezó a conversar en pequeños grupos. A mí, el rostro me seguía ardiendo. Sin moverme de la silla, fingí mirar, para serenarme, los mensajes en el teléfono. Pero lo que había sucedido unos minutos antes ocupaba por entero mi pensamiento.

Lo cierto era que no tenía por qué haber expuesto mi punto de vista de una forma tan agresiva a alguien que no había hecho más que hablar de su visión del mundo y de sus sentimientos. Me arrepentía de haberlo hecho, ojalá no hubiera sucedido. Pero no creía haber dicho nada incorrecto e, incluso entonces, seguían irritándome las palabras de aquella mujer. Por más que intentara no pensar en ello, su discurso se iba reproduciendo tercamente, una y otra vez, en mi cabeza, y cuantos más detalles y matices recordaba, más me encendía.

Lancé una mirada rápida en su dirección. Estaba rodeada de varias mujeres que charlaban animadamente. De vez en cuando, se oían carcajadas: no parecían preocuparles en absoluto ni mi persona ni el rifirrafe de antes.

¿Qué estaba haciendo yo allí? ¿Qué clase de acto era aquel? Claro que solo habían hablado unas cuantas personas y desconocía cuál era la postura del resto de los asistentes, pero lejos de «reflexionar sobre la IAD», desde el principio se había creado una atmósfera de rechazo hacia ella. Por supuesto, el hecho de que Jun Aizawa, la persona que había contado sus experiencias en primer lugar, sintiera de aquel modo había condicionado que el estado de opinión se decantara de forma natural en aquella dirección; yo misma, tras leer el libro de entrevistas, lo comprendía. Sin embargo, percibía algo vacío e insustancial, aunque no sabía por qué, qué, ni dónde.

Tras salir de la sala, mientras estaba esperando el ascensor, noté la presencia de alguien. Era Jun Aizawa. De pie a mi lado, me pareció más alto que antes. Pensándolo bien, Naruse medía un metro sesenta y tres, solo unos pocos centímetros más que yo. Me daba la impresión de que pocas veces en mi vida había estado junto a una persona tan alta.

Jun Aizawa llevaba en las manos una bolsa de lona de color negro. Me sorprendió que un miembro del equipo organizador abandonara la sala antes que el público. Nuestros ojos se encontraron y lo saludé con una inclinación de cabeza; él me devolvió el saludo. Pensaba que me diría algo acerca de mi intervención, pero no lo hizo. El ascensor estaba detenido en la octava planta y tardaba en llegar. Me lancé.

—Hoy es la primera vez que acudo a un acto sobre este tema —dije.

—Usted es la persona que ha hablado en último lugar, ¿verdad? —dijo Jun Aizawa—. Muchas gracias.

—Me da la sensación de haber dicho algo inconveniente. Lo siento.

—Oh, no. En absoluto.

La conversación se interrumpió en este punto. El ascensor continuaba detenido en la octava planta.

—¿Usted participa a menudo en este tipo de actos? —le pregunté.

—Yo, personalmente, no.

Sacó un folleto de la bolsa de lona y me lo ofreció. En el ángulo superior derecho había una tarjeta sujeta con un clip. En el encabezamiento de aquella tarjeta de papel de diseño muy corriente podía leerse: «Asociación de los Hijos de la IAD». No había teléfono, solo una dirección de correo electrónico y la URL de un sitio web.

—Nos reunimos y llevamos a cabo diversas actividades. Este folleto, por ejemplo, es de un simposio que se celebrará a principios de año. Participarán especialistas y médicos relacionados con el tratamiento. Nuestra asociación también estará representada. El fundador hará una ponencia. Si le interesa asistir, está invitada.

Jun Aizawa me lo había explicado en tono calmado, como si leyera los títulos de los libros de una estantería cuya temática no le interesara en particular.

—¿También hablará usted?

—No. Yo me encargo siempre de la parte administrativa.

—He leído el libro de entrevistas —le dije.

—Muchas gracias. —Aizawa inclinó la cabeza de modo mecánico. Y, con los ojos clavados en la luz del ascensor, se pasó la bolsa de la mano izquierda a la derecha.

El ascensor se puso en marcha, bajó a la séptima planta. Al ver cómo la luz descendía, me dominó de pronto una sensación de apremio y noté cómo los latidos del corazón se me aceleraban.

Cuando se encendió la luz de la tercera planta, dije:

—Ah, por cierto... Tengo la intención de hacer una IAD. No estoy casada ni tengo pareja, lo haré sola, como madre soltera.

El ascensor estaba vacío. Subimos en silencio y Aizawa apretó el botón de la planta baja. El ascensor llegó enseguida. Al abrirse la puerta, Aizawa permaneció con el dedo sobre botón y, con un gesto, me invitó a descender primero.

—Siento mucho haberlo abordado así, de pronto —dije.

—No, en absoluto. Era la ocasión adecuada para hacerlo. —Aizawa negó con la cabeza. Y añadió, tras una pausa—: Ha dicho que lo hará sola. ¿Será en el extranjero, entonces?

Me acordé del encabezamiento del sitio web de Velkommen, pero no me decidí a decírselo. Mientras permanecía en silencio sin saber qué responderle, Aizawa debió de recibir una llamada porque se sacó el smartphone del bolsillo, echó una mirada a la pantalla y, luego, se lo volvió a guardar.

—Espero que le vaya bien.

Tras pronunciar estas palabras, Aizawa echó a andar y desapareció tras la primera esquina.

Envuelta en el aire transparente de diciembre, fui andando hasta la estación. Miré el reloj: eran poco más de las tres y media. Una hojarasca mezcla de amarillo, marrón y rojo se acumulaba en las esquinas de las calles y, de vez en cuando, se alzaba danzando al viento. En la atmósfera se sentía el frío del invierno, pero los rayos de sol eran cálidos.

Era la primera vez que iba a Jiyûgaoka. Como era domingo, el paseo estaba lleno a rebosar de gente que comía sentada en los bancos, que jugaba con los niños, que paseaba unos perros de gran tamaño que jamás había visto o que entraba y salía de la multitud de tiendas que daban a la acera. También se veían muchos cochecitos de bebé. Al principio, me dediqué a contar con cuántos me cruzaba, pero, al llegar a siete, lo dejé. De alguna parte llegaba el olor dulzón de los creps. Una risa se encabalgaba sobre otra, se oía a madres llamando a sus hijos.

A medio camino, me topé con un gran árbol de Navidad. A su alrededor, había una multitud de personas con los smartphones en alto sacando fotografías. También había algunos con cámaras buenas. El árbol estaba lleno de luces de adorno que, incluso a pleno día, se veían brillar, aquí y allá, con un parpadeo amarillo. De pronto, caí en la cuenta de que era Navidad. A mi espalda estallaron gritos de alegría y me volví: unas niñas que debían de ser alumnas de primaria, con mallas de color blanco y peinadas como bailarinas, bromeaban y reían. «¿Incluso el día de Navidad hacen ballet?», pensé.

Crucé el paso a nivel y, al llegar a la estación, me senté en el primer banco que encontré. Los autobuses y taxis iban confluyendo allí después de dar lentamente la vuelta a la rotonda y, en las tiendas de enfrente, junto a cajones expositores llenos de pasteles de Navidad, vendedores de ambos sexos disfrazados de Papá Noel invitaban a los clientes a entrar. Saqué el folleto que me había dado Aizawa y, tras contemplar unos instantes la tarjeta sujeta con un clip, la metí en el fondo del monedero. Luego leí el papel. El simposio se celebraría el año próximo, el 29 de enero, en el Centro *** de Shinjuku. Tal como había dicho Aizawa, entre los ponentes había especialistas, investigadores universitarios y médicos relacionados con tratamientos contra la esterilidad. La entrada era gratuita. El aforo, de doscientas personas. Debajo figuraban el nombre del patrocinador del simposio, la dirección, el número de teléfono del centro, los distintos métodos de inscripción.

Doblé el folleto por la mitad, lo guardé en la bolsa y me quedé contemplando cómo la gente cruzaba la puerta de acceso a los andenes. Luego, saqué el libro de entrevistas y volví las páginas. Me lo había leído dos veces de un tirón y algunas más a partir de páginas concretas que se me había ocurrido consultar de repente. Era obvio: lo leyera en el momento en que lo leyese, el libro recogía las mismas vivencias de los nacidos por IAD, su sufrimiento y sus luchas. Por más que volviese al texto, este me seguía transmitiendo una fuerte impresión, idéntica a la de la primera vez.

«Pero, pensando con sentido común —me dije a mí misma—, lo que yo quiero hacer no está mal.»

Lo más cruel, lo que las personas nacidas por IAD citaban como causa principal de su sufrimiento, era el hecho de que les hubiesen ocultado la verdad durante mucho tiempo, de que los hubieran engañado siempre. Lo habían descubierto un día sin más, casi de forma casual, por la enfermedad de los padres o algo similar. Y habían sufrido una conmoción enorme al pensar que toda su vida había sido una mentira. Todo en lo que habían creído, sus fundamentos, se había hundido bajo sus pies.

«Pero yo eso no lo haría —pensé—. Si yo tuviera un hijo nacido por IAD, se lo contaría todo, no le ocultaría nada.»

Por lo demás, al principio me había parecido impensable introducir en mi cuerpo el semen de un extraño. Había encontrado totalmente falto de realismo concebir y dar a luz un hijo de esta forma. Estaba convencida de que era imposible, lo mirara como lo mirase. Pero, a medida que había ido investigando, con el paso del tiempo, había empezado a preguntarme si aquello era realmente tan anómalo.

Hoy en día, por ejemplo, no son infrecuentes las relaciones sexuales entre personas que apenas se conocen. Y, en estos casos, a todas las mujeres, un hombre al que acaban de conocer les introduce el pene en su sexo, ¿no? Hay muchísimos hombres que no toman precauciones y, por más cuidado que se tenga, a veces se falla, ¿verdad? De modo que hay mujeres que tienen un hijo tras haberse quedado embarazadas por azar de un sujeto al que no conocen y al que no van a volver a ver jamás. Dejando aparte si este modo de actuar es correcto o incorrecto, si es sensato o no lo es, existe en la realidad. ¿Se puede decir entonces que la inseminación artificial es algo tan anómalo?

Usuarios de aplicaciones de citas, amigos con derecho a roce y demás: ¿cuántos hombres que han tenido en el pasado relaciones sexuales esporádicas pueden *afirmar con rotundidad que no tienen hijos en algún lugar sin ellos saberlo*?

En fin. Que hay varios modelos en los que, desde el principio, no se sabe quién es el padre. Tampoco conocen sus orígenes los niños adoptados. O los bebés que son abandonados en un hospital, ¿verdad? No solo ocurre con los nacidos por inseminación artificial. Además, estos no tienen por qué ser infelices en la vida. De hecho, en Estados Unidos se ha publicado un libro que recoge su voz. Y hay una chica, hija de una pareja lesbiana, que se enorgullece de haber nacido por IAD; también hay un chico que afirma que no tiene ningún problema porque, para él, esto es lo normal. Es cierto que en Europa y en Estados Unidos existen mecanismos para que los niños concebidos con el esperma o los óvulos de una tercera persona puedan tener acceso a su procedencia si así lo desean y que, por lo tanto, no se puede comparar a la ligera con Japón, pero es un hecho que existen muchos niños que consideran estos orígenes de forma positiva.

«El problema —pensé— es la mentira, el engaño.»

Pero si yo eligiese *donante no anónimo* en Velkommen, en el futuro mi hijo tendría acceso a él si lo deseaba. Mientras fuera pequeño, le diría: «Como decidí tenerte sola, me enviaron la *mitad de la semillita de tu vida* desde Dinamarca», y, cuando creciera, le explicaría bien por qué había escogido este método. ¿Estaba mal así?

¿Y si me hubiera sucedido a mí? ¿Y si yo, por ejemplo, me hubiese enterado de que mi padre no era mi verdadero padre?

¿Y si mi madre me hubiera dicho que me había concebido de esta forma sin saber quién era mi padre? ¿Y si me lo hubiera explicado bien desde el principio?... Demasiados *si*. Había tantos *si* que acababan perdiendo el sentido. Pero, en mi caso —hablo por mí—, ir dando vueltas y vueltas a todo aquello parecía que me proporcionaba un cierto sosiego, aunque tampoco estaba muy segura de ello.

«En resumen —pensé—, hasta que nazca, no sabré ni qué ni cómo siente mi hijo. Lo único que puedo hacer es esforzarme al máximo para que se sienta feliz de haber venido a este mundo. ¿No basta con eso? ¿Qué más puedo hacer yo?»

Y, además, tenía 7,25 millones de yenes en una cuenta a plazo fijo en el banco. Había ahorrado todo el dinero de los derechos de autor, sin tocar un yen. En mi vida diaria, iba tirando con poco dinero en el bolsillo; no en vano había crecido en una familia que solo tenía deudas, cero ahorros. Incluso habían llegado a cortarnos en muchas ocasiones la luz y el gas. En comparación, mi presente invitaba a la tranquilidad. Más aún: ¿cuántas familias en la mitad de la treintena tenían siete millones en el banco? Seríamos solo dos y estaba segura de que podríamos llevar una vida modesta sin problemas. Claro que podía ponerme enferma o sufrir un accidente, y no teníamos parientes a quienes pedir ayuda... La incertidumbre no tiene fin: cuando se empieza a pensar en posibles problemas, no se acaba, pero ¿no sucedía lo mismo con los matrimonios corrientes, con las madres que se han quedado solas después del divorcio o con las que han estado solas desde el principio? En el curso de la vida, ¿no podríamos encontrarnos todos con los mismos problemas?

Una pareja joven, muy sonriente, cruzó justo por delante de mí. Un matrimonio, ambos con cazadora de piel; iban andando con aire alegre, cada uno con un café en la mano, mientras empujaban un cochecito de bebé.

«Estamos en Navidad», pensé. A pesar de que había permanecido todo el día sentada, sentía debilidad en las piernas. Para darme ánimos, intenté hacer movilización general de pensamientos en mi cabeza, pero no logré separarme ni un paso del banco y me quedé allí contemplando las idas y venidas de personas que reían felices. Recordé las palabras de Aizawa en el momento de separarnos: «Espero que le vaya bien». Evoqué la expresión de sus ojos en aquel momento, el tono de su voz, todos los detalles. «Espero que le vaya bien.» No había hablado con ironía. Yo tenía muy claro que era una frase desprovista de significado pronunciada sin interés por alguien que no tenía ninguna relación conmigo, pero, por una razón u otra, no podía quitarme de la cabeza aquel fugaz intercambio de palabras que ni siquiera podía llamarse conversación.

Yo veía las calles y las personas, pero me daba la impresión de que estas no me veían a mí. El tren se aproximaba retumbando como si trazara una gruesa y clara línea divisoria entre el mundo y yo. Empecé a sentir frío.

Después de hacer transbordo, llegué a Sangenjaya: las luces, frente a la estación, que ya llevaban un mes instaladas seguían parpadeando como de costumbre, pero en aquella zona apenas se sentía la Navidad. Los coches circulaban por la carretera troncal a la velocidad establecida mientras hacían sonar el claxon y los transeúntes iban de aquí para allá con aire ajetreado.

Mientras recorría el camino hasta mi apartamento, estuve pensando que llevaba mucho tiempo sin celebrar la Navidad. Durante un montón de años las había pasado con Naruse, pero ni siquiera recordaba si habíamos comido juntos el pastel de Navidad. ¿Nos habíamos regalado algo alguna vez? Tampoco me acordaba de eso. Lo primero —o quizá debería decir lo único— que me venía al pensamiento sobre la Navidad eran los globos apiñados en el techo del *snack* en el que había trabajado en el pasado. Las fiestas de final y principios de año representan, para la mayoría de los locales, el periodo de más actividad y, en aquellas fechas, siempre se declaraba movilización general de todas las chicas para decorar el interior del *snack*. Sacábamos un árbol de Navidad no muy grande que, a pesar del polvo y la mugre pegajosa que había ido acumulando con los años, cumplía bien su cometido. Ofrecíamos tres canciones de karaoke gratis y, como entremés, pollo frío servido en platitos de papel plateado: a cambio, añadíamos un plus de dos mil quinientos yenes al precio de la consumición en concepto de «tarifa de fiestas». Los tickets los hacía yo misma escribiendo en una cartulina y recortándolos.

La tarifa especial incluía un juego: el «revientaglobos». También para esto se declaraba movilización general de todas las chicas a partir de mediodía: teníamos que ir hinchando, uno tras otro, todos los globos que contenían un premio y, luego, los fijábamos con una chincheta en el techo hasta cubrirlo por completo. No recuerdo cuántos, pero hinchamos más globos aquellos días de los que cualquier persona puede hinchar en toda su vida. Al principio, mientras soplábamos, íbamos charlando de una cosa u otra, pero, al cabo de un rato, empezábamos a sentir, por el cansancio, ligeros calambres en las mejillas y nadie se veía ya con ánimos de hablar.

Los premios eran tickets de diez canciones de karaoke, invitaciones de barra libre y algunos obsequios de poca monta. Sin embargo, el primer premio era una estancia para dos personas en los baños termales de Arima, y los clientes, animados por el alcohol y con las mejillas encarnadas, empuñaban un palo con una aguja en la punta y, con la cara vuelta hacia el techo, alargaban el brazo y, ¡pam!, ¡pam!, iban reventando globos. Ahora, casi treinta años después, sigo sin entender qué había de divertido en que un montón de adultos hicieran aquello, pero cada vez que explotaba uno, las chicas lanzaban gritos de alegría y aplaudían contentas como si los clientes fueran críos. «¡Eh! ¡Me has dado un golpe con el palo!», «¡Me has pinchado!», «¡Eh, tú! ¡Me has quitado el globo que iba a reventar!»: de vez en cuando se producían discusiones entre los clientes y alguna que otra pelea a puñetazos. Con todo, me ha quedado el recuerdo de que aquello era algo festivo, lo que no deja de sorprenderme.

Al día siguiente, todas teníamos que volver a hinchar globos para reponer los que habían reventado. Al terminar el trabajo, había un descanso hasta la hora de abrir: las chicas lo empleaban en maquillarse, fumar o ir a la cafetería a comprarse la cena. Yo me tumbaba en un sofá y me quedaba contemplando cómo se apiñaban los globos en el techo oscuro de siempre. Ver el *snack*, por lo general lleno de humo de tabaco, borrachos y alcohol, decorado con globos de colores me parecía chocante, casi ridículo, pero me hacía sentir contenta y feliz. Hasta que me decían: «¡Va! Que es hora de abrir», yo permanecía con la mirada clavada en el techo mirando los globos sin cansarme.

Noté la vibración del teléfono en el fondo de la bolsa y, al mirar, vi que acababa de llegar un mensaje de Makiko: «¡Feliz Navidad! Ahora empiezo a trabajar. Diviértete, Natsuko». Después de aquellas líneas llenas de emoticonos, apareció una fotografía en la que salía Makiko, con espeso maquillaje y un gorro de Santa Claus en la cabeza, pegando su mejilla a la de otra chica, más maquillada aún y con un gorro idéntico sobre su pelo rubio. Las dos levantaban los dedos índice y corazón haciendo el signo de la paz. «Yui-Yui. La chica nueva.»

Caminé mirando la fotografía. Poco después, me detuve para decirle que le sentaba bien el gorro. Justo acababa de teclear: «Maki-chan, te sien...», cuando la pantalla cambió de repente: tenía una llamada. Al ver, escrito en grandes caracteres, *Rie Konno*, me quedé tan sorprendida que respondí sin pensar.

—Hola, ¿ Natsume-san? Soy Konno.

—Sí, hola —dije apretando el teléfono contra mi oreja.

—Lo siento. Llamarte así, sin avisar —dijo Konno con voz alegre—. ¿Puedes hablar ahora? Perdona, ¿eh?

—No hay problema.

—Es que pronto acaba el año y, bueno, todavía no hemos decidido cuándo nos vemos.

—¡Ah! —le dije yo, comprendiendo al fin—. Sí, claro, claro. Es verdad. Aún no hemos concretado nada y, tienes razón, ya casi estamos a finales de año.

—Sí, exacto. Y yo me voy el mes que viene. Es que quiero darte una cosa, ¿sabes? Es una tontería, pero tengo algo para ti.

—¿Para mí?

—Sí —dijo Konno. Al fondo, se oía el timbre que anunciaba la salida de un tren. Justo después, un traqueteo sofocó su voz—. Lo siento. Hay mucho ruido, ¿verdad?

—Te oigo bien.

—Pues nada. He pensado... Bueno, seguro que te va mal, pero ¿y si quedamos hoy?

—¿Hoy? —le dije sorprendida—. ¿Quieres decir ahora?

—Sí, exacto. Se me acaba de ocurrir. Que a lo mejor podíamos vernos hoy. Pero seguro que te va mal, claro. Perdona, perdona. Olvídalo.

—No, no —dije yo—. Me va bien. Volvía a casa, no tengo nada que hacer.

—¿De verdad? —dijo Konno en voz muy alta—. ¿Seguro que puedes? ¿Cenamos juntas entonces?

Quedamos en vernos treinta minutos después, en Sangenjaya. Subí por la escalera mecánica hasta el primer piso de la Torre Carrot con la idea de matar el tiempo mirando DVD de alquiler en Tsutaya. Enfrente, estaba la librería, pero no me apetecía ver los últimos libros que había escrito alguien. En el interior de la tienda sonaba la melodía chillona típica de las canciones navideñas, y se veían pósteres de artistas y carteles de novedades por todas partes. No conocía a ninguno de ellos.

Di una vuelta por el interior de la tienda y después, como ya no sabía dónde mirar, me dirigí a la planta baja. Allí eché un vistazo a las tiendas de chucherías y admiré la espectacular comida de los expositores de cristal de Deli. Los pollos asados relucían con un brillo de color caramelo, había montañas de cajas de pasteles con lazos de color rojo y oro, y una multitud de personas con bolsas de la compra en la mano buscaban lo que les faltaba para la cena. Decidí esperar a Konno fuera. Sin que me diera cuenta, ya se había puesto el sol y había anochecido: solo quedaba una tenue claridad difusa en el oeste. Unos pequeños pájaros negros volaban trazando arcos en las estrechas franjas de cielo entre un edificio y otro. Poco después oí cómo alguien me llamaba: «¡Natsume-san!». Al darme la vuelta, lo primero que vi fueron los dos grandes caninos que asomaban bajo el labio. «¡Konno-san!», contesté yo. El pelo, que llevaba corto cuando nos habíamos visto en verano, le había crecido mucho y se lo había recogido en la nuca. Entre la bufanda negra, asomaba una piel tan blanca que me sorprendió: era tan pálida que alrededor de los ojos adquiría una tonalidad casi transparente.

—El trabajo ya lo había dejado antes, hoy he ido a recoger algunas cosas y a despedirme de la gente. Ya sabes —dijo Konno—. Qué suerte hemos tenido, ¿no? Encontrar mesa en Navidad. Quizá porque aún es pronto...

—¿No tienes que estar con tu familia? ¿Siendo Navidad?

Al oír mi pregunta, Konno levantó los ojos de la carta y sacudió la cabeza.

—No, hoy no hay problema. Los dos están con la familia de mi marido.

Habíamos entrado en una *izakaya* de comida de estilo japonés que servía un buen sake y, aunque el local estaba casi lleno, había poco ruido. En las paredes había pegados, aquí y allá, platos del menú escritos a mano; los camareros vestían vistosos quimonos cortos y, con su trato informal a los clientes, intentaban recrear una atmósfera popular. Me sorprendió que el ambiente fuese tan relajado y, al echar una mirada circular, me di cuenta de que todos los clientes eran parejas. Con el rostro inclinado hacia el otro, hablaban de cosas que solo ellos podían entender y no tenían por qué alzar la voz.

—Bueno, pues: enhorabuena por cerrar una etapa.

—Gracias.

Brindamos entrechocando las jarras de cerveza que nos acababan de traer. Konno vació la mitad de un trago.

—Vaya, qué rapidez. ¿Bebes mucho? —dije yo tras tomar un sorbo.

—Pues sí —dijo Konno tras un gran suspiro, en tono algo burlón—. El alcohol me sube a la cabeza bastante rápido, pero aguanto mucho. Si me pongo, puedo con casi dos litros de sake. Y, de vino, me bebo dos botellas.

—Yo lo único que tomo es cerveza. Y solo de vez en cuando.

Tras acabarse su jarra de medio, pidió otra. Las dos picamos el tofu frito que nos habían ofrecido como tapa y, con los ojos clavados en el menú, pedimos espinacas con beicon y *sashimi* variado. Era la primera vez que salíamos a comer las dos juntas —en realidad, ni siquiera habíamos quedado nunca a solas—, pero ella se mostró tan relajada, ya desde antes de empezar a beber, que enseguida me sentí cómoda. Viendo cómo estudiaba muy seria el menú mientras hablaba consigo misma o cómo ponía los ojos como platos al oírme comentar cualquier cosa o cómo se reía de sus propias bromas... Tal vez influyera su pequeña estatura, pero más que estar bebiendo en una *izakaya*, sentí que estaba en el aula o en el pasillo de la escuela con una compañera de secundaria después de las clases. Y tuve la ilusión de que no se trataba de alguien con quien había trabajado unos años sin haber llegado a establecer una relación, sino de una amiga querida que conocía desde siempre.

—La última vez que nos vimos era verano. Desde entonces, las del grupo no han dicho nada para ir a comer —dije.

—¡Ah! —dijo Konno—. Bueno, sí se han visto. Pero esta vez no han montado algo para todas. Ha sido un encuentro algo distinto.

Al ver su expresión de incomodidad, lo comprendí enseguida. Lo de «un encuentro algo distinto» quería decir que yo era la única a quien no habían invitado. Y la razón debía de ser que yo no tenía hijos. Seguro que a todas les apetecía hablar de ellos y les incomodaba hacerlo en mi presencia: vamos, que les estorbaba. Para cambiar de tema, volví a abrir la carta y fingí estar eligiendo algo más. Entonces, Konno dijo:

—Ya te lo había dicho antes, ¿no? Que no iba a volver a verlas.

—Sí. A la vuelta me comentaste algo.

—Ya. Era una pérdida de tiempo. He tardado en darme cuenta, pero, en fin.

—Ah, también dijiste que eran un hatajo de imbéciles.

—¿Eso dije?

—Sí, lo dijiste. Ahora me acuerdo. Que eran tontas de remate.

—Pues, sí. Exacto —dijo bebiéndose la cerveza de un trago—. Tú piensas lo mismo, ¿verdad? Hacen como que se llevan muy bien y tal, pero *sieeempre* están ojo avizor, no sea que las demás vivan mejor que ellas. La ropa, los zapatos, el sueldo del marido, las clases extraescolares de los niños. Son como alumnas de un colegio femenino de provincias. Eso, a su edad.

—Pero siempre parecen muy animadas, ¿no?

—Sí, ya. Es que les encanta el tema. Son amas de casa con dedicación exclusiva. Tienen un montón de tiempo libre. Yo era la única que trabajaba por horas. Y siempre me estaban tomando el pelo: «Uf, qué horror: tener hijos y seguir trabajando. Y no como mujer de carrera precisamente, sino en un trabajo de media jornada. Qué fuerza de voluntad tienes, hija». Y cosas por el estilo —dijo Konno trazando un pequeño círculo con la punta de los palillos.

—¿Cómo es que te mudas? —pregunté—. Por cierto, ¿adónde era? ¿A Ehime?

—A Wakayama —dijo alzando las cejas—. En realidad, tanto da Ehime como Wakayama. Uno u otro... Pero es en Wakayama donde voy a vivir a partir de ahora. Vamos, en el culo del mundo.

—Tampoco es eso.

—Es que mi marido es de allí —dijo—. Tiene depresión, ¿sabes? Y no puede seguir trabajando. Por eso ha decidido volver a su tierra.

—¿De qué trabajaba?

—Era un empleado de empresa, normal y corriente. Pero hace unos años su salud empezó a ir de mal en peor. Dejó de poder coger el tren, de poder dormir. Por eso nos mudamos cerca de la empresa, a Mizonokuchi. Para que pudiera ir a trabajar en bicicleta o andando. Pero no sirvió de nada. Tiene una depresión de manual —dijo Konno apartando los platos vacíos a un lado de la mesa—. Eres la primera persona a quien se lo cuento.

—¿Y allí vais a vivir con su familia?

—Sí. Son contratistas de obras y él es hijo único. Hasta ahora ha sido terrible. Mi suegra tiene un carácter muy fuerte. Y se mete en todo. Lo ha estado llamando un día y otro, enviándole *oden* para comer. No puede aceptar que su hijo tenga depresión y no para de llorar. Ya se ha montado su historia: como no puede ser que su hijo sea tan débil, la culpable debo de ser yo, que lo presiono demasiado. En fin. Resulta que le dará trabajo de oficina a cambio de un sueldo.

—Tú eres de Tokio, ¿verdad?

—Soy de Chiba. Cuando mi hermana mayor y yo acabamos los estudios, mis padres volvieron a Natori, la tierra de mi padre. Para cuidar a mis abuelos paternos. Está cerca de Sendai. Mi padre murió hace tiempo y mi madre vivía sola allá hasta que perdió la casa con el terremoto. Quedó casi en ruinas. Ya se sabe lo que pasa con los terremotos. Ahora mi madre vive con mi hermana mayor, que reside en Saitama desde que se casó. Y yo me siento fatal. Mi hermana no para de enviarme mensajes, quejándose. Y mi madre me escribe cartas larguísimas, lamentándose también. Por lo que hace a mi cuñado, por más que sea la madre de su mujer, para él no deja de ser una extraña. La pobre mujer tiene una pensión miserable y su carácter no ayuda. Mi cuñado la ve como una vieja siniestra que nunca sabe lo que piensa. Además, tienen hijos. Quieren que yo contribuya económicamente. Pero eso es imposible. Mi madre apenas habla y, cuando abre la boca, lo único que dice es que ojalá hubiera muerto con el terremoto y cosas así. Mi hermana dice que se está volviendo loca, yo estoy pillada entre una y otra. Y, así, todos los días.

Vi que Konno se había terminado la cerveza y le pregunté qué iba a tomar después. Me dijo que le apetecería sake; yo pedí otra jarra de medio de cerveza.

—Estas cosas no suelen contarse a nadie, ¿verdad? Lo que una piensa, los asuntos de familia, de dinero. La verdad es que ahora me siento un poco incómoda —dijo con expresión avergonzada—. Normalmente solo hablo de esto por la red.

—¿Por la red? ¿Por las redes sociales? —pregunté.

—Sí, exacto. Allí puedes hablar sobre los hijos, quejarte del marido, decir todo lo que te venga en gana. Yo escribo en Twitter y todos formamos un grupo. Nos seguimos los unos a los otros. Y, no creas, no solo se trata de desahogarse. También nos damos ánimos.

—¿Tú también?

—Yo escribo *muchííísimo* —dijo sirviéndose el sake que acababan de traer en un vasito—. Siempre anónimo, claro. Hay un montón de tipos de una cierta edad pesadísimos, mucha gente que te sale con guarradas: en este sentido es un infierno. Pero cuando escribes algo y tienes centenares de «me gusta» o de retuits, te da un subidón... No sé, sientes que vale la pena. Yo tengo algo más de mil seguidores... Pero qué vergüenza. Mira que decirle eso a una escritora.

—No, no. Qué va —dije—. Publiqué un libro hace dos años y se acabó. Pero ahora no puedo escribir nada. Nada de nada.

Llegó el *sashimi* y nos pusimos soja en los platitos. La ración de pescado era mejor de lo que esperábamos y, al verla, lanzamos un pequeño grito de alegría. «¡Oh!», «¡Qué buena pinta!», nos fuimos diciendo la una a la otra con los ojos clavados en los filetes de jurel y de atún rojo. Konno vació el jarrito de sake y pidió otro. Al llegar el nuevo, se llenó el vasito hasta el borde y empezó a beberlo a sorbitos.

—Entonces, ¿hoy tu hija está en Wakayama, en casa de la familia de tu marido?

—Sí —dijo Konno tras una pequeña pausa—. Es que mi marido no sirve para nada, ¿sabes? Y quedamos en que lo más rápido sería que me encargara yo sola de cancelar el contrato de la casa y de organizar la mudanza. Y desde la semana pasada la niña está en Wakayama. En fin, que ellos dos se han trasladado primero. Y como es una tontería gastar una porrada de dinero en transporte, pasaremos el fin de año separados y, a principios del próximo, yo acabaré con lo de la mudanza y me iré para allá.

—¿Qué edad tiene tu marido?

—Es tres años mayor que yo. El año que viene cumplirá... ¿treinta y ocho? ¿O treinta y nueve? No estoy segura.

—La causa de la depresión será la madre, ¿no? Pensando con lógica.

—Es posible. Vete a saber. Sea como sea, una depresión te destroza la vida, ¿sabes? —dijo Konno sonriendo—. Te impide hacer cualquier cosa. Mi marido no puede salir de casa, ni siquiera meterse en el baño. Con la medicación ha mejorado algo, pero vete a saber cómo seguirá de aquí en adelante. No sé qué pasará.

—Y tu suegra, ¿qué tal se porta con la niña? ¿La trata bien?

—Pues, a ver, es la hija de su hijo y la quiere, como es natural. Mi suegra estaba en contra de que nos quedáramos la niña y yo solas en Tokio. Quizá tuviera miedo de que nos fugáramos. Me dijo que le mandara primero a su hijo y a su nieta y que, más adelante, ya iría yo. Hubiera preferido que fuésemos juntos los dos, claro. No quedaba bien que fuera el hijo solo. Por el qué dirán. Lo dijo: que un hombre no puede ir solo a casa de sus padres.

—¿Y qué significa eso?

—Que un hombre no va solo a casa de sus padres. Es algo que se dice. Que la esposa vaya a casa de sus padres con los hijos es normal. Pero ¿verdad que no has oído hablar de un marido que haya ido a casa de sus padres sin su mujer, llevándose a los niños? Es que no se hace. Una pareja casada y con hijos tiene que dar la imagen de matrimonio unido. Además, si no están las mujeres, falla la comunicación con los padres y con los otros familiares. Es así. Ellos se quedan sentados en la sala de estar o donde sea, y dejan que sus mujeres se encarguen de todo.

—¿Y no echas de menos a tu hija?

—Pues la verdad es que no tanto como imaginaba —dijo Konno tras reflexionar unos instantes—. Sí, pero pensaba que sería mucho peor. De todas formas, para los hombres es lo normal, ¿no? Cuando se van de viaje de negocios, no ven a sus hijos.

Konno fijó la mirada en la superficie del vasito, lleno a rebosar, y dijo:

—Quiero a mi hija. La quiero mucho. Pero no sé. A veces pienso que nuestros lazos son poco fuertes.

—¿Poco fuertes? —pregunté.

—Sí. Es que, ¿sabes?, el embarazo y el parto fueron como una seda, pero, al nacer la niña, me hundí. Ahora hablan de depresión posparto y hay tratamiento para eso, pero hace unos años no se conocía tanto. Y mi marido no me ayudó, ¿sabes? No solo no hizo nada, sino que me soltó cosas horribles. «Para una mujer, tener hijos es lo más normal del mundo. ¿Hasta cuándo vas a estar exagerando y quejándote de este modo? El embarazo y el parto son algo natural. Mi madre pudo hacerlo, las demás mujeres pueden, ¿por qué tú exageras tanto?», me dijo riéndose.

—Vaya —dije yo terminándome de un trago la cerveza que quedaba en el fondo de la jarra.

—Y entonces tomé una decisión, ¿sabes? Pensé que, cuando fuera él quien lo pasase mal, por un cáncer o por lo que fuera, incluso cuando estuviera a punto de morir, me plantaría a su lado, miraría hacia abajo y le diría riendo: «El cáncer y la enfermedad son cosas naturales. Todo el mundo puede sufrirlas. ¿Por qué te quejas tú tanto?».

Konno soltó un resoplido, me miró fijamente a la cara y se rio un poco.

—En fin. Mi hija, de bebé, no dio mucho trabajo, yo pude dormir bien y me fui recuperando poco a poco. Pero, por entonces, nuestra relación ya se había enfriado mucho. Hablábamos lo menos posible, solo lo imprescindible. Para empezar, mi marido apenas paraba en casa. Vivíamos juntos, pero era como si llevásemos vidas separadas. En una situación así, lo normal es volcarse en el hijo, ¿no? Verlo como tu único aliado. Pero en mi caso no ha pasado eso. A veces, cuando estamos las dos a solas, de pronto, me doy cuenta de que siento malestar, un gran malestar.

—¿Malestar?

Konno asintió mientras bebía sake a sorbitos.

—Quiero a mi hija. Me importa muchísimo. Es la verdad. No miento. Haría cualquier cosa por ella. Pero, por otra parte, ¿cómo te diría? Me da la impresión de que la niña no va a estar mucho tiempo conmigo. No sé, es como si no tuviera ningún vínculo con ella. Muchas veces pienso que me va a coger manía, que se va a apartar de mí y que, quizá, eso a mí ni siquiera me vaya a importar. Pienso que vamos a acabar como muchos padres e hijos de los que hay por ahí.

»Yo detestaba a mi madre. La detestaba de veras. He reflexionado mucho sobre los motivos, sobre si aquel odio era un sentimiento pasajero, un simple periodo de rebeldía. También me ha atormentado mucho la idea de que quizá yo sea una persona dura e insensible, o de si no tendré algún problema psicológico. Porque incluso los niños que sufren los peores maltratos quieren con locura a su madre. Al menos, eso dicen. Sin embargo, a mí, según parece, ni siquiera me habían tratado mal, me habían educado como a la mayoría. En fin, sea como sea, el hecho es que yo odiaba a mi madre.

—¿Sin ningún motivo?

—Bueno, tal vez fuese todo en conjunto —dijo Konno vaciando el vasito—. Por ejemplo, lo de mi padre. Era el típico tirano de pueblo. Un tipo de esos que vivía sin enterarse de que en el mundo existían términos como *machismo* o *misoginia*. Nosotras crecimos sin poder abrir la boca. Éramos pequeñas y, encima, niñas: vamos, que para él ni siquiera éramos personas. Y a mi madre nunca oí que la llamara por su nombre. Siempre se dirigía a ella con un «¡eh!» o un «¡eh, tú!». Y, a la mínima, se enfurecía y nos pegaba o rompía cosas, eso como si fuera lo más natural del mundo. Total, que nosotras siempre estábamos mirando, aterradas, a ver qué cara ponía. Aunque eso solo pasaba en casa. Fuera todo el mundo lo consideraba un hombre de fiar, había sido presidente de la asociación de vecinos y demás. Mi madre siempre corría detrás de él, sonriendo sumisa, encargándose de todo: del baño, de la limpieza, de la comida. Y, encima, tuvo que cuidar a sus suegros hasta el final. Y no es que heredara gran cosa, la pobre... Mi madre era una trabajadora con coño.

—¡Vaya expresión! —dije.

—¿Tú crees? Pues eso es lo que era: una trabajadora con coño. En serio. Cien por cien.

—Ya. Peor que una «máquina de parir», ¿verdad? Aquí contaba el trabajo.

—Sí, exacto. Así era. De verdad. Vivía de esta forma, día tras día. ¿Cómo podía alguien ser feliz así? Por más que estuviéramos en aquella época, incluso una niña de mi edad se daba cuenta de qué clase de vida llevaba mi madre. Humillada, recibiendo golpes a la mínima, teniendo que pedir permiso para hacer lo que le gustaba, incluso para salir de casa. Era una esclava. ¿Cómo era posible que aquel hombre hiciese pasar a mi madre por todo aquello solo por haberse casado con él? Yo creía que ella sufría en silencio, que estaba aguantando aquel maltrato. Que ella odiaba a mi padre a muerte, que no lo podía ni ver, que lo soportaba a duras penas, sufriendo. Que siempre tenía aquel aire sumiso y que no se quejaba porque se preocupaba por sus hijas. Seguro que se sacrificaba a sí misma para proteger a la familia, para protegernos a nosotras. Y pensaba que yo, cuando creciera, salvaría a mi madre. Cuando fuera mayor, yo la rescataría de manos de aquel padre de mierda, de aquella casa de mierda. Lo pensaba muy en serio.

»Pero un día, cuando todavía era pequeña, una vez que estábamos juntas mi madre, mi hermana mayor y yo, no sé a qué vino, pero le preguntamos: "¿A quién quieres más: a papá o a nosotras dos?". No tengo ni idea de por qué salió el tema, pero le preguntamos quién era más importante para ella, nuestro padre o nosotras, sus hijas. Que si tuviera que morirse él o nosotras, ¿a quién elegiría? O algo parecido. ¿Y qué crees que contestó ella? Su respuesta inmediata fue: "Pues el más importante es papá". Lo dijo sin dudarlo un solo instante, como si fuera lo más natural del mundo. Nosotras dos nos quedamos mudas. Nos quedamos con la boca abierta. En serio. Ni siquiera podíamos pestañear. Tanto mi hermana mayor como yo estábamos seguras de que diría: "¿Que quién me importa más? Pues vosotras dos, ¡claro! Eso no hace falta ni preguntarlo. ¡Qué tonterías estáis diciendo!". Que incluso se enfadaría. Pero no. Respondió que prefería a mi padre. Y, entonces, ¿qué crees que dijo luego?: "Es que hijos siempre puedes tener más, pero papá solo hay uno". Esa fue la explicación que nos dio, con la cara algo sonrojada. Dijo eso, en serio.

»Eso me impactó una barbaridad. El golpe fue tan bestia que mi hermana y yo jamás hablamos de ello. Imagínate. Creo que lo que me impactó no fue que prefiriera a mi padre. El verdadero shock fue darme cuenta de que *mi madre desea-*

ba vivir con un padre como el mío, con un tipo como aquel. No podía creerlo. De veras. Me quedé sin palabras durante un rato. Incluso ahora sigo pensando que ojalá ella hubiera dicho: "Me sabe mal sentir eso por vuestro padre, pero lo odio. Lo odio tanto que lo mataría. Me hace sufrir día tras día, lo detesto. Un día nos iremos las tres. Ahora no tengo más remedio que aguantarlo, pero un día empezaremos una nueva vida las tres juntas". Ojalá mi madre hubiera dicho eso. Si ella hubiese pensado así, yo habría luchado por ella. Todavía era una niña, pero habría hecho cualquier cosa para protegerla de mi padre, la habría defendido incluso a puñaladas. Pero no era el caso. Por increíble que fuera, lejos de estar aguantando, lejos de querer huir o de luchar..., mi madre no se había planteado ni una sola vez alejarse de un padre así, de un hombre como aquel. Había dicho contenta: "Es que papá solo hay uno".

Dejé la jarra de cerveza vacía en un extremo de la mesa, pedí otro jarrito de sake al camarero y le dije que trajera otro vasito.

—... Y, a partir de entonces, no sé. Fue como si ya no conociera a mi madre. Ella tenía la misma actitud de siempre, hacía las faenas de la casa como antes, aguantaba los gritos y golpes de mi padre sumisa como siempre; a nosotras también nos trataba igual, pero a mí me daba la impresión de que estaba delante de una desconocida. Sabía que aquella era mi madre, sabía que era la misma con la que había vivido siempre, pero tenía la sensación de que no la conocía. Hablaba con ella, vivía con ella, pero ¿quién era aquella mujer?

Nos trajeron el sake: ambas nos llenamos el vasito y bebimos. Sentí cómo el sake caliente me pasaba por la garganta y se deslizaba hasta el estómago. Konno hablaba con voz firme, pero las manchas rojas de las mejillas, las orejas y alrededor de los ojos delataban que estaba bebida. También yo empezaba a sentir languidez en los brazos y en las piernas. Se acercó el camarero y nos preguntó si deseábamos algo más. Abrí la carta y se la mostré a Konno. Ella acercó los ojos inyectados en sangre y dijo riendo: «Pues me comería un *tsukemono*». «Vale», dije yo riendo también.

—¿No decías que solo tomabas cerveza?

—Por lo visto, hoy es diferente.

—¡Ah!

Volvimos a llevarnos el vasito a los labios y lo vaciamos. Nos servimos sake la una a la otra.

—¿Sabes? —dijo Konno un poco después—. Me pregunto qué pasaría si, al empezar el año, no fuese a Wakayama.

—¿Si te quedaras en Tokio?

—Si me quedara —dijo bajando los ojos hasta el *oshibori* de encima de la mesa—. O si desapareciera.

Sin decir nada, me llevé el vasito a los labios.

—No creas. Voy a ir, como toca —dijo aspirando aire con fuerza por la nariz. Luego se rio un poco—. Pero llega una edad en la que te preguntas qué diablos haces con tu vida. Es lo que te decía antes. Que en mi casa siempre había gritos y golpes. Me daba la sensación de vivir entre un grito y otro, estaba siempre agotada. Cada día lo mismo. Estaba harta, quería irme de aquella casa. Me moría de ganas de largarme. Cuando pienso en mi infancia, me da la sensación de haber estado siempre metida en una habitación tapándome los oídos, apenas tengo recuerdos agradables de entonces. Era una niña que solo se preguntaba por qué había nacido, por qué tenía que seguir viviendo. Odiaba las relaciones de padres e hijos, la familia. Odiaba todo eso desde el fondo de mi corazón. Recuerdo muy bien que estaba convencida de que era la causa del sufrimiento de las personas, la fuente de todos los males. Cuando era pequeña.

»Esto debió de quedar profundamente grabado en mi corazón. Seguro. Que yo viviría siempre sola, durante toda mi vida, hasta la muerte, sin mezclarme con nada de aquello. Que estaría sola en todos los aspectos. Lo pensaba de veras, ¿sabes? Que sería así. Pero me casé, me quedé embarazada y tuve una hija, uní mi vida a otras vidas. ¡Ja! ¡Ja! Yo, que había decidido que no me mezclaría con nadie. Y ya ves. Tengo un marido enfermo de depresión, con quien ya no tengo nada en común, a quien tendré que cuidar de aquí en adelante, recibiendo el dinero de su familia mientras aguanto sus reproches: iré viviendo así toda la vida hasta la muerte. Y en Wakayama. Cuidando de la madre de mi marido, encargándome de la casa. ¡Ja! ¡Ja! Seré una fantástica "trabajadora con coño" de segunda generación.

Konno se rio un poco mientras mantenía los ojos clavados en la punta de los dedos.

—Y, entonces —prosiguió tras permanecer en silencio unos instantes—, mi hija empezará a odiarme, tal como hice yo con mi madre.

«¡Muchas gracias!», se oyó decir a alguien a voz en grito, y la pareja que salía se cruzó con otra que entraba. Los que entraban llevaban gorros de Papá Noel.

—¿Y por qué no te divorcias y vives con tu hija?

Se lo dije unos instantes después. Konno me miró de frente. Luego volvió a fijar la mirada en las puntas de los dedos y se rio un poco.

—Imposible. Con lo que ganaba en la librería ni siquiera podría pagar el alquiler.

—Quizá sea duro, pero debes hacerlo.

—Imposible. —Konno volvió a mirarme de frente—. Si trabajando los dos ya es difícil criar a un hijo, sola, ya me dirás. Imposible del todo.

—Podrías pedirle dinero para la manutención de la niña, pedir un subsidio. Ya sé que es duro, pero hay personas que lo hacen...

—Serán personas que tienen un empleo —me interrumpió Konno—. Estás hablando de personas que tienen un buen trabajo. Personas con carrera, que tienen una cierta seguridad. Y que trabajan en un sitio como es debido. Personas con familias con dinero, personas que tienen una casa adonde volver. Yo no tengo nada. Ningún título, acabo de dejar un empleo de media jornada. Un empleo en el que, matándome a trabajar, ni siquiera ganaba mil yenes a la hora. Un empleo en el que me pedían que redujera los turnos porque querían que aprendiera una chica más joven. Dime qué trabajo crees que puede encontrar una madre de casi cuarenta años sin currículum, sin nada. Así no se puede criar a una hija. Es imposible vivir dos personas.

—Pero...

—Tú eso no lo entiendes.

El camarero se acercó y dejó el cuenco de *tsukemono* sobre la mesa. Una montaña de pepino, *shibazuke* y rábano. A continuación, vino otro camarero con una caja grande con boletos de lotería diciendo que era un sorteo para un regalo de Navidad. Una tras otra, metimos la mano dentro de la caja en silencio y sacamos un papelito. A ninguna de las dos nos tocó nada. Nos ofrecieron un vale del diez por ciento de descuento, válido a partir de la próxima visita, y empezamos a picar el *tsukemono*.

Cambiamos de tema, hablamos de otras cosas. Pedimos más sake y seguimos bebiendo. Elegimos el sake más barato, a trescientos ochenta yenes el *gô*.[1] Le conté cuatro cosas que había aprendido sobre los *yakuza* al documentarme para la novela y representé para ella unas escenas de ajuste de cuentas que había visto en YouTube; Konno me explicó de manera muy divertida, acompañándose de gestos, el desbarajuste de presupuesto que le habían hecho para la mudanza. Para disipar la atmósfera de tensión, las dos nos reímos y expresamos asombro de forma exagerada. Chismorreamos sobre las del grupo de los almuerzos y sobre otros conocidos que teníamos en común, discutimos sobre por qué la mayoría de los artistas con cáncer o enfermedades graves optan por donativos a los templos o por tratamientos pseudocientíficos frente a terapias estándares. Cada vez que decía: «¡No me digas!», o que aplaudía, me parecía sentir el alcohol recorriendo todo mi cuerpo.

1. *Gô* es una medida de capacidad tradicional japonesa. Un *gô (ichigô)* equivale aproximadamente a 180 ml.

Llegado un cierto momento, nos habían retirado de la mesa incluso el cuenco del *tsukemono*, ya no quedaba ni una gota de alcohol y, al mirar el reloj, vi que eran las diez y cuarto de la noche. Pedimos agua y nos la bebimos de un trago. Después llegó la hora de la cuenta. Pagamos cuatro mil quinientos yenes cada una y salimos.

La noche era fría. En los alrededores de la estación, se veían brillar luces por todas partes: reinaba una animación tan especial que parecía que estuviera a punto de empezar un desfile. Tanto Konno como yo estábamos borrachas. Las dos íbamos dando tumbos. Al llegar a la escalera que descendía hasta la estación, Konno se dio la vuelta y me miró de frente. Tenía los ojos rojos, inyectados en sangre, y su labio superior, algo vuelto hacia arriba por culpa de los caninos montados, se veía reseco y emblanquecido.

—Gracias por haber venido. A pesar de habértelo dicho así, tan de repente —me dijo. Y añadió—: Estoy muy borracha.

—¿Podrás volver en tren?

—No hay problema. Es directo —dijo cerrando los ojos con tal fuerza que contrajo todo el rostro; después pestañeó varias veces abriendo mucho los ojos.

—¿Y a partir de la estación?

—No hay problema. Es todo recto.

—¡Hum! Alguna curva habrá.

—Ya, como en todos los caminos. Pero es recto. ¡Ah, sí! —dijo Konno. Se oyó un frufrú mientras rebuscaba dentro del bolso—. Te había dicho que quería darte algo, ¿verdad? Toma.

En la mano sostenía unas tijeras plateadas.

—Quizá ya no te acuerdes. Hace muchos años, no sé cuántos... Fue cuando trabajábamos juntas, hace siglos... Tú, cuando las viste, me dijiste que eran preciosas.

—Lo recuerdo —dije.

En la época de la librería, nosotras llevábamos siempre encima un bolígrafo y un cúter, y por el bolsillo del pecho del delantal de Konno asomaba siempre algo plateado. Un día, me mostró, posadas en la palma de su mano, aquellas tijeras que tenían un precioso cincelado de lirios de los valles en el mango, entre los anillos y las hojas. Konno siempre las cuidaba mucho y las guardaba con las hojas metidas en una pequeña funda de piel de color negro. Todas las demás íbamos de aquí para allá con unas tijeras de plástico de oficina y yo recordaba cómo, al verla trabajar con tanto esmero usando sus propias tijeras, sentía que en sus gestos había algo exquisito, especial.

—Pero tú les tenías mucho cariño a esas tijeras.

—Sí, las he usado tanto que hay algún trozo ennegrecido —dijo Konno riendo con sus ojos rojísimos—. Pero ya he dejado el trabajo y, en casa, no las voy a usar.

—Sí que las usarás.

—No. —Konno negó con un movimiento de cabeza—. Me acordaba de que me habías dicho muchas veces que te gustaban. Quiero que las uses tú.

Las tijeras plateadas reflejaban la luz de la noche y relucían un poco sobre la palma de su mano. En aquel instante, me di cuenta de que Konno tenía unas manos increíblemente menudas. Levanté la cabeza y la miré, abarcándola con la vista de la cabeza a los pies. Sabía que era tan bajita que le pasaba toda una cabeza, pero, en aquel instante, al mirarla de nuevo, me dio la impresión de que era todavía más pequeña de lo que creía. Por los bajos del abrigo asomaban unas piernecillas delgadas, casi sin carne, rectas, y yo evoqué su figura de niña, una imagen que no había visto jamás. Ante mis ojos emergió su silueta de espaldas, agarrando con ambas manos las correas de la gran cartera que llevaba a la espalda mientras andaba despacio con el cuerpo ligeramente inclinado ante el fuerte viento del anochecer. Doblando un cuello tan delgado que parecía que fuera a quebrarse, cargando con una cartera roja casi más grande que su propio cuerpo. ¿Adónde iba? ¿Adónde volvía?... La pequeña Konno iba andando por un camino asfaltado donde no había nadie.

—Konno-san —dije—. ¿Vamos a otro sitio?

—Hoy, imposible. —Sacudió la cabeza riendo—. Mira cómo estoy.

Bajó la escalera agitando la mano. Mientras veía cómo su silueta de espaldas se iba alejando más y más, algo en mi interior me urgía a correr tras ella e invitarla a tomar algo en otra parte. Pero, al final, lo único que pude hacer fue quedarme mirando cómo su figura se iba empequeñeciendo poco a poco.

Cuando llegué a casa, me arrojé sobre el puf. Tenía un dolor de cabeza espantoso. Al cerrar los ojos, veía cómo unas olas amorfas me embestían en la oscuridad. Tenía la sensación de haberme convertido en unos fideos que daban vueltas y más vueltas dentro de una olla de agua hirviendo.

Me quedé tal cual, con los ojos cerrados, esperando a que acudiera el sueño. Pero el tiempo transcurría sin que yo fuera capaz de saber si estaba realmente dormida o no. ¿Estaba soñando? Me despertaba envuelta en unas imágenes que no podía discernir si se proyectaban de verdad en mis ojos o no y daba vueltas y vueltas sobre mí misma. «Esto quiere decir que estás durmiendo con los ojos abiertos», pensé. Sentía frío y tiraba del edredón hecho una bola a mis pies, lo atraía hacia mí y me cubría hasta la cabeza; entonces sentía agobio y me destapaba con brusquedad; volvía a tener frío y me arrebujaba de nuevo. De pronto, las puntas de los dedos que asomaban fuera del edredón tocaron algo frío: al aguzar la vista descubrí que eran las tijeras que me había regalado Konno. ¿Cuándo las había sacado de la bolsa? Su color plata absorbía en silencio el aire frío de la noche y relucía con un destello pálido. Agarré las tijeras con la mano derecha y levanté los ojos: el techo estaba lleno a rebosar de globos multicolores. Me puse de puntillas sobre un taburete y fui reventando globos. Cada vez que explotaba uno, en vez del billete del premio, se oía resonar la voz de alguien. ¡Feliz Navidad! ¿La voz de alguien? El número de globos iba creciendo, como si fueran pompas de jabón expulsadas por una máquina; los globos iban cubriendo aquel techo que me resultaba tan familiar. Sentía opresión en el pecho, me costaba respirar, pero los globos seguían hinchándose, ondeando como un mar de nubes, y yo, embelesada, me ponía de puntillas, alargaba el brazo y los iba reventando, uno tras otro, con las tijeras. ¡Feliz Navidad! Konno me agitaba la mano en medio de la noche: «¡Ya no volveremos a vernos!». Yo reventaba un globo. Este desaparecía. Sin un sonido. Pero otros globos iban creciendo a una velocidad tan grande que yo trastabillaba y estaba a punto de caer del taburete. Entonces, alguien me sostenía, agarrándome por el codo. Yo miraba hacia abajo: allí estaba Jun Aizawa, que me ayudaba a restablecer el equilibrio sobre el taburete. Me señalaba otro globo. Yo alzaba la mano que volvía a empuñar con fuerza las tijeras. ¡Feliz Navidad! Otro y otro. Yo iba reventando globos. «Espero que le vaya bien.» Me lo susurraba el vaivén de la melena bellamente escalada, partida por la raya en medio, de Jun Aizawa; era un vaivén como el del oleaje, que parecía estar dudando entre convertirse en alas o en el cincelado de una piedra erosionada. ¿Cuál de las dos quería ser? ¿Cuál de las dos elegiría? Mientras tanto, la onda del eco atronador del karaoke se iba confundiendo con el vaivén de su melena, cada vez costaba más distinguirlos. «Espero que le vaya bien...» En aquel instante, se me cayeron las tijeras de la mano y me quedé dormida.

UNAS INSTRUCCIONES COMPLEJAS

El Año Nuevo transcurrió como de costumbre, sin novedades. Era 2017. Aparte de los mensajes de texto que intercambié con Makiko y Midoriko, solo recibí cuatro postales de felicitación: una de una clínica de ortopedia que había visitado una sola vez el año anterior y, las otras tres, de las editoriales de las revistas en las que publicaba y del periódico.

Después de fiestas, cuando volvieron los días laborables, recibí una llamada de Sengawa. Me puse tensa creyendo que quería hablarme de la novela, pero se trataba de otro asunto: al día siguiente tenía un compromiso en Sangenjaya y me proponía que cenáramos juntas. Quedamos en los alrededores de la estación y comimos *tonkatsu*. Sengawa, a finales de año, se había hecho la permanente y, cuando le dije que el nuevo peinado le sentaba muy bien (realmente la favorecía mucho), de pronto se ruborizó, avergonzada, y se tocó una y otra vez la cabeza diciendo que no, que no. Que ya no sabía qué hacer con su pelo. Luego entramos en una cafetería cercana y charlamos de cosas sin importancia. Yo me sentía un poco tensa, temiendo que Sengawa estuviera aguardando la ocasión propicia para sacar el tema de la novela, pero, al parecer, me equivocaba. Aunque no daba la impresión de ser golosa, junto con el café pidió, inesperadamente, un tiramisú y lo fue saboreando con deleite mientras charlábamos.

También hablé por teléfono varias veces con Yusa. Me

contó que ella y su hija habían tenido la gripe durante las fiestas de Fin de Año, y que las dos habían pasado un infierno. Se quejó de que, entre las galeradas del nuevo libro que tenía que salir en primavera y la publicación de una novela por entregas, no disponía de un minuto libre.

—¿Un libro, dices? ¿No sacaste uno el verano pasado? ¿Y uno bastante gordo, además? —le pregunté asombrada.

—Ah, sí. Sí, sí. Pero esto es como ir montado en bicicleta, ya sabes. No puedes parar. Si lo haces, te quedas sin dinero. —rio Yusa—. A partir del año que viene, también voy a publicar en un periódico. ¿Qué te parece?

—¡Increíble!

Y así fue discurriendo el nuevo mes del nuevo año.

Era agotador escribir una novela que cada día tenía menos claro de qué trataba y adónde iría a parar. Por más que escribiese regularmente para algunas publicaciones y que años atrás un libro mío hubiese sido un éxito de ventas, yo era una perfecta desconocida. A veces pensaba que nadie se acordaba de mí. Lo mismo sucedía con Sengawa. Era de agradecer que no me hubiese hablado de la novela, pero ¿no querría esto decir, por otra parte, que ya no esperaba nada de mí? Esta idea me deprimía a veces.

Para justificar que hacía algo, leía la documentación, tomaba notas, pasaba los días reescribiendo las mismas líneas. Todos los días iban saliendo docenas de libros en las librerías e iban apareciendo, uno tras otro, escritores nuevos. Y, al mismo tiempo que el número de blogs de tratamientos de infertilidad subía y bajaba, iban naciendo todos los días montones de niños. A cada instante, alguien descubría en alguna parte una nueva vida y unos sentimientos distintos a los del día anterior y se adentraba en un territorio desconocido. Pero yo seguía siempre igual. Me limitaba a quedarme inmóvil, más apartada a cada segundo que pasaba de unos acontecimientos tan deslumbrantes que hacían cerrar los ojos sin pensar.

Adquirí la costumbre de ir leyendo, una y otra vez, a ratos libres o, por la noche, antes de dormir, la entrevista de Jun Aizawa. Al buscar por la red, encontré la asociación a la que pertenecía Aizawa, el sitio web, las redes sociales, los artículos del delegado de la asociación, pero nada sobre él. Ni siquiera sabía si era su nombre real o un pseudónimo. Lo único que encontré fue una imagen, en una esquina de una fotografía utilizada en un reportaje sobre un simposio del pasado, que —aunque miraba hacia abajo y no se le veía el rostro—, a juzgar por el peinado y por la estatura, parecía tratarse de él. En el sitio web de la asociación a la que pertenecía, podían leerse textos escritos por varias personas nacidas por IAD, pero no logré encontrar ninguno de Aizawa aunque me remonté muy atrás en el tiempo.

Abrí el calendario del teléfono y pulsé el día 29, el único que tenía una marca. Era la fecha en que se celebraba el simposio del que me había hablado Aizawa el mes anterior y al que yo tenía la intención de acudir. Sin embargo, cuando imaginaba cómo podía ser aquel día, me desanimaba un poco. Creía que era importante conocer la realidad de los nacidos por inseminación artificial y de las personas que, como yo, cifraban sus últimas esperanzas en la IAD, así como los deseos y las opiniones de quienes estaban en contra, pero al recordar la reunión de la Navidad del año anterior me deprimía. ¿Debería ir? ¿O no? Cada vez lo tenía menos claro.

«Pero —me dije— lo cierto es que tengo que preguntarle algo a Aizawa-san.»

Creía tener muy claro lo que él pensaba sobre la IAD por el libro de entrevistas y por su charla del día de Navidad. Pero quería hacerle otras preguntas. Sabía, por ejemplo, que las personas nacidas por inseminación artificial solían sentirse profundamente heridas al descubrir que habían vivido sin conocer la verdad sobre sus orígenes y que habían sido engañadas. ¿Qué habría sucedido si se les hubiese confesado todo abiertamente desde el principio? Y, además, si se reconociera a los hijos el derecho a acceder a la información privada de sus donantes, ¿estaría él de acuerdo con esta circunstancia? Los nacidos por IAD no eran los únicos que desconocían sus orígenes, había otros casos. ¿Dónde radicaba, entonces, la diferencia? Me iban viniendo a la mente un montón de cuestiones y, luego, las iba olvidando. Pero ¿qué preguntas era apropiado hacer y cuáles no? Cuánto más lo pensaba, menos claro lo tenía. Con todo, al final, decidí asistir al simposio.

Había mucha gente y daba la impresión de que se trataba de un acto muy distinto al del mes anterior. La sala no era muy grande, pero tenía capacidad para doscientas personas. Cuando llegué, estaban ya ocupados más de la mitad de los asientos dispuestos en forma de abanico alrededor del estrado. Me senté en un extremo de la última fila y esperé a que empezara el acto.

El primer punto del programa era la ponencia de un especialista titulada: «Estado actual y problemática de la inseminación artificial extraconyugal en Japón». Sirviéndose de un PowerPoint, el ponente habló sobre el Proyecto de Ley de Reproducción Asistida elaborado por el Partido Liberal Democrático el otoño de tres años atrás y sobre las conclusiones a las que, en el pasado, habían llegado diversas comisiones. Mostró desde diversos ángulos el gran atraso que sufría Japón en el debate y en la legislación sobre reproducción asistida y abogó por un cambio radical inmediato de la situación.

Subió al estrado el segundo especialista. Este abordó el tema de la IAD desde una amplia perspectiva. Habló de los problemas de legitimación de los niños gestados con el semen congelado extraído al marido antes de fallecer y sobre el tratamiento que ha dado tradicionalmente el Estado a los niños nacidos mediante donación de óvulos o con madres subrogadas, ilustrándolo con las causas judiciales habidas hasta el presente sobre estos temas, con su desarrollo y resultado. En ambas ponencias se daba prioridad al bienestar del niño, se insistía en la falta de legitimidad del hecho de utilizar a una persona como mero instrumento reproductivo, se excluían los enfoques mercantilistas y se defendía la dignidad del ser humano.

Después de las dos ponencias hubo diez minutos de descanso y los asistentes se levantaron uno tras otro de sus asientos y estuvieron yendo de aquí para allá. Junto al estrado había varias personas que parecían pertenecer a la organización ocupadas en probar el circuito de los micrófonos, en trasladar mesas y sillas al estrado y demás, pero a Aizawa no se le veía por ninguna parte. Tampoco estaba en la recepción de la entrada. Había dicho que se dedicaba a la parte administrativa, pero quizá hacía tareas de publicidad e información, como actualizar el Facebook o las redes sociales, y no había acudido al simposio.

Saqué un botellín de té de la bolsa de lona y me lo bebí despacio mientras sentía con alivio cómo el líquido me refrescaba la garganta.

A mitad de la primera ponencia había empezado a sentir pinchazos en las sienes y, a partir del inicio de la segunda, me había costado mantener la cabeza erguida y quedarme escuchando, inmóvil. En los últimos tiempos tenía el sueño ligero y me despertaba muchas veces a lo largo de la noche. Al mirar hacia la sala, vi que la gente ya había vuelto a sus asientos. Bajó la intensidad de las luces y anunciaron la tercera ponencia. Era una charla entre un investigador, una persona nacida mediante IAD y un médico especialista en tratamientos de reproducción asistida. De hecho, aquella era la parte que debería haberme interesado más, pero, mientras escuchaba el discurso de apertura del investigador —que a los quince minutos no tenía trazas de acabar—, el dolor de cabeza se hizo insoportable. Sabía muy bien que todo lo que decían era importante, pero no podía continuar allí sentada ni un minuto más, así que me levanté.

Salí de la sala, me lavé las manos minuciosamente en el lavabo y, luego, miré mi rostro reflejado en el espejo. Tenía una cara espantosa. Mi pelo, muy descuidado, se veía enmarañado, fosco y sin brillo; la línea de las cejas, que creía haber trazado bien, no mantenía un equilibrio entre la derecha y la izquierda. Me había extendido una base de maquillaje por el rostro, pero las manchas e imperfecciones de la piel eran perfectamente visibles: el efecto del maquillaje no se apreciaba por ninguna parte. Quizá fuera debido a que había comprado aquella base hacía mucho tiempo y se había estropeado. Al ver mi propia tez, pálida, opaca y sin tersura, pensé que se parecía a algo. Sí, a la berenjena asada. Era idéntica. No a la parte de la piel, sino a la pulpa de color verde pálido. ¿Cómo podía nacer una nueva vida de la mujer marchita y agotada que tenía ante mis ojos? Imaginarlo me producía una sensación de vacío. Luego apoyé las dos manos en el lavabo y estuve un buen rato haciendo estiramientos del cuello. Al fin sonó un crujido seco. Volví a lavarme las manos con cuidado y salí: en el fondo del vestíbulo desierto, junto a la mesa de recepción, se veía a un hombre sentado en un banco. Era Jun Aizawa.

Para montar en la escalera mecánica, tenía que pasar por delante del banco. Avancé agarrando la bolsa con fuerza. Me estaba preguntando si dirigirme a él o no cuando nuestros ojos se encontraron y, en un acto reflejo, le saludé con una inclinación de cabeza. Un instante después, Aizawa hizo lo mismo. Parecía que no me quedaba más remedio que pasar por delante del banco e irme sin más cuando Aizawa me dirigió la palabra:

—Veo que ha venido. ¿Ya se marcha?

Me lo dijo en un tono de voz mucho más relajado que en Navidad, cuando habíamos subido juntos al ascensor. En las manos solo tenía un vaso de cartón con café. Nada más. Llevaba un jersey negro igual que la vez anterior, unos pantalones marrón oscuro de algodón y unas zapatillas deportivas de color negro.

—Quería quedarme hasta el final, pero...

—Claro. Es que es muy largo, ¿verdad?

—¿Usted no entra, Aizawa-san?

Aizawa enmudeció unos instantes, sorprendido al parecer de que alguien con quien solo había coincidido una vez en el pasado lo llamara por su nombre con tanta naturalidad. Me explicó que aquel día se ocupaba de la sala de recepción.

—Por cierto, me llamo Natsume —dije, presentándome a mí misma—. No llevo ninguna tarjeta, lo siento.

Saqué mi libro de la bolsa.

—Escribo novelas.

Aizawa puso cara de sorpresa y me miró alzando un poco las cejas.

—¿Es usted escritora?

—De momento, solo he escrito este libro. Tome —dije y le tendí el libro, ofreciéndoselo.

Aizawa alargó la mano, cogió el libro y echó una ojeada a la portada diciendo: «¡Oh! ¡Caramba!». Luego, miró con atención el título y, tras leer con detenimiento el texto escrito en la contraportada y en la faja, levantó la cabeza.

—¡Caramba! Escribir un libro... ¡Uf! Me parece increíble. No puedo ni imaginar cómo debe de ser —dijo e hizo ademán de devolvérmelo, así que repetí:

—Es para usted.

—¿Para mí?

—Sí. —Asentí varias veces con la cabeza.

Aizawa, todavía con el café y el libro en las manos, se desplazó hacia la derecha y me dejó espacio libre para que me sentara. Hice un pequeño gesto afirmativo con la cabeza y tomé asiento. Enmudecí. También yo me quedé mirando el libro, que él sostenía en sus manos. Estaba nerviosa. Me volví con disimulo hacia un lado y observé la cabeza de Aizawa, que permanecía con los codos hincados en las rodillas, inclinado hacia delante, hojeando el libro. El pelo partido por la mitad, al igual que la otra vez que nos habíamos visto, tenía una hermosa caída. Al mirarlo de cerca, descubrí que su cabello era más fino, liso y suave de lo que creía. Me vino a la cabeza mi propio pelo, hirsuto y sin brillo, que se reflejaba poco antes en el espejo del lavabo.

—¿Está usted hoy de buen humor?

—¿Cómo? —dijo Aizawa alzando la cabeza sorprendido.

Llevada por la urgencia de hablar para romper el hielo, había expresado de manera algo extraña lo que quería decir en realidad, que era que Aizawa tenía un aire distinto al de la vez anterior. Enrojecí. Quise añadir algo, pero tenía miedo de volver a soltar alguna inconveniencia, así que me callé. Aizawa también guardaba silencio. Poco después, una señora de unos sesenta años con un gorro de punto con orejeras apareció, como si fuera una maleta cargada en una traqueteante cinta transportadora, en lo alto de la escalera mecánica, se apeó y pasó andando despacio por delante de nosotros.

—Quizá usted no se acuerde —le dije—. Pero, en el ascensor, cuando tuve el atrevimiento de dirigirle la palabra, le dije que estoy pensando en una IAD.

Aizawa no dijo nada al respecto, se limitó a hacer un movimiento afirmativo con la cabeza. No era que su rostro reflejara desagrado de forma ostensible, pero se notaba que, en su fuero interno, le extrañaba que una desconocida le contara cosas personales que nada tenían que ver con él. Era natural. Me dije que yo, en su lugar, probablemente pensaría lo mismo. Con todo, respiré hondo y proseguí:

—Quizá le incomode hablar de esto...

—No —dijo Aizawa—. Me dedico a la parte administrativa, pero, en encuentros de este tipo, a veces surge la ocasión de hablar sobre estos temas. Por cierto, Natsume-san, ¿es usted de Kansai?

—Sí. De Osaka.

—Al principio no me había dado cuenta. ¿Habla usted de una manera u otra según el momento?

—No soy muy consciente de ello, pero es posible que en situaciones formales tenga tendencia a usar el japonés estándar.

—Entiendo —asintió Aizawa—. Puede que a mí me suceda algo parecido.

—¿A usted?

—Sí. Lo que ha mencionado antes del buen humor. Hoy ha venido mucha gente, después habrá una recepción y hablaré con la gente... Quizá sea porque estoy tenso.

—¿Estar tenso le pone de buen humor?

—Bueno, al menos en apariencia —rio Aizawa—. El otro día... Fue por Navidad, ¿no? En Jiyûgaoka. El otro día, yo estaba bastante despistado.

—Despistado, no creo. —Aunque sí me había dado la impresión de que estaba pensando en otra cosa.

—Vaya. Ha nacido en 1978. Eso quiere decir que tenemos la misma edad —dijo Aizawa mirando la reseña biográfica de la solapa—. Vaya, me parece increíble. Ya sé que es una obviedad, pero una novela está construida solo de palabras, y ser capaz de escribir algo así una persona sola... Me parece admirable. Es la primera vez que veo a una novelista de carne y hueso.

—Ojalá hubiera conocido a una escritora más auténtica. —Me encogí de hombros, avergonzada. Después, enmudecimos ambos y yo, diciéndome que debía romper el silencio, empecé a decir: «¿Usted normalmente qué...?», pero me interrumpí. Iba a preguntarle cuál era su trabajo, pero, de pronto, pensé que era una grosería preguntárselo, que tendría que ser él quien, por propia iniciativa, me hablara de ello, y volví a enmudecer. Le había entregado mi novela porque, a través del libro de entrevistas y de su charla, yo poseía mucha información personal sobre sus orígenes y no me parecía justo que él no supiera nada sobre mí, pero, evidentemente, aquella incomodidad quizá solo fuera cosa mía y eso, a él, le trajera sin cuidado. Sin embargo, Aizawa pareció adivinar qué era lo que le había querido preguntar, porque me dijo que era internista.

—Ah, ¿es usted médico?

—Sí —dijo Aizawa—. Pero no tengo un lugar de trabajo fijo.

—¿Médico sin un lugar de trabajo fijo? —repetí—. ¿Quiere decir que es médico, pero que básicamente no trabaja?

—Bueno, también podría expresarse de ese modo, pero

de algo se tiene que trabajar para vivir. —Aizawa se rio—. Al principio, estaba empleado en un hospital. Pero, debido a una serie de circunstancias, ahora voy de un lugar para otro.

—¿Trabaja en diferentes hospitales?

—Sí. Estoy apuntado en un registro y voy cuando me llaman. Soy una especie de externo. A principios de curso, hago certificados médicos. Doy clases en escuelas preparatorias para oposiciones del Estado...

—Pensaba que todos los médicos trabajaban en hospitales —dije.

—Sí, es cierto. Cuando trabajo, en principio, lo hago en un hospital —dijo Aizawa riendo—. Solo que no pertenezco a ninguno. A veces veo a médicos de más de sesenta o setenta años que viven de hacer certificados médicos. Representan un estímulo para mí.

—¿Y eso quiere decir... que cobra por horas? —Sorprendida, había dicho lo primero que se me había pasado por la cabeza. Al darme cuenta de que había vuelto a cometer una indiscreción, me encogí de hombros, avergonzada—. Lo siento mucho. Voy y le pregunto por su trabajo. Y luego, ya puestos, hasta por el dinero...

—No pasa nada —dijo Aizawa riéndose divertido—. Quizá sea un lugar común, pero he oído decir que en Osaka eso es algo normal. Hablar de dinero, quiero decir.

—Pues no sé —dije con cierta impaciencia—. Bueno, es cierto que a veces preguntamos sin más por los precios y cosas así. «¿Cuánto te ha costado eso?», por ejemplo.

—¿Cuánto? ¿Eh? Ya veo. Pues unos veinte mil yenes, más o menos. Cuando falta personal, en situaciones excepcionales, unos treinta mil.

—¿Al día?

—No, por hora.

—¡¿Quééé?! —Sorprendida, pegué un grito y casi salté del asiento—. ¿Veinte mil por hora? Es decir que, si trabaja cinco horas, ¿gana cien mil?

—No, no. Eso no es así todos los días. Hay días en que

solo trabajo media jornada, hay altibajos. Piense que no tengo ninguna seguridad.

—No, no. Ser médico sale a cuenta.

Luego volvió a extenderse el silencio. Lo mirara como lo mirase, había hablado más de la cuenta: había sido muy indiscreta. Claro que quien había mencionado la cantidad de dinero no había sido yo, sino Aizawa. A modo de excusa, me lo iba repitiendo dentro de mi cabeza. Aizawa tomó un sorbo de un café que debía de estar completamente frío y yo tomé un poco de té de mi botellín de plástico.

—Por cierto —me lancé decidida a hablarle con franqueza de lo que había estado ocupando mi mente durante el último mes—, estuve en su charla y también he leído el libro con su entrevista: puedo imaginar cuál es su postura frente a algunos aspectos, pero la verdad es que hay algunas otras cosas que me gustaría preguntarle.

—¿Se refiere a mi experiencia personal como hijo de una IAD?

—Sí —asentí—. Perdóneme por molestarle con cosas que no tienen relación alguna con usted, pero la verdad es que... No tengo mucho tiempo para decidir qué hacer en el futuro.

—Habrá leído libros o artículos que tratan sobre el tema...

—Sí. No muchos, pero sí algunos.

—Se lo repito —dijo Aizawa—: sea cual sea su postura, todo lo relacionado con la IAD o con los hijos de una IAD entra dentro de nuestras líneas de actuación. Póngase en contacto con nosotros cuando lo desee.

—Muchas gracias —le dije inclinándome.

—Muchas gracias por el regalo —dijo Aizawa echando una ojeada al libro que tenía en la mano—. Natsuko Natsume... Le gusta el carácter de «verano», ¿no es cierto?

—Es mi nombre real.

—¿En serio?

—En serio.

Se abrió la puerta de la sala y una multitud de personas irrumpió en el vestíbulo acompañada de un rumor de voces.

Me fijé en una mujer. Llevaba un vestido negro que le llegaba hasta las rodillas y el pelo recogido atrás en una cola de caballo. Miraba a su alrededor como si estuviese buscando a alguien y, en cuanto descubrió a Aizawa, se dirigió directamente hacia nosotros. Era de baja estatura, muy delgada, las líneas de la clavícula le sobresalían tanto que parecía que pudieran asirse. Tenía la tez muy blanca y una nube de pecas se le extendía en forma elíptica por la nariz y las mejillas: su forma y color ahumado me recordaron la imagen de una nebulosa que había visto una vez en una enciclopedia. Me daba la impresión de haberla visto antes en alguna parte. Nos saludamos con una ligera inclinación de cabeza.

—Es Natsume-san. El otro día... Aunque ahora ya es el año pasado. El otro día asistió a nuestro encuentro, en Jiyûgaoka.

—¿No es usted la persona que habló en último lugar? —dijo la mujer mirándome fijamente a la cara.

—¡Ah, claro! El otro día te encargaste tú de llevar el micrófono. Así que ya se habían visto las dos —dijo Aizawa—. Natsume-san, le presento a Zen-san. Es hija de una IAD, como yo. También ella pertenece a la asociación. Es una compañera, vamos.

—Mucho gusto. —Me puse en pie y saludé.

—Soy Yuriko Zen —dijo ella entregándome una tarjeta.

—Natsume-san es novelista —dijo Aizawa mostrándole el libro que tenía en la mano.

—¿Ah, sí? —Yuriko Zen miró la portada entornando los ojos y sonrió alzando solo las comisuras de los labios.

—De momento, solo he escrito uno —dije, como si me disculpara, negando con un pequeño movimiento de cabeza—. En realidad, al igual que el otro día, he venido a que Aizawa-san me informara.

—¿Se está documentando para un libro? —Yuriko Zen me miró inclinando un poco la cabeza.

—No. Estoy pensando en una IAD y quería preguntarle algunas cosas a Aizawa-san.

Yuriko Zen parpadeó despacio y me clavó la mirada durante unos instantes. Luego asintió con un único movimiento de cabeza y sonrió achicando los ojos. Su expresión era extrañamente intimidatoria y, por un momento, me sentí como una niña que está esperando las órdenes del profesor. Pero no dijo nada.

—Tendríamos que irnos ya, ¿no? Los profesores ya están en la sala.

Tras decirle esto a Aizawa-san, Yuriko Zen bajó los párpados en señal de saludo y empezó a andar. Aizawa miró la hora en el reloj de pulsera, se levantó y, tras decirme: «Vuelvo a la sala de recepciones», me saludó con una inclinación de cabeza.

—El correo —dije—, ¿lo envío a la dirección de la tarjeta que me dio el mes pasado? ¿Puedo enviarle las preguntas allí?

—Sí, allí —dijo Aizawa y se marchó.

Las figuras de espaldas de ambos pronto se confundieron con la multitud y desaparecieron.

Fueron transcurriendo los días de un febrero tibio. Mi novela seguía como siempre, pero, al mirar los dulces rayos de sol de invierno que penetraban por la ventana, me embargaba una sensación de paz. De vez en cuando, charlaba con Makiko por teléfono, y con Midoriko intercambiaba mensajes de texto. Midoriko me hablaba de su nuevo trabajo por horas en un restaurante, me enviaba fotos de los libros que acababa de leer.

También intercambié algunos correos electrónicos con Aizawa. En la respuesta a mi primer mensaje decía que había empezado a leer mi novela y que, cuando la acabara, me daría sus impresiones sobre ella; yo le envié otro mensaje de agradecimiento. A diferencia de la charla distendida del día del simposio, sus mensajes eran muy concisos —más en la línea de nuestro primer encuentro— y lo cierto era que me costaba decidir en qué tono debía escribirle.

Resolví que aquella impresión afable que me había producido el día del simposio en el vestíbulo no era más que la amabilidad profesional de un médico, la empatía con la que un médico trataba a su paciente. Luego, apareció ante mis ojos la cara de Yuriko Zen. Con las pecas extendiéndose como una nebulosa por la nariz y las mejillas. Había dicho que ella también era hija de una IAD. ¿Cuántos años tendría? Estaba dando vueltas a todo aquello, distraídamente, con los ojos clavados en una pequeña mancha de sol sobre la alfombra, cuando caí en la cuenta de que el donante de semen que Aizawa no conseguía encontrar —aquel estudiante de Medicina que era su verdadero padre— probablemente ahora estuviera trabajando de médico, como él.

El segundo martes del mes de febrero por la noche, al salir del baño, me encontré el teléfono móvil vibrando sobre la mesa. Miré la pantalla: Ryôko Sengawa. Ya eran más de las diez de la noche. Al responder, Sengawa me dijo que había acabado de trabajar, que estaba cerca de la estación de Sangenjaya y que si me apetecía tomar una copa. A juzgar por su tono de voz, era evidente que ya estaba bastante borracha. Como acababa de salir del baño y aún tenía el pelo mojado, al principio estuve tentada de decirle que no, que estaba a punto de meterme en la cama. Pero Sengawa iba a la suya —cosa infrecuente en ella— y ya parecía dar por supuesto que acudiría, así que me resigné a ir. Le dije que me secaba el pelo e iba para allá, que en cuanto encontrara un sitio que le gustara, que me enviase un mensaje.

Era un bar de copas en un subterráneo, muy cerca de la estación. De día, cuando iba al supermercado, pasaba a menudo por delante de aquel edificio, pero no sabía que dentro hubiera un bar. Al pie de una empinada escalera, vi una pesada puerta de hierro. Al empujarla, me encontré con un local tan oscuro que lo primero que me vino a la cabeza fue qué necesidad había de que hubiese tan poca luz. Sobre las mesas vacilaba la pequeña llama de las velas. No había mucha gente teniendo en cuenta que aquella era la hora de mayor afluencia en bares de aquel tipo. Al entrar, me preguntaron si estaba sola, dije que había quedado con alguien y descubrí a Sengawa sentada en la mesa del fondo.

En cuanto me vio, juntó las palmas de las manos y me dijo que perdón, que lo sentía. Que sentía mucho haberme invitado a aquellas horas intempestivas.

—Pero —añadió con una sonrisa de oreja a oreja— estoy muy contenta de que hayas venido.

—No pasa nada, es igual —le respondí.

En aquella luz escasa, el rostro de Sengawa parecía esculpido por sombras que oscilaban al vaivén de la luz de la vela. Delante tenía un grueso vaso de whisky y una botella de agua. Yo pedí una cerveza.

—Este sitio, ¿no te parece que es un poco demasiado oscuro? —le dije.

—No, qué va. A estas horas es perfecto.

—Bueno, tal vez sí. Parece una gruta, me da la sensación de estar en una cueva.

—Sí. ¡Exacto! Y las velas parecen hogueras.

—Ventajas tiene. Debajo del abrigo llevo ropa de casa, de Uniqlo. Con esta iluminación, no se ve.

—¡Ja! ¡Ja! Aquí dentro parece que vayas vestida de Jil Sander de arriba abajo. Fantástico. Es lo que llaman *normcore*, ¿no? Me habló de eso una compañera que trabaja ahora en una revista femenina —dijo Sengawa, riendo divertida, y se tomó un sorbo de whisky.

Me contó que había estado cenando, en Futakotamagawa, con un escritor. Las cenas de la editorial con los autores solían empezar a las siete de la tarde, pero, por lo visto, aquel escritor tenía la costumbre de irse a la cama pronto y madrugar. Y como, por otra parte, le gustaba beber y hablar largo y tendido con su editora, la había citado a las cuatro de la tarde. Total, que Sengawa había acabado bebiendo más de lo habitual. Al preguntarle cuánto alcohol había trasegado, me respondió que no lo sabía, que no se acordaba. Su voz era clara, pero tenía la mirada completamente fija y acompañaba sus palabras de gran profusión de guiños y mímica... En resumen, la miraras como la mirases, estaba completamente borracha.

—¿No sería mejor que te fueras a casa? —le dije riendo.

—¡No me digas *esooo*! —dijo con aire travieso. No tenía expresión en las pupilas. Bebí la cerveza en silencio.

Aunque me había hecho salir de casa a propósito, no parecía tener nada que decir que no pudiera esperar al día siguiente; tampoco sacó el tema de la novela. Esto me molestó algo, me hirió un poco. Pero pensé que habría sido fastidioso hablar de un trabajo que no avanzaba y olvidé el tema.

Sengawa me contó cosas de su familia. Al oírla, enseguida te dabas cuenta de que había nacido en una familia rica. Mientras la escuchaba, yo no podía contener exclamaciones de admiración. Contó que, de pequeña, era una niña enfermiza que pasaba temporadas ingresada durante las cuales una legión de profesores particulares controlaba sus estudios en el cuarto del hospital; que había crecido en una casa con un jardín tan grande que algunas épocas del año necesitaban tres jardineros; que tenían el baño de mármol y cómo un día ella se cayó, se abrió la cabeza y le tuvieron que dar cinco puntos de sutura: la herida todavía le dolía los días de lluvia; que en la habitación de sus padres había una caja de caudales sin cerrar atiborrada de fajos de billetes y cómo ella y sus primos los cogían para jugar: hacían pilas y las tiraban al suelo como si jugaran con Lego. «Pero ahora, al parecer, ya no hay mucho dinero», dijo Sengawa riendo.

—Vaya. ¿Y todo este dinero será para ti?

—Soy hija única —dijo Sengawa entornando los ojos, y se bebió el whisky despacio. Justo después, le cogió un fuerte ataque de tos. Esperé a que se calmara—. ¡Ah! Me he atragantado con el whisky, qué horror.

—¿Estás bien?

—Bien, bien. ¿Qué te decía? ¡Ah, sí! Pues cuando mueran mis padres. —Sengawa bebió agua y asintió—. Entonces, supongo que sí. Claro que ellos, a partir de ahora, van a necesitar cuidados y, más adelante, habrá que buscarles alguna institución. Tendría que hacer cuentas, pero es posible que se vaya todo el dinero en eso. Y aquella casa enorme de mal gusto, aunque sea para mí, no sé quién va a vivir allí. Si estuviera dentro de Tokio, todavía. Pero está en las afueras de Hachiôji...

—Ya, pero, en caso de necesidad, no tener que pagar alquiler da mucha tranquilidad —dije.

—Supongo que sí. Si tuviera hijos, sería diferente, claro...

Hijos. Al oír aquella palabra de sus labios, repetí automáticamente: «Ya, hijos...», y le pregunté fingiendo indiferencia:

—¿Tú has pensado alguna vez en tenerlos?

—¿En tener hijos? —dijo Sengawa clavando los ojos en el vaso vacío de whisky. Luego, como si se le ocurriera de repente, llamó a la camarera en voz alta y le pidió otro whisky. Echándose hacia atrás con ambas manos el cabello moldeado, suspiró con una amplia sonrisa—: Hijos...

»No es que haya decidido que no los necesitaba o que no los quería. No es eso. Solo que yo, a mi manera, he tenido una vida plena y, no sé... Es como si, en ella, no hubiera habido lugar para los hijos. Como si no tenerlos fuese lo más natural. Estaba muy ocupada con el trabajo...

Bebí un trago de cerveza y asentí con un movimiento de cabeza.

—En la vida debes ir resolviendo en cada momento lo que tienes delante, ¿verdad? Y, en el trabajo, las obligaciones no acaban nunca. En particular, para las personas que trabajamos en una empresa. Y, a no ser que te pongas enferma o que te quedes embarazada, a no ser que te ocurra algo inesperado, es muy difícil cambiar de vida. Y a mí no me ha ocurrido nada así —dijo Sengawa frotándose lentamente el rabillo de los ojos con los dedos de ambas manos—. Así que no es que haya decidido no tenerlos.

Asentí y bebí cerveza.

—Ha sucedido de forma espontánea, natural. Todavía

hay quien dice que las mujeres deseamos ser madres por instinto, que es un imperativo genético, pero yo nunca he sentido nada parecido. He ido haciendo lo que tenía que hacer a cada momento y esto me ha llevado aquí, adonde estoy ahora. Además, según cómo lo mires, ¿no es más lógico no tenerlos? Al menos, así ha sido en mi caso. Porque lo que he hecho es ir viviendo el día a día con naturalidad, tomándolo tal como venía.

—Ya, puede ser.

—Puede ser —repitió Sengawa en dialecto de Osaka, sonriendo—. Pero ¿sabes?... Pensarlo... Pensarlo quizá sí lo haya pensado.

—¿Qué?

—Que quizá al día siguiente ocurriría algo que cambiaría totalmente mi vida. Eso sí puede que lo haya pensado.

Sengawa cerró los ojos y sacudió ligeramente la cabeza.

—Que podía ser que me quedara embarazada, eso sí lo había pensado vagamente. Que tal vez también a mí me ocurriera algún día. Que eso también llegaría a mi vida algún día, como a la de muchas otras mujeres. Eso sí lo había pensado. Pero... este «alguna vez», a mí, nunca me llegó.

Sengawa enmudeció. Se contempló las puntas de los dedos de las manos posadas sobre la mesa. Luego levantó la cabeza y me sonrió.

—Lo mismo que tú, ¿verdad?

A partir de aquel instante, permanecimos las dos en silencio, bebiendo. Pedí otra cerveza. Sengawa tenía los ojos clavados en los pósteres que colgaban en la pared. Poco después, dijo:

—Pero, ahora, a veces, me alegro de no haber tenido hijos.

—¿Cuándo?

—Ya sé que, como no los he tenido nunca, no puedo comparar. Pero, cuando miro a mi alrededor, muchas veces me alegro de no estar metida en eso. Ya sé que no se puede decir en voz alta —dijo Sengawa—. Habrá mujeres felices, por supuesto. Pero otras van trotando de aquí para allá, incluso con fiebre o enfermas, siempre con el dilema de trabajo o familia, derrengadas, cayéndose literalmente de cansancio. Y eso en empleos como el mío, que son seguros. A otras les es prácticamente imposible continuar trabajando. Estrés. Quejas del marido. Hay un montón de artículos y libros sobre esto. Las escritoras-mamá no paran de producir sobre esto. Libros sobre el parto, libros sobre la crianza de los hijos, libros sobre el esfuerzo y la empatía... Ya sabes, cosas del tipo: «Gracias por haber nacido». ¿Qué hace una escritora tratando esas banalidades? Desde mi punto de vista, cuando empiezan con estos temas de la vida cotidiana ya están acabadas como escritoras.

Bebí cerveza y asentí.

—Pero ¿sabes? —Sengawa tomó un trago de whisky, lo pasó despacio por la garganta y sonrió—, cada vez que leo o escucho cosas de este tipo, cada vez que una colega se queja de lo agotada que está por cuidar a sus hijos... Esto solo te lo digo a ti, Natsume-san, pero, cada vez que me vienen con esas historias, pienso que son unas irreflexivas y unas egoístas. En serio. Porque podían haber adivinado lo que les venía encima, ¿no te parece? Los han tenido porque han querido, ¿de qué se quejan, a estas alturas? Pero las compadezco. Porque, de aquí en adelante, tendrán que seguir esforzándose, trabajando durante decenas de años para educar a sus hijos. Enfermedades, exámenes de ingreso en la universidad, periodos de rebeldía, búsqueda de empleo... Una vez que habían conseguido ordenar de alguna manera su propia vida, ¡vuelta a empezar con lo mismo! Yo no es que lo haya decidido, pero la verdad es que ahora pienso: «¡Qué bien no haber tenido hijos!».

Luego, fuimos pasando de un tema a otro, sin más. Repetimos varias veces la bebida, charlamos, bromeamos y nos reímos a carcajadas. También hablamos de Yusa. Sobre el mal rato que había pasado cuando le habían incautado, dos veces en un mismo día, la bicicleta eléctrica que acababa de comprar. También me contó que había perdido decenas de páginas de documentación. La vista se me había acostumbrado, al fin, a aquella iluminación que tan oscura me había parecido al principio y, a partir de un cierto momento, los menús colgados de las paredes, las hileras de botellas de alcohol, los pósteres de no sabía qué época y otras muchas cosas empezaron a emerger ante mis ojos mostrando claramente sus contornos. Sengawa se levantó del asiento sin decir nada y, tras mirar a derecha e izquierda, se encaminó hacia los aseos. Un grupo de hombres con traje que entraba en el local se cruzó con ella; luego, apareció otro grupo de hombres y mujeres, y el ambiente del bar se animó de golpe.

Esperé largo rato, pero Sengawa no volvía. Se oyó la voz de alguien que llamaba a la camarera, las pantallas de cristal líquido de los teléfonos móviles despedían una luz difusa en la oscuridad. Pensé que quizá Sengawa se encontrara mal y estuviese vomitando: preocupada, me dirigí al baño y, al entrar, la descubrí inclinada sobre el lavabo.

«Sengawa-san», la llamé. Levantó la cabeza y nuestros ojos se encontraron en el espejo. Incluso en aquella luz tenue se veían rojos e inyectados en sangre. «¿Te encuentras bien?», le pregunté, pero se me quedó mirando fijamente a través del espejo, sin responder. Me ofrecí a ir a buscarle un vaso de agua; negó con la cabeza. Entonces, se dio la vuelta despacio, tendió los brazos y me abrazó. De momento, fui incapaz de comprender qué estaba sucediendo. Mientras me estrechaba entre sus brazos, yo iba reproduciendo en mi cabeza, una y otra vez, el instante en que ella había tendido sus largos brazos hacia mí. Percibía su aliento junto a la oreja izquierda, me había quedado con los brazos extendidos en el aire, sin poder moverme. Los hombros de Sengawa eran increíblemente enjutos, los brazos que me rodeaban la espalda eran también muy delgados. ¿Cómo podía darme cuenta de cómo era su cuerpo solo por un simple abrazo? Lo pensaba con asombro, incapaz de entender qué estaba sucediendo, mientras, a la vez, me encontraba tan agitada que casi podía oír los latidos de mi corazón.

No sé cuántos segundos estuvimos así; poco después, Sengawa se separó de mí lentamente y, tras permanecer un instante con la mirada baja, alzó la cabeza. Volvía a ser la Sengawa de siempre. En aquel momento, tuve la sensación de que sus labios se movían un poco y de que decía algo. Seguro que pronunció alguna palabra breve, pero esta no llegó a mis oídos.

Antes de que tuviera tiempo de averiguar qué había dicho, ya habíamos emprendido el regreso a la mesa mientras nos decíamos la una a la otra: «¡Qué borracha estoy!», «He bebido más de la cuenta», y, después de vaciar los vasos, pagamos y salimos del bar. Al decirle que la acompañaba a coger un taxi, me respondió que no había problema, que hacía frío y que volviera a casa. Rechazó mi ayuda muchas veces. Fuimos hasta la calle, bromeando, mientras ella daba tumbos y yo la sostenía por el codo. Incluso después de que el taxi de Sengawa hubiese desaparecido, me quedé mirando cómo los coches iban y venían. No sabía cuánto más alcohol necesitaba, pero quería seguir bebiendo. Pasé por la *konbini* y, tras dudar un poco, decidí comprar la segunda botella más pequeña de whisky, un licor que apenas bebía. Había cogido cerveza, pero, al sostenerla en la mano, la había encontrado demasiado fría.

Al salir había dejado la calefacción encendida y encontré el piso caldeado. Me llevé la mano al pelo y tuve la sensación de que todavía estaba húmedo, aunque antes de salir me lo había secado bien. Colgué el abrigo de una percha y volví a coger el secador. Intenté reflexionar sobre lo que había pasado un rato antes en el lavabo. Sengawa estaba muy borracha. Quizá le había sucedido algo desagradable en el trabajo. Quizá había algo sobre lo que hubiera querido hablar más, quizá lo que necesitaba era llorar y desahogarse... Todas estas ideas fueron desfilando por mi mente, pero lo único que resurgía vívidamente en mi cabeza era la conmoción que había sentido, junto con la fragilidad de sus hombros, la delgadez de sus brazos, la visión de sus ojos reflejados en el espejo y la baja intensidad de la luz: por más que intentase reflexionar sobre otras cosas, el hilo de mis pensamientos siempre volvía a este punto.

Me serví whisky en un vaso y me lo bebí. Sentí el calor del líquido deslizándose por mi garganta, pero su sabor no me gustó en absoluto. Sin embargo, menos de veinte minutos después, ya no quedaba ni media botella. Apagué la luz y me metí en el futón. No solo fui incapaz de dormirme, sino que empezaron a arderme las mejillas, los brazos, las piernas: aunque sabía que con ello ahuyentaría todavía más el sueño, cogí el teléfono móvil y fui clicando un artículo tras otro. Miré los blogs sobre infertilidad que siempre leía en el ordenador, salté a otros nuevos blogs, me leí de cabo a rabo los estériles mensajes de los tablones de anuncios. Mujeres que seguían un tratamiento, mujeres que lo habían dejado, gente que nada tenía que ver con todo aquello: un montón de personas escribía un montón de cosas. Aquellos textos, escritos a la ligera de forma anónima, estaban llenos de tristeza, de compasión, de burla, de agresividad, de consuelo y de autocompasión. Cuanto más leía, más desvelada estaba, y empecé a notar un dolor punzante junto a las sienes. Una sensación negruzca se iba arremolinando en mi pecho.

Aquellas mujeres que se desahogaban hablando de su amargura y su tristeza eran, al fin y al cabo, unas privilegiadas. Ellas tenían acceso a un buen tratamiento. Ellas podían intentarlo. Tenían medios. A ellas se les reconocía la posibilidad de hacerlo. Tampoco las parejas de lesbianas que deseaban un hijo eran como yo. El asunto fundamental era si tenías pareja o no. Todas ellas deseaban un hijo junto a alguien, tenían a su lado una pareja con la que vencer las dificultades. Tenían acceso a las redes, había personas que colaboraban con ellas. Tanto en la red, como en los libros, en todas partes, solo contaban los sentimientos de las parejas. ¿Dónde estaban los sentimientos de los que no teníamos pareja ni pensábamos tenerla en el futuro? ¿Quién disfrutaba del derecho a tener hijos? ¿Me estaban diciendo que yo, como no tenía pareja, como no podía mantener relaciones sexuales, no contaba con este derecho?

Pensé que ojalá les fuera mal a todas, sí, a todas. Ojalá fracasaran a pesar del dinero y del tiempo que habían invertido. Ya lo habían intentado, ¿no? Pues que lo dejaran correr. Que se aguantaran. Ojalá se decepcionaran todas. Ojalá. Y que se pasaran el resto de sus vidas lloriqueando. Porque al menos ellas habían tenido la opción de intentarlo. Solo por haber tenido esta oportunidad ya eran más, mucho más que afortunadas.

Me froté la cara con las palmas de las manos, me levanté y me acabé el whisky que quedaba. Luego me tendí en el futón, volví a coger el teléfono y seguí leyendo. Estaba contemplando sin pestañear la luz plana y aguda de la pantalla cuando mis ojos se llenaron de lágrimas ardientes. No podía parar de leer. Mi cabeza parecía una tetera puesta a calentar sin agua. El corazón me latía con fuerza junto al oído. Sentía una opresión en el pecho, el cuerpo me ardía. Pensaba que ya todo me era igual, por el rabillo del ojo derramaba lágrimas que me iban bañando toda la cara. Entonces, oí la señal de que había llegado un mensaje y apareció un icono en la pantalla. Era de Jun Aizawa.

Era la respuesta a un correo que le había enviado la semana anterior. El contenido era conciso: me informaba de que a finales de abril habría, a una escala más pequeña que la vez anterior, un encuentro de voluntarios, y me invitaba a asistir. En la posdata decía: «Ya casi he acabado de leer su libro».

Pulsé el icono de «responder» y empecé a escribir en el recuadro en blanco. Pero estaba terriblemente borracha y, al teclear, me equivocaba sin parar. Cuanto más intentaba corregir los errores, aguzar la vista y releer el texto, tanto más notaba los efectos del alcohol. La cabeza me daba vueltas, y los pensamientos se me iban distorsionando de manera incoherente. Con todo, me decía que, aunque estuviera algo bebida, era muy capaz de escribir un correo. El texto que escribí, impregnado de la agresividad y del victimismo que había sentido un rato antes, fue una calamidad:

Hola. Buenas noches. Lo siento mucho, pero no podré asistir al encuentro de abril. Es que ya está todo decidido. Es una calle de una sola dirección. No sé si llego a comprender los sentimientos que ustedes tienen, pero sí me doy perfecta cuenta de cómo funcionan y, en mi pobre opinión, no podemos ser más que líneas paralelas. Por ejemplo, algo que deseaba preguntarle era qué habría ocurrido si no le hubiesen mentido y se lo hubiesen confesado todo desde el principio. Si su madre hubiese tenido el coraje suficiente para revelárselo todo sin sentir culpabilidad o temor. Una persona sin pareja, ¿no tiene derecho a conocer a su hijo? ¿O es que es culpa suya? No creo que tenga nada que ver con los modelos de familia o las apariencias que ustedes critican. Tampoco es que yo quiera un hijo. No es que quiera un hijo, que quiera tenerlo. Lo que quiero es conocerlo. Conocerlo y vivir con él. Pero ¿a quién quiero conocer en realidad? Aún no existe, aún no lo he visto nunca. En abril, no asistiré. Respecto a lo que quería preguntarle, ya me lo imaginaré y pensaré, por mí misma, las posibles respuestas. Ha sido poco tiempo, pero muchas gracias. Adiós.

Sin releerlo siquiera, pulsé el icono de «enviar» y arrojé el teléfono a la zona más oscura de mi oscura habitación. Luego me tapé con el edredón y cerré los ojos con fuerza. Olas negras y duras me cubrían, tomaban formas indefinidas y estaban un rato dando vueltas. Luego la abuela Komi apareció en mis sueños. Estaba sentada con las piernas flexionadas y las rodillas apoyadas en el pecho, y yo, a su lado, bebía *mugicha*. Las dos charlábamos y reíamos recostadas en una columna vieja y negra de la casa del barrio portuario. ¡Qué rodillas más gordas tienes, Komi! Pues mira las tuyas, Natsuko. Son iguales que las mías. Es verdad. ¡Qué gordas son! Me parezco más a ti que a mamá. ¿Sabes, Komi? Mamá siempre lo dice: que en cuanto nací, pensó que era igual que tú. Y yo estoy muy contenta. De parecerme a ti. Oye, Komi. Las personas se mueren algún día, ¿verdad? ¿Tú también te morirás, Komi? Sí, claro...

Eh, Natsuko, ¿qué te pasa? ¿Estás llorando? No llores. Que todavía falta mucho. Va, ríete. Anda. No pasa nada. Aunque me muera, te enviaré una señal. ¿De verdad? De verdad. ¿Y qué señal? Eso todavía no lo sé. Pero vendré a verte. Vendré a verte y diré: «Naaat-chan». ¿Como un fantasma? Bueno, sí. Komi, me es igual que seas un fantasma, pero vuélvete un fantasma que no dé mucho miedo, ¿vale? Ven, ¿eh?, Komi. Pase lo que pase, tú ven. Vendrás, ¿verdad? Y cuando vengas, haz que me dé cuenta: por los pájaros, las hojas de los árboles, el viento o la luz que se encienda y apague. Pero ven. Seguro que vendrás, ¿verdad? Ven. Como sea. ¿Vale? ¿Sí? ¿En serio? Me lo has prometido y lo tienes que cumplir. ¿Vale? Porque yo siempre, siempre, te estaré esperando.

—Lo siento mucho.

Aizawa me dijo que no me preocupara.

—Estaba muy borracha —dije.

Aunque ya había transcurrido una semana, aún tenía la sensación de que me quedaban restos de alcohol en algún rincón de la cabeza.

—Al leer el correo me quedé muy sorprendido. Me pregunté qué le habría pasado.

—También me sorprendí yo. Cuando lo leí luego.

—¿Vomitó? —me preguntó Aizawa.

—No, no vomité. Pero, a la mañana siguiente, no pude levantarme.

—Antes de beber, es mejor comer algo. Algún producto lácteo, por ejemplo.

—Lo tendré en cuenta —dije avergonzada.

Aizawa había tenido la amabilidad de responder al mensaje que le había enviado sin releer, borracha, y, tras algunos correos más, habíamos quedado. Aizawa me entregó fotocopias de artículos sobre la lógica de la reproducción humana, publicados en varias revistas, que formaban parte de un libro que todavía no había sido editado. Le di las gracias y me los guardé en la bolsa. Era domingo y la cafetería de Sangenjaya donde habíamos quedado estaba muy animada.

—Ah, por cierto —dijo Aizawa—. He leído su novela. Es muy interesante.

—Muchas gracias. Con lo ocupado que está...

—He leído muy pocas novelas y no sé muy bien cómo expresarme. Lo siento.

—¡Oh, no!

Aunque había sido yo quien le había dado el libro, al encontrarme, cara a cara, hablando de algo escrito por mí, no sabía qué cara poner y, cabizbaja, empecé a mascullar vaguedades.

—Supongo que podrá leerse de varias formas —dijo Aizawa clavando los ojos en la taza de café mientras ordenaba sus ideas—. Pero me parece que describe algo parecido a la transmigración del alma. Ya desde el principio todos están muertos, y vuelven a morir; el lugar, las convenciones sociales, la lengua han ido cambiando deprisa, pero el yo de los protagonistas sigue siendo el mismo, y esto va repitiéndose eternamente.

Hice un vago gesto de asentimiento.

—Acabo de decir que esto va repitiéndose, pero tal vez no sea exacto... —Aizawa enmudeció unos instantes. Luego, levantó la cabeza, abriendo mucho los ojos, como si dijera: «¡Ah! ¡Ya entiendo!»—. ¡Claro! Es una línea recta. Sigue y sigue, por eso hace pensar en la transmigración del alma, pero aquel mundo, en definitiva, avanza en línea recta.

Yo permanecí en silencio, sin saber qué pensar; Aizawa se encogió de hombros, avergonzado, y se disculpó:

—Lo siento. No sé expresarme bien, pero me ha parecido muy interesante. Me ha gustado mucho.

—Aizawa-san, a mí no me da la impresión de que no lea novela a menudo —le dije.

—No entiendo gran cosa, pero me interesa. Me pregunto qué debe de sentirse al escribir una novela... Es algo...

—¿Ha intentado escribir una alguna vez?

—¿Yo? ¡Qué va! —se rio Aizawa—. Pero mi padre sí escribía novelas, siempre.

—¿Su padre?

—Sí, mi padre, con el que crecí. Escribía por afición. Pero murió hace muchísimo tiempo.

—¿Murió joven?

—Ahora se consideraría muy joven. Tenía cincuenta y cuatro años. Murió de un infarto de miocardio cuando yo tenía quince. Los nacidos mediante inseminación artificial suelen descubrirlo justo después del divorcio de los padres o del fallecimiento del padre. Esto es lo usual. Yo no fui una excepción. Pero, en mi caso, sucedió unos quince años después. Hasta los treinta no me dijeron nada.

—¿Y hasta entonces no...?

—No, nada —dijo Aizawa—. Quizá ya lo he contado en alguna parte, pero nací en una familia bastante compleja, de Tochigi. Lo que antes se llamaba «terratenientes»; en todo caso, una casa con solera. Vivíamos todos juntos; mi abuelo murió cuando yo era pequeño y mi abuela es la que llevaba la batuta. Fue ella quien me lo dijo.

—¿A los treinta años, así, de repente? —pregunté.

—Exacto. —Aizawa hizo una pequeña pausa—. Durante unos años..., desde que murió mi padre hasta que ingresé en la universidad, en Tokio, estuvimos viviendo los tres, mi abuela, mi madre y yo, pero, cuando me fui de la casa, se quedaron solas mi madre y mi abuela. Mi abuela siempre había tenido un carácter muy fuerte y era una persona que no se mordía la lengua: ya suponía que las cosas no debían de ser fáciles para mi madre, pero me decía que la convivencia siempre es, hasta cierto punto, complicada, y que era algo inevitable. Pero, cuando acabé la carrera, hice las prácticas y me colegié, mi madre me confesó que no podía vivir ni un instante más con mi abuela. Empezó a decir que quería dejar la casa, separarse de mi abuela, venir a vivir a Tokio.

—¿Para vivir con usted? ¿Porque entonces usted estaba en Tokio?

—No. Más que vivir conmigo en particular, lo que quería era alejarse de mi abuela. Me contó el trato cruel que recibía, las vejaciones que soportaba día tras día. Y me dijo llorando: «Si continúo allí, acabaré volviéndome loca y me moriré». Total, que mi madre le planteó el tema a mi abuela. Que pensaba dejar la casa e irse a Tokio. Al oírlo, mi abuela se enfureció y no quiso atender a razones. El hecho era que, al morir mi padre, mi madre había heredado como cónyuge. De la herencia que mi abuelo le había dejado a mi padre al morir la mitad ya estaba en manos de mi madre y, algún día, ella lo poseería todo. Desde el punto de vista de mi abuela, el deber de mi madre (puesto que había recibido el dinero de la familia) era quedarse allí, proteger el patrimonio familiar y cuidar de ella en su vejez. Este era su argumento.

—Entiendo.

—De hecho, yo también me había beneficiado de este dinero. Gracias a él, pude estudiar Medicina en una universidad privada de Tokio —dijo Aizawa—. Pero, como lo más importante era la salud mental de mi madre, le sugerí la posibilidad de renunciar a la herencia en lo sucesivo. Pero mi madre tuvo objeciones. Dijo que habían pasado décadas desde que había entrado en la familia al casarse y que, después de la muerte de mi padre, había seguido trabajando en la casa como nuera. Y que lo normal era que heredara. Estos temas son complicados.

Tras beberse el café, Aizawa miró a través de la ventana. Le propuse repetir y asintió haciendo un gesto de agradecimiento. Se acercó la camarera y nos volvió a llenar las tazas.

—Parece que su madre tenía sus razones —dije.

Aizawa asintió varias veces con expresión de apuro.

—La verdad es que mi abuela tenía un temperamento rudo... Era brusca, colérica. Hacía sufrir a los que tenía a su alrededor. Desde que tuve uso de razón, intenté mantenerme apartado de ella...

—¿Era una abuela severa?

—Pues ¿cómo se lo diría?... De niño, a mí me daba miedo.

Cuando nos quedábamos a solas, estaba tenso. Jamás bajé la guardia delante de ella, tampoco busqué nunca sus mimos. Cuando pienso en ello ahora, creo que lo entiendo. Ella sabía que yo no era su nieto de verdad y, posiblemente por eso, no sintiera cariño hacia mí.

—¿Usted tenía entonces treinta años?

—Sí. Mi madre había llegado psicológicamente al límite, así que le reservé una habitación en un hotel y la instalé allí de momento. La verdad es que estaba muy apurado, no sabía qué hacer. Al final resolví ir solo a Tochigi a ver a mi abuela y decidir qué teníamos que hacer en el futuro.

—Entiendo.

—Al llegar a la casa me encontré con unas personas que no había visto nunca. Por lo visto, eran parientes. Mi padre era hijo único, pero mi abuelo había tenido hermanos: debían de venir de ahí, supongo.

—Me parece estar viéndolo... —dije yo entornando los ojos—. Una sala enorme. Y, dando la espalda a un gran altar budista reluciente, un grupo de hombres trajeados puestos en fila y, en el medio, una anciana señora vestida con un lujoso quimono...

—Bueno, la verdad es que era una sala de estar normal —dijo Aizawa rascándose la aleta de la nariz con el dedo índice—. Mi abuela llevaba un quimono grueso encima de una sudadera, y los demás, ropa de trabajo.

—Era una fórmula demasiado estereotipada —reconocí.

—No, no. —rio Aizawa—. Pero la casa sí que era grande. En fin, una típica casa de pueblo.

—¿Grande? ¿Cuánto?

—Pues a ver... Es una casa de una sola planta, absurdamente grande. Entre el portal y el edificio principal hay una huerta, un jardín tradicional japonés...

—¡Caramba!

—Es que es una casa de pueblo. Porque, habitaciones que se puedan usar, en realidad no hay tantas. Por eso, la habitación de la que hablaba era una sala de estar normal y corriente.

Intenté imaginar una vivienda de una sola planta, absurdamente grande, con una huerta y un jardín japonés entre el portal y la casa. Pero, como era lógico, no lo conseguí.

—...Entonces, hablé con mi abuela. Le expliqué en qué estado se encontraba mi madre y le sugerí que se distanciaran un poco, que eso sería lo mejor para ambas. Le pedí que le permitiera vivir en Tokio. Que con ello no quería decir que mi madre dejase de venir por completo, que podía visitarla los fines de semana y encargarse de la comida y de todo lo necesario a lo largo de la semana, para que ella no sufriera ninguna incomodidad. Y que si, a pesar de eso, se sentía insegura, podíamos contratar a una asistenta. Que nosotros correríamos con todos los gastos, por supuesto.

—¡Buena idea! —Hice chasquear los dedos sin pensar—. ¿Y entonces?

—Se negó categóricamente, claro. Dijo que, con lo mucho que había hecho la familia por mi madre, con la fortuna que le había asignado, lo normal era que se quedase en la casa y que la cuidase a ella hasta el final. Y no quiso ceder ni un ápice.

—¿Tanto dinero era? —Sin pensar, pregunté lo primero que se me ocurrió.

—Es lo que dijo mi abuela, de modo que no sé si es verdad o no, pero sí. Puede decirse que era mucho dinero.

—¿Cien millones o así? —dije sin cortarme.

—Pues... —dijo Aizawa frunciendo el ceño—. Algo más. El doble, quizá.

Bebí agua en silencio.

—Eso incluyendo las tierras, claro. Y no hablo de una cifra en dinero contante y sonante, de dinero que te puedas gastar. Hay impuestos y demás. No creo que quede demasiado. Además, mi madre no ha trabajado nunca... El dinero para vivir, y todos mis gastos, salieron de ahí: no creo que quede gran cosa.

—Pero tu abuela aún tiene dinero, ¿no? Y para que la cuiden, o sirvan, puede contratar a una profesional. Creo que eso es lo más cómodo también para ella.

—Al principio yo también le dije lo mismo a mi madre. Pero ella me dijo que sería imposible. Por la soberbia de mi abuela.

—¿Soberbia?

—Sí. Porque mi abuela se vio obligada a hacer lo mismo con su suegra. Por la soberbia y el resentimiento de haber sacrificado su vida por la familia. Era algo así como: «¿Quién te crees tú que eres para librarte tú sola de esto?».

—Entiendo.

—Después, cuando la conversación derivó hacia asuntos de dinero concretos, empezó a insultar a mi madre diciendo que era la nuera más inútil que se podía tener; luego me atacó a mí. Yo nunca había querido a mi abuela y siempre me había sentido incómodo con ella, pero, a la vez, la compadecía porque había sufrido la pérdida de un hijo. Pensaba que solo ella sabía la amargura y la tristeza que sentía. Quizá nunca hubiésemos congeniado los dos, pero era innegable que yo era su nieto y todo lo que habíamos vivido juntos hasta entonces tenía un gran valor: ante todo, éramos familia.

Aizawa lanzó un suspiro.

—Le expliqué cómo me sentía. Entonces mi abuela dijo: «Tú no eres ni mi nieto ni eres nada». Lo dijo de tal manera que parecía la consecuencia natural de la conversación. Por lo tanto, al principio me lo tomé en un sentido figurado. «Entiendo cómo se siente para hablar de esta forma, pero dejemos las emociones aparte e intentemos hablar en serio.» Entonces, me dijo: «Es la verdad, tú no eres mi nieto. No eres hijo de mi hijo. Tú vienes de otra semilla».

Asentí con la cabeza.

—«Así que tú no tienes ningún derecho a meterte en nada. Para empezar, tú no tienes nada que ver conmigo.» Al escucharla, comprendí que no se trataba de ninguna broma y, cuando le pedí que me explicara qué había querido decir, me respondió que le preguntara los detalles a mi madre y me echó. No recuerdo cómo logré volver a Tokio aquel día.

Aizawa volvió a mirar por la ventana y se frotó suavemente los párpados con las manos. Un rayo de sol de aquella tarde de invierno le caía justo sobre la raya que le partía el pelo en dos.

—¿Y su madre qué dijo?

—Pues... Al llegar a Tokio, primero pasé por mi casa y, después de tranquilizarme tanto como pude, fui al hotel donde estaba mi madre. Al abrir la puerta, me la encontré tumbada en medio de la habitación.

—¿Así por las buenas?

—Pues no sé, pero cuando abrí la puerta, estaba así. Sobre el parquet color crema, sin nada extendido debajo, sin nada que la cubriera. Tumbada, vuelta de espaldas. Cuando abrí la puerta, ni siquiera levantó la cabeza. Al principio pensé que estaba dormida y la llamé, pero tuve que insistir muchas veces hasta que dio señales de vida. Como no sabía cómo abordar el tema, le dije sencillamente: «Acabo de volver de Tochigi». Incluso entonces, mi madre siguió tumbada, sin decir nada. Luego... Cuando lo pienso ahora, ni siquiera yo comprendo por qué lo hice de aquella forma, pero me encontré a mí mismo diciéndole: «Hace un rato, la abuela me ha dicho que mi padre no es mi padre. ¿Es verdad?».

—¿Allí, de pie?

—Sí. —Aizawa asintió—. Ahora, al mirar hacia atrás, pienso que habría sido mejor hacerlo..., no sé, de una manera más ordenada. Al menos, habría podido preguntárselo mirándola a los ojos.

—¿Y qué dijo su madre?

—Permaneció en silencio. Todo el rato. No recuerdo cuánto, pero estuve todo el tiempo mirándole la espalda. Mucho después, mi madre se incorporó despacio y me dijo con desgana: «Sí —Y añadió—: Hace mucho tiempo de eso, ¿hace falta hablar de eso ahora?».

En este punto, Aizawa enmudeció y ambos clavamos los ojos en nuestras tazas de café.

—¿Y luego? —pregunté.

—Luego, casi como un autómata, abrí la puerta, salí a la

calle y eché a andar. Era consciente de que me había ocurrido algo muy grave, pero era incapaz de reaccionar. Tenía que pensar en algo, pero ¿en qué? Ni eso sabía. Notaba la existencia de un cuerpo extraño en mi interior. Era como si me hubiesen hecho tragar una bola y, cada vez que parpadeara, la sintiese más dura y pesada en la boca del estómago. Sentía opresión en el pecho, me costaba respirar. Pero no sabía si quien se ahogaba era realmente yo.

»Con todo, yo seguía andando: al llegar a una esquina, giraba a la derecha; en la siguiente esquina, volvía a girar a la derecha; con todo, yo seguía hacia delante. Compré agua por el camino, al encontrar un parque, me senté en un banco y, bajo una farola, me quedé mirando las palmas de las manos.

—¿Las palmas de las manos? —pregunté.

—Las palmas de las manos, por más que busques, no son más que eso. No hay nada. Pero quizá, entonces, aquello era lo único que yo era capaz de hacer. Iba oyendo una vez tras otra las palabras de mi abuela: «Tú vienes de otra semilla». Aún no sabía lo del donante de semen, por supuesto. Pensaba que debía de ser fruto de una relación anterior de mi madre. O que quizá me habían adoptado. No sabía qué pensar en concreto. De modo que me quedé mirando las manos como un tonto. Tenían arrugas, tenían tendones, había cinco dedos en cada una, tenían articulaciones, carne, partes abultadas. «La verdad es que la mano tiene una forma muy extraña», pensé. Y, en aquel instante, me acordé finalmente de mi padre.

Asentí.

—Mi padre... Ahora que conozco la verdad, me pregunto cómo era posible, pero mi padre me quería muchísimo. De joven lo habían operado de una hernia. Antes no existía la laparoscopia y practicaban una incisión desde atrás: por lo visto, en su caso no fue muy bien. Contaba, por suerte, con los recursos económicos suficientes para no tener que trabajar, y mi abuela, que adoraba a su único hijo, hacía que se ocupase del jardín, de tareas sencillas de reparación y otras cosas por el estilo. De modo que fue un padre que siempre estaba en casa. Todos los días, esperaba con impaciencia a que yo volviera de la escuela para que le contase lo que había hecho durante las clases. Y me hablaba de muchas cosas.

»Un día me explicó que estaba escribiendo una novela. De hecho, en su despacho había libros, no solo en las estanterías, sino por todas partes, y a mí me daba la impresión de que el tiempo que no pasaba conmigo lo dedicaba a leer aquellos libros. Recuerdo muy bien su figura inclinada sobre la mesa, escribiendo, hasta altas horas de la noche. Cuando yo alzaba los ojos hacia la estantería y leía los títulos de los lomos de los libros, mi padre se acercaba, iba cogiendo un tomo tras otro y me explicaba su contenido de forma que yo lo pudiese entender. "Este es el mejor libro del mundo sobre ballenas —decía—. Y ese va de un lío tremendo sobre una familia, Dios y un juicio, pero está escrito de una forma muy divertida." Sentado en el banco recordé cómo eran los dedos y las manos de mi padre entonces, mientras pasaba las páginas de los libros. Como no les daba nunca el sol, sus manos eran blancas, las palmas tenían manchas rojizas y la piel del dorso a veces estaba algo apergaminada. Las uñas le crecían en forma de abanico y, ahora, no sabría decir si sus manos eran grandes o no, pero de niño pensaba que parecían masas de pan. En el banco del parque, al recordarlo, me miré las manos y me dije que estaba claro que las suyas y las mías no tenían nada que ver. Estos fueron mis pensamientos.

Aizawa volvió a mirar por la ventana. Luego, como si se le hubiera ocurrido de pronto, me miró e hizo un pequeño gesto negativo con la cabeza.

—Vaya. Desde el principio, solo he hablado de mí. ¿Por qué le habré contado todo esto? Y yo que había venido para escuchar lo que tenía que decirme. ¿Cómo es que le he hablado de esto?

—Ha dicho que le interesaba la novela. Y, a partir de ahí, de manera natural, ha ido surgiendo todo —dije yo riendo.

—¡Ah, claro! —Aizawa también se rio—. Pero, al final, nunca logré averiguar qué novela estaba escribiendo mi padre.

—¿No quedó nada?

—La busqué por todas partes, pero no logré encontrarla. Una vez me había dicho: «Mira, esta es la novela que estoy escribiendo», y me había enseñado un paquete de cuadernos, así que registré su despacho de arriba abajo, pero no encontré nada. No sé si la estaba escribiendo de verdad, o qué pasó. Pero a mi padre sí le gustaba leer novelas, y escribir. Un día, se desplomó en el suelo de improviso y murió, de modo que nunca pude hablar con él sobre esto —dijo Aizawa.

»Por eso me interesa saber qué siente una persona que escribe, qué le impulsa a hacerlo. Es por mi padre, aunque él no fuera novelista, claro. Pero... que usted, Natsume-san, sea novelista no justifica que le vaya contando cosas que no vienen a cuento... Discúlpeme.

—No, no... —Negué con la cabeza—. Entonces, ¿luego volvió al hotel donde estaba su madre?

—Sí —dijo Aizawa tras una corta pausa—. Todavía no sabía qué pensar, ni cómo afrontarlo, pero tenía que enterarme de lo que había ocurrido. Tampoco podía quedarme sentado eternamente en aquel banco. Volví al hotel. Mi madre estaba viendo la televisión. Yo también me recosté en la pared y estuve un rato mirando la televisión con ella, en silencio. Luego, poco a poco, empecé a contarle cosas de la casa. Que el árbol de caqui estaba seco. Cómo se había comportado mi abuela. Que había unos parientes en la casa que nunca había visto. Ese tipo de cosas. Al principio, mi madre se limitó a escuchar en silencio, pero, algo después, dijo: «La abuela me dijo que lo hiciera».

—¿La inseminación artificial?

—Sí —asintió Aizawa—. Me contó que, mucho después de casarse con mi padre, seguía sin quedarse embarazada y que mi abuela la acosaba sin parar. Antes era así, ya sabe. Bueno, puede que ahora las cosas continúen igual. En todo caso, en aquella época, nadie concebía la posibilidad de que un hombre pudiera ser estéril, todo el mundo pensaba que la causa de la infertilidad radicaba, casi en un cien por cien, en la mujer. Por lo visto, mi madre sufrió mucho. Día tras otro, mi abuela la insultaba en público, la consideraba un producto defectuoso. Al final, un día mi abuela le dijo: «Antes de que sea demasiado tarde, ve a Tokio a que te visite un especialista. Que te mire de arriba abajo para ver dónde está tu problema. Y si resulta que no puedes tener hijos, habrá que ir pensando en el divorcio». Cuando se pusieron en contacto con el hospital, les dijeron que también tenía que ir el marido porque debían hacerles pruebas a los dos. Y así fue como descubrieron que la causa de la infertilidad era que el marido, es decir, el hijo de mi abuela, sufría azoospermia.

—¿Y qué dijo su abuela? —pregunté.

—Por lo visto, el impacto le produjo una conmoción tan grande que se quedó sin habla. Luego les dijo casi gritando que tenía que haber algún error, que fueran de inmediato a otro hospital para repetir las pruebas. Pero el resultado fue el mismo. Mi abuela le prohibió a mi madre que se lo contara a nadie. Y, un tiempo después... Mi familia alquilaba terrenos a una gran compañía, hacía donativos a políticos: estaba muy bien relacionada y, por lo visto, un conocido de mi abuela le habló de un hospital universitario que realizaba investigaciones sobre inseminación artificial. Ella le ordenó a mi madre que fuera allí y se sometiera a tratamiento. Mi padre y mi madre estuvieron un año visitando el hospital, tal como les había dicho mi abuela, y, al final, mi madre se quedó embarazada. Luego pasó a ser atendida en una casa de maternidad de la región. Por lo visto, mi abuela exhibió a mi madre por todo el vecindario y por las casas de sus parientes para que todo el mundo pudiera verle la barriga. Y, unos meses después, nací yo.

»Era la primera vez que oía hablar de donación de semen. Había imaginado que era fruto de una relación anterior de mi madre o, quizá, un niño adoptado. No se me había ocurrido nada más. Por eso había dado por supuesto que mi verdadero padre estaba en alguna parte. Que, en algún sitio, había un ser humano que era mi padre y que mi madre sabía quién era. De algún modo, estaba convencido de esto. De que, cuando quisiera, podría conocerlo —dijo Aizawa—. Pero me había equivocado. No era una persona con forma humana, era el semen donado por alguien anónimo. ¿Cómo se lo podría explicar?... Hablando sin ambages, era como si la mitad de mí mismo no fuera humana. Ya sé que todas las personas nacen de óvulos y espermatozoides, pero la mitad de mí mismo, ¿qué era en realidad?

Aizawa cogió la taza de café y se dio cuenta de que estaba vacía. La mía también lo estaba. De pronto, su rostro reflejó inquietud y me preguntó si podía continuar hablando. Le respondí que sí, por supuesto. Le propuse tomar algo dulce y pedí a la camarera que trajera la carta de pasteles. Aizawa se enderezó en la silla y, luego, se inclinó sobre el menú y lo estudió con curiosidad: yo escogí una tarta de frutas, y Aizawa, un flan.

—Lo que me sorprendió —dijo Aizawa— fue que mi madre, después de explicarme con toda naturalidad por qué había seguido el tratamiento, puso cara de auténtico fastidio, como si dijera: «Y ya está bien de esta historia, ¿no?». Aquello me dejó boquiabierto. En aquellos instantes, yo experimentaba una gran sensación de pérdida, pero lo que más me impactó fue la actitud de mi madre... Lógico, ¿no? Aquello era, y expresándolo así me quedo corto, un acontecimiento importante en mi vida... ¿Qué le parece a usted? Como escritora.

—Pues claro que lo era —asentí.

—¿Verdad que sí? Incluso en la televisión o en el cine, cuando tienen que confesarle o explicarle a un hijo la verdad sobre su origen, lo hacen mejor... Pensaba que había una cierta convención para este tipo de situaciones y suponía que también ella actuaría de este modo. Que me lo explicaría muy bien. Que, luego, enmudecería. Que me diría que lo sentía, quizá, que me pediría perdón entre lágrimas. No sé, la manera lógica de responder.

»Pero, a juzgar por su actitud, mi madre parecía creer que no existía ningún problema, incluso llegó a decirme con cara de auténtico fastidio: "Ya está bien de esta historia, ¿no?". Me sentía tan confundido, tan conmocionado, que le pregunté con rudeza: "Pero ¿te das cuenta de lo que estás diciendo? ¿Te das cuenta de lo que has hecho?". Entonces ella me dijo: "Te traje sano al mundo, te he criado sin estrecheces, te he dado una carrera, ¿qué más quieres?". Volví a quedarme atónito. Y ella añadió: "A ver, dime cuál es el problema".

»"Pues que no sé quién es mi padre", le dije. Pero ella no parecía ver el problema por ninguna parte. Mientras la miraba, sentí una extraña inseguridad. ¿Era real? ¿Era una persona de verdad? ¿O no lo era? Me pareció estar viendo un espejismo, tuve la sensación de que incluso la voz me temblaba un poco. Entonces mi madre me miró con expresión de no entender de qué le estaba hablando y me dijo: "¿Y qué diablos es un padre?". No supe qué responder y enmudecí. Tampoco mi madre dijo nada. Por la televisión ponían un programa musical tan ruidoso que daba la sensación de que los sonidos que inundaban la pantalla acababan derramándose por el suelo. Mientras lo veía distraídamente, llegué a pensar: "¡Ostras! ¿Dónde estoy? ¡Ah, sí! En el hotel".

»Entonces, no sé cuánto tiempo después, sin apartar los ojos de la pantalla, mi madre me dijo en voz baja: "Eso de quién es tu padre, eso no importa". Después, volvimos a quedarnos en silencio. Más adelante, añadió, mirándome entonces fijamente a los ojos: "Creciste dentro de mi vientre, te traje al mundo y naciste. ¿Qué más quieres? Esto es lo único que cuenta. De verdad".

Aizawa enmudeció. Yo tampoco dije nada, me quedé mirando las tazas, los *oshibori* desechables y los vasos que aún contenían un poco de agua encima de la mesa. El local continuaba lleno de gente y, en la mesa vecina, había una mujer con un jersey rojo que, diccionario electrónico en mano, llevaba un buen rato absorta en el estudio de algo. Seguramente un idioma, pero no pude descubrir cuál. Contra el borde de las páginas del libro abierto, había un tazón a punto de volcarse, pero ella no parecía prestarle la menor atención. Poco después, se acercó la camarera y nos trajo dos cafés, el flan y la tarta de frutas. En silencio, empezamos a comer lo que habíamos pedido. Disuelta en la saliva, tan pronto como la crema entró en contacto con la superficie de mi lengua, su dulzor se expandió por todo mi cerebro: suspiré sin pensar.

—¡Ah! El azúcar —dijo Aizawa que, al parecer, había experimentado la misma sensación. Y asintió varias veces.

—Surte efecto, desde luego. Parece que vaya impregnando a fondo todos esos pliegues, o surcos, del cerebro, ¿verdad?

—¡Vaya! —Aizawa rio—. Al imaginar ese cuadro, me hace más efecto todavía.

—Y... ¿qué hizo su madre después? —le pregunté—. ¿Se quedó en Tokio sin más problemas?

—No. —Aizawa sacudió la cabeza—. Al final, volvió a Tochigi.

—¿Cómo? —Sorprendida, alcé la voz.

—No sé de qué hablaron, o a qué acuerdos llegaron. Ni siquiera sé si llegaron a hablar, pero, al final, me dijo que volvía a casa a ver cómo estaba todo.

—¡Vaya!

—«Los sufrimientos continúan hasta el final», dijo. Y ahora está en Tochigi.

—¿Y lo de la inseminación? ¿Cómo quedó?

—Solo hablamos de eso aquel día en el hotel. Nunca más hemos vuelto a tocar el tema.

Enmudecí unos instantes. La camarera se acercó y nos sirvió agua. Contemplamos en silencio cómo el agua que iba llenando los vasos relucía dentro del cristal transparente al recibir la luz del sol.

—Lo siento —dijo Aizawa un poco después—. Solo hemos hablado de mí.

—En absoluto —dije—. Me ha gustado mucho escucharlo.

—Eres una persona muy amable —dijo Aizawa en voz baja.

—Vaya. No me lo habían dicho nunca.

—¿En serio?

—Sí. Creo que nunca —reflexioné—. Ni una sola vez en toda mi vida.

—Pues eso, al contrario de lo que pueda parecer, es muy buena señal.

—¿Sí?

—Sí. Porque es posible que seas de verdad tan amable que nadie se haya llegado a percatar de ello.

—¿Y si eres de verdad amable los demás no se percatan?

—Sí. Eso no pasa solo con la amabilidad. La mayoría de cosas solo se transmiten bien a los demás si la intensidad es moderada.

—Pero tú sí te has dado cuenta —dije riendo.

—Sí. —Aizawa también se rio—. Por eso puede que hoy sea un día muy importante... El día en que, finalmente, alguien ha logrado percatarse de tu auténtica amabilidad.

Luego continuamos tomándonos el café, comiéndonos los dulces. La tarta de frutas, que probaba por primera vez desde hacía tanto tiempo que ni recordaba cuánto, era deliciosa. La masa estaba en su punto, la crema no era en absoluto empalagosa: sentía que podía seguir comiéndola eternamente.

—¿Qué te pasa? —le pregunté viendo que sonreía.

—Nada. Que he pensado que era raro —dijo Aizawa—. He caído en la cuenta de que nunca le había contado a nadie todo eso de mi padre, ni en la asociación ni en ninguna parte.

—¿Ah, no? —dije algo sorprendida.

—No. Acabo de darme cuenta —dijo Aizawa con los ojos clavados en el flan—. Participar en charlas, es decir, hablar delante de mucha gente, pensándolo bien, solo lo hice aquel día en Jiyûgaoka y otra vez antes.

—Pues no lo parecía —dije admirada—. Lo hiciste muy bien.

—¿En serio? En la asociación, todos hablamos de nosotros mismos, por supuesto. Pero yo me siento más cómodo escuchando.

—Ya.

—Me encargo siempre del Facebook, de hacer los folletos de los encuentros, de redactar los escritos que entregamos a asociaciones médicas, a universidades.

—Sí, ya lo vi. «Derecho a conocer tu origen.» Para que se reformen las leyes.

—Pero no avanzamos en absoluto. —Aizawa sonrió—. También hago listas de los estudiantes que en aquella época hicieron donación de semen en la universidad y de sus señas, para localizarlos.

—¿Se muestran abiertos a colaborar?

—Diría que su postura ha ido cambiando algo, pero, básicamente, les molesta. Piensan que si se consigue acceder a los donantes, estos desaparecerán. Y eso sería un problema. Si ya tenemos baja natalidad en Japón, ¿qué pasaría si aún nacieran menos niños? Cuando te dicen que dejes de estorbar, te preguntas qué estás haciendo.

Aizawa miró al otro lado de la ventana y reflexionó:

—Desde que lo descubrí, mi vida empezó a ir de mal en peor. No digo que antes fuera todo perfecto, pero acabé dejando incluso el trabajo.

—Sí.

—No sé, pero... Es como si nada fuera real. La mitad de mí... No es que haya un vacío, no es exactamente eso... Todavía sigo sin saber cómo describir lo que siento —dijo Aizawa—. Ya sé que es una expresión muy tópica, pero es como si estuviera siempre inmerso en una pesadilla. Sí, algo parecido. Creo que la única manera de volver a mi estado normal sería conocer a mi padre auténtico. No sé si está vivo o está muerto, pero, en todo caso, saber qué tipo de persona era. Yo he hecho todo lo posible por conseguirlo, pero no creo que haya ninguna posibilidad de que lo encuentre.

—¿Hasta ahora alguna persona de la asociación lo ha conseguido?

—Que yo sepa, no —dijo Aizawa—. El anonimato es una condición fundamental. La universidad insiste en que ha destruido los registros, pero aun suponiendo que existieran, dudo que pudiera tener acceso a ellos.

Tras pronunciar estas palabras, Aizawa permaneció en silencio. Yo también enmudecí, me bebí el café que quedaba. Aizawa estaba vuelto hacia la ventana con los ojos entornados. Al mirar su perfil, percibí un mudo reproche. Sabía perfectamente que él, en aquel instante, no estaba pensando en mí. A pesar de ello, me dio la sensación de que me juzgaba por lo que yo pensaba y por desear un hijo.

Me acordé de las frases que había leído en la entrevista de Aizawa: «Una persona alta, de 1,80 metros de estatura. Con el párpado simple. Desde pequeño soy buen corredor de fondo. ¿No hay nadie que conozca a alguien con estas características?». Esta pequeña llamada aún permanecía muy viva en mi corazón, cada vez que la recordaba me entristecía. Pensar que estaba con la persona que había escrito aquellas líneas me producía una sensación de extrañeza.

Aizawa me invitó a la tarta de frutas y al café. Al darle las gracias, sonrió alegremente. De camino a la estación, volvimos a hablar de esto y de aquello. Le pregunté qué sentía al tener un pelo tan liso, suave y bonito creciéndole en la cabeza. Sorprendido, Aizawa me respondió que, aunque alguna vez se había preocupado por la cantidad, jamás había pensado en la calidad. Y, cuando le pregunté si, como médico colegiado, había visto de cerca algún cerebro humano, me respondió que sí, claro. Que había sido cuando estudiaba, pero que todavía lo recordaba muy bien.

Al llegar a la escalera que descendía hasta la estación, Aizawa me dio las gracias.

—Hoy he recordado lo mucho que me gustaba hablar. Era muy charlatán.

—Me lo he pasado muy bien. Me ha gustado mucho escucharte.

—La razón de que me resulte tan fácil hablar contigo, de que sea todo tan cómodo, ¿será porque nacimos en el mismo año? —dijo Aizawa—. ¿Crees que esto tiene algo que ver?

—O quizá sea la profesión familiar. Mi madre trabajaba como chica de alterne, mi hermana mayor también trabaja de eso y también yo he crecido en ese ambiente. Puede que eso influya.

—¿Chica de alterne?

—Sí. Me he criado en un *snack* de Osaka. Venían a beber tanto conocidos como desconocidos y el trabajo de las chicas consistía en escucharlos, noche tras noche. De eso vivían.

—¿Tú también has sido chica de alterne? —dijo Aizawa un poco sorprendido.

—No, yo entonces era una niña: lavaba platos —dije—. A los trece años, perdí a mi madre y, después, trabajé en *snacks*, pero siempre en la cocina. Pero yo he trabajado de muchas cosas.

Aizawa abrió los ojos de par en par.

—¿Has trabajado desde pequeña?

—Sí.

Aizawa me miró fijamente y, luego, sacudió la cabeza. «En vez de haber estado todo el rato hablando yo, tendría que haberte escuchado a ti», dijo. «La próxima vez será», reí. «Sí, sí. Por favor», asintió Aizawa con expresión seria.

—Bueno, seguimos en contacto, ¿vale? Voy a hacer unas compras antes de volver a casa.

Lo dijo señalando la dirección opuesta a la estación. Habló como si fuera un vecino del barrio y yo, sorprendida, le pregunté si vivía allí o a lo largo de la línea Den'en-toshi.

—Yo vivo en Gakugeidai, pero Zen-san vive a unos quince minutos a pie de aquí —dijo Aizawa—. ¿Recuerdas? Te la presenté el otro día en el vestíbulo.

—Sí, Yuriko Zen —dije.

Me dijo que había sido Yuriko Zen quien le había hablado por primera vez de la Asociación de los Hijos de la IAD y que salían desde hacía tres años.

—Seguimos en contacto, ¿vale? La próxima vez cuéntame muchas cosas de ti.

Aizawa alzó ligeramente la mano, cruzó el paso de cebra y se marchó.

TEN VALOR

Yuriko Zen nació en Tokio en 1980 y se enteró de que era hija de una IAD a los veinticinco años. Ella también aparecía en el libro de entrevistas, pero lo hacía bajo pseudónimo: me lo explicó Aizawa.

Sus padres nunca se llevaron bien y, desde que tuvo uso de razón, vivió en un hogar lleno de tensiones. Su madre hablaba mal de su padre sin cesar, este apenas aparecía por la casa. Su madre trabajaba en un restaurante y, cuando le tocaba turno de tarde, su abuela se hacía cargo de ella. Alguna vez, su padre regresaba a casa. Cuando esto ocurría, abusaba sexualmente de ella, una y otra vez. Yuriko Zen nunca se lo confesó a nadie. En el libro de entrevistas, no especificaba qué tipo de abusos había sufrido.

Cuando tenía doce años, sus padres se divorciaron. La custodia recayó en la madre, de modo que no volvió a ver a su padre nunca más, pero, a los veinticinco, la avisaron de que su padre no había podido superar el cáncer que padecía desde hacía años y de que estaba agonizando. Un pariente paterno que no sabía nada le envió un mensaje diciendo: «Tu padre y tu madre ahora son como extraños, pero tú eres su única hija. Ve a verlo en sus últimos momentos». Yuriko Zen no tenía intención de hacerlo, pero se lo contó a su madre, a pesar de que jamás se había llevado bien con ella y de que, en cuanto había terminado el bachillerato, se había ido a vivir por su cuenta.

—No te preocupes —le dijo su madre riéndose con desdén—. Ese hombre no tiene nada que ver con ninguna de las dos. Yo nunca había deseado tener hijos, pero cuando se enteró de que él era estéril, se puso como loco. Tenía miedo de que la gente llegara a saber que no tenía espermatozoides. Y me pidió que tuviera un hijo para disimular. Fui al hospital, me donaron semen y me quedé embarazada. De modo que no sé quién es tu padre.

A Yuriko Zen, como a los otros hijos de una IAD, aquel descubrimiento le produjo una gran desesperación. La precipitó en el abismo. Le hizo recordar de golpe una infinidad de hechos extraños del pasado. Vio cómo su pequeño punto de apoyo en la vida se hundía literalmente bajo sus pies. «Pero había una cosa positiva —decía Yuriko Zen—. Y era que el hombre que había abusado sexualmente de mí cuando era pequeña no era mi verdadero padre.»

Cerré el libro, me lo puse sobre el pecho y me quedé contemplando distraídamente una mancha del techo. Yuriko Zen. Delgada, de tez blanca. Con una nube de pecas que se le extendía por la nariz y las mejillas. Ella no había contado los detalles y no tenía ningún sentido que yo hiciera correr mi imaginación, pero, al pensar en el maltrato que había recibido cuando era solo una niña, acorralada en su hogar por el hombre al que consideraba su padre, sentía cómo los escalofríos recorrían mi cuerpo de arriba abajo. Rememoré de nuevo la imagen de Yuriko Zen tal como la había visto en el vestíbulo. La nebulosa que respiraba en silencio sobre sus mejillas. Cómo me había mirado fijamente, sin decir nada, al contarle que pensaba hacer una IAD. Me levanté, devolví el libro a la estantería y, luego, volví a recostarme en el puf.

Marzo estaba a punto de acabar. A partir de aquel día, Aizawa y yo intercambiamos mensajes con regularidad y, un sábado, fuimos a una *izakaya* a cenar y a tomarnos unas cervezas. Le propuse comer pescado y Aizawa me recomendó un local: el mismo al que yo había ido con Konno el día de Navidad. Cuando le dije que ya lo conocía, Aizawa me explicó que había ido algunas veces con Yuriko Zen.

Aizawa y yo hablamos de nuestra vida cotidiana. Me preguntó muchas cosas sobre mi trabajo y le conté que llevaba dos años escribiendo algo con mucho esfuerzo, pero que todo el entusiasmo que había sentido al principio se había esfumado. Que, desde hacía tiempo, me daba la impresión de que me había equivocado, tanto en el estilo como en la estructura: que había llegado a un punto en el que ya no podía seguir adelante. Y que me estaba empezando a plantear si no sería mejor escribir otra novela desde el principio.

—¡Vaya! —dijo con admiración—. Debe de ser muy duro estar centrada tantos años en lo mismo.

—Igual os pasa a los médicos, ¿no? —respondí—. Hay pacientes que están años ingresados.

—Sí —dijo Aizawa—. Y hay muchos médicos que consideran que estas relaciones personales largas son las que más satisfacción les producen. Pero parece que yo no estaba hecho para eso.

—Bueno, ahora vas con contrato a muchos lugares diferentes, así que no visitas al mismo paciente todo el tiempo.

—Hace ya años de esto, pero cuando empecé a trabajar como médico de familia, me sentía siempre inquieto. Decidir el tratamiento me hacía sentir una responsabilidad que no había experimentado antes. Pero cuando se curaban, me sentía muy feliz.

—¿Te acuerdas de tu primer paciente?

—Sí. Era un enfermo de Parkinson que vivía en una institución. Estaba encamado, tuvo una neumonía por aspiración y lo ingresaron en el hospital. Pero era una persona con una gran fuerza de voluntad, se esforzaba muchísimo... Hizo todo lo que pudo para curarse. Recuerdo que me alegré mucho de haberme hecho médico. Sí, me dejó muy buen recuerdo.

—¿De qué trabaja Zen-san?

—Hace trabajo de oficina. En una empresa de seguros. Pero no es una empleada fija. Los dos somos autónomos.

Luego me contó que su relación partía de la premisa de que nunca tendrían hijos.

—La conocí a raíz de un artículo en el periódico.

—¿Sobre IAD?

—Sí, era una entrevista que ella había respondido de forma anónima... Pero asistía a encuentros y seminarios, y contaba su experiencia, no es que se escondiera. En aquella época, yo aún no sabía qué significaban las siglas IAD, ni siquiera sabía que existía la donación de semen. Me sentía perdido, no sabía qué hacer. Leí el artículo, me armé de valor y me puse en contacto con el periódico. Fue entonces cuando nos vimos y ella me dijo que existía esta asociación.

Aizawa me contó que Yuriko Zen lo había ayudado en los momentos más duros. No se extendió en los detalles, pero, por lo visto, a la conmoción por el descubrimiento, se le había sumado la ruptura con la chica con la que salía.

Siguiendo el hilo de la conversación, le conté que yo había estado saliendo con un chico desde mi época del instituto, pero que después de él no había habido nadie más. Estuve dudando un momento si contárselo todo o no, pero, al final, le expliqué por qué habíamos cortado. Le confesé que las relaciones sexuales me producían tanta tristeza que deseaba morir. Que había hecho todo lo posible, pero que no había servido de nada. Que después había seguido sin sentir deseo sexual y que ahora aceptaba totalmente esta realidad. Pero que a veces no podía evitar pensar que había algo en mí que no funcionaba bien. Aizawa me estuvo escuchando en silencio. Luego le hablé de mis deseos de tener un hijo. Pensando de forma realista, sin pareja, sin poder realizar el acto sexual normal y sin estabilidad económica, no lo tenía nada fácil para ser madre, pero hacía unos dos años que deseaba tener un hijo y que no pensaba en otra cosa.

—¿Con lo de que quieres tener un hijo a qué te refieres? —preguntó Aizawa—. ¿A que quieres criarlo? ¿A que quieres parir? ¿O a que quieres quedarte embarazada?

—Le he dado muchas vueltas a todo esto —dije—. Quizá sea algo que lo comprende todo: quiero conocerlo.

—¿Conocerlo?

Aizawa lo repitió con circunspección.

Reflexioné un instante, pero no podía explicar mis propias palabras. ¿Por qué quería conocerlo? ¿Cómo suponía que sería mi hijo? ¿Qué diablos esperaba yo? ¿A quién? ¿A qué tipo de ser? No era capaz de especificar más. Solo le fui comunicando, más o menos, enlazando una palabra con otra, lo mucho que significaba para mí conocer a este alguien que no sabía quién era. Le conté que, a finales del mes anterior, había intentado registrarme en aquel banco extranjero de semen, Velkommen, pero que debía de haberme equivocado al introducir los datos porque, tras varios intentos, aún no había recibido respuesta. Le conté que, como ya tenía una edad, me estaba planteando si congelarme los óvulos. Que estaba sumida en un mar de dudas y que no tenía la menor idea de qué hacer en el futuro... Aizawa escuchó en silencio, asintiendo, aquella serie deshilvanada de sentimientos y escenarios que le fui exponiendo mientras yo me presionaba el *oshibori* contra las comisuras de los labios.

—La primera paciente que vi morir —dijo Aizawa— fue en la época en que todavía hacía prácticas, en el Departamento de Hematología. Era una chica de veinte años, enferma de leucemia. Se llamaba Noriko. Era alegre, tenía mucha paciencia. Yo la llamaba Nori-chan o Nori-bô. Ella quería mucho a su madre y, cuando se encontraba bien, me contaba muchas cosas. Desde secundaria había pertenecido al club de teatro; en bachillerato llegó a ganar el segundo premio a nivel nacional; y decía que en el futuro quería ser dramaturga. «Tengo tantas ideas en la cabeza que parezco tonta», me decía sonriendo alegremente. «Calculo que, para hacerlo todo, tardaré unos treinta años.» Era una chica divertida, inteligente. Estaba siguiendo el tratamiento posterior al trasplante de médula ósea y, en un cierto momento, experimentó un grave rechazo y necesitó respiración artificial. Cuando iba a ponerle la inyección para sedarla y hacerle una traqueotomía, le dije: «Nori-chan, ahora vas a dormir un ratito, ¿vale? Hasta luego», y ella me dijo: «Ah, vale». Esas fueron sus últimas palabras.

—Y ya...

—Sí —dijo Aizawa—. Poco después, vi a su madre. En el hospital. Me dijo que ya estaba mentalizada, que ya suponía lo que iba a ocurrir. Era una mujer fuerte. Pero, de pronto, me preguntó: «¿Y qué haré ahora con los huevos de mi hija?».

—¿Los óvulos?

—Sí. Los chicos o chicas que se someten de jóvenes a radioterapia o a la quimio, a veces congelan sus óvulos o espermatozoides. Pensando en el futuro. Por si, una vez curados, quieren tener hijos. Nori-chan también lo había hecho. Pero ella se había ido, dejando solo los huevos. Lo más duro fue que la madre de Nori-chan, que era una persona muy considerada que había ido dando las gracias a todos los médicos y enfermeras, al quedarnos a solas, me dijo llorando: «Si yo usara los óvulos de Noriko, ¿no podría traerla a este mundo otra vez?».

Yo permanecía en silencio.

—La madre me dijo: «Sé perfectamente que Noriko está muerta. He visto lo mucho que sufría, cómo vomitaba. A pesar de ser su madre, no he podido cambiarme por ella, no he podido hacer absolutamente nada. Sé que la muerte le ha ahorrado todo este dolor, quizá haya sido mejor así. Porque su sufrimiento era terrible... Pero yo no puedo creer que no volveré a verla jamás».

»Me preguntó qué tenía que hacer para volver a ver a Noriko. La madre no podía dejar de llorar. Y me dijo: "¿No podría usar los óvulos de Noriko y volver a traerla a este mundo? ¿No podría encontrarla otra vez?". Yo no podía decir nada, no podía hacer nada.

»No sé por qué... Al oír lo que me has dicho, me he acordado de Nori-chan.

Seguí intercambiando correos y mensajes de texto con Aizawa; a veces, nos veíamos y charlábamos: aquello pasó a ser algo muy importante en mi vida.

Me contó que en las clínicas donde lo contrataban faltaba mano de obra, que por las noches llevaba siempre en la cartera documentos para hacer actas de defunción, que el padre con el que había crecido tocaba muy bien el piano y que había intentado enseñarle a él con mucha paciencia, pero que nunca había conseguido tocar bien. Que había tenido dos accidentes de tráfico yendo en taxi. Que ser alto podía ser algo positivo o algo negativo, pero que, en su caso, era más bien lo segundo.

Yo también fui contándole, poco a poco, cosas de mi vida. Le hablé de la abuela Komi, y de Makiko, le hablé de la ciudad donde había vivido en el pasado. Juntos comíamos *yakitori*, bebíamos cerveza. Tomábamos un café. En una ocasión, nos pasamos el día entero paseando por el parque de Komazawa; en otra, quedamos en la estación de Tokio después de su turno de trabajo y fuimos a ver una exposición de los nabis. En el camino de vuelta, mientras andábamos, hablamos sobre cuál de los cuadros nos había gustado más y, cuando dijimos al unísono: «*Le ballon*», de Félix Vallotton, perplejos, nos echamos a reír a carcajadas.

Así fue transcurriendo la primavera. Los cerezos empezaron a abrir dulcemente sus yemas en las noches azul marino; luego los pétalos fueron cayendo como si los absorbiera el suelo. Era primavera. Fui conociendo a Aizawa poco a poco. Empecé a pensar en él, como si eso fuera lo normal, mientras trabajaba, camino del supermercado, en las noches de primavera, mientras contemplaba distraídamente lo que se reflejaba en mis ojos.

Me estaba enamorando de él. Cada vez que recibía un correo suyo, me sentía feliz; cada vez que encontraba un artículo interesante o un vídeo gracioso de animales, tenía ganas de enviárselo; imaginaba que escuchábamos juntos la música que me gustaba; cada día me apetecía más hablar con él de los libros que me interesaban o sobre mis pensamientos. Y, después de imaginar aquellas escenas alegres..., veía de pronto la figura de Aizawa, dándome la espalda, vuelto hacia un mundo donde no había ni nada ni nadie.

¿Por qué quería conocer a su verdadero padre? Un día me dijo que ni él mismo lo acababa de entender. ¿Quería conocerlo porque sabía que era imposible? ¿Qué significaba el hecho de conocerlo? Aizawa me confesó que, cuanto más lo pensaba, menos lo comprendía. Yo no sabía cómo calmar su angustia, pero deseaba ayudarlo ni que solo fuera un poco.

Aunque, cada vez que pensaba así, me daba cuenta de lo inoportunos que eran mis sentimientos. Aizawa tenía una novia, Yuriko Zen, y ambos estaban estrechamente ligados por circunstancias y emociones de una complejidad que no podía ni imaginar. Al pensar en lo que habían sufrido ambos hasta entonces, me sentía abrumada, aplastada. Tenía la sensación de que iba a ser barrida de un momento a otro.

Además, que me hubiera enamorado de Aizawa no quería decir que algo fuera a cambiar. En primer lugar, mi amor no conducía a ninguna parte: era un sentimiento autosuficiente que no tenía conexión con nada. Aunque sabía muy bien que desde el principio había estado sola y que continuaría estando sola, a pesar de ello... Cuando me daba ánimos diciéndome a mí misma que yo era yo, me sentía como si estuviera tendiendo la mano al vacío en una llanura desierta donde me hubieran dejado atrás, sola.

Los correos electrónicos y los mensajes de texto de Aizawa me daban alegría, pero después de recibirlos me sentía más sola que nunca. La novela fallaba por todas partes. Seguía escribiendo columnas y, a veces, recibía otros encargos puntuales, pero, de vez en cuando, miraba la web de mi antigua agencia de trabajo temporal. La primavera pasó como quien abre la puerta de una habitación vacía y, luego, la cierra de un portazo.

A finales de abril, me di cuenta de que había recibido dos correos electrónicos de un tal Onda.

«Encantado de ponerme en contacto con usted. Me llamo Onda. Le agradezco su interés en la donación de esperma. Respondí hace algún tiempo a su mensaje, pero, como no he vuelto a tener noticias de su parte, me he tomado la libertad de escribirle de nuevo.» Tardé unos segundos en comprender a qué se refería, pero enseguida me acordé. Claro. Había olvidado por completo que, el otoño pasado, había enviado un mensaje al blog de un donante privado de semen. Como no esperaba respuesta ni tampoco tenía verdadero interés en la donación, no había vuelto a mirar la cuenta de correo que había abierto a propósito para escribirle.

Aquel hombre..., Onda, había enviado dos correos electrónicos: uno, a finales de año, y otro, a finales de febrero. El contenido de ambos era muy similar, pero no había copiado ningún trozo: daba la impresión de que los había escrito ambos con aplicación, tomándose su tiempo. Onda explicaba brevemente por qué se había convertido en donante de semen sin ánimo de lucro y resumía de modo sucinto su experiencia como donante voluntario en un banco de semen y los conocimientos que había adquirido durante aquel periodo.

Citaba los diferentes métodos de donación que había realizado hasta entonces y sus índices de eficacia; también imponía sus restricciones: las fumadoras quedaban excluidas de la donación. Además, deseaba mantener previamente una entrevista con las futuras receptoras para asegurarse de que estaban capacitadas física y emocionalmente para criar un hijo sano. Deseaba que la donación fuese anónima. No por ello dejaba de presentar los resultados de las pruebas sobre diferentes tipos de enfermedades infecciosas y, en caso de que yo quisiera hacer más test, también estaba dispuesto a ofrecerme muestras de sangre y orina para realizar pruebas rápidas de enfermedades de transmisión sexual. Más adelante, podríamos ponernos de acuerdo sobre cuánta información personal deseábamos compartir. «De momento —decía—, puedo adelantarle que vivo en Tokio, soy padre de un hijo, estoy en la cuarentena, mido 1,73 metros, peso 58 kilogramos y que mi tipo de sangre es A+.» En documento adjunto, me enviaba los resultados recientes de unas pruebas de enfermedades infecciosas. Y concluía expresando su profundo respeto hacia las mujeres que habían tomado la decisión trascendental de concebir y tener un hijo mediante inseminación artificial y les deseaba que se cumplieran sus felices deseos lo antes posible.

Lo leí, con suma atención, tres veces. Se trataba de la respuesta a un correo que había enviado yo y, por lo tanto, era obvio que estaba dirigido a mí, pero me maravillaba que *aquel correo estuviera destinado a mí y no a otra persona*. Estaba atónita. No era aquello lo único que me asombraba. Era cierto que había escogido, entre un enorme número de donantes particulares, el que me había parecido mejor, pero... Es que superaba con creces mis expectativas: el texto estaba muy bien redactado, expresaba sus ideas con claridad. Y lo que me sorprendía más que cualquier otra cosa... Me daba la impresión de que «tal vez» fuera posible.

Durante los días siguientes, estuve imaginando que me encontraba con aquel hombre llamado Onda. Más que en su fisonomía o en el aire que lo envolvía, pensaba en el lugar de la cita y en la conversación, pero, invariablemente, junto a todo aquello aparecían las palabras: «Yo soy yo». Luego, me acordaba siempre de Aizawa. Y, al lado de Aizawa, que me escuchaba sonriente, asintiendo con movimientos de cabeza, surgía la figura de Yuriko Zen. Yuriko Zen me miraba fijamente sin decir nada. Cuando Yuriko Zen me clavaba los ojos de aquella forma, yo sentía cómo algo me constreñía el pecho y me ahogaba. Sacudía la cabeza para ahuyentarlos a ambos de mi pensamiento. Yo era yo. Y estaba sola.

Yusa me llamó justo después del puente de mayo.[1]

Me dijo riendo que, durante las fiestas, había dejado a su hija con su madre y que ella había estado trabajando sin parar. Tanto, que al final ya no sabía si era ella quien estaba mirando la pantalla del ordenador o si era la pantalla del ordenador la que le estaba mirando la cara a ella.

Me preguntó qué había estado haciendo yo, si había ido a alguna parte, y le respondí que había hecho, más o menos, lo mismo que ella. Luego comentamos que hacía tiempo que no nos veíamos y me dijo: «¿Por qué no vienes a casa?», y enseguida fijamos el día. «¿Has visto a Sengawa-san últimamente?», «No, hace tiempo que no la veo», «Ah, pues entonces se lo decimos a ella también, ¿vale? Un día que quedamos... Soy un desastre en la cocina, pero prepararé algo. Tú, Natsume, trae solo la bebida. Lo que te apetezca beber.» Y, después de estar un buen rato hablando, colgamos.

El día en cuestión... Un soleado domingo de mayo, tan caluroso que parecía verano, preparé *dashi-maki-tamago*[2] y una ensalada de *harusame*[3] y los embutí en unos *tupper* del todo a cien. Ya en Midorigaoka, me pasé por una *konbini*, cerca de casa de Yusa, y compré un pack de seis latas de medio litro de cerveza y tres bolsitas de salami para picar.

Yusa vivía en el segundo piso de un viejo bloque de cinco plantas. Como aún recordaba el lujo de la casa de Sengawa que había visitado una vez, daba por hecho que también Yusa viviría en un bloque negro reluciente de esos que salen en los anuncios de las inmobiliarias, o quizá en una casita, pero me había equivocado. La fachada era de viejo ladrillo de color marrón, los marcos de las ventanas que se veían desde el exterior eran de un hormigón bastante deslucido: en fin, un bloque de

1. Puente que va desde el 29 de abril hasta el 5 de mayo. Se llama *Golden Week* y comprende varias festividades: el día de *Showa*, el día de la Constitución, el día de la Naturaleza y el día de los Niños.

2. Especie de tortilla enrollada.

3. Fideos transparentes elaborados con fécula de guisante.

pisos de los que hay por todas partes. En el vestíbulo, junto a los buzones, había una papelera de rejilla metálica, exageradamente grande, medio llena de los folletos y papelotes que habían tirado los vecinos. Delante de la puerta automática, vi un pequeño teclado de control de acceso: pulsé el número del piso y esperé. Poco después, se oyó la alegre voz de Yusa: «¡Holaaa!». La puerta se abrió y entré.

—¡Has traído tortilla! ¡¡*Dashi-maki* de Kansai!!

Al enseñarle el *tupper*, Yusa rio contenta.

—¡El *dashi*[4] es mejor! A partir de ahora, me paso al *dashi*. Con la edad, cuanto menos dulce, mejor. Llega un punto en que el cuerpo ya no lo tolera.

—Sí. Los años también influyen en el modo de ver las cosas —dije riendo.

—Sí. Te vuelves pesada y tiquismiquis.

Fuimos a la cocina, pusimos las cervezas en la nevera. Sobre una mesa redonda había una cazuela llena de curry verde, ensalada de pollo, jamón y queso y, además, *sashimi* de atún. Vacié el contenido del *tupper* de ensalada de *harusame* en un plato, lo puse junto a todo lo demás. Yusa sacó de la nevera otras cervezas, muy frías, nos sentamos a la mesa y brindamos.

—¡Qué pasada, Yusa! ¿Has hecho todo eso?

—¡Qué va! Todo es de Tokyu Store. Y el curry y el pan *nan* los he comprado en una tienda india. Lo demás, todavía lo estoy preparando. Lo sacaré después.

El piso no era ni pequeño ni muy grande: era el típico piso de un bloque antiguo. Sobre la mesa redonda de la cocina cabía a duras penas la comida y, sobre el mueble del televisor, en las estanterías que estaban junto a la encimera, por todas

4. Hay muchas diferencias entre la cocina de Kantô (Tokio) y la de Kansai (Osaka, Kioto). Una de ellas está en la elaboración del *tamago-yaki* (o *dashi-maki-tamago*). En Kantô ponen azúcar en la tortilla y, en cambio, en Kansai, la base es el caldo *(dashi)*, lo que hace que no tenga un sabor tan dulce.

partes, se veían, apilados en desorden, papeles, juguetitos, cuentos, algunas piezas de ropa, lápices de colores y demás. En un rincón del sofá de la sala de estar, había un montón de ropa limpia por guardar. A juzgar por las apariencias, a Yusa no se le daba bien mantener la casa en orden. O quizá no le importara. No parecía ser el tipo de persona que se fija en la decoración de interiores. También en este punto, su piso se parecía más al mío que al de Sengawa y, en cuanto lo pisé, lo encontré tan familiar que me relajé enseguida. Las paredes estaban llenas de manualidades y dibujos infantiles, y había pegada una nota que decía: «Te quiero mucho, mamá».

—Está muy desordenado, ¿verdad? —Yusa rio—. Tendrías que ver mi despacho. Mientras estoy trabajando tengo miedo de que se me caiga todo encima.

—A mí me relaja. —Reí.

—El desorden va aumentando poco a poco. No es como si cayeras de golpe en el caos. Y al vivir en el mismo lugar todos los días, ni siquiera lo notas. Es como envejecer. Así que quizá este follón sea más espectacular de lo que creo. ¿Te molesta?

—Tranquila.

—¿Sabes? El otro día vino aquí una amiguita de Kura, del jardín de infancia. Una niña de cinco años, uno más que Kura. Se llevan muy bien y Kura me dijo que quería traerla a casa. Pero el asunto es que yo no puedo meter aquí a las madres de sus amigas. Si vieran esto, en un santiamén correría la voz de que esta casa es un desastre y, al día siguiente, ya no podría volver al jardín de infancia. Es que en esta zona solo hay mamás muy responsables, ¿sabes?

—¿Es una característica de la zona?

—¡Uy, sí! —Yusa rio—. Así que le dije a Kura que, si solo era la tal no-sé-qué-chan, vale. Que viniera a merendar. Con los niños no importa, pensé. Es igual que esté desordenado. Los niños solo quieren jugar. Más bien es al revés: cuanto más enfollonado está, más se divierten. Total, que vino la niña. Primero merendaron. Aquí mismo. Había preparado, currándomelo mucho, unos *bentô*. Entonces, al decirles: «¡A comer!», la niña miró a su alrededor y me dijo muy seria: «En mi casa, cuando invito a una amiga, lo ordenan todo bien». ¡¿Quééé?! Me quedé estupefacta. Y me disculpé, ¿sabes? «Ah, claro, claro. Lo siento», dije.

Me reí.

—¡Qué redicha la niña! ¡Ja! ¡Ja! «Es que cada casa es diferente, ¿sabes? No me lo tengas en cuenta», le dije. Y, entonces, la renacuajo respondió: «Para ti las cosas tampoco son fáciles, ¿verdad? No te preocupes por mí». Me dio ánimos y todo. ¡Imagínate!

—¿Y dónde está hoy Kura-chan? —le pregunté riendo.

—Está en la habitación del fondo, durmiendo. Es la hora de su siesta. Pronto se levantará.

Nos llenamos, la una a la otra, los vasos de cerveza, brindamos otra vez. Nos servimos comida en los platitos y fuimos picando con los palillos. Sengawa tenía trabajo, pero había prometido que vendría antes del anochecer. «¡Pobre! ¡Hasta los domingos!», dijo Yusa y tomó un trago de cerveza.

—¿Sengawa-san ha estado aquí alguna vez? —pregunté.

—Sí, sí. Varias. La primera vez se sorprendió al ver tanto desorden y me dijo, muy diplomática: «Vaya, muy propio de una escritora», pero, a la tercera o así, me dijo: «Búscate un sitio más presentable para vivir, mujer».

—A mí el desorden no me molesta. Pero pensaba que vivirías en un sitio más, no sé, más parecido a la casa de Sengawa-san —dije.

—¿Yo? ¡Qué va! —dijo Yusa—. A mí no me van estos sitios. He crecido en un apartamento de ínfima categoría. Me da igual vivir en un sitio que en otro. Mira, mi despacho es aquella pieza de allí, de seis-*jô*; ahí está el dormitorio, que comparto con Kura; luego está el sofá y la cocina. Con esto tengo de sobra. La casa es vieja, pero es un edificio antisísmico. Los vecinos son, en su mayoría, amables. Por la ventana que tengo delante de la mesa de trabajo se ve un árbol gigantesco. Y eso me encanta.

—¿Has estado casada, Yusa?

—Sí. Pero enseguida me divorcié.

—¿Y qué tipo de persona era?

—Un profesor. De universidad.

—Vaya —dije—. ¿No me digas que era de literatura?

—Pues sí.

—Uf. ¡Qué complicado! —Reí.

—Quizá. Pero más que complicado, el problema era que aquel tipo, como compañero, no valía un pimiento. —Yusa sacudió la cabeza.

—¿Os veis todavía? Como es el padre de Kura...

—No —dijo Yusa—. Él también pasa de nosotras. No llama nunca y yo tampoco lo llamo. Ahora creo que está en el campo. Al menos, en Tokio no está.

—Bueno, entonces por esta parte no hay problema.

—No, qué va. Mira, para empezar, ninguno de los dos estábamos hechos para el matrimonio. No es que fuese uno de los dos en particular. La cosa no funcionó, rompimos de manera natural. Fue como cuando te encuentras todos los semáforos en verde y llegas a tu destino en un plis plas. —Yusa mordisqueó la punta del queso camembert—. Yo puedo mantenerme a mí misma y, en este sentido, no necesito a nadie; mi madre vive en el barrio y esto me facilita mucho las cosas. Casi no había ninguna necesidad de estar juntos.

—Eso, con los adultos, quizá. Pero ¿y los niños? A los hijos se les quiere, ¿no? Aunque no le apeteciera verte a ti, parece que debería interesarse por su hija.

—En nuestro caso, no ha sido así. Pero pasa, ¿no? Hay personas, tanto hombres como mujeres, que, tener la criatura, vale. Pero después se desentienden de ella como si nada. Contra lo que se suele creer, puede que las relaciones entre padres e hijos no sean tan diferentes a otras relaciones humanas. —Yusa se rio—. Pero, en mi caso, es al contrario.

—¿Al contrario?

—Pues sí —reflexionó Yusa—. Puede sonar extraño, pero

yo jamás podría separarme de Kura. Es como si hubiera nacido y vivido hasta este momento para encontrarla a ella. ¡Ja! ¡Ja! ¡Ja! Debes de estar pensando: «¿Qué está diciendo esa?». Pero es la verdad. Tal como te lo cuento.

Tomé un sorbo de cerveza y asentí.

—Para mí, Kura es lo más importante, así que también es mi mayor punto débil. Va creciendo, día tras día, fuera de mí y, cuando pienso, aunque solo sea un momento, que puede morir de accidente o por enfermedad, siento un pánico tan grande que me quedo sin respiración. Tener un hijo es algo terrorífico.

Yusa me sirvió curry verde y me dijo que, como estábamos bebiendo cerveza, mejor que dejáramos el arroz y que lo tomásemos, como si fuera una tapa, cogiéndolo a cucharaditas y lamiéndolo. «¡Verás lo bueno que está!», dijo dándome una cucharita de niño. Luego me habló de varias cosas que le habían pasado recientemente. De una conversación con otra madre de la guardería, de lo antipático que había sido un actor que había conocido para una entrevista de una revista, de lo monas que eran las nutrias que había visto con Kura en el zoológico. Mientras estábamos hablando, sonó el teléfono. Era Sengawa, que llamaba para anunciar que había acabado el trabajo antes de lo previsto y que llegaría al cabo de menos de una hora.

Bebimos cerveza y fuimos comiendo poco a poco las cosas que había encima de la mesa. Todo estaba delicioso, pero Yusa alabó muchísimo mi *dashi-maki*. Me pasó un pósit de tamaño grande que tenía por allí y me pidió que le apuntara la receta. Escribí: «Cuatro huevos, media cucharada grande de *shiro-dashi*, un pellizco de sal, tres gotas de salsa de soja y, si la tienes a mano, un poco de cebolleta», y le entregué el pósit. Yusa lo pegó en la puerta del frigorífico y se lo quedó mirando unos instantes con aire de satisfacción. Luego, se volvió de nuevo hacia mí y sonrió alegremente: «Kura». Al darme la vuelta, vi a una niña pequeña de pie junto a la puerta entreabierta.

—Ven, Kura.

Kura se encaminó a pasitos cortos y rápidos hasta donde estaba Yusa y le tendió los brazos para que la aupara. Su pelo, fino y suave, estaba sujeto por una gomita, algo ladeada, en lo alto de la cabeza y llevaba una pequeña camiseta sin mangas de color azul celeste. Aparentaba menos de los cuatro años que tenía. Sus labios eran de un vivo color rosado, y las mejillas, redondas y suaves. Clavé los ojos en su pequeño rostro. Había pasado mucho tiempo con Midoriko cuando tenía su edad, pero me sentía como si fuera la primera vez que veía a una niña tan de cerca. Kura permaneció un rato en el regazo de Yusa con expresión ausente, pero, poco después, dijo: «Quiero agua», se deslizó hasta el suelo y se dirigió al fregadero. Volvió sosteniendo entre sus manitas un vaso de plástico de color amarillo, Yusa se lo llenó de agua y ambas nos quedamos contemplando en silencio cómo Kura se lo bebía. Fue alzando, poco a poco, la barbilla a medida que vaciaba el vaso y, cuando acabó, lanzó un suspiro —«¡Ahhh!»— con expresión seria. Era tan graciosa que ni Yusa ni yo pudimos reprimir una sonrisa.

—Kura, esta es Natsume. Una amiga de mamá.

—Encantada. Me llamo Natsume.

Kura no parecía ser vergonzosa y cuando le dije: «¿Quieres?» y le acerqué a la boca una cuchara llena de *dashi-maki-tamago*, se la zampó como si nada. Luego se me subió a las rodillas con naturalidad y me dijo que quería queso. Cuando acabé de desenvolverle un trozo, volvió a mirarme con la boca abierta de par en par. Después me agarró la mano, me condujo al dormitorio, donde estaba extendido el futón, y me empezó a explicar esto y aquello sobre sus juguetes. Yusa me trajo la cerveza y Kura y yo estuvimos jugando un rato con la muñeca Licca-chan, con los muñecos de Sylvanian Families y con la ropa de Pretty Cure.

Tanto las manos como los dedos de Kura eran increíblemente pequeños. Las uñitas de las puntas eran más menudas aún, frágiles y traslúcidas como microorganismos marinos acabados de nacer. Me quedé mirándola. Kura me sonrió alegremente, tendió los brazos y me abrazó con fuerza. Me dio un vuelco el corazón; por un instante, me quedé sin saber qué hacer, pero, al final, la estreché entre mis brazos. La sensación fue tan placentera que sentí vértigo. Su cuerpo era pequeño y suave. El olor que emanaba de su cuello aunaba múltiples olores y recuerdos: el de la ropa limpia que había absorbido el olor del sol, el de la luz alegre de primavera, el de la cálida redondez del vientre de un perrito que sube y baja dulcemente al ritmo de su respiración, el brillo del asfalto que relucía tras la lluvia de verano, el tacto del lodo tibio. Mientras la abrazaba con fuerza, respiré hondo por la nariz una y otra vez. A cada inspiración, sentía cómo mi cuerpo se iba relajando y notaba cómo un extraño hormigueo se extendía por la piel de mi cráneo.

Kura permaneció entre mis brazos unos instantes, pero después, por lo visto, le entraron ganas de colorear unos dibujos y se apartó de mí. Yusa y yo hojeamos un álbum de cuando era un bebé. Kura estaba preciosa en todas las fotografías. En algunas de ellas, también aparecía Yusa con la cabeza rapada. «¡Te había visto así por la tele!», reí. Y Yusa dijo: «¡Uy, sí!», pasándose la mano por la cabeza.

—Quiero tener un hijo, ¿sabes?

No tenía ninguna intención de hablar de ello, me salió de forma espontánea.

—¡Oh! —dijo Yusa mirándome fijamente—. Es la primera vez que lo dices.

—Sí —dije—. Pero no tengo pareja, ni nada de nada.

—Entiendo.

—Y, encima, no puedo tener relaciones sexuales.

—¡Oh! —repitió Yusa—. ¿Y eso es por causas físicas? ¿O psicológicas?

—Creo que psicológicas. Vaya, no lo sé. No me apetece. Hace muchos años tuve relaciones con un chico con el que salía. Durante un tiempo, no recuerdo cuánto. Pero no funcionó. Era horrible. Quería morirme. —Sacudí la cabeza—.

Estaba enamorada de aquel chico, confiaba en él, así que hice todo lo que pude. Pero fue inútil.

—Entiendo —dijo Yusa.

—A veces me pregunto si soy una mujer de verdad —dije—. Ya sé que tengo cuerpo de mujer. Tengo los órganos genitales femeninos, tengo pechos y tengo el periodo con regularidad. Cuando salía con aquel chico, a veces me apetecía acariciarlo, quería estar con él. Pero todo lo que tenía que ver con el sexo era horrible. Desnudarme y dejar que me penetren, abrirme de piernas... La simple idea es horrible, terriblemente desagradable.

—No es que no te comprenda —dijo Yusa—. A veces pienso que los hombres, en general, son repugnantes.

—¿Repugnantes?

—Sí. Me refiero a lo que se entiende, en general, por comportamiento masculino. Mira, cuando me separé, por ejemplo. Cuando aquel tipo desapareció, no te puedes imaginar la sensación de paz y alegría que tuve: era como si hubiera renacido de pronto. Puede que a él le pasara lo mismo, claro. Pero aquella vida era un estrés continuo. En casa, los hombres arman un ruido terrible con todo lo que tocan: la nevera, el microondas, las puertas, el interruptor de la luz. Parecen cortos. Son torpes y, por lo general, no saben hacer nada de la vida diaria. No pegan golpe en la casa o con los hijos si eso les representa una molestia, pero, luego, a la que salen, van dándoselas de maridos y padres comprometidos. Con todo el morro. Aquel tipo, como no estaba acostumbrado a que nadie le llevara la contraria, a la mínima se ponía de un humor de mil diablos y, luego, encima, esperaba que le sacaran el malhumor de encima. Total, que yo acababa de los nervios cada dos por tres. Entonces, un buen día, me dije: «¿Por qué voy a malgastar un tiempo precioso de mi vida, enfadada e histérica, por culpa de un tipo que me importa un comino?». Y lo dejé.

—Yo no he vivido nunca con ningún hombre, ¿es como lo cuentas?

—Como te voy enunciando toda la lista de esta manera, quizá parezca que me estoy quejando por chorradas, como una tonta. Pero no es así. La convivencia con la otra persona se va conformando a través de la confrontación de todas las pequeñas cosas que ambos han ido construyendo a lo largo de su vida y, para amortiguar este choque, es necesaria la confianza mutua. Y, además, es necesario que el amor te enloquezca. Si estas cosas fallan, solo queda la aversión. Y nosotros dos pasamos a este estadio muy deprisa.

—¿Y cómo se crea la confianza con un hombre? —pregunté.

—Si fuera capaz de mostrártelo, quizá ahora no estaría divorciada —dijo Yusa riéndose a carcajadas—. Bromas aparte, hubiera acabado sola de todas formas. Porque no lo necesito. Una mujer no puede hacerle entender a un hombre qué es lo realmente importante para ella. Es así. Cuando digo eso, me sale un montón de gente argumentando en plan imbécil que soy estrecha de miras, que soy una pobre desgraciada que no conoce el amor, que hay muchos tipos diferentes de hombres y que no se los puede meter a todos en el mismo saco, pero la verdad es esa. Una mujer no puede hacerle entender a un hombre qué es lo realmente importante para ella. Y creo que eso es algo lógico, ¿no te parece?

—¿A qué te refieres con lo de cosas importantes para una mujer? —le pregunté.

—Al dolor. A que comprendan lo duro que es ser mujer —dijo Yusa—. Al oír eso, habrá imbéciles que digan: «Vale, vale. Gracias por tus esfuerzos. ¿Y crees que no es duro ser un hombre?». Sí, vale. Nadie dice que las cosas no sean duras para ellos. Pues claro que lo son. Viven. Con decir eso, ya se comprende que sufren. Pero el problema es quién les inflige el dolor. Y cómo se puede eliminar. ¿Quién es el culpable de su dolor?

Yusa resopló por la nariz.

—Piensa en ello. Desde que nacen, a los hombres hasta les atan los cordones de los zapatos, y ellos ni siquiera se dan cuenta. A la que necesitan algo, va la madre corriendo a dárselo. Se les va metiendo en la cabeza que, porque tienen pito, ellos son superiores y que las mujeres están ahí solo para hacer lo que a ellos les da la gana. Y, cuando salen a este mundo, ¿qué encuentran? Pues un sistema que encumbra al pito, con imágenes de mujeres desnudas por todas partes. ¿Y a quién se le obliga a hacer todo el trabajo? Pues a las mujeres. Y, encima, para colmo, ¿de dónde dicen ellos que procede su dolor?... ¡Pues de las mujeres! Que no liguen, que no tengan dinero, que no tengan trabajo, que no puedan salir de la mediocridad: según ellos, todo es culpa de las mujeres. ¿Quién es el que subestima y genera más de la mitad del sufrimiento de las mujeres? ¿Quién? Entonces, ¿qué vas a hacerles entender? Es estructuralmente imposible.

Yusa rio exasperada.

—Y los más malignos son los de la ralea de mi exmarido. —Yusa sacudió la cabeza—. Sujetos que se creen que eso ellos ya lo tienen superado, que son diferentes del resto. «Yo sí soy consciente del sufrimiento de las mujeres. Yo respeto a las mujeres. Yo lo comprendo todo muy bien, incluso escribo sobre el tema y sé dónde están todas las trampas y, sí, mi escritora favorita es Virginia Woolf...» ¡Ja! ¡Ni puñetera idea! Aquel tipo era bueno haciéndose propaganda, pero luego: «Oye, tú, ya está bien. ¿Sabes cuántas veces hiciste la colada, la compra, la limpieza y la comida el mes pasado?».

Me reí.

—En fin. —Yusa rio—. Llegará un día en que las mujeres dejarán de tener hijos, o puede que descubran una técnica para que nazcan fuera del cuerpo de la mujer. Y, entonces, eso de que el hombre y la mujer se junten para formar una familia se verá como una simple *moda*, o *epidemia*, que tuvo lugar en un periodo concreto de la antropología humana.

Kura se acercó con el dibujo coloreado, lo extendió sobre el tatami y nos lo enseñó. Al verlo, Yusa fingió un gran asombro y, echándose hacia atrás, exclamó: «¡Qué maravilla! Siempre es bonito, pero esta vez es tan tan genial que no puedo respirar. ¡Natsume! ¡No lo mires! Es demasiado genial. Si lo miras, ¡te morirás!». Y, presionándose el pecho con la mano, cayó de espaldas. Al verla, Kura se rio satisfecha y volvió a la habitación del fondo corriendo a pequeños pasitos.

—En fin —dijo Yusa incorporándose—. El otro día salió por la tele una anciana de no sé qué país que tenía ciento nueve o ciento diez años. La reportera le preguntó: «¿Cuál es el secreto de su longevidad?». Y la anciana respondió al segundo: «Mantenerme alejada de los hombres».

Reí.

—En fin. Tanto tú como yo hemos crecido en hogares de mujeres solas y puede que esto también influya en nuestra manera de ver las cosas. Quizá yo sea algo parcial, pero, pensándolo bien, ¿y qué? No tengo las menores ganas de volver a tener nada que ver con un hombre. Nunca. Jamás de los jamases. Para mí, el sexo no era ningún sufrimiento, pero tampoco es que me volviera loca. Así que, en el fondo, tú y yo, Natsume, no somos tan distintas.

—Pensándolo bien —dije—, cuando éramos pequeñas, todas éramos así. No teníamos relación alguna con el sexo y no nos planteábamos si éramos mujeres ni nada por el estilo. Pues yo... Es como si todo hubiera seguido igual. Sencillamente esto. No tiene ninguna particularidad especial, solo que sigo viendo el sexo de la misma manera. Así que no acabo de tenerlo claro. Si soy realmente una mujer. Ante la pregunta, dejo de saberlo. Si me preguntaran si tengo cuerpo de mujer, diría que sí. Pero si me preguntaran si mi mente o mis sentimientos son de mujer, quizá no podría seguir respondiendo igual. Porque ¿qué significa en realidad tener sentimientos de mujer? Claro que no sé qué tiene que ver todo eso con el hecho de que no pueda mantener relaciones sexuales.

—Ya.

—Cuando era joven, hablé una vez con una amiga sobre esto. Le conté que no podía tener relaciones sexuales. Que cuando lo hacía, pensaba que me moría. Entonces, ella me dijo que yo le daba pena, que quizá fuera un pequeño problema fisiológico, que cuando conociera el sexo de verdad, me curaría. Un montón de cosas que no tenían nada que ver con lo que le contaba.

—Pensándolo bien, lo mismo pasa cuando envejeces. No creo que haya muchas mujeres que sigan teniendo relaciones sexuales a los setenta u ochenta años. No creo que tengan ninguna necesidad. No sé, pero quizá a los sesenta o así ya sea imposible. A partir de un cierto momento, no se debe de poder, digo yo. Además, de aquí en adelante, gracias a los avances de la medicina, aumentará la esperanza de vida. Es decir, que se alargarán los años de vejez, ¿no? Y el tiempo de la vida humana desvinculado del sexo pasará a ser más largo. Por lo tanto, la temporada sexual..., el periodo de perder la cabeza y hale: ir metiendo y sacando, jadeando, sudando y estrujando... La estación loca se acortaría.

Pasamos a la cocina, abrimos otra cerveza, nos llenamos la una a la otra el vaso. Yusa lo vació de un trago y me dijo sonriendo: «¡Otro!». Yo también me lo bebí de un tirón y volvimos a servirnos más cerveza. «¡Qué calor! Voy a subir un poco el aire acondicionado», dijo Yusa enjugándose el sudor con el dorso de la mano. Kura seguía en la sala del tatami, concentrada en sus pinturas.

—Me he informado sobre un banco de semen, ¿sabes? —dije.

—¡Ostras! —dijo Yusa abriendo mucho los ojos. Se le veían brillar—. ¿También los hay en Japón? Habrá solo en el extranjero, ¿no?

—Los buenos solo están en el extranjero. Me he registrado en uno, pero quizá no lo haya hecho bien, porque no me han respondido.

—¿Cómo se llama?

—Velkommen. Está en Dinamarca.

Yusa lo buscó rápidamente en su teléfono y me preguntó: «¿Es este?», mostrándome la pantalla.

—Ya veo. Parece muy grande. Vaya. Así que este es el lugar que has elegido.

Luego, le hablé por encima de la IAD. Que en Japón las mujeres solteras no podían acogerse a ella; que en el pasado había habido muchos nacimientos mediante inseminación artificial, pero que se realizaba casi en secreto; que seguían existiendo muchas personas que sufrían por no conocer a su verdadero padre. Yusa me escuchó atentamente y con una expresión de profundo interés. Entonces sonó el interfono. Era Sengawa. Interrumpimos nuestra conversación y bebimos cerveza en silencio. Enseguida sonó el timbre de la puerta y Yusa se dirigió hacia la entrada diciendo: «¡Hooolaa!».

—¡Qué calor! —Sengawa apareció acarreando bolsas de papel en ambas manos—. Igual que en verano. Por lo visto, hemos llegado a los treinta grados. ¡Hola, Natsume-san! ¿Ya habéis empezado a beber?

—Sí, ya estamos bebiendo. ¿Cómo estás?

Veía a Sengawa por primera vez desde aquel día en el bar de Sangenjaya y, a decir verdad, estaba algo tensa, pero Sengawa se comportó como si no hubiera pasado nada, se dirigía a mí en el mismo tono de siempre.

—La verdad es que yo también he estado bebiendo. ¡Ja! ¡Ja! ¡Ja!

—¿En serio? ¿No decías que tenías trabajo? —dijo Yusa estudiando el vino que había traído Sengawa.

—Pues claro que trabajaba. Era un coloquio abierto al público. Se llamaba: «La embriaguez y la literatura». Todos iban bebiendo vino mientras hablaban. Sobre literatura.

—¡Qué! Pero ¿qué diablos es eso? —Yusa frunció el entrecejo atónita—. Los escritores no se matan, precisamente. Ya veo.

—Vamos, que es domingo.

Después de brindar, Sengawa se dirigió al cuarto del fondo, donde estaba sentada Kura, y le dijo con voz atiplada: «¡Kura-chaaan!», mientras agitaba un poco la mano a la altura del pecho. De pronto, tuvo un violento ataque de tos y, cuando se calmó, le explicó a Kura imitando el modo de hablar infantil: «¡No es naaaada! No es un resfriaaado. Es solo aaasma. Es el estrés, que es maaalo, muy maaalo». Nosotras dos repartimos la comida que había traído Sengawa por la superficie de la mesa. Luego, Yusa y Sengawa bebieron vino con fruición. Yo seguí con cerveza. Hablamos de los políticos, hablamos de un libro que se estaba vendiendo mucho, hablamos de muchas otras cosas. Yusa y Sengawa vaciaron en un santiamén la botella de vino y abrieron otra. Kura acabó de colorear los dibujos y apareció diciendo que quería ver *Pretty Cure*, así que le pregunté a Yusa cómo podía reproducir un episodio grabado y me senté en el sofá para verlo juntas. Iba oyendo la animada charla de Yusa y Sengawa, con gran profusión de «¿en serio?» y «¡no me digas!». Volví a la mesa, me sumé a la conversación, bebí cerveza. De vez en cuando, Kura se acercaba, se me subía a las rodillas y, luego, volvía al sofá.

—Veo que Kura-chan se ha encariñado mucho contigo —dijo Sengawa entornando los ojos.

—¡Sí! Al parecer, a Natsume se le dan bien los niños —asintió Yusa.

Borracha a ojos vistas, Yusa me dirigió una mirada significativa que decía: «¿Te importa que hablemos de lo de antes? No te importa, ¿verdad?». Titubeé un instante, pero me di cuenta de que Sengawa se había dado cuenta del intercambio de miradas, así que no me quedó otra que asentir.

—Debes tener un hijo. ¡Adelante! —dijo Yusa con energía.

—¿Cómo? —preguntó Sengawa—. ¿Quién?

—¡Natsume! Natsume quiere tener un hijo. Y está pensando en un banco de semen.

Sengawa me clavó los ojos.

—¿Un banco de semen?

—Todavía no hay nada decidido —dije. Respecto a que había enviado un correo a un donante privado, que este me había respondido y que me estaba planteando la posibilidad de verlo, de eso no comenté nada—. Durante estos últimos dos años he estado pensando mucho en ello. Como no tengo pareja...

—De no tener pareja a un banco de semen hay un salto

enorme, ¿no te parece? —dijo Sengawa con expresión perpleja—. ¿Estás hablando del semen de un hombre al que no conoces?

—A una pareja no la necesitas para nada —dijo Yusa—. Si lo pares, es tu hijo. No importa quién sea el padre. Por supuesto, puede ser tu hijo aunque no lo hayas parido. Pero Natsume no puede adoptar. Quiere tener un hijo y tiene esta posibilidad, de modo que debe hacerlo. No por no tener pareja tiene que renunciar a un hijo suyo.

—¡Uf! —Sengawa sacudió la cabeza y soltó una risita de desconcierto—. No sé. Todo eso me parece increíble.

—¿Increíble? ¿Por qué? Hoy en día nacen montones de niños mediante técnicas parecidas. Hay muchísimos casos. Es habitual.

—Sí, pero eso lo hacen los matrimonios. Los niños saben quiénes son sus padres.

—Hay miles de familias en las que no se sabe quién es el padre —dijo Yusa—. Yo misma no conocí al mío. No tengo ni idea de quién es. Ni me interesa. Y lo mismo le pasará a Kura.

—Pero, al menos, ¿cómo lo diría?... —dijo Sengawa—. Aunque al final los padres se hayan separado, se habían querido alguna vez, había habido un vínculo entre ambos: creo que es importante que el hijo sepa que ha nacido de esta realidad.

—Oye, perdona —dijo Yusa sacudiendo la mano en ademán de rechazo—. Entre los matrimonios que están siguiendo ahora un tratamiento de infertilidad en Japón, ¿cuántos de ellos crees que mantienen relaciones sexuales? ¿Cuántos crees que se aman? Y así van naciendo decenas de miles de niños. El hombre se masturba en un cuarto diferente mirando la imagen de una mujer desnuda diferente, eyacula, juntan los espermatozoides y los óvulos que le han extraído a la mujer y, con esto, ya tienen a su irreemplazable hijo. ¿Así está bien? ¿Aquí no hay problema? Porque, si aquí no lo hay, tampoco tiene que haberlo en el hecho de que Natsume se quede embarazada en un banco de semen y sea madre. ¿Acaso no es lo mismo? ¿Dónde está el problema?

Permanecíamos en silencio, esperando a que Yusa prosiguiera.

—Un ejemplo: un catedrático de universidad con el que he coincidido varias veces —dijo Yusa—. Un tipo bastante pagado de sí mismo que tiene complejo de Lolita, aunque lo oculta, por supuesto. Es muy conocido en el ambiente como *under twelve*.

—¿Qué es eso de *under twelve*?

—Pues un tipo al que no se le levanta con las que tienen más de doce años. ¡Vaya cerdo! ¡Qué asco! —Yusa habló como si escupiera las palabras—. En fin. No sé cómo consiguió enredarla, pero está casado y su mujer no sabe nada. No sé qué pretexto pondrá, pero no mantienen relaciones sexuales. Y, hace poco, ella se ha quedado embarazada por microfecundación. Este hombre, si registraran de improviso sus objetos personales, se las cargaba, seguro. ¿Dónde está el amor aquí? ¿Qué vínculo hay entre ambos? Y, por otra parte, ¿qué relación tiene el amor o el vínculo con el niño? Personas como ese cerdo, ¿solo por tener una pareja para salvar las apariencias, haberse inscrito como matrimonio y tener dinero para el tratamiento, ya pueden convertirse en padres fabulosos? Solo rezo para que no les nazca una niña. ¡A esa mierda!

Estaba mirando el rostro de Yusa sin pestañear siquiera. Me sentía tan excitada que sentía calor en el pecho y me temblaban las puntas de los dedos que apoyaba en el vaso. Sengawa bebía vino en silencio. Yusa, tras vaciar la copa, volvió a llenársela, se la llevó a los labios y fue bebiendo el vino despacio.

—Para hacer niños no es necesario que esté el deseo masculino de por medio —afirmó Yusa de manera tajante—. Ni tampoco el femenino, por supuesto. Ni hace falta hacer el amor. Lo único que se necesita es la voluntad de la mujer. Solo la voluntad de la mujer. Si la mujer desea, o no, estrechar entre sus brazos un bebé, un niño; si ha tomado la decisión de vivir con él en lo sucesivo, pase lo que pase. Solo esto. Y son buenos tiempos para ello.

—Yo pienso lo mismo —dije tratando de contener mi excitación—. Pienso igual.

—¿Por qué no escribes un libro sobre esto, Natsume? —dijo Yusa mirándome fijamente.

—¿Un libro? —dije sorprendida.

—Sí. Yo, en tu lugar, escribiría uno. Y haría que una editorial me lo costeara todo. Los preparativos, los gastos del viaje, intérpretes, todo lo que hiciera falta. Todas hacen el tratamiento contra la infertilidad con el dinero de sus padres o el de un hombre, ¿no? Pues las escritoras nos lo pagamos con un ensayo sobre el embarazo, el parto o la crianza de los hijos. ¿Qué hay de malo en que escribas sobre tu embarazo y tu parto?

Miré a Yusa fijamente sin decir nada.

—Si lo firmaras con tu verdadero nombre, eso podría perjudicar a tu hijo en el futuro. Mejor que, por una vez, utilizaras un pseudónimo. ¿Ya hay libros publicados sobre esto?

—En la red hay blogs anónimos, pero es difícil discernir si son reales o invenciones. Hay entrevistas a matrimonios que se han sometido a una IAD, sobre sus experiencias personales, claro. Y, no hace mucho, salió una mujer en un documental hablando de hacerlo sola, pero no hay nada que sea propiamente un libro —dije—. Suelen ser sobre todo cotilleos, no da para nada una sensación realista.

—Funcionará. Ganarás tanto dinero que podrás enviar a tu hijo a la universidad y te sobrará. Te lo garantizo. Puedo presentarte algunas editoriales. Pero, oye, Natsume... El dinero es importante, claro. Pero ahora no estamos hablando de dinero. Si tú escribieras pormenorizadamente sobre ti misma, si describieras todos los detalles sobre tu sexualidad, tus ingresos, tus sentimientos, todo, y pudieras quedarte embarazada sola, dar a luz y ser madre... No. Aunque no lo consiguieras. Solo con que pudieras describir bien todo el proceso, ¿eres consciente de hasta qué punto podrías ser un estímulo para otras mujeres?

Yusa me miraba con rostro serio.

—Algo así tiene mucho más sentido que una mala novela... Y que conste que no estoy diciendo que tu novela sea mala. Puede convertirse en una fuerza más significativa para las mujeres que están viviendo el presente. Un poder concreto. Ser una guía. Una esperanza. La pareja no importa. La mujer es la que decide. La mujer es la que pare.

Yo iba asintiendo sin darme cuenta. Sengawa también asentía como si dijera: «Ah. Pues sí». Yusa me animó fervientemente con todas las palabras que pudo encontrar. Después hablamos sobre su embarazo y su parto. De las náuseas, de las contracciones. De lo enorme que había sido la presión de ser madre, tanto que incluso una persona tan atrevida como ella había estado a punto de echarse atrás. De lo maravilloso que era tener un hijo. De cómo había conocido por primera vez el amor —aunque era algo que no podía decir en público— cuando había dado a luz a Kura. De cómo medio mundo había permanecido intacto para ella hasta aquel momento. De los escalofríos que sentía al imaginar una vida sin su hija. Sobre el terror que le inspiraba la posibilidad de no haber llegado a conocerla nunca. Que la maternidad era el mejor regalo. Que era algo que no podía compararse con nada, aunque las mujeres que no habían dado a luz, por supuesto, vivían sin darse cuenta de ello. Que era algo irreemplazable y que, en toda su vida, no le había ocurrido, no había existido, nada mejor. Que, al estar hablando de aquella forma, casi se le saltaban las lágrimas. Porque tener un hijo era algo maravilloso de verdad... Y yo escuchaba extasiada las palabras de Yusa.

Luego comimos curry, Yusa preparó tres *onigiri* pequeños para Kura y se los hizo comer. Volví a desplazarme a la sala de tatami para jugar con Kura con un piano de juguete; Sengawa y Yusa estuvieron hablando de trabajo.

—Tendríamos que irnos ya —dijo Sengawa poco después. Miré el reloj: eran las ocho.

—Mañana es día laborable. Y Kura tendrá que ir al jardín de infancia, ¿no? Y es la hora del baño.

Yo me hubiera quedado un rato más, pero, al oír las palabras *jardín de infancia*, desistí. Había bebido muchas cervezas y estaba algo borracha, pero el motivo de mi excitación era otro. A lo largo de los últimos diez años jamás me había sentido tan feliz. «Me he animado. Me he animado. Gracias. Gracias», le dije a Yusa repetidas veces antes de cerrar la puerta.

El aire de la noche de finales de primavera era agradable y yo estaba de muy buen humor. Me daba la sensación de que un enigmático poder desconocido brotaba del fondo de mi estómago y se iba hinchando como un globo hasta que el corazón desplegaba las alas y se iba volando. «En un relato de García Márquez hay una escena parecida», pensé. Había un hombre —un patriarca o algo similar— que tenía gota y le dolía mucho el pie. El dolor llegaba a ser tan insoportable que, en un momento dado, este empezaba a cantar un aria y su eco iba expandiéndose por el mar Caribe. En mi caso no era el dolor de la gota, sino un sentimiento de confianza que era difícil de distinguir de la alegría. «Yo también podré. No es algo imposible. No importa de quién sea hijo. Si lo traigo yo a este mundo, será mío...» Era una sensación de poder que jamás había experimentado.

—Es como García Márquez —le dije, animada, a Sengawa, que iba andando a mi lado.

—¿García Márquez? —dijo poco después con un tono de voz plano—. No te entiendo.

Seguimos andando hasta la estación en silencio. Había algo extraño en la actitud de Sengawa. Pensé que quizá estuviese de malhumor porque Yusa le había llevado la contraria. Pero decidí no darle importancia. Ante mis ojos se extendía el azul del Caribe: mi corazón se había dotado de unas grandes alas blancas y volaba hacia el vasto mar. Al llegar a la estación, me despedí de Sengawa con un simple «adiós»; me disponía a cruzar la puerta de acceso a los andenes cuando me detuvo:

—Lo de antes...

Me di la vuelta.

—Supongo que ya lo sabes, pero no te lo tomes en serio —me dijo—. Me refiero a lo que ha dicho Rika. Estaba muy borracha y creo que incitar por incitar, tal como lo ha hecho, es muy irresponsable.

—¿Te refieres a lo del hijo? —pregunté—. Me parece que ha dicho cosas muy sensatas.

—Deja de bromear, ¿quieres? —Sengawa suspiró en son de burla—. ¿Bancos de semen? ¿Lo dices en serio? ¿Lo has sacado de alguna película antigua de ciencia ficción o qué?

Sentía cómo las mejillas me hervían por dentro.

—Es repugnante —dijo Sengawa como si escupiera las palabras—. Pero que te hagas un hijo o no, eso es asunto tuyo.

—Entonces, déjame en paz —dije después de tragar saliva una vez.

—¿Y cómo va la novela? —dijo Sengawa con una risita burlona, resoplando por la nariz—. ¿Crees que alguien que no puede acabar un trabajo como debe, que es incapaz de cumplir con sus compromisos, puede quedarse embarazada, tener un hijo y criarlo?

Yo no decía nada.

—Un poco difícil, ¿no crees? —Sengawa rio—. Intenta verte a ti misma de manera más objetiva, ¿quieres? Tus ingresos, el trabajo, el modo de vida... Pero si en esta época, incluso trabajando los dos padres, es difícil mantener un solo hijo. ¿No lo sabías? Y suponiendo que fuera cierto lo que ha dicho Rika hace un rato, piensa que tú no eres Rika. Ella quizá sí podría. Ella tiene muchos lectores, no tiene por qué preocuparse del dinero. Además, ha dicho que no le interesan los hombres, pero si quisiera, podría tener a cientos que la ayudarían. Pero ¿tú? Tú no eres nadie. Ni siquiera sabes lo que va a ser de ti mañana. Eres una escritora perezosa, incapaz de cumplir sus compromisos, poco formal. Eres totalmente diferente de Rika.

—Es increíble —dije arrancándome las palabras—. Y eso que no me conoces de nada.

Tanto Sengawa como yo permanecimos unos instantes en silencio, inmóviles.

—Sí, tienes razón. Puede que no te conozca de nada

—dijo Sengawa poco después sacudiendo la cabeza—. Pero hay algo que sé muy bien y es que tienes talento. Es lo único que tengo clarísimo. Escúchame, Natsuko-san. Existen cosas más importantes. Es eso lo que quiero que entiendas. Que hay cosas que tienes que hacer ahora. Lo único que quiero decirte es eso: Natsuko-san, escribamos una novela. Estas cosas tan horribles te las he dicho aposta, para hacerte reaccionar.

Sengawa dio un paso en mi dirección. En un gesto reflejo, retrocedí.

—Natsuko-san, tú eres escritora, ¿no es cierto? Tienes talento. Puedes escribir. Todo el mundo pasa periodos en los que es incapaz de avanzar. Lo esencial es perseverar, no separarte de la novela. Quiero que pienses que la novela es lo único a lo que vale la pena que dediques tu vida. ¿Acaso no deseabas escribir con todo tu corazón? ¿No fue por eso por lo que te convertiste en novelista?

Contemplaba la punta redondeada de los zapatos de Sengawa. Era incapaz de decir nada.

—¿Por qué un hijo? ¿Por qué te empecinas en decir lo mismo que cualquier mujer de las que hay por ahí? Olvídate de estas banalidades. «Quiero un hijo.» ¿Por qué dices esas cosas tan mediocres? Los escritores verdaderamente grandes, sean hombres o mujeres, no tienen hijos. En su vida no caben los hijos. Porque un escritor se siente arrastrado por su talento y por su obra, va viviendo en su propio centro de gravitación. Escúchame, Natsuko-san: no te tomes en serio lo que dice Rika. Ella, al fin y al cabo, es una autora comercial. Ni ella ni su obra tienen ningún valor literario. Nunca lo han tenido. Lo único que hace es ir escribiendo como churros obras llenas de palabras que cualquiera puede entender, de emociones sobadas con las que la gente se siente cómoda. Eso no es literatura. Lo que ella hace es entretenimiento de baja categoría con palabras. Nada que ver con la literatura. Pero tú, Natsuko-san, eres distinta... Escúchame, si lo que estás escribiendo ahora no avanza es porque tiene corazón. Porque una novela tiene su propio corazón. Y esto es fundamental. ¿Qué sentido tiene una obra que se puede ir escribiendo de corrido? ¿Qué sentido tiene un camino por donde se puede avanzar sin la menor vacilación? Escúchame: entre las dos podemos rehacer el borrador desde el principio. No te preocupes. Yo estoy a tu lado. Seguro que será una obra fabulosa. Creo en ello. Sé que tú eres capaz de escribir lo que nadie más puede escribir.

Sengawa alargó la mano y trató de agarrarme el brazo. Con una contorsión, me zafé, saqué el monedero de la bolsa y crucé el paso a los andenes. «¡Natsuko-san!» A mi espalda, oí la voz de Sengawa que me llamaba, pero no me giré. Volví a oír: «¡Natsuko-san!». Pero yo subí corriendo, sin detenerme, la escalera que conducía al andén. Sonó la señal que anunciaba la llegada de un tren y este apareció enseguida en medio de un gran estruendo. En cuanto se abrió la puerta, subí al vagón, me senté y me hice un ovillo con los brazos entrecruzados, como si me escondiera. Sonó el anuncio de megafonía, se cerraron las puertas. Cuando el tren arrancaba despacio, vi a Sengawa al otro lado de la ventanilla. Sengawa estaba recorriendo el andén con ojos inquietos, buscándome. Nuestros ojos se encontraron un instante, pero yo bajé la cabeza enseguida. Y me quedé así, con los ojos fuertemente cerrados.

Tras cambiar dos veces de tren, llegué a Sangenjaya. No me apetecía en absoluto meterme en casa, pero no tenía ningún otro sitio adonde ir. Me sentía terriblemente mal. El nerviosismo y la excitación se mezclaban dentro de mi cuerpo y, a cada segundo, sentía cómo me iba subiendo más la temperatura. Entonces, oí el zumbido del teléfono. Me dije que seguro que era Sengawa y decidí ignorarlo. Pero, poco después, volví a notar la vibración dentro de la bolsa. Tres veces seguidas. Resignada, lo cogí y, al mirar la pantalla, vi que era Makiko. Me dio un vuelco el corazón y le devolví la llamada enseguida. Quizá había pasado algo. Makiko debía de estar trabajando. Ella nunca me llamaba a aquellas horas. Y menos con tanta insistencia. ¿Habría pasado algo? El corazón me latía sonoramente. ¿Un accidente? ¿Algún suceso? ¿Un ataque al corazón? Quizá hubiese ocurrido algo en el *snack*. Durante unos segundos, un sinfín de posibilidades fueron cruzando mi pensamiento. No. Que Makiko estuviera llamando quería decir que ella estaba bien, quizá le había pasado algo a Midoriko. No. También era posible que alguien quisiera ponerse en contacto conmigo utilizando el teléfono de Makiko. Mientras iba sonando el timbre de llamada, estaba tan angustiada que el corazón me dolía. Al sexto timbrazo, Makiko se puso.

—¡Maki-chan! —grité antes de que pudiera decir nada.

—¡Ah, Natsuko! —Makiko respondió con voz insípida—. Quería saber cómo estabas.

Al oír su voz, solté un gran suspiro y me relajé. Me quedé inmóvil con el teléfono pegado a la oreja. Y algo parecido a la ira empezó a brotar, poco a poco, en mi interior.

—¡Vaya susto me has dado! Como has llamado en horas de trabajo. Pensaba que te había pasado algo.

—¿Qué dices? Hoy es fiesta. Es domingo.

Al oírlo, caí en la cuenta. Era domingo, el día en que Makiko no trabajaba en el *snack*.

—Ya, bueno. Pero me he asustado. ¿Qué querías?

—Nada. Es que dices que vas a venir este verano, ¿verdad? A finales de agosto. Se lo dijiste a Midoriko. Pues nada, que estaba pensando qué podíamos comer. Ahora está muy de moda el *samgyeopsal*. Y en Tsurubashi hay un restaurante buenísimo.

—¿Y esto tenemos que decidirlo ahora?

—No. Ya lo sé. Pero tampoco pasa nada por hablarlo, ¿no? Es que me hace muchísima ilusión. Y tú, ¿qué tal? ¿Estás muy ocupada? ¿Qué tal el trabajo? ¿Ya has acabado la novela?

—¿La novela? No. Es que no es lo único que tengo, ¿sabes? Estoy muy ocupada —dije intentando ocultar mi irritación.

—¿Y en qué estás ocupada aparte de en la novela? —dijo Makiko en un tono algo burlón.

—En el hijo —dije—. En todo lo del hijo.

—¿El hijo de quién?

—El mío.

—¡¿Qué?! —gritó Makiko—. ¡Natsuko! ¡¿Estás embarazada?!

Estuve a punto de decir que sí, pero me contuve a tiempo.

—No. Voy a estarlo pronto. Voy a quedarme embarazada.

—¿Tienes novio?

—No.

—Ah, ¿y entonces de quién vas a tenerlo?

—Pues hay bancos de semen para que las mujeres solteras como yo podamos tener hijos. Tú, Makiko, no habrás oído hablar de eso, pero aquí esto es algo común. Recibes semen de unos donantes voluntarios.

—Nat-chan —dijo Makiko—. ¿Me estás hablando de tu novela?

—No, te estoy hablando de mí.

Irritada, empecé a explicarle más o menos cómo funcionaba la IAD, pero antes de que pudiera acabar, Makiko me interrumpió chillando, incapaz de contenerse:

—¡No puede ser! Esto tú no puedes hacerlo. ¡No está bien! Esto es terreno de Dios.

—¿Terreno de Dios? Pero ¿de qué me estás hablando? Pero si tú nunca has sido creyente. Y sí se puede hacer. Ya te he dicho que lo hace todo el mundo.

—Natsuko, déjalo correr, ¿vale? Estás borracha, ¿verdad?

—No lo estoy.

—Bueno, bueno. Deja de decir estas tonterías. Cuando vuelvas a casa y trabajes lo verás distinto. Porque ahora estás en la calle, ¿verdad?

—¿Qué tonterías se supone que estoy diciendo? —solté con rudeza—. Ya está todo decidido. Solo falta que me confirmen unas cosas.

—Natsuko —dijo Makiko con un suspiro—, ¿sabes lo duro que es tener un hijo y criarlo? Y eso de quedarse embarazada de alguien que no conoces... ¿Y el hijo? ¿Crees que esto es justo para el hijo?

—¿Y Midoriko? —repliqué con sorna—. No creo que tú

precisamente tengas derecho a decir eso. Lo del padre, etcétera, etcétera.

—En mi caso, las cosas salieron así. —Makiko suspiró de nuevo—. Deja de decir tonterías.

—O sea, que tú has podido, pero yo no puedo. Y eso ¿por qué? Dime —pregunté—. ¿Por qué estás en contra? ¿Esto es todo lo que me tienes que decir, Maki-chan? No hace falta que estés de acuerdo, pero tampoco tienes por qué oponerte. ¿En qué te molesto haciéndolo? En todas partes hay mujeres solas que tienen hijos. Hay montones de niños que no conocen a su padre. Y el dinero tampoco es ningún problema. Si nosotras pudimos llegar a adultas, imagínate. Un niño creo que puedo sacarlo adelante yo sola.

—Entonces, búscate una pareja como tiene que ser —dijo Makiko—. Haz las cosas bien.

—Oye —dije—. Lo que tú quieres es que esté sola siempre, ¿verdad?

—¿Qué quieres decir?

—No quieres que tenga un hijo, ¿verdad? Sí, ya lo veo. Quieres que siga estando sola siempre. Si tuviera un hijo, gastaría dinero en él y tú quieres que este dinero vaya a parar a Osaka, a ti y a Midoriko. La verdad es esa, ¿no? —dije—. Sabes que tengo algo de dinero y, calla callando, esperas que acabe yendo a parar a tus manos o a las de Midoriko. ¿Es eso? Piensas que ahora te estoy enviando una miseria, pero que la cantidad podría ser mucho mayor. Lo estás esperando. Y crees que si tuviera un hijo, este dinero desaparecería o se reduciría. Y eso, para ti y para Midoriko, no sería bueno. Ya entiendo.

Makiko se quedó sin palabras. Yo también enmudecí. Poco después oí cómo Makiko lanzaba un hondo suspiro.

—Nat-chan.

—Voy a cortar.

Dejé caer el teléfono al fondo de la bolsa, eché a andar. Estaba de un humor pésimo. Tenía ganas de gritar. Fui acelerando el paso mientras rasgaba en jirones los pensamientos que me venían a la cabeza; seguí andando. Al cruzarme con un hombre que venía de frente, le di un golpe en el brazo involuntariamente. El hombre chasqueó la lengua con contrariedad.

También yo le chasqueé la lengua. Y seguí andando en línea recta. Me detuve en el semáforo del cruce y, cuando pasó a verde, me quedé sin saber qué dirección tomar. Para ir a casa, todo recto. Para ir a la *konbini*, a la derecha. Para ir a los alrededores de la estación donde había gente, hacia atrás. Pero no sabía adónde dirigirme. Me acordé de Aizawa. Por un segundo, pensé en llamarle. Pero, antes de recordar su rostro, me venía al pensamiento el rostro de Yuriko Zen. Yuriko Zen. Quizá Aizawa estuviera en Sangenjaya. Quizá estuviera con ella. Yuriko Zen me clavaba los ojos en silencio, con un rostro donde no se leía expresión alguna. Cuando estaba con Aizawa, ¿los dos reían o bromeaban? Y ella, en sus noches a solas, ¿qué hacía? Ante mis ojos surgieron sus pecas, sutilmente coloreadas sobre su piel blanca. Una nebulosa compuesta por infinitas estrellas, por polvo y por gases se iba extendiendo despacio por sus mejillas. Cogí el teléfono y busqué el Gmail. Abrí el correo de Onda, que había releído innumerables veces, pulsé «responder» y empecé a escribir dentro del recuadro en blanco.

Al pulsar el icono de «enviar», sentí cómo las fuerzas abandonaban mi cuerpo y, sin pensar, me apoyé en un poste indicador. Una mujer bajita que llevaba una bolsa de plástico de la *konbini* y paseaba un caniche marrón y negro me preguntó si me encontraba bien. Me extrañó que hubiera perros por la calle a aquellas horas, pero, acto seguido, me dije que tampoco era tan raro. Le respondí que sí, que estaba bien, y, poco después, volví a casa.

NACER O NO NACER

Había quedado con Onda en un local llamado Miami Garden que estaba en un subterráneo cerca del cruce de Shibuya. Había visto el letrero algunas veces al pasar, pero era la primera vez que entraba. Estábamos a mediados de junio. Desde por la mañana, colgaban del cielo unos oscuros nubarrones plomizos y, de vez en cuando, se oía el retumbar de algún trueno parecido al bramido de un animal gigantesco. Ya había empezado la estación de las lluvias y, aunque a mediados de la semana anterior había llovido un poco, últimamente se sucedían días nublados como aquel.

La cita era a las siete y media de la tarde. Yo hubiera preferido verlo durante el día, pero a Onda le fue imposible y, al final, quedamos por la noche. El lugar —algún punto de Shibuya— y el día los había decidido yo, de modo que no tuve más remedio que acomodarme a sus horarios.

Sería por el nombre, Miami, pero el local estaba decorado con objetos en forma de palmeras, la atmósfera era más frívola que la de un restaurante para familias y había una clientela muy variada. Estudiantes, oficinistas, chicas jóvenes vestidas a la moda, mesas con un par de amigas: menos niños, se veía a todo tipo de gente toqueteando sus smartphones, riéndose a carcajadas, bebiendo café, sorbiendo espaguetis. Ninguno parecía prestar atención a los otros clientes. Incluso había parejas que ni siquiera parecían sentir un gran interés hacia la persona que tenían sentada en la misma mesa. Todo el mundo tenía los ojos abiertos y estaba despierto, pero daba la impresión de que nadie miraba ni veía nada: aquello me produjo un gran alivio.

A Onda le había explicado que me llamaba Yamada, que iría con una blusa lisa azul marino y que llevaba un corte de pelo *bob* a la altura de los hombros. En un correo, Onda me había dicho que era de complexión media y que llevaba el pelo cortado por encima de las orejas. Que, como tanto su figura como su peinado eran muy corrientes, ya se encargaría él de localizarme a mí. Que no me preocupara.

Había transcurrido justo un mes desde la noche en que le había respondido por primera vez.

Mientras releía una y otra vez su mensaje de confirmación de la cita, no había dejado de preguntarme si no sería mejor abandonar la idea, pero me había animado a acudir tras repetirme a mí misma que, en un sitio tan lleno de gente como Shibuya, enseguida podía pedir ayuda si hacía falta y que, además, en un barrio como aquel era normal que dos desconocidos quedaran y se tomaran un té.

Faltaban todavía unos quince minutos para la hora de la cita. Me dominaba un nerviosismo que jamás había experimentado hasta entonces, sin darme cuenta apretaba las muelas con tanta fuerza que me dolían las mejillas y las sienes. Un minuto se me hacía increíblemente largo, no sabía adónde mirar ni cómo sentarme. Exhalé una bocanada de aire para calmarme. «No pasa nada. No pierdo nada. Aunque no haya ningún progreso, no pierdo nada.» Me lo repetí una y otra vez. A pesar de que intentaba actuar con naturalidad, los ojos se me iban a cada momento hacia la entrada, así que decidí mirar el teléfono. Abrí el buzón. Durante los últimos veinte días había recibido varios correos y mensajes de texto de Aizawa, pero, como respuesta, solo le había enviado emoticonos. Yusa también me había mandado algunos mensajes de texto y yo le había respondido de la misma forma. Desde aquel día, no había tenido noticias de Sengawa. Ni me había llamado por teléfono ni tampoco me había enviado ningún mensaje.

—¿Yamada-san?

Levanté la cabeza como si me hubieran dado un golpe: ante mis ojos, de pie, había un hombre.

Estaba esperando a un tal Onda y él era el único que podía llamarme Yamada: no podía tratarse de nadie más. Pero, en un primer momento, no caí en la cuenta de que el hombre que tenía delante era Onda, ni más ni menos. A la primera ojeada, me vinieron automáticamente a la cabeza las palabras *inspector de policía*. Llevaba un traje de rayas diplomáticas color azul marino, algo holgado, y debía de haber venido corriendo porque tenía la frente perlada de sudor. Era cierto que tenía el pelo cortado por encima de las orejas, pero llevaba el flequillo aplastado hacia los lados y fijado con brillantina, por lo que su peinado difícilmente podía llamarse «corriente». Y, más que tener una complexión normal, era más bien rollizo, por lo que al primer instante me pregunté si no me habría confundido de persona, pero indudablemente era él, Onda.

Los ojos eran de doble párpado y, entre las cejas, de extremos algo caídos, tenía una verruga tan enorme que parecía que iba a desprenderse de un momento a otro. Sin duda, debía de llevar años creciendo, porque había cambiado totalmente de color e, incluso desde el lado opuesto de la mesa, yo podía distinguir claramente, uno a uno, todos los poros alargados que se apiñaban en su superficie. Me recordó una fresa podrida de color grisáceo y, sin pensar, aparté la vista. Debajo de la americana de rayas diplomáticas, llevaba una camiseta blanca de un tejido brillante donde ponía FILA y, por alguna razón, Onda mantenía abiertas las solapas de la americana de modo que se viera bien el logo. Atrajo hacia sí una silla, se sentó y, tras secarse el sudor de la frente con la bocamanga del traje, se presentó: «Soy Onda».

Su voz era profunda, algo enronquecida.

Hasta que la camarera vino a tomar nota, no pronunciamos una sola palabra. Las animadas conversaciones de los clientes llenaban el local, pero a mí no se me ocurría nada que pudiera decirle. Se acercó la camarera, yo pedí un té con hielo y Onda señaló un café en el menú que había encima de la mesa.

—Respecto a su petición... —Onda abordó el tema—. A propósito, Yamada es un nombre falso, ¿verdad?

—¿Cómo? ¡Ah! Sí. —Sorprendida por la pregunta, alcé un poco la voz.

—Ya me lo parecía. Lo de la información confidencial, claro. Perfecto. ¡Hum! Usted me dijo que era autónoma... En el aspecto económico no hay ningún problema, ¿correcto? En su mensaje, usted me dijo que no lo había. Y, por lo que respecta al tabaco y al alcohol, usted no los consume en absoluto.

—Sí —asentí sin saber a qué estaba respondiendo exactamente.

—Ya se lo expliqué por correo electrónico, pero la posible donación de semen se realizará bajo la premisa de que en el futuro yo esté exento de cualquier gasto de manutención del niño o de ayuda económica. —Y, tras pronunciar estas palabras, Onda se llevó las manos a la boca, entornó los ojos y me miró fijamente, como si fuera un adivino que intentara leer algo en mi fisonomía—. Bien. Usted acaba de superar la entrevista.

—¿Cómo?

—Tengo experiencia en esto. Soy capaz de juzgar a la primera mirada —dijo Onda—. Todo correcto.

La camarera nos trajo las consumiciones. Onda tomó la taza de café negrísimo que despedía una nube de vapor blanco y dio un sorbo sin esperar a que se enfriara.

—Hay varios métodos de donación. Luego, usted podrá elegir el que considere mejor —dijo Onda—. Pero, antes, permítame que le enseñe esto.

Onda sacó varias hojas de papel de su bolsillo.

—Los certificados de pruebas médicas ya se los envié por correo electrónico como documento adjunto: por ahí no hay problema. Los importantes son estos... Mire, aquí. Esto es mi recuento espermático. Tengo cinco análisis recientes. En cada ocasión, realizo las pruebas en laboratorios diferentes. Estos están en inglés, ¿ve?, y estos de aquí en japonés. ¿Lo entiende usted? El contenido de cada uno de los apartados es el mismo. Mire, aquí está la cantidad de esperma. A ver, sí, aquí... En una cantidad de esperma de dos mililitros... Fíjese, aquí figura la concentración de espermatozoides. ¿Lo ve? Esto es fundamental. Y aquí está en inglés: *total concentration*. Luego, aquí aparece el porcentaje de motilidad. Aquí lo pone: *rapid sperm*.

Onda me entregó los papeles en ademán de que lo confirmase por mí misma: los cogí, los deposité sobre la mesa y los miré.

—Se lo voy a ir explicando. Mire. Primero, la concentración. Eso de 143,1M significa 143,1 millones de espermatozoides por milímetro de semen. Indica el número de espermatozoides que hay por milímetro de líquido seminal —dijo Onda abriendo los ojos de par en par—. A continuación, la motilidad de los espermatozoides. La movilidad, ¿entiende? En el último análisis, el valor es de 88 %. La vez anterior era de 89 %. Y la anterior a la anterior, de 97,5 %. ¿Lo ve? Lo pone aquí. Quizá le parezca algo complicado, pero ¿lo entiende, más o menos? Ah, es complicado, ¿verdad? Para entendernos, es un informe sobre mi semen. Y, luego, lo que pone aquí es el índice general de motilidad. En mi caso, pasa de los doscientos millones. Luego, mire aquí. Aquí está el factor de morfología espermática. El índice es casi del 70 %. Dicho sea de paso, la OMS da el 4 % como valor medio: como puede ver, mi índice es muy superior. Y aquí está el índice global. Para decirlo de un modo simple, fácil de entender, ese índice indica la capacidad de fecundar a una mujer. El índice de un hombre medio va de 80 a 150. Por ahí, más o menos. Eso es lo normal. En mi caso... Sí, sí. Mire. Es la cifra que está apuntada aquí, debajo de todo. Lea. Sí, aquí, aquí. ¡392! Una vez di más de cuatrocientos. Mire, lo pone en ese otro papel. Haciendo una simple operación matemática, resulta que soy cinco o seis veces más potente que un hombre con espermatozoides débiles. Poseo la certificación de Nivel Reproductivo Superior otorgado por un organismo de análisis.

Onda dio otro sorbo de café. Me miró a la cara y, a continuación, las pruebas, como si esperara algún comentario por mi parte.

—En resumen —dijo Onda parpadeando—. No podrá encontrar un semen mejor que el mío. Mi semen le ofrece a usted la mayor probabilidad de quedarse encinta.

—Por cierto —dije presionándome la boca con una servilleta de papel. Me esforzaba en hablar en japonés estándar, prestando mucha atención a que no se me escapara ninguna palabra en dialecto de Osaka—. En la práctica, ¿cuántas mujeres se han quedado embarazadas, realmente, hasta ahora?

—El número no es de dominio público, pero la señora de más edad tenía cuarenta y cinco años, y la más joven, treinta. Ambas, por el método de la jeringuilla común. Hay más, por supuesto. Señoras solas, matrimonios, las parejas de lesbianas han aumentado últimamente. En cada caso han seguido el método que han estimado más oportuno.

Me quedé contemplando en silencio el vaso que contenía té con hielo. ¿Estaría diciendo aquel hombre la verdad? ¿Sería todo aquello cierto? ¿Habría habido realmente mujeres que, tras un encuentro como aquel, habían recibido semen de aquel hombre y se habían quedado embarazadas?

Era difícil de creer. Pero, hablando de cosas increíbles, ¿no lo era también que me hubiese citado con aquel hombre y que ahora lo estuviese escuchando como lo hacía, sentada a su misma mesa? Pero era real. Le había mandado un mensaje por propia iniciativa, me había citado con él y ahora lo estaba escuchando. Quizá existieran. Quizá sí hubiera mujeres que, decididas a llegar hasta el final, hubiesen recibido realmente el semen de aquel hombre y se hubiesen quedado encintas. Sin mover la cabeza, miré a Onda alzando solo los ojos. Intenté encontrar algún elemento, aunque fuese solo uno, que me tranquilizara, intenté encontrar un dato, aunque solo fuese uno, que justificara mi presencia allí. Los busqué desesperadamente. Pero fue en vano. No había nada similar por ninguna parte. Solo el logo de FILA y la enorme verruga del entrecejo, que cada vez ocupaban más espacio en mi cabeza. El corazón empezó a latirme con fuerza. Incluso me olvidé de mi té con hielo.

—Cuando me convertí en donante voluntario ya era adulto, por supuesto.

Onda había empezado a hablar, incitado, tal vez, por mi largo mutismo.

—Pero fue más o menos a los diez años cuando adquirí consciencia de mi misión.

—¿A los diez años?

—Tuve mi primera eyaculación en cuarto de primaria. Al principio, solo estaba sorprendido, claro; no acababa de entender qué era aquello, pero a lo largo de los dos años siguientes, mi semen me empezó a fascinar. —Con los ojos abiertos de par en par, Onda sonrió alzando solo las comisuras de los labios—. En las escuelas hay laboratorios, ya sabe. Para las clases de Ciencias. Y hay un montón de microscopios. El año en que pasé a secundaria, me entraron ganas de ver con mis propios ojos cómo era mi semen. Un día, al acabar la clase, me colé en el laboratorio a escondidas y me masturbé hasta haber eyaculado, ¿sabe? Y entonces miré el semen. Tuve una conmoción. Todo aquello moviéndose sin parar, de aquí para allá. Hubiera estado toda la vida contemplándolo, la verdad. Entonces, les pedí un microscopio a mis padres. Y me compraron uno bastante bueno. Y yo, cada día, sin saltarme ni uno, me masturbaba y observaba.

»¡Oh! ¡Qué espermatozoides tan fabulosos los míos! Al hablar así, parece que me esté dando autobombo. Pero es la pura verdad, no puedo decir otra cosa. Sale en los valores numéricos. Ya lo ha visto usted. Me han llegado a decir que no habían visto nunca una densidad parecida, ni un índice de motilidad como el mío. Así que, al final, piensas: "¡Vaya! Así que era verdad. Realmente soy especial. Tengo este don". Y me convencí. De hecho, ya de niño tenía conciencia de que aquella cantidad, aquel color, aquella densidad no eran normales. Así que, ¿sabe?, lo fundamental es ayudar a los demás. Pero, a la vez, siento que tengo una especie de..., ¿cómo se lo diría?... Sí, misión, hablando con franqueza. Unos espermatozoides tan sobresalientes como los míos..., y le hablo de espermatozoides, no le estoy hablando de mis singularidades o de mis genes, el matiz es un poco diferente... En fin, que la potencia de mis espermatozoides tiene que perdurar. La verdad es que también siento el deseo de eyacular, de sacarlos, de hacerlos vivir. Algo como: "¡Va, atrapa el óvulo, aráñalo con fuerza! ¡Demuéstrale tu potencia!". ¡Ja! ¡Ja! ¡Ja! Espermatozoides fuertes, potentes. Cuando me imagino el óvulo fecundado anidando en el pliegue de algún útero, siento una excitación indescriptible. No pienso que sea mi hijo, o mis genes. No se trata de eso. Lo que tengo es una sensación de triunfo.

»Pero quizá a todos los hombres les pase algo parecido. Por ejemplo, los hombres a veces van de putas, ya sabe. O llaman a una para que vaya a su casa. Ya me entiende, ¿no? Por supuesto, según las reglas es obligatorio usar condón. Pero hay hombres que piensan: "¡Te voy a jugar una mala pasada! Eso, por trabajar en lo que trabajas", y, entonces, cuando se lo hacen por detrás, la chica no los ve, ¿verdad? Pues, ellos, justo antes de correrse, se quitan el condón y eyaculan dentro sin que la chica se dé cuenta. Eso me lo ha contado un conocido que lo hace. Es solo un conocido, que conste. No es un amigo. En fin, cuando le pregunté por qué lo hacía, me dijo que la razón principal era porque era más agradable, pero también existía esa sensación de triunfo. También hablaba de lo fabulosa que es la excitación que se siente al jugarle una mala pasada a la chica, eyaculando a pelo sin que ella se dé cuenta. Entiendo que les guste sentirse así, pero no está bien hacer eso, ¿verdad? Es una *falta de educación*. Yo no soy así. Yo lo hago porque me lo piden, yo ayudo a la gente.

»¡Ah! Hace un rato he dicho que había varias maneras de hacerlo, ¿verdad? Usted dijo en un mensaje que deseaba el método de la jeringuilla. Sí, puede que funcione. Sí, seguro que va bien. Usted parece algo más joven de su edad y dice que tiene buena salud. Pero, hablando con franqueza, tampoco puede permitirse ir perdiendo el tiempo, ¿verdad? Usted misma debe de saberlo, ya que se ha puesto en contacto conmigo. De modo que, en su caso, sería deseable aumentar la precisión. A ver, para el espermatozoide, lo ideal es la temperatura del cuerpo humano. Además, cuando la mujer tiene el orgasmo, toda la zona de la vagina y de la boca del útero se llena de sangre, se hincha y va absorbiendo los espermatozoides. Y aumenta el grado de alcalinización interno. Porque, ¿sabe usted?, los espermatozoides son poco resistentes a la acidez. Bueno, tratándose de los míos, no creo que hubiera ningún problema. No creo que la acidez pudiera vencerlos. No sucumbirían, seguro. ¡Ja! ¡Ja! ¡Ja! En fin, en todo caso, es importantísimo determinar cuándo se produce la ovulación. Quizá usted ya lo sepa muy bien, pero luego le entregaré unos papeles que he preparado con información sobre la ovulación y un test, para que usted les eche un vistazo. En definitiva... Si usted desea en serio tener un hijo, podríamos hablar de coito programado. Dicho sea de paso, me gustaría que pudiera conocer la verdadera potencia de... Bueno, quizá no esté directamente relacionado con los espermatozoides... ¿O quizá sí? Sea como sea, mi miembro viril es algo digno de admiración. Es la pura verdad. Tanto en la forma como en el tamaño. Todo el mundo dice que es grandioso. Hablando con franqueza, me gustaría que lo probara. Maximizar los resultados. Me gustaría que viera la cantidad de semen, si lo cogiera entre las dos manos, se le derramaría. Y el vigor de... Cabría incluso la posibilidad de que viera a simple vista cómo se mueven los espermatozoides. ¡Ja! ¡Ja! ¡Ja! No tanto, claro. Pero mis espermatozoides son tan fabulosos que da esta impresión. Tengo vídeos, si le interesa. Si quiere verlos para documentarse...

»Pero usted siente ciertos reparos, ¿verdad? Es comprensible. Un acto así, con un hombre al que no conoce de nada. Es natural. Porque su objetivo es un puro embarazo. En este caso, existe la posibilidad de hacerlo sin quitarse la ropa. Claro que las bragas sí debería sacárselas, por supuesto. Se trataría de quitarse la ropa de cintura para abajo. Pero eso, bajo mi punto de vista, no es muy distinto a desnudarse. Así que he pensado en cómo hacerlo con la ropa puesta. Y está esto. Lo he probado con varias personas y ha tenido una acogida buenísima. Le dije a un conocido que lo confeccionara, ¿sabe? Es esto... Usted desde aquí no lo puede ver bien porque está metido en una bolsa, pero es una prenda que permite que el miembro viril salga por completo, quedando todo lo demás cubierto, y lo mismo pasa con el órgano sexual femenino. Son unas mallas. Se las pone usted y, si lo considera necesario, encima puede ponerse la ropa que quiera, una falda o algo parecido. Este método primigenio tiene un índice de probabilidad más alto que la jeringuilla. Por la temperatura corporal, por la naturalidad. Ya se lo he dicho antes, es importante la alcalinización del interior de la vagina y, entonces..., bueno, si la mujer siente, ya sabe, siente por ahí, pues mucho mejor, y, tratándose de mi miembro viril y de mis espermatozoides, el éxito está asegurado. El método es seguro, perfecto. Usted tiene que controlar bien la ovulación y, luego, se tiene que ir haciendo desde dos días antes, ya sabe.

Llegué a Sangenjaya a las nueve y media de la noche.

Al salir del local, intenté llegar a la entrada de la estación de Shibuya, pero no me sentía con fuerzas para bajar la escalera, así que me arrastré a duras penas hasta la parada de autobús. Una multitud de gente se acercaba de frente a paso rápido y pasaba por mi lado a una velocidad pasmosa. Los semáforos, los carteles, los faros de los coches, los escaparates, las luces de la ciudad, las pantallas de cristal líquido de los teléfonos móviles: una infinidad de luces brillantes inundaban la noche de Shibuya. Hice cola apoyada en la barandilla de la calle, esperando la llegada del autobús.

Repleto de plácidos pasajeros encajonados en asientos azul oscuro, el autobús avanzaba en línea recta como un cuchillo que se abriera paso a través del vientre de la noche. Luces de todo tipo brotaban de las ventanas, a izquierda y derecha, como sangre y vísceras desparramándose. Crucé los brazos, doblé el cuello, me hundí en un rincón del asiento como si me escondiera. No podía pensar en nada. Estaba exhausta. Cerré los ojos y, hasta llegar a Sangenjaya, no los abrí ni una sola vez. La voz del conductor anunciando las paradas, el ajetreo del tráfico, los cláxones que sonaban a lo lejos, el bufido de las puertas que se abrían y cerraban: fui enumerando toda esta sucesión de sonidos mientras permanecía en el asiento, hecha un ovillo, inmóvil.

Bajé del autobús como si me escupiera; también allí me encontré rodeada de infinitas luces. Quería tumbarme enseguida. No quería sentarme, ni apoyarme en algún sitio, ni tampoco dormir. Quería tumbarme enseguida. No quería dar un paso más. No me veía con ánimos de caminar quince minutos hasta casa. No me había hecho daño, tampoco tenía fiebre, pero sentía el cuerpo torpe y pesado, igual que si me hubieran inyectado alguna droga; y los ojos, húmedos y ardientes, me escocían. Notaba un ligero entumecimiento en manos y pies. Me dije que no podía llegar a casa. Entonces decidí dirigirme a un karaoke que había justo enfrente. Incluso desde la acera opuesta se distinguía con claridad la violenta iluminación del vestíbulo, el blanco resplandor que irradiaba como si fuese una montaña cubierta de nieve: arrastré mi cuerpo pesado hacia aquella luz salvadora como si fuese una náufraga.

Me condujeron a una cabina que estaba en la planta baja, al fondo, tan pequeña que era dudoso que llegara a los tres-*jô*. Apagué las luces enseguida y dejé el volumen a cero, pero no pude descubrir dónde estaba el interruptor de la pantalla. Dejé el bolso y, justo acababa de sentarme en el duro sofá, cuando llamaron violentamente a la puerta. Era un empleado que me traía el té *oolong* sin hielo que había pedido en el mostrador. Me lo dejó diciendo: «Póngase cómoda», y se fue enseguida.

Tras tomar un solo sorbo de *oolong*, me quité las zapatillas deportivas y me tendí en el sofá. El plástico olía a tabaco, saliva y sudor. De la cabina contigua llegaba el eco de una voz grave junto con la letra de una canción. Con ella se mezclaban vagamente las notas de otra melodía. Respiré hondo y cerré los ojos.

Me costaba creer que un rato antes hubiera estado con el tal Onda en la cafetería de Shibuya. Pero era real. Al acabar de decir lo que quería, Onda me había exigido una respuesta. Sin acosarme de forma manifiesta, como diciendo que, al fin y al cabo, la elección era mía. ¿Qué había dicho yo entonces? No me acordaba. Quizá no había dicho nada. O, más exactamente, quizá había sido incapaz de decir nada. Ya que, por poco que hubiera podido despegar los labios, mi repugnancia habría brotado de mi boca a borbotones, convertida en un líquido negruzco, y ni yo sabía qué habría sido capaz de hacer. Había esperado el momento oportuno para irme, mientras, para mis adentros, iba escupiendo: «¡Qué asco! ¡Qué asco! ¡Qué asco!». ¿Qué cara debía de poner yo? Vi la expresión satisfecha de Onda mientras esperaba mi respuesta. Sus ojos, abiertos de par en par. La verruga. La fea verruga hinchada de color grisáceo. «¡Basura! —pensé—. ¡Cerdo asqueroso!» Pero había sido yo quien había querido ponerme en contacto con un desconocido, me había citado con él y lo había escuchado. Además... Además, para discutir si me daba semen o no. Para hablar de embarazos. Al pensarlo, me horrorizaba. Onda me había dirigido una sonrisa irónica. Cuando le había dicho que tenía que pensarlo bien y que le enviaría un mensaje con la respuesta, Onda había dicho sonriendo mientras se escarbaba entre los dientes con una uña: «Si no le interesa, no hay problema». Y, sin apartar los ojos de mi cara, se había removido un poco en la silla, como si se enderezara en el asiento. Tenía las manos debajo de la mesa y no podía vérselas. Al principio, no sabía qué estaba haciendo. Mantenía la espalda encorvada en una extraña posición. Pronto, aquella sonrisita había dado paso a una expresión grave. Sus ojos daban pánico. Su mirada estaba extrañamente desenfocada, yo no sabía a qué parte de mi cara estaba mirando. Y había vuelto a sonreír con sorna. «También tengo otras opciones —había dicho en voz baja—. Hay mujeres incapaces de decir las cosas a las claras. Mujeres que no pueden actuar sin buscar una excusa. También soy voluntario para eso, ¿sabe?» Y, sin decir nada, me había indicado con la barbilla: «Ahí, abajo, abajo», señalándome la entrepierna. Y había vuelto a sonreír con sarcasmo. Yo había parpadeado varias veces para recobrar el dominio de mí misma y, después, había sacado un billete de mil yenes del monedero, lo había dejado encima de la mesa, me había levantado y me había encaminado despacio hacia la salida. Tras abrir la puerta, había subido la escalera de un tirón y, ya en la calle, había corrido con todas mis fuerzas en dirección opuesta a la estación. Había entrado en la primera droguería que había visto, había corrido al fondo de la tienda, me había escondido detrás de una estantería y había permanecido allí, agazapada.

El cliente de al lado seguía cantando. Cantaba a voz en grito, pero su voz llegaba con algo de retraso respecto a la estridente interpretación musical. También se oía la voz aguda de una mujer desde otra cabina. Iban sonando melodías que me parecían familiares, pero que, a la vez, no conocía de nada; oía risas. ¿Cuántos años hacía que no iba a un karaoke? La última vez había sido en una fiesta de despedida, con las compañeras del trabajo de media jornada; hacía tantos años que no podía decir cuántos. Recordé que, cuando era muy joven, en la época en que aún vivía en Osaka, a veces iba con Naruse a un karaoke de Shôbashi. Éramos jóvenes y no teníamos adónde ir; cada vez que nos veíamos, andábamos tanto que nos acababan doliendo las plantas de los pies y, a veces, nos metíamos en un karaoke a charlar, como si estuviéramos en casa, mientras tomábamos algo caliente o comíamos pollo frito. Tanto él como yo desafinábamos tanto que daba risa, de modo que no cantábamos casi nunca, pero, alguna que otra vez, Naruse me dedicaba una canción con la cara enrojecida de vergüenza. Siempre era la misma: *Wouldn't It Be Nice?*, de los Beach Boys. Cuando teníamos dieciocho o diecinueve años, estaba de moda la música de los años sesenta y setenta, y nosotros escuchábamos juntos muchos de esos álbumes. A Naruse le gustaban los Beach Boys y se esforzaba tanto como podía por cantarme la canción, pero su pronunciación en inglés era mala y, como el tono era alto, desafinaba casi todo el rato. Solo daba el pego en la parte del falsete. Muchas veces, a media canción, los dos no podíamos contener la risa. Naruse, con una expresión donde se leía, a medias, la broma y, a medias, la vergüenza, me decía sonriendo: «Esta canción la ha compuesto Brian, pero es casi lo que yo siento». Me incorporé, busqué *Wouldn't It Be Nice?* y la seleccioné.

Escuché aquella introducción tan familiar y, cuando empezó a sonar la batería... Fue como si descorriesen de un tirón una tela que colgara en la cabina desierta y aparecieran los añorados muebles, cuadros y recuerdos del pasado: todo revivió de golpe. No había voz que cantara, solo se distinguían vagamente, al fondo, las distintas entradas del coro; la letra de la canción iba cambiando de color. Y yo fui siguiendo con los ojos aquellas palabras, una tras otra.

¿No sería bonito que fuésemos mayores?
Así no tendríamos que esperar más.
Sería bonito que pudiésemos vivir juntos
en un mundo donde solo estuviésemos los dos.
Qué maravilloso sería
poder estar juntos después de decirnos «buenas noches».

También sería bonito al despertar
que llegara la mañana y empezase un nuevo día para los dos
y poder pasarlo juntos, sin separarnos,
y dormir los dos, abrazados, por la noche.

Me quedé con los ojos clavados en la letra, sin parpadear siquiera. Me embargaba una profunda tristeza. Incluso me temblaba la garganta. Inconscientemente, me presioné una mano contra el pecho. Cuando pensaba que Naruse y yo seguíamos viviendo, pero que tanto aquel Naruse como la yo de entonces habían dejado de existir, sentía una angustia tan grande que me dolía el corazón. Y al pensar que aquel Naruse que ya no existía, que aquel Naruse que aún no había cumplido los veinte años, abrigaba en aquella época tan lejana aquellos sentimientos hacia mí, sentía una profunda tristeza. Había sentido aquello por mí, por una persona sin remedio, sin rumbo, como yo. Si fuésemos mayores. Después de decirnos «buenas noches». Qué bonito sería. Sería bonito, ¿verdad?... Había transcurrido mucho tiempo desde entonces y yo, ahora, estaba en Tokio, en Sangenjaya..., sola.

Pagué la cuenta y salí. Fuera olía a lluvia. El cielo estaba cubierto de nubes, pero era difícil decir si estaban cargadas de lluvia. El aire de la noche de junio era tibio, muy húmedo, y, en cuanto salí del karaoke, el sudor empezó a correrme por la nuca y la espalda. Me colgué el bolso al hombro, crucé la calle arrastrando los pies.

Al ver tantos coches, recordé que, cuando era pequeña, me sentaba a menudo en el borde de la acera y me quedaba horas contemplando cómo los coches iban y venían. A veces me decía que sería mejor para mamá que yo muriera; ella se mataba a trabajar de la mañana a la noche por nosotras. Mientras miraba los coches, pensaba que si mamá no tuviese que cargar conmigo, la vida le sería algo más cómoda, pero, al final, la cosa quedó en nada. ¿Qué habría sucedido si yo hubiese muerto entonces atropellada por un coche? Tanto la abuela Komi como mamá se habrían entristecido mucho, pero..., pero, sin embargo, no habrían tenido que deslomarse tanto, no habrían tenido tantas preocupaciones, habrían podido vivir más centradas en sí mismas y, tal vez, no hubieran acabado con un cáncer. ¿Cómo habrían ido las cosas? ¿Cómo habría ido todo? Y ahora... Ahora, acabé de cruzar la calle, pasé junto a Carrot Tower y atravesé despacio la plaza pavimentada con ladrillos.

En el Starbucks del fondo, se veía mucha gente a través de los cristales. Me crucé con una madre y un niño que andaban cogidos de la mano, contentos. El niño llevaba una gorra verde y la madre lo miraba mientras le decía sonriente: «¡Lo has hecho muy bien!». El supermercado irradiaba una luz brillante, había una multitud de personas entrando y saliendo. De alguna parte, me llegó olor a comida frita y caí en la cuenta de que no había comido casi nada en todo el día. Por la mañana, había tomado solo un yogur y, a mediodía, estaba tan nerviosa que no había podido comer nada. Se me representó la verruga de Onda. Sacudí la cabeza para ahuyentar esta imagen, pero, cuanto más intentaba desecharla, más iba hinchándose y aumentando de tamaño ante mis ojos. Veía cómo se contraían los poros alargados y cómo salía de su interior un sebo amarillento parecido al pus. Los poros se multiplicaban, bullían como pequeños insectos negros que fueran buscando, entre el zumbido de sus alas, un lugar donde poner los huevos. Me detuve, me presioné los párpados con las yemas de mis dedos inertes. Notaba cómo los globos oculares se movían bajo las yemas de los dedos. Aparté los dedos con aprensión, me toqué el entrecejo. Allí no tenía ninguna verruga. No había nada... Lancé un hondo suspiro. Luego, inspiré una gran bocanada de aire y lo fui expulsando despacio. Levanté la cara y mis ojos se encontraron con los de una mujer que se acercaba de frente. La miré. La mujer se detuvo y me clavó los ojos. Durante unos segundos, las dos permanecimos inmóviles, mirándonos fijamente a la cara, la una a la otra. Era Yuriko Zen.

Tras inclinar ligeramente la cabeza, Yuriko Zen pasó por mi lado y se dirigió hacia la estación. Me giré y miré su silueta de espaldas. Y empecé a andar en pos de ella. Sin saber por qué razón, me volví sobre mis pasos y la seguí. Casi en un acto reflejo. Agarré bien la correa de mi bolso, apresuré el paso.

Yuriko Zen llevaba un vestido negro de manga corta y unos zapatos negros planos. Un bolso negro le colgaba del hombro izquierdo y tanto su cuello delgado como los brazos que salían de las mangas se veían increíblemente blancos. Llevaba el pelo negro sujeto detrás, en una coleta, igual que cuando la había visto en el vestíbulo; avanzaba en línea recta sin girar apenas la cabeza.

Al principio, me pregunté qué estaría haciendo por aquella zona, pero enseguida recordé que Aizawa me había contado que vivía a unos diez minutos a pie de la estación de Sangenjaya. Yuriko Zen cruzó la avenida Setagaya, pasó por delante del karaoke donde yo había estado un rato antes, atravesó la carretera nacional 246 y entró en un callejón. Dobló varias esquinas y desembocó en el barrio comercial. Delante de una *konbini* había un grupo de jóvenes borrachos lanzando alaridos y, a mano derecha, debía de haber una sala de conciertos de música en vivo, porque se veía una banda con pinta roquera sacándose fotos con los smartphones, bromeando alrededor de una plataforma con ruedas cargada de guitarras y aparatos. Pero Yuriko Zen, como si no los viera, pasó sin hacer el menor signo de esquivarlos. Yo iba andando unos diez metros por detrás con la vista clavada en la parte posterior de su cabeza.

El barrio comercial moría en una trifurcación; de pronto, las calles se quedaron desiertas. En una gran droguería, los empleados se preparaban para cerrar e iban metiendo en la tienda estanterías móviles llenas de papel higiénico, cajas de pañuelos de papel, botes de crema de protección solar. Yuriko Zen seguía andando al mismo paso. Su imagen de espaldas hacía suponer que estaba sumida en profundas reflexiones o, también, que no estaba pensando en nada. Sin echar un solo vistazo a su alrededor, proseguía hacia delante.

Las farolas empezaron a aparecer de forma más dispersa: estábamos en un barrio residencial. Yuriko Zen se detuvo de pronto al pie de una suave bajada. Y se dio la vuelta despacio. Yo también me paré. Estaba oscuro y no distinguía bien la expresión de su rostro, pero, por la manera como inclinaba la parte superior del cuerpo, comprendí que justo entonces acababa de darse cuenta de que la seguía. Me observaba desde unos diez metros de distancia. Yo también la estaba mirando a ella. Pensaba que iba a retroceder hasta donde yo estaba y que me preguntaría por qué la estaba siguiendo. Pero se volvió hacia delante sin decir nada y empezó a caminar otra vez. Yo hice lo mismo: eché a andar detrás de ella.

Un poco más adelante, a mano izquierda, se veía un parque. A la entrada había una construcción de ladrillo no muy grande, con la pintura blanca de las paredes desconchada y un tablero de anuncios con manchas de óxido donde había pegados algunos folletos. Parecía ser la pequeña biblioteca del barrio. El parque era bastante amplio y una multitud de árboles grandes proyectaba sombras oscuras en el suelo. Daba la impresión de que las ramas, las hojas y las sombras se movían despacio, como seres vivos, al sentir la caricia del aire tibio en la piel. Bajo aquella luz difusa, emergió la figura de un columpio desierto. En el medio del solar, había un pequeño montículo de tierra donde crecía un árbol magnífico. Aquel árbol negro, muy grande, que yo no sabía cómo se llamaba, extendía sus ramas y hojas en la noche como si fuera un dibujo recortable pegado en el bajo cielo nublado. Yuriko Zen, al llegar al fondo del camino, cambió de dirección y entró en el parque.

Estábamos a pocos minutos del bullicioso barrio comercial que acabábamos de atravesar, pero en el parque reinaba un silencio absoluto. Aunque era de noche, todavía no era muy tarde. Extrañamente, no se oía el menor ruido. Era como si las cortezas de los árboles, la tierra, las piedras, las incontables hojas absorbieran sin dejar rastro todos los sonidos y que estos contuvieran el aliento. Yuriko Zen avanzó por el parque en línea recta, se dirigió a un banco que había al fondo y se sentó despacio. Yo me la quedé mirando desde un punto algo alejado.

—¿Por qué me está siguiendo?

Yuriko Zen habló. Tras tragar saliva, asentí con la cabeza

varias veces. Con aquellos movimientos de cabeza, no pretendía responder a nada. Era solo que me costaba mantenerme erguida, de pie, y que mi cabeza había acabado oscilando. La mitad derecha del rostro de Yuriko Zen permanecía dentro de la tenue luz, la otra mitad se envolvía en las sombras que creaba esta luz. Yuriko Zen no tenía color ni en los párpados ni en los finos labios; las pecas que debía de tener en las mejillas no se veían en absoluto. Su pequeña nariz puntiaguda proyectaba una sombra densa en el centro del rostro. Por mi espalda, axilas y caderas seguía corriendo un sudor pegajoso. Las sienes me dolían tanto que me parecía oírlas chirriar, sentía los labios secos.

—¿Es para hablar de Aizawa? —me preguntó.

En un gesto reflejo, negué con la cabeza. Pero no supe qué añadir. Ni siquiera yo podía explicar por qué la había estado siguiendo.

—Pensaba que querías hablarme de Aizawa —dijo Yuriko Zen con una expresión difícil de leer—. Os lleváis muy bien los dos, ¿verdad?

Hice un gesto ambiguo con la cabeza.

—Él habla mucho de ti —dijo Yuriko Zen en voz baja.

—Ni yo misma sé por qué te he seguido. Pero no creo que fuera porque quisiera hablarte de Aizawa.

—¿Y por qué lo crees si ni tú misma lo sabes?

—Porque, mientras andaba detrás de ti, no pensaba en él.

Se me quedó mirando directamente a la cara unos instantes; luego, frunció un poco el entrecejo.

—¿Te encuentras bien?

—Hace un rato —dije—, he estado con un donante anónimo. De semen.

Yuriko Zen incrementó la intensidad de su mirada. Con un suspiro, meneó un poco la cabeza de izquierda a derecha.

—¿Te ha hecho daño alguien?

Negué con un movimiento de cabeza. Yuriko Zen había mantenido todo el rato la mirada fija en mi rostro, pero, ahora, la posó en sus rodillas. Se desplazó a un extremo del banco y me miró, invitándome a tomar asiento. Sujetando las correas del bolso con fuerza, me senté en el otro extremo.

—¿Aizawa te habla de mí? —Unos instantes después, Yuriko Zen rompió el silencio.

—Dice que lo ayudaste en los momentos más duros.

Yuriko Zen lanzó un pequeño suspiro y sonrió.

—¿No te ha contado los detalles? ¿De esos momentos tan duros?

Sacudí la cabeza en ademán negativo.

—Yo no tengo consciencia de haberlo ayudado, pero Aizawa no dice otra cosa. En realidad, esta es la única razón por la que está conmigo —dijo Yuriko Zen—. ¿Aizawa te ha hablado de la novia que tenía antes?

Negué con un movimiento de cabeza.

—Aizawa intentó suicidarse una vez. —Yuriko Zen cruzó los dedos de sus manos sobre las rodillas y se quedó contemplando las puntas de los dedos—. Fue poco antes de conocernos. No sé si tenía realmente la intención de morir o si fue un impulso momentáneo, pero se tomó no sé qué fármacos y estuvo a punto de morir. Es médico y no lo juzgaron con excesiva dureza, pero, como había adquirido los fármacos de manera ilegal, se armó un cierto revuelo. Por eso tuvo que dejar el hospital. No llegó a perder la licencia, pero, a partir de entonces, parece que no ha tenido las cosas fáciles. Ya de base, en algunos aspectos, es una persona frágil.

—Me dijo que había tenido novia —dije. Me noté la voz extraña, algo ronca, y carraspeé.

Yuriko hizo un pequeño gesto afirmativo.

—Sí, incluso habían llegado a hablar de boda. Entonces, un día, de repente, resultó que no se sabía quién era su verdadero padre. Se lo contó a su novia. Evidentemente, debió de pensar que no podía ocultarle algo así. Y, entonces, todo se fue al traste. Ella le dijo que, tras darle muchas vueltas, había decidido que no debía casarse con él. Que no podía tener un hijo del que desconociera una cuarta parte de su ascendencia. Por supuesto, también intervinieron los padres de su novia. Dijeron que no permitirían que su hija tuviera un hijo con alguien que se encontraba en estas circunstancias, que no podían tener un nieto de sangre desconocida. Aizawa confiaba mucho en ella y esto fue muy duro para él. Llevaban muchos años juntos, salían desde la Facultad de Medicina.

Yo permanecía en silencio.

—Unos dos años después, Aizawa leyó mi artículo en el periódico y empezó a venir a los encuentros —dijo Yuriko Zen—. Al principio, parece que le costó mucho integrarse. Apenas hablaba de sí mismo, pero escuchaba con mucho interés lo que los demás contaban. Quizá sentía que había encontrado algo parecido a un hogar.

Tras pronunciar estas palabras, Yuriko Zen parpadeó varias veces como si estuviera delimitando el espacio que tenía delante de una manera que solo ella podía entender. El blanco de sus ojos relucía de vez en cuando. Levantó la cabeza y me miró.

—Hace poco te he dicho que había una razón por la que Aizawa estaba conmigo. Otra es la compasión.

—¿La compasión? —repetí.

—Sí —dijo Yuriko Zen—. Aizawa me compadece. No solo porque no conozca a mi verdadero padre, sino también por los abusos que sufrí. Creo que tú también lo has leído, ¿verdad?

Yo permanecía en silencio.

—Pero a Aizawa no se lo he contado todo, ¿sabes? —Yuriko alzó la barbilla—. Lo único que le he dicho es que el hombre que creía que era mi padre me violó. Que abusó sexualmente de mí. Lo mismo que ponía en la entrevista del libro o en el periódico. Aizawa, solo con oír eso, recibió una conmoción tan grande que decidí no contarle nada más. Tampoco le he dicho que no fueron solo unas pocas veces. Ni tampoco le he dicho que, cuando se confió, empezó a traer a otros hombres para que hicieran lo mismo. Tampoco le he dicho que me amenazaba. Tampoco le he dicho que no era solo en casa, sino que a veces me subía al coche, me llevaba a las orillas de un río, o a algún otro paraje desierto, y que venían hombres de otros coches. Tampoco le he dicho nunca que, mientras tanto, yo miraba las formas de las nubes o las figuras, muy pequeñas, de niños de mi edad que veía jugando a lo lejos.

Contemplaba su rostro de perfil en silencio.

—¿Por qué quieres tener un hijo?

Yuriko Zen me lo preguntó algo después. Entre las dos iba pasando un vientecillo cargado de humedad. El aire tibio me acariciaba los brazos, el cabello me rozaba las mejillas. Yuriko Zen me miraba con los ojos entornados.

—¿Hace falta una razón? —dije haciendo acopio de fuerzas.

—Quizá no. —Yuriko Zen rio un poco—. Los deseos no tienen razones. No las tienen aunque sea para hacer algo que hiera a alguien. Puede que no se necesite ningún motivo en especial. Ni que se trate de matar, o de traer una criatura al mundo.

—Soy consciente —dije— de que para hacerlo tendré que recurrir a un método muy antinatural.

—El método —dijo soltando una risita— no creo que tenga demasiada importancia.

—¿Qué quieres decir?

—Que no creo que sea un gran problema cómo hayas nacido, de qué sangre, con qué genes, o quiénes sean tus padres.

—¿Cómo dices? —dije sorprendida—. Hay mucha gente que ahora mismo está sufriendo por ello, ¿no?... Tú misma. Y Aizawa.

—Ah, lo de conocer los propios orígenes, claro —dijo Yuriko Zen—. No. No digo que no haya ningún problema en el hecho de constituir una familia o de tener unos hijos que sabes que en el futuro van a necesitar ayuda psicológica o terapia. Pero, ¿sabes?..., en eso todos somos iguales. Porque en esto consiste nacer. Y, solo por no darse cuenta de eso, hay personas que se pasan la vida de una consulta psicológica a otra, de una terapia a otra. Pero yo no te he preguntado por el método. Sino por qué quieres traer una criatura al mundo. Lo que te he preguntado es eso. Por qué buscas aposta un sufrimiento así.

Yo permanecía en silencio.

—Quizá sea —dijo Yuriko Zen con voz serena— porque crees que nacer es algo maravilloso.

—¿Qué quieres decir?

—Que puede que te hayas preocupado mucho por el método, pero que no te hayas planteado qué significa realmente lo que quieres hacer.

Me miré las rodillas en silencio.

—¿Y si después de tener un hijo te arrepientes desde el fondo de tu corazón de haberlo traído a este mundo? ¿Qué harás?

Yuriko Zen hablaba con los ojos clavados en las puntas de los dedos de sus manos, cruzadas sobre las rodillas.

—Cuando hablo así, todo el mundo me compadece —dijo Yuriko Zen—. ¡Pobre mujer! ¡Qué lástima da! No conoce a su verdadero padre, abusaron de ella brutalmente. Vivir, para ella, debe de ser muy duro. Todo el mundo me muestra su compasión sin fisuras, me mira con piedad. A veces me abrazan entre lágrimas diciendo que yo no tengo la culpa, que no es demasiado tarde, que la vida se puede rehacer una vez tras otra. Personas buenas, personas de buen corazón. Pero lo cierto es que yo no me considero una persona particularmente desgraciada, jamás he pensado que sea tan digna de lástima. Porque los abusos que sufrí, comparados con el hecho de nacer, son algo insignificante.

Miré a Yuriko Zen a la cara. En mi cabeza fui analizando con cuidado sus palabras para entenderlas con toda exactitud.

—Seguro que no entiendes nada de lo que estoy diciendo, ¿verdad?

Yuriko Zen exhaló un pequeño suspiro.

—Sin embargo, lo que yo pienso es muy simple. Y es por qué todo el mundo es capaz de hacer algo así. Lo único que me planteo es por qué todos son capaces de traer hijos a este mundo. ¿Cómo pueden seguir haciendo, con una sonrisa en los labios, algo tan brutal? ¿Cómo son capaces de arrastrar, solo porque ellos lo desean, a un ser a este mundo sin preguntarse ni una sola vez si de verdad desea nacer? ¿Cómo pueden hacer una salvajada así? Lo que no entiendo es sencillamente esto.

Después de decirlo, Yuriko Zen se frotó despacio el brazo izquierdo con la palma de la mano derecha. Los brazos que salían de las mangas eran muy blancos y, bajo aquella luz, algunas partes adquirían una tonalidad azulada.

—Y eso teniendo en cuenta el hecho de que, una vez que la criatura ha nacido, ya no hay vuelta atrás —dijo con una vaga sonrisa—. Debes de pensar que digo cosas muy radicales, muy abstractas. Pero no es así. Estoy hablando de una manera muy realista. De la vida real, de sentimientos vivos. Estoy hablando del sufrimiento que conlleva todo esto.

»Pero parece que nadie lo vea. Parece que nadie, ni en sueños, haya pensado que está involucrado en algo tan atroz. Porque a todo el mundo le gustan las fiestas sorpresa, ¿verdad? Un día, abres la puerta, te encuentras con un montón de gente esperándote con impaciencia: ¡sorpresa! Entonces, un montón de gente que no habías visto jamás, que no conoces de nada, te dice: "¡Felicidades!", mientras te aplaude sonriendo de oreja a oreja. En una fiesta puedes abrir la puerta que tienes a tu espalda y marcharte, pero no hay ninguna puerta que te conduzca de vuelta al momento antes de nacer. Y no hay mala intención en ello, claro. Porque se piensa que a todo el mundo le gustan las fiestas sorpresa. Porque hay personas capaces de creer que la vida es maravillosa, que estar vivo es un motivo de dicha, que el mundo es hermoso... Que, aunque haya una pequeña parcela de sufrimiento, el mundo en el que vivimos, en conjunto, es un lugar fantástico.

—Traer una nueva vida a este mundo —dije en voz baja— creo que es un acto arbitrario y violento. A mí también me lo parece.

—Sí, pero las personas que pensáis de ese modo luego

añadís: «Pero el ser humano es así». Una vez admitido, ya está justificado. «Ya se sabe. Es que el ser humano es así.» Pero ¿qué significa eso? —Yuriko Zen sonrió vagamente. Y me preguntó en voz baja como si hablara consigo misma—: ¿Por qué tienes tantas ganas de traer una criatura al mundo?

—No lo sé —le respondí en un acto reflejo. En aquel instante, la cara sonriente de Onda cruzó por mi mente y me presioné los párpados con las yemas de los dedos—. No lo sé. Puede que sea como dices. Quizá no sepa realmente qué quiero hacer y por qué quiero hacerlo. Solo... Solo sé que quiero conocerlo. Este deseo sí existe.

—Todo el mundo dice lo mismo —dijo Yuriko Zen—. Y no me refiero solo a la inseminación artificial. Todo el mundo dice lo mismo. ¡Es que los niños son tan monos! Es que quiero criarlo. Es que yo quería conocer a mi hijo. Es que quería usar plenamente mi cuerpo de mujer. Es que quería que quedasen los genes de la persona que amo. También hay personas que dicen que porque se sienten solas, o porque quieren un hijo que las cuide en su vejez. Básicamente, todo el mundo igual.

»Escucha: todas las mujeres que traen hijos al mundo, todas, solo piensan en ellas. No piensan en la criatura que va a nacer. No hay ni una sola madre que vaya a parir pensando en el niño que va a nacer. ¿No te parece muy fuerte? La mayoría de las madres se desviven para que sus hijos no sufran, intentan evitarles cualquier dolor. Pero el único sistema real capaz de evitarles el sufrimiento es no darles vida, es no arrojarlos a este mundo. No hacerlos nacer.

—Pero —dije tras reflexionar un poco— que vayan a sufrir o no... Eso es algo que, hasta que nace, no lo puedes saber.

—Al hablar así, ¿en quién estás pensando? —dijo Yuriko Zen—. ¿De quién es esa apuesta de «si no nacen, no lo sabes»?

—¿Apuesta? —pregunté en un susurro.

—Sí. Es como si apostaran, ¿no te parece? —dijo Yuriko Zen—. Como si apostaran a que el hijo que van a traer al mundo será, como mínimo, tan afortunado como ellas, que será feliz, que podrá sentirse dichoso por haber nacido. Por más que la gente diga que la vida tiene cosas buenas y cosas amargas, la verdad es que todo el mundo piensa que la parte feliz es mayor que la infeliz. Por eso pueden apostar. Por más que tengamos que morir algún día, la vida tiene sentido, incluso el dolor tiene un significado, la vida posee una alegría única. Y no dudan ni un solo instante de que sus hijos lo creerán igual que ellas lo creen. No piensan que pueden perder la apuesta. Están convencidas desde el fondo de su corazón de que ellas, solo ellas, no tienen nada que temer. Creen solo lo que quieren creer. Y lo más terrible es que, en esta apuesta, ellas no apuestan nada propio.

Yuriko Zen apoyó la mejilla en la palma de la mano izquierda, como si la cubriera, y permaneció unos instantes así, inmóvil. La noche estaba envuelta en un color que no era ni negro, ni gris, ni azul marino; el viento que soplaba débilmente transportaba un olor a lluvia más intenso que antes. Por el camino de enfrente se acercaba una bicicleta. Aún no se distinguía cómo era la persona que montaba en ella. La luz amarillo pálido del faro oscilaba de izquierda a derecha y, poco después, se fue alejando.

—Hay niños —dijo Yuriko Zen— que mueren poco después de nacer no habiendo experimentado nada más que dolor. Sin haber podido llegar a ver cómo es el mundo en el que están, sin haber podido llegar a pronunciar una palabra que puedan entender. Han sido arrojados de pronto a la vida, se les ha obligado a una existencia que es solo dolor, únicamente para morir... ¿Aizawa te ha hablado del Departamento de Pediatría del hospital?

Negué con un movimiento de cabeza.

Yuriko Zen lanzó un pequeño suspiro y prosiguió:

—Para que les digan algún día que se alegran de haber nacido, para anclarlos a una vida en la que puedan llegar a creer en las mismas cosas que sus padres..., en definitiva, para no perder su apuesta egoísta, los padres y los médicos los mantienen con una vida que ellos jamás han pedido. Abren sus cuerpecillos, los cosen, los entuban y los conectan a aparatos, les hacen derramar gran cantidad de sangre. Y muchos de ellos mueren sufriendo. Todo el mundo compadece entonces a los padres. ¡Pobres! No hay nada más amargo que perder a un hijo. Y los padres derraman lágrimas, intentan sobrellevar la tristeza diciéndose que, a pesar de todo, son felices de haberlo conocido, dándole gracias, a su hijo, por haber nacido. Lo dicen sinceramente, lo creen de corazón. Pero ¿qué significa ese «gracias»? ¿A quién se lo están diciendo? ¿Para quién han venido a parar a una existencia donde solo había dolor? ¿Para qué? ¿Para que los padres les den las gracias? ¿Para decirles a los médicos lo sobresalientes que son sus conocimientos técnicos? ¿Qué derecho creen tener para hacer algo así? ¿Cómo pueden tener criaturas que es posible que solo conozcan el dolor y mueran entre grandes sufrimientos? ¿Criaturas que es posible que no puedan resistir un solo segundo en el mundo? ¿Criaturas que puede que pasen cada día de su vida pensando únicamente en morir? Y eso ¿por qué? ¿Porque no lo sabían? ¿Porque deseaban que sucediera algo distinto? ¿Porque no querían considerar la posibilidad de perder la apuesta? ¿Porque el ser humano es estúpido? Dime, entonces: ¿de quién es la apuesta? ¿Qué es lo que se está apostando?

Yo permanecía en silencio.

—Alguien decía esto —me dijo Yuriko Zen unos instantes después—: estás de pie en la entrada de un bosque, poco antes del amanecer. A tu alrededor todavía reina la oscuridad más absoluta, tú no sabes bien por qué estás en un lugar como este. A pesar de ello, avanzas en línea recta y penetras en el bosque. Un poco más adelante, ves una casita. Abres la puerta con cuidado. Dentro hay diez niños durmiendo.

Asentí.

—Los diez niños están profundamente dormidos. Allí no existe ni la dicha ni la alegría, ni tampoco, por supuesto, la tristeza o el dolor. No hay nada. Porque todos están durmiendo. Tú puedes elegir si vas a despertarlos a todos o si vas a dejarlos dormir.

»Si los despiertas a todos, de los diez niños habrá nueve que se alegrarán. Te agradecerán de corazón que los hayas despertado. Pero el último, no. Sabes que a este niño, desde el mismo instante de su nacimiento hasta la muerte, solo le aguarda un sufrimiento peor que la propia muerte. Sabes que vivirá hasta la muerte en medio del dolor. Tú no sabes cuál es. Pero sabes que uno de los diez niños no podrá huir de aquello.

Yuriko Zen se puso una mano sobre otra en el regazo, parpadeó despacio.

—Parir un hijo significa despertar a aquellos niños sabiendo eso. Las mujeres que deseáis traer una criatura a este mundo solo sois capaces de tomar esta decisión —dijo Yuriko Zen—, porque, al fin y al cabo, no tiene relación con vosotras.

—¿No tiene relación?

—Pues claro que no. Tú no estás dentro de aquella casita. A ti no te pueden despertar. No se sabe quién es el niño condenado a sufrir desde el instante en que nazca hasta que muera, pero seguro que *no eres tú*. El niño que se arrepentirá de haber nacido no serás tú.

Pestañeé una vez tras otra sin decir nada.

—El amor, el sentido de las cosas: para creer en lo que quieren creer, las personas son capaces de ignorar el dolor y el sufrimiento ajenos.

Yuriko Zen, en una voz tan baja que casi era inaudible, dijo:

—¿Sois conscientes de lo que vais a hacer?

El aire que me envolvía era más pesado que antes y el sudor que anegaba mi cuerpo parecía haber aumentado en viscosidad. Percibí un leve olor a jugos gástricos. No había tomado nada sólido desde la mañana y debía de tener algo de acidez. Sin embargo, aparte de un ligero chirrido en el estómago, no tenía la menor sensación de hambre. Al tocarme la nariz, noté que las puntas de los dedos estaban pegajosas. Tenía la yema del dedo índice cubierta de sudor hasta el punto de que casi resbalaba.

—Ya nadie más —dijo Yuriko Zen en voz baja—, ya nadie más debe despertarlos.

Empezó a llover. Era una lluvia parecida a la neblina ligera, tan sutil que, bajo aquella luz, si no aguzabas la vista, resultaba invisible. Estuvimos mucho tiempo sin movernos, sentadas cada una en un extremo del banco. Yuriko Zen parecía sumida en profundas reflexiones, pero era posible que estuviese simplemente contemplando aquel suelo del que se alzaba un vapor blanco. Un trueno retumbó en la distancia.

Entre finales de junio y principios de julio, tuve una fiebre muy alta. Una noche alcancé casi los cuarenta grados y, durante dos días, no bajé de los treinta y nueve. Tuve que esperar tres días más para tener solo décimas. Hacía muchísimo tiempo que no sufría un acceso de fiebre semejante y, cuando empezó a subirme la temperatura, ni siquiera comprendí qué me estaba pasando. De pronto me entró un dolor de cabeza espantoso, notaba molestias en el fondo del estómago, no podía permanecer sentada en la silla. Me empezaron a doler las articulaciones y, cuando al fin me di cuenta de que algo no funcionaba y me tomé la temperatura, el termómetro señalaba treinta y ocho grados.

La luz blanquísima del verano entraba a raudales por la ventana y, sumergida en un calor que parecía capaz de calcinarte los pulmones solo con pisar la calle, me dirigí entre escalofríos a la *konbini*, compré polvos de Pocari Sweat[1] y gelatina; luego fui a la farmacia a comprar una bebida nutricional. Ya de vuelta a casa, los escalofríos eran mucho más acuciantes: saqué del armario empotrado un pijama de invierno y un edredón acolchado, y me acurruqué en el futón.

El primer día parecía que no hubiera tenido principio ni fuera a tener fin: bajo los efectos de la fiebre, el tiempo se dilataba y contraía, se aflojaba y se retorcía. En varias ocasiones

1. Bebida isotónica muy popular en Japón.

dejé de saber desde cuándo tenía fiebre y en qué día estaba. En un momento dado, me planteé si no sería mejor ir al hospital, pero, al final, me quedé arrebujada en el futón esperando a que bajara la fiebre. No tomé antipiréticos. Porque había leído en alguna parte que la función de la fiebre era matar a los microbios y que tomar medicamentos para bajarla, por más que ofreciera alivio, no tenía ningún sentido. Eché en una botella de plástico polvos de Pocari Sweat, los disolví en agua, me preparé una gran cantidad de líquido y, cada vez que me despertaba, bebía unos sorbos. Al baño iba dando tumbos; me cambié varias veces las bragas y el pijama. Luego volvía a meterme en el futón y dormía. Repetí lo mismo un montón de veces.

Cuando el termómetro empezó a señalar cifras más normales, cogí el teléfono que tenía olvidado junto a la almohada. No estaba enchufado al cargador y solo le quedaba un trece por ciento de batería. Al mirar los correos, no encontré más que publicidad: no había ningún mensaje ni de Yusa, ni de Sengawa, ni de Makiko, ni de Midoriko, ni tampoco, por supuesto, de Aizawa.

Era obvio, pero pensé que, mientras había estado con fiebre, en el mundo no se había producido ningún cambio. Algo lógico, por supuesto. Pero, aunque nada hubiese cambiado, me pareció extraño que no hubiera nadie en el mundo que supiese que yo había estado una semana entera en mi casa con fiebre. Con la cabeza algo embotada, intenté reflexionar sobre qué tenía aquello de raro. Pero no podía pensar bien. Aquel curioso sentimiento de extrañeza fue cobrando intensidad ¿Había tenido realmente fiebre durante aquella semana? La sospecha cruzó de pronto mi pensamiento. Había tenido fiebre y había permanecido todo el tiempo en cama, por supuesto. La cocina estaba llena de bolsas de Pocari Sweat esparcidas por todas partes; en un rincón de la habitación había tirados los pijamas sudados que me había cambiado. Si me pesaba, seguro que habría bajado de peso; si me miraba al espejo, me vería demacrada. «Pero —pensé— nadie sabe que yo he tenido fiebre. Si lo contara, no creo que nadie dudase de mis palabras. Todo el mundo diría: "¿Ah, sí?". Pero no hay nadie que sepa realmente que yo he estado aquí con fiebre.»

De pronto, me embargó una extraña sensación de soledad. Me sentí como una niña abandonada en la esquina de una ciudad desconocida, desierta. El cielo anaranjado del crepúsculo iba hundiéndose en la oscuridad y las sombras que se iban alargando poco a poco me cercaban como si quisieran sugerirme algo. Con una sensación de angustia indescriptible, veía cómo iban emergiendo ante mis ojos las siluetas de los tejados negros de las casas, las verjas grises, la frialdad de unas ventanas donde no se reflejaba nada. ¿Había estado alguna vez realmente en aquella esquina? ¿Era solo producto de mi imaginación? Aquello era ya difícil de saber.

Mientras estaba aturdida por la fiebre, Yuriko Zen se me había aparecido muchas veces.

Yuriko Zen surgía de pronto entre recuerdos que se hinchaban como olas o retazos de escenas que brillaban con un lustre opaco. Llevaba el mismo vestido negro de aquella noche y tenía los ojos fijos en sus dedos delgados que cruzaba sobre las rodillas. Igual que aquella noche, yo era incapaz de decir nada. No era que tuviese algo que objetar y que fuese incapaz de encontrar las palabras. No era así. Era porque entendía muy bien todo lo que me estaba diciendo. Porque pensaba que tenía razón. Porque, en alguna parte muy profunda de mi ser, comprendía sus palabras y sus pensamientos.

Mientras daba vueltas y vueltas en el futón, aturdida por la fiebre, pensé muchas veces que debía contárselo a Yuriko Zen. Pero ¿cómo tenía que decírselo? Los hombros estrechos; los brazos delgados y blancos, rectos; los huesos de las rodillas que mantenía unidas: era pequeña como una niña y, al mirarla, me dio la impresión de que había cometido un grave error al haberle explicado lo que pensaba y lo que sentía. Habría tenido que decirle que entendía muy bien lo que me estaba diciendo. Pero ¿estas palabras habrían tenido realmente algún sentido para ella? Yuriko Zen apoyaba la mejilla en la palma de la mano como una niña mientras clavaba los ojos en la negrura de la noche del parque. «No —pensé yo—. No es así. No es eso. No es que sea pequeña como una niña: Yuriko Zen *es una niña de verdad.*» Puertas cerrándose tras una infinidad de sombras negras: era Yuriko Zen, cuando todavía era una niña, quien había oído el frío y seco sonido de la llave al cerrar. Era en los ojos de Yuriko Zen, cuando todavía era una niña, donde se reflejaban las nubes que iban cambiando completamente de forma mientras fluían apaciblemente por el alto cielo lejano que se veía al otro lado del asiento trasero del coche.

Desde alguna parte llegan las risas de unos niños. Se ven sus figuras pequeñas, muy pequeñas. Oye, aquí y allí, ¿es de verdad el mismo mundo? Esta hierba espesa que brota en la orilla del río, ¿qué debe de estar pensando? Creciendo en el mismo lugar. Sin moverse. ¿Y qué estoy pensando yo? Mientras la contempla, Yuriko Zen recuerda la pradera adonde su madre la llevó una vez cogida de la mano. El olor sofocante de la hierba, recuerda cómo ella iba acercando sus ojos curiosos a cada una de las hojas que brillaban. Cómo les preguntaba a unas flores que no sabía cómo se llamaban: ¿en qué somos diferentes tú y yo? ¿Te hace daño? ¿Me hace daño? ¿Qué es sufrir? Pero las flores nunca respondían a su pregunta: solo estaba el susurro del viento, el olor. La noche que se acerca es oscura. La senda que conduce al bosque es más oscura todavía. Yuriko Zen alarga su pequeña mano y coge suavemente la mía. Nos adentramos, más y más, en las profundidades del bosque. Poco después, aparece una casita. Yuriko Zen pega el rostro a la ventana con sigilo y atisba en su interior. Su expresión se distiende. Me llama sin alzar la voz. Me mira. Se pone el índice sobre los labios y niega dulcemente con la cabeza. Dentro de la casa hay niños durmiendo. Los suaves párpados cerrados, hechos un ovillo, los pequeños pechos mostrando la acompasada respiración del sueño. Ya nadie sufre, me sonríe. Ni alegrías, ni tristezas, ni despedidas, aquí no hay nada, me sonríe. Luego se suelta suavemente de mi mano, abre la pequeña puerta en silencio y se desliza dentro de la casa. Se tiende con cuidado entre los niños dormidos, cierra los párpados despacio. Ya nada duele, ya nadie sufre; sus piernas extendidas van disminuyendo de tamaño poco a poco: lo observo sin pestañear siquiera. El velo del sueño que envuelve a los niños se hace más grueso cada vez que respiran; las tinieblas cálidas y húmedas van cubriendo dulcemente sus pequeños cuerpos. Ya nadie, ya nadie sufre, ya nadie... Entonces, sin previo aviso, súbitamente, se oye cómo llaman a la puerta. Alguien está aporreando la puerta. Los golpes se repiten con un intervalo preciso, su eco retumba sin vacilación. Hace tambalear la casa, se extiende por el bosque, corre a través de miles, decenas de miles de árboles. Pronto, el eco retumba por el bosque entero. Alguien golpea la puerta con un propósito claro, clava blandas estacas entre intervalos de silencio. Aunque los golpes aporrean solo una pequeña puerta de una pequeña casa, resuenan en el mundo entero como el tañido de una campana que anunciase *una única hora*; la casa se tambalea, los párpados dormidos tiemblan, yo grito con una voz sin sonido: «¡Para! ¡No golpees más la puerta! ¡No los despiertes!»... Un instante después, el corazón me latía con violencia y comprendí que me había despertado. Al parpadear, vi la lámpara colgando del techo. Al otro lado de la ventana, brillaba una luz clara, pero fui incapaz de adivinar a qué hora correspondía. Me di cuenta de que estaba sonando el teléfono. Al alargar la mano en un gesto reflejo, vi el nombre de Jun Aizawa.

—Diga —dije con un suspiro.

—Natsume-san.

A través del teléfono que mantenía pegado a mi oreja, oía la voz de Aizawa. Oía la voz de Aizawa llamándome. Pero no comprendía por qué estaba pronunciando mi nombre. Era como si tuviese los recovecos entre el cráneo y el cerebro repletos de una espesa gelatina y estuviera paralizada. Inspiré una bocanada de aire lentamente, parpadeé una vez tras otra. Al mover los ojos, sentí un dolor punzante en el ojo derecho.

—He tenido fiebre un montón de días —dije.

—¿Y ahora? —preguntó Aizawa preocupado.

—Ahora creo que ya no, estaba durmiendo, escucha, hoy..., ahora, ¿qué hora es?

—Vaya, te he despertado. Lo siento —dijo Aizawa—. Es por la mañana. Son las nueve y cuarenta y cinco minutos de la mañana. Duerme. Voy a colgar.

Murmuré algo de significado impreciso.

—¿Has ido al hospital?

—No. Lo he pasado sola en casa —dije. El corazón todavía me latía con fuerza, pero me pareció que los brazos y las piernas habían recobrado la sensibilidad normal—. Con Pocari.

Luego Aizawa me preguntó varias cosas: si tenía náuseas y demás, pero yo no acababa de comprender el contenido de sus preguntas. Más que el significado de las palabras, lo que llenaba por completo mis oídos y mi cabeza era su voz, la voz de Aizawa. Me daba la impresión de que hacía mucho tiempo que no la oía y, al pensarlo, noté un extraño hormigueo en la piel de la cabeza. La última vez que lo había visto, las hojas nuevas de los árboles lucían un precioso verdor. Es decir, que era a finales de primavera y, ahora, ya estábamos en verano. Aizawa me había enviado muchos correos electrónicos y mensajes de texto, pero a mí cada vez me había resultado más difícil contestarle.

—Creo que ya estoy bien. He dormido todo el tiempo.

—Si notas algo extraño, llama al médico —dijo Aizawa. Luego, se extendió un breve silencio—. Mejor que cuelgue, ¿verdad?

—No —dije yo—. Ya voy a levantarme, ya estoy bien. Parece que ya no tengo fiebre.

—¿Has comido algo?

—Con la fiebre, no podía. Pero, ahora, quizá tomaría algo.

—Entonces, podría comprarte lo que necesites y llevártelo hasta la estación. O, si me das tu dirección, podría dejártelo en la puerta —dijo Aizawa. Y añadió rápidamente—: Siempre que no fuera una molestia para ti, claro. Si te hace falta, podría llevártelo hasta la estación...

—Gracias.

—Bueno, pareces un poco más animada —dijo Aizawa con tono de alivio.

Luego comentamos lo que habíamos estado haciendo últimamente. Por como hablaba, parecía no saber que había visto a Yuriko Zen aquella noche, dos semanas atrás. Aizawa me explicó que había estado trabajando tanto como había podido, sin descansar apenas; también me contó una película que había visto en un cine, a medianoche. No mencionó el nombre de Yuriko Zen ni una sola vez. Yo tampoco pregunté por ella.

Luego me comentó que había releído mi libro varias veces. Que, cada vez que lo leía, descubría cosas nuevas y que cada vez encontraba más aspectos interesantes. Noté pasión contenida en sus palabras: no cabía duda de que hablaba con sinceridad. Mientras oía cómo Aizawa alababa mi novela, al principio sentí una cierta turbación, pero esta fue dando paso a un sentimiento de tristeza y amargura. Era como si me hablaran del trabajo de alguien que nada tenía que ver conmigo. Que hubiese escrito una novela, que esta hubiese sido publicada, que escribir se hubiera convertido en mi oficio, que hubiese deseado tanto escribir una novela... Sentía que todo aquello ya había terminado, que pertenecía a un pasado remoto.

Le conté que me había peleado con Makiko por una tontería. No le expliqué el motivo. Solo le dije que nos habíamos discutido por algo sin importancia, que le había colgado y que llevábamos casi dos meses sin hablarnos.

—Tu hermana también debe de estar preocupada, imagino.

—No nos habíamos peleado casi nunca —le dije—. Quizá sigamos así porque ni ella ni yo sepamos cómo hacer las paces.

—Al oírte, siempre me ha dado la sensación de que os lleváis muy bien las dos —dijo Aizawa riendo un poco—. ¿Y con tu sobrina? ¿Con ella sí has hablado?

—Es que no hablamos con una frecuencia determinada. Me envía algún mensaje de texto de vez en cuando. Pero, sobre la pelea, no me ha dicho nada.

—Entonces, a lo mejor tu hermana no le ha contado nada.

—Quizá no —dije—. Pero a finales de agosto es el cumpleaños de Midoriko y hemos quedado en que este día, después de muchísimo tiempo, volveré a Osaka. Y que iremos a cenar las tres. A Midoriko le hace una ilusión tremenda, así que he decidido volver.

—¿Y cuándo es el cumpleaños de Midoriko-san? —preguntó Aizawa.

—El treinta y uno.

—¿De verdad? ¡Igual que yo!

—¡No puede ser! —exclamé sorprendida—. ¿El treinta y uno de agosto?

—Sí. Siempre coincidía con el último día de vacaciones. ¡Vaya! Así que tu sobrina nació el mismo día... Aunque con muchos años de diferencia, claro.

—¡Es increíble! —Reí.

Luego, los dos enmudecimos sin más. El silencio se prolongó. Hacía ya algún tiempo de aquello, pero me acordé de que un día, a la vuelta del supermercado, había comprado un sello conmemorativo y se lo conté. No es que coleccionara sellos ni tampoco tenía que escribir cartas a nadie, pero a veces me pasaba por allí a mirar. Al contárselo, Aizawa mostró mucho interés.

—No sabía que hubiera una oficina de correos ahí.

—Sí. Una pequeña. Enfrente del lugar para estacionar las bicicletas —dije—. El sello es precioso. La próxima vez que vengas, podemos pasarnos si quieres.

—Bueno —dijo Aizawa—, es que no tengo previsto ir a Sangenjaya de momento. Ya lo miraré en alguna oficina cerca de casa.

—¿Dices que, de momento, no vas a venir a Sangenjaya? —Dudé de si debía preguntarlo o no, pero lo hice—: Pero Zen-san vive aquí, ¿no?

—Últimamente no nos vemos. Desde hace más de dos meses.

Aizawa lo dijo con una voz un poco más baja. Opté por permanecer en silencio, sin añadir un «¿ah, no?» o un «¿por qué?».

Por un instante, me pregunté si no tendría algo que ver con el hecho de que la hubiese seguido y de que hubiésemos hablado, pero Aizawa había mencionado que no se veían desde hacía más de dos meses. Y yo había visto a Yuriko Zen hacía solo dos semanas. Sin embargo, aunque comprendía que aquello no era la causa directa, la noticia me ensombreció.

—¿Tampoco os veis en los encuentros de la asociación? —dije poco después.

—No —respondió Aizawa—. He dejado de ir a las reuniones.

—¿Hay alguna razón por la que hayáis dejado de veros? ¿Una pelea, o algo?

—La última vez que nos vimos tú y yo fue a finales de abril.

Tras hacer una pequeña pausa, Aizawa habló en tono muy sosegado:

—Era un día claro y luminoso que reunía lo mejor de la primavera y lo mejor del verano. Un día maravilloso. Yo ya había estado varias veces en el parque de Komazawa, pero cuando fuimos juntos me sentí como si lo visitara por primera vez después de haberlo estado soñando mucho tiempo. Las hojas verdes que teníamos ante los ojos, las que se veían a lo lejos, eran muy bonitas; el simple hecho de estar allí andando, moviendo las manos, los pies, respirando, viendo tantas cosas... Para mí fue un día maravilloso.

»Pero luego, de repente, no había manera de ponerse en contacto contigo. Al principio me dije que estarías ocupada, que no debía molestarte. Con todo, te envié algunos mensajes de texto. También te mandé correos electrónicos. Pero no obtuve respuesta.

Respondí de forma ambigua, y él prosiguió:

—Me rompí la cabeza intentando adivinar en qué había podido ofenderte, en qué me había extralimitado, pero no encontré nada. Entonces, me dije que quizá no hubiese cometido ningún error, que era posible que sencillamente no tuvieras ganas de verme o de hablar conmigo. Que quizá hubieran cambiado tus sentimientos hacia mí... Y que, en este caso, era mejor que dejara de escribirte y que, si me equivocaba, ya te pondrías tú en contacto conmigo.

»Justo por entonces, en el encuentro de finales de abril, nos reunimos unas cuantas personas. Y tuve algunas discrepancias con ellas. No era nada importante, no era sobre ningún tema concreto. Solo algunos aspectos muy generales referidos a las próximas actividades. Hasta aquel momento, no había pensado en profundidad sobre ello, pero durante el último año había sentido una especie de incomodidad que, de algún modo, estaba relacionada con el contenido de aquella discusión, y fui atando cabos.

—¿Sobre las líneas de actuación o algo por el estilo?

—No —dijo Aizawa—. Era una simple percepción mía. En la asociación todo sigue igual. Sus objetivos son muy claros. Y yo, por supuesto, sigo pensando que sus actividades tienen un gran sentido. Para mí lo han tenido. Descubrir que había personas que se encontraban en la misma situación que yo, conocerlas, a mí me ha ayudado muchísimo. Esta es la verdad.

Asentí.

—Pero, poco a poco, dejé de entender algunas cosas —dijo Aizawa—. Y empecé a considerar la posibilidad de tomar una cierta distancia respecto a las actividades, de alejarme un poco. Los miembros de la asociación son, todos, muy buenas personas. Pero me dije que había llegado el momento de separarme de ellos, de estar solo y afrontar mis propios problemas. Para ser más preciso... Me dije que había llegado el momento de analizar de raíz cuál era realmente mi problema. De modo que les comuniqué que, después del encuentro de abril, dejaría de colaborar con ellos durante un tiempo.

—¿También a Zen-san?

—Sí —dijo Aizawa—. Y lo único que me dijo fue: «La decisión es tuya». Nada más. Pero yo sentía unos remordimientos terribles. No es que fuera a hacer nada malo, lo que les expliqué creo que tenía lógica. Todos estuvieron de acuerdo conmigo, no hubo ningún problema. Pero no podía quitarme los remordimientos de encima. Cada vez que pensaba en Zen-san, notaba cómo este sentimiento de culpabilidad iba creciendo en mi interior.

Al otro extremo del teléfono, Aizawa lanzó un pequeño suspiro.

—Estar sin verla, sin hablar con ella, no ha sido duro para mí. Al contrario... Me he dado cuenta de que sentía alivio. Lo que ha sido amargo para mí...

Aizawa volvió a lanzar un pequeño suspiro.

—Lo que ha sido amargo para mí... es no haberte visto durante todo este tiempo.

Yo permanecía en silencio, con el teléfono móvil pegado a la oreja.

—Puede que me tome demasiadas confianzas hablando así y que esté cometiendo un gran error —dijo Aizawa con voz sosegada—. Pero es lo que siento. Es lo que estoy pensando siempre, todo el tiempo.

Tras inspirar una gran bocanada de aire, contuve la respiración. Cerré los ojos. Y fui exhalando despacio todo el aire que tenía en el cuerpo.

Lo que había dicho Aizawa era como un sueño. Lo pensé traducido en palabras: «Parece un sueño». Pero enseguida sentí una inmensa tristeza. Negué con la cabeza mientras repetía para mis adentros, una vez tras otra, las palabras de Aizawa. Y me sentí mucho más triste todavía. «Si lo hubiera conocido cuando yo era más joven —pensé—. Si lo hubiera conocido antes, hace mucho tiempo.»

Al pensarlo, sentí una punzada de dolor en el corazón. Si lo hubiera conocido hace mucho tiempo. Pero ¿cuándo? ¿Cuándo debía de haber sido? ¿Cuándo era «hace mucho tiempo»? ¿Diez años atrás? ¿Antes de haber conocido a Naruse? ¿Cuándo debía haber sido? No lo sabía. Pero hubiera deseado fervientemente, con todo mi corazón, haber conocido a Aizawa *antes de ser como era*. Pero ya no había nada que hacer.

—El parque de Komazawa era precioso —dije—. El veintitrés de abril. Fue un día maravilloso, perfecto. Apacible, soleado. Un día tan hermoso que hubiera seguido caminando hasta el infinito. Yo...

Sentí una opresión en el pecho, aspiré una gran bocanada de aire.

—Yo... creo que ya me enamoré de ti cuando leí aquellas líneas.

—¿Aquellas líneas? —preguntó Aizawa en voz baja.

—«Una persona alta, con párpado simple, buen fondista. ¿No hay nadie que conozca a alguien con estas características?» Es lo que dijiste cuando estabas buscando a tu padre.

Respiré hondo.

—No sé por qué razón, pero no podía olvidar aquellas palabras. No estoy diciendo que entendiera cómo te sentías, tampoco tenía ninguna relación conmigo. Pero no podía olvidarlas. Cada vez que recordaba aquellas palabras, no podía dejar de pensar en aquel alguien que solo contaba con aquellos tres indicios para buscar la mitad de sí mismo. Ante mis ojos emergía, una y otra vez, la figura de un hombre vuelto hacia un erial inmenso, sin fin. No podía olvidarte y aún no te conocía. Pero...

Enmudecí largo rato. Aizawa esperó con paciencia a que continuara.

—...Pero estos sentimientos no conducen a nada. Que desees verme, que sientas eso por mí: es como un sueño. Pero, todo eso, yo no lo puedo materializar.

—¿Materializar?

—Yo no estoy capacitada para tener una relación —dije—. No puedo hacer las cosas normales.

Sacudí la cabeza.

—Es que no puedo hacerlo.

Aizawa trató de decir algo, pero lo interrumpí. Seguí hablando:

—Lo mismo sucede con el hijo... Lo de que yo quería un hijo, lo de que quería conocerlo... Es posible que, en el fondo, ya supiera que era algo que yo no podía hacer. Quizá ya supiera que eran fantasías, que aquello no era realista, que era un disparate, que era imposible, que era un sueño, un error. Pero yo me entusiasmaba como una idiota, me sentía feliz, me decía a mí misma que quizá yo también lo conseguiría, que tal vez pudiera dejar de estar sola, que a lo mejor yo también era un poco especial y que podría conocer a alguien especial.

—Natsume-san.

—Pero la verdad —dije mordiéndome los labios— es que, desde el principio, sabía que era un sueño, que no podría hacerlo y es posible que fuera justamente por eso, para renunciar a la idea, por lo que fui a verte.

—Natsume-san.

—Ya —dije arrancándome las palabras del fondo del corazón—. Ya no volveremos a vernos más.

Después de colgar, permanecí alrededor de una hora mirando distraídamente una mancha del techo. La luz deslumbrante del sol de verano bailaba en las cortinas, en la habitación no se oía el menor ruido.

Al ponerme en pie me dio la sensación de que había abandonado mi cuerpo. O de que estaba dentro del cuerpo de otra persona. Me dirigí con paso vacilante al baño y me duché con agua caliente. Tras humedecerme el pelo, me puse champú en la mano y me froté la cabeza, pero tenía el pelo tan pringado de sudor y grasa de días que tuve que repetir la operación varias veces hasta conseguir que saliera espuma. El cuerpo que veía reflejado en el espejo parecía haber encogido, las caderas habían adelgazado, las costillas sobresalían ligeramente y las manchas y lunares parecían algo más oscuros.

Al salir de la ducha, me sequé el pelo muy despacio. Tardé mucho tiempo. Al volver a la habitación, me recosté en el puf, levanté la mirada hacia el techo y me quedé parpadeando una vez tras otra. Luego fui siguiendo con la mirada los diversos objetos de la habitación. El papel blanco de las paredes, la estantería, la mesa a su derecha, la pantalla negra del ordenador que llevaba días sin tocar. Alrededor del futón revuelto había un vaso con restos de Pocari Sweat, algunos pañuelos de papel arrugados y toallas con las que me había secado el sudor; a los pies, ropa sucia hecha una bola. Apoyé las palmas de las manos sobre la barriga y cerré los ojos. Bajo las palmas, la piel estaba fría, no había signos de calor. No había signos de nada.

Me levanté, me acerqué a la mesa y, apoyada en el respaldo de la silla, me la quedé mirando fijamente. Devolví la pluma, que había quedado por allá, al portalápices, abrí el cajón. Había pósits, la cartilla del banco, clips. Y las tijeras de los lirios que me había dado Konno aquel día. Cogí la libreta que estaba guardada al fondo y pasé las páginas. Había un corto poema que había garabateado un día que estaba borracha. Había sido mucho... verdaderamente mucho tiempo atrás. Contemplé aquellas líneas durante unos instantes. Luego, arranqué la página y la doblé por la mitad. Luego, la doblé en cuatro partes, en ocho, hasta que fue tan pequeña que no se pudo doblar más y, entonces, la dejé al fondo de la papelera.

LA PUERTA DEL VERANO

Me enteré de que Sengawa había muerto el día 3 de agosto.

Yusa me llamó por teléfono poco después de las dos de la tarde; yo estaba en casa leyendo un libro. «¿Cómo?», le dije. «¿De qué?», le pregunté. «Yo también me acabo de enterar», me dijo Yusa. No sé por qué, lo primero que me vino a la cabeza fue la palabra *suicidio* y, luego, *accidente*. Antes de que pudiera preguntarlo, Yusa me dijo:

—En un hospital. Yo no sabía nada.

—¿Enferma? —Percibí un ligero temblor en mi voz—. ¿Quieres decir que se había puesto enferma?

—Todavía no conozco los detalles —dijo Yusa—. Solo sé que a finales de mayo se hizo unas pruebas, descubrieron que tenía cáncer y la ingresaron enseguida.

—¿A finales de mayo? Es decir, ¿poco después de que nos viésemos en tu casa?

—Sí —dijo Yusa con voz angustiada—. Por lo visto, ya había habido metástasis.

—¿Qué? ¿Dónde? —dije sacudiendo la cabeza—. ¿Quieres decir que ella tampoco lo sabía?

—Eso parece... Natsume, espera un momento. Me están llamando. Volveré a llamarte luego.

Después de colgar, me quedé plantada en medio de la habitación. Clavé los ojos en la pantalla del teléfono que tenía en la mano, pulsé el botón de «inicio» y me lo quedé mirando fijamente hasta que la pantalla se volvió a oscurecer. De repente había tenido la sensación de que debía telefonear a alguien, pero no había nadie a quien llamar.

Metí el teléfono y el monedero en una bolsa, me puse las sandalias, salí a la calle con ropa de casa y empecé a dar vueltas por el barrio, sin rumbo. No llevaba más de un minuto andando cuando ya noté cómo se me humedecían las axilas y cómo el sudor empezaba a deslizárseme desde la nuca hasta la cintura. El cielo estaba algo empañado y los rayos de sol no eran tan intensos como de costumbre, pero, a pesar de ello, el calor del verano se adhería a mi cuerpo como si me cubriera la cara con un pañuelo mojado y un sudor pegajoso fue brotando de todos mis poros.

Entré en una *konbini* y salí tras dar una vuelta rápida por el interior; fui entrando en una *konbini* tras otra haciendo varias veces lo mismo. Mientras andaba, iba echando ojeadas al teléfono para comprobar si había alguna llamada de Yusa, me compré una botella de agua en una máquina expendedora y me la bebí a la sombra de un árbol de la calle. Luego marqué el número de Sengawa. Al primer timbrazo, se desvió la llamada y salió el mensaje del servicio de contestador automático. Entre una cosa y otra, estuve alrededor de una hora vagando por el barrio; después, regresé a casa.

Yusa volvió a llamarme a las seis y media de la tarde. Cogí el teléfono casi en el mismo instante en que se iluminaba la pantalla.

—Siento haber tardado tanto —dijo Yusa—. Es que todo es tan confuso... Hay muy poca gente que sepa algo. Murió ayer, a medianoche. Por un fallo multiorgánico debido al cáncer. A finales de mayo le diagnosticaron cáncer de pulmón y la hospitalizaron; luego salió y, hace dos semanas, volvió a ingresar en otro hospital distinto. Hasta anoche...

—No lo entiendo. —Sacudí la cabeza—. Pero si cuando nos vimos después del puente estaba bien. ¿Cómo puede ser que tuviera un cáncer en fase terminal? ¿Cómo es que no se había dado cuenta de algo así?

—Por lo visto, después de enterarse de que tenía cáncer, solo se lo comunicó a unos pocos compañeros de la editorial. No se lo dijo a nadie de fuera. Espera, ¿cuándo fue? Sí, hace alrededor de un mes. Le envié un correo. Por un asunto totalmente distinto, claro. Y ella me respondió como de costumbre. Yo, al menos, no me di cuenta de nada, y ella tampoco me dijo nada.

—Estos últimos dos meses, supongo que no ha trabajado en la editorial, ¿verdad?

—Por lo visto, no. Sobre esto justamente he estado hablando hace un rato con otra escritora... A ella también la llevaba Sengawa. Me he puesto en contacto con ella a través de un conocido. Me ha dicho que, a principios de junio, cuando empezaban a revisar las galeradas, Sengawa la llamó por teléfono. Le dijo que sentía mucho decírselo en un momento así, pero que la sustituiría temporalmente otra editora. Que no era nada grave, pero que se le había empeorado el asma crónica que padecía y que debía seguir un tratamiento médico. La chica le dijo que la salud era lo primero, que no se preocupara en absoluto, y, entonces, Sengawa le contestó riendo que aprovecharía la ocasión para tomarse un buen descanso y que se reincorporaría al trabajo después del *O-bon*.[1] Pero que lo mantuviera en secreto, por favor. Porque no quería alarmar a nadie.

Me cubrí el rostro con las palmas de las manos y suspiré.

—Sengawa-san siempre estaba tosiendo —dijo Yusa—. Yo ya había pensado a veces: «¡Qué mala cara tiene!», y le había dicho, preocupada, que se hiciera una revisión médica. Se lo había comentado, así de pasada, varias veces mientras hablábamos. Pero ella siempre decía que iba periódicamente al médico, que no había problema. Que estaba pálida por culpa de la anemia, pero que se medicaba, que todo es-

1. En la segunda mitad de agosto.

taba bajo control. Y que la tos se debía al asma crónica. Claro que si no trabajara tanto, mejoraría, pero qué le iba a hacer. Eso es lo que decía siempre. No me hacía ningún caso. Aseguraba que iba al médico de cabecera a hacerse pruebas con regularidad, que no me preocupara. Por lo visto, cuando notó que algo no funcionaba y se hizo unas radiografías, le encontraron los pulmones llenos de esas pequeñas bolas de nieve.

—La verdad es que siempre estaba tosiendo —dije en voz baja—. Pensándolo bien, tosía mucho. Solía decir que era el asma, el estrés.

—Sí. —Yusa suspiró—. Se ve que había metástasis en el cerebro y que eso le provocó parálisis.

—Vaya —dije. Y no supe qué añadir. Enmudecimos unos instantes las dos. Mientras, solo se percibía el débil sonido de nuestras respiraciones. Al fondo, se oía la voz de Kura y, también, la de una mujer que le estaba diciendo algo. Debía de ser la madre de Yusa.

—Hace un rato, he podido hablar con la mejor amiga de Sengawa-san en la editorial. Una mujer de su misma promoción —dijo Yusa—. Por lo visto, también a ella le ocultó que tuviera cáncer. Tampoco le contó los detalles de su ingreso en el hospital. Lo único que le dijo era que había estado hospitalizada para hacerse unas pruebas y que, como el asma y la anemia estaban bastante mal, tenía que recuperarse en casa. A ella también le pidió que no se lo contara a nadie. Después de coger el descanso, se intercambiaron varios mensajes. El último fue a mediados de julio y dice que el contenido fue el corriente, nada fuera de lo normal.

—¿Y los funerales? —pregunté.

—Por expreso deseo de la familia, tendrán lugar en la intimidad.

—¿Solo para la familia?

—Sí. Yo también lo he preguntado hace un rato en la editorial y, al parecer, solo pueden asistir las personas que reciban directamente una comunicación de la familia.

—Esto —dije— no será por voluntad de Sengawa-san, ¿verdad?

—¡Qué va! —dijo Yusa—. Por lo visto todo fue muy rápido. Cambiaron de tratamiento, tuvieron que ir tomando decisiones sobre la marcha. Había metástasis en la cabeza y también en otros órganos, de modo que se plantearon la radioterapia. Pero todo se precipitó. Ni Sengawa-san ni su familia debieron de imaginar un desenlace así, tan repentino.

—Claro —dije.

—¿Cuándo fue la última vez que hablaste con ella, Natsume? ¿El último contacto que tuviste con ella?

—La última vez —levanté la cabeza y suspiré— fue en tu casa. Fue el último día en que la vi y el último en que hablé con ella.

—Yo también la vi aquel día por última vez.

—¿Irás a los funerales?

—No creo que pueda. Ni siquiera podrán ir personas del trabajo que eran mucho más cercanas que yo.

Las dos volvimos a enmudecer.

—Los de la editorial me han dicho que, más adelante, cuando todo se calme un poco, harán una especie de ceremonia de despedida.

—Sí.

—¿Sabes? —dijo Yusa aspirando entrecortadamente por la nariz—, es que no me lo puedo creer.

—Sí.

—Este desenlace le parecería inesperado incluso a Sengawa-san.

—Sí.

—Por lo visto, no ha dejado ninguna nota de despedida. Es lógico. Si no sabía que iba a morir...

—Sí.

—Ella, que había leído tanto lo que escribían los demás y que había hecho tantos comentarios y sugerencias...

—Sí.

—Se ha ido sin decir nada.

—Sí.

—Así, de repente.

—Sí.

—Incluso a ella le habría costado creerlo.

Me acordaba de mamá y de la abuela Komi. Las dos sabían que tenían cáncer, pero murieron muy pronto, antes de comprender qué les estaba sucediendo. Sin que nadie les explicara hasta qué punto era malo, sin recibir un buen tratamiento. Mamá y la abuela Komi murieron muy pronto, con sus cuerpos encogidos conectados a la instilación, en la sala grande de un hospital pequeño, viejo y mal equipado, de las afueras de Shôbashi. Me acordaba de la pared exterior de azulejos negriazules y de los dedos de los pies de ambas, ya fríos, que asomaban por el extremo de la sábana.

—Pero ha sido muy rápido —dijo Yusa con voz llorosa—. Tanto que, si yo describiera una escena así en una novela, la editora me diría que el desenlace es demasiado rápido.

—Sí.

—Natsume —dijo Yusa—. ¿Vienes a casa? Ven aquí.

—¿Ahí? —pregunté.

—También está Kura. Y mi madre. Ven. Cenaremos juntas. —Yusa parecía estar llorando—. También está Kura. Ven. Comeremos algo. Juntas.

—Gracias, Yusa —dije cubriéndome la mejilla con la palma de la mano derecha.

—Nada de gracias. Coge un taxi y ven.

—Sí.

—Enseguida.

—Yusa, gracias —dije—. Pero hoy tengo la sensación de que es mejor que me quede en casa.

Después de despedirme de Yusa, me quedé unos instantes mirando distraídamente por la ventana; luego, me preparé algo sencillo para cenar. Solo comerme la mitad, sentí náuseas, así que me duché y, con la toalla enrollada en la cabeza, me metí en el futón.

Aún faltaba tiempo para que llegase la noche. El azul del otro lado de la ventana iba haciéndose poco a poco más intenso y las tinieblas del crepúsculo iban adueñándose de la habitación. «¿De dónde vendrá un azul como este?», me pregunté.

Al cerrar los ojos, veía el rostro de Sengawa. En mi mente, siempre estaba sonriendo. «¡Qué extraño! —pensé—. ¿De verdad sonreíamos tanto?» Cuando estábamos trabajando. Cuando hablábamos de la novela, frente a frente. Tenía la impresión de que Sengawa, la mayor parte de las veces, estaba seria, pero la Sengawa que aparecía en mi pensamiento, por la razón que fuera, tenía un rostro risueño.

Cuando andábamos por Omotesandô decorado con las centelleantes luces navideñas. Recordé que se había vuelto hacia mí sonriendo alegremente y me había dicho: «¡Qué bonito!». Me acordé de que yo había pensado: «Vaya. También sonríe así a veces». Y cuando nos habíamos visto después de que se hiciera la permanente suave. Al decirle que le sentaba muy bien, se había ruborizado, pero había sonreído contenta. «Pues es verdad que sonreíamos mucho», pensé mientras contemplaba cómo la ventana se iba hundiendo en azul.

Sengawa estaba muerta, lo que me había dicho Yusa poco antes por teléfono era verdad. Era real y sabía perfectamente que tenía que aceptarlo, pero mi cabeza no funcionaba bien. Tenía la sensación de que la parte del cuello para arriba, donde surgían los sentimientos de tristeza y amargura, se había paralizado por completo y que yo había quedado reducida a un cuerpo sin cabeza. Y que aquel cuerpo experimentaba dolor. No es que nadie me hubiese golpeado, o hecho daño: estaba acostada en el futón, a salvo. Pero el cuerpo me dolía. Sentía las vísceras empaquetadas bajo las costillas congestionadas de sangre, negruzcas y abotargadas, y empujaban desde dentro a los músculos y la grasa, y parecía que fueran a rasgar la piel.

Inmersa en aquellas tinieblas azules, cogí el teléfono y me dispuse a releer los mensajes que había intercambiado con Sengawa. Me quedé asombrada. En mi memoria, Sengawa me había enviado muchísimos, pero, en realidad, habían sido solo siete.

El contenido de todos era muy sucinto, solo unas pocas líneas. «Quizá no sea tan extraño», me dije. Pensándolo bien, en sentido estricto, no se podía decir que Sengawa y yo trabajáramos juntas: estábamos en el estadio anterior. Solo habíamos mantenido un intercambio ambiguo que no se había materializado en nada. Tenía la sensación de que nos habíamos visto muchas veces y de que habíamos hablado de muchas cosas, pero, de todo ello, no había quedado ningún rastro. Caí en la cuenta de que no tenía ni una sola fotografía de Sengawa. No solo eso. ¿Cómo era su letra? Había visto unas señas escritas por ella en paquetes o sobres que me había enviado, pero ni siquiera tenía un recuerdo claro de su escritura. A pesar de habernos visto y de haber hablado tanto, a pesar de ser alguien tan importante para mí, de ser una de las escasas —verdaderamente escasas— personas a las que podía llamar amiga, yo no sabía nada de ella. No quedaba nada, ya no podía confirmar nada.

Sengawa había subido corriendo la escalera..., aquella escalera de Midorigaoka, persiguiéndome. Luego me había buscado por el andén. Aquellas eran las últimas imágenes que tenía de ella. Había visto cómo volvía la cabeza en todas direcciones, con ojos inquietos, buscándome, y, después de que nuestros ojos se encontraran un instante, yo había bajado la cabeza, ocultando la cara. ¿Por qué no me había puesto en contacto con ella después? Y eso que sabía que ella tenía razón y que yo estaba equivocada. ¿Y si aquel día, en vez de huir, hubiese hablado con ella? Aún no era muy tarde; tal vez podríamos haber ido andando hasta la próxima estación y ella habría tenido la oportunidad de disculparse. «Me he excitado, lo siento. He vuelto a beber más de la cuenta», podría haber dicho. Si aquel día nos hubiésemos despedido bien, quizá se habría puesto en contacto conmigo después de ingresar en el hospital. Quizá me habría dicho algo. Al pensarlo, se me encogía el corazón. Pero no lo sabía. Quizá Sengawa no hubiera querido ponerse en contacto conmigo. Quizá a mí no habría querido decirme nada significativo. Quizá yo no le importara gran cosa. Quizá yo fuera la única que creía que era mi amiga, alguien importante en mi vida, y, para Sengawa, yo no tuviera ningún valor. Que solo fuera una más de las muchas personas con quienes trabajaba.

Me había llamado de repente aquella noche y habíamos bebido en el bar del subterráneo. Sengawa estaba borracha, era una noche de febrero y aún hacía frío; yo había ido con el pelo mojado, el bar era oscuro, se veían oscilar las llamas de las velas; nosotras habíamos hablado de muchas cosas. Y, en el baño igualmente oscuro, Sengawa me había abrazado delante de la pila del lavabo. ¿La habría herido sin darme cuenta? ¿Esperaba ella algo de mí? ¿Quería decirme algo? ¿O había sido una acción sin ningún significado en particular? ¿O, quizá, en realidad, estaba enfadada conmigo? Por no ser capaz de escribir la novela... «Eso, la novela», pensé. Yo, en definitiva, no había sido capaz de terminar la novela. No había sido capaz de entregársela para que la leyera. Claro que, quizá, ella no esperaba, en realidad, nada de mí. Quizá se limitaba a desempeñar su trabajo como editora. Pero, fuera su intención o no, lo cierto era que la única persona que me había dado ánimos y me había esperado, tanto a mí como a mi novela, había sido Sengawa. Únicamente ella. Un día, casi tres años atrás, un día de verano tan caluroso como hoy, había venido a verme. Sengawa había venido a verme a mí. ¿Y yo? A pesar de haber tenido tres años. A pesar de haber tenido, ni más ni menos, tres años, había dejado que se marchara sin haberle devuelto nada, sin haber escuchado nada de lo que ella pensaba.

Después del anochecer, continué pensando en todo aquello acostada en el futón. Iban brotando oleadas de remordimientos, de tristeza y de soledad, y más remordimientos. El sueño no acudía. Notaba los brazos y las piernas pesados y, a pesar de que seguía teniendo la cabeza embotada, a medida que pasaba el tiempo, iba sintiendo la vista cada vez más aguda y despierta. Me daba la sensación de que los vasos sanguíneos y los nervios que conectaban los glóbulos oculares y el cerebro se iban dilatando. Todas las veces en que me levanté para ir al lavabo, tuve la impresión de que había alguien detrás de la puerta del recibidor. Pensé que si abría la puerta de golpe, quizá encontrara a Sengawa allí. Abrí la puerta. Pero Sengawa no estaba. Por supuesto.

Al permanecer tanto tiempo con los ojos abiertos en la oscuridad, se fueron multiplicando los instantes en los que experimentaba cómo simples imaginaciones tomaban forma real y se reflejaban en mis pupilas. Quizá me adormilara a ratos, pero me encontraba inmersa en escenas extrañas y estas *eran cosas que recordaba*, no eran sueños. Estaba en una especie de restaurante, con el techo alto, había una mesa cubierta con un mantel blanco que colgaba. No había ni comida ni bebida. A mi lado estaba sentada Sengawa y yo le preguntaba sin palabras, solo con un ademán en el que se mezclaban la pena y el enfado, por qué había muerto de aquella manera. Y Sengawa respondía con su sonrisa cohibida de siempre: «No se puede hacer nada, Natsuko-san», entornando los ojos como si se preocupara por mí. En el asiento de enfrente estaba Yusa, con los ojos hinchados de tanto llorar, pero Sengawa, por alguna razón, no la veía. Aunque se encontraba en la misma mesa que nosotras, Yusa parecía estar completamente sola derramando lágrimas. A su lado se sentaban Yuriko Zen, que abrazaba a Kura, y también Konno, que, con las tijeras de los lirios en la mano, iba cortando un papel blanco inmaculado a trocitos muy pequeños y hacía formas de flores. Tampoco Yusa parecía ver a las demás. Mientras tanto, Yuriko Zen le iba acariciando con una mano la espalda a Yusa, sumida en llanto, y murmuraba: «¡Pobre! ¡Pobrecita!». Iba musitando estas palabras como si fuera un monólogo, sin dirigirse a nadie en particular. «Sí, es posible. —Sengawa sonreía—. Pero ya no duele.» Yusa seguía llorando con los hombros sacudidos por los sollozos mientras Yuriko Zen, con Kura en brazos, le iba acariciando la espalda.

De pronto, volví a percibir indicios de una presencia en la cocina: me levanté y me dirigí hacia allí. Era como si mi cerebro fuera recibiendo una descarga eléctrica tras otra. Me daba la impresión de que, si la base de la percepción dependía de la sustancia cerebral y del tipo de estímulo, yo era capaz de ver, en aquel momento, cualquier cosa. Me daba la sensación de que podía ver cosas que habitualmente no veía, cosas que no debían de existir en la realidad. Pero lo cierto era que en otras circunstancias similares jamás había visto nada. Durante un tiempo después de que murieran la abuela Komi y mamá, las noches en que no podía conciliar el sueño creía percibir indicios de su presencia y recorría el piso o abría la puerta. Me había sucedido en varias ocasiones, pero nunca vi la figura de Komi o de mamá. «Cuando ellas murieron, no pude verlas a ninguna de las dos. No pude volver a verlas», pensé. Y me dio la sensación de que aquello era una terrible equivocación, una gran injusticia. *Por el simple hecho de que hubieran muerto*, hacía más de veinte años que no veía ni a la abuela Komi ni a mamá, que no podía hablar con ellas. De repente, tuve ganas de gritar con todas mis fuerzas. ¡Solo por estar muertas! Apoyada en el frigorífico, miré fijamente todos los rincones de la habitación, pero allí no oscilaba ninguna sombra, no se oía ningún sonido.

¿Y Aizawa? ¿Qué debía de estar haciendo en aquellos momentos? ¿Estaría haciendo guardia en la clínica? Recordé que me había dicho una vez que, cuando lo llamaban a una visita domiciliaria a medianoche, casi siempre se trataba de personas que acababan de morir. «¿No te parece extraño que dejes de poder ver a alguien, que desaparezca de pronto, solo porque haya muerto?» Me habría gustado preguntárselo a Aizawa. Querría haberle contado que no sabía cuáles eran los sentimientos de Sengawa hacia mí, pero que, de repente, había desaparecido alguien a quien yo apreciaba mucho. Alguien a quien yo apreciaba... Pero ¿realmente había apreciado tanto a Sengawa? Al pensarlo, sentí miedo. ¿La había apreciado realmente? ¿De verdad? Apreciar, ¿qué significaba eso? No lo sabía, no lo sabía. «Dime, ¿qué significa eso?», habría querido preguntarle a Aizawa.

Pensé en lo maravilloso que sería que Aizawa estuviera cerca en aquel momento. Solo pensarlo, se me empañaban los ojos de lágrimas. Pero era un sentimiento estéril. Un sentimiento que ya no tenía sentido que existiera, un sentimiento caprichoso. Porque había sido yo quien le había dicho por teléfono que no nos veríamos más; tampoco él se había vuelto a poner en contacto conmigo después; además, a mediados de julio, había descubierto a Aizawa y a Yuriko Zen juntos cerca de la estación. Los había visto a los dos al otro lado del cristal del Starbucks y había abandonado el lugar a toda prisa como si huyera. Aizawa me había dicho un día que quería verme y que era amargo para él no estar conmigo, pero seguro que había sido una duda pasajera y que, al final, se había dado cuenta de que era con Yuriko Zen con quien debía y quería estar. Aizawa estaba vivo, debía de estar vivo, pero, si no volvía a verlo nunca más, si no volvía a ver su imagen nunca más, ¿cómo seguiría viviendo?

Entonces, de pronto..., surgió una duda: ¿realmente no podía tener relaciones sexuales con Aizawa? El pulso se me aceleró, me empezó a arder la cara. ¿Era cierto que ya nunca podría mantener relaciones sexuales?

Siempre había estado convencida de que me era imposible, pero quizá ahora fuese distinto... ¿No cabía esa posibilidad? De pie en la oscura cocina, intenté reflexionar. Me bajé los pantalones cortos hasta los muslos, me quedé en bragas, metí la mano debajo. Luego, con la yema del dedo, me acaricié la vulva. La carne era suave, había una hendidura, parecía que si empujaba un poco el dedo podría ir más hacia el fondo. Había pliegues, había pequeñas protuberancias. Pero solo eso. Aunque empujé, pellizqué, acaricié con el dedo medio y el índice, nada se despertó. Sí que notaba una cierta humedad, una vaga calidez, en la zona que rodeaba la vagina, pero quizá se debiera a las altas temperaturas o al sudor: en cualquier caso, no sentí nada especial.

Sin cambiar de postura, reflexioné sobre el sexo. Cuanto más pensaba en ello, menos sabía en qué estaba pensando. ¿Qué significaba en realidad poder, o no poder, mantener relaciones sexuales? En el aspecto físico, yo era una mujer adulta con unos genitales normales; por lo tanto, era fisiológicamente capaz de tenerlas. ¿Podía, entonces? «No —pensé—. Me da la sensación de que mis genitales, los genitales que he acariciado hace un rato, me da la sensación de que *no están hechos para esto*. Esta parte de mi cuerpo no sirve para esto.» Me parecía evidente. Genitales, los tenía desde que era pequeña. Aunque hubieran cambiado de tamaño o de forma, cuando era niña ya tenía genitales: el hecho, en sí, no había cambiado durante todo aquel tiempo. Cuando era niña, era normal que no los utilizara, ¿por qué era extraño que no lo hiciera ahora? ¿Qué tenía de anormal el hecho de que una parte de mí no hubiera cambiado?

¿Por qué tenían que solaparse las cosas de aquella manera? ¿Por qué tenía que existir aquella íntima relación entre el hecho de querer a alguien y aquella parte del cuerpo? ¿Por qué tenía que estar pensando en el sexo solo porque deseaba ver a Aizawa y contarle algo que me importaba, solo porque deseaba estar con él y hablar de tantas cosas? ¿Por qué estaba pensando aquellas cosas arbitrariamente cuando Aizawa jamás me había pedido nada? Y ¿por qué estaba pensando yo en aquellas cosas justo la noche después de que hubiera muerto Sengawa?

«¿Y no está bien así? —me dijo Yuriko Zen—. ¿Acaso no está bien? Ya no habrá dolor. Y tú..., al menos tú, estarás libre de hacer algo irreparable. Una parte de ti sigue siendo como cuando eras niña, ¿no es fantástico? Un cuerpo de niña. Una parte que no pueda usarse, delicada, que aún no tiene un destino. Solo lo que hay, solo la delicadeza.» Yuriko Zen. Yuriko Zen de niña. Sobre su nariz y mejillas, todavía menudas, respiraba vagamente una nebulosa. Cerré los ojos con fuerza y negué con la cabeza en medio de las tinieblas.

—¡Hola, Nat-chan! ¿Cómo estás?

La voz de Midoriko, que hacía mucho tiempo que no escuchaba, era alegre y yo me quedé sonriendo sin pensar.

—¡Qué calor! ¿Me oyes? ¡Nat-chan!

—Sí, perdona. Te oigo —me disculpé—. En Osaka debe de hacer un calor horrible, ¿no?

—¡Horroroso! Solo con respirar, ya sudas. Aquí todos estamos deshidratados —dijo Midoriko en tono de broma.

—Uf, aquí igual. ¿Qué estás haciendo? ¿Estás en el trabajo?

—Sí —dijo Midoriko—. Pero tenemos un problema en el local.

—¿Qué pasa?

—Que hay comadrejas —dijo Midoriko en tono de fastidio—. Comadrejas.

—Pero tú trabajas en un restaurante, ¿no? ¿Cómo pueden haber entrado comadrejas en un restaurante? —pregunté.

—Esa es la cuestión... Bueno, a ver si consigo explicártelo desde el principio. Es todo tan raro que alucino, en serio. A ver... Mira, el restaurante donde trabajo está en la planta baja de un edificio que tiene más de treinta años. Una ruina, vaya. Hasta ahora no había problemas, pero antes del verano empezó a caerse a trozos. Que si el sistema eléctrico, que si el agua. En fin, que eran necesarios muchos cambios y decidieron hacer obras muy en serio. De todo el edificio.

—Ya.

—Entonces, en el primer piso del edificio, hay una gente algo rara. Es una especie de salón, tipo espiritista, con quirománticos, adivinos, asesores. También hacen algo de desarrollo personal. Como es lógico, viviendo en el mismo edificio, sabían lo de las obras, claro. Se les había pedido permiso, como es normal, y fueron muy pesados con las fechas, con cómo irían las obras y demás. Pero, sea como sea, las obras empezaron. Y había ruido. Las obras hacen ruido, ya se sabe. Es lo normal, ¿no? Entonces, en cuanto empezaron las obras, uno de los de arriba bajó corriendo la escalera, preguntando con grandes aspavientos: «¡¿Qué pasa!? ¡¿Se está hundiendo la casa?!». Cuando le respondieron que solo eran obras, se volvió a su casa refunfuñando, pero, al día siguiente, volvió a hacer exactamente lo mismo. Al principio, pensaron que lo hacía aposta, solo para molestar, pero parece que iba en serio. Hay una película. Va de un hombre que perdía la memoria enseguida e iba escribiendo en la pared, en papeles, por todas partes. *Memento*. ¿La conoces? ¿La has visto?

Le dije que no.

—Pues esto es como *Memento* en versión «un día de su vida real». Es para volverse loco.

—¿Y de ahí vienen las comadrejas?

—Exacto —dijo Midoriko—. Un día, de repente, se desprendieron unas tablas del techo y empezaron a caer comadrejas.

—¿En el restaurante?

—Estaba lleno de clientes, o sea, que ya puedes imaginarte la que se armó. No es un local de primera categoría, es un restaurante de comida occidental normal y corriente, pero que te caigan de pronto comadrejas encima de la cabeza te pega un susto, claro.

—¡Tú dirás! —asentí.

—En fin. El canal está cerca y el edificio está sucio: es posible que al empezar las obras, una familia de comadrejas se asustara, se trasladase allí y pasara lo que pasó. Por la noche, a veces se ve alguna por la calle. Es posible que fuera eso. Pero se repitió un montón de veces. Tapamos el agujero del techo por donde cayeron la primera vez, pero, luego, aparecieron corriendo por el suelo, caían por otras partes del techo...

—¡Pobres! Deben de estar desesperadas por salvar la vida. Si cayeran dentro de la olla de la cocina, acabarían convertidas en sopa.

—Para el restaurante sería el mejor lugar donde podrían caer —dijo Midoriko—. El encargado se está volviendo majara. Dice que por viejo que sea el edificio, por más cerca que esté de un canal sucio, todo esto es muy raro. Según él, las comadrejas nos las tiran los del salón espiritista de arriba. Se fue a quejar y todo. Pero los espiritistas lo niegan todo. La verdad es que no entiendo cómo se lo podrían montar. Estos bichos no son fáciles de atrapar.

—No, claro.

—Total, que el encargado se está volviendo majara de verdad. Dice que seguro que tiene que ver con el trabajo de los espiritistas. Nos hizo quedar para una reunión y empezó explicándonos a todos que aquello era un complot a gran escala. Los espiritistas están conectados a no sé qué secta, hacen no sé qué prácticas tipo *Memento* y, no te lo pierdas, hablaba con gestos por si había micrófonos... Loco de remate. En fin, que se ha declarado una guerra con los de arriba. Siguen cayendo comadrejas del techo. Los clientes ya no vienen. Para calmarlo, le propuse: «¿No sería mejor cambiar el nombre del local a Ristorante La Comadreja?». Y me respondió: «¿Qué tiene de malo el nombre que tiene ahora? Los que tendrían que cambiar son los de arriba». Y nos ha dicho que, de aquí en adelante, atraparemos todas las comadrejas que caigan y las empujaremos hacia arriba, de vuelta. Se las devolvemos todas sin dejar ni una. Total, que aquello parecerá el «juego de pilla-pilla a la comadreja»...

—¡Qué horror! —Reí—. ¡Qué desastre! Las comadrejas son muy monas, pero en un restaurante, con la comida...

—Claro. —Midoriko lanzó un suspiro—. Por cierto, Natchan...

—¿Sí?

—Pronto será mi cumpleaños. Vendrás tal como me prometiste, ¿no? —dijo Midoriko aclarándose la garganta.

—Esta es mi intención.

—Te has peleado con mamá, ¿verdad?

—No sé si llamarlo pelea, pero sí. ¿Te ha contado algo? ¿Está bien? —pregunté.

—Sí, algo me ha dicho. Ella está bien. Me ha dicho que hace tiempo que no habláis. No sabe si puede llamarte por teléfono. Está muy preocupada.

—Vaya.

—Le he preguntado qué había pasado, pero lo único que dice es que se quedó de piedra. Solo dice eso.

—Vaya.

—Esto me recuerda —rio Midoriko— algo que ocurrió mucho tiempo atrás. Yo aún era pequeña y vine con mamá a tu casa. Las dos. Era verano. Hacía tanto calor como ahora.

—Sí. Y Maki-chan, un día por la noche, no volvía.

—En aquella época mamá quería meterse silicona en el pecho y yo le monté un escándalo para que no lo hiciera. Ahora eres tú. Te lo ruego. Olvídalo. ¡Sois hermanas! —dijo Midoriko.

—Es verdad. Ahora que lo dices, tienes razón —me disculpé.

—Por cierto, es dentro de una semana. Coge el *Shinkansen* y ven. No nos reunimos las tres casi nunca. Y lo prometiste. Te espero.

—Sí.

—¿Qué día vendrás? ¿El día treinta y uno como dijiste, y te quedarás a dormir en casa?

—Sí.

—Entonces, cuando llegues a Osaka y mires los horarios, llámame. Te vendré a recoger a Shôbashi. Y podemos ir a cenar las tres. ¿Vale?

Después de colgar, fui a la cocina y me bebí, de pie, un vaso de agua fría. Luego volví a la habitación, me acerqué a la ventana, abrí las cortinas que llevaban todo el tiempo corridas, pegué el rostro a la ventana y me quedé mirando el paisaje de fuera. El follaje de los árboles que crecían junto a la pared del edificio se mecía suavemente y, al fondo, se veía el cielo azul del verano. A lo lejos, se alzaba un cúmulo de nubes tan magnífico que, si existiera algo similar a un muestrario de cúmulos, seguro que aquel encabezaría el catálogo, y me quedé mirando su redondez. La nube tenía diversos colores. Una parte blanca, sombras de color gris y azul pálido y una gran masa blanquísima.

Habían transcurrido veinte días desde que había muerto Sengawa. Yusa se enteró de que en los días posteriores se habían celebrado los funerales sin novedad y me lo explicó por teléfono. Al parecer, de la empresa, solo habían asistido un alto directivo, la jefa directa de Sengawa y la editora de la que me había hablado Yusa una vez, la mejor amiga de Sengawa en la empresa. Por lo visto, no había asistido ningún escritor o escritora.

—Dicen que Sengawa-san —dijo Yusa— no había adelgazado mucho, que estaba muy guapa.

—Sí.

—Esta vez, por voluntad expresa de la familia, los funerales han sido privados, pero hay muchos escritores y conocidos que quieren hacer algo. Es normal. Yo misma aún no me acabo de hacer a la idea. Y se ha hablado de que sería mejor celebrar una ceremonia de despedida a principios de septiembre. A principios de otoño.

—Sí.

—Se dice mucho, ¿no?, que los funerales o las ceremonias de despedida son para los vivos.

—Sí.

—No sé por qué, pero no quiero ir —dijo Yusa en voz baja—. No lo sé.

Bajé la vista y miré la calle que tenía ante los ojos.

Al otro lado de la suave pendiente asfaltada, se veía a una anciana que andaba apoyándose en un carrito. Se cubría con un sombrero blanco con visera, llevaba una camisa blanca con el cuello abierto y unos pantalones beige. Nada interceptaba los rayos del sol de aquella tarde de agosto: era como si hubiesen prolongado el destello de un flash, y las hojas verdes, el asfalto, el STOP pintado en el suelo, los postes de la luz, la anciana, el carrito, y también todas sus sombras, fuesen imágenes de una fotografía grabada por aquella violenta luz. ¿Cuántos veranos había vivido yo? Lo pensé distraídamente. No hacía falta darle muchas vueltas: eran los mismos que mi edad. Pero, por algún motivo, me daba la sensación de que en algún lugar del mundo existía un número distinto y que aquel era el correcto. Pensé en ello mientras miraba la blancura del verano.

El último día del mes de agosto, Tokio estaba nublado. A través de algún claro en la gruesa capa de nubes, asomaba un cielo de brillante color azul y brotaba un torrente de luz. Me levanté a las seis de la mañana, preparé las mudas de ropa interior y el neceser para dos días, saqué del armario empotrado mi vieja mochila, que llevaba años sin usar, y lo embutí todo dentro. Aquella mochila la había comprado más de veinte años atrás, pero, quizá porque la aireaba de vez en cuando, aún estaba en buenas condiciones, aunque lo cierto era que se veía algo gastada. Me preparé un desayuno sencillo, me lo tomé despacio, tomándome mi tiempo, bebí *mugicha* frío y, tras tomar aliento, salí de casa.

Sabía muy bien que, para coger el *Shinkansen*, la vía más rápida, y la más práctica, era ir de Sangenjaya a Shibuya y, desde allí, dirigirme hacia Shinagawa con la línea Yamanote, pero decidí ir hasta la estación de Tokio. Las razones eran que, como el tren salía de allí, seguro que encontraría asientos no reservados libres y que, para ir y volver de Tokio a Osaka, jamás había usado la estación de Shinagawa. Yo apenas cogía trenes: mis desplazamientos diarios se reducían al trayecto desde mi apartamento hasta el barrio de la estación de Sangenjaya y, además, siempre había tenido un pésimo sentido de la orientación, de modo que ir a una estación tan enorme y casi desconocida me producía una cierta inquietud.

El aire de la mañana de verano era muy agradable. Avancé en línea recta por calles conocidas, pisando el asfalto en mi camino hacia la estación de Sangenjaya: apenas había nadie. Aquello me produjo la misma sensación de frescura que si me deslizara un pañuelo limpio, recién lavado y con los pliegues bien marcados dentro del bolsillo. Me acordé de la gimnasia de la radio durante las vacaciones de verano en mis años de primaria. Los niños que venían del extrarradio, medio dormidos, tenían una expresión en el rostro algo distinta a la de los otros días. La arena áspera que se adhería a los dedos que salían de las chanclas. Las palomas que arrullaban en alguna parte. La fresca humedad a la sombra azulada de las tuberías de barro en un rincón del parque. Y, por la tarde, los juegos con agua. El olor de la tierra negra, empapada. Yo podía quedarme mirando eternamente, sin cansarme, cómo centelleaba el agua que salía de la manguera a chorros. A veces, veía muy pequeña la figura de la abuela Komi que tendía la ropa en la veranda. Estar mirando en secreto desde lejos, sin que se diera cuenta, cómo iba subiendo y bajando los brazos mientras colgaba con ahínco ropa, bragas y calcetines me provocaba un sentimiento de alegría y, también, una cierta vergüenza. Pero también recordaba cómo, de pronto, me asaltaba una extraña angustia al pensar que podíamos quedar separadas las dos, de aquella manera, para siempre.

Llegué a la estación de Tokio a las ocho. Estaba atestada de viajeros. Hacía años que no la pisaba, pero me pareció que no había cambiado en absoluto desde la última vez. Me dio la impresión de que el tiempo se había rebobinado, hacia atrás, igual que cuando coges con las puntas de los dedos los extremos derecho e izquierdo de una tela y la pliegas haciendo coincidir los ángulos. Una avalancha de gente se acercaba de repente en tromba y, luego, se marchaba como si la apartasen de un empujón, y aquello se iba repitiendo hasta el infinito. La única diferencia respecto a tiempo atrás era que ahora se veían muchos turistas extranjeros: tenían la piel abrasada por el sol, llevaban camisetas de tirantes, pantalones cortos y chanclas, y, en la espalda, acarreaban unas mochilas tan enormes que parecía que fueran a hacerles perder el equilibrio y a tirarlos al suelo de un momento a otro. Se oían unas voces por megafonía difíciles de entender; sonaban, además, todo tipo de timbres.

Compré un billete de un asiento no reservado del *Shinkansen* para la estación de Shin-Osaka, localicé en los horarios el primer *Nozomi*,[2] hice cola en el andén detrás de unas cuantas personas y esperé a que se abrieran las puertas. Me senté junto a la ventanilla y, poco después, el tren se puso en marcha, sin un sonido, como si se deslizara.

Durante unos cuarenta minutos, el *Shinkansen* fue circulando a través de zonas atestadas de viviendas, complejos comerciales, edificios de oficinas; atravesó grandes ríos en su camino hacia el oeste, siempre hacia el oeste. Poco a poco, el paisaje cambió y, al otro lado de la ventanilla, empezaron a aparecer campos de cultivo y solares; cruzamos un túnel tras otro. Se veían montañas, casas de diferentes formas, senderos desiertos extendiéndose hacia la lejanía, camionetas que se desplazaban despacio. Los tejados negros de los invernaderos de plástico reflejaban la luz del sol del verano, se veían columnas de humo blanco alzándose desde alguna parte. Mientras contemplaba aquel paisaje sin mirarlo, pensé que probablemente nunca estaría en aquel camino, en aquel campo de arroz, en aquel margen, en aquella orilla del río del otro lado de la ventanilla mirando el paisaje desde allí. El cuerpo humano es demasiado pequeño, su tiempo es muy limitado: el mundo está lleno de lugares que jamás podrá pisar. Esto es lo que estuve pensando.

Al llegar a Shin-Osaka, sentí cómo de pronto me golpeaba una masa compacta de humedad y sonreí sin querer. «¡Aquí está! Así era el verano de Osaka», pensé mientras bajaba la escalera del andén y avanzaba sin prisa, abriéndome paso a través de la gente que venía hacia mí. Desde el primer instante, me encontré inmersa en la atmósfera de Osaka, pero

2. *Nozomi* es el *Shinkansen* más directo para ir de Tokio a la estación Shin-Osaka de Osaka.

esta atmósfera ¿qué diablos era lo que la creaba? Lo estuve pensando mientras me dirigía al andén para hacer transbordo. Al aguzar el oído a las conversaciones de la gente, distinguía el dialecto de Osaka y aquello, por supuesto, me hacía sentir que estaba en la ciudad. Pero, al volver después de tantos años, tuve la impresión de que lo que yo percibía de modo vivo y real como «entidad de Osaka» era algo distinto de la lengua. ¿Qué era? ¿Eran los gestos de la gente que veía por allí lo que me lo hacía sentir? ¿Residiría la peculiaridad de la gente de Osaka en detalles sutiles como la mirada o la manera de andar? ¿Tendrían algo que ver las pequeñas diferencias en el peinado o en el gusto en el vestir? ¿O quizá era un poco la suma de todo? Sin dejar de observar los ademanes de la gente y de escuchar lo que decían, subí al tren y contemplé las calles del otro lado de la ventana. Aquel tren no paraba de traquetear: a cada sacudida, yo sentía el cuerpo más pesado y empecé a lanzar, sin ningún sentido, un suspiro tras otro.

No tenía la sensación de haber vuelto a casa, tampoco sentía revivir el pasado con nostalgia: solo experimentaba la incomodidad y el ligero arrepentimiento que siente alguien que ha ido por error a una fiesta en casa ajena sin haber sido invitado. Miré el reloj: eran las diez y veinte. Le había dicho a Midoriko que, tal como le había prometido, el día 31 de agosto iría a Osaka, pero no le había especificado la hora. Midoriko me había dicho que llegara antes de las siete de la tarde, que ella me vendría a buscar a Shôbashi desde su lugar de trabajo y que, desde allí, iríamos juntas a cenar. Es decir, que para llegar a tiempo a la cita con Midoriko habría podido salir tranquilamente de Tokio después de mediodía. Pero el asunto era que había planeado ver a Makiko antes de encontrarnos las tres. Para pedirle perdón y hacer las paces. El apartamento de Makiko estaba a veinte minutos en autobús de la estación de Shôbashi. Había pensado que, en cuanto llegara a la estación, le compraría a Makiko su comida favorita, *butaman* de Hôrai, y la llamaría por teléfono en tono alegre. Entonces, las dos podíamos salir de casa antes de la hora e ir a comprarle un pequeño regalo a Midoriko. Eso es lo que había planeado.

Pero cuando llegué a la estación de Shôbashi después de haberme desplazado de la estación de Shin-Osaka a la de Osaka, mi alegría ya se había esfumado por completo. De camino, me había detenido un montón de veces, y otras tantas me había dado la vuelta hacia atrás sin motivo, hasta que, de pronto, me encontré plantada, agarrando con fuerza las correas de la mochila, en la plaza de delante de la estación de Shôbashi. A medida que el sol ascendía en el cielo, la temperatura iba siendo más alta y la camiseta empapada de sudor se me pegaba al pecho y a la espalda; sentía cómo, cada vez que respiraba, iba brotando más sudor de mis poros.

Permanecí cinco o diez minutos en el centro de la plaza, inmóvil, sudando a mares. Tenía que llamar a Makiko, pero antes tenía que comprarle los *butaman*. Sí, todo aquello ya lo sabía. Pero un conjunto de sensaciones distintas a todos los deseos referentes a Makiko y a sus *butaman* me habían quitado los ánimos y, en aquel instante, era incapaz de sacudirme el abatimiento de encima. En Shôbashi había mucha gente. Personas que habían venido allí y que se dirigían a alguna parte, personas que estaban esperando a otras, personas que estaban hablando a voz en grito sentadas a horcajadas en la bicicleta. En la época en que yo trabajaba en el barrio, a ambos lados de la estación solía haber muchos vagabundos y siempre había alguno mendigando, tumbado por el suelo, gritando sin más, pero ahora no se veía a ninguno por ninguna parte.

Delante de la estación, descubrí una cafetería con un letrero que me era familiar: Rose. Estaba escrito en un antiguo estilo pop y rodeado de unas luces decorativas que, incluso en pleno día, parpadeaban débilmente. No había entrado nunca, pero Naruse y yo solíamos quedar a menudo delante de la cafetería. De repente, me acordé de Kyû-chan. El músico ambulante que simulaba accidentes de tráfico y que, la última vez, recibió un golpe fatal y murió de verdad. Recordaba que

Makiko me había dicho que lo había visto por última vez delante del Rose. ¿Qué estaría haciendo Kyû-chan allí solo? Quizá hubiera quedado con alguien. O quizá se estuviese preguntando adónde ir o qué tenía que hacer, clavado en el suelo e incapaz de moverse. Igual que yo en aquellos instantes.

Me dirigí hacia un callejón oscuro donde se apiñaban tiendas pequeñas y modestas. No había avanzado más de unos pocos metros cuando me encontré prácticamente sola; la distancia entre los edificios era escasa y me dio la sensación de que allí estaba mucho más oscuro que en la zona de la estación. Me crucé con algunos transeúntes que andaban a paso rápido. La casa de comida rápida de *udon*, donde se comía de pie y a la que iba a menudo con mamá y Makiko a medianoche, había quebrado y, en su lugar, había una tienda de teléfonos móviles. La casa de *raamen* de al lado se había convertido en un pequeño comedor de una cadena, y la librería que venía después..., la librería adonde iba corriendo antes del trabajo para mirar los títulos de los lomos de los libros, tenía bajada la persiana metálica de color gris y, bajo el alero, había un hombre joven sentado en el suelo fumando y hablando a gritos con el teléfono pegado a la oreja. Las otras veces que había vuelto a Osaka, había cogido el autobús delante de la estación para ir a casa de Makiko, de modo que ya hacía veinte años que no había pisado aquella zona. En el lugar donde había habido una farmacia solo quedaba una banderola descolorida de enjuague bucal colgando de la fachada, torcida. Seguí avanzando un poco más hasta que llegué al cruce; en aquella zona debía de reinar una gran animación: había un prostíbulo, un *pachinko*, una casa de *yakiniku*, larga y estrecha, locales de ocio repletos de una infinidad de bares, tascas y *snacks* sucediéndose sin interrupción. Por supuesto, debía tenerse en cuenta que era temprano, pero solo había letreros y anuncios brillando hacia el vacío y la cantidad de gente era incomparablemente menor a cuando yo trabajaba allí: la sensación general era de silencio y abandono. Continué andando por el barrio de Shôbashi de pleno verano. Al levantar la vista, veía postes de la electricidad torcidos, hilos de la luz que se entrecruzaban por todas partes incrustándose en los pequeños retazos de cielo azul. Luego me fui a ver el edificio de locales de ocio donde se encontraba el *snack* en el que habíamos trabajado en el pasado. Sin embargo, lo único que quedaba era el ascensor: todo lo demás había desaparecido sin dejar rastro. El edificio había sido reformado por completo y, en la entrada, había un enorme cartel de color amarillo donde ponía: RELAX PARA HOMBRES DE NUEVA GENERACIÓN. SALAS DE VISIONADO DE DVD. PRIVACIDAD TOTAL. ENTRADA POR LA PLANTA BAJA.

Me di la vuelta y me encaminé a la estación.

A mano derecha, había varios edificios, entre ellos el hospital donde estuvieron ingresadas y murieron mi madre y la abuela Komi. Recordaba muy bien el letrero: HOSPITAL ***. En aquella época, acababan de abrir la primera *konbini* del barrio y recordaba haberle estado contando a mamá, que estaba acostada en la cama con la instilación, todo lo que vendían en la tienda. Mi madre siempre había sido muy alegre y animosa. Había adelgazado mucho por entonces y, alargando un brazo lleno de morados, nos acarició el brazo a Makiko y a mí, diciendo con una sonrisa: «Estáis muy cansadas. Id a casa a dormir». Makiko y yo volvimos a casa andando por las calles de noche y, mientras tanto, mi madre murió completamente sola. «Ni mamá ni la abuela Komi salieron nunca de Shôbashi —pensé—. Tanto una como otra vivieron aquí toda su vida y aquí murieron.» Pero luego me corregí: «No. Mamá se fue una vez. Después de tener a Makiko en el hospital de Shôbashi, vivió en el barrio del puerto hasta que yo tuve siete años». Para ayudarnos a nosotras, que no teníamos dinero, la abuela Komi había cogido el tren una infinidad de veces y había venido a nuestro barrio; cuando estaba mi padre, nos veíamos cerca de la estación y, cuando él no estaba, nos encontrábamos en casa y Komi nos daba muchas cosas de comer. Por la mañana temprano, mamá me llevaba con ella a la cabina de teléfonos a llamar a Komi y, cuando sabía que vendría, yo daba saltos de alegría y, desde muchas horas antes, esperaba sentada a que viniera delante de la puerta de acceso a los andenes. Cuando aparecía, corría hacia ella, la abrazaba con fuerza y aspiraba el olor de su ropa.

Busqué en el teléfono el nombre de la estación del barrio portuario donde había vivido de niña y me informé de cómo llegar desde Shôbashi. Indicaba que había que hacer dos transbordos, pero que, en total, se tardaba solo veintiocho minutos. Sacudí la cabeza con incredulidad. Sabía que no estaba lejos: esto ya lo sabía. Pero no podía creer que la casa de la abuela Komi, que yo sentía tan lejana cuando se iba y la seguía un rato llorando, se encontrara a menos de treinta minutos.

Al llegar a la estación del barrio portuario y bajar al andén, noté el olor a agua salada y aspiré una gran bocanada de aire. Era la primera vez que iba desde aquella noche. Y, desde la noche en que había montado en el taxi y huido a medianoche con mamá y Makiko, habían transcurrido más de treinta años.

El interior de la estación había cambiado casi por completo, pero la construcción en sí, con sus dos corredores a izquierda y derecha a la salida del paso a los andenes, era la misma. Aunque no eran muchísimos, había bastantes pasajeros que bajaban animados la escalera diciendo: «¡Qué calor! ¡Qué calor!». Cuando yo vivía allí, no existía más que el puerto. En mis recuerdos, el barrio solo cobraba animación una vez al año, cuando en verano llegaban los veleros, pero se había hablado mucho del gran acuario que habían construido diez años después de que nos fuéramos. Cuando era pequeña, no había nada. Solo gigantescos depósitos de color gris sucediéndose hasta el infinito, las olas que rompían con violencia y la humedad del agua salada. Recordaba lo que decía mi padre con la cara enrojecida por la cerveza: «¡Todo esto irá al suelo! ¡En el futuro aquí harán cosas a lo grande!». «¿El futuro? ¿Cuándo es el futuro?», le preguntaba yo en voz baja. Y él respondía riendo, contento: «Dentro de diez o de veinte años». Me detuve en el rellano de la escalera de la estación y miré hacia el puerto: el tejado de un enorme edificio que podía ser muy bien el acuario reflejaba el sol del verano, lanzando agudos destellos y, a su lado, se veía una gran noria.

Cuando ya vivía con la abuela Komi, a veces me acordaba del barrio y de la casa donde había estado siete años y de donde habíamos huido de repente. Y, en aquellos instantes, sentía invariablemente tristeza y amargura. Diversos elementos del barrio y del piso..., los famélicos perros callejeros y las botellas rotas, los condones tirados por la calle y los futones descoloridos, los cuencos apilados en el fregadero, los gritos de cólera que se oían a lo lejos... Tenía la sensación de que todo ello me miraba fijamente desde alguna parte. A veces era yo misma quien lo hacía. Había dejado junto a la almohada mi cartera preparada para las clases de los martes y aún seguía acostada en el futón de aquella casa, esperando algo con paciencia. A veces, me sentía como si me hubiera quedado atrás sin saber que había ocurrido algo, olvidada por todos, y que permanecía allí quieta, incapaz de moverme.

En la calle más grande del barrio, que yo cruzaba siempre conteniendo el aliento por la tensión, ahora se alineaban los taxis y había un montón de gente que transitaba por ella camino del acuario. En la esquina de enfrente, se veía el letrero de una casa de *udon*. Conservaba el mismo nombre de antes: era el negocio familiar de un compañero de clase. Eché un vistazo al interior y, quizá por ser la hora del almuerzo, era un hervidero de gente. Aparte de aquella casa de *udon*, la calle había cambiado por completo y ahora solo había tiendas de souvenirs dedicadas a los visitantes del acuario. Con todo, no conseguía recordar qué tiendas había antes o qué tipo de edificios se alineaban a ambos lados de la calle. Un poco más adelante encontré una *konbini*. Compré un par de *onigiri*, una botella de agua fría y, enjugándome el sudor, seguí avanzando en línea recta por la calle.

Al mirar el reloj, vi que era la una de la tarde. Alcé los ojos: el sol estaba brillando cegador y, al mirarlo con los ojos entornados, vi un círculo ligeramente irisado. Goterones de sudor me cubrían la frente desde el nacimiento del pelo hasta las sienes y me parecía oír el crepitar de los violentos rayos del sol abrasándome el pelo y la piel.

Avancé un poco más y fui a parar a una esquina que me era familiar. Vi un pequeño letrero donde ponía: COSMOS. «Cosmos.» Me acerqué a aquel letrero como si me succionara. Era el comedor donde mi madre trabajaba los mediodías. Algunas veces la abuela Komi me había llevado allí a comer un menú durante el horario de trabajo de mamá. Cuando entrábamos, mi madre nos dirigía una sonrisa de complicidad y, al verla con su delantal rojo, moviéndose con tanta desenvoltura detrás del mostrador, respondiendo alegremente cuando la llamaban, secando los platos y sirviendo la comida, a mí se me henchía el corazón de orgullo. Miraba la cara de la abuela Komi, que, viendo la expresión de mi rostro, me decía: «Cómo trabaja mamá, ¿eh?», y yo asentía una y otra vez con la cabeza.

Imaginé que empujaba la puerta del Cosmos y que les daba las gracias por haber contratado en el pasado a mi madre. Hace mucho tiempo de aquello, hace ya más de treinta años, pero mi madre trabajó aquí. Mi abuela me traía a veces y, al ver cómo mi madre trabajaba con tanto ánimo, a mí se me llenaba el corazón de orgullo, tanto que tenía ganas de llorar y casi no podía tragar la comida. Pero disimulaba y daba un gran bocado a la hamburguesa, que estaba buenísima. Imaginé cómo les estaba diciendo todo esto a los dueños de la tienda. Pero, por supuesto, no pude hacerlo. Bebí el agua de la botella de plástico y, tras permanecer unos instantes contemplando la puerta del Cosmos, caminé hasta un banco a la sombra de los árboles de la calle y me comí despacio los *onigiri*.

Incluso después de comerlos, permanecí mucho tiempo sentada en el banco observando a las personas que transitaban por la calle ancha. Mientras sudaba a mares, contemplé la parte del barrio que solo había cambiado un poco y donde se intercalaban algunos edificios completamente nuevos, y me pregunté cuáles debieron de haber sido los sentimientos de mi madre cuando había ido a vivir allí. ¿Qué habría pensado, decenas de años atrás, cuando vio el barrio por primera vez? ¿Qué debió de sentir cuando olió el agua salada? ¿Tendría el corazón lleno de sueños y expectativas sobre su familia, respecto a su nueva vida? «Pensándolo bien —me dije—, nunca le pregunté nada sobre su vida antes de que naciéramos Makiko y yo.»

¿Qué habría sido de la casa donde habíamos vivido mi madre, mi padre, Makiko y yo? Suponiendo que aún existiera, el edificio debía de estar girando a la derecha la esquina de la casa de *udon* y, ya en la calle ancha, unas cuantas callejuelas más, en dirección al oeste. En la época en que vivíamos allí, al lado del edificio había una casa de *yakiniku*; delante, una casa de *okonomiyaki* que atendía solo la dueña; había también un pequeño estanque artificial y, en el estanque, había unos peces muy grandes: yo recordaba cómo nadaban, deslizándose entre las algas de color verde oscuro. En la esquina de enfrente, había una vieja verdulería a la antigua usanza que tenía el cesto del dinero colgado del techo con una goma; mi madre compraba siempre al fiado, pero ellos, lejos de poner mala cara, eran muy simpáticos y siempre jugaban conmigo. A la derecha, había una barbería y el dueño se enorgullecía siempre de que uno de sus antiguos empleados trabajara de especialista y que hubiera salido varias veces por la televisión. No paraba de contar la misma historia, a cualquier hora, en tono jocoso. Y, en la planta baja de nuestro edificio, había una *izakaya*: yo siempre me sentaba en el pasadizo de al lado a esperar a que mi madre volviera a casa.

¿Por qué no ir hasta allí?

Al instante me dije que no tenía ningún sentido. Tomé una bocanada de aire. ¿Qué estaba haciendo allí cuando había vuelto a Osaka con un propósito tan distinto? Miré cómo la gente iba y venía mientras, con las yemas de los dedos, me iba embadurnando toda la cara de sudor. La pared exterior de brillantes azulejos marrones. Recordaba cómo cada uno de los pequeños azulejos cuadrados de color caramelo parecía abombarse y emerger de la pared. Y, luego, siguiendo todo recto por el pasadizo contiguo a la entrada de la *izakaya*, había una escalera. El pasadizo siempre estaba oscuro; había unos buzones de un opaco color plateado pegados a la pared. ¿Qué habría sido de todo aquello? Mis posesiones de niña equivalían a no tener nada, pero, incluso así, aquella noche lo había dejado todo atrás en aquel lugar y no había vuelto jamás: me parecía increíble que aquella casa se encontrara a escasos minutos del banco donde estaba sentada. ¿Por qué no ir hasta allí? ¿Aún existiría el edificio? ¿Habrían cambiado mucho los alrededores? Claro que, suponiendo que el edificio todavía estuviera en pie, ¿qué tenía que hacer yo? ¿Qué sentiría al ver todo aquello después de tanto tiempo? ¿Por qué estaba tan obsesionada? Echar una ojeada al lugar donde había vivido en el pasado no tenía por qué ser algo tan trascendental. ¿Por qué me lo tomaba así? Tenía miedo. No sabía qué me lo producía, pero la simple idea de tener ante mis ojos aquella imagen, la casa donde había vivido, me paralizaba de terror.

Volví a la *konbini*, compré otra botella de agua y me la bebí poco a poco, tomándome mi tiempo. Volví a sentarme en el banco, miré vagamente la escena que tenía ante los ojos. Eché una ojeada al reloj: eran las dos y media de la tarde. Quizá sería mejor que volviera a Shôbashi y llamara a Makiko. Y tenía que informar a Midoriko de que ya había llegado a Osaka. Pero no podía levantarme del banco. No podía abandonar aquel sitio. Pasó una familia por delante de mí. Dos niñas que parecían hermanas, vestidas de modo muy similar, perseguían a su madre, que caminaba delante, mientras las mochilas azul celeste se balanceaban a sus espaldas. Cuando una la alcanzó, la otra corrió a toda prisa, cogió a su madre por la cintura y, luego, siguieron andando las tres juntas riendo divertidas. Las seguí con la mirada hasta que sus figuras desaparecieron y, después, me enjugué el sudor del rostro. Me puse en pie, meneé la mochila de derecha a izquierda para encajármela bien en la espalda, giré a la derecha la esquina de la casa de *udon* y me encaminé hacia el edificio donde habíamos vivido.

En cuanto tomé una calle lateral, todos los visitantes del acuario se borraron de mi vista sin quedar ni uno: los alrededores estaban silenciosos. La luz de pleno verano lo inundaba todo y calentaba las calles desiertas y los edificios. Conocía aquellas calles. Fui recorriendo con la mirada todas las tiendas y casas, una tras otra. Había fachadas reformadas, la mayor parte de edificios no los había visto jamás. A mano derecha, había un solar diminuto donde crecían los hierbajos; antes había habido una lavandería automática: los días de lluvia solía sentarme dentro, en un banco. Y me quedaba horas envuelta en el olor de la ropa secándose mientras contemplaba cómo grandes goterones reventaban contra el pavimento de color gris.

En el sitio de la verdulería había un edificio distinto. Una casita con la pared exterior de color gris azulado, tan regular y uniforme como si estuviera hecha de papiroflexia: era imposible saber si era nueva o vieja. Hacia la izquierda, se veía una entrada con una puerta de acero. Tras los cristales esmerilados no había cortinas y era difícil decir si estaba habitada o no. La cafetería de la derecha me dio la impresión de que seguía igual, pero la persiana metálica parecía que llevaba mucho tiempo bajada. Iba andando despacio. No me crucé con nadie; no se oía el menor ruido. Era como si la luz y el calor del sol hubieran absorbido todos los sonidos y todas las sombras humanas. A mano derecha había un parking automático sin ningún coche estacionado. Allí, me parecía... No sabía de qué tipo de lugar se trataba, pero me parecía que allí había habido una casa donde siempre tenían la puerta abierta y donde no paraba de entrar y salir gente; tenían una perra de raza cruzada. Se llamaba Sen y era grandota y tranquila, siempre estaba tumbada sobre el piso de hormigón; a mí me gustaba mucho Sen y siempre iba a acariciarla. Una vez vi cómo paría unos cachorrillos. Vi cómo cuatro cachorros mojados, envueltos en una membrana de color blanco, salían de dentro de Sen como si fueran vísceras brillantes. Sen lamió con cuidado a los cachorros recién nacidos con la lengua, y los perritos, que tenían los ojos cerrados, movían solo la nariz con desespero, gimiendo, y se pegaban a las mamas de Sen. El olor del lecho del perro, la forma de la lengua que colgaba, el contorno de sus ojos de color negruzco. Me detuve súbitamente, levanté la vista... Allí estaba la casa donde habíamos vivido.

Permanecí unos instantes con la cabeza levantada, mirándola.

Me quedé con los ojos clavados en el edificio mientras parpadeaba una vez tras otra. Los azulejos color caramelo seguían allí y, en la planta baja, debían de haberse ido sucediendo varios negocios distintos porque un sobradillo verde descolorido, que no había visto nunca, parecía que había sido repintado muchas veces y, debajo, se transparentaban unas letras indescifrables. La puerta metálica, con manchas de óxido aquí y allá, cubierta de moho de arriba abajo, estaba cerrada. El edificio era muy pequeño. Tan pequeño que apenas cabían dos bicicletas delante puestas la una al lado de la otra. A la derecha, había una entrada que era apenas un resquicio. Era el acceso al pasadizo que conducía a la escalera de nuestro piso. Apreté los labios. Sabía que lo encontraría pequeño, pero no tanto. La entrada apenas alcanzaba el metro de ancho. Era tan estrecha que casi no se podía atravesar sin ponerse de lado. La parte donde habían echado hormigón para nivelar la entrada con la acera, mi lugar favorito para sentarme, lucía el mismo color gris de siempre. Recordaba muy bien el día en que había aparecido un hombre con mono de trabajo y había echado hormigón en la pequeña zanja. Me habían dicho que no podía tocarlo hasta que se secara, pero cuando no había nadie, mientras estaba observando cómo se endurecía, había presionado el hormigón suavemente con un dedo conteniendo el aliento. Me acerqué, me puse en cuclillas y miré la huella. Había un hueco pequeño que parecía que fuera a borrarse de un momento a otro. Yo esperaba siempre allí, apoyada en la columna de azulejos color caramelo, a que volviera mamá y, a veces, ponía el dedo en aquel hueco.

Tras lanzar un pequeño suspiro, di un paso hacia el interior.

El pasadizo era fresco y oscuro, olía ligeramente a moho. Al parecer, no vivía nadie allí. El edificio aguardaba a ser demolido en silencio. El buzón oxidado emergió en medio de las sombras, al fondo se veía la escalera. Era una escalera pequeña. El pasado iba reviviendo a cada paso. Respirando despacio, fui subiendo un peldaño tras otro. En aquella escalera solo cabía una persona adulta. Yo la había subido a veces montada a la espalda de la abuela Komi. Allí había jugado con Makiko. Había corrido por ella entre risas persiguiendo a mi madre. También había visto la pequeña figura de mi padre de espaldas, bajándola con las manos en los bolsillos, en una de las contadas ocasiones en que salíamos juntos.

En el segundo piso, estaba la puerta forrada con una lámina que imitaba las vetas de la madera. Era una puerta muy pequeña. Una puerta que yo conocía muy bien. Clavé los ojos en aquella falsa madera veteada, tan familiar. Luego apoyé la mano sobre el pomo e intenté hacerlo girar. La puerta tenía echada la llave. Volví a intentar que diera la vuelta. No había duda: la puerta estaba cerrada.

Me enjugué el sudor que me resbalaba por la frente, me froté los ojos. Agarré el pomo y lo sacudí con fuerza, hacia delante y hacia atrás. La puerta no se abrió. La golpeé. Pero solo crujió con un sonido seco. La golpeé con más fuerza. Seguí aporreándola, como si tuviera una urgencia, como si me persiguieran. Pensé que si la puerta se abría, tal vez podría volver a verlas otra vez. Podría verlas de nuevo. Quizá yo volviera a subir corriendo la escalera con la cartera a la espalda, quizá la puerta volviera a abrirse desde dentro y apareciera mi madre, con un delantal rojo, dándome la bienvenida a casa. Y, si se abriera la puerta, quizá también podría ver mi sudadera blanca, mi muñeca, la cartera; y todo lo que habíamos reído, lo que habíamos dormido, y también la pequeña mesa del *kotatsu* y también las marcas de altura en la columna y también los vasos rojos de plástico en la alacena: ya podría abrir aquella ventana tapiada y podría verlo todo otra vez, podría reencontrarlas a ellas... Aquello no sucedería; sabía muy bien que no sucedería, pero, pese a todo, seguí golpeando la puerta. Continué golpeando la pequeña puerta de aquel piso, de aquella casa donde habíamos vivido. «Mi padre —pensé—. ¿Se acordará mi padre?» Lo pensé mientras aporreaba la puerta. Mi padre... Mi padre que un día había desaparecido, mi padre, ¿se acordaría de esto en algún lugar? ¿Le acudiría alguna vez al pensamiento que había vivido con nosotras allí? ¿Se acordaría alguna vez de nosotras?

Me senté en la escalera, expulsé el aire de los pulmones. El suelo estaba agrietado, ennegrecido y, en los rincones, había una especie de barro adherido. En el interior del edificio se estaba fresco y, en el pequeño descansillo, había apilados varios objetos. Cajas de cartón, húmedas y deshechas; una fregona sucia dentro de un cubo descolorido; una bayeta endurecida, bolsas negras de plástico que vete a saber qué contenían. Todo estaba lleno de polvo y la luz que entraba por la pequeña ventana del descansillo bañaba aquel rincón de una luz blanca.

Entonces, de repente, sonó una melodía. De momento no comprendí qué estaba pasando, me levanté como movida por un resorte y, sin pensar, me llevé una mano a la garganta. Era el teléfono. Estaba sonando el teléfono móvil. Me acordé de que no me había puesto en contacto con Midoriko. Me descolgué la mochila del hombro, descorrí la cremallera y saqué el teléfono. La llamada... era de Aizawa.

—Hola. —Oí la voz de Aizawa—. Soy Aizawa.

—Hola —respondí con voz extrañamente ronca. Tragué saliva.

—Natsume-san.

Aizawa había pronunciado mi nombre con voz tensa.

—¡Ah! —reconocí—. ¡Qué susto me has dado!

—Lo siento —se disculpó Aizawa—. Yo también estoy sorprendido. No tenía muchas esperanzas de que te pusieras.

—Es que ha sonado de repente.

—Natsume-san.

—Sí.

—Tienes la voz un poco tomada. ¿Estás resfriada?

—No —dije soltando una gran bocanada de aire—. Me he asustado y, no sé, la voz me ha salido algo ronca.

—Siento haberte asustado.

—No. Ya estoy mucho más tranquila.

—¿Te va bien hablar ahora?

—Sí —respondí, aunque el corazón todavía me latía con fuerza. Para que no se notara, respiré hondo unas cuantas veces.

Oí cómo, al otro lado, Aizawa soltaba un pequeño suspiro.

—Como me dijiste que ya no nos veríamos más... —dijo.

Aizawa volvió a suspirar y se aclaró la garganta.

—Yo, por mi parte, también he estado reflexionando mucho. Lo he pensado con calma y, si resulta que no puedo volver a hablar contigo... Mejor dicho, teniendo en cuenta lo que me dijiste el otro día por teléfono, yo querría ofrecer mi punto de vista, aunque pueda parecer que no quiero darme por vencido.

Musité algo para indicar que lo estaba escuchando.

—Pero quiero verte y hablar contigo. Lo necesito —dijo Aizawa—. Por eso te he llamado.

En este punto, enmudecimos unos instantes. Me parecía todo muy extraño. Estar sentada en la escalera de aquella casa después de treinta años; estar escuchando la voz de Aizawa; estar oyendo cómo mi propia voz resonaba en tonos graves dentro del subterráneo oscuro, tan añorado, de mi infancia. Tenía la extraña sensación de estar flotando, como si formara parte del sueño de alguien.

—Aizawa-san —dije—, hoy es tu cumpleaños.

—¡Ah! Te has acordado.

—Pues claro que me he acordado.

—Qué bien que sea el mismo día que el cumpleaños de tu sobrina.

—No es solo por eso —dije riendo un poco.

—Natsume-san.

—Sí.

—¿Has estado bien?

—¿Yo?

—Sí.

—A lo largo de los últimos dos meses... —dije—, en mi vida no ha cambiado nada, pero me da la impresión de que han pasado muchas cosas.

Luego, volvimos a enmudecer otra vez.

—¿Sabes? Yo, ahora, estoy en mi casa de hace mucho tiempo —le dije con voz alegre.

—¿Tu casa de hace mucho tiempo?

—Sí. En primavera, cuando nos veíamos mucho, te hablé de ella. La casa donde habíamos vivido hasta que huimos en plena noche. Se me ha ocurrido de pronto venir y aquí estoy.

—¿La casa del barrio del puerto?

—Sí. —Me reí—. Me he quedado de piedra al ver lo pequeña que es. Tanto que es difícil de creer. Ahora estoy allí, bueno, estoy sentada en la escalera del edificio. Y todo es pequeñísimo. La verdad es que me cuesta creer que hayan pasado treinta años y que ya no haya nadie. Ya sé que es algo natural.

—¿Estás ahí, sentada en la escalera, sola?

—Sí. La escalera también es muy estrecha. Todo está muy envejecido, estropeado. Pero todo está igual. Como ya nadie vive aquí, está hecho una ruina.

—Natsume-san.

—Sí.

—Durante estos últimos dos meses, no he dejado de pensar en cómo podría volver a verte —dijo Aizawa—. Lo último que me dijiste fue que el día treinta y uno irías a Osaka. Así que...

Asentí.

—Pensé que, si fuera a verte a Osaka, si te pusieras al teléfono, quizá podríamos hablar unos diez o veinte minutos —prosiguió Aizawa—. Lo único que sabía era que estarías en Osaka el día treinta y uno.

—¡No me digas que estás en Osaka!

—Solo treinta minutos —dijo Aizawa—. ¿No podrías concederme treinta minutos?

Al colgar, volvió el silencio de antes. Todavía sentada en la escalera, agarré con fuerza la parte baja de las correas de la mochila. Luego me levanté despacio, volví a clavar la mirada en nuestra puerta. Contemplé la lámina de madera con vetas, pelada; el número 301 de la placa, que había adquirido una tonalidad marrón. Apreté la palma de la mano contra la pared rugosa y lo recorrí todo con la mirada. Y respiré hondo.

Bajé un peldaño tras otro, salí al pasadizo. De pie, miré hacia la entrada. Levanté los ojos y miré recto. Aquella pequeña puerta de forma alargada que no mediría más de un metro de ancho estaba bañada por la luz del verano. Abrí los ojos y, sin pestañear, me quedé contemplando el resplandor hasta que los ojos se me anegaron en lágrimas.

MEJOR QUE OLVIDAR

El viento que soplaba del puerto se hinchaba como olas invisibles y dejaba el olor de agua salada en la piel.

Aizawa llegó a la estación cincuenta minutos después. Yo estaba de pie en el mismo lugar donde tantas veces de niña había esperado a la abuela Komi y, cuando vi aparecer a Aizawa en la puerta de acceso a los andenes, sentí algo parecido al vértigo, algo que casi me impedía mantenerme en pie. Al verme, Aizawa hizo una ligera inclinación de cabeza y, tras salir de la puerta de acceso a los andenes, volvió a inclinarse. Yo hice lo mismo. Hacía cuatro meses que no nos veíamos. Aizawa llevaba una camisa blanca de manga larga y unos pantalones beige.

Sin que ninguno de los dos lo propusiera, bajamos la escalera y echamos a andar por la calle grande siguiendo el flujo de gente. Durante un rato, ni él ni yo dijimos nada. Él iba a la derecha, y yo, a la izquierda. Yo andaba todo el rato con la vista clavada en mis pies; en un momento dado, levanté la cabeza y mis ojos se encontraron con los suyos. En un acto reflejo, aparté la mirada. Y volví a dirigirla a los pies.

—Siento mucho presentarme así de repente —dijo Aizawa en voz baja—. Parece una imposición por mi parte, ¿verdad? ¿Estás enfadada?

—No. —Sacudí la cabeza—. Me parece totalmente surrealista. ¿Cómo lo diría? ¿Irreal? ¡Es tan extraño estar aquí, andando contigo!

—Sí, claro —dijo Aizawa con aire contrito—. Lo siento muchísimo. Además, tú ya tienes tus compromisos.

—Hemos hablado hace un rato y hemos quedado a las siete, o sea, que no hay problema —dije—. Pero, Aizawa-san, ¿qué hubieras hecho si yo no hubiera estado en Osaka?

—Pues, entonces —dijo Aizawa con cara de apuro—, habría cogido otra vez el *Shinkansen* y habría vuelto a Tokio.

—Sí, eso ya me lo imagino —reí.

Contagiado por mi risa, Aizawa también se rio un poco.

—Aizawa-san, cómo huele a mar, ¿verdad? —dije señalando el acuario—. Allí está el puerto. Está muy cerca. A menos de diez minutos a pie. Y aquel edificio de allá es el acuario; por lo visto, es bastante famoso. Es muy grande. Mira, incluso tiene una noria.

—Ya había oído algo. Creo que allí hay algunos peces muy raros. ¿No has ido nunca?

—No. Hacía treinta años que no venía.

—¿Ha cambiado mucho el barrio?

—Algunas partes sí, pero, en general, quizá no haya cambiado tanto. Las calles son iguales. Algunas tiendas continúan abiertas —dije—. Mira esta casa de *udon*. Es el negocio familiar de un compañero de clase. El nombre es el mismo: es posible que ahora sea el hijo quien lleve el negocio. Pero, cuando lo pienso, me siento un poco avergonzada, ¿sabes?

—¿Por qué?

—En casa éramos pobres, muy pobres. Había días que no teníamos nada que comer —reí—. Y alguna vez que no teníamos dinero para ir al supermercado, que ya no podíamos ir, ese mes, a comprar más de fiado a la verdulería y que mi abuela, que era nuestro último recurso, no podía venir, pues, entonces, mi madre salía a llamar. A la cabina, porque en casa no teníamos teléfono. Y pedía dos raciones de *su-udon*.[1] Para

1. La denominación *su-udon* es propia de Kansai y se refiere a la receta más sencilla de *udon*: solo *udon* hervidos con caldo por encima. No van acompañados de tempura.

que nos las trajeran a casa. Y cuando aparecía el repartidor con los *udon*, salía yo y le decía: «Mi mamá no está».

Aizawa me escuchaba con gran interés, asintiendo con la cabeza.

—Le decía: «Mi mamá no está y no me ha dejado el dinero. Cuando vuelva, ya se lo diré».

—¿Y entonces?

—El repartidor se extrañaba y decía ladeando la cabeza: «¿Cómo? ¡Pero si me acaba de llamar por teléfono!». No parecía muy convencido, pero dejaba los fideos —dije yo—. Según mi madre, los repartidores nunca se llevaban la comida de vuelta. Los fideos se hinchaban y ya no podían servirlos a otros clientes. Vamos, que el truco no fallaba. La comida caliente, segurísimo que te la dejaban en casa. También decía que era un poco tramposo hacer aquello, pero que ya le pediríamos excusas y le pagaríamos más adelante, cuando cobrásemos. Mi madre vigilaba desde la terraza y, cuando veía que el repartidor se había marchado, bajaba y las dos nos poníamos las botas. Pero los *udon* eran de la tienda de mi compañero de clase y a mí me daba un poco de vergüenza. Aunque, en aquella época, no me enteraba mucho, la verdad. Pero aquel niño era muy majo. No sé si sabía o no lo de los fideos, pero a mí nunca me dijo nada. Nos llevábamos muy bien.

—Tu madre era increíble, ¿no? —dijo Aizawa impresionado.

—Sí —reí—. Cuando nos cortaban la luz, el gas o el agua, era una maestra en el manejo de las llaves de paso y siempre nos las apañábamos.

—Pues sí que era increíble.

—¿Verdad que sí? Visto desde ahora —reí.

—¿Hasta qué edad viviste aquí?

—Hasta los siete años. Hasta antes de las vacaciones de verano de primero de primaria.

—¿La escuela también está por aquí?

—La escuela... me parece que es la segunda calle a la derecha y, luego, todo recto —dije—. En la ceremonia de principio de curso nos hicieron una foto delante del portal. Pero ya no la tengo. No me queda ninguna foto. Ni una.

—Quiero ver la escuela a la que fuiste —dijo Aizawa.

Nos dirigimos a la escuela de primaria mezclados con la gente que iba al acuario. Mientras atravesábamos un pequeño barrio comercial con casi todas las tiendas con la persiana bajada, le fui contando a Aizawa, a medida que lo iba recordando, que allí, antes, estaba la papelería de la escuela y que, junto a la máquina registradora, siempre dormitaba un gato viejo, blanquísimo. Y que, más allá, en aquella zona abandonada donde crecían los hierbajos, antes había una casa de *takoyaki*[2] que siempre estaba llena a rebosar de clientes y que tenía un letrero con un dibujo de Ramu-chan.[3] Le conté que el dibujo lo había hecho la propia dueña de la casa de *takoyaki* y que, como la había visto un montón de veces garabateando algo, yo estaba convencida de que aquella mujer era la creadora de Ramu-chan. Y le conté que, al lado, había una tienda de ropa de cama donde habían entrado ladrones un día y que se había creado tal revuelo en el barrio que la gente acudía en tropel a mirar como si aquello fuera un espectáculo. Y que yo había visto allí por primera vez cómo usaban unos polvos plateados para buscar huellas dactilares. Le expliqué a Aizawa que todavía me acordaba, a veces, de los gestos de los investigadores esparciendo polvo en las columnas. Aizawa iba asintiendo ante cada una de las cosas que le decía, contemplaba los edificios y las zonas abandonadas que le iba señalando. Después de atravesar el barrio comercial, al otro lado de la calle, vimos una pequeña escuela de primaria.

—Aizawa-san, esta es la escuela —dije—. Pero solo fui unos cuantos meses.

—Sí, pero unos meses, para un niño, pueden ser muchísimo tiempo —dijo Aizawa mirando el portal de la escuela.

2. Bolas de harina rellenas de pulpo. Son típicas de Kansai.

3. Lum Invader. Es la protagonista del manga y el anime *Urusei Yatsura*, de Rumiko Takahashi.

—Como en casa éramos pobres, se metían mucho conmigo —dije—. Pero había una niña con la que me llevaba muy bien. Ella también era pobre. Los demás niños se reían a menudo de nosotras y siempre estábamos juntas las dos.

—Ya.

—Supongo que, cuando desaparecí de repente, ella debió de quedarse muy sorprendida. De que me hubiera ido sin decirle nada. En aquella época, me preguntaba muchas veces qué debía de pensar mi amiga.

Aizawa asintió.

—Ahora hay correo electrónico, mensajes de texto, muchos medios para ponerte en contacto con alguien, pero en aquella época era complicado. Y habíamos huido por la noche, tampoco se trataba de pedirle a mi madre que le enviase una carta.

—Claro.

—Me acordaba muchas veces de ella, pensaba que ojalá estuviera bien.

Aizawa asintió como si dijera «entiendo» y se enjugó el sudor con el pañuelo. A pesar del sofocante calor del verano y de aquella tremenda humedad, el pelo de Aizawa seguía tan liso y pulido como de costumbre, inclinado suavemente hacia atrás. Cruzamos la calle, llegamos ante el portal de la escuela y, durante unos minutos, contemplamos el patio que brillaba al otro lado del vestíbulo. Luego, sin que ninguno de los dos lo propusiera, echamos a andar. Acabamos confluyendo con el río de gente que venía de la calle grande y nos encaminamos hacia el mar. El número de personas fue incrementándose poco a poco y, a la vuelta de una esquina, apareció el acuario. Todavía era más grande de lo que imaginaba y, sin pensar, entorné los ojos.

—Antes, aquí solo había depósitos y depósitos hasta donde alcanzaba la vista —suspiré—. ¡Qué cambio!

—¡Qué grande es! ¿Verdad?

Subimos la gran escalinata y entramos. Al instante, noté cómo se enfriaba el sudor sobre mi piel. Ambos exhalamos una bocanada de aire.

—¡Qué maravilla la refrigeración! —exclamé—. Bueno, hoy en día se suele decir mucho «aire acondicionado» o «climatización», ¿no?

—Puede ser —dijo Aizawa y se rio—. Pero a mí también me gusta más «refrigeración».

En el interior del acuario, no podía decirse que hubiera una enorme aglomeración de gente, pero reinaba una gran animación. Se veían familias, parejas, muchos tipos de personas distintas. Había una cafetería, una tienda de souvenirs y, en medio, una zona de juegos infantiles por donde los niños correteaban alegremente. Compramos un café con hielo, nos sentamos en un banco del vestíbulo y nos quedamos mirando a la gente. Un grupo de chicas discutía animadamente mientras señalaba un gran plano del edificio. Había un anuncio de una exposición temporal con bonitos adornos; había un panel fotográfico de un pingüino con un agujero para la cara donde, por turnos, dos chicas se sacaban fotografías la una a la otra. En el punto de los timbres, se agolpaban unos cuantos estudiantes de primaria y, cada vez que uno estampaba con fuerza un sello en el cartón, todos lanzaban gritos de triunfo. En la entrada de la tienda de souvenirs, flotaban en el aire globos de helio con forma de caballitos y estrellas de mar, tortugas y lenguados, y una mujer —aparentemente, la abuela— agarraba a una niña pequeña de la mano y le iba explicando las diferencias entre cada uno de ellos.

—Aizawa-san, ¿vas alguna vez a los acuarios? —le pregunté.

—¿Yo? No, casi nunca —dijo Aizawa—. Me gustan, pero he tenido pocas oportunidades de ir. Por lo que hace a la estación del año... ¿Cuándo debe de ser mejor visitarlos? Quizá un día caluroso de verano, como hoy. Claro que en invierno tampoco debe de estar mal.

—Me gustaría ver a los pingüinos en invierno —dije—. Seguro que están más animados. Yo también he ido solo en contadísimas ocasiones... Porque ahora estamos en el vestíbulo, pero no se puede decir que lo hayamos visitado.

Luego observamos a la gente que cruzaba por delante de nosotros mientras nos tomábamos el café con hielo. Tanto Aizawa como yo permanecíamos en silencio. Aizawa parecía estar pensando en algo, pero también podía ser que simplemente mantuviera la vista clavada en la gente que iba pasando por delante del banco. Poco después, me dijo:

—Por cierto, Zen-san...

Lo miré a la cara.

—Zen-san y yo... Puede que esto no tenga ningún sentido para ti, pero... —dijo asintiendo con la cabeza. Me miró a los ojos—. Zen-san y yo ya no estamos juntos.

Tras pronunciar estas palabras, bajó los ojos hasta el café con hielo que tenía entre las manos e hizo un pequeño movimiento afirmativo con la cabeza.

—Fue después de que habláramos tú y yo por teléfono. Hace unos dos meses, más o menos. Nos vimos y hablamos. Se lo confesé todo con la mayor sinceridad posible: lo que estaba pensando en aquellos momentos, lo que había pensado durante los últimos meses y, también, que al dejar de verla había experimentado una sensación de alivio. Todo. También le dije que había alguien a quien deseaba ver más que a ella.

—Y, entonces, Zen-san... —empecé a formular la pregunta, pero me interrumpí a medias.

Aizawa me miró a la cara.

—Entonces Zen-san me dijo que hiciera lo que me pareciera mejor. Es una manera de hablar muy propia de ella, pero no me preguntó nada en concreto. Ni de quién se trataba, o qué pensaba hacer, por ejemplo.

—¿Y entonces?

—Entonces —dijo Aizawa lanzando un pequeño suspiro— nada. Solo esto. Al ver que estaba callado, me dijo que no hacía falta que le diera muchas vueltas. Que ya sabía perfectamente que acabaríamos separándonos antes o después. Y que, estando así las cosas, mejor que fuera pronto.

Tras pronunciar aquellas palabras, Aizawa enmudeció y yo también.

Sentados en el banco, el uno al lado del otro, no decíamos nada. Las gotas de humedad adheridas al vaso del café con hielo me mojaban las palmas de las manos. El sudor que había cubierto todo mi cuerpo se había enfriado por completo y, ahora, me daba la sensación de que toda la piel se me erizaba. Un poco inclinado hacia delante, Aizawa mantenía los codos apoyados en las rodillas y permanecía inmóvil con los ojos clavados en la mano que sostenía la tapa del vaso de café con hielo. El reloj que estaba colgado en la parte alta de la pared del vestíbulo, decorado con muchos adornos de criaturas marinas, marcaba las cinco. Sonó la casi ininteligible megafonía del acuario, un grupo de chicas con bolsas de souvenirs en las manos pasó riéndose a carcajadas. Sin que ninguno de los dos lo propusiera, nos pusimos en pie y nos encaminamos despacio hacia fuera.

En la lejanía, se oía cómo una sirena rasgaba la gruesa membrana del calor estancado en el cielo. El olor del atardecer de verano empezaba a mezclarse sutilmente en el fondo de la tibia brisa marina. Las sombras de las cosas iban palideciendo, la luz del horizonte se veía un poco más oscura. Era el crepúsculo. Sin decirnos nada, seguimos avanzando.

La noria, que creía que aún estaría lejos, se encontraba allí mismo. Me detuve, levanté la cabeza, la miré. Las góndolas blancas y verdes ascendían lentamente recortándose sobre el cielo del atardecer. De pie a mi lado, Aizawa también contemplaba cómo la góndola iba desplazándose por el cielo.

—Desde allí arriba —susurré—, ¿qué debe de verse de aquí abajo?

—Tu barrio, el mar —dijo Aizawa con voz sosegada.

—También se verá el cielo.

Frente a la noria, había varios grupos haciendo cola, pero era poca gente. Miré el rostro de Aizawa y él me preguntó con los ojos: «¿Subimos?». Miré hacia lo alto echando la cabeza muy atrás: la noria era grande, demasiado grande para que pudiera abarcarla entera con la mirada; la góndola más alta era un punto en el cielo. Al pensar en aquella altura, en aquella lejanía, me dio la sensación de que mi cuerpo flotaba y, sin pensar, agarré con fuerza las correas de mi mochila. Aizawa volvió a preguntarme lo mismo con los ojos. Hice un pequeño gesto afirmativo. Aizawa fue a comprar los billetes y me pasó uno a mí.

Hicimos cola detrás de las personas que estaban frente a la noria, aguardamos nuestro turno. Siguiendo las indicaciones de dos encargados que distribuían a los pasajeros a derecha e izquierda, las parejas y los grupos iban montando en las góndolas ordenadamente. Llegó nuestro turno. Aizawa se deslizó el primero dentro de la cabina, agachándose al entrar, y yo, tras detenerme varias veces para recuperar el equilibrio, me agarré a la barra de al lado de la puerta y empujé mi cuerpo hacia el interior.

La noria giraba tan despacio que, en un primer instante, no sabía si se movía o no y la góndola fue ascendiendo, poco a poco, sin la menor oscilación. Sentados frente a frente, los dos mirábamos hacia fuera. Quizá estuviese hecha de algún plástico especial, pero, al mirar de cerca de la ventana, descubrí que toda su superficie estaba llena de pequeñas rayas blancas que hacían pensar en una tenue neblina. La góndola ascendía sin un solo sonido como si fuera empujando hacia arriba el cielo del crepúsculo de verano. El tejado del acuario se fue hundiendo dentro de mi campo visual y los árboles del parque de al lado y los diversos edificios de las cercanías fueron haciéndose más y más pequeños. Se veía el mar. Las aguas, de un color intenso que no era ni gris plata ni gris plomizo, estaban cortadas por una multitud de líneas rectas que ondeaban suavemente. Algunos barcos se movían despacio como dedos que se deslizaran por la superficie del mar dejando detrás una estela blanca. Aizawa miraba a lo lejos entornando los ojos.

—Cuando era pequeña —dije—, no entendía cuál era la diferencia entre el mar y el puerto.

—¿Diferencia?

—Sí. Entre lo que había justo al lado de casa y lo que sabía que era el mar. En el puerto olía a agua salada, las olas eran increíbles: estaba clarísimo que aquello era el mar. Pero aquel mar era muy diferente del mar de verdad.

—¿El mar de verdad?

—Sí —dije—. El mar se ve mucho en las fotografías, se oye a menudo hablar de él, ¿no? Y ese mar es muy azul, muy bonito, reluce bajo la luz del sol, tiene playas blancas. O, al menos, arena, aunque no sea blanca; las olas lamen la orilla. Si quieres remojarte los pies, puedes hacerlo; si quieres tocarlo, también. Las olas, el mar. Así era lo que yo creía que era el mar de verdad.

Aizawa asintió.

—Pero el mar que yo tenía al lado de casa no era así, en absoluto. No era azul, no se podía tocar, era oscuro y negro, profundo. Tenía toda la pinta de que, si te caías ahí, ya no volvías. Entonces, de pequeña, siempre me preguntaba por qué eran tan distintos este mar y aquel otro.

—¿Y ahora ya lo sabes?

—A decir verdad —reí—, puede que aún no.

La góndola seguía ascendiendo despacio. A medida que ganaba altura, el mar iba cambiando de color y de forma y, en el horizonte, se dibujaba una tenue línea brillante. En las alturas, unos pájaros negros cruzaban en línea recta el cielo velado. Se alzaban blancas columnas de humo desde las chimeneas de las fábricas que se veían a lo lejos.

—Cuántas cosas se ven desde aquí, ¿verdad? —dijo Aizawa—. De pequeño, subía a la noria muchas veces con mi padre.

—¿Con tu padre?

—Sí. A mi madre no le gustaban demasiado los parques de atracciones, así que siempre íbamos solos mi padre y yo. Creo que a él tampoco le entusiasmaba ir, pero solía llevarme a menudo. Lo hacía por mí, claro. A las atracciones siempre subía yo solo, él se quedaba esperando en la salida. Al ver desde lo alto cómo la figura de mi padre se iba volviendo cada vez más pequeña, tenía una terrible sensación de desamparo, pero él me saludaba agitando la mano y eso me producía alegría, y también algo de vergüenza —sonrió Aizawa—. A mi padre, la única atracción que le gustaba era la noria. Cada vez que íbamos al parque de atracciones, al final del día, siempre subíamos a la noria antes de regresar a casa. Subimos juntos a diferentes norias de diferentes parques de atracciones y, a través de sus ventanas, vimos diferentes paisajes.

Aizawa se frotó el rabillo del ojo con el dedo medio.

—¿Has oído hablar de la sonda *Voyager*?

—¿La *Voyager*? —pregunté—. ¿De la NASA?

—Sí —asintió Aizawa—. La sonda espacial que fue lanzada al espacio el verano de hace unos cuarenta años. En realidad fueron dos, la *Voyager 1* y la *Voyager 2*. Primero lanzaron la *Voyager 2* y, un poco después, la *Voyager 1*. Es decir, que tienen, más o menos, la misma edad que nosotros. Las dos tienen el tamaño de una vaca y, en estos momentos, creo que están volando a unos veinte mil millones de kilómetros de la Tierra.

—Veinte mil millones de kilómetros... —musité.

—Sí. Cuesta hacerse a la idea de lo que representa, ¿verdad? En un artículo que leí hace poco ponían un par de ejemplos para hacerlo más comprensible. Uno decía que el *Shinkansen*, circulando a trescientos kilómetros por hora, tardaría siete mil seiscientos años en recorrer esta distancia. Otro daba el símil de una llamada telefónica. En aquella distancia, tendría que pasar un día y medio entre que dijeras «¡hola!» y oyeses cómo te respondían «¿sí?».

—Increíble.

—Sí, lo es. En fin, que a mi padre, por lo visto, le gustaban las naves *Voyager* porque, cada vez que subíamos a una noria, me hablaba de ellas.

Asentí.

—Las naves *Voyager* nos han ido enviando muchas fotografías y una gran cantidad de datos sobre los diferentes puntos que han ido recorriendo. Fotografías de muchos satélites, de los anillos de Saturno y, entre las más conocidas, están las fotografías de la Gran Mancha Roja de Júpiter. Puede que tú también las hayas visto todas. Incluso han conseguido sacar fotografías de Neptuno, el planeta del Sistema Solar más alejado de la Tierra. Y, después de treinta y cinco años, han salido finalmente del Sistema Solar. Es algo realmente impresionante. Las *Voyager* son el objeto creado por el hombre que más lejos está de la Tierra. Su objetivo principal, su misión, podríamos decir, ya está cumplido desde hace mucho tiempo, pero las *Voyager* continúan volando sin descanso y siguen manteniendo el contacto con la Tierra incluso ahora.

—Durante cuarenta años, siempre.

—Sí —dijo Aizawa—. Volando por el universo negro, desierto, infinito, rumbo a la Constelación de Sagitario. Yo no puedo hacerme la idea de la distancia que hay entre una estrella y otra, pero, para que una de las naves *Voyager* encuentre a la siguiente estrella..., es decir, para que se cruce con alguien, tendrán que pasar unos cuarenta mil años. Y he hablado de cruzarse, pero, al parecer, habrá más de dos años luz entre la estrella y la nave.

—Cuarenta mil años.

—Es increíble, ¿verdad? —sonrió Aizawa—. Y entonces, de niño, cuando protestaba porque aún no quería volver a casa y me quedaba remoloneando en la noria, o cuando me peleaba con un amigo, o cuando lloriqueaba porque mi madre me había reñido..., en estos momentos, mi padre venía, se sentaba a mi lado y me decía: «Cuando estés triste, acuérdate de las naves *Voyager*». Siempre están solas en la oscuridad, siempre volando y volando, recorriendo parajes donde no hay luz, donde no hay nada. No es ni un cuento, ni una metáfora. Es la realidad. Encima de cualquier parte del mundo donde estés, en cualquier momento, existe un universo como este y, las naves *Voyager*, en aquel momento, lo estarán atravesando.

Asentí.

—Me decía que me acordara. Pero esto era mucho pedir, ¿no te parece? —rio Aizawa—. Sin embargo, creo entender lo que me intentaba explicar. «En la vida hay cosas molestas», decía. «Pero, ¿sabes?, cien años pasan en un instante. Y no solo respecto a la vida de una persona: incluso la historia de la humanidad, comparada con el universo, no es más que un abrir y cerrar de ojos.» Me quería decir que, mientras estamos aquí, a veces reímos y, a veces, lloramos. Que me animara. No creo que se refiriera a que algún día yo tenía que morir o algo parecido. No era algo sobre mí mismo. Decía que algún día el Sol se consumiría por completo y que la Tierra y la humanidad desaparecerían sin dejar rastro. «Pero, incluso después, quizá las *Voyager* sigan recorriendo sin parar los confines del universo.» Esto es lo que me decía mi padre.

Asentí.

—¿Sabes que las naves *Voyager* llevan cada una un disco de oro con datos sobre la civilización de la Tierra?

—¿Un disco de oro? —pregunté.

—Sí. El sonido de las olas, el rumor del viento, el trueno, voces de diferentes pájaros. En el disco hay grabados muchos de los sonidos que existen en la superficie de la Tierra. Además, hay saludos en cincuenta idiomas, músicas de diferentes países. Y también información sobre cómo nace el ser humano, cómo es su cuerpo, cómo crece, qué colores distingue, qué come, qué cosas quiere y respeta, de qué modo vive. El desierto, el mar, la montaña, los animales, los instrumentos musicales... Qué tipo de civilización y ciencia ha desarrollado, en qué lugares y de qué forma vive el hombre. Todo esto está recogido en un disco. Junto con una aguja para reproducirlo.

Me dibujé en la mente un disco de color dorado.

—«En un futuro muy lejano, en algún punto de los confines del universo, quizá alguien encuentre a las *Voyager* —decía mi padre—. Y quizá logre descifrar el contenido del disco. Tal vez, por entonces, la Tierra y la humanidad ya hayan desaparecido sin dejar ni rastro, pero el recuerdo de los días que vivió la humanidad sobrevivirá.» Cuando escuchaba esto, me parecía muy extraño pensar que algún día yo desaparecería y que pasaría lo mismo con el lugar donde me encontraba en aquellos momentos. Tenía la sensación de que, ya entonces, estaba dentro de la memoria de alguna otra persona.

Aizawa sonrió.

—Mi padre me decía: «¿Sabes, Jun? El ser humano es muy extraño. A pesar de saber que todo desaparecerá, llora, ríe, se enfada. Construye muchas cosas y, luego, las destruye: visto así, parece muy decepcionante, ¿verdad? Pero, ¿sabes, Jun?, incluso así, estar vivo es algo maravilloso. Así que no le des más vueltas a eso y anímate». Y muchas veces yo, en mi mente de niño, pensaba que si lo decía mi padre, debía de ser verdad.

»Y entonces me volvía a casa con él imaginando cómo las naves *Voyager* seguirían recorriendo, años y años, todos los rincones del universo negro, donde no había nada, cargadas con nuestra memoria.

Al pronunciar estas palabras, Aizawa rio un poco y volvió a dirigir sus ojos hacia el otro lado de la ventana. Sin que nos diésemos cuenta, nuestra góndola había sobrepasado ya el punto más alto y, ahora, estaba iniciando lentamente el descenso igual que si fuésemos dejando marcas invisibles en el atardecer de verano. En el cielo se desplegaban muchos matices de azul y contemplamos en silencio el puerto que se extendía al otro lado de la ventana.

—Cuando pienso en ti, recuerdo cómo me sentía entonces —dijo Aizawa—. Muchas veces.

Asentí en silencio.

—Al conocerte me he dado cuenta de algo —dijo Aizawa—. Hasta ahora, he estado buscando a mi verdadero padre. Pensaba que tenía que encontrarlo y que, si no lo hacía, no conocería una mitad de mis orígenes.

—Sí.

—Y pensaba que me sentía así porque no conseguía encontrarlo.

—Sí.

—No es que sea mentira, por supuesto. Pero, en realidad...

—Sí.

—Lo que sentía de verdad, lo que he lamentado siempre, es no haberle podido decir a mi padre, al padre que me educó: «Mi verdadero padre eres tú».

Miré a Aizawa a la cara.

—Hubiera querido saber la verdad antes, mientras mi padre vivía, y haberle dicho que, a pesar de todo, aún más, mi verdadero padre era él.

Tras pronunciar estas palabras, Aizawa se volvió hacia la ventana, dándome la espalda. El viento había barrido los retazos de nubes que habían velado el cielo hasta entonces y una suave luz rosada se extendía como la tinta sobre un paño mojado. Aquella luz llegaba a nuestra góndola y, con una leve vibración, formaba un halo alrededor del pelo de Aizawa. Me levanté, me senté a su lado y apoyé suavemente mi mano en su hombro. Su espalda era grande y los hombros anchos, pero, en el fondo de la palma de mi mano, de la mano que tocaba a Aizawa por primera vez, estaba Aizawa de niño, estaba Aizawa cuando era un niño pequeño... Y a mí me pareció que lo estaba tocando a él. La góndola se aproximaba al suelo despacio entre pequeños chirridos. Los dos contemplamos por la misma ventana el puerto y el barrio que brillaban como si estuvieran palpitando en silencio.

Con la luz del atardecer empujándonos suavemente por la espalda, cruzamos la puerta de la cabina y bajamos a la plataforma. Al respirar hondo, el crepúsculo de verano llenaba los pulmones. Mientras el viento cargado de mar nos acariciaba la piel, Aizawa y yo nos dirigimos andando hasta la estación como si nos abriéramos paso suavemente a través de las primeras horas de la noche.

Cruzamos la calle grande, vimos las luces de la casa de *udon* a mano derecha, seguimos andando confundidos con personas que venían de alguna parte y que volvían a casa. En el momento en que aparecieron la escalera de la estación, Aizawa me dijo en voz baja, pero firme: «Natsume-san, si continúas deseando un hijo, ¿no querrías tener un hijo mío?». Caminamos sin detenernos, subimos despacio la escalera. Aizawa repitió en un tono muy sosegado: «Natsume-san, si todavía ahora deseas tener un hijo, si aún quieres conocer a tu hijo, ¿por qué no lo tienes conmigo?».

Fuimos subiendo la escalera, peldaño a peldaño, mientras el corazón me latía con tanta fuerza que mi cuerpo casi oscilaba. Cruzamos la puerta de acceso a los andenes, subimos al tren que acababa de llegar. Y contemplamos en silencio la escena del sol poniente que se deslizaba al otro lado de la ventana.

—¡Nat-chan! ¡Bienvenida!

Al pasar por debajo de la cortinilla de la entrada, descubrí a Makiko y a Midoriko sentadas a una mesa casi en el centro del bullicioso local. Midoriko se incorporó a medias y me llamó con una alegre sonrisa mientras me hacía señas con la mano: «¡Aquí! ¡Aquí!».

—¡Ya os veía! —dije con timidez mientras me sentaba.

Makiko estaba sentada en la silla muy erguida, mordisqueándose los labios con una expresión indescifrable en la cara: ¿estaba sonriendo? ¿Estaba cortada? ¿O estaba a punto de echarse a llorar? Cuando llegué a la mesa, asintió varias veces con la cabeza y esbozó una alegre sonrisa. Al final, habíamos quedado en una casa de *okonomiyaki*; Makiko había pedido una jarra de cerveza y ya iba por la mitad, Midoriko tomaba *mugicha*. Encima de la plancha, crepitaba la *konjac* asada, los brotes de soja salteados y demás, y el añorado olor a salsa agridulce inundaba el interior del local. Cuando llegó mi cerveza, Makiko exclamó, contenta: «¡Feliz cumpleaños!», y volvimos a brindar con un entrechocar de cristales.

—¡Veintiún años ya! No me lo puedo creer —dijo Makiko sonriendo y clavó la mirada en el rostro de Midoriko—. Que hayas crecido tanto.

—¡Qué joven eres! —dije riendo—. Disfruta tanto como puedas.

—Lo haré —sonrió Midoriko.

Luego Makiko nos habló de una chica nueva del *snack* que, no es que le pareciera mal aquello, por supuesto, pero que se notaba a ojos vistas que se había hecho la cirugía estética. Al principio, tanto Makiko como las otras chicas evitaron comentarle nada, por delicadeza, pero fue ella la que enseguida empezó a decir que si la operación para agrandar los ojos se la había hecho en tal sitio y que le había costado tanto; que si el relleno de ácido hialurónico en la barbilla se lo habían hecho en tal sitio, que en la nariz se había retocado esto y lo otro: lo comentaba como si se tratase de útiles de maquillaje. En fin, que creaba una atmósfera muy distendida y Makiko estaba encantada.

—Es una chica muy divertida. La cara, bueno, es tan llamativa como el *mikoshi*[4] de un festival, pero, en fin. Hoy en día, todas hacen igual. Parece que no lo ocultan para nada.

—Pues no. Pero es raro. Que una chica que se ha gastado tanto dinero en la cara trabaje en un *snack* como el tuyo, mamá —dijo Midoriko comiendo *konjak*—. Que no intente ir a uno de más categoría, para gente más joven, que paguen mejor la hora. Podría encontrar un montón.

—Por lo visto, antes estaba en un local en el que pagaban mucho mejor. Pero trabajaban a destajo y eso se le hacía muy pesado, dice. Además, se ve que la relación personal no era nada buena. Y, en este sentido, el ambiente de nuestro *snack* es más familiar, más relajado, cuando hace frío puede ponerse un jersey y no pasa nada... Intentamos que se encuentre a gusto. Durante el día tiene otro trabajo. En un salón de manicura —dijo Makiko comiendo brotes de soja—. ¡Mirad! Me lo hizo el otro día en un plis plas. ¡Mirad qué guapas!

Nos reímos al ver lo ufana que estaba Makiko enseñándonos sus uñas pintadas de un bonito color porcelana. Luego Midoriko me habló del libro de Kripke que estaba leyendo y salió el tema de Haruyama. Por lo visto, su relación marchaba muy bien y me enseñó unas fotografías recientes de una ex-

4. Santuario portátil sintoísta. Posee una gran vistosidad

cursión a la montaña. Al decirle: «Os van las actividades al aire libre, ¿verdad?», sacudió la cabeza con aire de fastidio y me contó que a Haruyama le gustaba mucho escribir haikus y que, cuando salía a buscar inspiración en la naturaleza, a veces, la arrastraba también a ella. En la fotografía, aparecían sonrientes, jóvenes, envueltos en una luz brillante. Deslumbrada, contemplé sus imágenes plasmadas en las fotografías. Trajeron la *okonomiyaki* y los *yakisoba*: nos lo repartimos en los platos y nos dedicamos a comer con entusiasmo, repitiendo: «¡Cómo quema!», «¡Qué bueno!».

—Por cierto, Midoriko, ¿cómo va lo de las comadrejas? —pregunté.

—¿Las comadrejas? —dijo Midoriko—. Pues han desaparecido de repente.

—¿Cómo? ¿Sin más?

—Sí. Un día, de repente.

—¿Alguien ha puesto veneno o algo? —pregunté.

—No, parece que no.

—¡Con el follón que se armó! Qué raro, ¿no? —dijo Makiko ladeando la cabeza.

—Y los espiritistas de arriba también se han calmado de repente —dijo Midoriko con la boca llena—. Están tranquilos, como si no hubiera pasado nada. Las obras también se han acabado.

—¿Seguro que todo está bien? ¿No habrá algún cadáver en el primer piso? —reí.

—Podría ser. O, también, que las comadrejas hayan acabado la mudanza.

Y Midoriko, abriendo aún más sus grandes ojos, exclamó: «¡Qué buena está la *okonomiyaki*!», y sonrió alegremente.

Al salir del restaurante, cogimos el autobús y volvimos al apartamento de Makiko y Midoriko. Cuando vi, después de tantos años, cómo su silueta se dibujaba vagamente en la cálida noche de verano, me embargó un sentimiento de nostalgia y soledad, y noté una punzada en el corazón. Subimos la escalera de hierro, con metálicos ¡clinc!, ¡clonc!, y, ya en la casa, vimos la televisión, charlamos.

Después de ducharnos por turnos, nos tumbamos encima de dos futones, extendidos uno al lado del otro, en el siguiente orden: Makiko, Midoriko y yo. Seguimos charlando incluso después de apagar la luz; de vez en cuando, nos cogía un ataque de risa. En un momento dado, Midoriko se sentó en el futón diciendo que, si no parábamos, se volvería loca, y se tumbó de nuevo. Continuamos hablando durante mucho tiempo. Después, las frases se fueron espaciando, poco a poco, hasta que Midoriko dejó oír la acompasada respiración del sueño. «¡Ya se ha dormido! —rio Makiko. Y añadió—. Nosotras deberíamos hacer lo mismo.» Por entonces, mis ojos ya se habían acostumbrado a la oscuridad y veía cómo las estanterías modulares, las camisetas de Midoriko colgadas en la pared y la silueta de la librería se recortaban con nitidez en las densas tinieblas azules. Poco después de que Makiko y yo nos hubiésemos dado las buenas noches, dije:

—Maki-chan. Maki-chan.

—¿Sí? —respondió algo después.

—Maki-chan, perdóname.

Me disculpé en voz baja. En la noche azul, vi cómo Makiko se daba la vuelta.

—No. Perdóname tú a mí. —Makiko también se disculpó—. Ni siquiera te escuché. Y eso que, antes de decírmelo, seguro que te lo habías pensado la tira. Y yo, sin saber nada de nada, dije lo primero que se me pasó por la cabeza, como una idiota.

—No es verdad. Yo también hablé más de la cuenta. Lo siento.

—Escucha, Natsuko —dijo Makiko—. Soy tu hermana mayor.

Parpadeé sin decir nada.

—Siempre seré tu hermana. Irá bien, ya verás. Estamos juntas. Sea lo que sea, si lo has decidido tú, seguro que irá bien.

—Maki-chan.
—¿Dormimos?
—Vale.
Con los ojos clavados en las sombras de la ventana que emergían en la oscuridad, fui recordando, una a una, las escenas que había contemplado y las conversaciones que había mantenido hasta que caí dormida. Era un sueño que parecía suavemente modelado en arcilla blanda. Dormí hasta la mañana sin soñar siquiera.

A mediados de septiembre, envié un mensaje a Yuriko Zen. A la dirección de correo electrónico que estaba impresa en la tarjeta que me había entregado la primera vez que nos habíamos visto. Me disculpé por ponerme en contacto con ella sin previo aviso y le pedí si podíamos vernos y hablar. Yuriko Zen me respondió cuatro días más tarde. Y quedamos en vernos el sábado siguiente, a las dos de la tarde, en una pequeña cafetería que se encontraba al fondo del barrio comercial de Sangenjaya.

Yuriko Zen acudió cinco minutos antes de la hora. Parecía más delgada todavía que tres meses atrás. Apareció en la entrada, y era difícil saber quién descubrió primero a quién, pero se dirigió hacia mí andando por el pasillo sin dirigir una sola mirada a su alrededor. Llevaba el mismo vestido negro sin adornos que la última vez. Tras atraer una silla hacia sí y tomar asiento, me saludó con una inclinación de cabeza que parecía más un gesto de asentimiento que un saludo. Yo también bajé la cabeza.

El camarero se acercó con las cartas y el agua, le dije que me trajera un té con hielo, ella pidió lo mismo. Sonaba, en un volumen adecuado, una sonata de piano y, a pesar de tratarse de una melodía de un compositor muy conocido, fui incapaz de recordar de quién se trataba. Las dos nos quedamos en silencio, mirando el vaso de agua.

—Siento haberme puesto en contacto contigo tan de repente.

Negó con un movimiento de cabeza unos instantes después.

Por una ventana que había a nuestras espaldas, en diagonal, entraba la luz a raudales y en la cafetería había mucha claridad, pero, incluso así, el rostro de Yuriko Zen mostraba una tonalidad azulada. La nebulosa que se extendía en forma elíptica por su nariz y mejillas había ido perdiendo color poco a poco, como si se hubiera ido enfriando. Yuriko Zen parecía exhausta. Sin decir nada, con las puntas de los dedos posadas en el vaso, parecía estar esperando a que yo dijera algo.

—No sé por dónde empezar —le dije con franqueza—. Ni siquiera sé si hago bien en hablarte de ello y en pedirte que me escuches.

Yuriko Zen levantó un poco los ojos.

—Pero quería verte y hablar contigo.

—¿Es sobre Aizawa? —preguntó en voz baja.

—Sí —dije—. Aunque, para ser exactos, es más bien sobre mí misma.

Vino el camarero, depositó los vasos de té con hielo frente a nosotras y nos preguntó con una sonrisa si podía retirar las cartas. Asentí, me dio las gracias con voz alegre y se fue.

—No he dejado de pensar en lo que dijiste aquella noche de junio en el parque —dije—. Antes de hablar contigo, estaba convencida de haber reflexionado mucho. Sobre el hecho de que quería un hijo, de que quería conocerlo, de dónde procedía este deseo, en qué consistía. Había estado pensando todo el tiempo en el hecho de si alguien como yo, que no tenía pareja, que era incapaz de mantener relaciones sexuales, podía ser madre.

—¿Incapaz de mantener relaciones sexuales? —me preguntó Yuriko Zen en voz baja entornando los ojos.

—No puedo. Ni me apetece hacerlo ni mi cuerpo está hecho para eso.

Le conté que solo había tenido la experiencia con una única persona en el pasado, que nos habíamos separado a causa de aquello y que, a partir de entonces, no había mantenido relaciones sexuales con nadie.

—Y cuando me enteré de la donación de semen, pensé que quizá yo también podría dar a luz, conocer a mi hijo.

Yuriko Zen me miraba fijamente a la cara en silencio.

—Pero, después de hablar contigo en el parque, me dije que lo que estaba pensando era terriblemente superficial. Dejé de tener claro qué deseaba en realidad. Cuanto más pensaba, mayor peso cobraban tus palabras, y empecé a preguntarme si lo que deseaba, si lo que intentaba hacer, no sería algo horrible, algo irreparable. Porque es cierto. En este mundo no hay nadie que haya nacido por su propia voluntad. Tal como tú habías dicho.

Sacudí la cabeza, solté una bocanada de aire.

—Pensé que tal vez estuviera intentando hacer algo realmente egoísta, muy cruel.

Yuriko Zen se asía los codos con las dos manos, como si se abrazara a sí misma. Parpadeaba una vez tras otra.

—Pero si pensé de este modo —dije— fue porque me lo habías dicho tú.

—¿Porque te lo había dicho yo? —dijo Yuriko Zen con voz ronca.

—Sí —dije yo con voz ahogada—. Porque habías sido tú.

Yuriko Zen volvió la cabeza lentamente hacia la entrada y se quedó inmóvil. La línea del hueso de su mandíbula se dibujaba con claridad, se veían las venas azules que recorrían su delgado cuello. Me representé el oscuro bosque frondoso. Los niños envueltos en el velo del sueño, sus suaves barrigas subiendo y bajando. Vi a Yuriko Zen acurrucándose junto a ellos, entre su respiración del sueño. Evoqué la imagen del pequeño cuerpo suave de Yuriko Zen, rodeándose las rodillas con los brazos, respirando sosegadamente con los ojos cerrados.

—Lo que intento hacer quizá sea algo irreparable. No sé cómo irá. Quizá hacer algo así sea un error desde el principio. Pero yo...

Me di cuenta de que mi voz se había empañado. Tomé una pequeña bocanada de aire, miré a Yuriko Zen.

—Prefiero equivocarme a olvidarlo.

Tanto Yuriko Zen como yo estábamos mirando en silencio los vasos que había encima de la mesa. Un cliente con el pelo blanco que estaba sentado detrás de ella se levantó y, apoyándose en su bastón, se encaminó despacio hacia la salida.

Un poco después, Yuriko Zen me preguntó en voz baja: «Tendrás un hijo con Aizawa, ¿verdad?». Yo asentí.

—Aizawa...

Yuriko Zen se presionó suavemente los párpados con las yemas de los dedos y dijo con un hilo de voz:

—Aizawa está contento de haber nacido.

Yo miraba a Yuriko Zen sin decir nada.

—Yo soy distinta de ti, y de Aizawa.

Asentí.

—Quizá sea porque soy débil —dijo Yuriko Zen en voz baja con una pálida sonrisa—, pero es que, si yo aceptara la vida, no podría seguir viviendo un solo día más.

Cerré los ojos con fuerza. Con tanta fuerza que casi pudo oírse. Si relajaba un poco la presión, notaba cómo mi garganta se llenaba a rebosar de cosas que se arremolinaban. Con los labios apretados, respiré lentamente una vez tras otra. Permanecí mucho tiempo muda.

—He leído tu novela —dijo Yuriko Zen algo después—. Mueren un montón de personas.

—Sí.

—Pero, a pesar de ello, siguen viviendo.

—Sí.

—No sabes si están vivos o muertos, pero van viviendo.

—Sí.

—¿Por qué lloras?

Yuriko Zen lo dijo sonriendo y, luego, entornó los ojos como si dudara entre reír o llorar; al fin, me miró con cara de haber decidido no llorar. Quería abrazarla. «De una forma distinta —pensé—. No con las palabras que conozco, no con los brazos que puedo tender, de una forma distinta, muy distinta, algo diferente.» Hubiera querido abrazar a Yuriko Zen, rodear su pequeña espalda y sus delgados hombros. Pero lo único que pude hacer fue asentir con la cabeza mientras me frotaba con la palma de la mano las lágrimas que me resbalaban por las mejillas.

—Qué cosa más extraña, ¿verdad?

—Sí.

—Qué cosa más extraña.

—El otro día fui a visitar la tumba de Sengawa-san.

Yusa iba removiendo con la cañita el café con hielo que se iba deshaciendo poco a poco.

Después de dos meses de no vernos, encontré a Yusa muy bronceada y su vestido blanquísimo sin mangas relucía luminoso, más que blanco. Se había cortado el pelo corto y llevaba un pequeño sombrero de paja con una cinta de color negro.

—En realidad, no tiene ningún sentido ir a visitar una tumba, ya lo sé —dijo Yusa frunciendo los labios—. Yo siempre le había tomado el pelo a la gente que va al pueblo un montón de veces a visitar el cementerio de la familia, y la verdad es que sigo pensando lo mismo. Materiales fríos, carísimos. No tienen nada que ver con la persona que se ha muerto, solo que, cuando los vivos no saben adónde ir, así tienen un sitio por donde pasar. Y eso tampoco está tan mal.

—Ya —asentí.

—La tumba de Sengawa-san está pasado Hachiôji, un poco más hacia el norte. Se lo pregunté a sus padres. Cuando fui y la vi... Uf. Es alucinante —dijo Yusa—. Es cinco o seis veces más grande que una tumba normal.

—¿La lápida?

—¡Qué dices! —dijo Yusa sonriendo—. La lápida tampoco es normal, por supuesto. Es horizontal y da un poco la impresión de ser una lápida conmemorativa. Pero me refería al terreno: es enorme. No te exagero, allí podrían hacer una acampada un grupo de estudiantes.

—Una vez me habló de cuando era pequeña.

—¿De verdad? —Yusa me dirigió una mirada con la cañita sujeta entre los labios—. A mí nunca me contó nada.

—Me dijo que, de niña, pasaba bastante tiempo en el hospital y que tenía varios profesores particulares que le controlaban los estudios. Y que pasaba mucho tiempo sola. Y que, por eso, empezó a leer.

—Le gustaban mucho los libros, ¿verdad? —dijo Yusa.

—Era editora. Es normal —reí.

—No creas. Hay un montón de editores a los que no les gusta leer —rio Yusa—. Pero a Sengawa-san le gustaban mucho los libros, le gustaban de verdad.

La camarera me trajo una infusión fría. Tras depositar, con una mano llena de anillos, la nota de las consumiciones en un extremo de la mesa, nos dirigió una sonrisa simpática y se volvió al fondo del local.

Desde aquella mesa junto a la ventana, se veía a la gente que transitaba por las calles de Sangenjaya. Una persona que paseaba un perrito con una sombrilla desplegada en la mano, dos estudiantes con gafas de montura negra a juego, una madre que llevaba un niño de la mano vestido con el uniforme de párvulos: todos andaban a paso rápido envueltos por la luz de una mañana de finales de julio. Los rayos del sol de las diez y media de la mañana de un día de verano bañaban el pequeño letrero de la panadería con el menú y los cubos llenos a rebosar de unas flores, que yo no sabía cómo se llamaban, de la floristería que estaba preparándose para abrir; nítidas sombras se dibujaban en sus bases.

—Dos años ya —dijo Yusa mirando al otro lado de la ventana—. Me da la impresión de que todavía no me he acostumbrado, pero, de algún modo, sí lo he hecho. Supongo que eso es lo que pasa cuando alguien se muere.

Volvimos a quedarnos las dos mirando por la ventana mientras nos tomábamos nuestras bebidas.

—¿Qué? ¿Se mueve?

Yusa fijó la mirada en mi barriga por encima de la mesa.

—Muchísimo —dije bajando los ojos hacia mi barriga—. Se mueve, pega patadas. Así, de golpe, me da en el cuello del útero. ¡Pum! Me deja casi sin respiración.

—Sí. Ya me acuerdo —dijo Yusa alegremente frunciendo el entrecejo—. Falta menos de un mes, ¿no? ¡Cómo pasa el tiempo!

—Pues sí —dije—. Salgo de cuentas dentro de unas dos semanas.

—Ah, y lo que tienes que comprar está todo en la lista que te envié el otro día. No creo que haya olvidado nada. Una cosa: aunque estemos en verano coge las toallitas infantiles que se humidifican con agua caliente. Son mejores.

—¿Las de algodón que se venden aparte?

—Sí, sí. Las que van con aquel chisme con enchufe —dijo Yusa—. Con agua caliente parece que limpian mejor. ¿Y qué vas a hacer con la cama del bebé?

—Estuve pensando en poner dos futones, uno al lado del otro, pero he estado buscando y creo que es mejor una cuna. Es más cómoda. He encontrado un sitio donde las alquilan, a cinco mil yenes los seis meses, y eso es lo que voy a hacer.

—Hum.

—A ver: la ropa interior, OK; todo lo del baño y los pañales, OK. —Abrí la agenda del teléfono y fui comprobándolo todo—. El biberón, también. Lo he comprado con la tetilla de la talla S.

—Y el cochecito puede esperar. Todavía hay tiempo.

—Sí, trataré de adquirir uno de segunda mano en una subasta electrónica.

—¿Cuándo vendrá tu hermana? —preguntó Yusa.

—El día en que salgo de cuentas. Y se quedará una semana. Luego, irán turnándose ella y mi sobrina, para ayudarme.

—¡Ah! Muy bien —dijo Yusa sonriendo—. Yo también vendré a ayudarte todo el rato, pero, después del parto, es mejor que durante un tiempo tengas a alguien cerca, por si necesitas algo, así de repente.

—Ya.

—¡A ver qué será! —dijo Yusa—. Y eso que últimamente casi todo el mundo pregunta el sexo del bebé. Yo, con Kura, estuve dando la lata desde que estaba de dos meses. Debí de ser superpesada.

—¿A los dos meses? Era demasiado pronto —reí.

—Bueno, si todo marcha bien, perfecto. Eso es lo principal. Ah, ¿y el nombre? ¿Ya lo has decidido? ¿O todavía no?

—Aún no. Ni siquiera lo he pensado.

—Y lo del nombre... O cuándo sales de cuentas, o cuándo tiene que nacer, ¿todo eso se lo comunicas a él? —preguntó Yusa acercando un poco el rostro—. ¿A tu pareja, vamos, al padre?

—Sí —dije—. Del nombre no hemos hablado, pero el día en que salgo de cuentas se lo dije en cuanto supe que estaba embarazada. Él ahora vive en Tochigi y, desde hace unos meses, apenas nos vemos, pero nos vamos enviando mensajes de texto y también algún correo electrónico de vez en cuando.

—¿Ha vuelto a casa de sus padres?

—Sí. Su madre vive allá sola y no se encuentra muy bien, así que ha decidido trabajar en aquella zona.

—Bueno, está cerca —asintió Yusa.

—De todas formas, básicamente, voy a tenerlo sola y voy a educarlo yo sola. Ya te había hablado de esto.

—Sí.

—Quedamos en que, cuando el niño crezca y quiera ver a su padre, podrá hacerlo —dije—. Podrá ir a visitarlo cuando quiera. Y él, por su parte, cuando quiera ver al niño, también podrá hacer lo mismo. Aún no sé qué tipo de relación se establecerá exactamente, pero esta es la idea que tenemos de momento. Lo que hemos hablado.

—Pues fantástico, ¿no? —dijo Yusa sonriendo.

Cuando acabó de tomarse el café con hielo, se desperezó, se quitó el sombrero de paja y se rascó la cabeza dibujando círculos. Luego, alargando los brazos tostados por el sol, me dijo riendo alegremente:

—Natsume, tú también pronto estarás así. ¿Sabes cuánto voy a la piscina? Casi estoy más rato allí yo que el socorrista.

Después de pagar, salimos de la cafetería y nos dirigimos andando hacia la estación. Yusa dijo que tenía una cita y que iba a Shibuya, así que la acompañé hasta la entrada de acceso a los andenes.

—¡Ah! Me olvidaba. ¿Qué tal con Ôkusu-san? ¿Todo bien?

—Sí, todo avanza de fábula.

—¡Qué bien! —dijo Yusa con tono de alivio.

—El otro día, por fin, me envió las galeradas. Trabajo muy a gusto con él.

—Claro. Es muy buen editor —dijo Yusa—. Y le gusta mucho tu novela.

—Sí, es verdad —dije—. Me hiciste un gran favor al presentármelo.

—¡Pero si yo no te lo presenté! Lo único que hice fue darle tus señas cuando me las pidió. Fue él quien leyó tu novela, le gustó y quiso trabajar contigo —dijo Yusa—. Irá muy bien. Todo.

—Y lo estoy esperando con una ilusión enorme. Todo.

Y luego Yusa exclamó: «¡Casi me olvido!», y miró la bolsa de papel que llevaba en la mano. Me fue explicando, una a una, las cosas que contenía: un cinturón pélvico que ella había usado cuando había tenido a Kura; varios pijamas con la parte del pecho que podía alzarse para amamantar; un montón de ropa, preciosa y diminuta, de recién nacido. «Bueno, mañana te envío un mensaje. Ten cuidado al volver a casa», dijo Yusa agitando la mano al despedirse. Estuve contemplando su figura de espaldas hasta que desapareció al volver la esquina.

Decidí tener un hijo con Aizawa a finales de 2017 y, en aquel momento, ambos nos hicimos algunas promesas. Aunque, de hecho, como no esperábamos casi nada el uno del otro, más que promesas, lo que hicimos fue compartir nuestros puntos de vista, hablar y tomar algunas decisiones. A Aizawa le transmití mi deseo de tener el hijo sola y de educarlo sola. Quedamos en que la frecuencia y el momento en que se encontrarían padre e hijo ya lo discutiríamos en su momento; también quedamos en que, aunque nosotros dos dejáramos de vernos, el niño podría ponerse en contacto con él siempre que lo deseara. Le comuniqué que yo me haría cargo por completo de los costes del parto y de la educación del niño, y que, en lo posible, intentaría mantenernos a los dos yo sola. Respecto al dinero, Aizawa reflexionó mucho e hizo varias propuestas, pero, al final, decidió respetar mi parecer.

A finales de febrero de 2018, visitamos como matrimonio de hecho una clínica especializada en tratamientos de fecundidad. No nos pidieron ningún documento que certificara que éramos matrimonio de hecho, solo tuvimos que presentar nuestros respectivos documentos de acreditación familiar para demostrar que no estábamos casados con otras personas. Le dije al médico que llevaba medio año intentando quedarme encinta siguiendo el método del calendario, pero que no lo había conseguido.

El doctor programó varias pruebas basándose en mi ciclo menstrual, me hizo ecografías y comprobó que mi ovulación era correcta. A Aizawa también le efectuaron varios análisis y se demostró que no había ningún problema en su esperma. Estos resultados, por sí mismos, eran muy buenos porque demostraban que no había ningún impedimento, por ninguna de las dos partes, para la gestación, pero yo estaba muy inquieta pensando que me aconsejarían continuar un poco más con el método tradicional. Sin embargo, contra lo que me temía, el médico dijo que, dada mi edad, que el intento se reducía a una vez al mes y que ya lo habíamos intentado durante medio año, sería aconsejable pasar a la siguiente fase: la fecundación artificial. Y, ocho meses después —a la quinta inseminación—, me quedé embarazada.

Tras despedir a Yusa, fui a comprar algo de comer al supermercado de la Torre Carrot y volví a casa. Salía de cuentas al cabo de dos semanas y mi barriga era tan voluminosa que parecía imposible que pudiera crecer más, pero, según Yusa, una semana antes del parto todavía aumentaba algo más. Acaricié la parte prominente justo por debajo del estómago, abrí el parasol y, eligiendo las zonas de sombra, me encaminé muy despacio a mi apartamento.

Entré en el piso, encendí el aire acondicionado y, en el mismo momento en que acababa de sacar el *mugicha* de la nevera, sonó el teléfono. Era Midoriko. En los últimos tiempos, tanto Makiko como Midoriko llamaban cada dos por tres para preguntarme, preocupadas, cómo me encontraba, si me faltaba algo, si tenía algún problema y mil cosas más. Makiko siempre empezaba diciendo que ya hacía más de veinte años y que había olvidado los detalles, pero, después de este preámbulo, empezaba a hablar y hablar; mientras hablaba, se iba acordando de esto, de lo otro y de lo de más allá e, invariablemente, acababa diciendo que las contracciones del parto eran un dolor inaguantable; claro que, recalcaba con énfasis, eso dependía mucho de la persona y, hasta que pasabas por ello, no lo sabías; que no me preocupara. Midoriko, que en abril empezaba los estudios de postgrado, vendría a Tokio después de Makiko y me ayudaría hasta que empezaran las clases. Por lo visto, pasar más de un par de semanas en una ciudad desconocida con un recién nacido le producía un cierto nerviosismo, pero estaba entusiasmada.

—¡Hola, Nat-chan! ¿Cómo te encuentras? —me preguntó Midoriko con voz alegre.

—Bien, gracias. Igual que ayer.

—¿De verdad? ¿No te duele la barriga?

—La barriga no duele —reí—. El niño se mueve mucho, me da golpes. Con la cabeza, creo. ¿Sabes? ¿El cuello del útero? Pues pega allí muy fuerte. Duele tanto que me deja sin respiración, pero solo es en estos momentos. Si no, no duele nada. Pero por la noche me dan calambres.

—¡Ostras! —dijo Midoriko con voz grave—. ¿Y qué haces entonces? Con esa barriga tan grande no podrás darte un masaje, ¿no?

—¿Un masaje? Imposible. Tengo que esperar a que se pase solo.

—¡Pero si eso es horrible! —dijo Midoriko con una voz más grave todavía—. ¿Y la incontinencia cómo va?

—Por suerte, esta fase ya ha pasado —dije—. No hay problema de albuminuria ni de la cantidad de ácido úrico. En la visita que me hicieron ayer me dijeron que estaba un poco hinchada, pero solo eso. El ginecólogo tampoco me ha dicho nada, solo que todo sigue perfectamente su curso.

—Todo sigue perfectamente su curso. ¡Qué bien! —Midoriko rio contenta y yo también me reí.

—Oye, Nat-chan, ¿qué se siente al tener un bebé dentro de la barriga?

—No sé. Es una sensación extraña —dije simplemente—. Yo, como no tuve náuseas, al principio no me daba ni cuenta. Me hice a la idea de que estaba dentro de mi barriga cuando empecé a hincharme. Incluso entonces, al principio, era como si engordara, ¿sabes? Como si me expandiera. Eso sí: el cuerpo cada vez lo notas más pesado, van cambiando muchas cosas.

—Ya.

—Pero es tu propio cuerpo, claro.

—Ya.

—Tu cuerpo cada vez es más torpe, te sientes más lenta, hinchada, te da la sensación de que estás metida dentro de un disfraz muy grueso, como esos de los dibujos animados. Al principio me sentía constreñida y era muy pesado, pero ahora ya no me lo parece para nada. Me da una sensación de paz.

—Vaya —dijo Midoriko, admirada.

—A veces, en el baño, me miro la barriga y me pregunto: «¿Todo esto es mío?, ¿todo esto he podido sacar?». Me cuesta creerlo, ¿sabes? Pero es solo un instante. Luego vuelvo a tomar conciencia de la realidad.

—Ya.

—Pero no puedo pensar en gran cosa más, ¿sabes? Es como si fuera incapaz de hilvanar las ideas. Mira, me siento como si fuera unos fideos que se van hinchando, ¡fua!, dentro del agua caliente. Sí, es una sensación parecida a eso.

—Ya.

—¿Sabes? Hay algo que me ha extrañado siempre —dije—. Y es que, cuando alguien tiene ochenta y cinco o noventa años, debe de saber que lo más normal es que le queden cinco o diez años de vida, ¿no? Que pronto le llegará la muerte. ¿Qué se debe de sentir cuando llegas a una edad en que no es extraño pensar: «El año que viene, por estas fechas, quizá ya no esté»? Eso es lo que siempre me he preguntado: ¿qué deben de pensar sobre la muerte cuando llegan a esta edad? Cuando ya no se trata de poder morir algún día o en el futuro..., sino dentro de poco. ¿Cómo deben de sentir eso?

—Ya.

—¿Tendrán miedo? Todos parecen vivir de un modo tan apacible, pero ¿qué deben de sentir en realidad?

—Ya.

—También yo, en el parto, podría morir. Ya sé que no es como antes, una voz en mi interior me dice que no va a pasar nada, pero podría tener una hemorragia: nunca se sabe qué puede suceder. Bueno, se podría decir que nunca he estado tan cerca de la muerte en toda mi vida.

—Ya.

—Pero, ¿sabes?, no puedo pensar en nada. En lo que sucederá. En la muerte. Aunque intente pensar en lo que hay en el más allá, no se me ocurre absolutamente nada. Es como si estuviese acurrucada en un edredón de algodón muy blando y mullido. Solo eso.

Midoriko soltó un suspiro.

—Es increíble. No logro pensar en nada. Entonces, he pensado que quizá los seres humanos, cuando existe de verdad la posibilidad de morir, dentro de la cabeza segreguen algún tipo de sustancia. Y los abuelos y abuelas de ochenta y cinco o noventa años quizá sea eso lo que sienten todos los días. Que van desapareciendo envueltos en algo suave.

—Oye, Nat-chan, tú no vas a morir —dijo Midoriko—. Pero creo que entiendo lo que dices.

—Es extraño —reí—. Ya no tengo miedo de nada.

Pasó la última semana de julio, llegó agosto. Empecé a despertarme con frecuencia a lo largo de la noche y, por la mañana, al abrir los ojos, notaba la cabeza cargada, como llena de bruma, y me pasaba el día tumbada con los ojos cerrados, dormitando. Aquel día, el sol de pleno verano hacía resplandecer las cortinas con destellos blancos y formaba manchas de luz sobre la alfombra. Recostada en el puf con los brazos extendidos, inmersa en aquel calor, iba abriendo y cerrando las manos. A pesar de tener puesto el aire acondicionado, la temperatura no paraba de subir: yo tenía las axilas y la espalda cubiertas de sudor. A cada parpadeo, el verano cobraba más vida dentro de mis ojos.

En un cierto momento, noté una punzada distinta a las que había experimentado hasta entonces y, en un acto reflejo, me llevé las dos manos a la parte inferior de la barriga. El dolor desapareció enseguida; en cuanto empezaba a pensar que se trataba de algo pasajero, noté una fuerte presión en la base del vientre. A medida que se repetía, cada vez más intensa, la presión fue derivando hacia un dolor claro. Me faltaba una semana para salir de cuentas. Quizá aún era un poco pronto, pero, por el número de semanas, tampoco era anormal que se produjera el parto. Al pensarlo, empecé a sudar a mares y el corazón me latió con fuerza. Había escuchado lo que me había dicho el médico, las palabras de Yusa y las de Makiko —a pesar de que, según ella, había olvidado los detalles concretos—, había buscado información por la web y había leído manuales sobre embarazo y parto, pero, sin embargo, en aquel momento, olvidé de golpe qué tenía que notar para identificar las señales del parto y qué no tenía que pasar para que no lo fueran.

Poco después, el dolor se atenuó: me levanté, me dirigí

lentamente a la cocina, me llené un vaso de *mugicha* y me lo bebí de un trago. Tenía tanta sed que parecía que las paredes de las mejillas se me fueran a pegar por dentro. «Los intervalos», pensé. Recordé que ponía en alguna parte que, en cuanto tuviera un dolor diferente al usual, lo primero que tenía que hacer era medir los intervalos. Con el fin de poder levantarme enseguida, dejé el puf, me senté en una silla y me quedé con los ojos clavados en el reloj. Las agujas marcaban las tres en punto de la tarde. Volvió el dolor. Al medirlo, vi que se repetía cada veinte minutos. Nerviosa, me pregunté qué tendría qué hacer después, pero tenía una completa sensación de irrealidad, como si todos los resquicios entre el fondo de los ojos y la parte interna de la frente estuvieran rellenos de algodón.

Mientras las sucesivas oleadas de dolor iban y venían, envié un mensaje a Makiko y a Midoriko que decía: «Puede que hayan empezado las contracciones. Hasta luego», y otro a Yusa. Comprobé que el monedero y la cartilla de maternidad estuvieran dentro de la bolsa de viaje que tenía preparada para mi ingreso y llamé al hospital. Respondió una enfermera con voz alegre, escuchó mis explicaciones y me dijo que posiblemente podría esperar un poco más, pero que si prefería dirigirme al hospital podía hacerlo. Le expliqué que tenía que desplazarme sola y que, si aumentaba el dolor, quizá no pudiera moverme, de modo que me dirigía hacia allí. Y corté.

Cuando llegué al hospital el intervalo entre una contracción y otra se había reducido y el dolor había aumentado todavía más. Dejé la bolsa y me condujeron a la sala de partos. Por entonces, el cuello uterino ya se había dilatado cinco centímetros y ya había roto aguas, aunque había salido poca cantidad. Con movimientos precisos, algunos enfermeros me colocaron un aparato para medir la intensidad exacta y el intervalo de las contracciones en la parte más abultada de la barriga y, en el dedo medio, una pinza para contar las pulsaciones. «Natsume-san, vamos para allá. ¿Todo bien?», me preguntó, sin dejar de sonreír, una enfermera de mediana edad que me había acompañado desde el principio. Como el dolor no me permitía articular palabra, asentí con un movimiento de cabeza. Entonces, ella distendió los labios en una sonrisa y me estrechó el hombro con fuerza.

Pasaron las horas: el intervalo pasó a quince minutos; luego, a diez. Aquel dolor, cada vez más intenso, me nublaba la vista. Luego, se sucedían minutos en blanco, igual que si hubiese despejado la niebla y recobrara la visibilidad. Mientras tanto, abría los ojos de par en par y respiraba hondo repetidas veces como si hiciera acopio de algo. Cuando percibía signos de que se avecinaba la próxima ola en el fondo de mi vientre, me temblaban las rodillas.

Cada ola me acometía con una fuerza mayor y, en aquella embestida salvaje, yo perdía pie y dejaba de saber dónde estaba arriba y dónde estaba abajo. Abría los ojos y pensaba que tenía que comprobar dónde se encontraba la luz, dónde estaba el sol y a qué profundidad me encontraba. Pero cuanto más me debatía, más intenso era el dolor, más fuerte era su rugido. Me llegó de alguna parte la voz de una mujer que me decía algo. En un instante en que la ola se retiró y miré el reloj, vi que las agujas señalaban poco antes de las diez. A la desesperación de pensar que habían transcurrido ya tantas horas, se sumaba la desesperación por el tiempo que todavía tenía que pasar, pero, a la vez, tuve la sensación de que, del interior de mi vientre, brotaba una risa. Jamás había experimentado nada parecido. Cuando podía mover los miembros, agarraba un vaso y bebía agua; oía cómo las alegres voces de aliento de las enfermeras se alejaban y se acercaban.

Pasadas las dos, el dolor alcanzó un nivel insoportable: yo soltaba un alarido tras otro. Aquel era el máximo sufrimiento que podía originarse en el cuerpo de un ser humano, pero quizá aquel dolor estuviese intentando ir todavía más allá. Y, quizá, cuando aquel dolor sobrepasara la línea, que era yo misma, yo acabaría muriendo. Eso es lo que pensé. Pero no. Quizá el dolor ya hubiese ido más lejos. ¿Dónde estaba el dolor? ¿En el cuerpo? ¿En el mundo? Ni siquiera aquello sabía ya. Entonces... resonó un grito capaz de rasgar la membrana del dolor y el rostro de aquella enfermera surgió ante mis ojos. Abrí los ojos de par en par y, sin saber ya dónde estaba mi vientre, ni qué era, concentré todas mis fuerzas en aquello que ya no podía llamarse más que centro del mundo. Gritando dentro de mi pecho con una voz que no se convertía en palabras, empujé con todas las fuerzas que pude reunir. Un instante después... Igual que si la consciencia hubiera abandonado mi cuerpo, todo se volvió blanco, mi cuerpo se convirtió en un líquido tibio que fue filtrándose al mundo entero.

Una luz blanquísima había llenado mi cabeza y mi cuerpo y, dentro de ella, algo se iba expandiendo lentamente. Era una nebulosa que respiraba sin un sonido, lejos, a millones, a miles de millones de años. En la negra oscuridad se arremolinaban todos los colores, el humo, y las estrellas respiraban silenciosamente entre parpadeos. Las miré con los ojos abiertos de par en par. Aquella bruma, aquellos matices... respiraban en silencio a través de mis lágrimas y yo me quedé contemplando su resplandor sin parpadear siquiera. Tendí la mano e intenté tocar aquella luz. La intenté tocar alargando el brazo. Entonces oí un llanto. Abrí los ojos como si me hubieran golpeado, vi un pecho que subía y bajaba agitadamente: estaba acostada boca arriba, estaba respirando mientras la enfermera me enjugaba el sudor. El corazón enviaba con todas sus fuerzas oxígeno a cada rincón de mi cuerpo. Entre un parpadeo y otro, oí el llanto de un bebé. Una voz decía que eran las cuatro y cincuenta minutos. El llanto del bebé resonaba incesante.

Poco después, dejaron el bebé sobre mi pecho. Su cuerpo menudo, increíblemente pequeño, descansaba sobre mi pecho. Sus hombros, sus brazos, sus dedos, sus mejillas gordezuelas enrojecidas, el bebé lloraba a todo pulmón, congestionado, de un color rojo sangre. Oí una voz que decía: «Es una niña sana. Pesa tres kilos y doscientos gramos». Las lágrimas brotaban de mis ojos sin cesar, pero no sabía de qué tipo de lágrimas se trataba. Era más que la suma de todos los sentimientos que conocía; del fondo de mi pecho brotaban otros que aún no tenían nombre. Y me hacían derramar lágrimas. Miré el rostro de la niña. Hundí la barbilla en el pecho para abarcar todo su cuerpo con la mirada.

Aquel bebé era la primera persona que yo conocía. No se parecía a nadie que existiera previamente, ni en mis recuerdos ni en mi imaginación: era la primera persona que conocía. La niña lloraba con todas sus fuerzas haciendo vibrar todo su pequeño cuerpo. Mientras le decía: «¿Dónde estabas?, has venido aquí, ¿sabes?», contemplaba al bebé que lloraba sobre mi pecho.

ÍNDICE

booket